地域生命与
文化现实

王保中 著

中国社会科学出版社

图书在版编目(CIP)数据

地域生命与文化现实/王保中著.—北京:中国社会科学出版社,2017.4
ISBN 978 - 7 - 5203 - 0065 - 0

Ⅰ.①地… Ⅱ.①王… Ⅲ.①莫言—文学研究②加西亚·马尔克斯(Garcia Marquez, Gabriel 1928 - 2014)—文学研究 Ⅳ.①I206.7②I775.065

中国版本图书馆 CIP 数据核字(2017)第 060632 号

出 版 人	赵剑英
责任编辑	周晓慧
责任校对	无 介
责任印制	戴 宽

出 版	中国社会科学出版社
社 址	北京鼓楼西大街甲 158 号
邮 编	100720
网 址	http://www.csspw.cn
发 行 部	010 - 84083685
门 市 部	010 - 84029450
经 销	新华书店及其他书店

印 刷	北京明恒达印务有限公司
装 订	廊坊市广阳区广增装订厂
版 次	2017 年 4 月第 1 版
印 次	2017 年 4 月第 1 次印刷

开 本	710×1000 1/16
印 张	26.25
插 页	2
字 数	373 千字
定 价	108.00 元

出版说明

    本书是在多年研究莫言和马尔克斯小说的基础之上，在生命美学和魔幻现实主义文学思潮的路线之内，并融入新的理论视角写作而成的。本书是陕西省教育厅专项科研计划项目"陕南地域节日的生命文化研究"（基金号：16JK1121）的阶段性研究成果。同时受到陕西理工大学（原陕西理工学院）中国语言文学省级重点学科建设基金（2016），以及陕西理工大学校级文艺学重点学科建设项目基金（2013—2016）的支持等。感谢河南大学中国语言文学博士后流动站、陕西理工大学诸位导师和同仁的支持。

Abstract

Magical realism, on the one hand, as one of thoughts and genres of cosmopolitan literature which had traveled from Europe to Latin-American and Asia (mainly China), which has closest relation on the negation which disavowed social life and life form and literature genre of Capitalism in Europe and between Latin-American and Asia, on the other hand, as one of literature styles of culture of nation and geography, which mainly runs on the fusion and development of nation culture shapes of geography and life forms and literature styles in Latin-American and Asia (mainly Chia). In the development process of magical realism, Mo-yan who as writer of China and Márquez who come from Columbia are indubitable the special richest and representative writer of Magical realism. The comparative research which involves works of Magical realism of Mo-yan and Márquez, one side, has inevitable meaning of theory which mainly deal with carding of the literature history and identifying the literature charaster of Magical realism, the other side, also has meaning of sociology of literature which refer culture fusion and life form of nation geographical.

The relationship between two literature geography which come from Mo-yan and Márquez is very complicated and subtle. A good many disquisitive articles which about correlative novels between them have come forth, but only a few articles which discussed about the correlative relation of literature's geography, and which was mainly covered with flag of magic realism, such research of effect which concerned about few composition

1

and have no taken the whole view. The research in this book will be based on it. By the study method which mainly includes close reading and parallel comparison, and by the supplement of ordering of literature and perspective of theory, this book mainly covers river novels which come forms Mo-yan and Márquez, and many short story crucial will be analyzed correctly in the moment of truth.

This book which tries to do more understanding as well as deeper one on the topic which deals with similarities and differences of literature fields of Mo-yan and Márquez than before, this book will analysis magical narrative style which is based on idendifying of concerpts, disconstruction of Other, dialogizing of greographical literature, primordial thinking, religious implicaton, metamorphic mind, confiding of vital, literature resource and so on. So, this book will be display by nine sections.

Chapter first: preface. To clarify crucial foundation investigated of relative topic, and to summarize the chance, meaning and investigating methods of this selection, and to make out the doctrinal foundation of this comparative paper which will be based on the summarizing of correlative literature.

Chapter second: introduction. This section try to present vicissitude of the conception of Magic realism which had come from Latin America and taken root in China, and to analyze compactly mutual relation which lies in associated literature of Mo-yan and Márquez, the material comparative investigation of later chapters which will be anchored in this schools of literature.

Chapter third: life fable and deconstruction of other. The thoughts of deconstruction is one crucial step of being-self and identifying-self and developing-self which involved culture of nation geographical and forms of punchy life and literature manner. The meaning of deconstruction which means concisely innovation、rewriting and rebelling which concerns about writer's gesture against outer circumstances、aesthetics standpoint themself and literature writing before, etc. Firstly, to analyze the different attitude which comes from Mo-yan and Márquez, which concerns about deconstructing against narrative strategy of *Holy Bible* of Western cultural world. Secondly, between two relative literature worlds, by the method of comparison, to analyze and to induce, the difference and the homology which concern about rebelling system of literature narrative dialogue themselves in novels, deviation from sheer estheticism in literature, etc. Finaly, to elucidate the gesture which concerns about their points of deconstruction against Darwinism's view of historical evolution who adopted the idea of straight lined developing history, and the homology of their position, strategy, soluble plans of deconstruction, as well as the discrepant one.

Chapter fourth: cultural dialogues and narrative geographical. Growing up of cultural (literature), must meet multi-dimesional dialogue of culture (literature) of nation geographical, so, the significance of contracting and fusing of the culture geographfical must be visualized in magical realism literature of Mo-yan and Márquez. First, to analyze and induce the difference and similar which concern about narrative style and perspective of examination, by comparison of dialogue which lies in between race and hegemony, individual life and collective war, etc. Second, by the faces which concern about the text's narrative strategy and the meaning of image, to analyze similarities and differences of the narrative of culture dialogue between oriental and east in their novels. Lastly, by the dialogue between town and country in their novels, to analysis difference and homology of the faces which concern about the images, dialogue and communication, etc.

Chapter fifth: primordial thinking and magic narration. Primitive thought, as a toting thinking form of human, which primitive character become internal logic foundation and superficial presentation of texts which represents and thinks over culture of colonial social and modern rational hegemony. To analyze deeply and comparatively contents and text of fingers and plots and space-time of magic realism novels of Mo-yan and Márquez which are all magic and special, by using thinking's structure of the law of permeability which is indicated by original thinking which is belong to "Lucien Lévy-Bruhl", who is a anthropologist of France.

Chapter sixth: religious connotation and magical narration. Religion, as an important constitutive section of life world and aesthetic views, which impacts text's stamp of magical realism literature of Mo-yan and Márquez. First, to investigate the special feature of magic space which includes dancing jointly of God, ghost and goblins and human races, and bestial world and wasteland which lie in the texts of magic realism's novels of Mo-yan and Márquez. Second, to analyze the style of magic plots of Mo-yan's novels as well as Márquez's one which concern about transformations and metamorphoses, flying into the Heaven, metempsychosis and transmigrations that are not consistent with logic of science. Third, to induct the Religion's views from the magical realism novel of Mo-yan and Márquez which concern about the idea of living and death as well as of counterattacking point of view that indicates that wine-women-wealth are more important than anything in this world. Moreover, the meaning of creating of religion's connotation will be emerged in magical realism novels.

Chapter seventh: metamorphic mind and magic narration. In the social of colonialism and post-industry, the being and developing of human have and will meet many handicaps, so, many phenomena of metamorphic mind have to egerge. That phenomenon is also an important section of literature style of magical realism. By the methods comparative, researcher plans to analyze the connotation of magic realism's novels of Mo-yan and Márquez which mainly runs on abnormal psychology's conceptions. First, to study text's images of hunger and solitude which express so many times and abnormal in the novels which are related to childhood's experience of writers. Second, to analyze images, sequences and system of odd persons who have unusual speeches and actions both indicate abnormal psychology. Final, by the methods of comparative, to point out magic text's style that was made of by using of narrators, who have abnormal psychology in the relative novels.

Chapter eighth: vital confiding and magic narration. Life forms of folkman and strongerman, is a internal foundation of rising up of world and opening of narrative style in literature of Mo-yan and Márquez. To appear live dramatic features of navels' texts of Mo-yan and Márquez, by the method of closing reading, which mainly based on the three sections: animal self-reflection of execution' story, vital confiding of civilian women and depiction of affection, and so on, and to appear art's superficial presentation and sociological connotation of cultural life forms in history of Mo-yan's novels as well as Márquez's one.

Chapter ninth: literature resource and magic narration. By the faces which contain the rheology of literature history and idea history of literatury, and selecting of aesthetic style etc. a diversity and globalism of magical realism literature which come from Mo-yan's literature and Márquez's one will be opened out.

Chapter tenth: the epilogue. First, to set forth preditions and stamps of cosmopolitan and regionality of magical realism of Mo-yan's novels as well as Márquez's one. Second, to summarize central contents investigated, and gain and loss of methods. Final, to indicate contributions and meaning of this book in correlative topics. and to insist that the theory of Mo-yan and Márquez which has no ending is a treasure of art in history of contemporary literature as well as international one. Although many correlative researchs about magical realism in literature field have been built up, but up to now never adequately.

Key-words: Mo-yan, Márquez, magic world, vital depiction

目　　录

序言一

魔幻现实主义无疑是当下最热门的文学话题，其原因有二：魔幻现实主义文学本身的先锋性，魔幻现实作品成为莫言获得"诺贝尔文学奖"的依据。魔幻现实主义文学本身的先锋性具有多个维度，其中之一就是女性主义。20世纪下半叶，文学社会学成为最有价值的文学理论思潮之一，女性主义无疑是文学社会学理论潮流之一。本书作者王保中是我的"性别理论与文化方向"的博士研究生，曾经花费3年时间对性别理论进行深入的研究，因而，他有关莫言和马尔克斯魔幻现实主义文学著作便带有女性主义视角。

正如文艺学博士生的论文和文学博士生论文写作方法和风格的区别是明显的一样，本著作显然采用视角透视和文本分析相结合的方法。就女性主义理论和文化这一方面来看，在西方（法国、美国、英国等）女性主义理论席卷全球的今天，女性主义理论的发展方向出现了多样化趋势，这种多样化趋势，一方面与性别主体存在有关，如克里斯蒂瓦、伊利格瑞、西克苏等；另一方面与地域性密切相关，这一女性主义理论方向也表现出其复杂性。中华性的女性主义与西方女性主义普世价值的借鉴和批判问题，以及拉丁美洲、非洲等地域女性主义理论与西方女性主义普世价值的借鉴和批判问题，这一方面存在着借鉴有余而批评不足的问题。我们在普世女性主义价值借鉴方面尽管已经做了很多工作，但是远远不够；但是，就中华性、非洲性、美洲性等层面女性主义理论同西方女性主义普世价值对话问题，相对于普遍接受倾向，莫言和马尔克斯已经从本民族女性主义文化角度展开论述并提升到世界性的高度。其困境在于，原汁原味的民族地理女性主义文论在获得同西方普世女性主义价值对话的高度之时，其民族历史向度的女性主义资源和糟粕并没有被区分开来，如本书作者所论述，在马尔克斯那里这种现象比较突出，同时，也有女性主义文论场域的性别存在和民族存在的混合问题。在莫言这里，尽管已经对民族地理文化的女性主义资源和普世女性主义所召唤的文论进行了区分、反思和重构，但是，这方面的工作还远远没有到位。因而，对于莫言魔幻现实主义文学的女性主义的普世价值、殖民化价值、民族地理文化资源应给予更明确的区分和建构。关于这一点，本著作给予了初步建构。尤其表现在民族地理文化的女性主义价值方面。关于不同地域的民族地理文化女性主义的正常对话和竞争问题，本书做了部分发微工作。如拉丁美洲与中国等。显然，民族地理女性主义文论的建构工作已经在作品之内得到了显现。

其他，如在女性主义身体美学、身体叙事方面，作者也进行了富有特色的探讨。

屈雅君

西安寓所

2016 年 7 月 18 日

序言二

世界文学思潮从歌德那里已经开始，发展到今天，它存在着三种倾向：文学思潮的冲突论（斯宾格勒、金惠敏），文学思潮的竞争论（王宁），文学思潮的融合论。因而，我说全球化文学已经被终结了。其终结的表现就是前述三种倾向。在全球化视域之下，无论文学思潮的冲突论、竞争论，还是融合论等观念，都离不开全球化和地域化、民族化等民族地理文学的基本建构。虽然全球化文学从浪漫主义文学已经开始，但是只有魔幻现实主义文学才真正从文学地理层次开启了全球化文学。因而，全球化文学和反全球化文学本身就是文学地理学问题，它已经成为研究文学现象的基本理论框架。

本书作者已经把全球化和民族地域化作为基本视角，在殖民地社会和后现代社会框架下，以莫言和马尔克斯的魔幻现实主义文学作为比较对象，探讨了拉丁美洲和西方理性世界、中国高密乡和西方理性世界等方面的文化接触、冲突、混合等文化现象。如果说，马尔克斯在不同民族地理文化接触之内侧重于强调冲突论，那么莫言则在不同民族地理文化接触之内侧重于强调文化融合论。正是在文化接触的诸多现象中，在古今中外的纠缠之内，文化以魔幻现实主义的文学样式被显现出来。全球化和地域化、民族化无疑是当今文学理论和文学批评发展的基本矢量。

无论全球化文学思潮的冲突论、竞争论、融合论等问题，还是文学思潮的全球化、民族化和地域化等文学矢量，其根本在于作家站在"文学为人民服务""文学为社会主义服务"等基本立场之上，批判地继承和融汇一切文学资源以进行文学形式的创新。其中，魔幻现实主义文学已经是一种世界性和地域性的文学样式了。因而，全球化和民族化、地域化已经成为莫言和马尔克斯魔幻现实主义文学风格的生成依据。

金惠敏

中国社科院办公室

2016 年 7 月 18 日

前　言

一　选题契机

　　伟大的作家都是伟大的，但是他们伟大的原因却各有各的不同。关于莫言同马尔克斯的文学关系比较问题，一段时间之内仍停留于魔幻主义的模仿、民间立场的排斥等亟待深化的认识水平之上。莫言也说过，他翻了几页《百年孤独》，看出自己和加西亚·马尔克斯具有共同的叙事爱好，然后就放下书本开始创作；同时，两人都是想冲击诺贝尔奖的作家，马尔克斯已经成功，莫言随后也成功了；并且，随着寻根文学的退潮，曾经启动并风靡的魔幻现实主义与寻根文学的关系研究被一度冷落下来；同时，由于历史、文化、翻译、美学差异种种原因，中国汉语文学界目前仅有一位荣获诺贝尔奖的作家，这对于中国这个文明古国以及具有诺贝尔文学奖情结的国人来说，不能不说是一种遗憾和更深的期盼！同时，拉美作家，尤其是马尔克斯作品的文学资源很难说已经被我们吸收到位，而莫言的作品学到了马尔克斯的什么？学的如何？又是如何青出于蓝而胜于蓝的？在摆脱和领会融合的道路上究竟走了多远？加西亚·马尔克斯就是在学习福克纳重复写作建设"南方世界"的路向上，逐渐由模仿到粉碎、互文从而形成"马孔多世界"，并最终获得诺贝尔奖的。在文学意义的建构上，他留下了让西方学者和世界读者回眸的一笔。喜欢重复书写的莫言是如何把其"东北高密乡"建成世界性的、全人类性的，尤其是具有中国民族表征的文学世界并最终获得诺贝尔文学奖的？"作为老百姓写作"的莫言能不

1

能继续为人们写出有价值的作品？洪子诚的《中国当代文学史》把莫言和贾平凹、冯冀才、邓友梅归属于乡土市井小说，这是否可以完全概括莫言小说的内涵？莫言和马尔克斯两人从文学资源、成长背景、书写语境等方面有相似之处，但又有更多不同之处，魔幻主义的模仿等是否能够概括两个文学世界的关系？等等。总之，无论从文学及文学史、流派史和魔幻现实主义文论的分析和构建上，还是从诺贝尔文学奖情结的最终解开上，莫言和马尔克斯的文学作品比较研究就有了坚实的文学（文学史）基础和重要的学术价值。

二 研究范围

由于莫言每过一段时间就会生产一部大块头作品，同时，马尔克斯尤其是莫言的作品数量之大，在现当代文学史上能够与其匹敌者甚少；马尔克斯的著作和国外研究资料的国内翻译相对有限，等等。本书的比较范围主要包括两人以魔幻现实主义为主要特色的长篇小说，并且，相关的魔幻现实主义短篇如有涉及，也会作为资料使用。笔者主要选择莫言到目前为止的全部长篇小说（当然偶尔会使用他的短篇小说和文学理论作为旁证）11 部：《红高粱家族》（解放军文艺出版社 1987 年版）、《天堂蒜薹之歌》（《十月》1988年第 1 期，作家出版社 1988 年版）、《十三步》（作家出版社 1989年版）、《酒国》（湖南文艺出版社 1993 年版）、《食草家族》（华艺出版社 1993 年版）、《丰乳肥臀》（作家出版社 1995 年版）、《红树林》（海天出版社 1999 年版）、《檀香刑》（作家出版社 2001 年版）、《四十一炮》（春风文艺出版社 2003 年版）、《生死疲劳》（作家出版社 2006 年版）、《蛙》（上海文艺出版社 2009 年版）。选择马尔克斯的马孔多世界小说九部：《枯枝败叶》（1955 年）、《蓝宝石般的眼睛》（短篇小说集）（1955 年）、《恶时辰》（中篇小说）（1961 年）、《上校无人来信》（中篇小说）（1961 年）（陶全平译，商务印书馆 1985 年版）、《格兰德大妈的葬礼》（短篇小说）（1961年）、《百年孤独》（1967 年）（高长荣译，十月文艺出版社 1984

年版)、《家长的没落》(1974年)(伊信译，山东文艺出版社1985
年版)、《霍乱时期的爱情》(1985年)(卢炳瑞主编，北京银冠电
子出版有限公司2001年版)、《迷宫中的将军》(1989年)(南海
出版公司2014年版。为了追求政治效果，马尔克斯的创作已发生
写实化转向，它以写实为主，本书只在关涉处提及该书)。其他还
有《小说的气味》(当代世界出版社2004年版)、《和大家对话》
《莫言研究资料》(杨杨编，天津人民出版社2005年版)等。

三　研究方法

1. 文本细读法。文本是文学活动的核心媒介。在文本细读的
基础上，结合文学现象学、符号学、文学社会学等奠定比较研究的
文本基础。

2. 影响比较和平行比较法。主要从解构、对话、互渗律、佛
教内涵、变态人物、女性形象、情爱等方面进行平行比较研究，梳
理其文本特征的异同及其原因，同时辅之以影响比较研究。

3. 文献梳理和实证法。将文本资料、作者自述资料、他人评
价资料结合起来进行实证比较研究。

4. 理论透视法。在文本阅读基础之上，采用合适的理论视角
(如人类学、心理学、社会学等)进行透视研究。

四　选题意义

(一)理论意义

1. 以马尔克斯、莫言为原点，以世界文学思潮为方向，梳理
魔幻现实主义文学思潮的地域发展线路。

2. 以文学地理文化为支点，辨析莫言、马尔克斯文学世界
(马孔多和东北高密乡)、书写策略、文学风格等方面的异同及其
原因。

3. 在反思西方理性的偏执和西方中心主义的基础之上，重估

中国、西方、拉美等地域的文学形式、思维方式、美学风格的价值，在魔幻现实主义世界文学思潮之下，展现其"俗而弥新"的现代美学风格。

4. 以文本分析为基础，显现马尔克斯和莫言魔幻现实主义的成功，以民族地域文化、民族文学形式为主干，融合世界文化和文学形式的创造性成果。

5. 在梳理文学史和文学思潮的基础之上试图阐明魔幻现实主义文学资源的异同。

（二）现实意义

1. 厘清莫言创作的成功并非是否摆脱魔幻现实主义，而是怎样更加卓越地运用魔幻现实主义并有所超越。阐明莫言和马尔克斯魔幻现实主义文学的发展方向，并为中国作家融合发展世界文学思潮和民族文学提供了一个成功的个案分析。

2. 从解构、对话两方面，透析莫言和马尔克斯在文学文本中如何对待西方文化资源和本民族文化资源。他们既拥抱又批判、既模仿又反叛西方和民族文学（化）资源的文学创作态度、过程和作品，敞开莫言如何集古今中外于一身，出神入化地开拓具有中华性、世界性、人民性的魔幻现实主义的世界图景。在"新丝路文化"的发展路向之下，为当代中国文学的发展提供了一个可供分析判断的个案。

3. 在世界文学思潮之下，从地理文化环境、魔幻、弑神、对话等方面试图勾画出莫言先生模仿吸收、融化、摆脱的线路，窥视莫言和马尔克斯的马孔多世界的关系地图，为民族艺术世界的建构提供个案分析。

4. 从解构、多维对话、原始思维、佛教内涵、变态心理、生命倾诉等方面，阐明魔幻现实主义小说的民族风格表征和成因。在当前全球化语境下，展现中国新时期小说发展的实绩，借此勾勒出中国新时期"小说丝路"的踪迹。

五　国内相关重要研究文献综述

（一）关于莫言的研究现状

1. 关于莫言作品的个案研究数量较多

如雷达的《游魂的复活——评〈红高粱〉》（《文艺学习》1986年第1期），以福克纳的神话模式和中国的比兴，解释莫言的神秘机制。李陀的《现代小说的意象——序莫言小说集〈透明的红萝卜〉》（《文学自由谈》1986年第1期），用意象来探讨莫言小说的民族性和世界性的融合努力。程德培的《被记忆缠绕的世界——莫言创作中的童年视角》（《上海文学》1986年第4期），从叙事的童年视角和心理的过度压抑等方面，探讨莫言的文本印痕及其机制。雷达的《历史的灵魂与灵魂的历史——论红高粱系列小说的艺术独创性》（《昆仑》1987年第1期），从叛逆精神、酒神精神、红高粱精神等方面，探讨莫言作品的生命内涵及其对国家文学建设的努力和意义。王干的《反文化的失败——莫言近期小说批判》（《读书》1988年第10期），从接受角度批判莫言小说中"感觉丑"的审美思想的反文化倾向。吴炫的《高粱地里的美学——重读莫言的〈红高粱〉系列》（《文科月刊》1988年第11期），揭示稚拙、荒凉、野蛮轮回的审美寓意（现代性和反现代性结合在一起）。陈炎的《生命意志的弘扬　酒神精神的赞美——以尼采的悲剧观释莫言的〈红高粱家族〉》（《南京社联学报》1989年第1期），以尼采的悲剧、超人哲学为视角，透析文本内外的少年中国精神，以及种的退化的担忧。丁帆的《亵渎的神话：〈红蝗〉的意义》（《文学评论》1989年第1期），分析了莫言的民族神话"以丑为美"的风格表征。邓晓芒的《莫言：恋乳的痴狂》[①]，分析莫言《丰乳肥臀》中上官金童对"寻根"作家的思考解构，这和邓晓芒的实践美学理论

————————

① 邓晓芒：《灵魂之旅——九十年代文学的生存境界》，湖北人民出版社1998年版。

是一致的。贺绍俊、潘凯雄的《毫无节制的〈红蝗〉》（《文学自由谈》1988 年第 1 期），对莫言的语言、丑恶意象的选用进行抨击。唐韧的《百年屈辱，百年荒唐——〈丰乳肥臀〉的文学史价值置疑》（《文艺争鸣》1996 年第 3 期），从安泰、女娲来批判其审美的不足。张军的《莫言：反讽艺术家——读〈丰乳肥臀〉》（《文艺争鸣》1996 年第 3 期），从言说方式、情景、结构三维度解读《丰乳肥臀》的反讽性（与其说是反讽，不如说是解构和象征）。陈思和的《历史与现实的二元对话——兼谈莫言新作〈玫瑰玫瑰香气扑鼻〉》（《钟山》1988 年第 1 期），指出莫言用梦境来诠释历史，并对莫言的粗鄙提出批评。谢有顺的《当死亡比活着更困难——〈檀香刑〉》（《当代作家评论》2001 年第 5 期），从刽子手、看客、被处罚者等方面进行人性分析。洪治纲的《刑场背后的历史——论〈檀香刑〉》（《南方文坛》2001 年第 6 期），则从形式、刑文化、戏、人性等角度切入。周景雷的《红色冲动与历史还原——对莫言小说的一次局部考察》（《当代文坛》2003 年第 1 期），分析莫言天马行空的红色历史建构的缘由。吴义勤的《有一种叙述叫"莫言叙述"——评长篇小说〈四十一炮〉》（《文艺报》2003 年 7 月 22 日），简述其三条线索、人性复杂、语言洪流等。宋明炜的《对战争历史的民间审视：〈红高粱〉》（陈思和主编《中国当代文学史》，复旦大学出版社 1999 年版），分析莫言对民间历史的构建，等等。关于莫言小说的个案研究较多，从中大致可以看出，以 2001 年为界，自《红高粱》以来，莫言的文学作品逐渐获得诸多个案批评者（家）的认可。这期间，在莫言作品的个案研究中，莫言的生命精神、民族文学建构、民间文学建构、红色文学基因、文化内涵等受到较多认可，但是其文学风格隔三差五地被以"丑""粗鄙"等称谓被批评，莫言的这种对西方中心主义的"理想—优雅"风格的反思、对民间文学的追求、"作为老百姓"的创作视角、魔幻现实主义思潮的中国化等问题没有受到应有的研究和衡量。冷战思维和莫言的小学生文凭（大家忽视了莫言的文艺学硕士的身份），及其坦诚的自述态度，老百姓的语言追求等，这些现象使大家误解了莫言。在民族文学塑造、民族精神的高扬、国民人格的文化探讨、生命的价值和意义等方面，和马尔克斯小说一样，莫言小说有崇高的追求和很深厚的文化基础。这些现象为莫言学的进一步发展提供了基础。

2. 将莫言研究奠基在思潮之内

如朱向前的《深情于他那方小小的邮票——莫言小说漫评》（《人民日报》1986 年 12 月 8 日），用"文学共和国"的营造来分析莫言、福克纳的共同点。王炳根的《审视：农民英雄主义》（《文艺争鸣》1987 年第 4 期），从父辈、子辈两代来考察农民英雄的人道，以及反战艺术主观塑造的历史责任。金汗的《评今年小说新潮中的莫言——兼论当今"新潮小说"的某种趋优走向》（《浙江师范大学学报》（哲学社会科学版）1987 年第 1 期），在小说新潮的背景下，把莫言小说的中国化作为一种文学走向。贺仲明的《逃避与追寻》①分析了莫言小说的乡村情结。李洁非的《莫言小说里的"恶心"》（《当代作家评论》1988 年第 5 期），以存在主义探讨莫言小说人的"兽性"感性书写的哲学意义等。因此，在思潮之内研究莫言不是新鲜事，把莫言放在思潮之内进行研究代表着这一段时期莫言研究的较高水平。莫言较早被放在寻根文学、新历史主义等思潮之内被研究。很明显，这种研究并没有被深入贯彻下去，关于莫言的思潮研究一度被中断，更不用说出现比较全面系统的莫言魔幻现实主义思潮的相关研究了。其原因在于，首先，莫言、马尔克斯本身的作品数量多、内容丰富，并且佳作不断，因此，有分量、有深度的相关思潮的系统研究显然还远远不够；其次，由于 20 世纪 80 年代开放的程度有限，大家都被吸引到存在主义风潮之内，边缘性文学的系统研究被搁置了。相对于寻根主义、红色经典、新历史主义等研究文章，本书的重要特点是在魔幻现实主义思潮之内展开莫言和马尔克斯长篇小说的比较研究。

---

① 许志英、丁帆主编：《中国新时期小说主潮》，人民文学出版社 2002 年版。

3. 阶段性整体研究

如季红真的《忧郁的土地，不屈的精魂——莫言散论之一》（《文学评论》1987 年第 6 期），从狂歌的叙述方式、抑郁的基调、写实与象征、时空、语言等方面进行整体归纳，主要偏重于道德分析。季红真的《现代人的民族民间神话——莫言散论之二》（《当代作家评论》1988 年第 1 期），从审美的性、经验和神话的结合、语言的民间化等方面，探讨莫言小说的异质性。李德明的《天然的歧途——莫言作品侧识》（《文学评论》1989 年第 2 期），简述社会转型时的价值失范及莫言童年经验的文学资源作用。王德威的《千言万语 何若莫言》（《读书》1999 年第 3 期），从历史空间的建构、流派的离合、文本—身体—历史主体等方面，探索莫言文本的黑洞。乐钢的《以肉为本 休书"莫言"》（《今天》2000 年第 4 期）论述莫言小说的身体叙事、狂欢化特点。王金城的《理性处方：莫言小说的文化心理诊脉》（《北方论丛》2002 年第 1 期），从童年经验、创作观、批评的缺席等方面，批评莫言的审丑倾向。罗小茗的《轻逸——论莫言的短篇小说》[1] 分析了文学语言化转向后的轻逸文本倾向。陈思和的《中国近年小说的民间叙述》[2] 采用民间、庙堂、知识分子视角透视莫言的民间叙述。"《天堂蒜薹之歌》里，作家围绕一个官逼民反的案件反复用三种话语来描述公文报告的庙堂话语、辩护者的知识分子话语和农民自己陈述的民间话语，虽然不成熟，但这种叙述语言的变化与小说叙述的多元解构却是莫言的独创。"[3] 李敬泽的《莫言与中国精神》（《小说评论》2003 年第 1 期），简论莫言与说书及中国精神的勾连。王爱松的《杂语写作：莫言小说创作的新趋势》（《当代评论》2003 年第 1 期），简述莫言小说语言、叙述的错杂疑虑等。有关莫言作品的阶段性整体研究表现出了明显的特点：操刀者多是文艺批评界的大家，大多从文学界现状，或者莫言作品的文本现实，或者某种理论视角等不同方

---

① 徐俊西主编：《世界末的中国文坛》，上海文艺出版社 2002 年版。
② 陈思和：《中国当代文学关键词十讲》，复旦大学出版社 2002 年版。
③ 杨杨编：《莫言研究资料》，天津人民出版社 2005 年版，第 339 页。

面出发，展开具有说服力的论述。文章不多，但是论述系统、专业、有特色。为莫言作品被读者深度接受立下了汗马功劳，甚至为莫言创作的健康发展提供某种支持和指引。由于莫言仍然处于创作的旺盛期——新作将不断涌现，马尔克斯的译著质量也不断提高，所以，相关的阶段性整体研究将不断向前推进。

4. 进行历史性或裂变研究

如夏至厚的《红色的变异——从〈透明的红萝卜〉、〈红高粱〉到〈红蝗〉》（《上海文论》1988 年第 1 期），论述了莫言由温厚的文风到残缺和完美不可分的美学思想的建立进程："人类意识到自己的残缺，意识到自己割不断动物的尾巴，意识到所有的理性旗帜飘扬的地方都有着非理性本能的冲动。人改写人的本质，人打破了对人自身的迷信，人在更深入的一个层次上追索到了人的存在，人的自觉不愿再以扭曲自身去顺从什么关于'人'的规定。曾经遭到贬抑的人的生命冲动，如今被认为是对人的正常的对自然生命的追求。非理性主义的盛行，也使人们把怀疑的目光投向了把人类带入现代社会的工业文明。"① 何向阳的《一个叫"我"的孩子》（《莽原》2002 年第 3 期）历史地勾勒出莫言作品中反复出现的孩子形象及其恋母倾向。张清华的《叙述的极限》（《当代作家评论》2003 年第 2 期），论述莫言小说的身体、民间、狂欢、历史等维度。由于世界变迁、时代发展、作者创作思想的变化等原因，不同作家的作品都处于变化之中。尽管莫言说过，一个作家只有一部作品，他也说过要不断地写出新的作品，然而，历史地研究莫言、马尔克斯作品的差异性变化将是一个不断深入的、尚未完成的工作。尽管在历史的研究层面，更容易展示出莫言创作风格的变化，及其在魔幻现实主义文学思潮方面的发展轨迹，然而，无论从作家莫言的成就，还是莫言相关研究的丰富复杂程度等方面来看，莫言作品风格变化、创作思想发展等方面的历史研究还远远没有到位。

---

① 杨杨编：《莫言研究资料》，天津人民出版社 2005 年版，第 218 页。

5. 专著性研究

如张志忠的《莫言论》（中国社会出版社 1990 年版）、何立伟、杨守森等的《怪才莫言》（花山文艺出版社 1992 年版）等。这些专著研究为深入比较研究莫言和马尔克斯的长篇小说提供了支撑。但是，相对系统地比较研究莫言和马尔克斯长篇小说的著作仍没有出现，达到应有的研究深度的作品更没有出现。在长篇小说领域之内，本书预期相对系统和深入地比较研究莫言和马尔克斯的相关论著，从多个维度揭示两者之间的纠缠、勾连和异同，并试图由此凸显魔幻现实主义小说的内在生成机制。

6. 综述性研究

如陈吉德的《穿越高粱地——莫言研究综述》（《山东师范大学学报》（社会科学版）1997 年第 2 期），从"怪味"、审丑、感觉、文体等方面对莫言的研究论文进行归纳、综述等，这些研究综述了近年来莫言研究的发展趋向。相关莫言研究的综述文章相对较少，能够系统地阐明莫言创作思想、文学风格等方面的来龙去脉和未来发展趋势的则更为鲜见。当然，相关莫言和马尔克斯魔幻现实主义小说的比较研究综述还在期待之中。

7. 研究资料汇编

如贺立华、杨守森的《莫言研究资料》（山东大学出版社 1992 年版）；杨杨的《莫言研究资料》；孔范今、施战军主编，路晓冰编选的《莫言研究资料》（山东文艺出版社 2006 年版）；杨守森、贺立华编选的《莫言研究三十年》（上、中、下）（山东大学出版社 2013 年版），等等，这些研究资料的汇编汇聚了大部分重要的研究莫言的文献，为深入比较研究提供了支撑。

8. 讨论式研究

如王宏图整理的《莫言：沸腾的感觉世界的爆炸——复旦大学"新时期文学"讨论实录》（《当代文艺探索》1987 年第 6 期），采用讨论的形式对莫言的感觉自然主义进行评价。李陀、莫言、乐钢、孔庆东、林克欢、田沁鑫、童道明、王东亮、吴晓东、杜丽、王向明、季红真、洪米贞、王树增等的《关于"垓下"的想象突围》(《读书》2001 年第 6 期),讨论了莫言的阴谋与爱情、语言等现代拼贴艺术。郜元宝、葛红兵的《语言、声音、方块字与小说——从莫言、贾平凹、阎连科、李锐等说开去》(《大家》2002年第 4 期),讨论众多作家的前启蒙语言、"文化大革命"语言及语言的声音、方块字表意等的语言意识等。这些讨论式研究现场感较强,关注了一些莫言研究的前沿问题和发展方向,而且这些不多的讨论式研究已经预示了莫言文学作品被较多的人民群众和专业人士关注的热潮。但是,尽管会前可能进行了准备,然而这种头脑风暴式的讨论和时间限制可能影响其研究的深入性、系统性等特征。随着"莫言学"的深入,这种讨论式的研究一定会出现更多高质量的记录。

9. 作家评论或专著批评

如阿城的《鬼怪与莫言小说》① 简述聊斋故事、童年恐怖故事与莫言小说的联系。王蒙、郜元宝的《谈谈我们时代的文学》(《当代作家评论》2003 年第 5 期)点明莫言小说的知青味道。张志忠的《感觉莫言》② 点明莫言小说中农民式的幽默。陈晓明的《莫言小说的形式意味》③ 简述莫言的语言、形式意识。黄发友的《影像化叙事与莫言的小说创作》④ 用含混来纠正莫言的影像化偏执。李建军的《是大象,还是甲虫?》⑤ 用诙谐、修辞语言来批评莫言的杂语。俞敏华的《李博士:你认识大象与甲虫吗?》(《文学自由谈》2002 年第 3 期)以现代精神对之进行反击。方克强的《原始主义与莫言小说》⑥ 浅析了莫言的原始主义倾向。王慧的《莫言小说评点》⑦ 从生命意识、神奇感觉等层面对莫言小说进行

---

① 阿城:《闲话闲说:中国世俗与中国小说》,作家出版社1997年版。
② 林建法、傅任选编:《中国作家面面观》,华东师范大学出版社2002年版。
③ 陈晓明:《表意的焦虑》,中央编译出版社2002年版。
④ 黄发友:《准个体时代的写作——20世纪90年代中国小说研究》,上海三联书店2002年版。
⑤ 李建军:《小说修辞研究》,中国人民大学出版社2003年版。
⑥ 王铁仙等主编:《新时期文学二十年》,上海教育出版社2001年版。
⑦ 吴秀明:《中国当代文学写真》,浙江大学出版社2002年版。

分析。关于莫言的作家评论或者专著批评有如下特点：当代性，这些批评者大多是和莫言生活在同一历史进程之中的人，具有体验莫言小说的时代基础；专业性，这些评论者不是作家，就是文艺评论家，其批评具有专业化特点，尤其是作家的评论具有把读者引入莫言创作世界的特性。相对来说，有关莫言与马尔克斯比较研究的专门章节、段落不时涌出，专著则鲜有耳闻。

10. 中国香港和国外研究情况

个案研究有：中国香港周英雄的《红高粱家族演义》（《当代作家评论》1989 年第 4 期）探讨了莫言小说的神话和历史合成，宣泄种的退化的焦虑。日本藤井省三著，胡以男翻译的《魔幻现实主义地描写中国农村》（莫言短篇小说集《来自中国农村的报告》，日本 ICC 出版局 1991 年版）①，在魔幻现实主义与中国农村关联之内探讨相关问题。其他还有英国加内斯·威克雷著，杨守森译，季广茂校的《〈爆炸及其他的故事〉引论》② 等。中国香港周英雄的《酒国的虚实——试看莫言叙述的策略》（《当代作家评论》1993 年第 2 期），从食、色、志怪简论莫言《酒国》的书写策略；旅瑞中国学者傅正明的《民俗文学的庙堂之音——评莫言〈檀香刑〉的国家主义倾向》分析国家主义文学的建构等。除了东方主义味道之外，较多关注莫言小说的叙述技巧、国家关怀等。在莫言获得诺贝尔文学奖之前，国外关于莫言的研究很少，有的还是国内学者的外发文章；在莫言获奖之后，从 springer 上的文章来看，国外研究莫言的热度有所升高，但远没有达到国内的白热化倾向，热潮还没有出现，这与国外学术研究的实用主义倾向以及国外消化莫言文学作品需要一定的时间有关。笔者相信，随着国外研究者对莫言作品的理解日益加深，一定会出现更多有深度的研究文章。同样，以莫言和马尔克斯为关注点进行专门比较研究的文章和著作还有待深入。

---

① 贺立华、杨守森编：《莫言研究资料》，山东大学出版社 1992 年版。
② 同上。

　　关于莫言的研究资料很多，以上是笔者从十个方面进行的粗略归纳：总体来说，其研究经历了政治性解读、文学性解读（语言泛滥、意识流、寻根、意象、对红色经典的重写等）、哲学解读（存在主义哲学解读、重写革命史的新历史主义解读、尼采的生命精神解读、主题性解读等）、20世纪90年代之后的后现代美学（审丑意识）解读、文化解读（女权主义等）、民间文化解读等发展进程。同时，还出现了把莫言的作品同中国作家沈从文、鲁迅等进行比较研究等。总体来说，以个案分析较多。阶段性、综合性的解读受时间的连续性及分期的影响，大多是综合性阅读或以1989年、2000年为界限进行阶段性解读，或绕过、根本不提1989年的影响。综合性解读多出自文学评论界的大腕之手，代表着当时关于莫言研究的最高水平。最容易展现莫言小说风格特征、创作思想演变的历史性解读和思潮解读相对薄弱，没有达到应有的水平和高度。因而，从文献资料分布和学理根据、魔幻现实主义文学思潮的发展路线和世界文学（化）发展逻辑来看，莫言和马尔克斯相对系统性的比较研究因此有了必要（相关比较研究现状待后面论述）。

　　（二）关于马尔克斯的研究现状

　　关于马尔克斯的研究资料浩如烟海。但是纵观国内研究，其可分为三个阶段。第一阶段，1976年之前，国内把马尔克斯的魔幻现实主义文学解读作为政治性书写，把他揭示为小资产阶级中的无产阶级盟友（马尔克斯主张拉美走共产主义道路）。这与当时中国国内和国外的冷战格局和思维模式相符合。第二阶段，荣获诺贝尔文学奖以后，马尔克斯在中国作家群中激起强烈的学习和模仿冲动，很多研究者把马尔克斯作为寻根文学的范型，这时期的作家，如韩少功、莫言、贾平凹等主要从技艺层次进行学习，一些论文将之同蒲松龄、陈忠实等的作品进行比较，却忽视了马尔克斯的左倾思想战斗倾向。由于时代的艺术和思想的批评目的，马尔克斯的作品翻译较少，所以，大多数文章以马尔克斯为案例，进行现实、魔幻、修辞、时空、意象等方面的研究（当然也有比较性质的），且多是二手资料。论文以《外国文艺动态》最多，1982—1983 年就有近 40 篇。多以魔幻、象征、主题性等作为论题。当然，在这些各有特点的作家中，莫言的魔幻现实主义文学属于集大成者。第三阶段，1989 年之后，整个文坛、社会都发生了变化。莫言亦不例外，莫言的转变在《丰乳肥臀》中达到高潮（《红高粱家族》和《天堂蒜薹之歌》之间的张力也是社会转换时期裂隙的体现）。随着社会转型、后现代话语的引入，文学面临商业、政治的扭曲，20 世纪末"史诗情节"的展开，关于马尔克斯的研究论文大多关涉世界大家的局部阶段性比较研究。如把马尔克斯同曹雪芹、鲁迅、福克纳、卡夫卡等关联起来，进行诸多方面的比较研究。总体来说，90 年代之后，相关比较研究相对深入全面。但是，相关莫言和马尔克斯的更为深入系统的比较研究则有待时日。

（三）相关比较研究的现状

1. 国外相关研究

国外作者大多从影响研究的路线展开，后现代拼贴、作品中心、叙述技巧等方面是大多数文章谈论的主题。从思潮路线、研讨主题等层面看，带有明显的西方中心主义思想。显然，莫言和马尔克斯等的文学作品，已经在很高的层次上开始对这些问题进行深刻的反思。如美国 M. 托马斯英奇著，金衡山编译的《比较研究：莫言与福克纳》（《外国文学动态》1993 年第 5 期），从叙事技巧、思想内容、作家背景等方面出发，重点就《喧哗与骚动》同《红高粱》进行比较，强调了福克纳对莫言的影响。钟志清的《英美评论家评〈红高粱家族〉》（《外国文学动态》1993 年第 6 期），认为《纽约时报书评》编辑威尔博恩·汉普顿把《红高粱家族》看作爱情、秩序、陌生的文化。D. J. 恩赖特在《伦敦图书评论》上发表文章，认为其是战争、魔幻难破译的密码。保罗·麦金托什在《文学评论》上发表的《让红旗在这里飘扬》，认为《红高粱家族》具有色彩、拼贴、省略等特殊维度。美国威斯康辛大学教授刘绍铭的《入了世界文学的版图——莫言著作、葛洪文译文印象及其他》

（《作家》1993 年第 8 期），认为外国读者只让作品显现莫言文学作品的特征，莫言作品走向世界要建筑在精美的译本之上等。国外关于莫言、马尔克斯的比较研究，多集中在将他们同福克纳、大江健三郎等对象的比较研究之内，特别是在莫言还没有获得诺贝尔文学奖之前，尽管莫言在国外已有影响，但是，相关的专题研究文章还没有出现，这显示了诺贝尔文学奖的评奖原则，以及诺贝尔文学奖在国外研究者心中的地位。国外研究者主要关注莫言和马尔克斯作品的叙述风格、比较路向、翻译译本、作品中心、符码和文化研究等内容，从某种程度上显明了莫言和马尔克斯获得诺贝尔文学奖的原因。这为较全面、系统地比较研究莫言和马尔克斯的文学作品提供了支撑和依据。

2. 国内相关比较研究状况

如李劼的《动人的透明 迷人的诱惑》（《文学评论家》1986 年第 4 期），通过《透明的红萝卜》和《冈底斯的诱惑》两部著作的比较研究，分析了感觉世界和组合世界这两个文学世界，其比较内容还包括语言和叙事等方面，涉及作品较少，但分析较细腻。樊星的《文学的魂——张承志、莫言比较论》（《当代文坛》1987 年第 3 期），将张承志和莫言的作品进行比较研究，显现了两个北方作家作品的异同。王国华和石挺的《莫言与马尔克斯》（《艺谭》1987 年第 3 期），将莫言和马尔克斯放置在一起进行比较研究，是较早的相关比较研究文章。胡河清的《论阿城、莫言对人格美的追求与东方文化传统》（《当代文艺思潮》1987 年第 5 期），从骨、气、慧、幻四个方面，追溯儒家、道家、佛家等东方传统文化精髓在莫言、阿城两个作家文本中的不同倾向。林坚的《色彩的魅力——莫言与后期印象派画派》（《盐城师专学报》1988 年第 2 期），通过比较研究了莫言小说中的色彩美。李迎丰的《爱与死：战争背景下的生命意识及其他——〈百年孤独〉与〈红高粱家族〉的文化心态比较》（《教学研究》（哲学社会科学版）1989 年第 1 期），探讨两部作品所显示的生命文化意识。郭熙志的《王安忆、莫言的疲惫》（《文学自由谈》1990 年第 4 期），将王安忆和莫言放

置在一起进行比较分析。胡小林和刘伟的《福克纳、莫言比较论》
(《当代作家评论》1990 年第 8 期) 和张卫中的《论福克纳与马尔
克斯对莫言的影响》(《徐州师范学院学报》(哲学社会科学版)
1991 年第 1 期),将福克纳和莫言置于中外文学语境之下进行研
究。钱林森、刘小荣的《"异端"间的潜对话——西方印象主义与
莫言、张承志的小说》(《南京大学学报》(哲学人文社会科学)
1992 年第 1 期),从两位作家作品中的宗教式悔悟、反叛,文本的
消解,丑的意象,色彩语言的运用等方面,分析他们同西方印象主
义的相通之处。兰小宁、贺立华、杨守森的《莫言与中国传统文化
和西方现代派——〈怪才莫言〉代序》①,在现代文化语境下,以
对话的形式探讨了莫言小说的"非理性""自言自语"等特征(主
要指《食草家族》)。张学军的《莫言小说与西方现代主义文学》
(《齐鲁学刊》1992 年第 4 期),在现代主义文学的中西方比较视域
下,肯定其审丑、人性、回归自然的维度。朱向前的《莫言:"极
地"上的颠覆与徘徊》(《解放军文艺》1993 年第 3 期) 表现对军
旅作家莫言创作的高产和变异的质量的担忧。吴非的《莫言小说与
"印象派之后"的色彩美学》(《小说评论》1994 年第 5 期),利用
印象派画家的画论来理解莫言小说色彩的抒情性和象征性。李咏吟
的《莫言与贾平凹的原始故乡》(《小说评论》1995 年第 3 期),
通过莫言和贾平凹的比较,分析他们作品的世界图景。关江秀的
《〈百年孤独〉与〈浮城〉的比较分析》(《湛江师范学院学报》(哲学
社会科学版) 1997 年第 3 期),认为《百年孤独》把现实主义、超
现实主义、印第安文化融合在一起,对中国文坛有着不可低估的影
响。作家梁晓声认为,《浮城》与《百年孤独》这两部小说都按照
"变现实为魔幻而又不失其真"的原则进行创作,两书都以运用象
征意蕴、纷繁复杂的人物活动、荒诞的情节引人入胜。田祥赋的
《〈百年孤独〉与〈所罗门之歌〉的魔幻现实主义艺术手法比较》
(《沈阳师范学院学报》1997 年第 4 期),比较分析了《所罗门之

---

① 贺立华、杨守森编著:《怪才莫言》,花山文艺出版社 1992 年版。

歌》（美国黑人女作家托妮·莫瑞森的获奖小说）和《百年孤独》，从色彩和艺术手法两方面，作者认为，这两部小说都是成功地将魔幻与现实有机地结合起来的不朽作品。麦永雄的《诺贝尔文学奖视域中的大江健三郎与莫言》（《桂林市教育学院学报》1999年第2期），从边缘意识和怪诞现实主义两个重要层面，比较研究大江健三郎与莫言的文学特质，认为日本文学川端康城模式与大江健三郎模式，为中国作家莫言提供了有益的启示。黄佳能、陈振华的《真实与虚幻的迷宫——〈酒国〉与〈城堡〉之比较》（《当代文坛》2000年第5期），比较莫言和卡夫卡作品叙述迷宫的不同表征。李迎丰的《福克纳与莫言——故乡神话的构建与阐释》（《解放军外国语学院学报》2002年第1期），揭示福克纳与莫言文学作品叙述风格的异同。吴玉珍的《试比较莫言与卡夫卡寓言小说的异同》（《兰州铁路学院学报》（社会科学版）2002年第2期），将卡夫卡的《变形记》和莫言的《幽默与趣味》放置于"人的异化"这个话题之下，从表现主题、文体风格、创作特色等方面进行比较，试图探求异化现象在不同的社会文化背景和不同时代的国家里所呈现出的具体表现形式，企图推动妥善处理人与自然、人与社会的辩证关系，以防止异化现象的再度蔓延。马娅的《人世兴灭的隐喻——〈百年孤独〉与〈红楼梦〉的简单比较》（《中州学报》2002年第3期），认为前者侧重于毁灭而后者侧重于幻灭，前者叙述悲剧系沿用西方人格悲剧的套路，而后者叙述悲剧则直承天道盛衰、反复周行的中国古代哲学思想。张磊的《百年苦旅："吃人"意象的精神对应——鲁迅〈狂人日记〉和莫言〈酒国〉之比较》（《鲁迅研究月刊》2002年第5期），探讨了狂人和侦探两者如何被俗世吞噬的精神痛苦；李晓辉、李艳梅的《游走于两个世界间的作家——马尔克斯与莫言创作的类同比较》（《内蒙古民族大学学报》2003年第2期），探讨了马尔克斯与莫言二人创作的众多相通之处：多元开放的小说主题与结构、奇特灵活的叙述方式、天马行空的语言表述、怪异超人的艺术感觉等。孔露的《孤独的百年和悲哀的千年——〈百年孤独〉和〈故乡相处流传〉的比较》（《重庆职业技术学报》

2004 年第 3 期），论述了马尔克斯的《百年孤独》和刘震云的《故乡相处流传》在创作方法和创作思想上的诸多相似之处。董阳的《孤独中人性的回归——〈百年孤独〉中雷梅苔丝的象征意义以及和〈婴宁〉的比较》（《华南农业大学学报》（社会科学版）2004 年第 4 期），将雷梅苔丝和婴宁进行比较分析。李颖、谭慧明的《〈百年孤独〉与〈白鹿原〉比较初探》（《辽宁工学院学报》2004 年第 6 期），从魔幻、集体无意识和孤独三个方面分析两部作品的相似之处。黄幼珍的《生命力的还原与扩张——试论沈从文小说与莫言小说之异同》（《厦门广播电视大学学报》2005 年第 1 期），分析两个艺术王国生命力的相同崇拜和差异叙述。周琳玉的《从〈百年孤独〉看魔幻现实主义及其对莫言的影响》（《兰州交通大学学报》2006 年第 2 期），认为马尔克斯对莫言的影响主要集中在两个方面：观念、心理依托。姚继中、周琳琳的《大江健三郎与莫言文学之比较研究——全球地域化语境下的心灵对话》（《四川外语学院学报》2006 年第 4 期），从边缘乡村与城市中心的对峙、性与人性的伸张、魔幻手法下的真实三方面，比较研究大江健三郎与莫言文学的特质。腾威的《从政治书写到形式先锋的移译——拉美"魔幻现实主义"与中国当代文学》（《文艺争鸣·史论》2006 年第 4 期），在中国当代文学语境下，论述魔幻现实主义在中国的游走和变迁：政治书写与形式先锋。温伟的《故乡世界的守望——论莫言与福克纳的家园小说》（《高等函授学报》（哲学社会科学版）2006 年第 5 期），论述莫言与福克纳关于家园的叙述、回忆、期待和批判。赵杏的《魔幻现实主义中国化的当代尝试——谈〈百年孤独〉与〈受活〉》（《重庆社会科学》2007 年第 1 期），分析比较《百年孤独》和《受活》的文本内容、创作手法、艺术等方面的特征，意在寻找《百年孤独》对《受活》的影响等。

总体来说，就笔者把握的资料来看，相关莫言和马尔克斯的比较研究状况有如下特点：（1）在 1989 年以前，相关研究主要从语言、叙事、民族精神、色彩、儒道佛文化等方面同其周围作家进行比较分析，较少有跨国界研究。（2）1989—1995 年，关于莫言和马尔克斯各自的跨国界比较研究逐渐多起来。这些研究主要从宗教、色彩、非理性、人性、审丑、叙述等方面进行比较分析。但是在前两个阶段内，专门把莫言与马尔克斯从文学视角放在一块儿进行比较的只有很少的几篇。并且，"魔幻现实主义"成为敞开和遮蔽两位作家丰富内容的词语。研究的篇目多以《百年孤独》《红高粱家族》《丰乳肥臀》为重点，对其他篇目则相对缺少更加深入的比较研究。（3）在 1995 年之后，对魔幻主义思潮的梳理及其对莫言的影响研究逐渐登场。这些研究在将莫言或者马尔克斯同其他作家进行比较研究方面做了大量的工作。其中，对莫言和鲁迅、沈从文、贾平凹、大江健三郎、卡夫卡、福克纳等作家的比较研究，以及马尔克斯同陈忠实、贾平凹、蒲松龄、梁晓声、阎连科、刘震云等作家的比较研究不断涌现，相对于此，几篇直接将马尔克斯和莫言进行比较研究的文章姗姗来迟。值得关注的是，一些比较研究指出了莫言魔幻现实主义文学的根基：拉丁美洲文学（马尔克斯等）、美国文学（福克纳）、日本文学（川端康成和大江健三郎等）、中国文学（张承志、阿城、王安忆、鲁迅，甚至蒲松龄等）、奥地利文学（卡夫卡）等，这些跨文化比较视域下的文学资源恰恰显明了莫言文学——魔幻现实主义文学的世界性特质。同时，从比较的范围、内容焦点等方面来看，莫言与国内作家的比较研究多于其同国外作家的比较研究（因此，认为莫言及其研究崇洋媚外，对于研究者和莫言本人都不公平），单篇作品比较多，也有部分文章将他们的作品沉入现代主义文学思潮、寻根文学思潮、印象派、新历史主义等语境之下进行比较，但是程度较高的整体化比较研究还有待深入。总之，随着莫言作品和研究的不断增多、马尔克斯的译著更多地进入国内，以及魔幻现实主义在国内生根发芽和国内文学日益民族化、世界化的发展，在文学作品、文学思潮、世界文学等意义上，关于莫言和马尔克斯更加系统化的比较研究便显得重要起来。尽管莫言和马尔克斯的比较研究早已有之，然而本书的意义在于，在前人研究的基础上认真阅读相关著作，在文本细读的基础上，以研究莫言小说为主干，在魔幻现实主义文学思潮内，将对两者长篇小说的比较研究进一步系统化、深入化，并以此显现现代文学思潮在中国流变和生根发芽的实例，探讨魔幻现实主义思潮在中国作家莫言身上继承和发展的可能机制，彰显莫言和马尔克斯魔幻现实主义小说的民族性、世界性、融汇性，探讨魔幻现实主义风格的工作机制和原理。

六　比较研究的学理根基

在当代全球化和地域化的文学思潮视域之下，从马尔克斯到莫言的魔幻现实主义文学源流为本书的比较研究（影响研究和平行研究）奠定了基础。"魔幻现实主义"的称谓从欧洲的后期表现主义绘画开始，甚至其可以关联到德国的鬼故事文学体裁，后来经过翻译流传，魔幻现实主义逐渐成为艺术流派的名称！首次使用"魔幻现实主义"命名拉美当代小说的，是拉美裔美国文学批评家安赫尔·弗洛雷斯（Angel Flores）。在 1954 年纽约全美文学教授协会年会上，他将博尔赫斯《世界性丑闻》1935 年的发表日，定为西语美洲魔幻现实主义小说的诞生日。他定义了魔幻现实主义，并将 1935 年之后的许多西语美洲小说家视为魔幻现实主义者。值得一提的是，近年来，西班牙文艺界比较明确主动地将魔幻现实主义文学的风格和成功归为西班牙语言的特征和西班牙文化魅力的直接结果，因此，魔幻现实主义的文学资源就可以合法地追溯到塞万提斯。拉丁美洲作为西班牙的殖民地，自然为魔幻现实主义架构了流动的桥梁。魔幻现实主义在拉丁美洲得到广泛的发展，在那里较早形成了作品流、理论流。20 世纪 50 年代，作为《观察家》报的记者，马尔克斯在欧洲进行了长期的学业和专业旅行，为他再次接触西方现代派文学、魔幻现实主义、解构思想、欧洲中心主义文化等提供了直接机会（马尔克斯在少年时期曾经认真阅读了英文版《大不列颠百科全书》）。作为老牌帝国主义西班牙长期殖民地的哥伦比亚，它的文学自然深受西班牙塞万提斯精神的强迫和熏染。无论是成长时期的殖民地文化环境、少年时代的阅读经历，还是青年时期到欧洲帝国主义老巢的文化旅行、反帝反殖的政治文学追求，都为马尔克斯魔幻现实主义文学的成功奠定了基础。1984 年，马尔克斯因《百年孤独》等作品而荣获诺贝尔文学奖。长期以来，马尔克斯文学艺术的独特风格和成就被掩盖在一种严厉的意识形态批判态度下。拉美诸多国家属于第三世界国家，在反对帝国主义和反对殖民主义世界格局之下，中国和拉美诸国的政治交往、文化交往日益深化，这为魔幻现实主义进入中国提供了社会基础、意识形态和文化前提。1975 年 1 月，中国内部刊物《外国文学情况》隆重推出了拉美文学专辑，首次介绍了哥伦比亚的新流派小说《一百年的孤独》。1976 年 2 月，《外国文学情况》再次介绍了加西亚·马尔克斯刚刚出版的新作《家长的没落》，评论文章认为，小说没有以政治和阶级观点分析拉美独裁政治的根源，而是用"魔术现实主义"手法将独裁者神奇化了。对魔幻现实主义文学相对真实和完整面貌的认识一次次被搁置了。"文化大革命"结束后，在《拉丁美洲当代小说一瞥》（1979 年）中，陈光孚先生再次提到了这种被称为"魔术现实主义"的文学新流派，并且较详细地评介了加西亚·马尔克斯的《百年孤独》，这是魔幻现实主义文学在中国开花结果的甘霖。在反对帝国主义和反对殖民主义的魔幻现实主义文学发展的社会文化前提下，魔幻现实主义文学在中国面临新的机遇，对五四运动时期社会文学思潮的人性和理性追寻的共鸣、反思，及对西方理性—中性主义的反思，是魔幻现实主义文学能够进入中国生根发芽并能够走在世界文学前列的社会、文化、文学思潮前提。在改革开放的大旗下，新时期文学具有五四运动时期新文学吸纳世界文学资源的胸怀！五四运动时期，中国文学把欧洲的文学作为主要文学资源，如 19 世纪的现实主义、浪漫主义、现代主义等，此等胸怀由于民族矛盾、社会革命等原因而逐渐被革命文学、苏联社会主义的现实主义、工农兵文学、"样板戏"文学所代替，到新时期这种文学传统才得到恢复。这是由当时特殊的社会政治环境所决定的，也是众多作家的自觉追寻。魔幻现实主义随之进入中国。魔幻现实主义是在现实主义、超现实主义、未来主义的理论基础之上及复杂的社会背景下成长起来的，它非常复杂且是发展的、开放的。魔幻现实主义的文学精神和思维方式，同西班牙塞万提斯的作品、中国的《聊斋志异》、印度的万物有灵论等具有很多相似之处，这就为中国作家接受魔幻现实主义提供了内在动力。莫言、陈忠实、阎连科、贾平凹等因而成为魔幻现实主义的代表作家，尤其是蒲松龄的老乡——莫言更是集大成者。关于国内魔幻现实主义的梳理超越了笔者的能力，也非本书的主要任务。总之，世界反对帝国主义和反对殖民主义的社会格局为魔幻现实主义的比较研究提供了社会前提；西方理性中心主义的世界蔓延，及第二次世界大战之后对之的反思，第三世界边缘/古代文化（文学）的崛起为魔幻现实主义提供了文化和学理前提；"文化大革命"之后，五四运动的人学资源和理性资源的恢复及其反思，为魔幻现实主义文学提供了学理资源和世界情怀；中国作为大国的崛起，中国文学（文化）资源的崛起，为莫言魔幻现实主义文学的成功提供了直接动力和资源。魔幻现实主义文学思潮的世界性质和诺贝尔文学奖的获得，为两者的比较研究提供了理论、文化、文学等的平台。总之，相同和不同的社会文化前提、语境、书写方式等为两人的比较研究提供了充分的学理依据。

魔幻世界的比较分析基础。无论中国古代文论的境界说（如刘勰、姚鼐、王国维等），还是西方文学的世界说（柏拉图、尼采、黑格尔、英伽登等），它们都把成功地描绘出一种具有艺术意义、社会意义的世界看作作家成功的标志。在文学实践上也是这样的。曹雪芹、鲁迅、沈从文、福克纳、马尔克斯、莫言等都是这样的。从浪漫主义文学、超现实主义文学到魔幻现实主义文学，社会意义上的乌托邦和审美意义上的文学世界，都被一些重要作家不断地重构和反思，莫言和马尔克斯也不例外，这为思考、体验和比较"马孔多"与"高密乡"文学世界提供了基础。

生命意识和叙述的比较分析基础。拉丁美洲的热带季风气候和丰富的自然资源，以及当地原始宗教和风俗文化、塞万提斯精神的影响、残酷的殖民生活等，这些因素形成了当地人和马尔克斯小说文本重视生活质量、生命自由、热爱自然、个性舒展等生命意识，甚至抵达了超越生死的地步。它们以民族灵魂和作品底色的方式存在着，并和外在的文明展开着对话。儒家入世重生思想、佛教轮回思想、道家重视现实生命享受思想、尼采强力生命思想、齐文化、"作为老百姓写作"的视角、改革开放的社会思潮等众多因素，形成莫言作品中汪洋恣肆的生命意识，这种无拘无束的生命意识和形象也是莫言小说成功的主要指标之一。因而，马尔克斯和莫言的文学作品都展现了绚丽多姿的生命形象和深厚的生命意识。其和文学现代性、审美现代性的进程是同向异步的。这种生命意识在文学作品的故事、题材、意象、叙述、对话、人物心理、身体、性别、情爱、思维方式、表象形式等方面都打上了深深的烙印。因而，生命意识也是两位作家作品众多层面比较研究的内在基础。

解构问题的比较分析基础。20世纪50年代，马尔克斯到欧洲工作，尤其在法国生活了很长一段时间，有较多的机会接触方兴未艾的解构主义。另外，解构主义同马克思主义的辩证思想、矛盾统一律，费希特—黑格尔的否定之否定定律，尼采的重估一切文明的思想，甚至与柏拉图的否定认识论、赫拉克利特的永恒运动论等有着渊源关系。而且，为了哥伦比亚、拉美的非殖民化运动，马克思的思想成为早期马尔克斯的思想基础。尽管政治形势险恶，早期马尔克斯与共产党来往甚密，且多次进行合作。具有反对西方中心主义思想的马尔克斯在文章中表现出解构思想也在情理之中。莫言作为在"文化大革命"中成长起来的作家，饥饿、孤独的童年生活，惨痛的"文化大革命"记忆，动荡较多的20世纪中国历史等奠定了莫言的叛逆性格。受过正统教育（当兵接受马克思主义教育）的莫言，在全面反思"文化大革命"、反思20世纪的环境下创作，接受解构、弑神、叛逆思想更是正常的事情（莫言多次表明，由于创作个性，他故意同别的作家、世俗的思想站在相反的立场上）。而且根据《柏拉图对话集》《论解构》，解构思想其实古已有之，只不过在20世纪被挖掘出来作为挑战权威、去魅的工具和方法、思想、进程等。所以，从处于意识形态不断变换社会背景下作家的文本中分析出叛逆的、弑神的解构思想，其实是很正常的事情。只不过不同的作家所面对的解构对象、态度、技法、思想资源不同罢了。审美现代性的发展，以及世俗社会文化层次反殖民主义—反全球化运动的日渐深入，这些因素都促成了马尔克斯和莫言文学作品中的解构思想。解构思潮和社会文化制度层面的反殖民主义等因素，是对两位作家进行解构比较分析的基础。

对话问题的比较分析基础。两位作家的选择并不完全等同于巴赫金的文本对话、狂欢和解构理论。对话其实在《以利亚特》《奥德赛》《柏拉图对话集》等中已经明显存在。但是，在一元的思想语境中，无论文本之内还是之外，往往把对话的非正统一方放在一边，或者被消灭的位置上。巴赫金提出和建构的复数文本理论，其实就是针对斯大林时期的一元思想所提出的十分有力的解构策略。在喧哗之中，发声的各方获得自己的地位。在思想资源方面，他和罗兰·巴特、克里斯蒂瓦等的复数文本、间性文本理论具有很多类似点。因此，很难说哪一种思想是完全、永远错误的，是可以被消灭的。对话各方在文本内外的结构中都有其应有的位置。众声喧哗是思想场、文本内外场最正常、最基本的状态。文本内场的对话象征着思想场、社会场之中人与人之间的关系。对话的权力变化只有在对话修辞化、象征化的层面上理解才更具有文学意义、思想意义、社会意义。无论是柏拉图、奥古斯丁、托马斯·阿奎那，还是费希特、黑格尔，甚至尼采、狄尔泰、齐美尔、柏格森，抑或是弗洛伊德、巴赫金、拉康、海德格尔、罗兰·巴特、克里斯蒂瓦等都从不同的角度阐明了作家、文本、读者，甚至文本中的人物都在不同的系统之内进行着来来往往的对话交流。因此，无论魔幻主义思潮的流变，还是魔幻世界、生命内涵、文学叙述、殖民等思想的蔓延；无论作家、文本的存在状态，还是从事物的存在方式；无论全球化的计划，还是中华性的建构；无论城市和农村、全球化和地域问题，还是宗教、性别、文学叙述问题；无论实证研究，还是抽象思考，莫言和马尔克斯长篇小说的比较研究都具有很深厚的学理根基。同时，由于莫言和马尔克斯文学作品的地域特色和文学观念非常自觉，在他们的作品里形成了城市和农村、东方和西方、拉丁美洲与西方等层面的富有特色的对话叙述，这也为文学地理对话分析奠定了基础。

其他，如在原始思维、宗教背景、变态心理等方面，在马尔克斯和莫言两人的作品内外也都具有深厚的比较基础。

第一章　引论

一　"魔幻现实主义"概念流变

"魔幻现实主义"一词有着深厚的内涵和复杂的来历。"1925年，德国艺术批评家弗朗茨·罗（Franz Roh）出版了一本轰动一时的著作，书名为《后期表现主义　魔幻现实主义　当前欧洲绘画中的若干问题》。"① 起初魔幻现实主义被用来研究欧洲后期表现主义绘画，后来经过翻译流传，魔幻现实主义逐渐成为文学流派的名称。"首次使用'魔幻现实主义'命名拉美当代小说的，是拉美裔美国文学批评家安赫尔·弗洛雷（Angel Flores）。1954 年，在纽约的全美文学教授协会年会上，他做了题为《西语美洲小说中的魔幻现实主义》（'Magical Realism in Spanish American Fiction'）的发言，将博尔赫斯《世界性丑闻》1935 年的发表，定为西语美洲的魔幻现实主义小说的诞生日。他为魔幻现实主义下的定义是'现实与幻想融为一体'（amalgama de realidady fantasia），并将 1935 年之后的许多西语美洲小说家，如博尔赫斯、鲁尔福、爱德华多·马耶阿（F. duardo Mallea）、科塔萨尔、诺瓦斯·卡尔沃（Novas Cal-vo）、萨瓦托……都视为魔幻现实主义者。他还将卡夫卡看作他们共同的'导师'。"② 然而，另一位美国学者路易斯·雷阿尔（Luis

---

① 朱景东：《魔幻现实主义　"神奇的现实"与超现实主义》，柳鸣九主编：《未来主义　超现实主义　魔幻现实主义》，中国社会科学出版社 1987 年版，第 420 页。
② 腾威：《从政治书写到形式先锋的移译——拉美"魔幻现实主义"与中国当代文学》，《文艺争鸣·史论》2006 年第 4 期。

Leal)发表的《论西班牙美洲文学中的魔幻现实主义》（1967）一文，被视为魔幻现实主义理论的真正奠基之作。尽管拉丁美洲的一些作家拒绝把自己归入此类，但是魔幻现实主义得到广泛的发展并形成作品流、理论流。殖民地历史和反殖民地的斗争经历，第三世界的国家身份和马克思主义的主流意识形态，冷战的现实和马尔克斯本人的左翼激进立场等方面的共同归属感和性质，使拉丁美洲日益发展的魔幻现实主义水到渠成地流到了中国。在中国，内部刊物《外国文学情况》1975年1月出版了拉美文学专辑，首次介绍《百年孤独》，但没有使用"魔幻现实主义"一词。"1975年2月出版的《外国文学情况》又发文评介了'资产阶级作家'卡彭铁尔的《方法的根源》。同样由于看到苏联对它的正面评论，就将其'神奇现实'美学和巴罗克风格贬斥为'脱离现实和歪曲现实'的'空洞的'、'繁琐、丑陋的漫画'。1976年2月同一本杂志介绍加西亚·马尔克斯刚刚出版的新作《家长的没落》时，认为小说没有以政治和阶级观点分析拉美独裁政治的根源，而是用'魔术现实主义'手法将独裁者神奇化了。"[①] "魔幻现实主义"这一文学名称随后被逐渐采用。马尔克斯1982年荣获诺贝尔文学奖，魔幻现实主义文学已得到了全球的关注。随着中国的改革开放开始进入轨道，《百年孤独》的中文版于1984年在中国出现，魔幻现实主义译作先后进入中国。魔幻现实主义是在现实主义、未来主义、超现实主义的理论基础及复杂的西方文化和殖民社会背景下成长起来的。它是非常复杂的、发展的、开放的。在不同的地方，对于不同的作家，它的含义是不同的。近代美洲就有不同流派，如古巴作家阿莱霍·卡彭铁尔的神奇现实、马尔克斯的魔幻现实等。魔幻现实主义进入

---

① 腾威：《从政治书写到形式先锋的移译——拉美"魔幻现实主义"与中国当代文学》，《文艺争鸣·史论》2006年第4期。另：在《外国文学动态》（1979年第8期）上，林一安最早将 realismo ntagicn 译为"魔幻现实主义"，这个译名后来流传开来。但陈光孚似乎对这一译名有保留意见，参见陈光孚《魔幻现实主义》，花城出版社1986年版，第8—9页。显然，《一九七五年的拉丁美洲文学》（《外国文学情况》1976年2月）也提出了"魔幻现实主义"一词，详细情况请参看相关资料。

中国后，得到诸多作家的呼应。莫言、贾平凹、陈忠实、阎连科、韩少功等作家都以自己的作品和创作谈做出了回应。当然，莫言的表现更为独特和优秀。简而言之，"魔幻现实主义"的概念内涵经历了"魔术现实""神奇现实""魔幻现实""生命魔幻现实"等的变化，作为一种文学思潮，它经历了从欧洲、美国、拉丁美洲、中国、日本、非洲等地理空间的流变。在本书里，由于论题的限制，我们将主要关注马尔克斯和莫言的魔幻现实主义文学之间的纠缠。

二　莫言和马尔克斯的关联

20世纪80年代初，莫言走上文坛。80年代中期，随着《红高粱》电影的风靡一时，莫言的魔幻现实主义小说被大家热切关注，自此以后，莫言佳作不断，表现出旺盛的创作生命力。有关莫言的研究几乎成了一门学问。

莫言的创作可以分为六个阶段。在第一阶段——《红高粱家族》以前，是模仿学习期，莫言主要从"红色经典"、《聊斋志异》的神话、以马尔克斯为代表的拉丁美洲的魔幻现实主义小说等中，获得自己的文学资源。山东人的豪爽、农村生活经验、文坛大家和编辑的指导和栽培、参军经历等都是莫言走上文坛的关键因素，一只文坛雏凤将要展翅高飞了。在第二阶段——酒神艺术时期，以《红高粱家族》为代表，莫言小说象征和召唤了炎黄子孙和中华民族充满生机的酒神境界。在第三阶段——酒神和日神艺术融合时期，莫言主要关注现实和艺术表现的混合、碰撞，《天堂蒜薹之歌》与《红高粱家族》之间的矛盾在《酒国》里形成一种奇异的组合。革命现实主义和革命浪漫主义的关联在现代派文学风格之内获得释放和救赎。在第四阶段——民族史诗时期，以《丰乳肥臀》为代表，莫言找到了自己丰富、广阔、汪洋恣肆的魔幻现实主义文风，有新历史主义的走向。莫言对爱情、人生、现实、艺术、历史、文化、性等方面的体验、沉思和探索，都在这部扛鼎之作里显得惊涛拍岸、绝世独立。在第五阶段——民族秘史艺术时期，从《檀香刑》开始，莫言从时间、故事、语言、表现手法等方面向后撤退，并逐渐找到自己新的写作向度。历史成为莫言人生思考、精神追求和艺术风格的逃难地和伊甸园。在第六阶段——王者归来艺术时期，挟带着复杂而深厚的艺术精神和艺术形式，作为思考、疗救民族、社会、文化等问题的大师，莫言重新回到现代和当代社会，以如椽大笔，用民间语言、百姓视角等元素，反思当代底层社会生活难题，以下里巴人形式谋阳春白雪之内涵，嬉笑怒骂皆成经典。《四十一炮》《十三步》《生死疲劳》《蛙》等都是这方面的作品。相对于气贯长虹的早期莫言的魔幻生命形式，在灰暗的人生和散发着铜臭的社会想象下，作为长安街上的骑驴女人，相对于高粱地生命女神，莫言继续追逐其魔幻现实主义文学之梦。同样，马尔克斯的创作也经历了生活积累期（从早期的殖民地生活到欧洲履职）、艺术模仿期（模仿西班牙文学作品和哥伦比亚诗歌、福克纳写作策略等，其中折翅天使意味着马尔克斯未来魔幻现实主义文学的萌芽）、艺术成熟期（《百年孤独》的发表）、获奖之后的政治文学期（相对于早期的文学政治追求，获得较高身份地位的马尔克斯开始其政治文学生涯）等。毫无疑问，莫言和马尔克斯都是创作生命漫长、文学作品丰富的当代大家。相似的创作历程为两者的长篇小说比较研究奠定了基础。

对莫言和马尔克斯作品的比较论述，大多侧重于"魔幻"，忽视了"魔幻与现实"。有的文章故意只研究 20 世纪 90 年代的莫言创作，有的对魔幻把握不够，有的则局限于魔幻现实的研究（前面已经论述）。在研究中，我们可以发现，他们作品中魔幻、生命、弑神、对话、叙述、文化、地理等方面的探索和勾连非常丰富，但这方面还没有著作进行深入系统的研究。本书将以这些议题作为或明或暗的线索展开论述。这也是笔者比较研究这两位作家作品的主要原因。

由于社会思潮、时代背景、文学追求、读者要求、政治格局、地理文化等方面的原因，二者的文学道路必然存在着诸多异同。放牛娃莫言半路出家、走上文坛，随后又接受了作家训练和文艺学硕士教育。大学生马尔克斯所学专业是法律，曾熟读《大英百科全书》，因热爱文学而走上创作之路。当马尔克斯荣获诺贝尔文学奖时，莫言才开始慢慢成长！莫言崇拜的作家有卡夫卡、乔伊斯、海明威、马尔克斯等，除了上述作家外，莫言的文学资源还有蒲松龄的《聊斋志异》（莫言多次引用聊斋故事并专门写了一篇《好谈鬼怪神魔》①）、司马迁的《史记》（莫言曾说"司马迁《史记》的最伟大之处，就在于他彻底粉碎了'成则王败则贼'这一思维模式"②）、鲁迅作品的影响（"我至今还认为，《铸剑》之所以具有如此撼人的力量，得之于其与现实保持距离"③），还有红色经典故事（莫言认为，"如果我没有读过《苦菜花》，不知道自己写出来的《红高粱》是什么样子。所以说'红色经典'对我的影响不仅仅是很具体的"④）、大江健三郎（其笔下的白狗对莫言《白狗秋千架》的影响）等。马尔克斯的名单上有卡夫卡（马尔克斯在《阅读与影响》中说，"一天早晨，当歌雷哥里奥·桑萨安安静静地睡了一觉醒来时，发现自己在床上变成了一只大甲虫。'娘的，我想，奶奶就是这样讲故事的。……当时我决心要阅读古往今来人类写成的全部小说"）⑤、乔伊斯和海明威（马尔克斯曾说："我的两位最重要的文学导师都是美国小说家，他们似乎没有多少共同之处。……其中之一是威廉·福克纳……另一位就是刚才从对面的人行道上对我说'再见'的那个生命短暂的人（海明威）"⑥）、沃尔夫夫人等。总之，两位作家文学气质的底蕴具有较多的相似性！莫

---

①　路晓冰编选：《莫言研究资料》，山东文艺出版社 2006 年版，第 28 页。原载《作家》1993 年第 8 期。

②　莫言：《读书杂感》，《小说的气味》，当代世界出版社 2004 年版，第 42 页。

③　莫言：《〈铸剑〉读后感》，《小说的气味》，第 50 页。

④　莫言、王尧：《从〈红高粱〉到〈檀香刑〉》，杨杨编：《莫言研究资料》，天津人民出版社 2005 年版，第 90 页。原载《当代作家评论》2002 年第 1 期。

⑤　［哥］马尔克斯：《阅读与影响》，王宁主编：《诺贝尔文学奖获奖作家谈创作》，北京大学出版社 1987 年版，第 490 页。

⑥　［哥］马尔克斯：《我见到了海明威》，《诺贝尔奖的幽灵》，朱景东译，中央编译出版社 2001 年版，第 299 页。

言曾说："当我读了马尔克斯的《百年孤独》的一个章节后就把书扔掉了，我心中想：这样写，我也会！但是很快就意识到：尽管这样写我也会，但如果我也这样写，那我就永远没有出头之日。"①"本篇完成后，有朋友认为此处不美，且巴尔加斯·略萨的小说中有类似情节。我说：'祖宗之功不可泯，祖宗之过不可隐。'"②"所以当我第一次读了加西亚·马尔克斯的《百年孤独》之后，便产生了强烈的共鸣，同时也慌慌不已，这些奇情异境，只能用别的方式写出，而不能用魔幻的方式表现了。"③这些文献证明，莫言先生对一些拉美作品，尤其是略萨、马尔克斯的作品有过了解，至少在《红高粱》出版前已经了解到巴尔加斯·略萨的作品。正如陈忠实先生所谓找到自己的句子！显然莫言也坦然承认自己曾经以马尔克斯为师，但是，他有清醒的头脑，只有走得更远或走出魔幻才是自己的出路！只有走出中国特色和莫言色彩的文学之路，才会有自己的文学地位！20世纪80年代中期，随着《红高粱》电影的风靡一时，莫言的魔幻现实主义小说被大家热切关注，自此以后，莫言佳作不断，表现出了旺盛的创作生命力。应该说，从那时起，莫言就已经找到了自己的句子，不过，莫言在寻找自己的句子方面从来没有停下自己的脚步。以下将通过诸多章节的比较研究表明，在魔幻世界想象和生命原力崇拜的基础上，莫言在何种程度上接受了马尔克斯的魔幻现实主义的影响，以及在何种程度上，如何借助自己及其作品人物汪洋恣肆的生命叙述以摆脱马尔克斯，建构"莫言特色"的中国魔幻现实主义，为自己感动中国、感动世界奠定基础。同时，在魔幻主义风格的演变和对比之内，显现莫言魔幻主义小说在"丝路文化"发展上的意义。

---

① 莫言：《小说的气味》，当代世界出版社2004年版，第7页。

② 莫言：《高粱酒》脚注，《红高粱》，解放军文艺出版社1987年版，第159页。

③ 莫言：《超越故乡》（1992年5月），《小说的气味》，当代世界出版社2004年版，第369页。

第二章　解构他者和生命寓言

　　解构就是对传统或者经典文本、话语、叙事、观念、世界进行翻转、倒立或者重写，来建立自己的新文本、新话语、新叙事、新观念、新世界。历史、媒体、权威告诉我们一种经验、认识，而我们生命个体的体验、感知、想象的书写却是另一种样子。解构就是书写出我体验的实在真相。正如布鲁姆说的："人类写作，人类思考，从来就是或追随他人，或反驳他人。"① 而乔纳森·卡勒认为："解构一个二元对立命题，不是摧毁它，废弃它，而是将它重新刻写一遍。"② "解构不是由一个概念跳向另一个概念，而是颠倒和置换某种概念、秩序及它所组构的非概念秩序。"③ 由此看来，作家的创作不仅是对自己亲身体验的实在的刻写，也是对他者经典、历史美学观点、文学资源等背景语言建构的翻新。正因为如此，好的文学作品在文学史的长河里才获得和经典一样的艺术地位和艺术魅力。文学才作为一种存在被读者经验、参与、共享、建构等。殖民地经历和反殖民地文学经验、生命美学的高扬、自我文化身份的重建、民族责任和文化资源、布鲁姆样式的文学思潮流变史、反思西方文化中心主义和地缘文学的崛起等内容，共同支撑着莫言和马尔克斯文学作品解构他者和生命寓言的比较基础。

---

　　① ［美］乔纳森·卡勒：《论解构》，陆扬译，中国社会科学出版社 1988 年版，第 19 页。

　　② 同上书，第 116 页。

　　③ 同上书，第 124 页。

一　解构他者与文化识别

西方理性文化，一方面，是西方世界乃至全世界的一种重要精神财富，没有这种理性思维，人类的逻辑学、科学技术等方面就不可能获得辉煌的成就。这种理性财富，从柏拉图开始，传递到基督教文化、启蒙文化等，理性文化在现代化进程中一直日益完善着自身。另一方面，在西方世界内部，理性文化对生命的完满、内在的追求、自然性等方面造成了危害，这种危害在柏拉图那里已经表现出来，人文主义文学、浪漫主义思潮逐渐显出自身，其中最著名的当属尼采，他以解构的质态全力批判理性文化对生命、文化、艺术戕害的悲剧，这种批判一直持续到当代的新马克思主义、后殖民主义、女性主义等。首先，在西方文化内部，卢梭、施莱格尔、席勒、尼采等人以浪漫主义姿态展现出对西方理性文化、基督教《圣经》文化的解构态度，这种文学态度和社会美学通过浪漫主义美学、超现实主义文学，一直发展到魔幻现实主义文学，因而，也成为魔幻现实主义文学的一种遗产。其次，在反帝反殖民主义运动日渐高涨的形势下，在拉丁美洲、亚洲、非洲等地区，在社会文化制度层面，这种边缘的民族地理文学（化）也以一种解构的态度面对西方中心主义的社会文化制度问题。最后，西方殖民主义者全球化的第一步通常是以宗教敲开其他民族的大门，因而，这种边缘崛起和反抗就会以反思和反叛《圣经》文学（化）为起点。《圣经》作为西方文化经典，其文化意义无疑是伟大的。在现象学层面，民族地域文学所解构的只是西方没落文化的象征符码——《圣经》"文化"。

（一）镜鉴和污染：莫言暧昧考量《圣经》

在世界文学意义之上，与成长于扭曲了的《圣经》文化背景之下，同时又不得不借助批判扭曲地奠基于《圣经》文化基础之上的西方现代文明暴行的马尔克斯不一样，在解构近代西方《圣经》经验的同时，莫言努力寻找两者的契合点。这与莫言和马尔克斯的生活背景（回忆的后殖民社会现实与现场的后殖民社会现实）和艺术追求（民族地域—世界文学与民族地域文学）差异有关。莫言的青少年时期生活在"文化大革命"时代，他的创作年代正值中国社会转型——计划经济向市场经济转型时期。"文化大革命"、改革开放、文学边缘化、工人下岗等现实不能不促使莫言在思考历史、西方《圣经》经验的时候采取一种"向后退"的姿势，以对理性——现代化进行反思的立场，采取一种老百姓——民间姿态来获得更多的精神资源。"从底层看历史"①正是莫言的选择。而他所面临的更多的是红色经典叙事话语，线性叙事话语；改革中的贪污、腐化、欲望；殖民经验、拉丁美洲和中国历史；文化接触；在魔幻现实主义思潮之内的自我身份建构；大国梦想等问题。这些问题逼迫着莫言进行更深入的和世界性的思考。

1. 关于《圣经》思想的中西融合意象和叙述隐喻结构

意象是作家思想和民族文化精神的审美形式。从中国古代文论的角度看，意象甚至是比语言更高一级的文学元素。相对于马尔克斯笔下那种对立的奇异的民族意象形式，莫言也在民族地理文化和世界文学社会秩序等层面塑造了自己的意象和隐喻结构。没有生育的上官鲁氏多次借种无望，终于来到教堂求助瑞典牧师马洛亚，最终生育了黄头发的孩子——上官金童和上官玉女。如果这还能表现出上帝的姊妹间关爱的话，那么基督教徒上官鲁氏将要生孩子，面对难产，马洛亚的祈祷没有作用，只有靠兽医接生、女侠孙大姑医治才生下孩子，借此对中西文化融合进行隐喻性叙事。马洛亚牧师睡在床上，潜意识地看到圣母圣子凶狠的像、喜蛛爬行和喜鹊鸣叫等文化意象，但是，马上凭那女人的话和喜鹊、喜蛛判断出上官鲁氏将要生孩子的事情，在马洛亚的意识里，这体现了中西思想的融合。在给两个孩子命名时，马洛亚根据名不正则言不顺将两个孩子

---

① ［美］罗兰·斯特龙伯格：《西方现代思想史》，刘北成、赵国新译，中央编译出版社 2005 年版，第 573 页。

命名为上官金童、上官玉女，而上官鲁氏则将男孩命名为上官阿门。文本则体现出一种文化融合，当然，上官金童的最终不成器，则象征着中国文化和基督文化融合的悲观结局。而上官家的驴子由于配的西洋马的种而难产，甚至兰大官赢得性力吉尼斯纪录等都是中西难以融合的意象。这些都体现了作者对中西文化进行融合思考的言语表象实验。莫言的融合实验最终走上实践路向，这在《蛙》之内得到了丰富的表现。这种民族地理文化意象融合探索的代价是，为了和西方基督教文化意象形成对话和融合，也为了和马尔克斯形成对话并获得自己的位置，莫言的民族地理文化意象不得不向历史、民族英雄、民间文化、市井生活等方面退却，因而，莫言的魔幻现实主义作品显现了一种粗鄙的表象。

2. 解构《圣经》文化的经验空间

当然，莫言对于西方《圣经》经验也是解构的，在教堂里，上官金童、上官玉女被命名时，上官鲁氏被轮奸！马洛亚神父跳楼自杀！叙述人随后称之为枣木耶稣。问题不仅在于你个人能够以善的态度来对待别人，还在于别人怎样对待你的善，你的地位取决于别人对你的姿势，由此看来，主体不在于动作的发出者，而在于过程的控制者和结局的赢得者，这是中国文化和基督文化所共同面对的挑战！这个问题已经被鲁迅、老舍、余华等作家深刻地考量过。从古罗马到八国联军，那铁蹄声考量和审判着善良存在的合理性。上官盼弟们重新打回来枪杀了许多人，母亲仰天长叹："主啊，你睁开眼睛看看吧，看看这个世界……"① 浸满民间立场和生命尊重的这句话成为屠杀的伴奏符。20 世纪 80 年代，上官金童这个混血儿在经历了住监、吃软饭、乞丐、疯子、老板等角色之后，家庭事业双破产，被母亲带入教堂，但是，这个中西方混血儿终于没有接受基督文明。作者借助困境隐喻解构基督的神圣空间是明显的，但是提倡中西方思想融合是作家的支点，虽然这种融合是没有光明结果的。同时，在别的小说里，如《四十一炮》中，莫言对改革开放之

---

① 莫言：《丰乳肥臀》，作家出版社 1996 年版，第 246 页。

后城市消费生活——现代生活模式的批判也带有这种内蕴。尊重生命的人如何能够被别人尊重,这或许是耶稣也在思考的难题(犹大如何背叛自己的恩师)。几乎在所有文化接触的案例中都纠缠着这个难题。不管怎样,莫言和马尔克斯对扭曲生命的西方殖民文化是批判的,但是,对源自《圣经》的关怀生命、关爱邻人、怜悯生命的精神还是认同的。

3. 建构来自地域民族宗教的文学经验

除了用意象、故事和话语等和《圣经》文化进行对话之外,莫言为了真正地获得同《圣经》文化及扭曲《圣经》文化的西方理性文化和殖民地霸权文化进行有质量的对话,并借此获得马尔克斯的地理民族宗教文学的资格和地位,或明或暗地多次借用宗教话语来塑造自己的人物形象、文学世界、叙述风格(后面将有论述,此处暂略)。同时,在《百年孤独》《霍乱时期的爱情》等中,马尔克斯借助本民族宗教的宗教情感塑造情圣、安排恋爱故事轨迹、生活的情欲拯救方式(每个痛苦的人通过恋爱来拯救自身)等,在《狗道》《酒国》《檀香刑》《四十一炮》《生死疲劳》等中,莫言明确借用佛教思想来安排故事情节、讲述方式、精神拯救和生活方式。在《丰乳肥臀》里,作者直接让道长出马,象征性地描述了一个小众社会自我拯救的文化政治仪式。实际上,正因为如此,莫言才将中华民族的宗教文化元素融入小说的艺术之中,并以魔幻现实主义的形式提升到世界文学层次。

(二) 崇拜和亵渎:马尔克斯青眼看《圣经》

1. 对扭曲《圣经》的没落西方文明的戏拟态度

正因为马尔克斯具有熟读《大英百科全书》和长期游历欧洲、殖民地的经历,他才能对近代西方文明进行深刻的批判:以"古希腊""古希伯来"文化为基础的《圣经》文明的伟大是不容置疑的,西方科学、民主思想的发展与之有关。但是,殖民地政治无疑是西方文明之上诞生的文化魔鬼。对于《圣经》文化,马尔克斯经历了接触、融合、拒斥等变化过程。从人物形象上看,在《一个长翅膀的老头》中，马尔克斯用折断翅膀的丑老头象征性地表现出这种戏拟态度：圣人原型已经被这种怪老头所代替。其他还有拓荒者成为疯子，将军成为隐士，统治者成为魔鬼，长河成为墓地，等等。用崇高的形象和卑下的内容的极大反差来塑造这种戏拟形象。折翅老头、家长、将军、牧师等这些人物形象是马尔克斯在哥伦比亚殖民地社会的展开。在马克斯·韦伯的意义上，这些崇高的神仙形象已经被鄙俗的市民社会形象所代替，当然，马尔克斯也是在后来才明白自己所塑造出来的祛魅形象的真实含义。在书写方式方面，在《百年孤独》中，作者明确地模仿《圣经》的书写方式：模写出埃及、进入迦南地、建立乐园、失乐园、大洪水等过程，霍·阿·布恩蒂亚由于杀人而带领妻子和志愿者开辟了马孔多，建立了物质富饶的马孔多小镇，马孔多没有变成心中的充满奶和蜜之地，最终由于人与人之间的隔膜、权力干涉、西方帝国和资本的入侵而变为孤独之乡，成为作者诅咒之地——一阵飓风将之刮走。他对在基督文明之上成长起来的西方现代文明进行嘲解。在文明的接触中，桑巴特式的资本主义文明精神给其他文明造成的是资本主义贪欲的伤害。至于在故事叙述方面，尼康诺·莱茵纳神父靠喝热牛奶升空六英尺，来获得建筑教堂的费用（而疯子霍·阿·布恩蒂亚却认为那是物质的第六状态，不能证明上帝的存在，让害怕会失去自己信念的神父不敢再同自己论神），本身仿效《圣经》叙述来重建《圣经》的尊严在世俗语境下显示出自我颠覆的效果。在《家长的没落》里，作者则使用这种圣言逻辑风格对《圣经》的书写进行戏仿：当热带飓风伴着洪水袭来时，坐上方舟的是总统和他最亲近的助手，而"他们看见所有虔诚的男女和所有修道院的见习修士都淹死在长长的食桌旁他们的座位上"①，这种情景是对《圣经》洪水净世的深刻重写和批判，但其结果是没有分量的人和牲畜的尸体随处乱漂。而家长说洪水停止，洪水便停止了；家长的府邸聚集

---

① ［哥］马尔克斯：《家长的没落》，伊信译，山东文艺出版社 1985 年版，第 107 页。

了许多麻风病人等待家长撒盐治疗。家长复活，周游的死亡的总统母亲产生了许多神迹：不孕的驴子生马驹，聋哑人说话这种奴化的现实，等等。这些故事类似在文学《圣经》中基督耶稣周游时，使摸到他的人、见到他的人甚至想到他的人、瘫子、麻风病人、血崩之人、中邪之人的疾病立刻痊愈，用五饼二鱼使三千朝圣的人吃饱还有剩余，基督受难三天后复活。这种书写方式既显示了家长的虚妄、人们的奴化，有效地消解了家长的书写方式，也许其着力点不在于《圣经》，而在于扭曲《圣经》而建构的西方殖民文化，颠覆权力掌控者的尊严。

2. 用世俗事实的无奈、混乱和人物形象的行为来消解基督神话

在西方世界里，那种辉煌的创世神迹和有序的宇宙秩序，在马尔克斯的小说里被庸俗的功利社会和混乱的社会秩序所代替。从《百年孤独》到《霍乱时期的爱情》，从部落到城镇、城市等都充斥着这种混乱而具有意识形态意味的细节描写。在《百年孤独》中，霍·阿·布恩蒂亚寻找不到上帝的影像，尼康诺神父抱怨道："真是怪事——基督教徒毁掉教堂，共济会员却下令重建。"[①] "如果大家相信《圣经》里的说法，我看不出人家为什么不相信我的话。"菲兰达的话强调了《圣经》的性质。"兔崽子们！我诅咒伦敦教会的第二十七条教规。"[②] 博学的加隆泰尼亚人的话又一次解构了世俗之神！而马孔多最后的神父最终和老鼠等小动物做伴，以争夺教堂的统治权。皮列·苔列娜用巫术给自己的儿子奥雷连诺第二治病死亡的结果反映了印第安巫术的虚妄和当地医术的无用骗人，与家长、神父白驴的神迹形成互文性解构。只能说西班牙语的阿玛兰塔临死不忏悔，宣布了语言可以改变，信仰不能改变（具有文化冲突意味）这一信念。"教皇"霍·阿卡迪奥因追逐金钱而死于非命。在《家长的没落》中，"圣父呀，别白费唇舌了！如果我

---

① ［哥］马尔克斯：《百年孤独》，高长荣译，北京十月文艺出版社 1984 年版，第127 页。

② 同上书，第 374 页。

本来就照你吩咐的做的话，那你来转变我岂不是多余了吗?"① 造神者蔑视神、宗教（当然也可以从马克斯·韦伯那种强制神的方面来理解）并以神自居。修女纳萨列诺·列蒂西亚刚开始时让总统滚开，但后来却说："……脱掉裤子，脱掉疝气带，脱掉一切，我的亲亲，否则我感觉不到你!"由高洁走向世俗，由纯真走向淫荡是对某些女修士的讽刺，也是个人情感的复苏!纳萨列诺·列蒂西亚运用身体使那些被驱逐的僧侣等宗教力量返回祖国，是对宗教力量的讽刺!在《霍乱时期的爱情》中，乌尔比诺医生想把自杀身亡的阿莫乌尔埋在圣土里。像罗马天主教的特乌古特每周必嫖一个野妓，叙述语气嘲圣意味很浓。费尔米纳的姑姑认为，为爱而大胆的阿里萨是"在遵照上帝的指示说话"——非理性的爱情来自理性的上帝!"圣母献瞻"学校女校长和新入教的修女来为乌尔比诺这个大捐献者说媒，费尔米纳反问修女："你难道不认为爱情是罪恶的吗?"② 借此反击修女的两面和世俗化倾向。里约阿查主教骑白驴为乌尔比诺说情，但是，后面跟了风琴手、食品小贩、卖护身符的人，并且有许多病人来向白驴求救，因为白驴能背着主教作出各种让人惊叹的奇迹!讽刺主教不如白驴!医生和神学博士芭芭拉·林奇小姐借查病、看病、打针之名营造做爱的机会!医生乌尔比诺把自己的私情向牧师忏悔，费尔米纳认为，这等于是将事情报告给了城门楼下一个卖狗皮膏药的人。这些细节至少显示了扭曲基督精神的西方殖民文明在马孔多世界的人们心中的地位。那种有序的乐园被这种此世的混乱他者秩序所代替，拉美地域文化、情感形式以及实用社会倾向等因素从多方面展开对扭曲《圣经》的西方理性文明的解构，因而西方文明的意识形态审美循环被打破和颠覆了。

3. 通过矛盾意象的并置来消解基督的神圣作用

在西方中心文化和地域文化的接触中，神圣文化并没有带来膜

---

① ［哥］马尔克斯：《家长的没落》，伊信译，山东文艺出版社 1985 年版，第 20 页。

② ［哥］马尔克斯：《霍乱时期的爱情》，《世界另类文学经典》，张立波译，北京银冠电子出版公司 2001 年版，第 130—132 页。

拜和虔诚，而是文化意象形态的混乱和纠缠。"马孔多"镇的牌子和"上帝存在"的牌子交相辉映，妓女成行，战争频仍。里约阿查主教骑白驴为乌尔比诺调解，将主教和白驴的神力进行较量，白驴神迹更多。马孔多最后的神父和老鼠争夺教堂的统治权。把西方观念世界的精神符号放在与之相对或极端庸俗的意象之中，这种并置意象体现了一种西方—拉美文化的对话。在莫言笔下，在教堂、婚礼、葬礼、爱情等公共生活空间里，也存在这种中西文化意象的对话。在这种文化意象对话中，巴赫金样式的和解并没有出现，除了文化扭曲就是文化混乱（弗洛伊德前期的意象样式），还有对基督文化的解构。

4. 反讽

在西方神圣叙述之内，神圣的原因将带来神圣的结果。而马尔克斯则从龌龊的结果来反观神圣的原因，用这种叙述逻辑把日常生活生动地叙述出来，在神圣的叙述开端续上龌龊的结果以造成反讽的张力。在俄国形式主义审美救赎的张力基础之上，通过这种反讽结构带来的是无意义、颓废的反讽张力。生命、文化等在其中被无价值地消磨。天使般的折翅老头被贫穷夫妇作为玩物赚钱；牧师害怕和疯癫的霍·阿·布恩蒂亚谈话；尼康诺神父抱怨：真是怪事——基督教徒毁掉教堂，共济会员却下令重建；"教皇"霍·阿卡迪奥作为神学院的学生却为了金子被同伴袭击死亡；马孔多的牧师多是有病的老朽之辈；总统的母亲本狄西温·阿尔华拉多死后，宗教组织经过失败的调查后把她尊为非宗教圣者；修道院为了捐款派修女劝说费尔米纳嫁给乌尔比诺医生等。用相关的人与事来嘲笑扭曲基督的殖民文明，消解有关西方殖民地所宣扬的神圣的东西。

5. 信仰冲突

在塞缪尔·亨廷顿（Samuel P. Huntington）意义上，相对于文化融合的文化结晶，信仰冲突是文明冲突的核心，并因此把不同的文明和文化划分为八个区域："西方，儒家，日本，伊斯兰教，印度教，斯拉夫东正教，拉美，可能还有非洲。"① 马尔克斯的民族地域文化魔幻现实主义小说和亨廷顿的观念形成了互证。马尔克斯的魔幻现实主义小说奠基在残酷的殖民地文化现实基础之上，它并非有意迎合和解释亨廷顿的观念。霍·阿·布恩蒂亚终生不信仰基督；只能说西班牙语的阿玛兰塔临死不忏悔，宣布了语言可以改变，信仰不能改变（有文化冲突意味）这一信念，自认为是清白的，并让乌苏娜作证，坚持为同乡们捎信（向已故的亲人），同基督所宣扬的不敬死人的思想明显不同。事实上，马尔克斯正是以言鬼神，从万物有灵论的角度来对西方基督文明进行偏离、解构。与《圣经》宣扬的不崇拜玩偶相背离，他们的鬼魂会随时走到人的中间来。在后殖民语境下，作者解构奠基在扭曲《圣经》文化基础之上的西方没落精神及其叙事方式是有意义的，联系到西方世界自西班牙对美洲控制以来，英国、美国等都把其势力伸向了拉丁美洲，我们不难想象作为殖民地流民的马尔克斯所暗示的启蒙、对抗的意义。在对《圣经》的嘲解中，他通过借用"圣言"风格、高举民族神话、不抱希望的解构（文化之间的误解）、霸权主义的搬弄是非等来表现其良苦用心。东方学学者爱德华·W. 萨义德认为："故事是殖民探险者和小说家讲述遥远国度的核心内容；它也成为殖民地人民用来确认自己的身份和自己历史存在的方式。"② 这从一个方面进行了有益补充。魔幻现实主义小说成了马尔克斯能征善战的军队。西方自但丁、奥古斯丁、阿奎那、舍勒、马克斯·韦伯所依赖的那种奠基资本主义精神的思想，如今已经被西方殖民者玷污，他把其他民族的文化看作鸟兽文化，这种宗教精神和理性（阿多诺）等被西方没落的子孙玷污了。殖民地现实是马尔克斯金刚怒目的主要原因。总之，马尔克斯对扭曲了的《圣经》文化的结构态度和写作方式，在反思审美现代性自身和魔幻现实主义流变等方

---

① Samuel P. Huntington, "The Clash of Civilization?" *Foreingn Affairs*, 1993, （3）: 22-25.

② ［印度］爱德华·W. 萨义德：《前言》，《东方学》，王守根译，三联书店1999年版，第3页。

面，将艺术审美和意识形态追求结合在一起。马尔克斯选择这种写作反思的原因，一方面在于殖民化和非殖民化之间尖锐而深刻的矛盾，另一方面在于现代性文化和前现代性文明之间的冲突。

相对于上面所论述的莫言和马尔克斯对宗教文化和扭曲《圣经》的西方资本主义霸权文化的拥抱和批判的异同来说，我们可以看到莫言和马尔克斯相关问题的区别和纠缠。同时，从浪漫主义美学的早期发展来看，浪漫主义文学作品塑造出神奇的中世纪宗教秩序，为了对抗凡俗的实用社会，他们想借助这种神秘世界秩序的塑造，提供一种出离现实世界的美学世界和秩序。从对莫言和马尔克斯上述作品的分析我们可以看到，相对于那种浪漫主义美学的超世对俗世的出离和成就美学境界，莫言和马尔克斯的魔幻现实主义文学则是通过此岸的民族地理文化世界的塑造来反对这种来自浪漫主义美学的美感和美学循环的。从此岸到彼岸，魔幻现实主义文学没有带来神奇的超验审美世界，而是带来了一种殖民主义的丑恶世界，显现了资本主义技术文明对欧洲人生命和精神的扭曲，以及对殖民地人民生命、精神、信仰的戕害。从彼岸到此岸、从超验的天堂到经验的殖民地血与泪的历史和现实，意味着魔幻现实主义文学是一种和浪漫主义文学相勾连的新的现实主义文学——后现代现实主义文学。从思想内容、书写方式、审美追求上我们都可以倾听到魔幻现实主义与浪漫主义文学的连接和倒置。这种对浪漫主义文学的连接和倒置是魔幻现实主义文学表明自身在文学史和世界文学意义上的位置的特征。

二　话语颠覆与寓言重构

（一）莫言叙事话语的解构游戏

由于特定的时代风格和"三突出"原则的设定，以及五四运动以来对异己文学的排挤传统，尤其在左翼文学、延安文学、新中国成立以后十七年文学时期，对非主流文学的清理、净化，文学作品中一度充斥着对立话语、高大全式的英雄，这种人物一般属于缺少变化的"扁形人物"（福斯特《小说面面观》）、与之相关的纯化叙事（例如《艳阳天》《剑河浪》等，"文化大革命"文学、知青文学体现出主流意识形态对非主流意识的净化、纯化，一旦净化完成，故事也就结束了，并且故事毫无例外地向净化、纯化发展）。在新的时代背景下，莫言在小说中对与科学启蒙—理性主义有关的叙事方式、话语等进行了借鉴和解构。

1. 在同一系列文本内部形成叙事解构

在《红高粱家族系列》中的《红高粱》文本中，在拥护国家意识形态和民间意识形态的视角下，莫言着力塑造了余占鳌、戴秀莲、罗汉爷爷、王文义、哑巴等几个血气方刚的民间英雄。特别是余占鳌壮怀激烈、慷慨激昂地带领村民进行墨水河阻击战。戴秀莲敢恨敢爱、多情果敢等，这种英雄叙事借鉴了红色经典、民间故事和传统演义小说的叙述方式。但是，随后在《高粱酒》中，余占鳌杀死母亲的情人——青年和尚，导致母亲自尽；杀死认自己为兄弟的响马花脖子；杀死单氏父子后到单家做酿酒仆人，为泄私愤，用自己的尿酿成高级高粱酒；戴秀莲谋夫、故意冷落余占鳌、认曹二鞋底为干父亲等。革命叙事和爱恨情仇的世俗社会文化叙事形成互文张力。《高粱殡》中的余占鳌和铁板帮会长争风吃醋争权夺利，带领铁板帮弟兄和冷支队、胶高支队互相绑票、发行纸币；铁板帮、冷支队、胶高支队互相攻伐，导致日本侵略势力坐收渔翁之利；余占鳌为戴秀莲出大丧则是造成地方抗日势力灭亡的导火索。其中革命叙事和政治寓言混合起来。在《狗道》中，余占鳌的墨水河战役导致日寇血洗村庄；余占鳌吃人肉、被抓成为劳工、像野人一样在日本生存18年等，其中革命叙事和战争的形而上思考融合在一起，具有强烈的反战意识。在《狗皮》中，余占鳌和恋儿相恋导致戴秀莲走向黑脸的怀抱，余占鳌优柔寡断和戴秀莲心肠狭窄又导致已有身孕的恋儿遭受日本鬼子轮奸等，其中革命叙事和人性质问形成互文叙事。随着文本中故事的互文阅读，余占鳌的完美英雄气息逐渐消失，成为一个真正的草莽，嗜杀、没有远见、盲动等，一个普通人，一个有缺点的英雄，对英雄完成了解构；而戴秀莲也由敢恨敢爱、豪爽大气成为一个小肚鸡肠、谋夫、嫉妒的家庭妇女等，总之，《红高粱》中莫言塑造的英雄、美女光晕，在余下各篇中被自己的互文叙述展开和去魅了。而气贯长虹的抗日战争已被消解为诸种势力互相较量的生死场，这种同一系列之间的拆台和张力，体现了作者的民间意识形态、知识分子意识对纯化叙事的解构，至少是一种国家文学的大叙事向民间个人叙事的滑落，显现了中国民族独立战争——中国共产党一步一个脚印地走来——革命的胜利来之不易。借此，莫言把"作为老百姓写作"落到了实处。相似的系列文本还有《食草家族》。作者将国家叙事、民间叙述和知识分子叙事巧妙地结合起来。

　　2. 在同一文本中进行叙事解构

　　自从话语理论进入中国以来，如福柯的权利话语、拉康的精神分析话语、黑格尔的主奴话语等逐渐为国内作家和读者所熟悉。文学作品也被看作诸种话语的公共场域。在同一文本中进行不同叙事话语的平行书写，在当代文学中有很多例子。如张承志的《北方的河》，每章首页的史诗叙述了古代的故事，而正文则叙述了白音宝力格的现代故事，两个故事形成循环。它们形成了重申和认定性叙述；阎连科的《日光流年》每章篇首也用《圣经》语言对正文形成互文叙述，形成对《圣经》叙述的解构，但他的小说显然是部分的互文解构等。在《天堂蒜薹之歌》中，莫言则利用"样板戏"渣滓洞中江姐的革命话语在每章卷首形成江姐反抗专政、革命的叙事话语。但是正文中的高马、高羊、四婶等在现实中，却由于个别管理干部无视农民利益而造成蒜农骚动，打砸县政府，大多数参加者被丢入监狱。在人们通过革命、流血建立起来的政权语境下，这种叙述话语的极端张力形成对现实的一种推力（作者根据某段实例用三个月写成的急就篇），同时也形成了与红色经典、革命文学的叙述话语逻辑的张力和对话，以及对作者自身的思想形成解构作用，尤其在社会转型时期与社会形成紧张的话语解构张力，显现了新时期改革开放以来基层政府"如何为人民服务"的问题。在《十三步》中，屠小英的结局在不断地进行假设性的描写中互相形成一种解构和对立；《红树林》中对珍珠、大虎等人的命运先进行提纲式的书写，然后再进行不同结局的描述，叙述人好像不理会线性叙事的前后逻辑一致性，利用逻辑的不一致性形成文本语言的狂欢，对所谓的元故事进行解构，发挥故事的各种可能性，从相互解构的故事中证实"写什么"和"如何写"都可能产生文学审美价值。在《红树林》中，大叙事结构已经成了个人叙事的背景，分化与坚持形成激烈的对话。在《檀香刑》里，大叙事决定个人的小叙事。从《生死疲劳》到《四十一炮》《蛙》等几乎都是这样。开天辟地的叙事与个人的重生形成呼应。社会发展和个人存在成为莫言艺术地考量社会问题的两个极项。相对来说，在《百年孤独》《霍乱时期的爱情》里也存在着这样的社会问题域。

3. 不同时代文本之间的解构作用

可以说《红高粱》和《天堂蒜薹之歌》之间的张力，或者《天堂蒜薹之歌》内部互文之间的张力直接导致莫言写出《丰乳肥臀》等作品，《红树林》和《檀香刑》之间的艺术张力则导致考量民间问题的《四十一炮》的诞生，并导致人性关怀的《生死疲劳》的诞生，最终在《蛙》中莫言又重新聚集了关注社会现实问题的浩然之气。通过这些作品，莫言对革命、历史、权利、暴力、欲望等进行艺术而深刻的梳理。在《红高粱家族系列》内，虽然作者采用互文形式对完美革命英雄进行解构，但结果是塑造了可被接受的、有缺点的平常人中间的英雄。总体话语还是高扬民族自尊、民族解放、开天辟地。但是，在《天堂蒜薹之歌》的急就章中，作者对心中的红色英雄形象在刹那间不知怎样处理？高马、高羊是为了自己或人民的利益而奋起的民间英雄，还是违法乱纪的罪犯？与《红高粱》的民间抗日英雄话语形成张力，但莫言还是站在老百姓的利益和国家的利益上，对天堂县蒜农闹事进行了平衡，闹事的人先受到了审讯、拘留，对无视百姓利益、扭曲法律的天堂县县长仲为民和县委书记进行了事后处理，显然，这种廉价法律的均衡没有完全解决莫言心中的困惑。在心中作者对知识分子的重估激发了《十三步》的创作；对贪污腐化的思考使他创作了《酒国》；作者在对历史和当下的深思熟虑中终于悟出食草家族的存在，继续对民族问题的思考产生、孕育了《食草家族》，并且，在《红树林》《檀香刑》之后，作者艺术思考的中心也由官方层次向民间层次滑落，与之相对的是食肉者终将产生《四十一炮》；食草家族的发现将引发莫言对现当代革命历史的思考，《丰乳肥臀》完成了作者的思考历程，但结果只是对革命历史观的质疑——人类历史是震动的，对怎样处理中西两种思想资源之间的关系和人性的善恶，作者仍然持悲观态度。在《红树林》中，作者对革命队伍进行了再衡量，惊喜地发现：某些老革命确实是为人民服务的，如马刚等新中国成立前的革命者，但确实有人已经变质，如秦书记等。最终的答案是：党员的精神境界曾是辉煌的，但是，政治场域以及政治活动导致人性的变异，滋生了贪污腐化。在思考贪污腐化产生原因方面，显然《红树林》比《酒国》（此文本则把腐败的原因归为子辈不肖、欲望黑洞）走得更远。可以说，作者在《红树林》中重新找到了中华民族和作者自己的精神支柱。作者设定走出政治场域还可能有健康的人性，如珍珠的健康人性，还有林岚、马其决心退出政治场域恢复自己的人性。借此作者阶段性地完成了小说中矛盾悖论情结的自我医治。毫无疑问，蒜农受到镇压的事情导致作者思考权力运作的机制，在《檀香刑》中，作者明确思考得出权力的背后是暴力，而暴力的精妙表现就是刑罚，以此来规训人民。孙丙受到檀香刑的处罚，想维护民间利益的钱丁，其结果只能是杀死刽子手，自己投案自首。而《生死疲劳》则是以另一种角度对土改的记录。思考公正的可能性，结果当然是被遗忘的事实。《蛙》则重新恢复了莫言的知识分子叙事视角，关注现实问题。总之，莫言通过三种形式形成对民族起源及其叙述话语的解构，并力图重构一种民间的起源神话。莫言对民族起源神话的解构则是层层深入的，并形成自身比较连贯的系统，从历史、叙述、话语、修辞等多个角度切入。

（二）马尔克斯叙事话语的解构寓言

他以启蒙的态度对拉丁美洲所谓的他者身份的起源神话叙事进

行解构，通过对民族起源神话的追溯、地方戏仿、叙述来达到解构的目的。马尔克斯认为："在拉丁美洲，我们一直被说成是西班牙人。一方面，确实如此，因为西班牙因素组成了我们文化特性的一部分，这是无可否认的。不过我在那次安哥拉之行中发现，原来我们还曾是非洲人，或者说，是混血人。我们的文化是一种文化，是博采众长而丰富发展起来的。那时我才认识到这一点。"① 这句话间接地显示了马尔克斯笔下人物的西班牙历史预先置放的政治文化前提。马尔克斯的《百年孤独》等小说创作都用西班牙语书写，而且文本中一些人物的西班牙语说得比印第安语还要流利，霍·阿·布恩蒂亚的土著语被大家称为疯癫的语言或者只有上帝才能懂的语言；并且《百年孤独》的获奖也被拉美作家——马尔克斯的好朋友归因为西班牙语文学的魅力等。如果说在艺术层面马尔克斯需要超越的是福克纳、卡夫卡、海明威等，那么他面对的最伟大的任务就是澄清马孔多世界（包括拉丁美洲）中人们被强加的西班牙人等的民族起源神话，所以，对起源神话的追溯就是对其他种种神话叙事的有力解构。即使在《百年孤独》中对马孔多家族起源神话的追溯发现充满了暴力、血腥、孤独等，留下的只是陶瓷、巫术、驱使家畜繁殖的性游戏等一些神秘、魔幻的地方文化碎片，但这并不辉煌的神话所唤起的对根的记忆是对外加神话的最有力颠覆。当然，作者对西方正典《圣经》的戏仿和反讽等也是作者解构所谓的种种神话的一翼（上面已论述，这里略过）。对奇怪现实的描述也是作者解构西方对拉美设计的现代化模式的策略。《百年孤独》对资本霸权进入马孔多之后现代化神话的幻灭进行了记录；《家长的没落》从政治家家长的身份对以西方为焦点的政治神话进行戏仿；《霍乱时期的爱情》透过马拉松式的爱情时间距离来对作为背景的现实进行反观；《迷宫中的将军》在精确材料的基础上对现实做近距离考察等。爱德华·W. 萨义德认为："人类的身份不是自然形成的，

---

① ［哥］马尔克斯、门多萨：《番石榴飘香》，林一安译，三联书店1987年版，第73页。

稳定不变的，而是人为建构的，有时甚至是凭空生造的。"① 萨特、波伏娃、克里斯蒂瓦等从存在、性别的角度也提到这种认识。马尔克斯对作为意识形态结构的民族起源神话的解构一开始就达到了较高层次，在不同文本中表现出同一种水平上的不同修辞向度的开拓。他所解构的对象是作为小说文本中的背景，或者现实文本而存在的。现实的困境和纯文学出路之间形成极大的张力。马尔克斯，像鲁迅一样，是在冷战时期以文学的形式面对美帝国主义和拉美霸主发出质疑的斗士。其勇气和叙述技术一样具有摧毁和寓言意义。

　　相对来说，在叙事方式的解构方面，马尔克斯主要针对圣言叙事方式进行解构，他在自身的民族魔幻现实主义叙事方式从文化到生活、从部落到城市，所做的工作基本上就是推广和加深。莫言则相对复杂一些，一方面，在本民族文化叙事传统之内，他一边继承传统文化叙事方式，一边和当代文化叙事方式形成对话，因而不断地超越自己；另一方面，他针对西方理性文化中心的《圣经》叙事模式进行了模仿和解构，同时在魔幻现实主义文学思潮里，对卡夫卡、福克纳、马尔克斯、川端康成等的文化叙事模式进行模仿和超越，借此将其中国式的生命魔幻现实主义文学推向世界。对于民族起源神话的追溯和对外来殖民权威的反抗，马尔克斯主要从民族文化的集体无意识行为的追踪和再发现进行反抗；莫言则一方面从追溯高密乡历史民间英雄和近代反抗帝国主义的英雄层面获取精神力量，另一方面，从民族精神文化层次（革命文化、宗教文化、民间文化）获得强力生命形式，依靠种的恢复——强力生命人物形象进行反抗。从审美艺术世界来看，同浪漫主义美学相比，马尔克斯塑造的马孔多世界是一种带有疼痛感的此岸审美世界，莫言的高密乡一方面在后殖民主义方向上也是带有疼痛感的此岸审美世界，另一方面，它又是挟带着生命强力的生活审美世界。两者对民族地域文学的此岸审美世界的塑造使魔幻现实主义文学具有后现代文学的

----

① ［印度］爱德华·W.萨义德：《东方学》，王守根译，三联书店1999年版，第427页。

特征。

三　美丑复合和总体世界

后现代文学的美学特征就是唯美主义理想的破碎。中国现代文坛上情况非常复杂，具体参看解志熙先生的《美的偏至》。① 在老庄美学和卢梭自然美学层面，朱自清的《荷塘月色》、沈从文的《边城》、汪曾祺的《大淖记事》等塑造了一种甜美的世界和无尘无碍的原始的人性。这样的审美风格固然给文坛吹来了一股清风，但是，正如 20 世纪二三十年代左翼文学用阶级斗争来思考社会一样，它们存在着对社会的简化和边缘理解，试图用单面发现来囊括社会现实。当然，与其说前者失之于"为艺术而艺术"，后者失之于"为社会而艺术"，倒不如说两者都失之于世界观、美学观的褊狭，因而将其艺术的成功因素变为失败因素。在莎士比亚的剧作《俄狄浦斯王》中，俄狄浦斯曾猜透了斯芬克斯之谜。其实真正的人之谜就是斯芬克斯——半人半兽。人一方面是高雅的、人性化的，另一方面又是野兽的、丑恶的（人永远不能摆脱自己脱胎于野兽的痕迹）。弗洛伊德由此得出潜意识等理论。笔者由此思考的是世界观、美学观。世界观，即世界是丑陋的和美丽的、非理性的和理性的伴生。美学观，即丑陋和美丽并行。亚里士多德论述无利害的丑是为了可笑（模仿说角度）。② "荷马使特尔什提斯显得丑，为的是使他显得可笑。"③ "在诗里形体的丑由于把在空间中并列的部分转化为时间中承续的部分，就几乎完全失去他的不愉快的效果，因此仿佛也就失其为丑了，所以它可以和其他形式更紧密地结合在一起，去产生一种新的特殊的效果。在绘画里情形却不如此，丑的一切力量会同时发挥出来，它所产生的效果并不比在自然里弱多

---

①　解志熙：《美的偏至》，上海文艺出版社 1997 年版。
②　［古希腊］亚里士多德：《诗学》第四章第五节，中国戏剧出版社 1985 年版。
③　［德］莱辛：《拉奥孔》，人民文学出版社 1979 年版，第 130 页。

少。"① 莱辛显然在继承亚里士多德模仿说的基础上对绘画和诗进行关于丑的作用的辨析。但是他的辨析集中于诗中所表现出的"无利害的丑"之上，并把无利害的丑和喜剧紧密相连。叔本华则从反理性的意义上提出生命意志；尼采则认为非理性的意志是人的组成部分，挖出非理性意识之河；弗洛伊德则最终把性行为、性意识作为人的一种常态。这些都从理论上对秩序、理性进行解构，强调了意志、非理性、丑陋等的合法性。康德的真善美理论则又一次从真的角度表明丑可以和美一样出现在文本中。而费希特的正反合哲学和黑格尔的唯心主义辩证法、马克思的唯物主义辩证法一起提供了理论支持：美和丑在文本中具有同样的合法性。从普罗提诺、奥古斯丁、阿奎那、但丁等神学美学开始，那种被古希腊尽力排除的丑恶逐渐被收入上帝的神学美学之内，其后学者如雨果、尼采、左拉、弗洛伊德、巴特勒等人在美与丑关联方面颇多建树。中国的屈原、韩愈、李贺、闻一多、周星驰等人均带有"以丑为美"的倾向。同时，进入后现代时期，面对各种价值土崩瓦解的碎片，逐渐清醒的人类终于打碎了自己的理性之梦，意识到丑也是美的领域和存在世界的一部分。这种倾向在魔幻现实主义文学思潮中被独特地表现出来。在马尔克斯意义上，这种美丑混合的艺术世界诞生于神奇的部落文化和殖民地文化相接触的社会现实里；在莫言意义上，这种多维度混合的艺术世界诞生于殖民地文化接触社会现实和生命美学层面的执着追求。由此看来，"东北高密乡是地球上最美丽最丑陋、最超脱最世俗、最圣洁最龌龊、最英雄好汉最王八蛋、最能喝酒最能爱的地方。"② 莫言有意识地设定的一个最美丽和最丑陋的文学世界具有重要的文学理论意义和实践意义，把马尔克斯笔下的那种美与丑、理性与非理性、前现代和现代混合的地域文化的魔幻世界倾向明确地建构和推广开来。从生活世界和艺术作品的意义上，莫言写暴力、战争、酷刑、死亡等显然是一种自觉的追求，有

---

① ［德］莱辛：《拉奥孔》，人民文学出版社 1979 年版，第 137 页。
② 莫言：《红高粱》，《红高粱家族》，解放军文艺出版社 1987 年版，第 2 页。

意同纯净文本、光明文本等区别开来，保持自己更加深刻、全面地对世界的把握。

（一）文本人物性格都是缺点和优点的复杂并存

关于人物性格的认识很多，人物性格理论大致经过共性性格、个性性格、典型性格等性格类型，在世界性文学和魔幻现实主义文学思潮的境况下，莫言小说的人物性格类型具有综合性的特点。相对于中国传统演义小说中的扁形人物性格，莫言以缺点和优点并存的角度更多地塑造出圆形人物性格。相对于塑造典型环境之内的典型人物形象[①]，典型是现实生活的反映，莫言笔下的人物形象以优点和缺点作为变化的两极，以生命为内在动力，这些人物尽管都生活在历史环境里，但是，他们依靠自己顽强的生命力反思和重构了历史文化环境。因而，在其文学作品里存在着两种人物性格类型：人物形象以优点为主，缺点只是其完美人格的点缀和陪衬，如余占鳌、鲁璇儿、钱丁等；或者人物形象以缺点为主，优点只是其良心发现，如舅舅、司马库、赵甲等。不管怎么样，这些人物性格都是以其生命张力的大小程度在其文化背景之内被塑造的。

莫言由此塑造出具有鲜活个性、顽强生命的个体：戴秀莲的果敢、敢恨敢爱和贪财、弑夫；余占鳌的英勇和好色、粗野，严于律人而宽于律己，优柔寡断；罗汉的忠诚、正直和粗俗、糊涂；金菊的痴情、爱劳动和缺少知识、软弱；高马的仗义、勇武和直爽、鲁莽；方富贵的至诚、爱劳动和保守、多疑；李玉禅的多情、细心和滥情、生硬；九老爷的热心、好义和好色、贪财；二姑的英勇、直率和残酷、冷漠；上官鲁氏的宽容、坚韧和溺爱、妥协；上官来弟的痴情、敢作敢当和无奈、缺少行动能力；八姐的天真无邪和心事重重；珍珠的坚贞、热情和软弱、寡断；马叔的痴情、正直和胆怯、好面子；钱丁的多情、正义和好色、重男轻女，优柔寡断；孙

---

① ［德］恩格斯：《致玛·哈克奈斯》（1988年4月初），《马克思恩格斯选集》（第4卷），人民文学出版社1995年版，第683页。

丙的英勇、重义和冲动、爱面子；罗小通的聪明、坚韧和贪吃、直率；老兰的开阔、果断和好色、奸诈；蓝脸的执着、严正和实心眼、不灵活……总之，莫言笔下的人物呈现出人神的统一，人性与兽性的综合。由此莫言完成了对平面人物、片面人性论、完美人物等的解构，塑造出整体性艺术世界中的整体性人物。人物性格立体、发展，具有整体性特征。尤其对女主人公的处理也很有特色。戴秀莲、屠小英、刘玉禅、孙眉娘、林岚、上官鲁氏、老金、杨玉珍、黄合作、黄互助、乔其莎、暖这些女性人物纵然是多情的、美丽的，但大多或者是被侮辱过的，或者是婚外恋的，抑或是生了非丈夫的儿子的，一改以前那种多情而美丽的主人公形象，更重要的是，莫言赋予这些不完美的女性人物追求幸福的权利和行动。莫言在其创作论中也坦言其笔下的人物没有一个是没有缺点的，残缺美学是莫言有意识地追求，这是由莫言美丑混杂的高密美学世界所决定的。当然，马尔克斯文本中的人物也表现了一种对"唯美主义"背离的个性。霍·阿·布恩蒂亚首先是一个乱伦者、杀人犯，然后是一个马孔多的开创者、探索科学的智者；乌苏娜也是坚韧、正直的母亲和随缘任运的家长，甚至为了疯人院而培养教皇；阿玛兰塔既美丽温柔，也是嫉妒、残忍、固执的老处女；奥雷连诺上校既多情、坚韧、果敢，又滥情、任性、随缘认命；家长是集色欲、权欲、嗜杀于一体的怪物，唯一做的好事就是改造"狗打架区"、把自己喜爱的学生妹送往国外；情圣阿里萨一生滥情无数，最后凭借美丽的谎言又获得了孀妇费尔米纳的夕阳恋；其他如《家长的没落》中嗜杀的将军们，《霍乱时期的爱情》中偷情的女性们等很难用美丽、高尚来概括，其实，作者并没有刻意塑造完美的人物，而是不避缺点、丑恶，刻画出马孔多世界里栩栩如生的生存个体，展示他们的生存状况——他们各自陷在自己的生活圈子里，仿佛什么也不顾虑，其实，他们都受制于某种循环、封闭的宿命。同时，在莫言和马尔克斯这里，文化冲突、历史变迁和世界观差异等，以性格特征的悖论方式被显现出来。他们试图塑造整体性的、具有生活特征的人。整体来说，马尔克斯笔下人物的美丑结合源于中国读者对马孔多世界部落情感文化的德性视差和文化接触融合所造成的内外分裂，马尔克斯通过这种分裂和混合的人物性格的生存方式来探寻民族文化身份的遗忘症。莫言笔下人物的美丑结合源于其对整体性艺术世界的美学追求，以及时代文化发展所造成的"新与旧"的痕迹及内在人性和外在德性之间的冲突，并且，这些人物的人格现象都是奠基在地域文化生命个体的勃发之上的。总之，马尔克斯和莫言都在各自的文学王国里塑造了众多复杂的人物性格，民族身份重建和生命的张力是两位作家文学人物性格的分水岭。

（二）文学意境表现出美丑结合的审美原则

"意境"作为美学概念，经过哲学意境、社会意境和文学意境的发展变化。"意境"作为文论术语始于唐代著名诗人王昌龄所撰写的诗歌：物境主要指自然山水物态的描绘，情境主要指诗歌艺术形象所表现的亲身体验的真实感情，意境主要指诗歌艺术形象所表现的内心感受。其他如释皎然、权德舆、欧阳修、严羽、王夫之、王士祯、王国维、梁启超、宗白华等人都有所论述。在莫言这里，主要指其在小说中所创造的文学意境（生活美学世界），尽管王昌龄也提到了物镜，但是其概念含义较为狭窄，没有达到莫言所追求的被蔡仪自然美所展开的艺术境界：自然世界和生活世界本身具有客观的美的因素，因此在莫言的文学意境和生活世界里，我们所看到的是这种美丑结合的生活世界之美。

文学意境和来自《离骚》、唐诗和宋词的那种主观意境与造景的主观统摄性不同，也和来自卢梭、海德格尔的那种自然的和纯粹的人生背景的意境也不同，它和来自普罗提诺的那种包含美丑的整体性美学意境具有关联，但是却把美学意境放在此岸。法国作家雨果利用美丑对照来创作《巴黎圣母院》，但是，他笔下的人物是极端的美与极端的丑的错位结合，如嘉西莫多、主教等体现了一种不自然的人为的美丑结合。莫言笔下的意境审美原则是自然的、整体的。他笔下的美、丑都是事物的组成部分，是可触的、可感的，是日常生活的。换句话说，他在描写盛大光明的场面时，将美丽、庄严、神圣向读者揭示，同时总是让读者看到血光、破碎等丑陋，闻到血腥、辛辣等气味，听到呻吟、惨叫、爆炸等声音，感到残酷、阴冷等气氛；让读者看到谋夫、偷情、野合、借种、扒灰等；或者让读者联想到死亡、谋杀、丑恶等。美就在丑的基础上诞生，丑和美是伴生的。例如，莫言描写爱情场面。余占鳌与戴秀莲在红高粱地里以天地为屋、高粱作帘，他们的爱情是自然的、野性的，即使叙述人的话语已经使读者沉迷于神秘的爱情而掩盖了它的背部，但同时它与谋杀、背叛、腐尸、换亲、发疯、病丈夫相连，使这种爱情像"恶之花"一样令人感叹。事实上，在《白狗秋千架》中，作者写回乡大学教师和其昔日的恋人姑姑（因和其玩耍时弄瞎一只眼睛而无怨无悔地下嫁给一个哑巴，生了三个哑巴儿子），在白狗的指引下，两人在玉米地里进行仅有的一次与责任、经济、钩心斗角无关的爱之野合。残疾、哑巴、孤独、背叛、一生幸福付流水等，让这段爱情显得如此惊心动魄！其他如高马与金菊的爱情场面；变脸的方富贵与已成寡妇的妻子屠小英、丁钩儿与女司机、司马库与崔凤仙、鸟儿韩与上官来弟、林岚与马其、钱丁与孙眉娘、罗通和野骡子、蓝解放和庞春苗等爱情缠绵场面的描写，都有相似的笔触。总之，莫言描写恋爱的女子，不仅写她的美丽多情，而且很可能让她在约会时打个饱嗝，甚至当众放个响屁。当然，其他场面也有类似的情况。比如，在《檀香刑》中，写咸丰皇帝出场，显现他脸上的麻子；在《天堂蒜薹之歌》中，逮捕高马的小个子警察是个结巴；漂亮的女市长林岚运用自慰器、玩男妓；钱丁为民请愿多次摔掉帽子，想当英雄救助孙丙的小山子在临刑时尿了一裤子等场面描写。叙述人从辩证的观点描述了既肮脏又高尚，既美丽又丑陋，既高尚又卑鄙的场面。让读者从美的偏执的世界走向较完全的生命感觉世界。马尔克斯的长篇小说文本中场景的处理，同样有偏向文化之丑的倾向，但是，这种偏向也是历史场景伴生的一极。在《百年孤独》中，吉卜赛人到来时的欺骗性交

易；奥雷连诺上校等参加的革命最终被党派交易毁于一旦；"美
王"的选拔会成为一场贼喊捉贼的血腥屠杀；对已经离开政治斗
争的奥雷连诺上校的 19 个儿子的追杀；没有痕迹地对罢工工人
进行血腥屠杀；家长对不忠实的部下的屠杀、轰炸、油炸、喂食
鳄鱼等令人发指的镇压；阿里萨同成打情妇瞒天过海的偷情；乡
间的霍乱病人和被枪杀的无名尸体等场景的近距离描述给人以强
烈的震撼力。但是，马尔克斯的场景处理所表现出来的血腥、恐
怖、丑恶等，是作者对马孔多世界（包括拉丁美洲）镜子般回忆
中所显现出来的殖民地现实；它呈现出一种镜子般写实并且奇幻
的特点。这同莫言对近代、现代、当代历史进行主观性虚构重写
是有区别的。文化接触、精英启蒙和反抗殖民叙事是马尔克斯小
说场景美丑结合的原因；社会变迁、人性表意和底层关怀是莫言
小说场景美丑结合的根基。西方他者视差和马孔多民族地理文化
回忆使马尔克斯小说表现出文化之"丑"；生命力张扬、整体性
世界和民间视角使莫言小说表现出生命之"丑"。另外，从浪漫
主义美学对于超越拯救艺术世界的追求来看，这种美丑结合的审
美风格和艺术追求，变现了马尔克斯和莫言对浪漫主义意境美学
的继承和超越。

四　矢线历史和复式叙述

关于历史观有很多种，如柏拉图的静止历史观、中国和印度的
循环历史观、印第安的圆形历史观、达尔文的进化历史观等。亚里
士多德认为："时间本身不是运动，而是凭借时间，运动得以用数
字形式来度量。而且，正如运动是一种连续不断的流动，时间也
是。"① 圣·奥古斯丁认为："我知道如果没有任何事物逝去，则没
有过去的观念；如果没有任何事物将要到来，则没有未来的时间；

---

① ［古希腊］亚里士多德：《物理学》，［英］K. 里德伯斯编：《时间》，章邵增译，
华夏出版社 2006 年版，第 4 页。

如果没有任何事物存在，则亦没有现在的时间。"① 看来时间的变更曾是衡量事物、理解历史的重要维度。"生活，在当时不可能得到真正的理解，因为没有哪一时刻能让我找到合适的立足点来理解它——除非是回忆过去。"② 存在主义哲学家克尔凯郭尔的日记证明回忆在理解中的重要性。学者罗米拉·塔帕尔认为："作为历史的部分，时间与社会和政治功能紧密相连，不论在不同历史传统的著作中，还是在来自同一社会阶层的作者基于不同的目的而使用的时间观念中，都能发现这一点。"③ 显然，时间也不是中性的，不同时间观念的历史观也不是中性的。莫言、马尔克斯利用各自文学世界中的历史表达了对全世界兴起的以西方为模式的现代化时间进程的颠覆和反思。

（一）异中之同——对矢线历史观的审问：斩首时间

从 18 世纪达尔文的生物进化理论进入历史以来，社会科学便兴盛着一种进化历史观。黑格尔、柏格森、齐美尔等人的思想都是这方面的代表或者变形。该流派极端者一般认为：历史发展的动力是某种力（理念之力、意志之力、生产力）。在马克思意义上，人民群众是历史的创造者。人类社会在生产力和生产关系相互作用的推动下，从原始社会、奴隶社会、封建社会、资本主义社会、社会主义社会、共产主义社会等螺旋式上升、波浪式前进。但是，马克思的辩证唯物历史观是那些生物学、心理学的辩证唯物史观所不可比拟的。总之，一般进化论者认为：人类社会最终是向前发展的，呈现出一种不可避免的发展历程（该流派的某些智者用拉长时间的方法来延迟现实的困境）。但是莫言和马尔克斯用各自的作品形象

---

① ［古罗马］圣·奥古斯丁：《忏悔录》，［英］K. 里德伯斯编：《时间》，章邵增译，华夏出版社 2006 年版，第 3 页。

② ［丹麦］克尔凯郭尔：《克尔凯郭尔 1843 年日记》，［英］K. 里德伯斯编：《时间》，章邵增译，华夏出版社 2006 年版，第 134 页。

③ ［印度］罗米拉·塔帕尔：《早期印度的循环时间观和线性时间观》，［英］K. 里德伯斯编：《时间》，章邵增译，第 38 页。

对这种平滑历史观提出了质疑。"我的基本观点就是，故事是殖民探险者和小说家讲述遥远国度的核心内容；它也成为殖民地人民用来确认自己的身份和自己历史存在的方式。"① 学者萨义德也对之进行了有意义的探索。勘察历史意味着自我的重构、存在、反思和规划。

1. 莫言的泥泞历史

莫言的作品多以近代史为背景。毫无疑问，刚开始莫言也是历史进化论者。例如，在《红高粱》中，作者塑造了历史的脊梁性人物，余占鳌们为了家国而奋起同侵略者进行斗争的光荣历史。但是，很快他便在写作中认识到真正的历史——民间历史的独特性。用鲁迅的话说就是血写的历史，而非官方的历史。为了分析方便，笔者打乱作者创作作品的年代，而按照作品所借用的历史背景及对历史的想象来透视作者的历史观。《马驹横渡沼泽》显现了家族的起源史，毫无疑问，家族的历史起点与死亡、乱伦、残暴、血腥相连。《檀香刑》采用当事人的叙述权威建立了一段近代历史画卷。德国势力进入中国，在胶东铺设铁路的背景下，作者没有更多地考虑官方的举措，因为它的视点是民间老百姓的历史。戏子孙丙，受到知县钱丁的排挤、打击，不得不由一个艺术家沦落为一个茶馆掌柜。他的厄运没有结束，他的漂亮的妻子小桃红被德国工程师调戏，他怒打德国工程师，即使在朱八、钱丁等的周旋之下，马桑镇仍遭到屠杀，27 人命丧黄泉。孙丙不得不加入当时的红灯照，把反抗的火苗引向马桑镇，但是在火力和英雄之名的夹击下，孙丙束手就范，马桑镇被炮轰成为废墟，而孙丙在被执行檀香刑时，执行台周围又是一片血泊，孙丙这个被逼而起的代表民族立言的民间英雄成为使诸多百姓、官僚、侵略者狂欢的一盘大菜！历史在一片血泊中颤抖、停滞。司马大牙、上官斗等也是民族的献祭者。在《红高粱》中日军侵华背景下，余占鳌带领乡亲在墨水河截击日寇，战

① ［美］爱德华·W. 萨义德（Said，E. W.）：《前言》，《文化与帝国主义》，李琨译，三联书店 2003 年版，第 3 页。

士死伤过半，冷支队"替"余占鳌收缴了战利品，招致日军对村庄的血洗。而余占鳌带领的铁板会、胶高支队（八路）、冷支队发行钞票、互相绑票制造内讧，在余占鳌部给戴秀莲出大丧时，发生连环大战，造成一片血泊；日军血洗村庄之后，村庄成为狗吃人肉、人吃狗肉的一片饥饿荒原。沙月亮、蒋立人、司马库所代表的（《丰乳肥臀》）是三股抗日势力，也是造成混乱的力量，而混乱更是造成老百姓逃荒要饭的原因。土地改革时期，由于互相攻击，乡民互相敌对，西门闹（《生死疲劳》）、司马凤、司马凰（《丰乳肥臀》）被杀自然成为大家心知肚明的悲剧。因母亲被批斗致死，高羊偷偷地将她埋掉，被大队书记逼迫着喝自己的尿液，但由于大雨而不得不罚款了事，高羊感到喝尿喝得值！三年自然灾害时期，女大学生霍利娜、乔其莎为了一个馒头不得不委身于比她们大得多的厨师张麻子。"文化大革命"时期，巫云雨带"金猴造反兵团"，郭平恩带"风雷激"战斗队，汪金枝带"独角兽"战斗队并开辟"独角兽"栏目，他们互相攻击，押着地主反坏右分子游街，甚至用各种卑劣的手段和话语进行批斗等，一片混乱。西门金龙能够在红卫兵中处于头领地位，完全是因为常天红赠给他的红袖章及正式军用棉衣！一旦金龙把陶瓷毛主席像章掉入厕所，他就被剥夺了权力而成为被专政的对象。改革开放后，欲望张扬穷奢极欲和欲望渴求艰难生存形成鲜明并置。在《天堂蒜薹之歌》中，蒜农因为利益和地方政府发生冲突，结果闹事的蒜农都受到了制裁，高马、高羊入狱（高羊又喝了自己的尿），有的家破人亡，而个别政府责任人却只是平调，当然，随后也被处理了。在《十三步》中，劳累的高中教师、火葬场职工过着艰难的生活，方富贵死而复活、活而又死，张赤球放弃工作下海，屠小英守寡，刘玉禅为了钱贩卖死人肉。《酒国》更是并置了老百姓幸福而艰难的生活以及某些官僚的贪污腐化生活，暗示了某种"卖肉孩与吃肉孩"的隐喻联系。《四十一炮》挖掘改革开放后，百姓的困境及追赶经济大潮之下弄潮儿的非人道的欲望张扬。通过对莫言笔下话语所塑造的历史的审视，可以看到风风火火的历史潮流过后，历史带给人们的还是一片狼藉。从历史名词的更替来看，抗德战争、抗日战争、解放战争、土地改革、"文化大革命"、当代社会，或者从生产力的数学计数法来说，仿佛社会在不断前进，但是从置身于历史中老百姓的生活感受来说，历史真正的进步被生命体验重新考量着。展现在人们面前的是历史当事人的血泪、屈辱和肮脏的东西。这个发现可以说使莫言的"作为老百姓写作"[1] 的文学口号得到了深度体现。当然，这也与莫言美丑伴生、整体人性等文学追求密切相关。对于那些只是高扬老百姓，尤其是农民献身精神的小说（例如《艳阳天》《剑河浪》等）的内在空虚和盲视进行了填补和廓清！从老百姓的生命体验角度解构了社会历史的达尔文进化主义，反讽了个人奋斗的历史进程。"……高密东北乡从来就没有不是废墟过，高密东北乡人们心灵里堆积着的断砖残瓦从来就没有清理干净过，也不可能清理干净。"[2] 莫言在小说中的话语体现了作者的这种发现和体验。"在这部长篇小说里，历史，似乎不像我们从教科书上学到的历史，不是什么前进与倒退的问题，也不能用什么螺旋式上升的模式来框定，而是一摊烂泥，一片混沌，一江滚滚东去永远流不尽的黄河水。"[3] 张军的话很有见地。莫言透过其文本中历史当事人的眼光，发现历史是一摊摊血泪、屈辱和肮脏的东西，历史个体的欲望无可奈何地被某种巨大的潮流驱赶、蹂躏着，那里没有自尊、人格，只是食草者、食肉者的生死挣扎、搏斗的生死场。变化的只是年号、人物等外在的东西，而历史个体的生存体验并没有发生大的变化。尽管莫言小说中的人物大多具有强悍的生命力，但是，他们的体验带有悲

---

[1] 莫言：《作为老百姓写作——在苏州大学"小说家讲坛"上的演讲》，杨杨编：《莫言研究资料》，天津人民出版社 2005 年版，第 63 页。具体观点如下："……但'作为老百姓的写作'者，在写作的时候，不会也不必去考虑这些问题。他在写作的时候，没有想到要用小说来揭露什么，来鞭挞什么，来提倡什么，来教化什么，因此他在写作的时候，就可以用一种平等的心态来对待小说中的人物。他不但不认为自己比读者高明，他也不认为自己比自己作品中的人物高明。"

[2] 莫言：《狗道》，《红高粱家族》，解放军文艺出版社 1987 年版，第 211 页。

[3] 张军：《莫言：反讽艺术家——读〈丰乳肥臀〉》，路晓冰编选：《莫言研究资料》（乙种），山东文艺出版社 2006 年版，第 261 页。

观而豪壮的色彩。生命强力和外在限制之间存在着激烈的张力，在这种魔幻世界之内，生命得到了抵抗艰难的表现。也许只有野地、未被污染的农村、烈士陵园才是作品主人公的灵魂栖息地。

2. 马尔克斯的废墟历史

当然，马尔克斯笔下的马孔多的历史刚开始是蛮荒的，与乱伦、血腥相连。在部落文化时期，霍·阿·布恩蒂亚和乌苏娜由于近亲结婚，因怕生出带猪尾巴的孩子，没有同房，由于邻居开玩笑，诱发决斗杀死那人，厌烦鬼魂来纠缠，就到了这个叫作马孔多的地方。霍·阿·布恩蒂亚带领志愿者在这个鬼魂找不到的地方开始了自由的、与外界隔绝的生活。但是，后来马孔多的历史便逐渐复杂起来。外来者的进入打开了马孔多的荒芜之门。在外来文化进入时期，先是吉卜赛把戏人的到来，霍·阿卡迪奥追随着吉卜赛人出走（归来时成为一个水手），带来了冰的神奇，魔法的魅力，当然还有敛财的骗术；有原始的弗兰西斯科人的歌曲纪事；每天晚上必须给 70 个人快乐的印第安小妓女的野蛮悲惨的生活，但这种野蛮和悲惨是被人们接受的，是大家都没有意识到的残酷和野蛮；然后，阿拉伯人用小玩意儿交换鹦鹉（交换当地资源），开雅各旅店；镇长阿·摩斯柯特的到来，代表着权力的进入，但是，马孔多拒绝外在的权力。在霍·阿·布恩蒂亚的带领下大家过着自在的生活。但是，有一天大家发现自己说西班牙语同说印第安语一样流利。在生活器物方面，意大利机师皮埃特罗·可列斯比带来了自动钢琴、维也纳的家具、波希米亚水晶玻璃器皿、西印度公司餐桌、荷兰桌布（商业发展到贸易程度，奢侈品进入了家庭）；卡塔林诺游艺场、专业娱乐业的出现，大教堂的建立标志着西方基督教文化已经发展到相当的程度；西班牙剧团巡回演出；有些人发现印第安语成为需要学习的语言，等等。外来文化力量以器物、制度、生活方式、信仰等形式逐渐同化了本地文化，本地文化成为被遗忘的怪物。消费文化已经兴起。但是战争和经济掠夺打乱了社会秩序和进程，整个社会出现了混乱和衰落的景象。在政治方面，贵族世家菲兰达家族已悄悄没落；全国的自由党和保守党开始拉锯式斗争，甚至战斗，战争把大家都卷了进去。奥雷连诺上校因为反对保守党偷换选票和士兵杀死被疯狗咬伤的女人，而决心走上反抗道路。他一生战斗 32次，遭遇暗杀 14 次，但是仿佛社会没有发生什么改变（奥雷连诺也总结说自己是为骄傲而战，并不是为正义而战）。奥雷连诺浪漫传奇（战斗/生下 17 个私生子）的经历掩盖了战乱对现实的破坏，女王狂欢节变成了血腥的屠杀。年迈的奥雷连诺上校面对政府的言而无信，声称自己要再次讨个公道，这成为秘密警察枪杀他 17 个孩子的理由。在经济方面，奥雷连诺·特里斯特在镇上开冰场、修铁路引来火车、带回电机；商人布鲁诺克列斯比先生放映电影等，马孔多有了自己初步的工业经济形式。赫伯特先生对香蕉的研究，接着就是外国资本的进入（当然潜在的和在先的是帝国势力的进入），香蕉种植园的建立，带来了马孔多暂时的繁华。随着种植园工人为了星期天休息权的罢工斗争的开展，资本家、律师、政府开始对工人进行分化、逮捕甚至集中消灭，资本家撤走之后，马孔多成了一个被人遗忘的废墟——问题在于马孔多本来是与世隔绝的野蛮的乐园，现在却成了一个离开外国资本就被人遗忘的废墟之乡。在马孔多衰落时期，妓女街、走私活动等的猖獗暗示着马孔多的混乱；在一场大雨之后马孔多全变了样：牲畜不再快速地繁殖，霍·阿·布恩蒂亚家族逐渐衰落。当阿玛兰塔·乌苏娜和奥雷连诺·布恩蒂亚两个人结合生了一个带猪尾巴的孩子时，奥雷连诺·布恩蒂亚破解了羊皮纸上的秘密，马孔多便成为一个被飓风吹得无影无踪的镜子城。皮列·苔丝娜过着母系氏族的生活，而霍·阿·布恩蒂亚则过着父系氏族的生活。在他们的一生中，由马孔多的开创开始一直到马孔多变成一个国际性的城镇，再到沦落为无人关心的废墟，历经权力的争夺、战争、选举，资本的进入和撤出，基督文明的涌入，等等，但是他们的生活并没有发生什么改变，更重要的是社会动乱和家族衰落开始发生。他们说英语、西班牙语，但是不太了解印第安语；他们不知道自己的身世，即使阿玛兰塔·乌苏娜和奥雷连诺·布恩蒂亚也搞不清楚两人是不是近亲，更不知道会不会生出带猪尾巴的孩子。他们生活在人造的镜子城里。探索性的、有鉴别能力的人物霍·阿·布恩蒂亚早已被当作疯子用铁链锁在院内树下；奥雷连诺上校这样的革命志士气愤地缩入实验室进行金鱼的制作和销毁的循环游戏，他的后代全部被枪杀。历史的见证者阿卡迪奥第二也处在被通缉之中，没有人相信他的证言，最后和孪生兄弟奥雷连诺第二同时死亡。西方殖民文化的涌入只是给马孔多增添了血腥、死亡、饥饿、废墟、掠夺、妓女街等。《家长的没落》集中审视了殖民地军事政权统治下社会的各种圆圈。在政治方面，家长由于害怕被国内的政治、军事势力推翻，他疯狂地进行镇压，借用巫术、密探甚至梦的启示来作为自己的行动指南，导致滥杀无辜、害怕死亡、色厉内荏的镇压。辉煌的后宫供其好色的生活。他的作为只能使自己的政权苟延残喘，对殖民统治、社会动乱没有起到丝毫的作用。在社会治安方面，甚至他自己的妻子——全国第一夫人也被阴谋的恶狗撕成碎片，而导致家长之死的原因是时间、国内政敌刺杀还是国外势力的刺杀，谁也说不清楚（这三种原因都有可能）。在财政方面，财政部部长证明甚至家长的裤子也是由借来的外国款项支付的，而大多数财政项目都被外国人垄断着。在民主方面，家长拥有 5000 个夫人，而京城的广大平民仍然住在荒凉、残暴的"狗打架"区里，他的每一句话都可能成为忠实的手下杀害别人的命令。在国土安全层面，全国几乎每一片土地都成了殖民掠夺的范围，甚至他心爱的大海也被帝国势力切割成一块一块的。在军事方面，家长疯狂镇压本国军队，仿佛鼠疫曾吓退了外国军队！家长的统治时间是150 年，然而民族独立的国家仍然没有着落！权力者本身、国家都沦落到隔绝、孤独的地步。到了《霍乱时期的爱情》里，作者故意设置爱情外衣、安乐死障眼法，实际上重要的东西故意被作者淡化为有意味的背景，成为暗示的东西。费尔米纳和阿里萨的浪漫之旅成为障眼法，那些由上游漂来的人和牲畜的尸体（人的尸体上带着枪眼），以及瘟疫的流行、政治杂耍在互文中有意味地展现了战乱的现实——另一种霍乱。而曾经参加战斗而断腿的阿莫乌尔却选择了自杀。出过国的乌尔比诺医生可以靠他精湛的艺术来谋求个人的幸福、医治瘟疫中的病人，但是他却无法战胜社会鼠疫症。阿里萨经过几乎一生的等待获得了自己的爱情，但是社会现实的动乱仍然摆在面前。而莱昂十二、阿里萨等有资本、有能力的资本家面对帝国资本的挤压，只是迷醉、沉浸于对爱情、发财、享受、生存等的追求里，成为个性形象障眼法。作者——叙述人想寻找一种治疗社会瘟疫的妙方——爱。总之，在文本世界中，动乱、孤独、殖民等成为拉美的不治之症。"在拉丁美洲，我们一直被说成是西班牙人。一方面，确实如此，因为西班牙因素组成了我们文化特性的一部分，这是无可否认的。不过我在那次安哥拉之行中发现，原来我们还曾是非洲人，或者说，是混血人。我们的文化是一种文化，是博采众长而丰富发展起来的。那时我才认识到这一点。"① 通过对马尔克斯长篇小说的现象梳理，我们会发现作者的失望，遗忘症导致拉美人无法看到自己历史的辉煌，剩下的只是隐约、模糊的记忆碎片：落后愚昧的起源、连年战乱、令人神往的神话思维、真真假假的血腥记忆、铁屋子般的暴政、萧条的民族工业、沉溺于情欲的诸人等。对几百年历史的清理只是发现一片残砖断瓦！同样，在叙事策略上，《百年孤独》将过去的现在、过去的过去和过去的将来并置在一起，导致不同叙述流的混合，形成明显的对比关系，有意味地得出马孔多历史的停滞、循环的观点；在每一个章节里，《家长的没落》则从看到家长的尸体的现实开始，进入对家长的后宫、替身、军队的清洗、复活、爱情、神化自己、报复、外政等方面进行追叙，把过去和现在交错，现实的动乱如梦如幻地显示历史的停滞。《霍乱时期的爱情》同样用等了52年的爱情长征来掩盖依然混乱的时局。总之，从内容、叙事策略层面上，马尔克

---

① ［哥］马尔克斯、门多萨：《番石榴飘香》，林一安译，三联书店1987年版，第73页。

斯出色地瓦解了西方达尔文的线性历史上升发展的观点，尤其瓦解了来自没落西方启蒙理性的自反罪恶，显示出一段封闭的、停滞的、孤独的废墟历史画片。这种废墟历史的圆圈和马孔多世界的历史圆圈重合并纠缠在一起，但是它们两者是对立的，前者是马尔克斯文学作品解构的罪恶对象，后者是其文学作品解构进化历史时的民族文化根基。相对于此，莫言除了用文学作品解构来自德寇、日寇的那种殖民进化历史观之外，他实现解构的基础被奠基于民族文化、民间文化和生命强力文化之内。

（二）同中之异——立场、叙事策略、解决方案

在胡塞尔的语言学价值论和德里达的原子价值论，以及弗洛伊德和布鲁姆的文学史价值论意义上，一个作家和另一个作家的区别不仅在于主题，而且在于叙述立场、叙事策略等方面，因而，我们区分了两位作家在主题、叙述等方面的特征，也建构了他们各自的文学价值和地位。同样是对历史的直线发展提出质疑的语言形象探索，两者的解构立场、策略、解决方案表现出明显的不同。"同一个题材，由于作家不同，作品的价值便也不同。"① 日本学者浜田正秀在主题学意义上探讨作品价值的作家起源，在此意义上，本书除了分析莫言、马尔克斯相关的文学价值外，还要分析其文学形态和原因。

1. 莫言解构线性历史的老百姓立场

（1）以农民经验为基础写作农民题材

与古代主流文学叙述者的主流立场不同，自五四运动以来，中古当代文学的叙述立场大致有四个方面：官方主流立场、知识分子精英立场、小市民的生活立场、农民立场。在五四时期，知识分子精英立场和小市民立场、农（人）民立场处于重合和纠缠境况里。自延安文学以来，中国当代文学的叙述立场发生了巨大变化：官方

---

① ［日］浜田正秀：《文艺学概论》，陈秋峰、杨国华译，中国戏剧出版社 1985 年版，第 107 页。

主流立场和农（人）民立场融合在一起，可以说，整个新时期的文学成就几乎都奠基在这个立场之上。如赵树理、柳青等。莫言也不例外。在世界文学意义上，莫言一方面面对魔幻现实主义文学说话，另一方面，莫言要面对中国传统文学、五四文学、延安文学等文学资源说话，这两方面促成莫言必须也只有采取老百姓立场说话，才能走出马尔克斯的中产阶级知识分子叙述立场和五四知识分子文学启蒙立场的束缚，找到属于自己的文学支点。

莫言出身农民、身经"文化大革命"、有 20 年的农村生活经验——饥饿和孤独是他深刻的人生经验，农民意识深入他的骨髓！在莫言小说中受到人道主义关注的人群大多是农民。"我自信可以写城市，而且我也写过城市。我的自信是建立在小说是写人、写人的情感、写人的命运这样一个基本常识的基础上的。"① 纵然莫言宣称他可以写城市，即使作者进京之后，他的作品也没有改变其农村底色（同茅盾在《子夜》中书写城市生活比农村生活出色相反），莫言的长篇小说，甚至截至目前的所有小说，农村生活的深度、宽度明显超过对城市生活的表现。《红高粱》的五个互文中篇都是描写东北高密乡的地方抗日斗争及该时期农民的生活生态的。例如，"这是你老婆？"爷爷问。"呜哩哇啦叽哩咕噜……""这是你儿子？"爷爷问。"呜啦咿呀吱唧唏嘘……"② "畜牲，你他妈的也会流泪？你知道亲自己的老婆孩子，怎么还要杀我们的老婆孩子？你挤圪着尿罐眼眼潲臊水就能让我不杀你吗？"③ 余占鳌在红高粱地里的短兵相接中发现日寇也是人，是会痛苦会求饶会死的人！实际上也正是这种平民立场，大大地提高了小说反战的内涵。战争给双方政府带来的或者是殖民地和荣誉或者是失败的可耻，但是给参战的农民、平民子弟带来的却是肉体的受伤、生命的死亡，荣誉和可耻基本上与参战的士兵关系不大！从底层角度看，反战使

---

① 莫言：《在台北出版节"作家之夜"的发言》，莫言：《小说的气味》，当代世界出版社 2004 年版，第 197 页。
② 莫言：《狗道》，《红高粱家族》，解放军文艺出版社 1987 年版，第 200 页。
③ 同上书，第 201 页。

文本具有国际反法西斯战争的意义——中日双方的贫民是最大的受害者，他们为毫无意义的战争献出了辛苦的劳动、子弟的生命。《红高粱》的反战意义至今对中日两国人民仍然有效。《天堂蒜薹之歌》直面改革开放后天堂县蒜农和玩弄人民的天堂县政府的利益冲突，从平民高马、高羊的角度控诉了某些无视人民利益的干部和政策。《十三步》关注令人怜悯的一般市民知识分子，叙述人深入内心关注方富贵、屠小英、张赤球、刘玉禅等人物质匮乏的生存状态。《食草家族》六个中篇，正是在语言狂欢的表层下，对高密乡的世界、管家家族、村落进行历史性审视，用九老爷、四老爷、九奶奶、大毛、二毛等确立了人的"大便"意识，审视家族起源和历史的荒芜、血腥。《丰乳肥臀》则是历述东北高密乡抗击德军、抗击日军、土地改革、解放战争、反地主反坏右、"文化大革命"、新时期经济建设的历史，由农民到大栏市市民，主要由上官家族切入历史的变化，其感受历史血污、颠覆贪污腐化权力行为的语言基点正是呼唤生存公平的农民、市民基点。《红树林》正是在断代历史的展示下，思考权力域内外人的生存状态和精神状态，纵然叙述人对贪污、伏法进行了廉价的处理，作者也把更多的同情指向了权力域外的人：珍珠、马刚以及陷入官场后解脱的马叔、林岚等，而对官场内的秦书记、林县长、金大川等则进行人性的无情解剖（当然从人性的角度看，金大川仿佛是天生的作恶分子，塑造得较薄弱）。《檀香刑》是马桑镇那乡那土的老百姓的血泪史，对农民遭难、遭屠杀、遭檀香刑的叙述维持着一种平民立场，诸多刑罚场面的叙述则维持着传统农民的生命视角。《四十一炮》是性、肉等欲望生活对农村的包围，在包围之中有人变成了人兽，如老兰、黄金豹等；有人坚持做人，如罗通、罗小通、杨玉珍等，这些普通农民凭着自己内心的良知坚持着人道。《生死疲劳》主要叙述开明地主西门闹在土改时被枪毙，历经六世进行申冤的故事。坚持走单干的蓝脸几十年在夜间干活等，把人道关怀主要放在蓝脸、西门闹、黄合作、黄互助等农民，及蓝开放、庞凤凰和离职的蓝解放等普通市民和无业游民身上。另外，对洪泰岳、西门金龙等权力中心人物则持明显批判态度。作者观察人物事件的基点大都是底层个人视角，或者说是平（市）民意识。这与作者 20 年的农村生活经验和作家的个人担当是紧密相连的。

（2）"作为老百姓写作"口号的提出

"我反对这样的口号：'作家要为老百姓创作。'听起来，这个口号平易近人，好像创作是一个奴仆对主人服务，但实际上它包含了一个居高临下的态度，似乎作家都肩负着为你指明一个什么方向的责任。我觉得这个口号应该改为'作为老百姓写作'。因为我本身就是老百姓，我感受到的生活和我灵魂的痛苦是跟老百姓一样的。"① 莫言这个口号的提出是建立在假设老百姓都有表达自己歌哭的能力基础上的（事实上，老百姓表达自己的能力、机会、平台、资金、时间、准备等很难说同作家是一样的，大家彼此心照不宣），这非常类似于叔本华、狄尔泰、毛泽东等人的"一切老百姓都是艺术家"的观念，借此否定"作家要为老百姓创作"的口号，显然有所偏颇。不过，根据莫言的意思，"作家为老百姓写作"和"作为老百姓写作"在反映老百姓歌哭的目的上是一样的，只不过效果不同罢了。所以我们完全可以得出，莫言为了尊重底层市民，尤其是底层农民的生存状态，他不惜以身作则降低自己而向老百姓靠近，其最终追求的效果就是获得和保持一个底层视角、民间意识，借此来作为审视历史的核心。如赵树理、柳青一样，实际上，莫言小说创作宣告其关注底层市民尤其是农民的生活经验与感受，他评判事物的基点明显是底层立场。笔者不同意民间立场一说。民间立场很复杂，有的身居底层却为了面包或者招安而做出一种官方姿态，有的身居高位却做出伪民间立场而沽名钓誉。因此，真正关注和尊重农民、市民、知识分子等老百姓的叙述立场，和毛泽东的文艺观是一致的，它不仅由口号表明，而且需要文本说话，也要被老百姓认可。这在莫言的创作宣言、小说文本等方面被很好地表现出来。因而，那种来自殖民文化的线性历史都在莫言笔下的民间人

---

① 莫言：《小说的气味》，当代世界出版社 2004 年版，第 351 页。

物、农民形象那里被重建。最明显的当属余占鳌、上官金童、珍珠、赵小甲、戴秀莲、罗小通、蓝脸等，他们都以自己的感觉、叙述、立场重新建构被文本中精英人物、殖民势力建构的线性历史。

（3）审视中国前现代和城市化进程中的农民生活

莫言持对线性历史的发展模式进行解构的立场，首先，莫言在批评现代性的污垢之时，对中国城市化进程中农民的生活进行审视。改革开放后，侦探丁钩儿孤身到酒国侦察"食婴案"的溃败，上官金童在日益激烈的权力、金钱欲望的竞争中败退，"三个虎"的为所欲为，秦书记等改革后的失态，老兰的财大气粗呼风唤雨，西门金龙的投机倒把等，文本场景体现了莫言对中国现代化过程中已经或可能出现的"丑陋的现代性"进行批判的立场。在城市化过程中，无论城市政府，还是农民都没有做好城市化生活的准备。其次，莫言对中国前现代时期的农民生活进行了审视。戴秀莲差点被一头骡子葬送了青春，食草家族的奸淫、谋杀、乱伦，沙月亮、司马库、蒋立人三股势力的混战，金菊和高马经受换亲的折磨，孙眉娘和钱丁的婚外情，赵甲对刽子手传奇的疯狂自述，等等，这些片断又从现象学上显示出莫言对中国前现代时期文明的揭发和鞭挞。最后，莫言还审视了殖民地农民的物质生活和精神状况。莫言像鲁迅一样处于一种对于过去、现在、未来的批评和警惕的绝望之中，时间距离不是进步的理由。这一点不同于马尔克斯——他在解构线性历史发展模式的同时还对超文本的未来寄寓很高的希望。莫言的农民生活审视立场，对于理解中国传统农民文化精神，以及在城市化过程中健康地建构新一代农民的物质和精神生活进行了丰富而富有意义的探索，其继承鲁迅的文化批判精神，至今对于城镇化建设的进一步深入仍具有时代意义。然而，如柏杨一样，莫言的这种艺术探索在某些人眼中成为落后的符码，这种评价对于莫言来说是不公平的。

2. 莫言的解构策略

不同的文学家和文学理论家的解构策略是不同的。比如，苏格拉底的解构策略是让对方言说自我显现和自我批判的不足。尼采的解构策略是借助超人生命推到宗教、文化、道德等世界，然后重新建构新的价值。罗兰·巴特则是通过符码的无限自我游戏来解构故事期待和读者前见。德里达则是通过粉碎对象来解构一切框架和体系。马尔克斯则是通过殖民地的恶果来解构西方理性文化的扩展。相对于此，莫言在文学作品中对来自西方殖民势力的文化、制度、生活方式等进行了深刻而艺术的解构和反思。

（1）用身体去解构外在他者

"人的肉体是这一对立着的多种力量的战场，是一种处在喜悦同悲伤、过去同未来、思想同感情、意识同无意识、性格同宿命、圣洁同兽性、肉体同精神、偶然同必然、个人同集体、生存同死亡的这些对抗力量交汇点的充满着不安和危机、迷惑和苦恼的存在。在这诸种代表性的对立里，可以考虑两种代表性的对立，即精神同肉体的对立，个人同集团的对立。"① 如日本文艺理论家浜田正秀所言，在莫言的文本中对暴力、战争、权力、欲望、食肉者等的解构，正是从老百姓身体的角度进行的。例如，《红高粱》用参战的中日士兵和军民血淋淋的死亡来解构战争历史。罗汉爷爷，这个倔强的老头从朴素的家国观念出发，铲死骡子，被剥了皮，一片血肉模糊，他哭泣、辱骂，他得到的是肉体的奇痛、死亡。这里我们没有发现英雄（罗汉爷爷没有英雄的样子也不想当英雄，他只是个不屈的老头）或者胜利者（日本兵虽然逼迫孙五剥了罗汉爷爷的皮，很难说战争最大的胜利就是剥了同类的皮），民族、效忠天皇、尊严、圣战、英雄、抗日等人们所创造的一切杀伐的荣誉词语顷刻间瓦解。战争的直接结果就是摧残、消灭对方的身体！"畜牲，你他妈的也会流泪？你知道亲自己的老婆孩子，怎么还要杀我们的老婆孩子？你挤圪着尿罐眼眼澄臊水就能让我不杀你吗？"② 这句话显示出交战双方都是血肉之躯，更进一步增加了战争的反讽性。莫言成功地用战斗的身体塑造了献祭的身体，借此表达对不义战争的厌

---

① ［日］浜田正秀：《文艺学概论》，陈秋峰、杨国华译，中国戏剧出版社1985年版，第80页。

② 莫言：《狗道》，《红高粱家族》，解放军文艺出版社1987年版，第201页。

恶。其他，如《狗道》中，村子被血洗之后，到处都是尸体和吃人肉的狗，还有几个吃狗肉的人。人的身体因而从生存方式方面堕落为野兽的身体。在《丰乳肥臀》中，沙月亮兵败后悬梁自尽，司马库兵败后被枪毙等，这些场面通过对底层参战人员肉体受损的血淋淋的展览，从视觉、触觉、听觉等多角度地解构战争的神话。在抗德战争中，司马大牙、上官斗、孙丙等民间英雄受到酷刑（走红铁鏊子、檀香刑）完成对反抗的百姓的规训；在抗日战争中，罗汉爷爷、余占鳌、司马库、铁板会、胶高支队、冷支队弟兄们等身体受到伤害；在解放战争中，司马库部队被消灭，司马库最终被枪毙；在土改时，司马凰、司马风、西门闹被枪毙；在"文化大革命"中，霍利娜、乔其莎等被迫委身张麻子以获得活命的馒头，屠小英、上官金童、老金、上官鲁氏等被游街、拘留，高羊埋母喝尿；在改革开放后，林岚委身于公爹秦书记，大虎则强娶珍珠；刘玉禅委身局长；高马住监，高羊狱中喝尿；上官金童装疯卖傻，从被献祭的身体到被侮辱的身体、被消费的身体，从身体的角度思考历史的进步。我们可以看出，底层老百姓的身体始终处于被规训的地位。被暴力或者权力捕获的身体并没有随着时间的推移而发生多大的变化，解构了线性历史的进步神话。除此之外，莫言在长篇小说里塑造了被消费的身体、享受的身体和劳动的身体，尤其在《酒国》《红树林》《檀香刑》《四十一炮》《生死疲劳》中，莫言的贡献在于将享受的身体和劳动的身体进行对比，借此表达他的平民关怀。而且，在《丰乳肥臀》里莫言从女性主义角度考量了生产身体的异化，在《蛙》中生产的身体和身体的生产权利被放在当代社会环境下被重新思考。外在的风俗习惯、社会制度、他者权威因而被重新衡量。除了在生产的身体和被消费的身体（女性主义）、劳动的身体（马克思主义）、被他者化的身体（拉康）之外，在身体话语的深层基础那里，莫言奠基着尼采的生命强力身体，莫言对于暴力、风俗习惯、旧的社会制度、他者权威的颠覆都奠基在肉体的强力生命基础之上。当代小说家阎连科称莫言为身体书写的高手。"伦理学的肢解带来了'身体的解放'——作家毕飞宇的说法给了我启示，他说，莫言的小说是真正的和发挥极致的'身体写作'，中国当代小说叙事中'身体的解放'是从莫言开始的——'不仅是写身体，而且是用身体去写。'"① 身体书写是《丰乳肥臀》发表后莫言被诟病的主要原因，也是莫言写作成功的原因。在身体书写方面，莫言利用身体的感觉和力量等自然性和内在性方面，在历史文化之内展开自己的突击。从世界文学史的文艺思潮的发展来看，身体书写也是对浪漫主义文学感觉的进一步发展。用尼采的生命身体对抗福柯的规训身体、用克里斯蒂瓦的生产身体对抗弗洛伊德的父亲身体、用卢梭的自然身体对抗鲍德里亚的消费身体、用马克思的劳动身体对抗萨德的享受身体是莫言身体书写的成功秘密。

（2）用人物的命运被颠簸去解构个体发展的历史

文本中的人物大都是底层人物。他们的命运沉浮都因社会的思潮起落而表现出相同的特点：人物几乎没有命运的自主性，即一个人可以选择，但他的选择几乎完全被社会潮流的力量裹挟而去。在社会潮流中，人物都是身不由己地活在各种话语圈子里，失去自我，只有基本生存的挣扎或者放纵自己的欲望，他们的命运始终处在历史社会思潮的摇摆之下。生产力（马克思）、意志力（尼采和弗洛伊德）、时尚选择（西美尔）、宗教精神（马克斯·韦伯的新教精神和桑巴特的犹太教创造财富的欲望精神）等进步力量，并没有使个人真正成为自身，相反成为被社会潮流裹挟而去的推动力量。莫言笔下的人物面对历史有两类。第一类是追赶时代潮流的人。由于追赶时代潮流而迷失自我人性。孙眉娘，因为父亲孙丙是个浪荡戏子，所以没有缠足，这个半截"美人"只能嫁给傻傻的赵小甲，结果反而因祸得福，遇到酷爱天足的钱丁的喜爱而成为县长钱丁的情人。而戴秀莲因为缠足成为远近闻名的美人，结果被单廷相看中，只得不情愿地嫁与患麻风病的单扁郎，当然，由于遇到余占鳌而使其婚姻发生了戏剧性的变化。鲁璇儿却是另一种情况：由

---

① 张清华：《叙述的极限》，杨杨编：《莫言研究资料》，天津人民出版社 2005 年版，第 377 页。

于姑姑想让她成为贵妇人，让她缠足，结果小足将成之时，放足成为时代潮流，小脚鲁璇儿只能由贵妇人变成铁匠家庭上官斗家的媳妇，她忍辱负重，一生生了九个孩子，结果死的死、散的散。综观这三个女人，该缠足时没缠足而被历史抛弃；缠了足，社会又开始放足，缠了足的自然被历史抛弃了；但是该缠足时，缠了足的女人也不一定能过上好日子。可以看出，缠足、放足构成颠簸人物命运的这段历史潮流的颤音。当然人物命运还会被各种外在的必然或者偶然力量所掌控。高马顺应历史的需要而当兵，后一个人回乡，和金菊恋爱，受尽彩礼之苦才得以结婚，但是遇到蒜农的游行示威，不服输的高马逃窜，临产的金菊自杀，吊唁妻子的高马被捕。而高羊，地主后代的身份自然被另眼看待，母亲被批斗致死，偷埋母亲被发现后，他被拘留在村公所里，结果被逼喝尿；改革开放后，因为偶然地伴随蒜农游行示威，所以被逮捕，在监狱中再次被逼喝尿！高马、高羊两个性格不同的人，却由于同样的社会事件而连在一起，双双住监。同一社会事件把不同的人裹挟而去。当然，身经不同社会思潮的人更具有分析的价值。余占鳌，由于父亲早死，自己又杀死了母亲的情人，导致母亲上吊自杀，他沦落为流浪者。与戴秀莲的邂逅改变了他的生活方式，杀单扁郎、花脖子，抢占铁板会等，他成了一个土匪。但是抗战到来，他又带领村民抵抗日军，后被带往日本做劳工，逃往深山像野人一样生活 18 年，新中国成立后才返回高密！战争与解放决定了余占鳌的命运——流民、土匪、抗日小头子、劳工、老英雄等。土地改革、"文化大革命"、改革开放决定了高羊地主子弟的身份，退学、埋母喝尿、娶残疾女人做妻子、生子卖蒜薹、卷入游行、监狱受审喝尿、决定做顺民等一连串生命轨迹。上官姐弟的命运同样与历史事件联系紧密。在抗日战争艰难的时势下，大姐嫁给沙月亮，日军投降沙月亮自杀；司马库时期，司马库占有情痴大姐，国军失败，司马库被枪毙，大姐犯了疯病；新中国成立后，志愿军功臣孙不言返回（昔日上官鲁氏曾许诺将大姐嫁与他，后沙月亮介入），和来弟结合；中日建交，鸟儿韩（和三姐鸟仙有婚约）由日本返回，鸟仙已死，和来弟有缘，在争执中打死孙不言，来弟被枪毙，鸟儿韩在服刑途中跳车身亡；抗战时期，四姐自卖为妓，营救母亲及全家，土地改革时，返家的四姐被干部搜查、批斗、夺去钱物（修改版）、发病死亡；七姐乔其莎抗战时被卖与白俄夫人做养女，新中国成立后，中苏关系破裂，乔其莎作为特殊人物被送往劳教所，因饥饿而委身厨师，后因受到优待吃黄豆而被撑死；上官金童，因马洛亚来到高密而出生，历经沙月亮、司马库、蒋立人三个时期，新中国成立时，被门圣武道人（后被枪毙）作为雪公子举行雪集仪式，后进国有工厂，因奸尸罪入狱，改革开放后，出狱的金童无法适应金钱欲望的纷争，一番繁华后，终归一无所有！纵观上官姐弟的命运，虽然性格各异和能力有别，但是他们有一个共同点：或者拼搏，或者退守，都没有摆脱被社会大潮裹挟的命运。另外，林岚作为林县长的女儿，接受的是革命教育，在"文化大革命"时期受到冲击，后来为了权力，嫁给秦小强，委身公爹秦书记，秦书记死后落马，改革开放后，林岚靠自己的努力重新飘浮上来，但是小虎的作为又使其陷于困境，林岚被捕，马其决定离开政坛；秦书记，新中国成立前和诸多农民、干部参加抗日战斗，三年自然灾害时，作为地级干部的他和毛主席一样不吃肉，"文化大革命"时期也受到冲击，重返政坛后加倍攫取，努力吃喝、霸占儿媳。英雄、廉官、批斗对象、贪官、无所不作的人显示出时代思潮在个人身上的烙印。西门闹作为一个开明的地主，土地改革时被枪毙，满腔怨恨的他历经驴、牛、猪、狗、猴、血友病六世，最终消解了心中怨恨，只剩下语言的狂欢。洪泰岳这个老干部，带领全村走集体主义道路，改革开放后，被西门金龙等走个人发展道路的人所抛弃，"辛辛苦苦几十年，一觉回到解放前"，他最终和西门金龙在迎春的墓中同归于尽。罗通青年时期接受农民教育，纵然有点小脑筋，甚至还有点花心，但是面对改革开放以后扑面而来的经济大潮，一方面生产注水肉，另一方面宣传放心肉；一方面面对纷繁的食肉世界，另一方面无法接受妻子杨玉珍同老兰的绯闻，最终杀死妻子而入狱。总之，抗德、放足、五四启蒙运动、抗日、解放战争、土地改革、反对地主反坏右、集体主义、"文化大革命"、改革开放等构成了莫言笔下的近代历史话语，而这些话语在相互规训、颠覆中不仅造成了社会的变革，而且对作为历史中的个人内心、地位、行为语言逻辑，甚至命运、人与人之间的关系等都有矛盾、混乱的颠覆作用——尴尬的是个人的面子、精神，受苦的是个人的身体。作为历史的个人在不断变化的历史话语中被规训、颠覆、抛掷等，个人基本毫无反应能力（除了极少能够永远赶上思潮的人之外，如西门金龙等），而在这一次话语中占据中心地位的很可能就是下一次历史话语转向时的颠覆对象。如沙月亮、司马库、孙丙、蒋立人、洪泰岳、秦书记、林县长、金刚钻等。更多的则是，根本就没有跟上哪一次思潮的人，他们永远处于追逐、被规训的、懵懵懂懂的边缘地位。如余占鳌、屠小英、方富贵、张赤球、刘玉禅、高马、高羊、林岚、上官金童、上官鲁氏、孙不言、鸟儿韩、司马亭、大毛、二毛、罗通、杨玉珍、罗小通、西门闹、蓝脸、战友等。可以说，人物的命运是由不可明言的思潮、话语等力量操纵的，人物的命运是在历史话语、思潮转换之中形成的。而个人则很少有对抗能力，因为在对抗历史思潮、话语时，你对抗的是一个时代、一个政治势力、一个话语群，甚至一个社会，个人是没有能力摆脱历史话语、思潮对自己的掩埋、颠簸、塑形的（当然对历史话语、思潮的生产主体，莫言显然没有给出答案，但决不是平常的、底层的百姓）。根据个人与历史关系文本的现象学分析，我们可以发现莫言看到了历史停止的特征（或者有人说的循环的特征）——接近于本质主义的历史。莫言在《食草家族》中曾把人比喻为"大便"，肠道显然是历史的通道，形象地显示了作者的历史观念，表现了同达尔文历史先天的、不可避免的进步理论的不同趋向。进一步讲，同马尔克斯的印第安循环历史的叙述路向以及殖民—民族主义叙述政治立场不同，莫言以后现代叙述强调其各色人物命运深厚的命数内涵。莫言的叙述情感处于悲观主义和豁达悲悯的佛陀思想之间，这也是莫言最中国化、最世界化的内在原因之一。总之，莫言笔下的人物主要挣扎于近代社会思潮的变化之中，它揭示了社会变化的进步作用和诸多人物的变化之痛。相对来说，马尔克斯笔下的人物则主要在社会文化的圆圈之内辗转反侧和徘徊，它揭示了被孤立和边缘化的马孔多世界的死寂和停滞之哀。

3. 莫言的解决方案

莫言的作品表现出独特的历史观：历史是不同的话语、权力、性、饥饿、金钱、欲望等因素构成的对人的规训、颠覆的力量和过程，历史是集体话语的狂欢。所以，莫言作品中对于解决历史问题、达到个人酒神世界的暂时表达就表现出了不同的价值趋向。无疑，他寻求的是从个人自由的角度、底层的角度、身体解放角度的升华来达到个人话语对历史话语的暂时超越。

（1）反对战争并承担责任与尊重双方

面对战争，莫言利用自己笔下的人物（余占鳌、豆官、鸟儿韩等，甚至丑陋的志愿军战士孙不言也是反战的意象）来表明反战立场。但是真正面对战争，作者深入思考的内容是勇于承担责任，尊重双方的价值。余占鳌这个流浪汉、面对日寇毫不犹豫地带领家乡的乡亲自任司令进行墨水河阻击，用土枪、钉耙、农民来面对用钢炮、机枪、汽车装备着的日军，正是这种弱者的勇敢获得了对丑恶战争话语的冲决；被抓到日本做劳工，逃到山洞，面对日本贫穷女人带补丁的裤头时，他强烈的报复欲望被压制了，曾经是受害弱者的他明白弱者的处境（底层关怀），使这个野人从精神上在这一刻成为一个直立的人。而孙丙，面对妻子被调戏，他也只是从中国传统的道义出发，从一个男人和一个丈夫角度打击把手伸向自己妻子的德国工程师，落下的棍子却由头部偏向肩膀，这个细微的动作，显示出责任与尊重的统一、矛盾。孙丙带领红灯照的弟兄们用血肉、巫术、勇气面对带着克虏伯过山大炮、毛瑟钢枪的德国鬼子，显示的是一种民间责任，乃至他束手就范、坚持面对檀香刑、决定死亡等，都体现了一种关怀底层蔑视死亡的责任。上官斗、司马大牙等都是相似的人物。而对沙月亮、蒋立人、胶高支队、冷支队的嗜好杀戮，显然是有所批判的，老铁板会会员控诉道："……你们用扎枪把他扎死了，他都下跪了，我亲眼看到他下跪了，可你们还是扎死了他！你们这些狗心狼肺的杂种！你们家里不是也有儿子吗?"① "……我是哭我们，我们原来都是临庄隔疃的乡亲，低头不见抬头见，不是沾亲，就是带故，为什么弄到这步田地！"② 借死了儿子的老铁板会会员提供了审视的资格，莫言审视了战争给战乱地区的人们所造成的伤害和混乱。显然，作者认为，战争是野蛮的，即使民族战争、解放战争也好不例外！而司马库则只是驱赶蒋立人部，显然是正确对待战争的做法，胜利者何必杀人如麻！当然这种解决方案是浪漫的、滞后的、被作者自己解构的。高密乡的被屠杀、马桑镇的被炮轰等都从反面解构了这种方案！面对战乱和痛苦，莫言并没有因此走向神秘和内心，从承担责任到尊重双方，莫言是最热爱民族国家和人民的作家，也是最反对战争的作家，我们必须透过魔幻现实主义小说的外衣才能看到莫言的精神内涵。

（2）尊重身体愿望，用边缘性评价保持心中平衡

余占鳌爱恋戴秀莲，野合是最大胆、最人性的决定（当然，随后的杀人灭口同他杀死母亲的情人一样是非人道的，这也证明人生是血腥的、蛮荒的，人只能在某个时候达到人的直立）。戴秀莲作为一个农家女子，漂亮给自己带来了灾难，被迫嫁与单扁郎，人生陷入困境。当她无视礼法的重负，接受余占鳌，跟从黑烟（铁板会会长），委身罗汉，饮酒做爱，终于在僵硬的礼法之外开辟了生的审美境界。她珍惜生命，但决不吝啬，她为作战的乡亲送饭时被流弹打死。"性"自由代表着生命力舒展的话语。"我只有按着我自己的想法去办，我爱幸福，我爱力量，我爱美，我的身体是我自己的，我为自己作主，我不怕罪，不怕罚，我不怕进你的十八层地狱。我该做的都做了，该干的都干了，我什么都不怕。但我不想死，我要活，我要多看几眼这个世界，我的天哪……"③ 虽然作者有明显灌输的概念，但奶奶敢恨敢爱的存在哲学对刚从"文化大革

① 莫言：《高粱殡》，《红高粱家族》，解放军文艺出版社 1987 年版，第 337—338 页。
② 同上书，第 337 页。
③ 同上书，第 83 页。

命"时期走出来的中国妇女来说具有重要的意义。当别的人还为性与道德争吵和困惑时，奶奶已率先进入舒展自己的境界，这是可实践的生命哲学！她的做法比林黛玉、黄翠凤、子君、繁漪、陈白露等在追求幸福方面更进一步。崔凤仙更加敢于表达自己对司马库的感情（政治运动也无法阻止她真爱的隐喻表达）。母亲认为上官金童奸尸是正确的，"孩子，你没做错事，那个姓龙的姑娘，灵魂得到了安息。她就算是我们上官家的人了，等年景好了，我们把她的尸骨、连同你七姐的尸骨都起回来吧。"① 这表现了一种做事负责的感情态度，即使对于已经死去的人。屠小英，被红卫兵轮奸过的外语系高才生，在丈夫因劳累死后的日子里，以泪洗面，而接受张赤球的方富贵，爱上车间主任，再嫁某干部，跳河自杀等多重叙述的结尾，暗示着结局不重要，要紧的是，尊重自己生命的选择就是好选择。高马、金菊两个人无视艰难，勇敢地进行爱情大逃亡，甚至金菊自杀也被描绘成人生的大境界。面对权威的威逼，敢于说不、敢为自己的幸福采取行动、敢于表达自己的声音。上官鲁氏身经各种灾难，变得无畏无惧、无羞无耻，面对上官来弟被枪毙，母亲说："她犯的是一枪之罪，没犯千刀万剐的罪。"② 面对女婿司马库被枪决，她说："……这样的人，从前的岁月里，隔上十年八年就会出一个，今后，怕是要绝种了。"③ 面对卖身为妓的四姐的丑陋死亡，她充满爱怜地说："闺女，你的罪，总算熬到头了。"④ 但是面对疯狂的革命者上官盼弟的遗体，她说："她不是我的女儿！"⑤ 面对历史沉浮清浊，心中自有判断！对俗世强加于人的各种罪名都视若无物，以此达到对权力、思潮、话语制造者的意图进行解构，保持内心的明净，保持一种同主流历史不同的价值观念，来维持底层评价的公平。在混乱之中，母亲以其丰产的身体和独立

① 莫言：《丰乳肥臀》，作家出版社1996年版，第468页。
② 同上书，第434页。
③ 同上书，第385页。
④ 同上书，第472页。
⑤ 同上。

的生命价值扛起了整个世界！其他还有，大姐自愿委身沙月亮，沙月亮死亡之后，司马库纠缠她，治好了她的情痴，司马库死时，她想为之徇情，后来，孙不言被分配做她的丈夫，不情愿的她最终和鸟儿韩结合，因情误杀孙不言，上官来弟毅然走向刑场，鸟儿韩也在逃亡时丧生车轮之下。身体死亡，爱情诞生——她用爱情和死亡破除了时代给其灵魂带上的枷锁。珍珠作为一个被欲望世界糟蹋的天使，万奶奶为遭受凌辱的珍珠举行洗浴仪式，这是为遭强暴的女人寻找活下去的精神依据——"只要你的心是干净的，什么样的赃物也沾不到你身上……"①这是莫言先生的宏笔，鼓励她活下去，这也是被侮辱、被损害的底层人民活下去的喜马拉雅山。是啊，被侮辱被损害的人依靠自己的劳动低三下四地活着，为什么那么艰难？那么低贱？为什么还挟带着罪过？这是自祥林嫂以来，鲁迅发出的呐喊的余音！面对强大的欲望侵害，只有让洁者自洁，浊者自浊，所以后来珍珠坦然走向秦大虎，与鬼共舞（具有深厚和悲悯的佛门情怀）。而蓝脸作为单干户，面对集体主义话语的规训，默默地坚持自己夜间单干的路向，表现出一种对主流话语的背离！尊重生命、身体、精神，让我做我自己的主，用内心的平衡来保持生命状态和做人的姿态。世界如此，让我们直面肮脏的恶吧！莫言依靠肉体生命和精神生命的强力，探索民间生命个体如何活着，而不是虚构一种纯粹的天堂，这也许是莫言小说的不足之处，但是，这一定是莫言小说的伟大之处。

（3）用死亡、疯狂、述说来拒绝欲望扩张

在中国文化传统中，众多智者对于欲望的危害一直保持高度的理论和道德警惕。所以西方社会那种完善生命和舒展自身的欲望理论遭遇中国的德性理论一定会有一番纠葛。但是，一方面，在后现代社会里，这种来自西方的生命充盈和完善的欲望理论对于生命的存在与发展显然具有一定的价值和意义。另一方面，对于在中国社会文化现实之内欲望膨胀的悲剧，我们必须给予足够的重视。实际

---

① 莫言：《红树林》，海天出版社 1999 年版，第 77 页。

上，莫言的小说就是从这两方面展开的，除了上述肉体生命和精神生命的强力展开之外，就是对欲望扩展的警惕和拒斥。丁钩儿显然是一个清醒者，面对欲望世界，一个人破解这个周围全是陷阱的食肉孩大案，在游戏文字中用丁钩儿讽刺性的死亡来显示一种同吸食民脂民膏的肉食者的坚决斗争（颇似鲁迅所说的陷入无物之阵）。当然罗小通也是这样的斗士，罗小通在家破人亡的时刻才明白邪恶欲望的破坏力，放出四十一炮，但是欲望符号老兰仍然在活动，疯狂的罗小通在叙述中寻求救赎！在中国传统儒家和儒教文化之内，欲望一直是邪恶、混乱、死亡的温床。一方面，欲望作为文化悲剧被拉康的 a－A① 公式表现得淋漓尽致，欲望借助其温柔和快感将一切人挟带而走，用拉康的话来说：痛快并死亡，主体在其梦想的追逐中迷失自身。在社会学层面，欲望的狰狞面孔只有通过主体的死亡才能显现出来。丁钩儿在酒国之内死亡成为一种静寂的游戏，这显现了欲望危害之大。罗小通父母亲在欲望之环内殒命的事实惊醒了他。因此，我们可以说，莫言通过死亡诗学（身体死亡和象征死亡）来批判欲望的社会文化悲剧。另一方面，疯狂也是脱离欲望悲剧的出口。孙眉娘作为被时代抛弃的女人，背叛父亲、丈夫，寻求同钱丁的片刻欢娱，达到人生的解脱，在爱情的形式之内找到肉体的欢娱；当檀香刑代表权力话语再一次使亲人相煎时，只有疯狂才能表达自己活的愿望。肉体的欢娱对于人生的拯救是个体的和内在的，面对众多欲望面具交织的悲剧，孙眉娘明白欲望无法拯救自身，由沉浸于浪漫幻想的喜羊羊，顷刻间成为明白人生的欲望悲剧的智者，如尼采一样，戴秀莲疯狂而去，正常的人无法忍受这种你死我活的虚伪残酷的欲望悲剧，只有疯人才能脱离这种此岸悲剧，维持肉体继续留在世界上游荡。方富贵死而复活，活而愤然死去。高马无言的"恨"，九奶奶的溘然离去，飘逸的鸟仙飞身落崖，金菊愤然上吊，兰大官巨富后出家等，这些都是对权力、欲望话语暴力统治的尘世的反抗和逃离！在黑格尔主奴关系意义上，愤恨（舍

---

① ［法］拉康：《拉康选集》，褚孝泉译，上海三联书店 2001 年版，第 47 页。

勒）只是嫉妒和羡慕，只能加强主奴关系。而且在费希特的否定陷阱之内，社会学意义上的愤恨维护了主奴关系。但是，唯有死亡才彻底解除了这种主奴关系，没有奴隶哪有主人，因而死亡从社会学和象征意义上解除了这种欲望的主奴关系环。在语言学意义上，西门闹历经六世，仍然述说着自己的遭遇，保存着对权力话语暴力的控诉！罗小通依靠叙述获得自己的救赎。这种述说是一种实践话语和权力话语，只要还有述说的权利和空间，在欲望悲剧连环之内还有获救的希望。

（4）对权力域的分离

从尼采到福柯，权力作为一种社会文化制度力量进入理论界，如果说尼采强调的是一种个体生命的权利，那么福柯则强调的是社会权力制度及其实体机制对个体生命的扭曲和戕害，从《疯癫与文明》到《性史》，福柯所建构的就是权力话语如何扭曲生命的生命政治学。莫言深受尼采的影响，福柯权力话语进入中国也是学术界的一件大事，因而从权力域层面分析莫言对权力话语所建构的线性力量的解构状况具有其学术合理性。在文本现象学层面，少年时期，林岚和马叔两个人，无忧无虑两情相悦，但是由于金大川的恶意破坏，林岚对权力、虚荣的倾慕，在父亲林县长的支持下，最终走向弱智的秦小强，并委身公爹秦书记，获得政治地位，在官场沉浮；当儿子大虎的荒唐将自己放置违法的地位时，她幡然悔悟；当马叔说出依然爱她时，她不再自杀，决定活着走出监狱。马叔决定辞职等待林岚的归来。通过官场欲望场的洗浴，对真爱的追求，达到对权力、欲望的解构——远离权力，走向民间，爱自己所爱的人，坚持活下去（而不是女权主义者的自慰，作为女性，林岚的实践更有意味——解放身体并不等于放纵身体放纵欲望，而是尊重身体、尊重欲望、尊重精神、珍惜爱人以此作为活下去的价值）。蓝解放身为县长，中年发现自己对少女庞春苗的痴情，毅然放弃官职、家庭奔向简陋和短命的爱情，完成对权力的解构！莫言及其文本中的人物在俗世中翻滚，幡然悔悟之后，他们深信权力、欲望之外有一块生命栖息地。因此，我们可以看到，莫言文学作品的生命底色是尼采，但他所解构的对象是福柯样式的权力域，在权力及其话语安置和扭曲生命及其空间存在的情况下，远离权力域，才能免于权力的戕害，找到真爱和真实的人生。远离权力域的民间世界是否如主人公所想象的那样完美？权力秩序给社会带来的是否都是罪恶？这些问题显然是莫言下一步创作需要回答的问题。

（5）选择有价值的牺牲（类似佛家等待缘尽之时的飞升）

人生必然会有个结局。权力话语、欲望话语等的挤压只不过是加速死亡。那么人只有在选择死亡的过程中才能获得一点意义，来对抗各种话语的暴力威逼！为了全家，四姐卖身为妓；为了母亲能活下去，上官玉女悄然自沉；为了老岳母一家，司马库坦然自首接受死刑；为了百姓的肚子马刚怒击地委书记的脸，自己由一个县长变为守墓人；为了小虎得救，珍珠走向大虎；为了营救孙丙，小山子走向刑场；为了挫败克罗德和袁世凯的阴谋，钱丁杀死孙丙后自杀等。生命是可贵的，但是面对各种话语的暴力，有比生命更值得追求的东西，便毅然舍弃自己的生命，来获得生命的超越。因而，我们可以说，莫言文学作品中有三种生命形态：追求自然的生命——回归的自然生命，这是食草家族、小市民、民间社会人民的选择；追求酒神世界的日神表达，在莫言文学作品中，不仅社会精英人物，而且连贩夫走卒式的小人物，都有非凡的胆略、才干和勇气，他们追求生命的自我张扬和充盈境界；选择有价值的死亡，在人生的关键处所，为了道义、公平、尊重等价值，他们选择显出自己丰满的肉体生命，彰显出生命的意义和价值。当然，莫言作品中也不乏被话语、欲望等征服了的生命形式。不管怎样，那三种生命方式是莫言文学作品中人物生命存在的主要样式。《檀香刑》中有"窝窝囊囊活千年，不如轰轰烈烈活三天"①；《丰乳肥臀》中也有相似的话语。莫言找到的不是永恒的救赎，而是瞬间的、有价值的、可衡量的有限生命救赎。这救赎使乌烟瘴气的世界显出一丝绿

---

① 莫言：《檀香刑》，作家出版社 2001 年版，第 14 页。

意。因而，莫言文学作品的救赎呈现出三种资源，依靠中国道教和卢梭生命样式的返回自然，如《红树林》《红高粱》，生命获得救赎；依靠尼采样式的强力生命，张扬和充盈生活，生命获得救赎；依靠佛教救度思想和基督教的拯救思想，选择献出生命以获得救赎。

（6）通过对艺术的沉迷来摆脱、反抗历史话语的挤压

通过艺术来拯救自我和拯救世界在西方浪漫派那里蔚为大观，从退藏于神秘秩序到依靠内在感觉，浪漫派文学都追求反抗功利社会而走向审美拯救。在中国，通过文学来拯救社会秩序和黎民苍生几乎是自孔子以来诸多文学家（文学理论家）的追求。尤其近代的文学研究会、创造社等都举起了文学改造社会的大旗。就魔幻现实主义文学本身层面来说，从魔术现实文学的诞生到魔幻现实主义文学，这些作家都试图承担拯救社会秩序、拯救民族国家的大任。因而，那种认为"魔幻现实主义文学不关心社会和投敌叛国的论调"实在是没有奠基于魔幻现实主义文学作品的基础之上。莫言和莫言文学作品中的人物都带有依靠文学拯救自我和社会的倾向。面对天堂县政府某些人发动的错误镇压，瞎子张扣为人民演唱戏曲，鞭挞贪官污吏，为蒜农伸张正义，反抗权力话语的暴力；在临刑的前天晚上，孙丙和小山子坐而论戏，依靠艺术的探讨解构权力制造的恐怖，临刑时，登天台大唱猫腔，和自己的徒子徒孙将猫腔演成千古绝唱，把权力制造的血色恐怖变成底层狂欢等。

面对一摊摊烂泥和血污构成的历史，莫言笔下的人物用上面几种策略来获得人生的亮色，打破沉闷的历史。他们有的是超人，有的是革命者，有的是宗教徒，更多的是平头百姓，在各自的生命场景中展现生命的节日风景。

4. 马尔克斯解构矢线历史发展的立场

马尔克斯的长篇小说则明显表现出启蒙主义立场。关注国家、民族，甚至拉丁美洲整个地区的孤独境地、整个人类的出路问题，显出一种俗世牧师风格。拯救拉丁美洲殖民地的黎民苍生和独立国家，反对殖民者（以美国为主）的暴力统治和经济掠夺本身就是马

尔克斯的文学追求和现实担当。马尔克斯以文学家出名，以政治家为荣，和当地政治实权派多有交集，甚至多次操刀参与拉丁美洲的政治事件。马尔克斯对自己获得诺贝尔文学奖的评价是：真实的社会现实大于魔幻现实主义的艺术。

（1）作者的流亡身份获得一种跨文化视野

马尔克斯在波哥大大学毕业后，曾作为哥伦比亚《观察家报》驻法国记者（实际上也是到欧洲去避难）。由于《观察家报》被封，生活在浪漫之都巴黎的马尔克斯经济拮据，时时付不起房租（甚至一笔房租是在自己获得诺贝尔奖之后才交给年老的老板娘的，而老板娘也登报想返还这笔钱）。作者声称，《无人来信的上校》是以自己的外祖父为原型的，显然也渗透着他巴黎之旅盼望祖国来信的情愫，面对异国他乡和花天酒地，马尔克斯很容易获得对殖民化、动乱专制的哥伦比亚、拉美问题进行思考的制高点！《格兰大妈的葬礼》《百年孤独》《家长的没落》《霍乱时期的爱情》等，实际上是作者在西方思想背景下对故乡历史、文化、政治等的文学思考（关于两种文明的对话将在下一章进行分析）。一种欧洲资本主义文明，却造成了两种生活世界：发达资本主义世界和积贫积弱的殖民主义世界。马尔克斯一方面批判欧洲资本主义文明的暴虐本质和虚伪面孔，另一方面哀叹拉丁美洲的落后和停滞。面对殖民主义，他的精神家园只能是部落马孔多。因此，这种跨文化立场和经验使他能够清楚地显现和批判拉美历史的停滞及其问题症结。这是作为知识精英的马尔克斯必须回答的问题，正如朱先生对白鹿原的终极问题进行回答一样（《白鹿原》）。

（2）反殖民主义背景

如果说反黑奴运动是19世纪社会文化进步的标志，那么反殖民主义也是19世纪社会文化进步的符码。马尔克斯成长的时代应该属于世界社会主义运动思潮高涨并席卷各国的年代。当时许多国家的学者对社会主义革命充满向往，比如，法国的存在主义哲学家萨特、女权主义者波伏娃、文学理论家罗兰·巴特等，其中有的学者还组团到中国西部来。甚至马尔克斯本人也认为："我希望世界是社会主义的，而且相信迟早会如此的。"① "……尽管我父亲是保守派，但是我外祖父，那位上校，却是自由派，而且还是曾经拿起武器反对过保守派政府的自由派。……你看要说政治影响，我离反抗的潮流比离开家庭的传统的距离更近一些。"② 这显示出作者思想侧重于反抗和社会主义。"……从那时起，我和共产党人就打上了交道，而且关系时变。……不过，我即使处于极其恶劣的环境下，也从来没有发表过反对他们的声明。"③ 作者反复强调独立的社会主义道路的价值，在墨西哥的一次午宴上，面对法国密特朗总统的询问，马尔克斯答道："既然我们大家各自都有主要的敌人。那么我要说，我们拉丁美洲今天缺少的是主要的朋友，一个社会主义的法国完全可以当之无愧。"④ 这些话语表明马尔克斯倾向于共产主义思想，并最终概括理想的政府："任何能为穷人谋幸福的政府。好好想想，有没有道理!"⑤ 第二次世界大战以后，非洲、美洲、亚洲第三世界国家开展民族独立斗争，然而拉美这个地区却仍然处于混乱阶段，尤其是哥伦比亚的专政、混乱的现实，不能不引起马尔克斯复杂的思考（东德社会主义旅行的糟糕印象显然影响了马尔克斯）。而《格兰大妈的葬礼》《家长的没落》等，都是作者对殖民地暴政的谴责和反思。尤其是《家长的没落》，马尔克斯为创作而阅读独裁者的生平："教皇大夫"杜瓦利埃（1957 年出任海地总统）为了报复可能变成黑狗的政敌，下令把全国的黑毛狗全部杀掉；弗朗西亚博士（1814—1816 年任巴拉圭临时最高统帅，后来任终身统治者）下令 21 岁以上的男子都必须结婚；玛希米利亚诺·埃尔南德斯·马丁内斯（1931—1944 年出任萨尔瓦多总统）下令用红纸罩路灯以控制麻疹蔓延，发明摆锤鉴别食物中的毒；委

---

① 王宁主编：《诺贝尔文学奖获奖作家谈创作》，北京大学出版社 1987 年版，第 497 页。

② ［哥］马尔克斯、门多萨：《番石榴飘香》，林一安译，三联书店 1987 年版，第 143 页。

③ 同上书，第 144 页。

④ 同上书，第 149 页。

⑤ 同上书，第 154 页。

内瑞拉的胡安·维森特·戈麦斯叫人先公布自己死亡再复活过来，等等。马尔克斯表现出一种强烈地反对专制、暴政的意图。他概括说："我的意图从来是把拉丁美洲的所有独裁者都综合在一起，主要是加勒比地区的独裁者。但是，胡安·维森特·戈麦斯是位令人敬畏的重要人物，另外，他在我身上产生了那么强大的吸引力，无疑，我的'家长'的形象和性格同他相似成分要比其他人多的多，不管怎么说，'家长'和戈麦斯在我脑海中的形象是统一的，然而这并不说明戈麦斯就是我书中的人物，其实是一个加工了的艺术形象。"① 作者直指专制者，《家长的没落》中有这样一个细节："你看，这里牵涉到两个历史事件：哥伦布到达美洲以及美国海军陆战队登陆。我不是按照这些事件发生的先后顺序把他们联系在一起的，我是有意打破时间的束缚的。"② 作者用香蕉皮掩盖反帝意图；"是的，我是这么看待的。拉丁美洲的历史也是一切巨大然而徒劳的奋斗的总结，是一幕幕事先注定要被人遗忘的戏剧的总和。至今，在我们中间还有着健忘症。只要时过境迁，谁也不会清楚地记得香蕉工人横遭屠杀的惨案，谁也不会再想起奥雷连诺·布恩蒂亚上校。"③ 从以上材料中可以看出作者在作品中所表现的反独裁、反霸权、反殖民的倾向。当然《百年孤独》中的香蕉园罢工事件，《家长的没落》中关于盐等专卖权的出卖、海洋的被分割等事件，《霍乱时期的爱情》中外国船的涌入、因制裁枪杀海牛的外国游人的船长被吊销执照等细节，无不暗示着帝国、资本的涌入和作者反对殖民、资本、帝国的价值取向。殖民地背景和哥伦比亚、拉美混乱的现实、流亡欧洲的经历促使作者对拉美进行深入的思考！这导致作者思考的基点包括拉美世界知识分子、共产主义分子、民主主义者、民族主义者，甚至批判地思考共产主义者的精英主义立场。

---

① ［哥］马尔克斯：《〈番石榴飘香〉第四章》，李德明译，柳鸣九编：《未来主义·超现实主义·魔幻现实主义》，中国社会科学出版社1987年版，第497页。

② ［哥］马尔克斯、门多萨：《番石榴飘香》，林一安译，三联书店1987年版，第124页。

③ 同上书，第105页。

（3）经历生活并介入生活

马尔克斯虽然度过一段悲惨的生活，曾任《观察家报》驻法国记者，并且他的《上校无人来信》《枯枝败叶》《百年孤独》等作品的发表都经受了困难的考验，但是，他的政治生涯所显示的社交圈是不同于莫言的。"像我这样一个享有一定声誉并经常不断赢得声誉的作家，这类工作就是一种尽人道的责任。"① 他积极参加人权斗争，并认为自己得意的一笔是营救尼加拉瓜内政部部长托马斯·博尔赫的妻子和七岁的女儿从哥伦比亚脱身；最沮丧的是1979 年营救两个英国银行家的事情。而门多萨认为："许多人把你看成是加勒比地区的巡回大使，当然啰，还是好心眼儿的大使。你是卡斯特罗的好朋友，但同时也是托里霍斯、委内瑞拉的卡洛斯·安德烈斯·佩雷斯、哥伦比亚的阿尔丰索·洛佩斯·米切尔森和桑地诺分子等的好朋友……你可以说是一个权威的谈判能手。什么原因促使你承担这一使命的呢？"② 马尔克斯也承认门多萨的判断。对马尔克斯人际关系圈的分析，我们可以看到他所交往的都是有政治地位的人——这些人不是政治家，就是当过总统或部长等。现象学分析使我们可以看到马尔克斯强烈的从政欲望和他心中的政治观，可以说，20 世纪 80 年代的《迷宫中的将军》就是作者政治生活的折射和政治欲望的语言释放。而马尔克斯曾说："我的意思是说，我认为自己只是一个应急政治家。"③ "有，我对于权力有着强烈的追求，但并非内心深处的秘密追求……毫无疑问，权力是人类雄心及意志的最高表现。我真不明白，居然还有作家对于影响，有时甚至是决定他们生活的现实的某种因素无动于衷。"④ 马尔克斯有强烈的干预政治的欲望，这也是其思考历史的一个基点。由于深受萨特的"介入知识分子理论"的影响，同莫言相比，马尔克斯不

---

① ［哥］马尔克斯、门多萨：《番石榴飘香》，林一安译，三联书店 1987 年版，第150 页。

② 同上书，第 152 页。

③ 同上书，第 179 页。

④ 同上书，第 180 页。

仅审视权力，而且还善于利用权力介入当地政治生活。与浪漫派——把生活当作艺术品的观念相比，马尔克斯把艺术品当作生活，把艺术家当作政治家。

（4）作品中人物群显示了马尔克斯的中产阶级关怀

由于马尔克斯接受高等教育、才华横溢；作为社会精英知识分子，其关系圈大致在上流社会；同时，他选择"介入知识分子"身份，积极干涉社会；他的文学创作明显带有精英主义启蒙立场，小说中的主要人物多是中产阶级、社会精英。因而，马尔克斯的中产阶级视角和关怀同莫言的老百姓视角的农民底层关怀存在着较大的差异。在《百年孤独》中，霍·阿·布恩蒂亚以部落族长的身份，带领人民开创马孔多地区、管理马孔多、探索马孔多的哲学，布恩蒂亚家族是马孔多的名门望族。作者把他设定为鲜有人理解的智者，并有"国王"的称号，可以说，他是马孔多镇、布恩蒂亚家族的先知。乌苏娜自然生命力顽强、能干，代表着马孔多甚至拉美的生存力量。皮列·苔丝娜是女巫师，用作者的话说，也是乌苏娜一样的女人。奥雷连诺上校一生经历大小战争几十次，曾身居要职，是挽救民族、国家、地区的英雄。阿卡迪奥任镇长，领导城里的部队，因胡作非为而受到乌苏娜的批评，当然阿卡迪奥的父亲霍·阿卡迪奥因此也成为镇上的地主（后来奥雷连诺上校取消了他的土地所有权）。霍·阿卡迪奥第二成为香蕉园的工人头子，并作为工会分子领导罢工，亲临罢工工人被屠杀、抛尸的现场。奥雷连诺第二这个贵族子弟，欣然迎娶高贵的美王菲兰达（贵族之女），和情妇一块儿拥有大量的财产。霍·阿卡迪奥是受过专业教育的神学院学生。梅梅也被迫在修道院匿名度过余生（她恋爱的失败显然和巴比洛尼亚的汽车修理工身份有关）。阿玛兰塔·乌苏娜是在布鲁塞尔接受正规教育的女大学生。这些人物都出身豪门，有的还受过良好的教育，或威震一方，或身价不菲，或颜值颇高。其他如小妓女、意大利商人、多情的士兵等下层人物（有的虽然很精彩）则一带而过。在《家长的没落》中，家长自己毫无疑问是一个当权者。总统的母亲本狄西温·阿尔华拉多自然被神化；垃圾之花美女之王马努埃拉·桑契斯由低贱变为名媛。第一夫人列蒂西亚·纳萨列诺最终为了利益而被群狗撕咬成碎片。其他一些小女人都是以总统的情人的身份出现，她们缺少细腻的外貌描写，只是作为被权力俘虏的性对象（家长面对海滩的外国女人却不能为人事显然是一个反证）。总统的替身巴特里西奥、杀手胡塞·伊格纳西奥·萨因斯·特·拉·巴拉都是总统的影子，他们随时可能被总统送命。而其他将军、部长等，或被枪杀，或被油炸。这些有地位的人在权力面前简直就是鱼肉，毫无反抗之力。当然，作者重点反思权力的危害，同时显示了人物的中产阶级生命趋向。在《霍乱时期的爱情》中，乌尔比诺医生是归国的高才生，他的学生当然是能开办家庭宴会的名流；莱昂十二是船运公司的老板，身价百万；而阿里萨成为船运公司的老板之后，更是一个花天酒地、寻花问柳的主。相对于《百年孤独》所关注的马孔多原始部落大家族的兴衰，《家长的没落》关注的是政治精英之间的纠缠及其没落过程，《霍乱时期的爱情》则关注经济、医疗等方面社会精英的爱与恨。在马尔克斯的潜意识中，社会精英代表着拉丁美洲社会精神文化的起源，他们能够给社会带来生机和剧变，他们依靠自己的权力、知识和财富能够给社会创造巨大的利益，但是实际上，在殖民地社会里，他们的爱恨情仇、事业与梦想也都徘徊于圆圈之中，他们具有成为社会超人的条件，最后他们的命运却带有原始部落的特征。至于在《格兰德大妈》中，格兰德大妈是一个实力派人物。在《上校无人来信》中，上校曾经战功赫赫。我们可以说，他的所有长篇小说和一些短篇小说中的主要人物都是或有知识，或有地位，或有权力的人物。不同于莫言把焦点都集中在一些农民、底层市民身上（虽然莫言声称自己能写城市，其最多写过地级市，但是他的主要成就还是在农村人物的塑造上）。总之，从以上几方面我们可以看出马尔克斯与莫言解构思考的不同原点。马尔克斯和莫言的差异说明，莫言尽管接受了马尔克斯的魔幻现实主义文学资源，但是他已经摆脱了马尔克斯，并且在世界文学意义上，莫言在吸纳中华民族文学资源的基础之上，融会其他民族的文学资源，建构并梳理中华魔幻现实主义文学的特征和地位。因而，批判莫言魔幻现实主义作品"崇洋媚外"实在是一种误解，而不是莫言的魔幻现实主义文学作品本身。

5. 马尔克斯的解构策略

（1）作者侧重从精神哲学层面追问解构线性发展历史

第一，从地理空间到精神空间。马尔克斯自评说："与其说马贡多（即马孔多。——笔者）是世界上的某个地方，还不如说是某种精神状态。所以，要把它从市镇这样一座活动舞台挪到城市中来倒并非难事。但是，如果既要挪动场所又不致引起人们对乡土眷恋怀念心情的变化，那就难了。"① 这表明，作者在创作过程中已经从某一个具体的地理位置中跳了出来，把物质地理空间概念变成一种精神实在空间概念来塑造，关注哥伦比亚、拉美人们的精神家园，甚至全世界人类的某种精神状态。《百年孤独》中长期的殖民历史，《家长的没落》中家长长达150年的殖民地傀儡政权统治，《霍乱时期的爱情》中交替的爱情和不变的社会背景等，都用语言塑造出一个孤独的可怕精神状态。而这种孤独处于一种停滞、圆形循环的状态中，有力地消解了殖民者所宣扬的现代化发展神话，置疑了线性发展历史。实际上，在浪漫派文学理论那里，孤独是资本主义功利社会的一种精神状态，作家为了突破这种孤独的限制，依靠神秘秩序的重建、内在感觉世界的审美建构来避免这种孤独的状态。在文学精神层面，尽管这种空间带有柏拉图和康德的洞穴理论的限制，在文学地理学层面，地理空间的反思如何成为一种文化空间的反思是一个还未解决的深刻问题。马尔克斯魔幻现实主义空间——马孔多，首先作为具体的此岸地理空间来拯救本地人民的民族地域文化的遗忘症，其次作为精神空间和精神状态来拯救世界上的人。因而，孤独的马孔多是马尔克斯继承和超越浪漫主义文学拯救场域的地方。

第二，近距离探寻之美。从谷鲁斯的"心理距离"说到齐美尔

---

① ［哥］马尔克斯、门多萨：《番石榴飘香》，林一安译，三联书店1987年版，第111页。

的"社会距离"说，距离一直被看作审美境界产生的基础。但是，马尔克斯采取一种和一般审美距离不同的观念，通过"近距离"来建构其审美世界。与文本中人物的情感距离很近，作者借助他们思考凝固的历史面貌所显示的恐怖发现。关于评论家对《百年孤独》的评论，马尔克斯显然不满，因为"他们显然忽视了这部作品极其明显的价值，即作者对其笔下所有不幸的人物的深切同情"[①]。在自评《家长的没落》时，他认为："在这场奔波以及争论的游戏中，作家笔下的人物不管多么令人憎恶，作家最终总是与其休戚相关，连在一起的，即使仅仅出于同情。"[②] 莫言则从身体立场进行"作为老百姓"的现场体验来关注老百姓在历史场景下的生存状态，对主人公生存困境的同情和生命力的赞誉混合在一起。作者显然把其对文本中人物的高位同情作为一个重要的价值点，表现了一种形而上的、精英的审视立场。比如，马尔克斯评论布恩蒂亚家族孤独的原因："我个人认为，是因为他们不懂得爱情。……布恩蒂亚整个家族都不懂得爱情，不通人道，这就是他们孤独和受挫的秘密。我认为，孤独的反义是团结。"[③] 马尔克斯因而关注其精神症结，马尔克斯对"家长"题材感兴趣的原因在于，他一贯认为，极权是人所创造的最高级、最复杂的成果，因此，它同时兼有认定一切显赫权势以及人的一切苦难不幸的可能。艾克顿勋爵说过："'政权会腐败，而极权则绝对地会腐败。'对于作家来说，它确实是一个非常吸引人的题材。"[④] 马尔克斯同时认为，一旦奥雷连诺上校获得政权很难说他不会成为家长！作者对集权的探讨具有形而上的深刻意味（这是落后的拉美、帝国军队资本的进入、哥伦比亚的混乱、共产主义的狂热等因素促成的思索）。对革命意义的探讨也是从精神上切入的。在《百年孤独》中，作者强调，奥雷连诺面

---

① ［哥］马尔克斯、门多萨：《番石榴飘香》，林一安译，三联书店1987年版，第113页。

② 同上书，第130页。

③ 同上书，第109页。

④ 同上书，第127页。

对宣称为了自由而战的格林列尔多·马克斯上校说："你很幸福，因为你知道为什么战斗"，"而我现在才明白，我是由于骄傲才参加战斗"①。他认为他是因为骄傲才参加战斗的，他在枪毙善良的蒙卡达将军时说："不是我要枪毙你，是革命要枪毙你。"② 让人深思"革命"两字的含义。"战斗就只是为了权力啦。"③ 奥雷连诺的语言让他从教授的语言中失望地走出来，以交出金砖、自杀的行动嘲讽了革命者，奥雷连诺上校的革命话语被霍·阿卡迪奥消解为"恐怖"，奥雷连诺上校连同他的革命故事最后浓缩成一条街道的名称，并成为普通孩子命名的理由！革命的最终答案是："自由党人举行早祷，保守党人举行晚祷。"④ 作者借助小说中的人物用依旧的革命结果对崇高的革命目的、残酷的革命过程加以最终玩弄，从终极意义上来思考革命的悖论。对于祖国，"母亲，祖国是最美妙的谎言！"⑤ 家长对祖国的感受很有解构意味；家长这个统治者好色（有 1000 名情妇和诸多女仆）、年老、文盲，又害着疝气、阳痿，总统府里有奶牛、熏蚊子的牛粪饼等，作者从生活领域和时间维度解构了这个统治者的神圣。"国家——那就是咱们，我的将军，国家属于我们，我们大家，国家也好，这座总统宫也好，我们为它们而赴汤蹈火，难道不是吗？"⑥ 这种关于国家的论述引起读者对民主的范围进行思考，专权和民主可以用一种语言来表达，这些方面都表现了作者对相关话题的现场意义的揭示，以及语言层面、哲学层面的解构和人物的荒诞探索。

第三，孤独成为一种哲学词语。孤独是隔绝、冷漠和无意义感、荒谬感、失落感，是家族、个人存在的真实场景的凝视。在

---

① ［哥］马尔克斯：《百年孤独》，高长荣译，北京十月文艺出版社 1984 年版，第 129 页。

② 同上书，第 150 页。

③ 同上书，第 160 页。

④ 同上书，第 228 页。

⑤ ［哥］马尔克斯：《家长的没落》，伊信译，山东文艺出版社 1985 年版，第 19 页。

⑥ 同上书，第 56 页。

《一个长翅膀的老头》中，马尔克斯用折翅的老头意象来对印第安土著和没落的西方文明的结合进行形而上的思考；《爱之后必然死亡》是对权力孤独的思考；《伊萨贝尔在马孔多观雨时的独白》思考面对自然变化时人的无奈；《百年孤独》是对"失乐园—复乐园—失乐园"的可怕孤独境界的语言模拟，借此寻找哥伦比亚及拉美人的出路；《家长的没落》则在拉美的大背景下思考专政孤独的产生、运行、恶果等机制问题，及个人无可逃遁的困境；《霍乱时期的爱情》揭示在战乱、疾病、疫情的恐怖中，个人选择爱情的孤独、对恐怖时空的对抗等。这些文本对自然、政治、权力、爱情、民族、个人存在的孤独境界进行魔幻思维掩盖下的智性思考。马尔克斯说："这一非凡的现实中的一切人，无论诗人、乞丐、音乐家、战士，或是心术不正的人，都必须尽少地求助于想象，因为对我们来说，最大的挑战是缺乏为使我们的生活变得可信而必需的常规财富。朋友们，这就是我们的孤独之症结所在。"① "就我个人的情况来说，我并不担心会出现这样的问题，因为我有自己的世界观，我看到了世界，我会设法描述我看到的世界和如何看它的。我相信，其中的思想是不言而喻的。不但不言而喻，而且这一切是由思想决定的。"② 对孤独处境的发现以及对思想意义的追寻使文本带有明显的形而上色彩，而历史则在文本中具体化为需要解构的政治、权力、爱情、文化等方面的孤独状态。相对于这种孤独状态，莫言则更多关注主人公被历史拖曳、被存在抛弃及其挣扎的状态。

（2）用多种时间方式来消解线性历史

第一，用不同的社会形态的并置来消解线性发展历史。文化融合的较高状态必然带来社会形态的并置，从古希腊开始，这种情况就一直存在。在《百年孤独》中，从蛮荒的马孔多开拓记事起，先是吉卜赛把戏人带来了冰的神奇，魔法的魅力；弗兰西斯科人的歌

---

① ［哥］马尔克斯：《拉丁美洲的孤独》，《诺贝尔奖的幽灵》，朱景东译，中央编译出版社2001年版，第133页。

② ［哥］马尔克斯：《我的作品来源于形象——关于艺术创作的思想》，《诺贝尔奖的幽灵》，朱景东译，中央编译出版社2001年版，第319页。

曲记事；印第安小妓女；还有阿拉伯人用小玩意儿交换鹦鹉，开雅各旅店；然后是镇长阿·摩斯柯特（权力）到来；意大利机师皮埃特罗·可列斯比带来了自动钢琴、维也纳家具、波希米亚水晶玻璃器皿、西印度公司餐桌、荷兰桌布（贸易）；卡塔林诺游艺场的出现，大教堂的建立；西班牙剧团巡回演出；法国艺妓带来了留声机；贵族世家才女菲兰达出嫁；奥雷连诺·特里斯特在镇上开冰场，修铁路引来火车，带回电机；商人布鲁诺·克列斯比先生放映电影，和本地女人结婚；赫伯特先生对香蕉的研究引来更多的外国人；走私钻石的活动已经出现，等等。伴随着外来饰品、生活用具、娱乐方式、生活方式、企业组织、犯罪活动、宗教信仰等的进入，马孔多不再是统一的宇宙了，出现了奇怪的文化并置现象。皮列·苔丝娜过着母系氏族的生活，而霍·阿·布恩蒂亚则过着父系氏族的生活；皮列·苔丝娜等一些女子一见面就上床的情欲观和雷贝卡、阿玛兰塔同意大利人的专一、严肃的爱情观并存；文身的水手霍·阿卡迪奥在卡塔林诺游艺场销售自己，有钱女人要了霍·阿卡迪奥，在这种奇妙的部落生活现代化过程中的文化融合的现实—魔幻层面，从原始社会集聚地、部落生活（霍·阿·布恩蒂亚时代）、奴隶社会、封建社会（霍·阿卡迪奥的土地兼并、租赁）、资本主义发展（冰场、香蕉园的出现等），到各民族国家文化相遇，等等，一种各式社会形态的大杂烩被共时显现。这种并置消解了那种线性历史，并没有出现狄尔泰所谓的自由的提升，相反，出现了拉康式的圆形僵局。相对于莫言的不可违抗的历史老人，马尔克斯显现了历史的平面化。

第二，通过对《圣经》的时间书写模式的临摹进行解构。马孔多人在霍·阿·布恩蒂亚的带领下开辟、建立新的聚居地，随着权力、资本、帝国军事、战争的进入变成一种混乱凝固的社会，最后暴风刮走"镜子城"马孔多。这是失乐园—复乐园—失乐园（借助于狂风）的《圣经》书写模式的变形、改写所形成的循环的历史范式。《家长的没落》《迷宫中的将军》等也都有不俗的表现。地理文化的差异以一种时间的差异被显现出来。进化论的时间模式被循环的时间模式所代替。在地理文化时间的叙述和模仿中，解构西方殖民主义时间和民族地域文化部落时间的自我认同相叠合，形成一种时间意识形态学。

第三，通过梅尔加德斯的羊皮纸预言马孔多地区及布恩蒂亚家族的命运—预言的被解读和实现（马孔多的消失）形成一种宿命的历史方式。"《百年孤独》的叙事形式是在构筑马孔多世界的孤独中产生的，具有鲜明的象征性……契合了《圣经》的天启式结构：预言（禁忌）—逃避禁忌（因为违反了禁忌）—预言应验（受到惩罚）。"[1] 陈众议的观点旁证了作品中宿命的历史观。《家长的没落》则是通过极权对"圣经"风格的模仿而形成一种被消解的宿命话语实在范式，而叙事时间的神话设置同样也有相似的趋向。相对来说，莫言的循环时间（《生死疲劳》）旁总是站着历史老人。马尔克斯文学作品的循环时间则是民族文化时间在外来文化的干涉下的预言重现。

第四，圆形叙事时间的设置。《百年孤独》中过去的过去、过去的现在、过去的将来三种时间的设置使人物命运笼罩在一种不可预知的宿命循环之中（当然与印第安的循环时间观念有关）。"正如巴尔加斯·略萨说：《百年孤独》是由'许多圆圈组成了一个大圆圈，圆圈套着圆圈，重重叠叠，但直径各不相同'。"[2] 而《家长的没落》运用章首面对家长尸体、章中回忆家长营造不朽神话、章末家长神秘去世形成被颠覆的循环话语实在；《霍乱时期的爱情》则利用过去的过去、过去的现在、过去的将来形成一种循环、停滞的爱情故事的话语背景，等等。同印第安古老的循环时间不同，这种循环时间是被帝国主义规划造成的。在莫言那里，帝国主义的干涉服从于中华民族伟大的历史时间。

第五，用重复的人名、人物性格、行为等营造循环的时间观。至于人物的命名，前辈的名字和后代的名字不断地重复。尤其阿卡迪奥

---

① 陈众议：《加西亚·马尔克斯传》，新世界出版社2003年版，第173页。

② 段易：《内容和形式的统一——读〈百年孤独〉》，赵德明编：《我们看拉美文学》，云南人民出版社2000年版，第113页。

作为罪行累累的镇长被枪毙时，在最后时刻他想把自己的女儿命名为雷梅苔丝，最终其祖母乌苏娜感应到阿卡迪奥的意思，就把女孩命名为雷梅苔丝，充满神奇意味，命名的重复意味着去世的人的回归。其他布恩蒂亚家族人的名字基本上是由奥雷连诺、阿卡迪奥、布恩蒂亚、阿玛兰塔、乌苏娜、雷梅苔丝等几个名字的反复组合。"《百年孤独》中姓名相似的人物很多，据统计，大约有五个何塞·阿卡迪奥，至少三个奥雷连诺，三个雷梅苔丝（雷梅苔丝·莫科特，俏姑娘雷梅苔丝以及雷纳达·雷梅苔丝及梅梅）。"① 这是个有力的旁证。并且，这些人物性格有所重复或者刚好互换。霍·阿·布恩蒂亚、霍·阿卡迪奥第二、阿卡迪奥·布恩蒂亚等几代人都对羊皮纸有兴趣；霍·阿卡迪奥和奥雷连诺上校兄弟两个对皮拉·苔列娜有兴趣，而霍·阿卡迪奥第二和奥雷连诺第二对佩特娜·柯特有兴趣；阿玛兰塔和俏姑娘雷梅苔丝，对于其所遇到的男人有一种无意的伤害作用。这种名字和性格的反复出现就营造了一种循环的、宿命的家族文化和历史。相对于莫言用家族性格重复和动物时间托生转换塑造的文化历史循环，马尔克斯更为复杂和神秘地塑造了文化、历史、政治循环。

第六，用平面化的性格来营造停滞的时间感。《家长的没落》和《霍乱时期的爱情》中则主要通过人物性格的平面化的特征来显示停滞的历史观念（人物的平面化往往成为批评家所诟病的地方，但这两部作品中平面化人物形象若结合马尔克斯的作品群落和深层思想基点来理解则是非常有意味的，决非作者疏忽和无力造成的明显败笔）。家长、部长、将军都是一些嗜好杀戮、好色、贪财、暗杀无所不用其极的人，而被家长糟蹋的一些国内女人大多美丽、善良、无奈、忍受，这两类平面人物形成一种被权力、杀戮、专政笼罩的百年地狱——恐怖的孤独境界。在《霍乱时期的爱情》中，情圣阿里萨的25本爱情记录，622次爱情，还有无数的逢场作戏！三本自创的爱情诗选，这些都说明阿里萨是个滥情者，但最终作者又

① ［哥］加西亚·马尔克斯、门多萨：《番石榴飘香》，林一安译，三联书店1987年版，第109页。

设定阿里萨和自己初恋女友费尔米纳相遇、相爱，作为摆脱混乱现实、无聊人生的药方，其实质是历史的厚重、坚韧、停滞，让人无法穿透！无数的社会精英无奈地沉溺于恋爱游戏中，形成一种停滞的话语历史氛围！在《百年孤独》中，人物倾向于孤独、内向等，也都有营造停滞氛围的作用。马尔克斯的时间表达方式显然和莫言同样丰富，都扎根于自己的民族历史，因而又各有千秋，但是，他们都摆脱了西方近代文明所张扬的达尔文进化时间。如果说莫言的时间困境在于时间来去匆匆，顺手拾起人们又顺手抛下人们，而不管主人公是否愿意和适应；那么马尔克斯的时间困境在于停滞，源自被隔绝、被规划的停滞。

（3）用人物面对现实的态度和命运轨迹来营造停滞的状态，消解历史的发展神话

莫言笔下的人物多张扬着酒神精神，具有旺盛的生命力，即使他们被历史话语颠簸，正是在这种激烈的对抗中生命表现着野性。但是马尔克斯笔下的人物显然大多趋向于追求，在失败后陷入绝望、破灭、等待、孤独的境界，造成一种时间停滞的幻象，消解了那种把历史发展的动力虚假地寄托在人民群众或者技术生产力的西方话语。霍·阿·布恩蒂亚，这个马孔多的开拓者，曾经雄心勃勃地探矿、探询上帝的踪迹、冶炼黄金等，但是在死亡的普鲁登希奥·阿吉缪尔的拜访中突然发现时间没有发生变化，时间停滞在星期二（作者的隐语是得了健忘症的人才认为历史在发展，而和历史接触的人才能够看到历史究竟进步了多少）。当对时间的发展失去信任时，他被人们当作疯子捆在棕榈树下，陷入了孤独状态，他的孤独是不被人理解的精神境界。奥雷连诺上校追逐小妓女、皮拉·苔列娜，最后如愿和小姑娘雷梅苔丝结合，但是在她被阿玛兰塔毒死后，上校在爱情方面陷入孤独，不再恋爱结婚；因为士兵杀害被疯狗咬伤的女人的事件，他走上革命道路，历经战斗和谋杀，党派利益划分的结果使革命的崇高目的化为乌有，他退出军队，再也无力反抗，开始制作、出售小金鱼，进入人生循环状态！俏姑娘雷梅苔丝无比美丽，"无法沟通和美貌"导致痴情的军官自杀，调戏她

的香蕉园工人被人杀死，偷窥的外来者摔死在浴室里等，天生的封闭和美丽结合在一起散发着死亡气息。美女的孤独和神奇的拉美的孤独意象巧妙地结合在一起（笔者认为，其中隐含着马尔克斯关于哥伦比亚的咒语）。教皇霍·阿卡迪奥接受规范的基督教育，但是返乡后，依然蔑视自己的外甥奥雷连诺·布恩蒂亚（因他是梅梅的私生子），在寻到金元宝后赶走了一块玩耍的小伙伴，最终被他们杀害，抢走财宝，基督教育并没有打开他的心胸，形成一种根深蒂固的、遗传的隔绝。乌苏娜，作为先驱者和建设者，她建设马孔多、"疯人院"、尽可能维护马孔多的道义。几代人特征的反复出现使她感到可怕。这个马孔多的土著，最终却选择要培养一位教皇来保佑家庭（源于对政治、军事斗争及现代化建设的失望）。教皇的无所作为宣布乌苏娜的想法在实践中破产。阿卡迪奥第二，先前开运河时雄心勃勃，带领工人参加罢工，经历工人被屠杀、抛尸体等，逃生后却关起大门便认定战争已停止，埋身实验室研究羊皮纸，最终和兄弟奥雷连诺第二同时死去！美王菲兰达，出身贵族，用金盆撒尿、过性生活时穿特殊的睡衣，她用严格的规则来限制丈夫、女儿，最终害死女儿的心上人巴比洛尼亚，将梅梅送往修道院让她默默死去，而不让梅梅的儿子上学。刻板阴冷地生活在贵族教育之中（具有武则天、曹七巧的内蕴）。至于家长，贪婪地做爱，疯狂的镇压有异心的将军、部长，制造掩人耳目的恐怖事件，孤独的他只有同自己的母亲诉说心中的话语，最终也摆脱不了妻子、儿子被疯狗撕碎的惨剧，神化的他也摆脱不了死亡。而一些将军、部长，忠心耿耿和反叛都摆脱不了被利用、被怀疑、被消灭的命运。而高才生乌尔比诺医生怀着雄心同霍乱作战，最终成为实践婚外恋、过着清淡生活去世的老名流，时局仍然夹杂着混战、瘟疫。阿里萨被时局耽误了初恋，后来成为恋爱专家，航运事业受到排挤，置身于恋爱中，在混乱的时代中营造不能靠岸的爱情方舟。莱昂娜·卡西尼娅希望自己成为强奸自己的健男子的女友，要求有人发现这人的话，告诉他来找自己！她一直把精力放在工作上，爱情的大门向阿里萨及周围的男人紧闭，强奸是她不能摆脱精神困境的障碍（联系到马尔克斯认为那些女人做妓女不是为了金钱而是为了能和别的男人睡觉，《霍乱时期的爱情》中很多场景应该是反讽的风格，多情的语言可能是马尔克斯扔的一块香蕉皮）。阿莫乌尔参加战斗、逃亡、隐居、恋爱、自杀，奇怪的自杀提供了一个反观全书的支点。对现实的失望掩藏在提高生命质量的话语之下。少女阿美丽亚酷爱航运公司老板阿里萨，当阿里萨和旧情人费尔米纳进行浪漫之旅时，她一个人悄悄自杀了。她的死是对《霍乱时期的爱情》中爱情话语的有力消解，促使人关注那个混乱的背景。总之，从人物命运及生命态度的现象学分析方面，我们可以看到魔幻、神奇、金钱、爱情话语都是作者设置的香蕉皮。马尔克斯说过："因为他们总是俨然摆出一副主教大人的臭架子，居然不怕冒大放厥词的危险，竟敢承担解释《百年孤独》一书之谜的全部责任。……其实，我提出拉伯雷的名字，只是扔了一块香蕉皮；后来，不少评论家果然都踩上了。"① 各色人物在这块香蕉皮下挣扎、奔波……或陷入孤独隔绝的精神状态，或沉迷于自我小天地，或献身于权力追逐，或迷恋于发财游戏，或追逐恋爱，等等，他们都没有追逐有价值的东西——足以摆脱孤独困境之物，我们可以明显看到人物的挣扎、抗争、消沉、孤独、隔绝，那混乱、瘟疫、战争、暴力构成的幕布，在几个文本中都没有发生一点明亮的变化。这类似于鲁迅笔下的铁屋子——社会大幕布不动声色地消解了人物的一切努力，形成了一块历史暂时停滞、孤独的体验场域，消解了历史达尔文主义的话语。"我关心的是为读者描述有趣的历史、真实的历史。当然不是文献上记载的历史，而是从我的亲身经历中获得的历史。"② 这正是马尔克斯极力想告诉大家的秘密。而莫言揭示的显然是不断变化的历史话语对人物的努力、命运所形成的一种摇摆、颠簸的悲剧和无常。

---

① ［哥］马尔克斯、门多萨：《番石榴飘香》，林一安译，三联书店1987年版，第104页。

② ［哥］马尔克斯：《我关心的是有趣的历史》，《诺贝尔奖的幽灵》，朱景东译，中央编译出版社2001年版，第361页。

（4）用婚姻话语建构隔绝、孤独的话语背景，消解历史达尔文主义

当意大利商人皮埃特罗·克列斯比想和雷贝卡结婚的时候，阿玛兰塔却用自己的尸体进行干涉。写信报告皮埃特罗·克列斯比的母亲病危、用虫子破坏雷贝卡的结婚礼服、用鸦片酊下药等，终于破坏了雷贝卡和皮埃特罗的婚事，但当雷贝卡和霍·阿卡迪奥结合，皮埃特罗来找阿玛兰塔时，她却玩弄并拒绝他，导致皮埃特罗自杀（有两种文明对话的意味，将在下一章里分析）；戏弄奥雷连诺·何塞却又拒绝他的求爱；对格林列尔多·马克斯上校也是既欢迎又拒绝，最终彻底陷入孤独的境地。同样，雷贝卡在经历了和皮埃特罗·克列斯比分手、丈夫霍·阿卡迪奥的死亡后，彻底把自己幽闭起来，直到老死也没有同布恩蒂亚家族交往。阿玛兰塔·乌苏娜，在布鲁塞尔上大学时，和加斯东结合，她有机会走出马孔多、摆脱孤独，但是一旦返回马孔多，见到奥雷连诺·布恩蒂亚就和其侄子结合了（不知道出身是一个原因），因而彻底把自己幽闭在马孔多。菲兰达和奥雷连诺第二、乌尔比诺和费尔米纳的婚姻也有隔绝的意味。通过对几个人物的婚姻审视，我们发现了婚姻中的孤独处境，各色人物没有能力或者不愿从孤独的创伤背景和文化背景里走出来。而那种隔绝的社会幕布正是这种婚姻状况的潜在原因。婚姻话语既是生活写实，又是文化意象，揭示了人物被某种话语切割、控制的凝固的历史状态。

（5）用语言的追寻来质疑历史达尔文主义

对作品中人物语言状况的分析也透露了一种混乱、停滞的历史碎片。霍·阿·布恩蒂亚说的拉丁语被周围的拉丁美洲人当作鬼话连篇。远方来的亲戚小雷贝卡说西班牙语同印第安语一样流利。菲兰达是唐·菲兰达（唐，西班牙人的尊称，含义为先生、老爷①）的女儿，她接受的是西班牙贵族教育，但是她和受到印

①　[哥]马尔克斯:《百年孤独》，高长荣译，北京十月文艺出版社1984年版，第195页。

第安教育的阿玛兰塔不能很好相处。阿玛兰塔 20 年没有作祷告，并且临死拒绝作忏悔。至于羊皮书的书写更是复杂，用梵文记下家族史，并译成密码诗，而密码诗的偶数行列用奥古斯都皇帝的私人密码、奇数行列用古斯巴达的军用密码记录。这种语言的追寻使历史的痕迹更为模糊，不仅近代的历史含混，且远古的历史也含混不清。奥雷连诺·布恩蒂亚却可以熟练地阅读："他没有碰到任何困难，仿佛这些手稿是用西班牙文写成的，仿佛他是在晌午令人目眩的阳光下阅读的。"[①] 显然奥雷连诺·布恩蒂亚最熟练的是西班牙语而不是母语印第安语。混乱的语言和母语的他者地位表征着混乱的历史，因为他们没有自己历史的清晰记录。语言的追寻显现出一种语言互相搀和、相食的历史真相。历史只是由残羹剩饭组成的，只有一些碎片而已。语言是民族文化和身份的化石。马尔克斯以对语言决斗场的凝视来嘲解现代性进化的神话。存在的家在语言的混乱化石中隐隐显身。

6. 马尔克斯面对孤独历史的解决方案

（1）采用魔幻手法、依靠语言的符咒作用

第一，向朋友讲述，向读者传播自己心中的故事。针对创作《百年孤独》，他自我评价道："我打算用文学形式把儿时在各种场合令我印象深刻的事物完完整整地描绘出来。"[②] "我总是竭力忠实地对待我所讲述的一切，竭力忠实地对待我所反映的世界并与之保持联系。我的心情是平静的，因为我的作品含蓄地表达了我的思想。"[③] "最初我写作是因为我发现我的朋友们读了我的东西更喜欢我了。现在我写作是因为我忍受着痛苦，只有写作才能排遣它。"[④]

---

① ［哥］马尔克斯：《百年孤独》，高长荣译，北京十月文艺出版社 1984 年版，第 390 页。

② ［哥］马尔克斯：《〈番石榴飘香〉第四章》，李德明译，柳鸣九编：《未来主义·超现实主义·魔幻现实主义》，中国社会科学出版社 1987 年版，第 487 页。

③ ［哥］马尔克斯：《我的作品来源于形象——关于艺术创作的思想》，朱景东译：《诺贝尔奖的幽灵》，中央编译出版社 2001 年版，第 320 页。

④ ［哥］马尔克斯：《经历与作品》，《诺贝尔奖的幽灵》，朱景东译，中央编译出版社 2001 年版，第 336 页。

"我写作，仅仅是为了向一位朋友证明，我这一代人是能够产生作家的。"① "说实话，我写作只是因为我喜欢向朋友们讲故事。"② "我们拉丁美洲作家都在做同一件事情。我们在讲述同一个故事。"③ 马尔克斯想依靠讲述来疗救拉丁美洲人民的健忘症。通过讲故事的方式把自己的思想、真实的拉美历史与更多的朋友、读者交流，唤起人们关注拉美的公心，寻找拉美的出路。作者深信语言的力量，认为语言除了作为交流的工具之外，它还是神奇的种子，撒播到合适的地里会自然生根发芽，长成参天大树也未尝不可。自我疗救和民族启蒙、地域文化重建等融合在讲述之内，并在拉丁美洲地方语言和文学作品语言等层次展开。马尔克斯是解决拉丁美洲问题的精神分析导师。

第二，文本结尾的咒语。《家长的没落》描述了对未来充满寄托的憧憬："……因为按照羊皮纸手稿的预言，就在奥雷连诺·布恩蒂亚译完羊皮纸手稿的最后瞬间，马孔多这个镜子似的（或者蜃景似的）城镇，将被飓风从地面上一扫而光，将从人们的记忆中彻底抹掉，羊皮纸手稿所记载的一切将永远不会重现，遭受百年孤独的家庭，注定不会在大地上第二次出现了。"④ "他对于纷纷上街为了幸福而讴歌的人群的激动的喜悦无动于衷，对于自由的击鼓声和节庆的花炮声听而不闻，对于那向人民和世界带来关于这无尽头的可耻的时代终于结束了的美好消息的狂欢的钟声也是听不见的。"⑤ 《霍乱时期的爱情》结尾也具有相似作用。结尾的光明是作者讲述策略所发出的一种具有预测、召唤魔力的咒语。在经过深刻、痛苦的精神旅

---

① ［哥］马尔克斯：《小说创作面面观》，《诺贝尔奖的幽灵》，朱景东译，中央编译出版社2001年版，第345页。

② 同上。

③ ［哥］马尔克斯：《我关心的是有趣的历史》，《诺贝尔奖的幽灵》，朱景东译，中央编译出版社2001年版，第362页。

④ ［哥］马尔克斯：《百年孤独》，高长荣译，北京十月文艺出版社1984年版，第392页。

⑤ ［哥］马尔克斯：《霍乱时期的爱情》，《世界另类文学经典》，张立波译，北京银冠电子出版有限公司2001年版，第359页。

行和语言狂欢之后，马尔克斯在长篇小说的结尾总是像巫师一样对美好的未来发出乐观的呼唤咒语。"那将是一个新型的锦绣般的、充满活力的乌托邦。在那里，谁的命运也不能由别人来决定，包括死亡的方式；在那里，爱情是真正的爱情，幸福有可能实现；在那里，命中注定处于一百年孤独的世家终将并永远享有存在于世的第二次机会。"① 即是对这种咒语目的的更明确表达。这大光明咒是马尔克斯在侦探哥伦比亚、拉丁美洲文化积案基础之上美丽的沧桑呐喊。

第三，寻找本土历史痕迹，在混乱和凝固的历史两端寻找希望。在《百年孤独》中，在基督、权力、帝国、资本、争斗、情欲等涌入马孔多以前，马孔多是新颖的、和平的，也是蛮荒的。但是，霍·阿·布恩蒂亚、乌苏娜等人那种讲求正义、开放、勇于探索、寻求乐园的精神显然是作者所赞赏的。后来，随着基督、权力、帝国、资本、争斗、情欲等的进入，马孔多逐渐变成混乱、血腥、情欲化、乱伦、贪婪的世界。人们也逐渐患了健忘症，失去了为幸福而斗争的精神。这时候，作者在篇尾呼唤新的天地。《霍乱时期的爱情》中关于爱情的追求，把爱情的佳境放在阿里萨和费尔米纳的青年纯情时期和老年恍然大悟时期。《家长的没落》则把希望寄托于家长被毒死之后。文本中时间的处理模式总是使遥远的无法证实的过去和还没有发生的将来充满希望。这是作者的叙事、时间通道，也是对西方式的现代性的反思，显然，他在前现代时期寻找精神家园，对后现代时期充满希望。相对莫言的主人公挣扎、拼搏的生命喜剧，马尔克斯的主人公过早地陷入惰性的等待和爱情的自我沉迷之中。

（2）呼唤人民勇于承担责任、利用权力，而不受制于权力

马尔克斯期望社会精英——中产阶级像霍·阿·布恩蒂亚一样勇于探索、开放，正确使用权力；像奥雷连诺上校一样，敢于为不公平的事业奋起战斗、为人民说话，但要克制自己以避免家长那样的冷酷屠杀、谄媚帝国。马尔克斯说："在《百年孤独》里，一个

---

① ［哥］马尔克斯：《拉丁美洲的孤独》，《诺贝尔奖的幽灵》，朱景东译，中央编译出版社 2001 年版，第 135 页。

被判处死刑的人对奥雷连诺·布恩蒂亚上校说：'我担心的是，你这么痛恨军人，这么起劲地跟他们打仗，又这么一心一意地想仿效他们，到头来你自己会变得跟他们一模一样。'他这样结束了他的话：'照这样下去，你会变成我国历史上最暴虐、最残忍的独裁者的。"① 他期待知识分子像青年乌尔比诺医生一样承担同瘟疫战斗的责任，改变落后、封闭的马孔多现状；像乌苏娜那样精力充沛，不断建设，排除愚昧；像阿里萨、费尔米纳那样追求幸福，排除外力的干扰，在悲剧、灰暗的人生道路上活出人的风采，达到酒神精神的日神表达（当然，这些人物在文本中大多数时间里是活得非常疲软无力的）。马尔克斯笔下人物的瞬间建构能力和辉煌成就非常惊人，这与其中产阶级—社会精英的关注角度有关；相比之下，莫言笔下的人物总是在生命与伦理、权力、暴力、无常、时运等冲撞、较力的过程中彰显出耀眼的光芒，这与莫言的社会底层、民间社会的聚焦有关，从《十三步》到《蛙》，莫言笔下的知识分子都是乏力的（从生存到精神）。专业知识分子、文化资本知识分子等也许是莫言下一部作品要深入思考的问题。

（3）寄托于时间因素

马尔克斯想用时间来消释专政、暴力、封闭落后等因素（其背后还是生、老、病、死的循环哲学在发生作用）。一方面，封闭的太久，霍·阿·布恩蒂亚、乌苏娜、霍·阿卡迪奥、奥雷连诺上校、教皇、阿玛兰塔·乌苏娜、雷贝卡、奥雷连诺·布恩蒂亚、乌尔比诺、阿里萨等，这些有机会开放的人物没有完成马孔多对外的交流任务；而阿玛兰塔、菲兰达、家长、莱昂十二等都是尽量用封闭来维持现状的人。另一方面，马孔多成为暴力、专制、帝国资本长期蹂躏的对象。自由党和保守党的征战导致连年战争，直接把美王联欢变成屠杀，暗杀奥雷连诺上校的儿子们；镇长阿卡迪奥制造特权和杀害；家长为了巩固自己的权力，造成令人发指的误伤、爆炸、

---

① ［哥］加西亚·马尔克斯、门多萨：《番石榴飘香》，林一安译，三联书店1987年版，第106页。

人体烹饪、酷刑等，为了享乐广设后宫、骚扰民女；香蕉园的过度开发和对当地工人的剥削、镇压、屠杀；以及外国资本对盐等专利的垄断、对海洋的划分；内河航运受到外国航运业的挤压，制裁枪杀海牛的船长受到没收执照的处理，等等。显然，马孔多地区政府、党派、个人缺少应付的能力。作者在文中采用时间的力量来消释内外权力、专制形成的铁幕。比如，《百年孤独》通过六代人的发展形成一种社会变革的大飓风；家长百年的统治终于因家长的被毒死而即将改变；霍乱时期的爱情也是经过几乎一生的等待才重新获得真爱，时间漫长集压抑生命和消释铁幕威力于一身。个体生命的有限性，此岸事物的有限性，是马尔克斯重视时间之身的革命性的基础。这种等待的救赎方式与殖民地社会的黑暗有关，也与马尔克斯的宗教样式救赎有关。相对来说，莫言更加重视生命个体行动的救赎方式，即使在《生死疲劳》中面临循环的时间时也是如此。

（4）借助"爱"的药方

"我个人认为，是因为他们不懂得爱情。在我这部小说里，人们会看到，那个长猪尾巴的奥雷连诺是布恩蒂亚家族在整整一个世纪里唯一由爱情孕育而生的后代。布恩蒂亚整个家族都不懂爱情，不通人道，这就是他们孤独和受挫的秘密。我认为，孤独的反义词是团结。"① "布恩蒂亚一家没有热爱他人的习惯，这就是他们一家孤寂无伴、屡遭挫折的原因所在。我认为，孤寂是团结、合作的反义词。"② 马尔克斯用这些话为布恩蒂亚家族的孤独症把脉。"这种历尽沧桑以后走向平静的爱情状态，作者在《霍乱时期的爱情》中延续着这种探索。而在《百年孤独》中，家族其他男子大多也是好色之徒，大多女子也富于激情，但是他们无一例外地都在床上、在餐桌旁、在跳舞厅里与爱情失之交臂。所以头脑最清醒的能够洞察一切

---

① ［哥］加西亚·马尔克斯、门多萨：《番石榴飘香》，林一安译，三联书店1987年版，第108—109页。
② ［哥］马尔克斯：《〈番石榴飘香〉第四章》，李德明译，柳鸣九编：《未来主义·超现实主义·魔幻现实主义》，中国社会科学出版社1987年版，第490页。

的雷梅苔丝只好升天而去了。"① 爱情话语暂且不论，但我们可以看到论者对布恩蒂亚家族病源的察访。关于《家长的没落》，马尔克斯说："保持权力的策略同保持声名的策略，到头来是一样的。这便是两种孤独的部分原因。"② 剖析家长残酷的原因是缺少对别人的爱。文本现象学分析也可以看出明显的"爱"的话语讲述趋向。霍·阿卡迪奥只有性欲，他和雷贝卡的结合破坏了自己、雷贝卡和意大利商人皮埃特罗·克列斯比的幸福；阿玛兰塔陷入孤独之境后，逼死了意中人皮埃特罗·克列斯比，逼走了奥雷连诺·霍塞，耽误了自己和马克斯上校的幸福；菲兰达用自己的刻板、严酷葬送了自己、梅梅、梅梅的孩子奥雷连诺·布恩蒂亚的幸福；家长更是缺少爱，是只能表现仇恨的动物，破坏了自己所遇到的男人、女人的幸福甚至使其丧失生命；乌尔比诺一生只能找寻婚外性来填补空虚；而阿里萨、费尔米纳只是似是而非的在千疮百孔后找到他们缥缈的幸福。这几部小说中的人物因为缺少相互的关爱、理解，再加上社会的铁幕而陷入一种孤独状态，进而冷酷地对待身边的人，导致孤独的蔓延。如王岳川所说，冷漠已成为世界病症，"冷漠成为全球病，地球变成地球村。人与人之间包裹了如此坚硬的硬壳而难以交流和沟通。"③ 马尔克斯通过讲述治疗身边人的孤独症结，想使他们成为健康的人，进而通过人之大爱去建设一个新天地！风俗、沉迷和拯救丰富了马尔克斯笔下的爱情话语内涵。相对于此，强力的自然性爱、仁慈的大爱、和谐的友爱是莫言小说中济世救人的良方。

（5）"性"的逃遁，以性为突破口，获得尊重生命的表达，但是反对只有性而无爱的表达

霍·阿卡迪奥、奥雷连诺上校和皮列·苔列娜，霍·阿卡迪奥

① 梁燕丽：《孤独与爱情——读〈百年孤独〉》，赵德明编：《我们看拉美文学》，云南人民出版社2000年版，第73页。
② ［哥］马尔克斯：《〈番石榴飘香〉第四章》，李德明译，柳鸣九编：《未来主义·超现实主义·魔幻现实主义》，中国社会科学出版社1987年版，第502页。
③ 王岳川：《中国镜像——90年代文化研究》，中央编译出版社2001年版，第13—14页。

和雷贝卡，阿卡迪奥第二、奥雷连诺第二和佩特拉·柯特，奥雷连诺·布恩蒂亚和阿玛兰塔·乌苏娜，家长和他的后宫、所遇到的民妇、女学生等（当然家长的爱情话语表示着政治、权力话语），阿里萨和寡妇纳萨雷特、普鲁登希娅·皮特雷、普鲁登希娅、何塞法、安赫雷斯·阿尔法洛（音乐教师）、安德雷娅·瓦龙、萨拉·诺丽埃佳（女诗人）等，他们之间充满了情欲，这些情欲多与下半身相联系。软弱者永远不能进入爱情的王国，爱情的王国是无情和吝啬的，女人们只愿屈身于那些敢作敢为的男子汉……特兰西托·阿里萨的爱情观给予阿里萨勇气，使阿里萨以后的爱充满了征服。阿里萨认为："如果对维持永恒的爱情有益，床上不管做什么都算不上不道德！"① 阿乌森西娅·桑坦德尔为了和阿里萨做爱，东西被偷也在所不惜。萨拉·诺丽埃佳认为："心灵的爱情在腰部以上，肉体的爱情在腰部以下。"② "不管是要嫁人或不嫁人，不论是没有上帝显灵或是没有王法，要没有个男人在床上，就不值得生活下去。"③ 这几个人的性爱宣言正好表现了这种肉体感情。事实上，叙述者话语背后是提倡那种精神和肉体合一的爱情，而反对这种只是在身体上寻求满足来摆脱现实纷扰和灰色人生的做法。所以纵然他们都拥有充足的性生活，但是却没有权力拥有灵肉合一的爱情。满足情欲只是暂时对周围时空的无效逃避和肉体狂欢。这样看来，俏姑娘雷梅苔丝的飞升自然是对追求者沉溺于情欲的浪漫否定；而家长拥有了大量女人，但是面对垃圾之花却控制不住自己的情欲，也是对那种灵肉一致之爱的反面烘托；阿里萨也是如此，虽久经情场，却还是对费尔米纳一往情深，这种老年的"丑陋"爱情最终把作者的爱情价值锁定在灵肉合一的层面，并以此作为灰色人生救赎的一个出口（显然，作者在叙述策略上在灵肉一致之爱的基础上更进一步提倡一种大爱——对所有人的人之爱）。

---

① ［哥］加西亚·马尔克斯：《霍乱时期的爱情》，《世界另类文学经典》，张立波译，北京银冠电子出版有限公司2001年版，第157页。

② 同上书，第204页。

③ 同上书，第202页。

　　总之，无论是马尔克斯体验到的凝固、孤独的主观历史观，还是对前现代时期的探索及后现代时期的希望；无论是莫言的血污和烂泥混合的感觉化、停滞历史观，还是对前现代时期的审视及对后现代时期的悲观，他们都透过自己重塑的主观历史对历史达尔文进化论进行了形象的、深刻的解构，都从各自的方面对以西方为模式的现代化发展神话提出了质疑，都提倡建构在个体的生命、民族的生命、全人类的生命之上的历史期望。因而，他们的解构叙述、策略、表征也可以看作对于这种新颖的、生机勃勃的生命历史的寓言式的追寻和呼唤。莫言和马尔克斯的魔幻现实主义小说可以看作是全球化和地域化、殖民化和民族化、历史化和感觉化、文字叙述和生命叙述、物质世界和主观世界等文化方面纠缠、拥抱的互动过程在文学层面的具象反思。在很长一段时期里，这种具象反思和魔幻现实主义将仍然是中国人民、拉美人民乃至世界人民需要不断关注的文学（文化）议题。从世界性文学进程来看，对生命的赞美、爱情的关注、感觉历史的重建、现实生存状况的不满等方面，也可以看作他们对浪漫主义文学的继承和发展。

第三章　文化对话和地理写作

　　自柏拉图通向本质的对话理论以来，巴赫金的对话理论、福柯的权力话语理论、萨义德的东方学和文化帝国主义理论非常复杂深刻，对分析文本、文化、作家等层面的对话具有深刻的启示作用。本章具体内容主要是指马尔克斯、莫言两人文本中不同民族（印第安和西班牙；中华民族和德国日耳曼民族、日本大和民族等）在战场、商场、文化场、情场等方面的交流、摩擦等，同时还指不同地域（拉丁美洲和西方世界；中国和德国、日本等；城市和乡村等）在物质文化交流过程中在场的关注，等等。从物质的材料地理世界到观念的文化地理世界，再从观念的文化地理世界到物质的文化地理世界，语言符号所塑造的空无一物的地理文化空间决不是中性的，装满了诱导读者浏览的过去、现在、未来现象的符号。它是一个有声有色的、活动的、对话的复杂空间。除了装满建筑地貌、人的活动、文化外，还有其他想象空间以及光、声音，甚至空虚。小说空间的并置形成叙事的前后、类比关系；空间之内物的位置的变换形成故事的情节；空间及其元素以文本、话语、形象、意象、文化等形式进行隐秘的征服和交流。本章将针对这些所形成的语言对话及其权利、地位关系乃至作者立场的书写策略进行异同比较。在世界文学层面，从不同民族地域文学的政治内涵关联（金惠敏）和不同民族地域文学的相互竞争（王宁）意义上，探究不同类型的文化地理世界旅行、接触、交流、融合、创造、敌对等方面的深层规律问题。

一 民族文化对话与地理文本表征

（一）莫言的民族文化对话与地理文本表征

莫言面对的是中国近代革命、改革开放和全球化语境（世界两极对立的形式已经改变）。所以，他的思考基点是改革开放和全球化，面临的许多问题是设计者们没有预料到或没有足够重视的，体现了对五四运动以来文学现代性和世俗现代性的反思（应包括西方资本主义现代化的反思和达尔文式的社会主义现代化的反思，这里主要指前者）。莫言通过对中国近代历史虚构、梳理所表现出的民族地理对话自然有其特点。

1. 民族话语和霸权话语的军事对话

在以西方为中心的全球化过程中，首先是经济全球化、文化全球化，除此之外，还有政治全球化和军事全球化，后两个层面往往与殖民主义战争相关联。因而马克思对资本主义的全球化把握得相当深刻。在全球化的军事侵略和经济掠夺中，所有的人都被卷入其中。资本主义的政治、军事全球化战略把经济交流、文化融合的积极全球化变为政治压制、军事侵略、经济掠夺、文化霸权的全球化。它们依靠自己的文化、技术、社会制度、军事等优势把全球化异化为殖民主义。在《红高粱》中，余占鳌带领村民用铁耙、鸟枪来对抗日寇的钢枪、汽车等，而罗汉大爷则只是用血肉之躯来迎接日寇所驱动的屠刀，冷支队、胶高支队、余占鳌部等虽相互攻击、绑票，但是，最终还是在血海深仇面前联手抗日，用勇敢、团结等精神力量迎击日寇。"三百多个乡亲叠股枕藉、陈尸狼藉，流出的鲜血灌溉了一大片高粱，把高粱下的黑土浸泡成稀泥……"[1] 这个场景写出了中国农民面对帝国主义殖民者的对话态度！爷爷对着吃尸体的狗大骂："日本狗！狗娘养的日本！"[2] 并且枪击"日本狗"

---

[1] 莫言：《红高粱》，《红高粱家族》，解放军文艺出版社1987年版，第3页。
[2] 同上。

等。20 世纪 30 年代的中国农民用血、智慧、勇气以及长枪、大喇叭、铁耙等和日本侵略者的汽车、歪靶子机枪、屠杀、剥皮对话。在世界文学范围内，理性中心和边缘、工业社会和农业社会、军队和农民、杀人机器和肉体精神、先进和落后、中国和日本（德国）等以极不平等的方式展开了对话。奶奶委身余司令、铁板帮帮主却装疯卖傻地拒绝日本青年兵的侮辱；罗汉大爷面对日方监工的淫威，那紫色的火苗，还有那吃惯高粱米饭的胃怎么也吃不惯东洋大米，怒铲自己一向喜欢的现在"吃里扒外"的骡子，面对剥皮的孙五大骂："剥吧！操你祖宗，剥吧！"[①] 这种强硬的农民道德本能驱使他只能走向同日本侵略势力相对立的立场。当然一开始，"所有的人都变矮了，有的面如黄土，有的面如黑土"[②]。面对机枪、狼狗、剥皮，生命的本能令他们害怕！但个人求生的欲望和民族的自尊逼迫他们在恐惧后寻找出路。孙五被迫剥人皮后发疯，表现的正是这种强烈的民族传统和职业道德的认同感！其他还有哑巴、方五、方六、任副官、冷支队等都是用枪来同日本侵华势力进行亲密对话的人！爷爷说："你们是中国鸡巴戳出来的就放开我们；是日本鸡巴戳出来的就打死我们！"[③] 这句粗疏的话语和当时危机的形势唤醒了民族之根、民族之魂，冷支队、胶高支队、铁板会余部联合起来，共同对敌。这种联合是那样的艰难和坚强，这种联合最终使中国人民能直面日军的子弹，一直把日军赶出中国。从情场到战场、从武器到符号、从老到少、从平民到帮会、从饮食到工作、从爱到恨等，几乎所有层面都展开了这种民族地理文化的生命接触和对话。从鉴真和尚东渡到日军侵华，可以看出中华民族"和"文化与日本"海盗"文化的内在区别，在中华民族的仁人志士屡屡以君子之心度"海盗"之腹之前一定要时刻保持警戒之心。在《丰乳肥臀》中，清朝咸丰年间，司马大牙和上官斗针对西方诸国入侵势力采取尿屎战，以保护东北高密的风水，妄图使德军呕吐而死，结

---

① 莫言：《红高粱》，《红高粱家族》，解放军文艺出版社 1987 年版，第 42 页。
② 同上书，第 38 页。
③ 同上书，第 384 页。

果司马大牙死去，上官斗走了铁鏊子，用尿粪和对骂去面对长枪和大炮，勇气毅力大于物质。司马大牙、上官斗奋起抗击德寇，虽惨遭失败，作者侧重思考的是民间抵抗外敌力量的崛起，军事的失语，政府力量的缺席，以及深刻的文化内因。面对日本人的入侵，用老弱病残的逃亡来面对，用司马库的火烧、怒骂、毁桥及沙月亮司令部的稀疏不一的枪声进行区域性对抗，结局悲壮；沙月亮部、司马库部、蒋立人部等的抗日、相互替代等，是作者对民族话语的重新透视，并解析出暴力等不协调因素。依靠惨烈的失败，莫言思考民族团结的必要性问题。在《红树林》中，卢南风、马刚、陈三两、秦书记、林万森、张争、小百等在红树林里并肩抗日，有能力以血肉之躯同日本帝国主义的枪炮对话（在新中国成立后个别民族栋梁发生了质变）。这种民族对话进程所表现出的精神被莫言尊崇为中华民族的脊梁，也是个别蜕化的革命战士的忏悔之地。在《檀香刑》中，面对个人侮辱和27条人命，孙丙"结交义和拳，回来设神坛，扯旗放炮，挑头造反，拉起一千人马，扛起土枪土炮，举起大刀长矛，扒铁路，烧窝棚，杀洋人……"① 从民间崛起一种力量，同德国鬼子的克虏伯过山大炮、毛瑟钢枪对话（虽以失败告终，但这种叙事策略反讽了钱丁、袁世凯及其新军，还有清政府），靠以天理意气为核心的大陆民间戏文化精神同德国鬼子的海盗文化对话。这些对话性的战斗人物和情节设计，通过民间草莽之辈，凭借血肉之躯同侵略者的枪炮对话，在中华民族近代历史上，塑造出在中西对话之中崛起的民间力量。实际上，这也是老舍等著名作家思考中国文化危机时所强调的问题。这与莫言的民间叙事和"作为老百姓"写作的态度密切相关。在《十三步》中，丁钩儿明确地向身体残疾的老革命汲取精神力量；《四十一炮》中的罗小通也向抗日的老农民、老太太汲取熊心豹子胆，向欲望开战，作者把这种民间崛起的民族之魂作为战胜殖民话语的精神寄托之一。莫言面对德国和日本殖民话语，强调一种生命力，这种民间生命力聚合和流

---

① 莫言：《檀香刑》，作家出版社2001年版，第12页。

变成一种民族之魂。民族地域文化冲突和对话的最极端形式便是战争。一方面，民族和平不是通过暴力来实现的，但是，爱好和平的民族应如何成功地对付外来的一切暴力的考验，这是古希腊等文明所面临的问题，也是中国民族应当重视的问题，民族反暴力的最精彩的一笔就是抗日。另一方面，民族反暴力有时会不幸沦落为同霸权一样的东西。因而民族和平与民族反暴力之间便形成了紧张关系。

2. 个体生命话语和殖民战争话语的对话

正如哈耶克所说："社群主义者与当代自由主义者所论争的最重要的实质性问题之一，即伦理学的价值本原是个体我，还是作为社群的我们？就这一问题而言，当自由主义以个人权利的正当性为当然的基点，所寻求的乃是一种正义规则伦理和自由义务伦理；而社群主义则以社群的价值为基本起点，因而探求的是一种以社群善为价值目标的价值伦理……为基点的德性伦理。"① 个体生命话语和殖民战争话语对话的实质是社群我和个体我两种价值观念的形象对话。首先，以个体生命生存话语对殖民战争进行解构。父亲用投掷勃朗宁手枪的方式成功袭击一个日本马兵，马兵受了重伤。"畜牲，你他妈的也会流泪？你知道亲自己的老婆孩子，怎么还要杀我们的老婆孩子？你挤圪着尿罐眼眼澄臊水就能让我不杀你吗？"② 这种红高粱地里的短兵相接，发现日寇也是人，是会死会求饶会痛苦的人。"这是你老婆？"爷爷问。"呜哩哇啦叽哩咕噜……""这是你儿子？"爷爷问。"呜啦咿呀吱唧唏嘘……"③ 文化相遇将语言隔阂、思维冲突甚至排除异己推到极端，就会酿成重大灾难。其极端形式是这种不同国家的生命个体之间的战争。"父亲恍然觉得，有一把在空中自由飞翔的闪着血红光芒的大刀，把爷爷、奶奶、罗汉大爷、日本马兵、马兵的老婆和孩子、哑巴大叔、刘大号、方家

---

① 邓正来：《自由秩序原理》"代译序"，《哈耶克的社会理论》，三联书店1998年版。王岳川：《中国镜像——90年代文化研究》，中央编译出版社2001年版，第147页。

② 莫言：《狗道》，《红高粱家族》，解放军文艺出版社1987年版，第201页。

③ 同上书，第200页。

兄弟、'痨病四'、任副官……如砍瓜切菜一般，通通切成两半……"① 这段话借用父亲之眼和心灵来深思那场战争。在所谓辉煌和军功章掩盖下的战斗显示出了对家庭价值、参战个体生命的无视，甚至对国家利益、社会文明的毁坏。"二奶奶对着日本兵狂荡的笑着，眼泪汹汹的涌流。她平躺在炕上，大声说：'弄吧！你们弄吧！别动我的孩子！别动我的孩子！'"② 二奶奶用献身精神同日本鬼子对话，其结果是悲剧没能幸免。殖民战争对其他民族妇女、男人的身体、精神等的摧残和对殖民者本身的人性扭曲，是对殖民话语的最有力反驳。其次，运用生殖器性话语进行隐喻性对话。爷爷说："你们是中国鸡巴戳出来的就放开我们；是日本鸡巴戳出来的就打死我们！"③ 这句粗疏的身份话语有其深刻的内涵。相对于按照脚后跟的大小划分民族、国家的话语，其反讽的深意在于民族地理政治以生殖器划分是一种无聊的、霸权主义者、民粹主义者都曾高举的血腥大旗。以黑—白—黄等肤色的区分为根据也存在这种荒谬的东西。这在《四十一炮》的"性力大战"情节中也被含混地体现着。可以说，莫言在《红高粱》中对殖民话语的颠覆走得更远。被抓到日本的余占鳌面对日本女人的带补丁的黑裤头想起戴秀莲的裤头，于是他消解了想通过强暴日本女人来发泄其对日寇的愤恨；《丰乳肥臀》中，鸟儿韩在见到被自己撕烂裤子的日本女人想到自己母亲的裤头时，也恢复了平静。借性强暴场面举起人性的大旗来反讽、颠覆殖民话语——"东亚共荣圈"的战争话语。在上官金童和老兰那儿同样把民间仪式和政治隐喻明确地表现出来。当然，在家长和海滩女人关联部分也有相似的话语。

3. 个体话语对民族（团体）话语的审视

作者在塑造民间力量时走得更远。作者呼唤余占鳌、司马库、罗汉、胶高支队、司马大牙、上官斗、马刚、卢南风、孙丙等民间草莽的旺盛生命力，但是作者又以个体生命话语为支点对民族话语

---

① 莫言：《狗道》，《红高粱家族》，解放军文艺出版社1987年版，第203页。
② 同上书，第407页。
③ 莫言：《高粱殡》，《红高粱家族》，解放军文艺出版社1987年版，第384页。

规划了话语对话和解构。寨子里的人在张若鲁老先生的带领下竟然同日本正规军和伪协军作战，张若鲁的口号是："……乡亲们，别怕死，怕死必死，不怕死不死！死也不能放鬼子进村。"① 依靠土围子、破枪等来对付日军的马队、机枪、迫击炮等，牺牲是必然的，作者在毫不怀疑抗日军民的民族意志的崇高和必要的情况下，反思盲目的民族主义是忽视人的生命个体的！"……中国有四万万人，一个对一个，小日本弹丸之地，能有多少人跟咱对？霍出去一万万，对他个灭种灭族，我们还有三万万，这不是大胜仗吗？余司令，大胜仗！"② 对日本的军国势力的狂妄和某些人以血还血的观点进行反思（改革开放以来，面临着外资力量重新进入中国，面临着如何处理与日方资本的关系，又一次面临着经济对话的话语选择问题）中，显然，作者强调为人民而战，但不要忽视人的生命价值。忽视个体的生命价值是面对侵略者殖民话语曾经失语而留下的久治不愈的民族精神病。这在《青春之歌》《艳阳天》等作品中均有不同程度的表现。在《丰乳肥臀》中的"文化大革命"时期，巫云雨带"金猴造反兵团"、郭平恩带"风雷激"战斗队、汪金枝带"独角兽"战斗队并开辟"独角兽"栏目互相攻击。这在《生死疲劳》中也有反映。在《红高粱》中，冷支队的观战；在《高粱殡》中，余占鳌带领的铁板会、冷支队（国民党部队）、胶高支队（共产党部队）发行钞票，互相绑票，扩大势力进行内耗，带来混乱、灾民、死亡，甚至东北高密乡反殖民力量几乎全军覆灭。"有人在路边喊道：'老百姓卧倒！'"③ 胶高大队的攻击虽发出了警告，百姓却无法卧倒，造成大量的伤害。"大叔……别杀我……大叔……别杀我……"④ 受伤的铁板会会员在哀求，但他还是被一个胶高队队员杀害了。老铁板会会员控诉道："……你们用扎枪把他扎死了，他都下跪了，我亲眼看到他下跪了……你们这些狗心狼肺

---

① 莫言：《狗道》，《红高粱家族》，解放军文艺出版社 1987 年版，第 215 页。
② 莫言：《高粱酒》，《红高粱家族》，解放军文艺出版社 1987 年版，第 155 页。
③ 同上书，第 324 页。
④ 同上书，第 329 页。

的杂种！你们家里不是也有儿子吗?"① 这句话审问得亲切、深刻：个体生命话语对团体话语进行考量。"……我是哭我们，我们原来……不是沾亲，就是带故，为什么弄到这步田地!"② 作者借死亡了儿子的老铁板会会员提供了审视的资格，来审视战争给战乱地区的人们所造成的伤害和混乱，有力地控诉了内讧的不义，让人想起周总理的"同室操戈，相煎何急!"从某种程度上显示出统一战线建立的困难，重建大一统的民族话语的重要。任何分裂民族的活动只可能造成更多的伤害，这在今天仍是我们必须时刻谨记的道理。《狗道》具有象征意味，狗也分为三股，成为高密乡相互攻击的重要势力。在《丰乳肥臀》中，沙月亮抗日投敌，鲁立人部消灭沙月亮部，司马库部驱逐鲁立人部，鲁立人部趁司马库在狂欢之际消灭了司马库部，司马库部的反攻和被消灭等，造成饥饿、混乱、饥荒、死亡，这些都对民族内部的战争话语进行了消解，磨损了民族语言的光环！纵然如此，莫言还是把人民利益作为战争的部分理由，并且把希望放在为人民利益而战的队伍身上，如胶高支队、蒋立人部、卢面团、马刚等部队。分裂则成狗道，团结则成乐园，这是莫言以隐喻的方式言说的地域政治。莫言把对民族话语的质疑、反思和重建奠基在对历史的尊重之上。

4. 用历史的血腥来触摸现场感，寻求精神支柱——民族、个体精神的合理表达

"作家在写小说时应该调动起自己的全部感觉器官，你的味觉、你的视觉、你的听觉、你的触觉，或者超出了上述感觉之外的其他神奇的感觉。这样，你的小说也许就会具有生命的气息。"③ 莫言的创作自述表明了他的叙述特点，正是身体叙述的倾向促成了莫言的民族地理对话的身体表征和现场感。同时罗汉被剥皮、马桑镇被

---

① 莫言：《高粱殡》，《红高粱家族》，解放军文艺出版社1987年版，第337—338页。

② 同上书，第377页。

③ 莫言：《小说的气味——在巴黎法国国家图书馆演讲》，《小说的气味》，当代世界出版社2004年版，第3页。

屠、凌迟钱壮飞、孙丙被施刑等场面均有相似效果。在对民族神话的探询中，作者寻找到了个体的强大生命力作为民族生存的精气神，并以此作为殖民战争、民族等话语的对抗力量。在民族地域力量对话的纠结中，罗汉、钱壮飞、孙丙等人具有受难者的色彩，以他们的身体作为民族地域话语对话的场所，他们的皮开肉绽、鬼哭狼嚎言说着民族地域对话的深刻表征，也许这是民族地域文化交流的必经阶段，但愿他们的奉献是美好未来的一个开端。因而作者、文本人物充满了生命感。同时，他把个体生命话语同党派生命话语（胶高支队等）、民族生命话语关联起来，而非那种如马尔克斯的个体精英主义。

（二）马尔克斯的民族文化对话与地理文本表征

马尔克斯面对的是亚非拉非殖民化运动不断深入的状况，拉美尤其是哥伦比亚由于种种原因，始终摆脱不了内忧外患的局面。流亡的身份扩大了他对欧洲的眼界，两种世界对立的地缘政治格局、上流人物的交往、长期的战乱感受使他对暴力有深刻的审视。拉美复杂模糊的历史记忆使他无法获得明晰的根的意识。所以他的拉美和西方的民族地理对话有着不同于莫言的特点。

1. 失语的民族话语和空无的殖民话语

在和殖民话语的对话中，民族话语（无论民间和官方话语）一直处于失语的地位。殖民霸权话语在文本中一直处于背景的地位（不像莫言有直接战斗场面，这可能与莫言的军人身份和中华民族的骨气、辉煌的未来有关），然而，这种背景却成为长时间左右国内局势和人物命运的力量之一。在《百年孤独》中，历史上西班牙对马孔多的军事行动成了某个神秘的西班牙大船遗骸的内涵；阿里萨想打捞沉船财宝的想法其实也是在爱情话语掩盖下对西班牙、英国等国入侵马孔多世界记忆的复活。由于力量悬殊和时间久远，西班牙殖民霸权的侵略行为以文明的形式——西班牙语在马孔多的流行、扩展中被记录下来。印第安人说西班牙语同印第安语一样流畅（雷贝卡、奥雷连诺·布恩蒂亚的西班牙语甚至比印第安语说得更流畅），非开放这一因素更让人深思军事行动的结果——一种文化、语言对另一种文化、语言的取代，一种文化的历史逐渐模糊不清、语言逐渐失传，一切都以文化化石的方式被保存下来……保守党当政以后，在外国军事的影响下，香蕉产业在马孔多进入开发阶段，并由纽约的总部进行遥控指挥，对香蕉工人和马孔多进行高强度的剥削。这个由军队支撑的机制最终又派出军队对维权的工人进行血腥镇压。印第安话语和西方霸权话语的对话转化成残酷的内乱。而奥雷连诺上校带领自由党军队针对保守党的战斗就是对没有明示的具有转换意味的霸权话语的内部清理，因为民族话语仍然弱小而散乱，只能以失败和解构而告终，所以即使自由党、保守党联合掌握了政权，它们也不能直起腰杆子说话，经济上维护贪婪的香蕉园开发商的行为暗示了军事对话中的弱小、散乱的失语状态。在《霍乱时期的爱情》中，"新忠诚"号船长因制裁非法猎杀海牛的外国游客而被没收执照；在《家长的没落》中，狼羊人家长等都是民族话语失语的证明。"时间过得飞快，但他的小说却步履蹒跚。——终于到了一九七三年的那个日子，智利军人皮诺切特在圣地亚哥发动了军事政变，民选总统阿连德在抵抗中壮烈牺牲。国际舆论为之哗然。加西亚·马尔克斯更是义愤填膺，他四处发表演说，并且不惜以'罢写'来抗议这一倒行逆施。在以后的两年间，与其说罢写，不如说是在拼命写作。他如骨鲠在喉，不吐不快，终于完成了反独裁小说《家长的没落》。"① 家长对于国内的反对者实施爆炸、下毒、暗杀、送甘油炸药桶、阴谋攻击、酷刑等。但是，面对登陆的帝国军队，只能靠鼠疫的帮助使他们退兵。而帝国客人讨债的通知使凶狠的家长把金鸡纳霜和盐、橡胶和可可的专卖权，铁路建筑的租让权和水上交通的开发权温柔地送给帝国控制，把心爱的海交与帝国划分（自己享受人造的海风），敢于对帝国说"不"的总统乌塔罗·牟尼奥斯被暗杀，分舰队司令基契内尔警告家长不要忘记惩罚，反证了军事上的失语。而家长的性话语更是一种隐喻。家长面

---

① 陈众议：《加西亚·马尔克斯传》，新世界出版社 2003 年版，第 182 页。

对着自己的后宫、民妇、士兵的妻子、女学生等性力勃勃，将她们干得像狗一样。例如，对于洗军衣的女工，干得那女人脊椎骨和灵魂都吱吱作响，女人呻吟：你真是头野兽，将军，看来你是跟驴学的！他很得意，并指定给女工终身的补助金。然而，对于沙滩上的洋妞，家长却怎么也不能做人事。这种性话语的政治味道，就是军事政治的失语症表现。《家长的没落》主要从政治的角度写拉美同西方对话的军事失语症。《霍乱时期的爱情》将战乱写成爱情的社会铁幕，这种内乱——霍乱是军事失语症即孤独的主要原因。军事失语症是马孔多世界内政力量无法摆脱的梦魇。从民族语言、文化、经济、军事、政治等方面，哥伦比亚以及拉美地区几乎没有能力同西方力量进行博弈和对话。相对马尔克斯这种多维度的民族失语症，莫言的民间社会团体则是连续不断的抵抗。

2. 中产阶级抵抗与殖民话语

马尔克斯在处理印第安同西方殖民霸权话语时，直接表示对当权政府的失望，同时有限度地将民族话语的崛起力量放在一些中产阶级人物身上。在《百年孤独》中，他塑造了奥雷连诺上校这一形象，奥雷连诺上校为了反对暴力而进行军事斗争：作战、暗杀、死亡、枪毙等。最终军事斗争的残酷和结果的荒谬使奥雷连诺离开了军事、政治，走向实验室。这暗示着对政府力量的失望，作者本身对军事、军人政权的厌恶，马孔多民族精神表征人物的性格类型不允许他再走下去。马尔克斯曾自述："在《百年孤独》里，一个被判处死刑的人对奥雷连诺上校说：'我担心的是，你这么痛恨军人，这么起劲地跟他们打仗，又这么一心一意地想仿效他们，到头来你自己会变得跟他们一模一样。'他这样结束了他的话：'这样下去，你会变成我国历史上最暴虐、最残忍的独裁者的。'"[①] 这暗示着奥雷连诺上校的理想性格不能破碎在成为独裁者上面，奥雷连诺上校晚年再次宣布起义却没有行动的真正原因，除了他没有能力——太

---

① ［哥］马尔克斯、门多萨：《番石榴飘香》，林一安译，三联书店1987年版，第106页。

老了（对他儿子的暗杀，并非针对政府人员，有点小题大做）外，还有作者对之寄托了军事、政治的理想。在战争中和奥雷连诺上校相约交换俘虏、尽量减少伤亡的霍赛·拉凯尔·蒙卡达将军表征着马尔克斯的理想军人形象，他的死亡也印证了理想现实的不可能。作者要在《家长的没落》里塑造独裁者形象，但他没有像莫言那样塑造出有力的底层人物群像。马尔克斯试图通过解剖家长来寻找政治权力孤独的某种答案。独白方式的大量使用是一个证明，而家长的一切疯狂行为则是寻找寄托的反证材料。《霍乱时期的爱情》除塑造了一系列中产阶级人员，如实业家阿里萨、医生乌尔比诺等之外，暂时冲出灰色重围的有费尔米纳等，更重要的是"新忠诚"号船长为了民族利益挺身而出接受惩罚，寄托了对民族中产阶级的希望。在莫言笔下，中产阶级大多或沉浸其中，或清醒得较晚，如钱丁、马叔等，而底层人物多具有顽强的生命力。"不管怎么说，拉丁美洲的命运没有也不会在匈牙利、波兰或捷克斯洛伐克决定，而只能在拉丁美洲决定。舍此之外任何别的想法都是欧洲式的愿望……"①马尔克斯的政治观点很明显地表现在他的自述里，但是文中稍有暗示的都是中产阶级人物。并且，作者反对暴力的思考明显深于民族关怀，对暴力的反抗往往采用隐喻式（例霍乱等）、魔幻式（霍·阿卡迪奥被杀，血污向乌苏娜报信等）的表达，这种反暴力的思考多集中在中产阶级人物命运和中产阶级叙述视角上。

3. 魔幻地追寻历史

正因为神秘的拉美面对扩张的西方帝国长时间处于失语的状态，模糊的历史让人失望。马尔克斯说："我以为，以西班牙征服美洲的事件为出发点来评价拉丁美洲的历史是一种虚假的前提。这个前提恰恰是带有殖民地色彩的。"② 以此来表现对失语状态的不

---

① ［哥］马尔克斯、门多萨：《番石榴飘香》，林一安译，三联书店1987年版，第147页。

② ［哥］马尔克斯：《诺贝尔奖的幽灵》，朱景东译，中央编译出版社2001年版，第329页。

满。"拉丁美洲的历史也是极端而无用的苦斗与早就注定了要被遗忘的戏剧的总和。"① 马尔克斯的这句话揭示了病态、落后、痛苦、孤独（魔幻的内容）等的根源。孤独和魔幻是一种地理文化表征，也是一种精神文化表征。马尔克斯对于他者文化凝视所造成的拉美文化落后的、病态的、失语的、孤独的魔幻表征极为不满，相反，魔幻是扣人心弦的自我表达方式，其目的是引起马孔多人醒悟，吸引外边的人更多地关注马孔多，马尔克斯通过这种魔幻的文学方式在民族地域文化对话中实现隐秘的启蒙和革命目的，因此，魔幻的文学方式至少可以从两个方面进行阐释：哥伦比亚的、拉丁美洲的魔幻与西方他者眼光中的魔幻。

总之，可以说，军人出身、生命关怀、民族审视、身体写作、高粱精神等因素，使莫言小说的民族地理对话表征呈现出阳刚风格、民间生命强力、民族和谐的世界视角、感性化语言等特征。中产阶级写作、反抗殖民主义、地域写作、身体写作等因素，使马尔克斯小说民族地理对话表征呈现出无限哀婉、地域爱情书写、民族视角、感觉化语言、神秘叙述等特征。在地理政治、关怀生命、期望和谐、感觉化写作等方面，两者具有相同点。而且，在世界文学的发展中，他们以此时的民族地理文化世界和精神作为起点，显现了他们不同于浪漫主义文学的此世—彼岸拯救结构，其此世的拯救结构在于民族地理文化、民族地理生活方式、民族英雄的精神和民族地理历史根源的追寻等，莫言和马尔克斯提供了在全球化语境下，民族地理文化自我拯救方式的尝试。

二 民族文化对话与地理写作

民族文化接触和融合问题，自古以来是不可避免的问题。或接受，或抗拒，或追求等，态度和结果不一。近年来，西方民族地理

---

① 王宁主编：《诺贝尔文学奖获奖作家谈创作》，北京大学出版社 1987 年版，第502 页。

文化冲突论甚嚣尘上。它简化了民族文化接触和融合的进程，并别有用心地用冲突论来描绘儒家、伊斯兰教、基督教的文化接触事实。显然，每个国家、每个民族，甚至每个宗教内部都有非常丰富复杂的内容，民族的地理文化融合和差异选择是世界民族文化融合的过去、现在和未来最可能的和谐模式。借助资本主义生产方式的扩张，19—20世纪显然是各民族文化融合特别激烈的阶段，文化冲突论并不能掩盖文化接触和融合、创生等可能。关于文化对话显然有多种看法，但大致有三种：拒斥论、融合论、多元文化主义。莫言和马尔克斯面对各自的民族在近代以来同资本主义文化的相遇、对话的历史，都进行了深入的文学思考。文化的概念和民族、集团、阶层、地理之间关系密切。

（一）文化对话写作的异中之同：文化融合的悲观论调

1. 文化拒斥的相似意象表达

同萨义德那种借助中介知识分子考量西方和印度文化交流的"汉奸""叛徒"等意象不同，莫言文化交流的意象直接诞生于民间社会层面。在中西对抗的殖民地文化语境下，莫言用一系列意象表明了文化的拒斥观点。难产的文化意象表达有：纯种的东洋马和上官家的中国驴交配难产；马洛亚牧师和民妇上官鲁氏的后代金童玉女难产，作为中西合璧的上官金童一接触到现实就要犯恋乳症，终生无法把握生活，碌碌一生。通过中西文化能指融合的难产、无所作为等暗示文化简单融合的不可能。笔者认为，莫言深刻洞悉文化融合的病症在于恋乳症的克服，如果把死守民族文化弊端看作病态恋乳症，把全盘拒斥外来文化成果看作恐惧症，把全盘接受外来文化看作失忆症，因而不能正视文化的现实发展，那么就必将带来民族地理文化冲突和审美灾难。在日益全球化和数字化的今天，在政治、经济、文化等各方面交融汇合的今天，逼近不同民族地理文化理想融合和差异维持是文化接触和文化融合的必然路向。婚姻的文化意象表达相对比较丰富。不同血缘文化的婚姻意象有：六姐和巴比特的邂逅并结合，以在莫名的山洞被炸死为结局，预示着战争对峙状态下中美文化结合的不可能；相同血缘不同文化的婚姻意象有：沙枣花和已洋化的司马库的痴情之恋，以先后跳楼为结局，预示着一厢情愿的文化婚姻只能是死亡的悲剧；同一民族不同文化的婚姻意象有：性化的兰大官和传统型美女沈瑶瑶结婚，结果却是沈瑶瑶遁入空门，以及上官金童与垃圾女王的短暂爱欲等。在这些婚姻意象里，文化距离的作用大于血缘距离、民族距离，对不同文化熏陶的民族个性人物的婚姻结局的透视，暗示着由于时代纷扰、文化底蕴的差异等很难找出一条融合之路。冥文化意象的对话表达也颇具特点，在葬礼之上，两刀黄纸和一百元奠金，以亿元为单位的冥币，由姚七带来的唢呐班及念经的和尚各七人；有冥府银行，传统纸扎老匠人（大字不识一个）送来两匹与真马等大的纸马，来福、阿宝童男童女两个纸人，还有一棵摇钱树；嬉皮士打扮的艺术院校女肄业生送来纸奥迪 A6 小轿车、纸质大电视机、纸音响、西装革履的男纸人和穿裙子的女纸人；吹鼓手们吹奏《妹妹你大胆地往前走》《何日君再来》《小放牛》等，唢呐王用鼻孔和嘴同时吹奏两个唢呐等，把中式葬礼工艺品和西式葬礼工艺品并置，这种生硬的并置实质上暗示着两种文化还没有融合的状态，只有混合的喧哗在场。从战争到和平，从军事到经济，从近代文化对话的婚姻意象到当代葬礼工艺品意象，在莫言的魔幻现实主义小说里，文学作品艺术地暗示了中西方两种文化融合的困难和悲剧。上官金童终生不能自理的意象、意境明确地表达了作者对不同民族地域文化融合的判断。

　　马尔克斯也有相同或相似的表达。爱情话语意象的文化对话富有地域文化特色。雷贝卡和意大利商人皮埃特罗·可列斯比的婚姻受到阻挠——情敌印第安人阿玛兰塔的阻挠，最终和本土人霍·阿卡迪奥结合；受过西式教育的菲兰达在婚姻生活中一直没有和奥雷连诺第二和谐相处；阿玛兰塔追求皮埃特罗·可列斯比，戏弄并抛弃了他，导致皮埃特罗自杀；在布鲁塞尔受过西方神学教育的阿玛兰塔·乌苏娜虽然嫁给外国人加斯东，但是很快和他离婚，和自己的侄子本土人奥雷连诺·布恩蒂亚相恋并生了一个带尾巴的怪孩子；家长与国内女人、国外女人性表现的差异有明显的自闭症倾向；到西方留过学的乌尔比诺显然和费尔米纳只有表面上的婚姻幸福，两个人无法用西方或印第安方式来解决婚姻问题，等等。由不同文化教育背景导致婚姻的不美满、不幸福的意象，暗示着印第安文化和西方文化融合的困难。同时，只有同一民族地理文化背景下的婚姻被作为理想婚姻体验，有的甚至达到了乱伦的程度。在婚姻意象层面，独居的雷贝卡和乱伦的阿玛兰塔·乌苏娜都居于孤独的层次。因而，马尔克斯笔下的跨国婚姻和乱伦婚姻便从人类学、社会学意义上被提升到文化融合的意识形态象征意义上。前者的失败意味着文化以婚姻方式融合的失败，后者的成功意味着文化发展在近亲孕育方向上的病态和孱弱。马尔克斯对文化融合的困境和象征的思考充斥整个社会生活。死亡仪式的意象表达也富有内涵。已经二十多年没有祷告过的阿玛兰塔临死时拒绝进行祷告，致力于给已死去的人捎信，今生拒绝和受过西式教育的菲兰达和解；阿·霍·布恩蒂亚即使疯狂也仍然拒绝承认牧师证明上帝存在的方法；阿·霍·布恩蒂亚、奥雷连诺上校等都是死亡时没有举行祷告的人；其他还有不按照西方宗教规定埋葬人的意象等。固守民族地理文化的死亡仪式明确表现出一种文化拒斥。这是马尔克斯的精神家园，也是面对西方殖民文化，他感到痛定思痛的处所。在文学作品中，马尔克斯可做的事情是粉碎欧洲理性文明的美丽谎言以及超越浪漫主义美学境界。语言接触意象分析显示了一种文化迷失的悲剧。拉丁语成为当下印第安人不懂的鬼话（疯狂的阿·霍·布恩蒂亚的话），羊皮纸被用不同的语言编码等，这种口头语言的活化石和书面语言的死化石言说着文化融合的悲剧等。在这些文化意象的并置和抵抗中，民族文化地理接触和政治话语殖民现实，以婚姻、死亡、语言等方面的话语和意象为形式，呈现出一种奇异的地理文化的魔幻景观。征服、恐惧、自恋和近亲结婚恰恰是民族地理文化殖民—对抗悲剧——百年孤独的重要表征和原因。特别是以军事征服、政治压制、经济掠夺为基础的文化融合注定是一种悲剧，马尔克斯和莫言都对民间文化融合、青年文化融合寄寓了厚望，这些融合意象也都因军事、政治、经济等方面的强力干扰而失败。尽管对文化基础和融合充满了忧虑，但是莫言和马尔克斯都清楚地看到，在文明的发展进程中和全球化进程中，文化的接触和融合几乎是不可避免的事实，因而，对文化基础和融合的探索便具有当代意义和价值。

2. 文化相遇时的魔幻化、妖魔化修辞视差

在机械主义意义上，文化相遇是人们所看到的客观的文化事实。但是，在文化社会学、文化心理学意义上，拉康认为，不同的文化主体看到的对方不是对象，在其镜像倒置原理之内，文化主体看到的对象其实来自自身的倒影。因而文化基础的前见非常重要。那种文化对立的极化前见必定倒置一种妖魔化视差。拉康深刻地概括出了文化接触时的真实内核。魔幻化、妖魔化的实质与霸权、民粹的话语权力修辞及话语主体的利益是相连的。其根基在于修辞的生命性、社会性、文化性、意向性、地域性。在莫言方面，《檀香刑》表现了文化拒斥情况下导致魔幻的产生原因。当地人认为，德国人铺火车路轨要把成年男子的辫子压在铁路枕木下边，被剪去辫子的人成为废物，千年的风水将会被到来的铁路破坏，形成割辫子索灵魂等民间恐怖传说；德国兵腿是直棍只会走直路，干起那事一上即泄；抓小孩修剪舌头教他们学鬼子话等，这些都是突然凝视的一种虚假的惶惑的想象，东西文化的差异凝视与殖民霸权政治纠缠一处，魔幻化和妖魔化同时产生。孙丙身着戏服、树立神坛，在猴二师兄、猪三师兄的协助下念咒、喝神符水，号召人们参加神坛，同德国鬼子的毛瑟钢枪、可虏伯过山大炮对垒，这是大陆戏文化和海洋神话文化对抗下的必然的阶段性形式。孙丙凭勇气行事，靠天理辩护，用重天理克制自己的儒家文化和民间戏曲中的英雄文化，与重情欲发泄无边开拓的海盗文化交火，海盗当然不顾天理，他的英勇行为只能是军阀和德国侵略势力眼前的狂欢，是他们暴行借口中的佳肴。这种碰撞消解的不仅是军事、政治，而且是文化、民族精神的自尊。最终探询公道的孙丙只能遥看自己的妻儿被屈辱地杀死，并被扔进马桑河里，刺刀和肉体的对话使他深刻地理解了现实处境，最终走向反抗。然而，他只能选择来自戏文神话英雄（岳飞等）和朱红灯义和拳的引导，在人神妖的思维模式（中国历来把圣

化的人称为神，一般的人称为人，而一些异己的力量和人物被命名为妖孽，这在历代小说、神话里都有表现，如《水浒转》《西游记》等），树立自己的神坛同不可思议的强大的妖（把德国侵略势力称为白猫精）进行对抗。这是令人遗憾的时代清醒，是神魔的上帝文化与人神妖的中国神文化的较量，也是新时期主流文学的叙事话语困境（曾经被称为英雄的反抗话语怎样在和平时期被称为违法的骚乱而被人民心安理得地接受，同时话语的发出者拥有自己的合法性），是在特定时期不同地域的人面对异己力量和求生本能，与不可理解的压迫力量的坚硬对话。在此我们想起克里斯蒂瓦的论述，在男女交往中，不是没有权力，而是一方的权力得到充分展现，另一方的权力却只能得到压制性的显现。同理，我们可以说，在中西方殖民地文化、政治、军事的交流过程中，也存在这种问题：一方面，殖民地帝国主义的政治、经济、军事等权力得到超越限度的发挥，另一方面，中国人民的权力则在枷锁里面呻吟。这也是地域文化接触时的重要背景和前提——这证明了落后的民族是不可能谈论什么平等的文化交流的。以不同地域文化观为基点的误解、对抗因而导致一种妖魔化、魔幻化。其他，如进口的外国化肥被倒进池塘，造成莲花疯长，司马大牙、上官斗等用人粪尿来攻击德国鬼子，孙丙部用汤进行拦击等，都具有相似的魔幻化话语（源于好奇、不理解、地域文化恐惧症、"他人皆地狱""人性恶"等）。当然相反的力量、侵略者也罪有应得地成为好色、冷酷、杀戮的平面形象了。如《红高粱》《丰乳肥臀》《红树林》等中嗜杀的日军、《檀香刑》中的德国鬼子等，大多都是被民族、殖民话语异化的恶魔。这种文化魔鬼的前身是帝国主义、殖民主义对中国、非洲等地域文化的征伐历史。马尔克斯笔下主要是自我的魔幻化，用西班牙语来表达马孔多甚至拉丁美洲的现实。霍·阿·布恩蒂亚说："地球是圆的，像橘子。"① 把冰称为"这是我们这

---

① ［哥］马尔克斯：《百年孤独》，高长荣译，北京十月文艺出版社1984年版，第4页。

个时代最伟大的发明"①。"即使你不害怕上帝，你也会害怕金属。"② 这个创业者虽然搞一些研究，但不能同外界进行有效沟通，他的伟大研究只能是外界人眼中最平常的常识，马孔多人只能和外界人互相惊诧。菲兰达的奇异婚姻服饰、金尿盆；雷贝卡的饰物：黑蝴蝶、带圣像的香袋、带猛兽獠牙的铜链条等充满了神秘；霍·阿卡迪奥的奇异文身、超强性能力；奥雷连诺第二和情妇佩特娜·柯特的促进家畜生长的性爱游戏，阿里萨的神奇恋爱经历；乌苏娜对亲人的通灵感应；神秘的西班牙大船遗骸；遥远的拉丁语；阿玛兰塔给死去的亲人捎信；皮列·苔列娜的女性部落生活；弗兰西斯科人的歌曲纪事；代笔门洞的巫术，等等，这些都是马孔多世界的实在，这些神话思维中的实在，在西方的所谓科学眼光的交视中充满了神秘、落后，逐渐被妖魔化乃至魔幻化。另一方面，美王的狂欢节被称作邪恶而被搅乱，香蕉工人的正常要求被称作罪恶而遭到军人镇压、抛尸也就不足为怪了。外国人同样也处于一种邪恶化的语言之中。外国人赫伯特先生对香蕉的研究引来更多的外国人剥夺马孔多，并造成香蕉园工人被压榨的恶果；意大利机师皮埃特罗·可列斯比带来了自动钢琴、维也纳的家具、波希米亚的水晶玻璃器皿、西印度公司的餐桌、荷兰桌布（贸易）等，这些外来器物文化的涌入改变了马孔多世界的装饰和生活方式。卡塔林诺游艺场的出现，则逐渐改变了女友文化——由交往（皮列·苔丝娜、佩特娜·柯特只是为了生活在一起）到收钱（尼格罗曼塔要奥雷连诺·布恩蒂亚付钱）的变化。《家长的没落》中帝国势力的干涉显示出国家贫困的背景；《霍乱时期的爱情》中帝国的符号依然起着作用。帝国势力干涉是潜在、明显的符号，它们基本上被作为邪恶的文化进入文本（与作者所处的两种社会阵营对立的时代氛围及思维方式有关）。殖民霸权的文化征服、西方器物文化的涌入与拉美地域文化混在

---

① ［哥］马尔克斯：《百年孤独》，高长荣译，北京十月文艺出版社1984年版，第16页。

② 同上书，第33页。

一起，文化殖民与文化交流合在一起，共同促成妖魔化、魔幻化的文化图景。总之，民族地域文化书写、政治诡计、文化魔镜等是莫言和马尔克斯修辞魔幻化、妖魔化的三个向度。莫言倾向于地域文化的世界眼光考量，马尔克斯倾向于地域文化的政治书写。在殖民地文化交流中，依靠魅力竞争和自我选择的文化融合局面被妖魔化、魔幻化的文化融合景观所代替，因而，文化融合的表面标准是尊重和选择，其内在的标准则是弱肉强食。

3. 文化不能融合的原因是帝国的武力介入和不平等思维方式的运作

在莫言笔下，孙丙的被抓正是克罗德不平等思维的结果；猫腔剧团为了和祖师爷孙丙告别，旷世刑场演出被定性为暴乱而惨遭屠杀；马洛亚牧师和上官鲁氏给孩子的命名被沙月亮部（抗日部队）的疯狂轮奸所破坏；上官金童的恋乳症每次遇到暴力就会发作；巴尔特为东北乡民放电影传播文化却被胶高大队作为战机，使之变成一片血海，等等，这些都显示了自以为是的武力和不平等思维对文化交流的破坏。在马尔克斯笔下，群众性狂欢活动"美王"选举遭到故意血腥镇压；香蕉工人和资方正常的权力谈判活动被当作暴乱而招致屠杀；新忠诚号船长为了保护海牛惩罚外国游客而被吊销执照两年等。马尔克斯和莫言的文本分析显示出自以为是的武力干预、不平等思维是形成文化对抗的内在原因。民族地域文化融合不是武力融合，也不是不平等融合。在政治、经济、军事等方面还没有平等的基础之上，平等的文化交流和融合也只能是天方夜谭。这是在莫言、马尔克斯文学作品之内和中国/世界文化历史上被证明了的规律。

4. 文化对话和融合要重视民族资源的基本地位

在莫言笔下，作为中西合璧的难产儿上官金童的恋乳症频频发作，不能适应现实的生长环境，最终还是被上官鲁氏采来的东北高密乡所产的新鲜中药草熬成的药水治好了，老金的独乳也曾经治好金童的恋乳症（这是文化对话的反思意象）；司马大牙、上官斗等人的报国精神支柱，以血肉之躯对抗德寇的历史，已经成为沙月亮、司马库、蒋立人等后代人抗日的精神资源；孙丙所高举的正是岳飞、杨再兴等中国民族英雄保家卫国、天地良心的大旗（当然作者也对这种民族精神进行建设性的批判）；解放战争中的革命英雄精神也成为改革后干部们的精神支柱（《红高粱》《红树林》《酒国》等中都有所表现）。在《四十一炮》中，罗小通对以老兰为代表的欲望标符进行轰击，兰大官同外国人比性力获得吉尼斯纪录而被对方杀死，这两个意象的基点是中国式不克制欲望、不放纵欲望的中庸思想（五通庙的意象其实就是取蒲松龄之要义——不放纵欲望）。其他还有专门的家族文化精神的继承和发展：食草家族、食肉家族、采燕家族、酿酒家族、采珠家族、猫腔家族、刽子手家族等的家庭文化精神的继承和发展。从个人成长到家族发展，从战争到和平、从军事到经济等方面，在诸种民族地域文化接触的意象里，闪耀着莫言（在其自述中，莫言多次把中国古代文学精神、红色经典文学精神与老百姓的生活看作其成功创作的精神文化源泉）及其笔下人物对民族—地域历史文化精神之大用的深刻思考和批判继承。地理民族精神、家族精神、历史英雄精神和当代英雄精神，是莫言笔下诸多人物强力生命的精神支柱，也是家族和民族、国家文化和革命建设的依靠。莫言的强力生命是被中华民族精神改造过了的文化生命。这种强力生命是莫言为民族"种的蜕化症"所开具的药方。因而，尽管莫言的文学样式吸收了来自国外的魔幻现实主义文学，同时，他也汲取和融汇了国内的文学经验和资源，并且，支撑其作品的是民族地理文化精神和中华民族的英雄人物。他担忧的是生命个体的存在和发展，社会秩序的公正和国家的富强。他以文学为舞台，在世界文学意义上，做着鲁迅、霍元甲、詹天佑、钱学森所做的具有同样意义和价值的工作。

　　马尔克斯在自述中对把拉美人归为西班牙人的结论颇为不满。马尔克斯说："我以为，以西班牙征服美洲的事件为出发点来评价拉丁美洲的历史是一种虚假的前提。这个前提恰恰是带有殖民地色彩的。"① 这明确地表现了其对民族资源被失语状态的不满，从而马尔克斯从反思中追踪到一种博采众长的民族文化。"在拉丁美洲，我们一直被说成是西班牙人。一方面，确实如此，因为西班牙因素组成了我们文化特性的一部分，这是无可否认的。不过那次安哥拉之行中发现，原来我们还曾经是非洲人，或者说，是混血人。我们的文化是一种混合文化，是博采众长而丰富发展起来的。那时我才认识到这一点。"② 可以说马尔克斯的马孔多世界正是对拉美人历史追寻的结果。在这种追寻中寻找拉美人的真实身份、寻找拉美自己的民族地理精神资源，并由此对民族文化进行博采众长、去伪存真。在文本现象分析中我们也可以看到这一点。在《百年孤独》中，作者在三种叙事时间的并置中，隐晦地把霍·阿·布恩蒂亚时代的自由、平等、和平、探索的文化精神作为价值的起点。乌苏娜培养教皇的最终失败是依靠外来文化解决"疯人院"、马孔多问题的反证，并且在文本结尾把第三纪元的建设作为口号呼出、超文本期待马孔多人民为了永远的福地而斗争。《家长的没落》从民族内部独裁者身上来思考民族的出路，而只把帝国作为背景，这是对民族本身的关怀（当然作者也反对孤独、封闭）。阿里萨和费尔米纳最终爱情的解决方式实际上也是费尔米纳姑妈的方式，奥雷连诺上校追求小姑娘雷梅苔丝等是本土方式的复现。身份起源、价值起点、爱情方式等都表现了作者在马孔多世界文化发展中对本土资源的重视。其他如死亡方式、人际关系、日常礼仪、政治制度、精神信仰等方面都有相似的结构。

5. 塑造矛盾的狼羊人性格

在不均衡对话之下，他们塑造出了类似于鲁迅笔下的跨国狼羊人性格类型。由于在国内外不平等势力对话中的长期失语状态，面对帝国，这些没有资格进行平等说话的人物只能是温柔的羊；然

---

① ［哥］马尔克斯：《诺贝尔奖的幽灵》，朱景东译，中央编译出版社2001年版，第329页。

② ［哥］马尔克斯、门多萨：《番石榴飘香》，林一安译，三联书店1987年版，第73页。

而，他们毕竟不是软弱之辈，面对国内势力他们又大施淫威，成为不可一世的动物。这些性格类型是同作家鲁迅一样的动物化思考形式。在莫言方面，首先值得关注的是钱丁，钱丁是带着温柔面纱的跨国狼羊人（其他如袁世凯、慈禧太后、太守等都是此种类型，不过他们的性格都缺少变化），面对属下孙丙、赵甲等，他沽名钓誉、智慧无边、辛辣果断；可是面对克罗德，简直只有解释、哆嗦的份，借助这个跨国狼羊人揭示了殖民地政府的集团属性。除此之外，在《红高粱》的《狗道》中，在战争背景下，莫言塑造了狗的世界；在《檀香刑》中，莫言借助赵小甲这一形象塑造了一个动物式家庭和衙门；在《生死疲劳》中，莫言借助主人公轮回塑造了多个动物王国等，这些动物式人格类型都是值得关注的文学现象。另外，莫言还多次借助动物和人进行类比来塑造性格类型。如果说，和鲁迅笔下的"狼羊人"一样，莫言的"狼羊人"是殖民地文化的性格类型，那么，"兽人"形象的出现则是莫言对中国殖民地文化和历史文化深刻思考的结果，这类形象代表着文明社会的兽性人格。在马尔克斯那里，家长的形象神话般地逼近殖民地政府的集团属性。面对外国使者，家长只能心中暗暗想："我的母亲本狄西温·阿尔华拉多你瞧着这些格林谷是些什么样的野人！他们思想里只是想怎样来吃掉整个大海！"只会说："一点都不行，我的亲爱的培克斯特尔！我宁可死也决不出让大海！"最终加勒比海被他们完全占有了！相反，他对于其怀疑的国内政敌、人民则无所不用其极，谋杀将军、炸掉兵营、将政敌喂鳄鱼、把无辜的儿童扔进大海等。最终妻子、儿子被疯狗撕碎，他自己被毒死，但群众还不敢认定他已死。这个典型的跨国狼羊人代表着殖民地拉美的一些独裁者的团体特征。相对于鲁迅的文化内/外部的狼羊人，莫言和马尔克斯塑造了跨国狼羊人的性格。显然，在性格类型和文学世界的动物化思考方面，无论从数量还是质量方面，莫言已经超越了马尔克斯。

总之，从民族地域文化对话层面上说，由于中国和拉美相似的殖民文化经历、作者相似的魔幻文学趋向和思考方式、相似的全球化文化语境等创作因素，决定着两位作家的文学探索有很多相似之处。残酷的殖民地历史和坚实的民族主义使他们在民族地域文化接触的悲观论之下塑造了复杂的文化接触意象、性格类型，并将其文化接触和融合悲观论建构在视差修辞、暴力批判、民族资源等基础之上，因而，用文学艺术形式深刻地反思和探讨了民族地域文化接触和互动悲观论的原因和可能。

（二）文化对话写作的同中之异：文化融合的建构和反思

1. 莫言的文化对话写作

由于莫言创作面对着社会主义中国的改革开放语境，直接面对"文化大革命"文学以后涌动的各种文学思潮，重视思想性、主体性等艺术视域，在日益明确的全球化、多元化语境之下，莫言的民族地域文化对话写作策略显然应该有其特点。

（1）民间文化融合的想象

在把文化融合可能设定在相互尊重个体生命的基础上，莫言对文化的民间融合寄寓极大的可能，以期获得中华同帝国的平等对话资格和权力。通过性话语意象来表达融合的可能。在《红高粱》中，被抓捕到日本做劳工的余占鳌逃生到山上，遇到单身日本妇女，但是把她看作像被日军打死的自己的妻子戴秀莲一样的姐妹，这种强烈的人道主义使他摆脱了仇恨、暴力，形成一次民间文化的对话，而后来日本猎人发现奄奄一息的余占鳌并救活他，最终通过各种渠道，余占鳌终于回到了家乡。这一叙述话语意象完成了在尊重生命个体的基础上的地域民间文化的交流。在《丰乳肥臀》中，鸟儿韩的叙述意象也表达了大致相同的文化对话寓言。在教堂里，瑞典籍马洛亚牧师凭蟢蛛悬挂的"早报喜，晚报财"和喜鹊叫中领悟到情人上官鲁氏的生产；生孩子的上官鲁氏在心中同时祈求中国和西方至高无上的神，两种文化能指在文本人物的行为中相遇。另外，给上官鲁氏新生的双胞胎命名时，母亲则将其命名为上官阿门，马洛亚临死前则因孔夫子的"名不正言不顺"而将孩子命名为上官金童、上官玉女，上官鲁氏走向上帝的拯救文化，马洛亚则走向中国金童玉女的完满文化（当然上官鲁氏则提议命名为上官八狗这一贱名以有利于孩子的成长）；巴尔特和六姐两个人在降落伞下一见钟情，演电影娱乐百姓。应该说，这些民间文化融合话语写作都为文化的中西融合提供了美好的意象，但是它们被战争破坏了。而反面材料则是开放后的司马良对于俄罗斯女郎的玩弄和使用，印度新德里青年司机拉兹的服务态度等，这种互相利用、欺骗的商业化交流显然不是成功的交流。

（2）对造成民族地理文化交流阻碍的原因进行了深思（自审、他审）

首先是不信任和愚昧。把进口的化肥倒进池塘里让莲子疯长而不敢给庄稼施肥；德国人铺火车路轨要把成年男子的辫子压在铁路枕木下边，被剪去鞭子的人成为废物；高密乡人认为，千年的风水将会被新修的铁路所破坏；割辫子索灵魂等民间恐怖思想，这种民间恐惧既是经济文化交流失败的原因，也是文化交流失败的结果。不信任和愚昧造成交流机会的失去，甚至和殖民文化合谋造成战争。文化交流障碍的原因，除了东方主义他者视野外，还有文化自审的意味。其他还有独乳老金叙述等。其次是误解和不尊重。在《檀香刑》中，那些荷枪实弹的德国兵士，面对花花绿绿、一身猫皮的猫腔剧团的告别演出，假如他们懂得这是即将绝种的猫腔戏剧，他们一定会站在一旁欣赏的（德意志民族是优秀的民族，是热爱艺术的民族）。但是习惯于杀戮、精神紧张的他们却把披着猫皮上下翻腾的猫腔演员想象成为不可名状的恐惧物，于是屠杀开始（其根本原因是不信任、不尊重。当然，殖民话语的驯化、命令等也都是原因）。至于和上官鲁氏一起命名的马洛亚被迫跳楼自杀也内在地反思了暴力对文化交流冲击的意味。更有震撼力的是恋儿为了女儿免于受辱，自愿接受强暴，"先生……老总爷……饶了俺吧……你们家中难道没有妻子儿女……姐姐妹妹……"① 从彼此都是人的角度审视日军的灵魂，恋儿二奶奶的哀求仿佛打动了鬼子，

---

① 莫言：《狗皮》，《红高粱家族》，解放军文艺出版社1987年版，第405页。

"战神"也是人之子。"二奶奶对着日本兵狂荡的笑着,眼泪汹汹的涌流。她平躺在炕上,大声说:'弄吧!你们弄吧!别动我的孩子!别动我的孩子!'"① 二奶奶用献身精神同日本鬼子对话,其结果自然未能得到幸免,对于野兽只能用钢枪和牢笼而不是忍辱负重。作者以互换人性来鞭挞人性以解决问题,但他的答案是模糊的,二奶奶脑中闪现的歌声就是答案。结合余占鳌和被击伤的日本鬼子语言错乱的对话,我们可以看到莫言意识到战争对文化交流、人性具有很强的扭曲、颠覆作用。改革开放后,林岚市长带领大家学习日本发展养殖业,在珍珠文化交流中才意识到我们起步并不晚而是太保守了!中华民国元年发明珍珠养殖的陈瘌子却被当作妖孽烧死了,同时,日本撬出第一颗珍珠的御木本的妻子梅子却开辟了人工养殖珍珠的事业。这两个材料的并置是对文化交流中自身原因的强调和反思。"辛辛苦苦三十年,一觉回到解放前。"这是对文化交流过程——五四运动以来西方化过程的另一种思考语码。

(3)对失语精神病后遗症的梳理

相对于"民族种的退化的担忧",由于近代中国面临着帝国主义的领土瓜分、文化蹂躏、军事打击以及新中国成立后两极对立的国际阵营在一定时间内的影响,所以,在这种极其艰苦的民族独立、解放的过程中,民族文化失语症的极度压抑既为中华民族的自立、强大提供了动力,又为中华民族文化灵魂、精神留下了狂躁症的慢性内伤。这种社会疾病颇似"岳云在金兀术阵营中狂杀,鸣金收兵后,岳云仍把自己人当敌人打,直到几个人将他挟持住"的精神状态,他对人性、社会的侵蚀决不会随着战争的胜利和结束戛然而止。司马大牙、上官斗抗德,司马大牙被迫走热铁鏊子;孙丙抗德被施檀香刑;余占鳌抗日,罗汉大爷被剥皮;戊戌六君子变法,杨深秀等被杀;制止袁世凯卖国,刺杀失败钱壮飞被凌迟等,所有的触目惊心的战斗、对立造成人与人关系的紧张、敌对——事实上,作者是在追寻"文化大革命"中人与人关系对立紧张的社会文

---

① 莫言:《狗皮》,《红高粱家族》,解放军文艺出版社1987年版,第407页。

化原因。在《丰乳肥臀》中，他的写作最为系统。从抗日战争到解放战争，沙月亮、司马库、蒋立人的部队时而联合抗日，时而对立互相代替。这些部队的构成人员都是东北高密乡的人民群众，部队的对立就是乡亲的对立。几十年的对立很可能培养对立的人际关系土壤。这一点在《高粱殡》中表现得非常明显。战争总是人民之间的战争，甚至是乡亲、亲戚之间的战争，在战争中人性的扭曲首先是乡亲关系、人民关系的扭曲和恶化。"……我是哭我们，我们原来都是临庄隔疃的乡亲，低头不见抬头见，不是沾亲，就是带故，为什么弄到这步田地！"①作者赋予老铁板会会员哲学家的视角，通过身体的伤害、生命的毁灭来考量人性的善恶、人际关系的扭曲、战争的不义，更深刻地揭露了殖民战争如何导致民间战争，战争的邪恶如何分化有机的血缘关系、乡亲关系的。这种社会精神病后遗症直接和间接地、短时间和长时间地、公开和潜在地导致各种有机的社会关系不断分化和恶化。土改时蒋立人举行的诉苦大会，张德成的揭发导致卖炉包的赵甲被枪毙，赵甲的表弟徐仙儿假诉苦导致无辜的司马风、司马凰的死刑，司马库又为自己的女儿报仇，怨恨的积累延续着人际关系的紧张。"文化大革命"时期各派为了权力而战斗，改革后各派为了经济利益而明争暗斗。在《红树林》中，"文化大革命"时期李高潮、金大川、钱良驹等带领各派进行打砸抢；在《生死疲劳》中，"文化大革命"时期西门金龙、常天红等带领红卫兵进行派系斗争；即使在《十三步》中，屠小英进入校屠宰场仍然要被老女人的斗争话语询问；在《四十一炮》中，姚七和老兰的村长选举之争等。这种好斗的品质、怨恨的积累实际上是曾经长期面临帝国凌辱的失语状态后遗症，是长期的民族战争和解放战争所造成的精神疾病和行为障碍。它不纯粹是合理竞争，也不纯粹是丛林法则，还是一种充满仇恨、对立的社会文化病（当然国际社会两极对立和这种社会病具有同源性质）。这种对立的社会文化病是民族地域文化交流机体中的癌症，其根源可以追踪到殖民

---

① 莫言：《狗皮》，《红高粱家族》，解放军文艺出版社 1987 年版，第 377 页。

地政府的欺压和挑拨离间，也可以追踪到封建社会政府的平衡和玩弄策略。老兰的生活信条，"狗走遍天下吃屎，狼走遍天下吃肉"①，公开宣扬丛林法则，也是这种非中庸思想的病态狂躁症的个人表现。可以说，当下中华民族已经获得了和帝国主义各国的平等对话权力和资格，但是这种民族失语后遗症——好斗狂躁症疾病的治疗还需时日。在对中华民族文化对话的梳理中，莫言找到了中国社会不断出现好斗内耗场面的文化病脉（比民族"狂欢说"深刻）。这种好斗—对立狂躁症的幽灵，在当下社会里仇官、仇富、仇知识分子的现象中，在"道路狂躁症"中，甚至在"黑社会"行为中，仍然任性地徘徊着。

2. 马尔克斯的文化对话写作

由于处于拉美特殊的民族解放运动的低潮中，流亡身份、西方眼界、高层交往、哥伦比亚特殊的形势、拉美特殊的历史记忆等，使得马尔克斯写作的方式有着和莫言不同的地方。

（1）文化接触和融合并非文化强制同化

从文化本身的生态和民族的角度来理解文化的同化融合——令人心痛的同化（同化也是一种文化的扭曲）。西班牙、英国、法国、美国等强势文化都以其帝国为支柱，以扭曲的现代理性为支点，以资本扩张为形式来审视在其摆弄下的拉美文化，马尔克斯用现实主义方式塑造的马孔多却成为西方读者眼中的神奇魔幻。修女菲兰达令人拍案惊奇的婚姻服饰嫁妆；少女雷贝卡的黑蝴蝶、圣像香袋、猛兽铜链条等诡秘神奇的地域饰件；壮汉霍·阿卡迪奥的凶猛文身和性能力；奥雷连诺第二和情妇佩特娜·柯特促进家畜生长的性爱游戏；阿里萨的吉尼斯恋爱记录；乌苏娜对亲人的通灵感应；海洋深处古老的西班牙大船的神秘遗骸；幽灵般呢喃的遥远的拉丁语；神秘的死亡女信使阿玛兰塔；充满情欲的皮列·苔列娜女性部落生活；弗兰西斯科人的歌曲记事，等等，这些神秘奇异的马孔多古老的民族地域文化生态博物馆，成为广大西方读者眼中的神

---

① 莫言：《四十一炮》，春风文艺出版社 2003 年版，第 160 页。

奇魔幻，民族地域悠然固守和西方他者歧视在马孔多文学世界里打开了不同的审美意识形态意向。马孔多的民族地域文化一步步地被殖民文化变为废墟。这是马尔克斯既自豪又愧悔的文化交流世界和现实景观。并且，马尔克斯作品获奖成为西班牙文学传统健康和优质的证明。"墨西哥大诗人、塞万提斯文学奖获得者奥克塔沃·帕斯说：'听说诺贝尔文学奖授予加西亚·马尔克斯，我是非常高兴的。这件事本身再次证明，西班牙语文学的健康状况极佳，这当然使我们大家都感到欢欣鼓舞。毫无疑问，加西亚·马尔克斯如同许多拉美作家一样，获得这项奖金是当之无愧的，如今授予他，是文坛上理所当然之举。"① 而马尔克斯也坦言作品中对话少的原因："因为西班牙语的对话总显得虚假造作。我一直认为，西班牙语的口头对话和书面对话有着很大的区别。在现实生活中，西班牙语对话是优美生动的，但写进小说就不一定了。所以，我很少写口语。"② 显然作者不仅用西班牙语创作来表达拉美，而且作品文体也受西班牙文学的影响。另外，文本中没有受过正规教育的雷贝卡说西班牙语和印第安语一样流利，奥雷连诺·布恩蒂亚阅读时最流利的语言是西班牙语而非母语——印第安语，霍·阿·布恩蒂亚的拉丁语被当下的本土人称为鬼话。文本中人物语言发生位移，母语印第安语几乎成为本民族的外语，在同化过程中母语逐渐消失，历史被模糊。作者探询发现，拉美人既是西班牙人（暗含西班牙的殖民话语驯化），又是印第安人（本土人记忆）、非洲人（事关黑奴贩卖的历史）等。马孔多人的历史实在是含混的、扭曲的、折叠的，而非线性地向前发展。在这种含混的探寻中，通过多样的、含混身份的识别，马尔克斯拒绝以美国为首的西方世界对马孔多文化、经济等方面的同化。另外还有爱情方式的逐渐西化。以前霍·阿·布恩蒂亚和乌苏娜、奥雷连诺上校、霍·阿卡迪奥和皮列·苔

---

① 赵德明：《加西亚·马尔克斯与诺贝尔文学奖》，张国培编：《加西亚·马尔克斯研究资料》，南开大学出版社1984年版，第49页。

② ［哥］马尔克斯、门多萨，《番石榴飘香》，林一安译，三联书店1987年版，第43页。

丝娜等情感上的自由结合逐渐消失，由于西方文化的涌入，爱情方
式逐渐发展成为妓女街式的商业欲望爱情。例如，奥雷连诺·布恩
蒂亚和尼格罗曼塔，与阿里萨交往的寡妇、女诗人等表现出明显的
欲望属性（作者在《百年孤独》《霍乱时期的爱情》等小说中爱情
的最终设计都是灵肉一致的爱情的复归）。显然，那种原始爱情的
复归在马尔克斯这里带有明显的文化交流的政治功能。除了精神文
化、生活方式的西方化之外，还有器物的西方化，生活用具（品）
的西方化。西方技术的涌入带来极具西方特征的生活用具（品）。
制冰技术的引入带来神奇的冰和冰场；在家具方面，则引入了维也
纳家具、波希米亚水晶玻璃器皿、西印度公司餐桌、荷兰桌布（贸
易）等高档产品；在音乐器具方面，则引入了意大利自动钢琴、法
国留声机、电影放映机等；在玩乐器具方面，则引入了卡塔林诺游
艺场、西班牙剧团等；在工业器具方面，则引入铁路、火车、电机
等；在农业方面，则引入了香蕉园等；在商业活动方面，则出现了
超市、游乐场，甚至出现了贩毒等。西方生活用具从各个方面大量
涌入马孔多人的生活，且逐渐和几乎完全改变了马孔多人的生活方
式。甚至教育和信仰也被西方化了。梅梅和美国姑娘帕特里西娅·
布劳恩等交朋友，学会了英语、打网球、跳舞，奥雷连诺第二感到
很高兴（布劳恩先生和布恩蒂亚家族交朋友。这应该也是民间交往
的例子，但只是单方面的）；老印第安人乌苏娜想把霍·阿卡迪奥
培养成教皇，以保佑布恩蒂亚家族平安繁荣（而不再相信印第安巫
术和正义力量）；阿玛兰塔·乌苏娜被送到布鲁塞尔读书，接受西
式教育（奥雷连诺第二用生命的最后时间挣的钱作为女儿读书的学
费）；受过西班牙式贵族教育的菲兰达及其父亲都自视高人一等；
家长将其喜欢的女学生送往国外生活；乌尔比诺接受西方教育，成
为社会精英，等等。民族地域文化在接触中被一步步同化了，从语
言到写作方式、从爱情到信仰、从生活到商业等方面，程度逐步加
深。长期的殖民地文化的奔涌将作品的语言使用和叙述方式也同化
了。印第安文化被简化为巫术、魔棒、歌曲记事、饰物、街道名
称、鬼神相通等魔幻、落后、愚昧的文化碎片。在西方文化的同化

下，需要用放大镜研读才能看到一些有价值的东西的蛛丝马迹。同化的结果是弱势文化（军事实力和经济实力）——印第安文化成为处于语言消退、历史模糊、生活方式西化、信仰西化等逐渐自我失语的对话状态，印第安文化逐渐成为被抽空的魔幻表象和词语外壳，成为诡秘的魔幻故事而不是有根基的历史传说。

（2）造成文化失语状态的原因分析

马尔克斯站在知识分子的精英立场上对失语状态进行反思。除了在文本中暗示的帝国军事的背景、武力干涉、经济剥削等外在因素外，他对其他因素进行了探讨。首先，面对不同文化的魔幻眼光——没有开放的眼界，从自己的思维角度出发自然会造成对所接触的不理解事物的神秘联想。例如，霍·阿·布恩蒂亚把冰称为"这是我们这个时代最伟大的发明"[①]。"即使你不害怕上帝，你也会害怕金属。"[②] 悬置他的探索精神，我们发现这种落后的魔幻产生于自己凝视外来文化的思维方式的封闭性想象。其他如香蕉园、机场的建立，奥雷连诺·布恩蒂亚对加斯东的凝视，阿玛兰塔对菲兰达的凝视等，都有相似的方面，产生了相似的隔绝效果，阻碍着文化交流的进行。外国的游客也只是对布恩蒂亚家族的好客精神感到意外，他们对印第安巫术、魔鬼、鬼神相通、依靠性交刺激动植物的繁殖生长等感到好奇，并没有真正关心马孔多及其人民的生活状况。老布恩先生只是把香蕉工人看作玩物，外国游客把珍稀动物海牛当作游戏的牺牲品。建立在强大、优势的自我优越化的立场之上，他们对马孔多文化进行上帝般的凝视——这种凝视之后的行动是玩弄、命令、剥夺，以及不平等的处理事务的方式……这样就造成双方文化的漠视、隔绝而影响真正的交流。在叙事策略方面，作者则不动声色地采用西方凝视印第安的优越偏见的眼光——将魔幻作为其叙述外衣！在小说获奖之后，小说文本受到的特殊评价（赞美魔幻艺术和西班牙文学健康传统的关联，却忽视文本所反映的现

---

① ［哥］马尔克斯：《百年孤独》，高长荣译，北京十月文艺出版社 1984 年版，第 16 页。

② 同上书，第 33 页。

实）刚好印证了作者的独特发现。其次，对西化思维方式造成的政治、经济等社会恶果的反思。乌苏娜培养教皇的理想意象深刻地表明民族文化的被同化与被替代，甚至几乎处于完全失语的状态，这个最坚韧的老印第安人也把基督作为自己家庭的精神支柱了。而阿卡迪奥第二运送妓女、开运河，奥雷连诺·特里斯特修建铁路，梅梅学习打网球及自由恋爱等行动（虽然乌苏娜口口声声说时光在循环，奥雷连诺上校的行动是为了民族独立、人民幸福，但他们只是向所谓西方的幸福生活方式靠齐，想法相似的有乌尔比诺医生、家长等）都是对西方思维方式的承认、接受，甚至替代。这种思维方式本无优劣，但当它们迎合西方世界，把印第安地区作为殖民地进行更便利的剥削，甚至造成土著文化的逐渐蒸发时，这就值得反思了。对香蕉工人的血腥行为、马孔多的败落及败落后无人问津的文本事实证明了纯粹输入的西化思维方式的危害性。难怪马尔克斯后来说："不管怎么说，拉丁美洲的命运没有也不会由匈牙利、波兰或捷克斯洛伐克决定，而只能在拉丁美洲决定。舍此之外任何别的想法都是欧洲式的愿望，对于这一点，你提出的有关政治问题已经给予了抨击。"① 作者早已认识到欧洲思维方式的陷阱。《家长的没落》从政治、经济和军事层面证明这种思维方式造成了恶化的社会实现，《霍乱时期的爱情》也是无民族文化的混沌天地，马尔克斯曾在自述里批评这种精神状态。

（3）警惕西方强势文化

马尔克斯对印第安文化同西方帝国强势文化的交流有很强的警惕意识，当下交流的可能性很微小（显然与当时两种社会模式对立的极化思维有关），把文化的正当交流设定在同弱小民族的平等交流层面。《百年孤独》从开头到结尾，吉卜赛人以马戏团、出卖磁石、假牙等流民的方式不断出现（小说开头，梅尔加德斯随吉卜赛人而来，此时，霍·阿·布恩蒂亚死亡，奥雷连诺上校死亡、乌苏

---

① ［哥］马尔克斯、门多萨，《政治》，《番石榴飘香》，林一安译，三联书店1987年版，第147页。

娜死亡时，马孔多一片破败景象），形成了文本中有深意的意象，预言马孔多命运的羊皮纸书的写作、揭秘等，梅尔加德斯这个神秘的人物反复出现、超越生死等，这些并置意象暗示着马孔多人和吉卜赛人一样的命运。在这种平等的民族地域文化交流层面，商业、经济、文化、历史等在器物和精神层面，平等地相互选择、相互启发，带有理想交流的性质。霍·阿·布恩蒂亚正是在梅尔加德斯的指导下与死亡朋友普鲁登希奥·阿吉缪尔的鬼魂的谈话中认清自己的历史而发疯的。他们的文化在帝国殖民化和狂热民族主义政策的关照下，将逐渐变成一种模糊不清的化石。他们的悲剧是文化被消灭、被完全同化、被取笑命名的人间悲剧。在认识自己文化命运的进程中，历史上马孔多人民（拉美人民）可以和吉卜赛人结为精神盟友，现身说法的吉卜赛人是马孔多人认识自己命运的精神导师。吉普赛人失去了自己的国土和政权，但是他们的民族文化、精神、历史记忆则伴随他们终生。民族文化、精神、历史、血缘等是他们的身份，只要这些存在，世界就是他们寄居的国家。给奥雷连诺·布恩蒂亚提供书籍的书店老板加泰隆尼亚人说着满嘴迦太基话。《百年孤独》中注释说："迦太基，非洲北部古国，在今突尼斯附近，公元前146年为罗马人所灭。"① 在这里，迦太基话语也有着相同意味。拒绝民族文化的暴力交流并非拒绝民族文化的接触，实际上，马孔多人也正是在民间民族文化接触的过程中才认清自身民族身份、语言等的独特性和失语状况的。

（4）印第安文化和帝国文化对话失语症的精神后遗症分析——孤独症状

相对于民族遗忘症的分析，马尔克斯笔下的孤独症表现在两方面：民族内部的和民族外部的。外部的孤独症可以从多方面分析，从奥雷连诺上校形象来看，在社会层次上，长期的帝国军事干预、经济剥削、操纵社会局势等，造成一种沉闷、停滞的社会铁幕。奥

---

① ［哥］马尔克斯：《百年孤独》，高长荣译，北京十月文艺出版社1984年版，第374页。

雷连诺虽然战斗大半生，但社会却仍然处在独裁政府所营造的混乱、战争、瘟疫中；家长极端残酷的统治，帝国的军事恐吓、经济剥夺仅仅造成社会极度混乱，国民经济崩溃；在《霍乱时期的爱情》中那种混乱、瘟疫、死亡的空气仍然没有发生改变；一直持续到《迷宫中的将军》，这种军事、政治、经济的征服模式所形成的对立、邪恶氛围必然对文化、社会生活产生致病作用。香蕉园工人的罢工与被屠杀、基督教牧师的被嘲笑、教堂衰败、《圣经》的被戏拟、本土文化的被魔幻化、资本收回、加泰隆尼亚人书店撤走、加斯东的飞机不能降落在马孔多等，是这种封闭、对立、拒斥的社会孤独疾病的具体表现。在政治孤独层面，莱昂十二在经济上的孤独、奥雷连诺上校在革命事业上的孤独，雷贝卡在爱情上的孤独，阿玛兰塔在宗教上的孤独，美王在文化上的孤独等，都魔镜般地暗示了殖民文化势力暴力征服后社会的孤独症。另外，在人物层次上有更深刻的写作。在帝国殖民文化的暴力下，个人、民族的信念和信仰话语处于长期被掩盖的、无效的地位，使个人无所适从，陷入无间道般的孤独之中。奥雷连诺上校虽然一生历经多次战争、暗杀、革命，但是他斗争的心血都付之东流，结果的荒唐让他自己都怀疑革命的目的。殖民话语的暴力使他的民族话语、正义话语、信仰话语长时间失效，离开政治、军事集团的他再也不能有大的作为，再加上雷梅苔丝的死（唯一依恋的爱情也由于嫉妒而失败了），政治悲剧、革命悲剧、家庭悲剧和爱情悲剧使他陷入孤独状态之中，在制作、销毁小金鱼游戏的无穷循环中，他失去了理想，失去了雄心，失去了爱心，也失去了世界；阿玛兰塔·乌苏娜和加斯东两个人在空中互相爱慕，但是一个小小的借口便拆散了婚姻，而很有希望走出孤独的阿玛兰塔·乌苏娜重又陷入孤独等。在这种沉闷的社会铁幕里，没有出路的大家一遇到挫折就向内转，专注于自己的小天地、不关心他人、不关心社会，导致社会崛起，个人拼搏的话语力量却越来越小，几近消失。阿卡迪奥第二在罢工发生之后，作为罢工工人被屠杀和被抛尸的见证人，面对搜捕、把工作室的门一关便认为战争已经过去，陷入不关心社会、他人的孤独之中。阿玛兰塔、雷贝卡、梅梅、教皇霍·阿卡迪奥，甚至阿里萨等，都因为各种原因而进入了这种类似的精神孤独状态，甚至在孤独中，他们也不能避免成为殖民暴力文化工作的螺丝钉。从革命英雄到中产阶级，从壮汉到美女，从铁腕统治者到普通市民，几乎无一例外。难怪马尔克斯说："马孔多，不仅是世界上的一个地方，更是一种精神状态。"① 显然，这种精神状态不仅存在于马孔多、拉美，而且存在于全世界。从浪漫主义文学层面看，主人公向内转往往能够找到不受外在干扰的个体自由的审美世界；相反，在马尔克斯的魔幻现实主义文学里，主人公向内转并没有找到一个可以救赎可以栖息的内在世界，而是沉寂、停滞和孤独的世界。时至今日，帝国炮火的响声虽然减弱了许多，但是仍在某些地方轰鸣，如阿拉伯世界。同时，在信息时代和全球化语境下，帝国用经济战车代替坦克、大炮重新向全世界扩展。在此种语境下重读马尔克斯，重提马孔多世界/精神状态是很有意味的事情，它揭示了在多元文化口号下可能的强势文化暴力兼并弱势文化的隐蔽现实。同时，在世界各多民族国家内部主流文化的推广对少数民族文化的威胁，强势群体文化对弱势群体文化的征服，都市文化对乡村文化的挤压，男权文化、女权文化对男人、女人文化的逼迫等都是文本折射的现实。反思同化悲剧和文化融合实验是马尔克斯和莫言民族地域文化对话写作不同表征的分水岭。

三　城乡文化对话与地理写作

关于城市与乡村的定义非常复杂。从地理文化发展的意义上，有时可以说城市是从乡村的基础上发展起来的，有时仿佛城市、乡村各自的地理文化条件又各有各的独特性。尤其是，古代那种作为经济、政治、文化中心的城市——农村的理想，在现代城市化日益

---

① 王宁主编：《诺贝尔文学奖获奖作家谈创作》，北京大学出版社 1987 年版，第 506 页。

加速的进程中，从羡慕到对立，它们的关系日益紧张。总之，它们之间的关联非常复杂，也是非常有价值的议题。相对来说，作家笔下的城市与乡村各有特色，很难给予结构性的定义。例如，较早的韩邦庆《海上花列传》中的城市生活；徐訏《风萧萧》中的使馆区的舞厅、酒吧；矛盾《子夜》中的股市、工厂；师陀《结婚》中的股市、游民；穆时英《白金的女体塑像》中的性涌动、繁华等，它们基本上都各有各的城市地理文化。而沈从文《八骏图》中的城市则是欲望的、被阉割的（和其湘西小庙相对立）。许多有乡村情结的作家都把农村和城市对立起来。本章论述的基点是城市和乡村互相交换物质能量和精神因素，它们是对话的。所以我不打算讨论城市形象的历史等，只就两位作家文本中的城市和乡村想象及其因素对话所描述的现象观察来分析其异同。并且两位作家关于乡村城市关系的思考都是没有完成的文本，在农耕文明向工业文明发展过渡的进程中，面对中国城镇化建设和新农村建设新局面，这种文本现象学分析，无论对于莫言和马尔克斯的小说研究，还是对于城乡社会和谐发展的思考都具有重要意义。

（一）乡村想象写作

1. 生死剧场——高密乡

自五四运动以来，乡村文学作品几乎垄断了大部分文学世界，即使一些描写城市的文学作品，由于中国农业社会的漫长历史，也几乎少不了以农村文化空间、农村人物形象为补充来建构自己的文学世界。莫言的作品也不例外。莫言的农村描述要比城市深刻得多（纵然莫言移居城市已 20 多年）。莫言笔下的农村想象是历史的，经历混乱之乡、革命之乡、改造之乡、落后之乡、罪恶之乡、欲望之乡、失语之乡几个形态的转换。《红高粱》中的高粱地、《红树林》中的渔村和野地、《四十一炮》中蓝脸的土地、《生死疲劳》中的沙洲等，这些都笼罩在和平的农耕文明之内，亲密的血缘关系、古朴的劳动和生活方式、自由的生命追求、高尚的伦理和纯洁的灵魂等是这些乡村的固有内容。尽管在小说中，它们的静谧不时地被打破，但它们是莫言及其小说中农民的根，那里有他们爱、恨和梦。在莫言小说中，美丽的灵魂和蓬勃的生命从这里展翅而飞。它们被暂时塑造为净土，正如高密乡一样，它们是莫言的灵魂之乡、文学之乡。《檀香刑》中的孙丙奋起暴动，《丰乳肥臀》中的司马大牙、上官斗抗德，沙月亮、司马库、蒋立人抗日，《红树林》中的马刚、卢南风、老秦等抗日，《四十一炮》中的老奶奶、老爷爷传下来的大炮等，这些故事都意味着东北高密乡是革命的乡村。纪琼枝、常天红、老金等五类分子在农村改造的记录则表明，东北高密乡是改造之乡。在战乱时期和社会变动时期，乡村政治地位、道德地位的形象是高于城市的，这和作者的乡村情结、乡村的历史记忆是密切相关的。然而在《食草家族》中，在从城市的失望到故乡追寻中，莫言发现，乡村的美好记忆是表面的，实际上它们是混乱的、罪恶的。"东北高密乡是地球上最美丽最丑陋、最超脱最世俗、最圣洁最龌龊、最英雄好汉最王八蛋、最能喝酒最能爱的地方。"① 作者这句话奠定了他的东北高密乡的文学乡村的基调，在某种程度上也印证了它是作者心中的混乱之乡、罪恶之乡。在《丰乳肥臀》《红高粱家族》中，抗战、解放战争时的混战，"文化大革命"时的互斗等，都显现了作者心中混乱的乡村印象；在《十三步》中，张赤球面对追击而逃往野地受到父女两人的款待，却发现这里是盗匪据点；土地改革时，《生死疲劳》中西门闹的被杀，《丰乳肥臀》中人们互相攻击造成不必要的死刑，《蛙》中喧闹的池塘等，这些是作者在追寻历史后的发现，也是作者的叙述话语。静谧的红高粱、红树林等已经被野地、边远地区所代替，它们不再是乡村的能指了。在《四十一炮》中，乡村已经化作欲望之乡。和蒲松龄、鲁迅一样，故乡总是天堂、地狱汇聚一堂，由于时代的原因，莫言的乡村想象几乎就是一部高密乡近代史。相对于鲁迅的那种启蒙—批判性的故乡，在莫言这里则是一部神奇的魔幻水彩画，莫言的批判性是建构在容纳性、魔幻性、生命力之上的。相对来

---

① 莫言：《红高粱》，《红高粱家族》，解放军文艺出版社 1987 年版，第 2 页。

说，马尔克斯的乡村也至少有四种想象版本：静谧的故乡、欲望故乡、革命故乡、混乱故乡。

2. 梦断情迷——马孔多

在马尔克斯笔下的马孔多世界中，乡村也是遥远的、混乱的、罪恶的、充满暴力的。在《百年孤独》中，马孔多起初是还没有受到外在世界沾染的一片净土。当马孔多历经外在权力、帝国资本、欲望的影响后，马孔多充满了情欲，欺骗性竞选，自由党和保守党战争等丑恶；在《家长的没落》中，城中乡村的狗打架区更是充满凶杀、贫穷等；在《霍乱时期的爱情》里，阿里萨在旅游时看到遥远的、落后的、充满瘟疫的、死亡的乡村等；《观雨》则表现迷失了信仰的乡村等。马尔克斯笔下的乡村是孤独的、停滞的，或者是长时间地充满暴力、落后、封闭等，乡村的历史是僵化的、循环的，这一点同莫言笔下闪烁着多种颜色的乡村是不同的。

莫言的乡村想象除了如马尔克斯一样批判殖民势力对乡村平静生活、文化的损害之外，毕竟莫言生活的时代，中国也确实发生了实实在在的变化，因而莫言的乡村反思在深度、宽度和纵深度上愈加深刻。他的反思涉及农村基层政权纯洁度问题（那位特殊的支书），农村姑娘的婚姻问题（上官鲁氏及其女儿、戴秀莲、暖、金菊、珍珠等），农民对农村城市化抗拒和接受问题（《丰乳肥臀》后半部分），农村城镇化后农民如何处理财富和欲望问题（罗通等），农村的节日文化（赛脚会、雪集等）问题，其他还有战争、瘟疫、鬼魂、谋杀、偷情、寺庙、道观、教堂等问题。相比较来说，马尔克斯也涉及农村的婚姻、爱情、西方化、战争、社会政治、节日、瘟疫、气候、教堂等问题。莫言的乡村包括远古母系氏族、封建社会农村、当代小镇、郊区农村、城中村、渔村、山村等类型。马尔克斯的乡村包括母系氏族、父系氏族、小镇、边远农村、城中村"狗打架"区、渔村、山村等类型。尽管两位作家所关注的农村问题非常丰富，但是，由于两位作家的审美取向、文学背景、社会环境等不同，他们的乡村想象还是存在诸多异同的。两者的乡村想象总体特征也大致如上面所论。总体来说，马尔克斯更侧重于城市和城镇写作，以利于对统治阶级、中产阶级进行聚焦和反思。乡村只是小说中远方的记忆和背景。莫言则把乡村作为重头戏来写作，其城市人物形象大多类型化、欲望化、平庸化，从艺术魅力、人性深度、生命强度等方面考察，远没有其塑造的农村人物形象精彩。同马尔克斯的悲观主义农村文化写作态度相比较，莫言表现出更加浓厚的农村传统文化继承和发展的反思性。

（二）城市形象的写作

1. 异中之同

（1）天堂与地狱

权力、性、食等欲望都是城市运行的潜规则。在莫言的想象力试验中，莫言展现了生命强力的另一方面，它和生命自身的秩序是一致的，但是它又属于生命混乱发展阶段，因而也是生命的畸形扩展。在彰显其畸形生命力的同时，给国家、城市、个人等社会元素造成了极大的危害，这个层面的反思和中国经济的发展与城（镇）市生活的繁荣密切相关。在《酒国》中，酒国市简直就是权力、性、食诸种欲望分配的展览馆；在《十三步》中，迫使李玉禅、张赤球等市民奔波的就是欲望；在《红蝗》中，对北京紧张的欲望化人际关系进行反衬；在《丰乳肥臀》中，鲁胜利周旋于宦海，耿莲莲执着于金钱等，他们最终被自己的欲望打倒了，上官金童打工、开胸罩公司，市民老金更是沉迷于金钱、性等；在《红树林》中，大栏市市长林岚为了政治前途曾浮沉于权力之海，其他如金大川、李高潮等都是权力欲望之徒；在《四十一炮》中，以"肉食节"为中心的双城市充满了欲望膨胀和欲望表演；《生死疲劳》中的县城涌动着各种欲望（连狗也召开了月光晚会）等。毫无疑问，莫言的欲望城市和欲望人物之间的紧张关系是多维的：人物命运痛苦的背景和人物生命力张扬的处所，与莫言抑恶扬善的民间叙述、权力象征游戏等纠缠在一起，同尼采那种超越善恶的生命力相比，莫言摇摆于尼采和狄尔泰之间。马尔克斯笔下的家长用自己的权力欲望来推动整个城市、国家，家长本人就是权力、欲望的化身；马孔多成为城市后，香蕉园、妓女街、乐园和惯于暗杀的政府一起构成城市的动力；在《霍乱时期的爱情》里，阿里萨滥情，乌尔比诺用自己的权威来干涉办案和丧葬，这些知识精英、富豪在城市生活中任性逍遥；在《家长的没落》中，家长建构了权力、欲望的主体相食的城市，等等。马尔克斯笔下的欲望城市和欲望人物形象也具有多维内涵：哥伦比亚（马孔多）风俗欲望和人物生命欲望困境、权力象征游戏等糅合在一起。马尔克斯的欲望城市和欲望人物叙述处于列维—施特劳斯和福柯之间。这些文本现象分析显示，莫言、马尔克斯两个人并没有把城市看作理性的、富裕的人类天堂。相反，城市是人间藏污纳垢的处所，这种生存状态危害着社会和个人的健康存在、发展。

（2）当权者、资产者和普通市民

在城市生活层面，面对消费文化和享乐文化的喧嚣，两者都塑造了两类人物：恣意妄为、放纵欲望而毁灭自身的当权者和资产者类型，以及被工业和商业文明摧残和扭曲的普通市民。两种人物类型的两种命运轨迹充斥着城市生活。在莫言笔下，这种恣意妄为的人物形象，在其塑造的能人层面已经微弱地体现出来。如上棉花的男拖拉机手，《暖》中的"大学教师"等，以及后来的沙月亮、司马库等山大王之流，和改革后个别变质的工作人员，如《红树林》中的秦书记，《四十一炮》中的兰大、罗通，《生死疲劳》中的猪小四等。关于被城镇生活和消费经济扭曲的普通市民形象，从《酒国》一直到《红树林》《四十一炮》等中，莫言都成功地塑造了市民阶层深受金钱文化侵害的普通灵魂，甚至后来觉悟的罗小通也是这样的人物典型。这两类人物形象，都是莫言笔下的生命强力现象学之一，只不过这两类人物形象是莫言对其笔下强力生命形象的另一种形态的反思。在马尔克斯笔下，前一种人物形象有霍·阿卡迪奥、家长、乌尔比诺、阿里萨等人，他们是马孔多当地的中产阶级或者名流，有很高的社会地位和丰厚的社会资产，当时他们把自己的生命力量沉浸于爱情（这与当地的情爱风俗有关）、消费之中，甚至给周围的人以及社会秩序造成极大的危害。由于马尔克斯中产阶级的叙述视角，底层人物形象较少。家长的清洁工情人、阿里萨的大学生情人等都属于这种类型，从肉体到精神，她们在城镇生活和经济消费中都迷失了自我。在马尔克斯的作品中，这种沉溺于爱情所表现出的生命强力可以看作其本真生命思考的一部分，但是这种类型与其所塑造的民族政治斗争英雄（奥雷连诺上校）、民族文化传承人（阿玛兰塔等）所表现出的倔强的生命力，也属于马孔多生命形式的一部分，但是，它属于扭曲的一部分。所有这些生命形态构成马尔克斯生命政治学的一部分。因此，我们可以说，马尔克斯和莫言，除了依靠生命强力塑造民族英雄和文化英雄之外，扭曲和变形的生命形式也是他们生命政治学的一部分。而扭曲和变形的生命形式就是变形生命和动物生命，这一点，无论从艺术层面还是内容层面，莫言依靠中华民族的民间文学资源超越和摆脱了马尔克斯，如变形为猴子的人物典型，西门闹历经六世的变形动物生命形式。通过被扭曲的生命形式，马尔克斯和莫言都对欲望过度释放的消费社会倾向对个体生命人格建构和社会秩序发展的危险进行了探索。

（3）政治批评、人性批评和文化批评

在对待其所塑造的人物形象的态度上，两位作家都具有三种内涵：政治批评、人性批评和文化批评。首先，在政治批评方面。魔幻现实主义作品经常受到批评，其中最常见的就是魔幻现实主义忽视社会责任的担当。尤其是在莫言获得诺贝尔文学奖之后，各种批评和非议扑面而来。笔者认为，这种认识同魔幻现实主义文学的发展历史不相符合，同时与莫言文学作品的现象学也不相符合。政治批评是莫言和马尔克斯文学作品的重要内容。这一点在马尔克斯那里几乎毫无问题，马尔克斯不仅以魔幻现实主义作品直接批判以美国为首的帝国主义的邪恶本质，而且马尔克斯因思想进步还被驱逐出国境；更重要的是，马尔克斯支持社会主义，同共产党人来往密切；他甚至直接参与拉美的一切政治事件。马尔克斯的作品能够进入中国也是因其文学作品进步的原因。马尔克斯在其作品中表现了明确的加勒比特性，他对中产阶级的反思、对家长形象的批判、对失忆症和孤独症的治疗、对民族历史的追踪、对拉丁美洲民族地域文化的守候等都表明，他关心民族独立、关心社会正义建构的行动和决心。莫言也表现出其政治批评的立场。人们抵抗侵略者的历史，抵抗德寇、抵抗日寇等战斗都得到了有头有尾、脉络清晰的描写。除此之外，面对西方理性政治、经济、文化等方面的侵入，莫言不惜祭出民族地域文化（生命文化、家族文化等）、民间生命形式和宗教生活方式、情爱方式等内容，在世界文学层面上，和西方理性文明的虚假优越性进行对话。这些问题的选择和表现，明确地表明了莫言文学作品的政治批评倾向。莫言和马尔克斯的政治批判倾向和魔幻现实主义文学发展的倾向关系密切。其次，在人性批评方面。马尔克斯和莫言一样，不仅关心民族、国家的建构和发展，也关系生命个体的存在和发展。其中，马尔克斯主要集中在中产阶级人物的存在和发展层面，借助战斗、经济生活、爱情、权力等层面，马尔克斯考量了人性，其中《家长的没落》《霍乱时期的爱情》借助权力、爱情对人性进行了深入挖掘。莫言则通过不同历史时期、不同历史内容对人性进行深入探讨。在战争、爱情、权力、消费、欲望、责任、官场等方面，莫言通过想象，把它们变成了人性的试验场，人性的善恶本性都被深刻、复杂地显现出来。最后，在文化批评方面。在后殖民主义语境下，当西方理性殖民文化和民族地域边缘文化相遇的时候，对西方殖民主义文化的批判和对民族地域文化的反思便成为莫言和马尔克斯的基本主题。政治高压、军事欺凌、经济掠夺、文化同化等都是帝国主义文化的罪恶。马尔克斯以僵局和孤独作为批评的入口。莫言则以抗争和承认作为文化批评的起点。在民族地域文化的反思方面，马尔克斯主要反思民族部落文化的原始、孤独和被遗忘状态，因而，通过文学作品使人们认识那种民族生活方式的文化意义，他企图重建拉丁美洲民族地域文化的精神文化支柱。莫言则借助文学艺术形象追踪了中华民族历史英雄人物的精神文化财富，同时承认当代新中国重构革命的精神文化资源，还根据职业特征追踪了各种家族的文化精神。同时，根据中国当代消费社会的特点，莫言还对当代城镇化过程中消费文化过度膨胀的危害进行了批判。在全球化文化条件下，民族地域文化的重构本身就是对全球化的西方理性文化的批判。

2. 同中之异

（1）欲望和存在——高密乡之城

同农村相比，城市是经济、政治、文化等方面更加发达、更加聚集的处所。而且对于中国文学来说，自宋以来，随着手工业经济的高度发达和人们消费观念的变化，城市日益成为各种力量角斗的场所和文学作品的主要传奇空间。莫言笔下的城市也纷繁复杂。蒋立人、上官领弟等人物形象领导的大栏市（《红树林》），马刚、老秦等人物典型领导的南江市（《红树林》），还有老兰为所欲为的双城市（《四十一炮》），欲望夸张的酒国市（《酒国》），其他还有改革初期的天堂县城（《天堂蒜薹之歌》），古老的高密县，还有只露出名字的苍天县、平度县等。其中高密县又以晚清的高密县城（《檀香刑》）、抗战时的高密县城（《红高粱》）、"文化大革命"及其后的高密县城（《生死疲劳》）等形态出现。这些城市有的由革命者进入而形成，例如《丰乳肥臀》中的大栏市；有的由新时期经济发展而下发的行政命令而形成，例如《红树林》中撤县变市形成的南江市；有的则是文本虚构性的城市，例如，《酒国》中的酒国市，《四十一炮》中的双城市等。城市中人物的构成被莫言大致设定为两种：肉食者和食草者，他们都是在欲望中失去自我的人。食肉者有钱有势、张扬自己的欲望，因食肉而异化，如金刚钻、金大川、老兰等；而食草者忙忙碌碌为自己的生存而挣扎，因苦苦经营而异化，如刘玉禅、D姐、张赤球等。城市中的人物因其生活方式、习惯、性格等在民间认知的基础上被分类。城市的构成也是复杂多变的。例如，20世纪的临海城市南江，建筑文化有普通工人住的筒子楼，还有秘密别墅；交通工具有公交和红色凌志车；风流饭店的饮食文化有清蒸贵妃奶头、椰奶鱼刺汤、烤乳猪、龙虾菜、老虎船等高贵的制作和消费程序；在性文化方面有专业鸭子（如花猪、黑皮）和鸡子（D姐、许燕）等。他们完全沉浸在消费，甚至变态的消费文化中。古老的高密县城则是另一番模样。街道建筑有县衙、纸扎店、成衣店、娘娘庙、单家巷子、肉店等；县衙之内签押房有书案、文房四宝、字画、花架、花盆、花草、格子窗等；娘娘庙除了庙宇外，还有叫花子王国；单家巷子有文化名人单昭谨；职业能手有外科的成布衣、内科的苏中和，纸扎店的纸扎匠人陈巧手，成衣店的裁缝章麻子，杀猪汉赵小甲，刽子手赵甲；节日有斗须节、赛脚节；文化艺术有猫腔剧等。幻想的双城市则以放纵食肉者欲望的肉食节的狂欢面目出现，工业化养猪和杀猪设施成为城市的重要构成。其他还有大栏市，莫言主要关注其商业活动：商场、精品店、废品店等；大拆大建成为大栏市改革之后的主要特点等；以出产蒜薹出名的天堂县也是值得关注的城市。总体来说，尽管有外来力量的侵入，莫言笔下的城市还是充满欲望、自我圆满、内在对立的，从传统文化到消费文化、从中国文化到外来文化、从平民到官僚、从食草者到食肉者、从家庭到饭店、从垃圾站到拆迁办、从肉食节到月光晚会、从人体宴到肉孩等，应有尽有，独立的和过渡的城市已经出现，其中各色人等任性地活着。莫言曾经扬言自己只写县城及其以下城市，但是，他还是成功地书写了大量的地级市，其短篇作品甚至涉及长安街——北京市。这种全景式的风俗城市描述和莫言汪洋恣肆的生命力与叙述形成裂变，莫言的城市既是现实城市的折射，也是其农村写作的蜕变模板。这一部分常为研究者所忽视。城市既是莫言文学作品中人物活动的场所和背景，也是其展览人性、历练人物典型的强力生命的试验场。莫言以否定的方式艺术地表现了城市空间中的"食肉者""权力""消费"等畸形文化现象，通过城市化过程中各个阶层的"失败的人物典型"，莫言考量了城镇化建设的发展方向和过程。其城市空间文化形象的塑造基本上围绕三个方面进行：红色经典的城市化设想、全球化语境下对消费现象的反思、生命力量的试验场所。

（2）玩偶与废墟——加勒比城市

同莫言的城市类型（封建时代的城市、殖民地城市、"文化大革命"时期的城市、改革开放后的城市、想象中的城市等）相比，马尔克斯的城市主要集中于马孔多小城镇、殖民地城市、想象型城市三种类型上。马尔克斯笔下的城市有虚幻的城市马孔多等，其他还有一些只有名字的城市和一些实际存在的城市。仿佛作者并没有专心去表现城市。至于《百年孤独》中城市形态的马孔多则是混杂的：在工业方面，奥雷连诺·特里斯特修铁路、引入火车和电机，赫伯特先生的研究引入了香蕉食品公司等；在文化方面，商人布鲁诺·克列斯比先生开办电影院，还有游乐场、冰厂以及"美王节"等；在经济方面，除了零售商店、超市等正常消费活动地点外，钻石走私活动已经开始出现等，不过，这个方兴未艾的拉丁美洲城市很快因为帝国资本的剥夺和撤资而成为废墟。家长的忧愁王国首都，在建筑方面，有总统专用府邸、繁华的德阿尔玛斯广场、大型超市，以及贫民窟狗打架区等；在文化方面，除了流行的爱情花边轶事、谋杀故事外，重要的就是歌颂家长及其母亲神迹的传说等，这是一个典型的殖民地军管城市。而霍乱时期的马孔多，在工业方面，则出现了拉·曼加区的火电厂、船厂、港口等；在文化体育方面，出现了喜剧院、法国歌剧团、竖琴、土耳其女高音演唱家、剧作家、拳击冠军，以及专门的女子学校等；在职业方面，传统职业和现代职业混杂，有专门卖身于过路海员的小客栈的女人，还有代写信件、诉状、辩词、贺帖、挽联、情书等的人，剧作家、音乐家、摄像师、拳击冠军（森特诺）等；在民族特色文化方面，则有春药香膏、驰名的卡塔卢尼亚巫术棍、爱情巫术等，这是一个颇具民族地域特色的城市，当然，它挟带着战争的印痕。卡塔赫纳古城则是废墟、古堡、石殿、金祭坛等最古老的记忆。总之，马尔克斯也是以一种风俗画的方式描述了记忆中家乡的城市和想象的城市，其中殖民化痕迹和民族地域文化融合在一起，尽管有剥夺和麻木，这些城市的民族地域特色仍独居魅力。总之，马尔克斯笔下的城市是混杂的、混乱的，殖民化政治叙述和民族地域文化展览融为一体。早期那种革命者的形象已经消失，他的城市是权力者的天堂，例如，家长为所欲为的血腥统治，乌尔比诺利用自己的权威歪曲阿莫乌尔的自杀，并把他葬在基督教的圣地里，情圣阿里萨终生沉浸在爱的追逐之内等。其城市轨迹各有不同。有的是外部资本、权力的侵入导致城市的建立，如《百年孤独》中马孔多香蕉园的开发使其发展成为城市；而《家长的没落》中城市狗打架地带在家长一声令下便改变了面貌，权力的直接行使成为城市形成的动力。西方（其他）文化的涌入也是形成城市的动力。先是吉卜赛把戏人带来了冰、魔法的魅力；还有弗兰西斯科人的歌曲纪事和印第安小妓女；阿拉伯人用小玩意儿交换鹦鹉，开雅各旅店；镇长阿·摩斯柯特（权力）到来；意大利机师皮埃特罗·可列斯比带来了自动钢琴、维也纳家具、波希米亚水晶玻璃器皿、西印度公司餐桌、荷兰桌布（贸易）；卡塔林诺游艺场和大教堂的建立；西班牙剧团巡回演出；法国艺妓的出现带来留声机；奥雷连诺·特里斯特开办冰场、修铁路引来火车和电机；商人布鲁诺·克列斯比先生引来电影业；外国人赫伯特先生引来香蕉业等，尽管这座城市受到了帝国主义资本的凌辱，然而，诸多外来文化的涌入逐渐把马孔多改造为城市。由此看来，马尔克斯笔下的马孔多是多元文化并包与民族地理文化张扬结合的城市，因此，马尔克斯并不反对文化交流和融合，它只是反对暴力的帝国资本主义文化的征服。乌尔比诺刚刚学成回国时，其眼中只是厕所、垃圾、劣质的饮水、露天的下水道和阴囊疝气的流行，这使他的爱国热情陡然改变，客观上的加勒比人城市形象和理想中的欧洲人城市想象开始交火。拿法国所有的一切来换加勒比四月里的一刻他也不干这一民族观念轰然倒塌。当30年前法国爆发霍乱时，死亡人数也不会超过10万人，但现在加勒比的军官仍用鸣炮来抵御霍乱。西方消费文化、基督文化成为不可抗拒的力量，它们形成了加勒比畸形的城市。成也萧何，败也萧何！对外来文化的融合和吸纳推动了城市的建设，外来文化的征服和暴力也冲击了当地的城市文化生态。外来武装力量、经济侵略则把这种文化交流的果实——城市——变成一片破败的废墟。这种来自帝国主义的文化、经济、武装冲突成为马尔克斯笔下加勒比城市建构的主要阻碍、困难。相对于此，莫言笔下城市建设的主要阻碍来自内部：食肉家族和食草家族的冲突、膨胀的欲望和人性的冲突。外来西方文化作为生产和生活方式对本地城市建构造成了一定的影响，帝国主义势力一度限制了莫言笔下城市的发展，但是，随着新中国的成立，尤其是改革开放之后，这种帝国主义势力逐渐销声匿迹，它们只能以资本合作、文化融合的方式出现。因而，在莫言笔下，内生矛盾——食肉者和食草者、经济发展和个体生命存在形态、生命强力和消费文化的侵蚀等，构成了莫言文学作品中城市空间和人物典型存在与发展的基本矛盾。

莫言和马尔克斯笔下的农村和城市图画既有差别也有相似之处，它们之间存在着丰富的关联，除了上面将民族地域城市与西方帝国城市地域文化进行接触分析之外，还存在着其文学地理宇宙之内城市与乡村之间的交流和连通。这种关联还没有受到足够的重视，因而，他们两人笔下城市与乡村的人物交流、物质交流、权力运行之中所显现出的城乡对话关系是值得分析的话题。

（三）莫言、马尔克斯的城市与乡村对话写作比较

1. 城乡对话写作的同中之异

（1）羡慕的迁移和麻木的等候：城乡之间人物交流的差异

莫言笔下的农村人物面对城市有一种羡慕、膜拜的趋向。在氏族—村落—乡镇—城市等的发展过程中，特别是近代以来，中国、全世界都蔓延着城市化运动，公开的数据和资料显示，城市因为集中了大量的社会资源，所以不仅在地理文化空间的数量上，而且在地理文化空间的质量方面都得到了提升，并且使其居民具有多样的生活方式。当工业文明从农耕文明中分化并发展起来之时，新的地理文化空间和生活方式诞生了，尽管城市地理文化空间也存在着各种各样的问题，尤其是巨型城市对人的生存的扭曲等问题，但是，总体来说，城市生活仍然是农村人的生活理想。从汉唐以来尤其如此，从诸葛亮到白居易，从刘姥姥到高加林，从茅盾到莫言都表现了这种趋向，只不过自20世纪尤其是改革开放以来，这种情况日益表现出规模扩大和速度递增的倾向。莫言的小说主要围绕近现代的东北高密乡的历史展开。晚清时期，美女眉娘不甘心一辈子和赵小甲窝在马乡镇镇上生活，她和钱丁郎才女貌、相互欣赏，经常找

借口到城市里看望钱丁，如果不是檀香刑，不日她将实现迁居县城的梦想；上山下乡时期，在农村接受改造的林岚，在有关人物的帮助下离开农村、男友，自豪地到了城市；红卫兵常天红来到农村改造，却想方设法地离开农村，终于回到县城；在饥饿时期，罗通等人到了县城，只是想吃饱肚皮，过上相对舒服的生活；金菊初次到城市、立刻被城市的繁华吸引住了，如果高马不被捕，他一定会凭其能力成为市民的；西门金龙、珍珠、金大川、李高潮、暖的初恋男友、老兰、上官金童、老金、赵甲、袁世凯、西门狗等，或依靠专门技能，或借助社会运动，或依靠个人能力，或利用人际关系等，他们进城的道路和困难各有各的不同。尽管他们最终都在城市里碰了壁，尽管他们不一定都能过上自己所期待的城市生活，然而，他们都有相似的趋向：尽力进入城市，有尊严地过上更高质量的生活。因而，尽管莫言把人物放在从农村到城市的道路和灵魂天平之上，在剖析人物灵魂善恶、描写生存状况的同时，从多方面显现了这些城市化运动所带来的悲欢离合，这是鲁迅、茅盾、张恨水等作家探索过的事业，莫言在此基础上继续向前推进了。面对诸多城市问题，莫言笔下人物的疗养院有渔村、红树林、高粱地、革命烈士陵墓、奶奶庙、沙洲等。马尔克斯笔下的农村和城市之间好像有一个厚厚的隔绝屏障，阿玛兰塔·乌苏娜拒绝和加斯东离开已破败的马孔多。其他人物也都微弱地表达了对城市的向往。例如，垃圾之花受到家长宠爱之后，她的安蒂列斯小岛纳萨列诺家族的人把盐、烟草、水的贸易抢在手里；布恩蒂亚一家对从城市来的钢琴、各种饰物的偏爱；阿美丽加依靠对阿里萨的爱维持自己的求学生涯和城市生活；吉卜赛人依靠自己的手艺生活在城市里；雷贝卡借助投靠亲戚的方式来到城镇生活等。造成这种城市化运动弱化的原因是加勒比殖民地经济形式的病态、城市化层次较低、严酷的政治形势等，也与马尔克斯主要描写城镇地理空间有关，而且马尔克斯小说的主要任务是反思西方殖民霸权文化的罪恶和马孔多世界知识精英的孤独状态，城镇的西方化模式在这种文化批评任务下被波及了，因而下层人民与城市化运动的关联被马尔克斯忽视了，这也是意识形态对社会审美影响的表现。和莫言相关内容相比，马尔克斯的人物，无论是知识精英，还是家族硬汉和地方美女，或者平民百姓，尽管都精力充沛或者曾周游列国，然而，他们最终更愿意生活在自己的地理文化氛围之内，对于金钱的态度大多限于够用为止，因而没有莫言笔下人物那种强烈的生命冲动和明显的移民潮流。他们好像被动地等待着某种不可控制的机遇。他们已经失去挣扎的能力，患了失忆症和自闭症。尽管莫言和马尔克斯一样都希望建构一种理想的城市。莫言暗示城市的制度建设、人文精神建设（人与人的和谐关系）超过城市的器物建构。这与现实中国城市——高楼建设的优先性形成有价值的批判维度。马尔克斯的诸多中产阶级在其生命最辉煌时期更加关注城市的具体器物建设，这与马孔多等城市的落后现状是一致的。地域城市情况的差异、民间关注和中产阶级城市经营的差异、生活和启蒙的差异等，造成了两位文学家笔下城市和农村空间人物交流的原因、趋向、写作的差异。

（2）象征的倒置和永恒的循环：城乡对话写作的差异

在莫言方面，乡村和城市之间的位置关系是发展变化的。

第一，从革命的策源地到城市的资源地：农村形象演变的尴尬。在莫言笔下，面对城市诞生之物是整体的农村地域文化历史性的变化，这种变化使农村处于一种尴尬的境地。农村曾经是革命之乡，是历史前进的力量所在，也是莫言登上文学圣坛的基地。例如，孙丙的暴动是东北高密乡抵抗外侵的近代精神旗帜；司马大牙、上官斗抗德，沙月亮、司马库、蒋立人抗日，余占鳌、冷支队、胶高支队抗日等都是中国近代农民抵抗外敌入侵，进行中国现代化建设的历史事件和精神资源，这些因素使东北高密乡成为一个革命之乡。甚至在"上山下乡"的过程中，这种基础地位仍没有发生改变。相对来说，在地理文化意义上，这些乡村是中国现代精神的策源地，这些星星之火点燃了中国革命和区域城市建设现代化进程之火。实际上，一方面，中国一直是一个农业国家；另一方面，在中国现代革命胜利的进程中，如毛泽东主席所言，农村在中国革命进程中扮演了重要角色。但是，在改革开放之后，面对城市不断崛起和工业化进程日渐深入，农村的地位便发生了巨大的变化。农村和城市的关联也发生了微妙的变化。在《天堂蒜薹之歌》中，蒜农高马、高羊等，为了自己的利益砸坏了县政府办公设备，因而成为乱民；在《十三步》中，张赤球逃亡玉米地却看到一个惯偷的据点；在《红树林》中，珍珠进城成为大虎猎获、林岚可怜的对象；大同面对大虎的金钱只能哀哭、尿裤子等；在《四十一炮》中，农村是注水肉的生产地点等，显然，面对城市的金钱、法律、权力等，农村人显得更加猥琐、无法无天、贫穷、落后。农村成为城市的菜篮子、后花园、牲畜栏、劳动力诞生地、罪犯诞生地。甚至发展到了今天，天量货币成就了城市的现代化，农村人靠城市人的施舍、捐助、怜悯才能生活下去。与城市相比，农村没有天量资金、技术人才、工厂、大学、公园、高速公路等，农村成了另一个世界，只剩下老弱病残、污染、贫穷、留守儿童、村霸，农村已经失去了自我发展的能力。莫言规划的农村自救方法发生了如下变迁：《红高粱》中的农民在田间地头举起枪杆子反抗以获得生存的权利；《天堂蒜薹之歌》中的民间报纸呼唤正义、农民掌握法律等获得对话的能力和资格；《酒国》中依靠侦探破案来解决欲望之殇；《丰乳肥臀》中依靠母亲的宽容、爱和正义治疗民族之病；《红树林》中依靠农民的宽容勤劳和社会精英的觉悟获得充实的人生；《檀香刑》中依靠生命之爱和正义之心来支撑民间社会；《四十一炮》中依靠农村失学小孩罗小通炮轰农村老兰的策略来解决城市代表的欲望泛滥；《生死疲劳》中依靠农民的勤劳和坚守面对外在的纷扰；《蛙》中依靠知识分子反思、忏悔来尊重生命，等等。从政治到经济、从肉孩到蝌蚪、从副业到农业、从身体到精神、从正义到欲望，莫言关注农村和农民命运的创作倾向一直没有发生改变，农村生活方式与城市生活方式之间的交流、对抗等主题一直充斥于莫言的小说中，农村的现实问题一直纷扰着莫言的心灵。从《天堂蒜薹之歌》开始，农村及其住民面对城市的话语地位就开始显现出动摇的迹象。一直到《蛙》，莫言终于以通信的方式魔幻地显示了农村不再是民族生力军的诞生地这一事实，一孩政策使农村失去了自我繁衍的能力，在半机械化的农村，科学技术应用水平低，劳动协作程度低，一个劳力如何养活更多的家人将是非常艰难甚至是不可能的事情，男劳力如此，女劳力则更是如此。比如，丘陵、山地收割庄稼、种植树木、婚丧嫁娶等不是一两个人能够干的事情，而且其不可能像城市里一样雇人解决问题，再加上劳力和人才都流入城市，所以，农村的老人在家里过世很长时间都没有人知道就是必然的事了。而制定"一个孩子好"政策的人大多生活于城市中，只要有钱就可以把事情做好，这种话对于农村人来说，无益于"没有面包，可以吃牛肉"一样荒谬。莫言让做医生的姑姑反思忏悔，其实应该为农村失去的二十多年进行反思忏悔的又何止医生。"一个家庭一个孩子"，在这二十多年里相当于在农村又发生了一次无声的"文化大革命"。正好在这些年里，城市依靠天量资本和劳动力蓬勃发展起来，而把巨额债务抛给社会。在这种城市和农村的对话当中，城市胜利了，农村失落了，但愿这些年失去的仅仅是农村。莫言在《檀香刑》后序中所强调的一种声音也许就是某种被遗落的声音。农村地位的降低也导致了未进城和进城的农民生活的陷落。

第二，建构与裂解：历史真相的发现。通过对农村历史的追叙（《红蝗》），发现在东北高密这块黑土地上民族战争中的内讧，食草家族祖先的好色、欺骗、乱伦，"我"奶奶奇异恋情的血腥，土改中源于仇恨的误杀，"文化大革命"中灭绝人性的批斗，改革开放后注水肉等方面的追溯，一直在城乡对立的道德天平中占有较大权重的净土记忆开始破碎。实际上，在《西游记》《水浒传》《三国演义》《金瓶梅》《红楼梦》等中，农村作为落后的、迟缓的、边缘的处所被建构，世俗的腐败和罪恶一般集中在城市空间里。自现代思想萌芽，特别是五四新文化运动以来，除了沈从文、周作人等笔下美好的乡村地理空间外，以科学和民主为旗帜，在很多作家（如陈独秀、鲁迅、茅盾、巴金、丁玲、萧军、师陀等）的作品里，农村作为落后、愚昧、宗法制、夫权、迷信等文化地理空间被集中建构。农村文化地理空间和农村人的灵魂被分门别类地加以鞭挞和批判，这种现象一直持续到20世纪三四十年代，直到毛泽东

《在延安文艺座谈会上的讲话》之后，在社会学意义和文学意义上，农村逐渐被建构成革命的、先进的文化地理空间。农村和农村人逐渐在文学作品中占据了重要地位。这一成果一直持续到"文化大革命"文学、上山下乡文学、知青文学、伤痕文学、寻根文学等。到了20世纪80年代，尽管这个时候农村作为文化地理空间仍被另眼看待，然而，农村文化地理空间几乎和城市文化地理空间齐头并进。但是，到了20世纪90年代前期，城市依靠商品经济的发展逐渐崛起，把农村文化地理空间又一次放在了落后、贫穷的处所。莫言的农村小说，一方面，继承红色经典文学遗产，把农村文化地理空间及其人物形象建构为革命和道德的起源地（如《红高粱》《丰乳肥臀》）；另一方面，在城市化、工业化日益发展，农村日益落后的局面之下，他深刻而痛苦地解剖了农村的落后、血腥、迟缓等，农村形象和文化再次开始裂解。莫言这样做的目的在于，真实地认识农村文化地理空间和农村人物形象，艺术地思考农村文化地理空间在工业化、城镇化方面落后的原因，思考勤劳善良的农村人从农村出走和农村人艰难地挣扎着在城市生活的原因，思考农村地理文化空间能够有尊严地存在的基础和原由。莫言是农村文化地理空间历史真相和生存意义的追寻者和守护者，当然也借此考量农业大国中华民族的历史和存在。通过莫言文学作品中农村和城市地理文化空间象征地位的分析可以看出，无论是农村，还是城市，无论在社会学地理空间意义上，还是在文学地理空间意义上，它们的内涵都不是自然的和一成不变的，它们的地理空间象征意义总是随着现实政治、经济、文化的发展规划和发展现实而变化，同时，它们也受制于作者的创造态度、叙述视角等的选择。

第三，人物交往的相互关系：像城里人那样活着或者死去。余占鳌（农民）和副官（城市人）在正义、公平的英雄层次上平等交往，余占鳌枪毙自己的叔叔为副官的女友报仇；高马、高羊到天堂县是为了卖蒜薹，换回自己结婚、老婆生孩子的花销钱，结果触犯法律，受审、住监，高羊入狱妻子自杀；渔民珍珠进城打工以挣结婚的钱，结果面对金钱和大虎的侵扰与未婚夫的关系破裂，并被大虎等一帮城市人轮奸，去奶娘庙自我疗救，为了报恩而无奈地嫁给大虎；孙眉娘以逛街为借口，到城里私会情人——知县钱丁，结果，在"斗须"大会上父亲孙丙被钱丁算计，不仅断须，也断了"猫腔"艺术之路；农村能人老兰在城市受到城里人的奚落。除了极个别农村能人能与城里人平等相处外，农村人物和城里人物之间的关系已经失去平衡，甚至开始对立（《四十一炮》中表现得最明显，农村成为生产注水肉的据点）。农村和城市的关系，已经由向往变为对立。农村文化地理空间及其男男女女，像蒜薹、红薯、卤猪蹄、大肉一样，被工业化进程和商品经济卷入城市化黑洞之内。而乡村人物则完全失去了对话的能力，他们能够拿出的只有勤劳、淳朴、无知、无奈、迷信、混乱等，成为很可怜的对象。尽管有些不适应，尽管他们咒骂、哭泣，然而，他们不得不像城里人那样活着，也不得不像城里人那样死去。而到农村来的城市人，或者是革命的，或者是犯了错误的，或者是曲线救国的，锻炼几天就可以走人，走不了的大多是没有能力或者资源的，只有极少数人能留下来真正成为农民，这包括一些老革命者。莫言通过两个地理文化空间人物的交往显示了城市和乡村的相互作用，并对弱势农民一方采取同情、批判的态度以实践其"作为老百姓写作"[①]的口号。从这个意义上讲，莫言是中国最有良心的农民作家。农村是莫言文学作品的基地。莫言通过关心农民和农村的存在与发展，来思考当代中国城市与农村的整体社会存在与发展的大问题。

在马尔克斯方面，由于哥伦比亚、拉丁美洲地区独特的殖民地历史和地域文化特征，乡村和城市的位置关系也具有其特点。

其一，文化发源地与废墟。如果说，莫言乡村文化地理空间双

[①]　莫言：《作为老百姓写作——在苏州大学"小说家讲坛"上的演讲》，杨杨编：《莫言研究资料》，天津人民出版社 2005 年版，第 63 页。具体如下："……但'作为老百姓的写作'者，在写作的时候，不会也不必去考虑这些问题。他在写作的时候，没有想到要用小说来揭露什么，来鞭挞什么，来提倡什么，来教化什么，因此他在写作的时候，就可以用一种平等的心态来对待小说中的人物。他不但不认为自己比读者高明，他也不认为自己比自己作品中的人物高明。"（原标题为"文学创作的民间资源"，《当代作家评论》2002 年第 1 期，收入莫言《小说的气味》后改现在的标题）

重身份的建构原因主要在于工业文明对农耕文明的替代、城市化进程日益加深、日益吸纳和集中有限的社会资源与生命个体欲望的强烈释放所造成的矛盾和悖论，那么，马尔克斯的农村文化地理空间的双重身份则主要是由帝国主义文化、资本等强力征服造成的。尽管马尔克斯农村写作规模较小，但是，其小说文本仍旧阐明了农村和城市的关联。在叙事策略上，民族和城市权重大于对农村的关注。在《百年孤独》中，透过文本现象我们可以看到作者的矛盾，起初的马孔多是美好和富有生机的。后来权力帝国资本的涌入，马孔多逐渐成为邪恶的城市，当资本、权力被抽空之后，马孔多又回归衰败的农村。通过农村——城市——废墟这一轨迹，从文化道德上，作者盛赞农村的马孔多（最初），但是从生产力道德上作者又反对农村的马孔多（残败落后），在这种话语策略中，农村是落后的、孤独的、痛苦的词语符号。在《家长的没落》中，都市中的乡村"狗打架区"只是从侧面显现了乡村的落后、暴力、混乱，主要反射家长的多情和改天换地的威力。至于遥远的乡村，人们对国母尸体的无限恭维又显示出人民的愚昧。这些农村人物的出现只是作为闪现的背景，她们没有资格和城市权力、资本的代表对话。在《家长的没落》里，和城市的别墅相对，遥远、荒蛮的乡村充满着它不能控制的孤独、死亡、暗杀、瘟疫等。无论怎样，《家长的没落》用另一种方式叙述了城市的统治阶级来源于农村。在《霍乱时期的爱情》中，河道中漂浮的人和动物的尸体无情地言说了城市和农村一样充满了暴力、谋杀。马孔多世界的城市依靠多元文化的交流和工业生产方式的引入，一度从农村地理文化空间中分化出来。但是帝国文化的强力征服与帝国资本的残酷剥夺，导致这种殖民地城市再度衰落，从政治、文化、经济等方面看，农村——城市——废墟的发展形成了一个孤独的圆圈。在这种平面化的圆圈之内，城市并没有形成对农村的巨大吸引力。那种倒置的象征被粉平了。这是马尔克斯重点书写城市却没有写出城市新面貌的原因，从农村到城市，只不过是从一个火坑跳到另一个火坑，当然个别中产阶级除外。农村文化地理空间和农村人成为身份不明的无声群体。从农村到城市只不过是一种循环的圆圈。

其二，失忆和匿名：追踪历史的真相。马尔克斯在《百年孤独》里，借助羊皮纸书卷对农村历史进行追踪，与莫言发现的既崇高又卑劣的农村事实不同。他借助小说中的人物通过对马孔多、革命、统治者、语言、器物、巫术、爱情等方面的追踪，历史的真相令人痛苦、遗憾。马孔多只不过是部落族长为逃避鬼魂的烦扰而在游牧中诞生的地方，城市马孔多只不过转了一个圆圈，在经济、文化、政治等方面并没有得到发展，甚至连名字也没有发生改变；所谓革命既没有什么崇高的目的，也没有自己想要的梦想，从荒谬的结果来看，革命的目的就是没有目的；所谓统治者，只是从原来的部落首领开始，在一个又一个军事政权的暴君手里击鼓传花，除了谋杀、卖国外，什么变化也没有；所谓语言，大家所掌握的西班牙语只不过是殖民者的语言，民族的语言竟被当作疯人管教的老族长的鬼怪语言，并且在对羊皮纸书的破解中，最后一个奥雷连诺发现远古的欧洲语言、非洲语言也曾是民族的核心语言，语言的身份不明，农村和城市文化地理空间的身份含混，只有殖民者的语言是明确的；在城市金钱、权力、爱情的考古中，相对于付费爱情，人们发现本土农村的爱情是感情的自由结合，甚至生了带尾巴孩子的爱情也是对民族经典爱情的重复，等等。这些远古的匿名使马孔多文化地理空间被遗忘了，被西方式的城市废墟文化地理空间所代替。因而，面对殖民地废墟城市，在叙事的天平上，这些落后的、暴力的、荒僻的、孤独的乡村，这些没有自己声音的乡村众多人物，这些作为话语背景的民族文化地理空间，竟然蕴含着加勒比民族地理文化空间中最有价值的东西。在这种帝国殖民城市文化所造成的孤独循环里，隐藏着马孔多民族文化的蛛丝马迹。因而，与面对工业化、城市化的黑洞剖析农村文化地理空间的崇高与卑劣，以维护农村地理文化意义和存在的莫言不同，在马尔克斯的帝国殖民暴力、民族独裁、社会精英等的哲学思考里，在失忆症中，马孔多前无古人后无来者，匿名的部落文化和市民的废墟城市都不能给予马孔多足够的信心和充分的理由。因而，马尔克斯的拯救方针就是，在匿名的远古旗帜之下，像飓风一样推倒世界，以便重新开始。其依靠的是民族英雄、中产阶级知识分子、咒语和永远航行的爱之船。相对来说，莫言对农民阶层、孩子、法律、正义、生命力、内在坚守等有着更充足的信心。

其三，人物交往的相互关系：像城里人那样生活，像农民那样死去。乡村的文学面貌除了初期自由、民主的马孔多之外，其他乡村的面目都是落后的、暴力的、荒僻的、孤独的，基本上没有发生变化。但是，由于殖民霸权文化和资本的干涉，马孔多城市与马孔多农村在经济、文化、安全、主权等方面的差异被弥合了，因此，农村人物向城市流动的规模和程度没有莫言小说中那么深广，其城市市民大多借助殖民地资本和文化涌入就地改变身份而成为市民。如阿卡迪奥家族，作为贵族和中产阶级，直接依靠引进资本主义产业，依靠产业成为市民。另外，有的人依靠统治者的权力进入城市，如家长的母亲、雷贝卡等；有的留学归国人员也顺势成为城市市民等。总之，马尔克斯笔下的城市构成人员大多是中产阶级，还有不同民族的流浪者。当然，如果进行细查，还是可以看到从农村进入城市生活的不同人物类型。如《百年孤独》中的雷贝卡，由于匿名（战争、疾病）的原因，她像林黛玉一样，从老家来投靠贵族亲戚，因而成为城镇市民，最终因为与意大利商人皮埃特罗·可列斯比的爱情，和城市人阿玛兰塔竞争而结怨，最后嫁给霍·阿卡迪奥。城市人阿玛兰塔并没有因为雷贝卡让出可列斯比而放过雷贝卡，在雷贝卡的婚礼上，阿玛兰塔直接捉弄雷贝卡，并且随后玩弄并抛弃了皮埃特罗，导致皮埃特罗自杀。雷贝卡的丈夫被暗杀之后，雷贝卡就陷入孤独之中。尽管雷贝卡丈夫的死是一段未揭秘的公案，但是从雷贝卡吃土的癖好到她的爱情生活来看，她从遥远地方移民成为市民在形式上是成功的。事实上，除了乌苏娜对她不错外，作为农村人的她受到多方面的歧视，阿玛兰塔处处与她作对，毁掉了她和外乡人可列斯比惺惺相惜式的爱情，并且在她出让了可列斯比之后，可列斯比却被阿玛兰塔玩弄并整死了。即使在阿玛兰塔害死了小新娘雷梅苔丝（外乡人）之后，全家人都支持阿玛兰塔。雷贝卡接受了霍·阿卡迪奥的婚姻，霍·阿卡迪奥超强性能力以及强势霸占不属于自己的土地等行为与雷贝卡外乡人外柔内刚的性格是暗中相符的，在疯狂的性爱层次他们也暂时融合在一起，因为毕竟霍·阿卡迪奥是接受她的人。因而，当霍·阿卡迪奥因为挽救奥雷连诺上校的第二年被杀之后，雷贝卡和布恩蒂亚家族的仇恨就更深了一层，因而雷贝卡将自己囚居在爱人为自己建造的新房里，终生不和布恩蒂亚家族的人交往。如果说作为城镇人的布恩蒂亚家族人的歧视导致失去双亲的雷贝卡产生吃土癖好，而且在家中更加变态，那么布恩蒂亚家族的人两次导致其失去心爱的人和丈夫，是最终导致雷贝卡终生不见布恩蒂亚家族人的原因。正如贾府的人共同欺骗林黛玉和贾宝玉，而使林黛玉失去爱人和婚姻，导致林黛玉对贾府和世界彻底失望一样。在雷贝卡的性格悲剧、爱情悲剧、家庭悲剧之内隐藏着农村人成为城镇人的艰辛和所付出的代价。另外，阿美丽加·维库尼亚是依靠和富翁情圣阿里萨的爱情，才从家乡帕德雷海港进入城市并获得学费和正常生活的师范生，结果，在阿里萨和费尔米纳乘坐"新忠诚"号游轮进行爱情之旅时自杀；在情圣阿里萨追逐遗憾之爱的结构中，隐藏着对来自农村人的歧视，也隐藏了农村少女在像城里人那样生活的进程中所付出的代价。而家长的母亲则是依靠儿子统治者的身份进入城市生活的，在其去世之后，她又无比荣耀地被送回山村；家长与洗衣女工的爱情，使女工在城市生活中站稳了脚跟；阿玛兰塔以死亡信使的身份离开这个世界等。总之，尽管马尔克斯有其艺术目的，但是，其小说也客观地表现了农村人进入城市的过程、资格、代价等。相对于中产阶级、统治者，这些进入城市的农村人都付出了超出常人的代价，暂时地像城市人一样生活，但是，直接地面对城市人，以及城市生活环境和城市生活方式，最终她们在信念、情感、文化上又被城市拒绝了，选择家乡农村人的方式离开了这个世界。

在循环的乡村命运意义上，马尔克斯的乡村由文化起源地变成了废墟；在自身身份的追寻意义上，马孔多等乡村的羊皮纸揭示了马孔多人不断被书写的文化身份；在城市和乡村的人物交流意上，家族的财大气粗和家长的命令都是推动力量，一般农民只是匿名地生活着，依靠施展自己的才华开始的进城之路，被巨额学费、改变宇宙的权力、倾国倾城的美貌、孤独的风俗习惯等力量阻碍着。在战乱的背景下，移民变成了流民。相对于莫言对农村失落、城市壮大这一发展方向上的担忧，马尔克斯所关注的是马孔多等城镇的停滞、孤独；相对于莫言直接或者间接的大规模的描写，马尔克斯则侧重于间接的描述。

2. 城乡对话写作的异中之同

乡村和城市作为两种文化地理空间，它们之间有诸多的文化、物质、人力、信息等方面交流。理想的状态应该是平等的、互利互惠的、双向互补的交流，但是现实中相对或者绝对不平等的交流情况是值得人们深思的。莫言和马尔克斯在不同的语境里揭示了一种不平衡的乡村—城市交流链条，相对于上述差异之处，他们之间还存在着相同之处。

（1）血肉、身体、灵魂：来自农村土地的礼物

农村给城市送去了什么？在莫言笔下，不仅历史上的东北高密乡的民族独立解放战争主要发生在乡村，如孙丙的抗德暴动，余占鳌带领的墨水河阻击战、铁板会、冷支队、胶高大队、沙月亮部、司马库部、蒋立人部等的抗日战斗，这些都发生在乡村，而且作战部队的主要队员都是农民。"……我是哭我们，我们原来都是临庄隔疃的乡亲，低头不见抬头见，不是沾亲，就是带故，为什么弄到这步田地！"① 作者借死亡了儿子的老铁板会会员的哭诉，从侧面显示出交战双方的主体都是当地的农民，而且，更为深刻动人的例子是，上官姐妹及其丈夫、儿子等几乎都被卷入战争之内，她们的爱恨情仇都与战争有关，在血战中受伤、死亡的人大多都是农民。这些叙述暗示着民族独立解放战争的胜利是以农民的身体和生命为代价的。可以说，历史的乡村以其子民的血肉之躯为它自身、城市做出了牺牲。改革开放之后，乡村又为城市奉献了大量的物质资料：

---

① 莫言：《高粱殡》，《红高粱家族》，解放军文艺出版社1987年版，第377页。

天堂县蒜农把自己舍不得吃的劳动所得好蒜薹（高羊临产的妻子因抽坏了几根蒜薹而叹息）卖到城市；采燕家族冒着生命危险采摘的燕窝仅供应某些有权势有钱财的人物消费；而屠宰村落的肉制品大量卖往城市（当然为了利润、为了生存而不得不生产注水肉）；珍珠女费尽心血培育采摘的珍珠都被运到城市女人美丽的身体上；在《酒国》中，农民甚至把高品质的肉孩卖给城里人吃（当然只是象征）；在《红树林》中，珍珠甚至将劳动连同身体"卖给"城市；甚至，在新中国成立前的城乡关联之内，《檀香刑》中的眉娘将最好吃的猪蹄送给钱丁（爱情话语与生存实在的弥合）。总之，乡村农人把自己最好的劳动成果——农产品卖到城市里仅换得娶妻、养孩子的一点点钱，有时甚至付出了尊严、健康、身体乃至灵魂的代价还不可能完全得到，更不用说遭遇欺诈、剥夺、暴力等了。因此，除非把农村建设得和城市一样美，除非把有才华有能力的农民都变成市民，"农民工"一词的丰富内涵绝不会变得透明。在工业文明和农耕文明、工业生产和农业生产、城市系统和农村部落、城管和个体农民之间的交流和对话中，在很长一段时间里，他们可能无法真正平等合法地说出自己的话语，并进行物质能量的交换，而这是提高城镇化率或者完全城镇化都无法完全解决的问题。只要一瓶矿泉水2元钱，而一斤粮食（需要耗费几十斤水、肥料、种子、劳力、土地成本等）不超过1元钱，农民就永远不可能获得平等地位，农村地理文化空间的价值就永远无法同城市的地理文化空间相比。这是那些经济学家、社会学家在敷陈正义时想隐藏的内容。马尔克斯笔下的农村地理文化空间也处于相似的处境。关于战争他有精辟的表达：战争只不过是被地主像公牛一样驱赶着的穷人和被政府驱赶着的打赤脚的士兵之间的武装冲突而已。它揭示了战争离所宣扬的圣战、革命、民主战争、民族独立战争、爱国的距离，战争是农民为另一些人的利益在和另一些农民的战斗。奥雷连诺上校发动了几十次战斗，对战斗的荒谬结果感到失望；阿里萨旅行时沿河所见不知名的人和动物的尸体；家长为了平衡政治势力所进行的谋杀，家长在和帝国主义交战中，通过鼠疫获得胜利等，都证明了战争荒谬的内容和结果。由于帝国殖民过于强大和国内独裁力量的残酷狡猾，加勒比民族独立解放没有达到莫言笔下的效果。相对来说，莫言是在中国共产党领导下的民族独立战争取得巨大胜利的前提下思考农民在战争中的地位、命运和作用的，进而思考农村地理文化空间的历史变迁和象征的倒置问题的；马尔克斯则是在加勒比民族独立战争屡战屡败的条件下思考革命被困在原地的原因，并进而考察农民战争的玩偶性质和荒谬结果。在生产生活方面，乡村成为城市人的物质供应者，在《霍乱时期的爱情》中，由于航运公司的发展，乡村沿岸的森林木材被砍伐殆尽；遥远的乡村成为遥远的城市人观光、狩猎、猎奇甚至怜悯的好去处；乡村贫苦的女人为了生存沿河追着轮船卖淫、供游客玩赏；乡村文化地理空间及其女人已经成为城市人欣赏、玩弄的美景；暴力、死亡仍隐藏在贫穷的狗打架区，贫民成为贫穷、混乱的罪魁祸首；在《百年孤独》中，种植香蕉的农民为遥远的美国纽约及世界各地大城市送去带着血腥的香蕉等。根据这一物质交换循环链条我们可以清晰地看到：在战乱时期，为了民族、正义、和平，献祭的首先是乡村农民子弟的血肉之躯；在和平时期，乡村人用自己的汗水、勤劳等给城市送去生活的必需品——粮食、蔬菜、水果、劳力，甚至女人、男人等，农村一直靠着农民的善良、淳朴、勤劳、牺牲等自我繁衍，并历史地作为城市的大地而存在着；在移民潮中，城市羡慕者把灵魂交给了灯红酒绿的城市等。在不和谐、不平等的农村和城市的交换关系里，城市人的生活理想就这样通过社会学基础实在地建构在农民的生活方式身上。如果说男权主义通过在家庭制度里忽视和不承认众多妇女的家务活和生产的价值，因为不能在社会交换系统中考量并实现她们的价值，而且从道义上讲这是她们应该做的事情；那么乡村空间和农民则是通过降低他们的地理文化空间和劳动产品的价值，在不平衡的交换关系中，一步步地贬低他们的劳动价值，贬低他们的个人素质和能力，最后贬低他们的生活理想，通过教育水平和科学技术含量，这些勤劳、善良、纯朴的人变成城市生活的羡慕者。这种被人忽视的喜剧仍在世界各地和文学世界里发生着。在日益消失的农村和天量债务日益成为城市膨胀发展补充物的今天，农村大地的问题仍是文学作品中有价值的议题。

（2）金钱、权力、欲望：来自城市森林的馈赠

城市地理文化空间给乡村地理文化空间带来了什么？在莫言笔下，城市人给乡村人带来的是权力、欺骗、愚弄、管制等，人物关系分析很容易看到其严重的后果。钱丁占有孙眉娘，在欺诈中剥夺孙丙的美须，给抗德英雄孙丙上了檀香刑；卖菜的高羊、高马为了自己的利益卷入骚乱，被逮捕、被审查、被收监；林岚终于没有逃脱秦书记的权力陷阱，她又利用权力和钱财把珍珠嫁给儿子大虎；城市食肉者举行狂欢的肉食节，乡村屠宰户却受到注水肉的查处和打击；由农民坐地成为市民，因贫穷而无处安身的上官鲁氏和金童的住处被拆迁单位无条件推倒；方四婶被捕，方四叔被撞死，临产的金菊自杀，被捕的丈夫高马却被法官、记者、妇联定性为"因爱情失意引起的悲剧"；莫言其他的短篇小说则表明干部下乡、剧团下乡带来的是吃喝、笑话、私生子等。政治、经济、文化等毫无疑问都是从城市走向乡村的。知青、工业产品、文化等下乡活动固然给农村带来了一丝好处，但是其前提和结果却带有奇异色彩。面对现代化的城市，乡村农民作为城市的资料完全失去了他们的对话能力、生存能力、自我表达能力，处于失语的地位。现代化把城市推向了前方，而把农村遗忘在后面。在马尔克斯笔下，城市人物和农村人物之间的交换关系也是如此的不平衡！在乡间斗鸡会上，狄奥尼西沃·伊古阿兰的鸡不识时务地啄死了将军的鸡，他把鸡送给了将军，将军又回送了六只纯种红公鸡，结果狄奥尼西沃·伊古阿兰不小心自己吊死了；家长强奸新婚民妇法郎西丝卡·丽内罗那，不久又害死了她的碍手碍脚的丈夫（蓬西奥·达萨）；阿美丽加爱上了自己的保证人阿里萨，阿里萨移情，阿美丽加自杀；雷贝卡投靠城市中的贵族亲戚，在他们的热心帮助下，她的两次爱情被断送，雷贝卡被称为"古怪的女人"，等等。城市中的人物天生就代表着权力、财富、势力同农村人说话，所以农村人处于被摆布、被玩弄的地位。反抗者不是被称为怪人，就是被孤立，或者被抛开。总

之，在工业文明的垂怜下，城市变为疯狂的废墟，农村成为丰满而贫瘠的世界。因此，从莫言到马尔克斯都思考了在这种城市—农村的人和物交换循环之内所显现的关键而紧急的社会问题，并对和谐的城市乡村关联的建构发出了呐喊。

（3）共存与和谐：没有完全展开的文本

农村已成为老而丑的大地——老母亲，而莫言却偏爱这位母亲，作为老百姓写作去审视母亲的美丽和丑陋；马尔克斯笔下的乡村是背景式的，他没有刻意表现乡村，但其思考仍然是深刻的，如果他表现马孔多、拉美城市和乡村的对话，那将会出现惊人的面孔。作为农民的孩子，乡村是莫言的文学阵地。莫言也尝试着写了一些城市酒国市、双城市等，取得了一定的成就。但是，显然在莫言笔下城市人物还有农民化倾向，对城市生活把握还有概念化、肤浅化问题。毫无疑问，农村作为现代化、城市化进程之内没有被展开的地理文化世界，也是在现当代文学作品中没有展开的文本世界。城市和农村的健康关联对于现实世界和文学文本都是非常关键的部分。尤其是，当前城市化建设日益飞速发展，相对滞后的农村建设刚刚开始。如果莫言能够继续在城乡对话中开辟一条建立在对城市和乡村深刻理解和平等交换基础上的坚实、曲折、复杂的道路，莫言的文学创作将会开辟一个新的世界。在莫言的文学写作在"向后退"的路向上取得巨大的成就之后，从《四十一炮》《生死疲劳》到《蛙》的出版证明了莫言创作在城市地理文化空间和农村文化地理空间上努力的新成果。

总之，在民族地理文化空间意义上，莫言和马尔克斯在民族地理文化话语、中西（加勒比和西方）文化融合论、城市文化地理空间和农村文化地理空间接触与交流方面展开了文学思考和叙述，他们一方面追踪和识别了本民族地理文化空间的独特精神文化资源、历史变迁真相和奇异魔幻表征，另一方面又审视和考量了不同民族地理文化空间相互接触、交流、征服等轨迹、规律和危机。这种思考不仅从某些方面接触了各自民族地理文化发展的实际问题，具有重要的民族地理文化学的国际社会学意义，而且探寻了高密乡世界和马孔多世界魔幻艺术表征的魅力和成因，具有魔幻主义思潮变迁的文学思潮历史的意义和后现代"奇幻"美学意义。另外，他们关于城市文化地理空间和农村文化地理空间交流循环的文学写作，从新的独特层面，一方面考察了魔幻主义思潮产生的历史意义和魔幻主义美学意义，另一方面也考察了现代性以来，在工业化和城镇化进程中，地理文化空间交换循环的新问题。特别是后一层面的问题，相对于萨义德的《文化与帝国主义》的论域和深刻性来说，无论从文学理论层面还是从文学文本表征层面，莫言和马尔克斯的探索都具有借鉴和创新的意义。而且，从这三个议题层面，莫言和马尔克斯用其文学作品实践阐明了地理空间和文化空间之间互通、互变的机制和意义，从天然的挟带、自我的变化、本真的发现等层面来看，莫言侧重于在历史的变化中寻找和协商本真自我文化地理空间，马尔克斯则侧重于从天然的挟带中发现变化的力量。

就农村地理空间和城市地理空间的关系而言，西方殖民者所强调的那种以资本主义城市代替农村地理文化空间的想法，实际上，是把农村空间看作城市空间的补充、资源、替代，城市和农村是先进与落后、主体与补充、中心与边缘的关系。其根本潜台词在于西方世界和中国、拉丁美洲也是这种先进与落后、中心与边缘、理性与情感、秩序与混乱的关系。这种社会学意义必然会影响很长一段时间里的文学地理空间想象，如巴尔扎克的《人间喜剧》、福克纳的《喧哗与骚动》，甚至加缪的《局外人》等都是这样。笔者认为，在马尔克斯和莫言的文学作品中，尤其是在莫言的魔幻现实主义文学作品中，由于中国 20 世纪的革命历史事实，莫言的审美追求、整体性思维等元素的作用，他深刻地考量了城市地理空间和农村地理空间倒置的文学地理学意义。实际上，从深层生态学意义上看，首先，与现代社会主导的个体主义和还原论相对立的是整体主义世界观，这种世界观认为，人不是与自然相分离的，而是自然的一部分：包括人在内的所有存在物的性质，是由它与其他存在物以及与自然整体的关系所决定的。其次，强调一种生命智慧，"深广的生态自我"① 实现是人类精神向非人类存在物以至自然整体的认同过程。在自我实现中，人不再是孤立的个体，而是无所不在的关系物；自我实现不只是某个个体的自我完成，同时也是所有事物潜能的实现。最后，平台或原则。地球上人类和非人类的生命福祉与价值并不依赖于非人世界对人类的有用性。生命形式的丰富性和多样性有助于这些价值的思想且有其自身的价值。人类生命和文化的繁荣与人口的大幅度减少不相矛盾。意识形态的改变在于评价生活质量，而不在于提高生活标准等。笔者认为，从这种整体生态论内涵出发，我们可以假定一种社会生态论学说至少以地球作为起点，因而西方理性文化和中国地域文化、拉丁美洲地域文化，以及城市地理文化和农村地理文化等文化空间都是一个整体。各种地域文化空间都是自然和资源的统一体，而不是那种单纯的他者资源。因而在这种统一体中，每一个地域文化空间的实现都是所有相关物潜能的实现，而不是这种掠夺者的单纯实现。同时，这种以生命为基础的各种地域文化空间的丰富性和多样性有助于地域个体价值的实现，并且有其自身的价值。这可以看作在马尔克斯和莫言的魔幻现实主义文学中地域文化接触、融合等理想所预示的地域文化生态学理论的起点。

---

① Arne Naess, "Identificaiton, Oneness, Wholeness, and Self-realization," in John Benson, *Environmental Ethics: An Introduction with Readings* (Routledge, 2000), pp. 244 – 251.

第四章　原始思维与魔幻叙述

　　在审美现代性和理性反思的意义上，魔幻现实主义文学思潮在西方政治、经济、文化他者眼光之内涌现和发展着。马尔克斯、莫言魔幻现实主义小说中奇异的人物形象、故事情节、魔幻世界的塑造和原始思维有着密切的关系。原始思维之所以能够和审美现代性反思联结起来，并成为现代人审美救赎的资源和力量，在于这种前现代思维方式和审美现代性的矛盾，因而，它和后现代性联合形成反思现代性美学的审美资源和社会学力量。这种审美救赎在浪漫主义文学之内已经出现，在超现实主义、魔幻现实主义文学的第一阶段作为审美世界被建构出来，具有其学理合法性。英国人类学家弗雷泽认为，远古人的巫术思维有两类："第一是'同类相生'或'果必同因'；第二是'物体一经互相接触，在中断实体接触后还会继续远距离的互相作用'。前者可称之为'相似律'，后者可称作'接触律'或'触染律'。"① 当然，另一法国结构人类学家列维—布留尔则用互渗律来研究亚洲（包括中国）、拉丁美洲、非洲、大洋洲等地方土著的思维。"可以把原始人的思维叫做原逻辑的思维，这与叫它神秘的思维有同等的权利。……它不是反逻辑的，也不是非逻辑的。我说它是原逻辑的，只是想说它不像我们的思维那样必须避免矛盾。它首先是和主要是服从于'互渗律。"② 他的定

---

　　① ［法］弗雷泽：《金枝》，汪培基译，根据 J. C. Frazer, The Golden Bough, 1922 年纽约版译出，张德兴主编：《世纪初的新声》，《二十世纪西方美学经典文本》（第 1 卷），复旦大学出版社 2000 年版，第 98 页。
　　② ［法］列维－布留尔：《原始思维》，丁由译，商务印书馆 1985 年版，第 14 页。

义是建立在大量材料基础之上的。无论人类学家的思想多么不同，他们都不能绕过列维－布留尔的互渗律所体现的思维结构说：人类中存在着不同的思维结构，它突破了人类只有一种思维模式的狭隘认识。在某种程度上，思维方式改变着话语方式、写作方式和文本面貌。这是我借助原始思维来分析莫言和马尔克斯的魔幻现实主义文本的正当性和原因。因而，马尔克斯和莫言魔幻现实主义小说中那些民族地理文化的风俗细节、民间历史等作品显现"由落后化神奇"了。

一　魔幻人物形象与原始思维

莫言魔幻现实主义文本中一些诡异人物的行为逻辑，体现了先民的思维方式①，其行为的因果逻辑的核心就是通过接触某物或某人，或者某种结构相似来获得行为的原动力，同当下的西方霸权中心主义、理性的逻辑、实用逻辑形成思维距离和美学张力。因而，在世界文学意义上，这些来自边缘民族地理文化文本中的人类学现象，通过审美变成审美现象，并且具有抵抗西方理性霸权审美理想的意识形态的反抗效果和意义。莫言魔幻现实主义小说中有关因接触关系而互渗的神奇片断很多。例如，在《红高粱》中，被日寇抓差的罗汉大爷被殴打后，借助黑衣人的帮助逃窜，因处置"叛国驴"而被抓，但是远在家中的豆官在梦中却能听到他家那两头大黑骡子的叫声，艺术地表现了豆官对被日寇拉走的驴的记忆和对罗汉大爷的关心。罗汉大爷并非豆官的亲戚，善良的主仆和爷孙的亲密接触关系，应当是超越时空的联想连接的原因。莫言借助接触律来联想，生成了符合农民思维和农村孩子叙述的逻辑，同时把爱国主义精神和个人的情感关怀、纯真感情和超时空感知能力链接在一起，并艺术化地汇聚于豆官和"我"的身上，形成豆官和"我"

---

①　这种先民思维方式在某些落后地区现在还大量存在着，如山区、边区等，甚至所有地区的祭祀仪式、节日庆典等内容也含有相似的行为。

的神奇形象。再如，在《生死疲劳》中，蓝脸的母亲去世，私奔在外排演丧葬戏的蓝脸仿佛感到棺材里躺的就是母亲，借助亲密的母子关系形成对母爱的链接，作品使蓝脸这个似有苦衷的"陈世美"体现了一点孝心，复杂了人物的形象和心理，体现了作者对婚姻和婚外恋的理解！等等。无疑，在莫言的文学作品之内，接触律主要发生在有血缘关系或者亲密关系的人之间。这在马尔克斯的小说中也有表现，如雷贝卡背着双亲的骨殖移民，使她总不能摆脱凄苦的命运；霍·阿卡迪奥被谋杀之后，其母亲所做的牛奶出现了虫子，母亲觉得儿子出了问题；家长、家长的母亲、僧人和白驴子通过接触关系给人治病等。相比较来说，莫言主要借助接触律获得了叙述的视角和浪漫奇异的感情与人物形象；马尔克斯主要借此展现了加勒比原始的民族风俗和政治文化寓言。但是，在建构魔幻现实主义美学风格方面，他们的期待却是相同的：在世界文学层次上，这种审美方式的改变和资本主义社会内部反抗资本主义理性审美霸权方式的浪漫主义文学是一致的。有关因相似关系而形成原始思维的例子也有很多。如在《檀香刑》中，孙眉娘暗恋钱丁，借巫婆的法术用交尾的蛇血来为自己的爱情寻找力量，钱丁果然深深地爱上了孙眉娘。其中蛇的先在交配成功的结构关系，被蛇血这一媒介成功地传送给了恋爱双方，最终这个成功结构关系又神秘地保证了钱丁和孙眉娘像蛇一样相爱，体现了相似律的作用，借此塑造了一对多情鸳鸯形象；再如，在《红树林》中，在"文化大革命"期间，张大眼带领金大川、李高潮、林岚等人砸珍珠娘娘庙，被打倒的娘娘像却砸死了张大眼，这是对破坏文物的坏人的惩罚性想象。在建设神像时，在《四十一炮》中，工匠说了肉神像的坏话后感到牙痛，最终祷告求饶、自扇耳光，也就是说，在人的认识中神除了具有神圣的法力之外，还有人一样的情绪，形象地描绘了做贼心虚的俗人和具有七情六欲的神的形象，这两种形象的链接和并置又塑造了具有反讽意味的现代人的形象等。马尔克斯当然也有很好的表现，在《百年孤独》中，阿卡迪奥临刑时想让女儿叫雷梅苔丝的想法，竟然让乌苏娜无形中猜到；还有雷贝卡和阿玛兰塔暗恋意大利商人，让皮列·苔丝娜为其实行法术以求成功。另外，文本中人物的名字、性格、性别几乎以相似的结构关系在循环，如阿卡迪奥、奥雷连诺、乌苏娜等名字等。文本中人物期望借助法术或心灵感应来达到其目的，委婉地表达了他们的风俗和行为以及自我表达方式，在亲人中表达了某种无法说出的激烈感情。当然，必须注意，一方面马尔克斯运用相似律描绘了马孔多的地理文化特征；另一方面，在帝国主义霸权文化的征服下，他和他笔下的精英人物又极力摆脱这种具有相似关系的循环命运——孤独。总之，莫言和马尔克斯在魔幻现实主义小说中运用接触关系、相似关系来表达人物之间心有灵犀和意动世界，尤其在表达亲情、爱情、友情等内容时，传达出一种仿佛宿命般穿越生死、时空的感情形式，塑造了奇特的叙述视角、人物形象和民族地理文化空间。面对文本世界和现实世界中人物的理性化、机械化、哲学性倾向，从自由和情感的意义上说，这种奇异的人物形象是对机械化、理性化的人物和人物形象的救赎和反拨，而这种思维方式则是对理性化、科学化思维的补充和反拨。而且，在和马尔克斯比较的意义上，莫言人物形象的原始思维体现了莫言作为底层老百姓写作的眼光和追求，也体现了中国文学（文化）史意义的突破。而马尔克斯则更加重视在西方和拉美对话的意义上显现民族的记忆和对西方文明他者化的反讽。但是，在个体生命的民族情感形式的复归和突破方面，两者是相同的。总之，老百姓叙述、民族地理文化追求、对西方霸权的审美反抗方式，是莫言在当代科学社会能够成功讲述民族神话的艺术基础和学理依据。民族地理文化精神的追踪和审美方式的反攻是马尔克斯在殖民地文化语境下面对西方读者讲述民族地域神话的内在选择基础。对于马尔克斯和莫言来说，这种依靠接触关系、相似关系塑造的人物形象，不仅是民族地理文化的思维方式的反映，也是民族地理文化的生命存在形式的反映。

二　魔幻故事情节与原始思维

莫言和马尔克斯的魔幻现实主义小说中许多奇幻的情节，之所以给人以震撼，是因为这种非先后因果关系的原始思维的使用。相对于以逻辑思维、思辨思维为特征的侦探小说、批判现实主义小说、启蒙文学等文学形式，两人的魔幻现实主义小说借此提供了一种颠覆性的以旧为新的叙述方式和情节发展模式。例如，在《檀香刑》中，钱丁到高一级官员那里为民间英雄孙丙说情，一路上骑马摔倒、吃饭时摔倒，连官帽也掉进污水坑里，这种小说情节以一种相似的结构隐蔽地决定了孙丙被杀、钱丁自杀、眉娘发疯的悲惨结局。这种情节对主要人物的反讽和全文结构的控制功能，完全是建立在因相似而互渗并发生作用的基础上，透过相似关系的互渗作用，丰富了魔幻故事情节的功能。而赛小脚时，眉娘看到钱丁娘子的小脚败逃；斗须时，眉娘为了公正和爱情，把胜利的砝码抛给了钱丁，暗恋钱丁采用交尾蛇血做法，用臭狗屎做媒介，用鱼打猫却打在钱丁身上，为钱丁治病等，可以说贯穿全篇的被揉碎的爱情故事，就是靠能够接触两人的小脚、胡须、蛇血、鱼、药汤、猪蹄等物质起作用。同一般恋人的"胃文化"不同，依靠接触关系，这些物质在情节中具有了爱情媒介意象的作用，强化了爱情的强度和密度，使爱情情节具有诗意化、神秘化和宿命化特征，提高了魔幻故事情节的民族文化质量。再如，叙述诡异的《四十一炮》中的情节结构可以看作发散性的，而位于中心的就是食、色、财，尤其以食为特殊，小说中罗通和老兰的关系时分时合，野骡子是罗通出走、同老兰打架并分开的原因，构成了罗通的前传；野骡子去世，罗通归来，又因钱和老兰合伙办注水肉厂，最终，因为杨玉珍和老兰关系复杂，罗通杀死了自己的妻子并入狱，罗小通最终逃离"食"海，奔向没有结果的复仇之路。其他人物，如沈瑶瑶、黄朝霞、黄豹等，都是围绕食、色、财等方面展开其故事的。通过食、色、财来接触人物、展开叙述，使揉碎的故事乱中见整。食、色、财也是

《酒国》《十三步》等的中心媒介，通过媒介的接触把故事整合起来：食、色、财不仅是文本人物的生活中心，也是文本故事的情节中心，这种接触关系使故事情节呈现出一种散射状结构等。因相似关系的互渗，魔幻情节也时时存在。在《红高粱》中，冷支队、胶高支队、铁板会的队伍和日寇打作一团，结果，在胶高支队的带领下，情势有所扭转。《狗道》中蓝狗、黑狗、红狗、孩子们等形成混战，结果由懂得关爱他人的孩子取得胜利，暗示着历史的胜者是新生者、正义者。由于相似关系，有关人物的情节和动物的情节形成并置和反讽的空间关系，使故事情节脱离表面的战前—战后的先后时间关系，而向民族地理文化空间的立体场域和意义形态发展。其他如在《檀香刑》中，赵小甲杀猪和赵甲杀人，赵甲杀罪犯和杀革命者，杀妓女和杀无辜者，钱丁拜见官僚和拜见外国人，甚至钱丁与眉娘谈恋爱以及钱丁与袁世凯周旋、钱丁在舞台上唱戏和在刑场上演戏等情节，或在所指层面、象征层面、反讽层面上，它们所表现出的故事情节立体化形态和复义生成效果特别明显，而这一切都是由相似关系的互渗形成的。《生死疲劳》中的轮回情节和社会情节结构等均表现出相似律的逻辑内涵。相似关系、接触关系和魔幻情节结构与情节形态是互相作用的。相似关系作用于故事情节使故事表现出一种立体结构，成为故事的民俗意义和思想意义的生成域；而接触关系则使故事情节表现出跳跃性、复杂性、诗意化、联想性。在马尔克斯方面，在《百年孤独》中，孤独则是故事情节的关系核心。奥雷连诺上校、阿玛兰塔、雷贝卡、霍·阿卡迪奥等所有马孔多的人物都是处于这个孤独之乡的宿命人物。因相似的孤独关系，所有人物的命运均表现出神奇的遗传性和循环性；因接触的关系，所有人物的故事情节都表现出相同的形态和意义。《族长的没落》可被视为政治上孤独的展开，家长的残暴行径、悲惨命运、疯狂情史、神迹等只不过是你来我往的政治场域循环的历史节点，将军被杀和夺权也是如此，其他小人物也不例外。《霍乱时期的爱情》可被视为孤独的大陆板块上爱情的展开，从奥雷连诺开始，阿玛兰塔、雷贝卡、皮埃特罗、阿里萨、阿美丽加等人，不论职业年龄性别等的差异，他们的爱情故事无一例外地在殖民地文化环境中被孤独化、魔幻化了。孤独是马尔克斯魔幻小说中的基本情节，从一种孤独到另一种孤独，这就是原始思维对马尔克斯民族地理文化情节结构的决定性影响。失忆则是马尔克斯笔下的另一种故事情节。相似关系和接触关系是想象性思维特别发达的民族（实际上是全人类的）认识事物的思维方式。通过对其所接触的但没有被其完全理解的事物进行的、建立在人本身喜怒哀乐的行事逻辑基础上的想象，人们认为他们所接触之物具有情感、尊严、面子、情绪、习惯反应等，所以对冒犯者能够进行报复乃至惩罚，这是对非人实在世界的类人秩序的想象。相似关系是"形地法天"的中国道家的"八卦"思维和拉美的巫术思维的逻辑核心，是人类创造类人的神话、天堂的基础，表现出了非凡的想象力。这两种关系在魔幻现实主义文本中的应用，使故事情节具有神奇的民族地理性、文化性、隐喻性、象征性。故事情节反过来又诡异地言说了服从于互渗律的相似关系和接触关系。在反题层面，这符合西方现代性依赖的新颖美学追求，但又与其理性叙述、消费叙述、他者叙述拉开了距离。这种思维方式是建构在民族和个体生命基础之上的，因而从多方面带来民族地理文化世界的生命奇观。原始思维使魔幻现实主义小说的情节设置和发展具有民族地理文化基础和生命美学特征，这是西方理性文化之内的作品所抛弃和贬低的东西，因而，从故事情节方面看，莫言和马尔克斯从民族地域文化阐明了其文学艺术的意识形态立场。

三　魔幻时空与原始思维

从柏拉图到康德，甚至到牛顿和爱因斯坦，时间和空间成为认识世界和美学空间建构的基本矢量，在文学理论层面，尼采、巴赫金和海德格尔等几乎都是在借用古希腊民族神话的时空观基础上重建日常生活、美学世界而获得文学理论的巨大成功的。尽管一般学者都把魔幻现实主义作为一种独特的文学样式、文学思潮来研究，但笔者认为，作为一种文学理论和美学理论，魔幻现实主义实际上已经在文学实践和文学认识方面做出了自己的巨大贡献。当然，魔幻现实主义的文学理论和美学理论的梳理多以播撒的方式存在于著名魔幻现实主义作家的作品和自述之内，也许本书将是魔幻现实主义文论的敲门砖（本书从文艺社会学的层面，在诸多理论层面对魔幻现实主义文学及其思潮进行梳理）。正因为有了与接触关系和相似关系相联系的互渗律，这种人神鬼共舞的环境才容易被理解。接触律保证了生者、死者、神、鬼等的跨时空联系。而相似律则导致了神、鬼、人各世界运行秩序的同构性、相似性。

相对于文学意境、生活世界，文学时空是贯穿中西、古今的美学范畴。它是文学家的文学作品成功和成熟的标志。即互渗律建构了神、鬼、人、兽、动物、植物等不同时间空间的分离、融合及其相互作用，因而形成了一种新的文学世界、美学空间和理论域。一方面，在《食草者家族》的《生蹼的祖先们》中，死亡的爷爷还可以参加"我们"的谈话，起来吃炒蝎子；死去的皮团长还可以对我们的反抗活动进行镇压，而树林中的精怪形象更是诡异；失踪三年的女考察队员还可以再次出现，已经战死的"我"一看到心仪的梅老师就想重新活过来，在草垛中过夜的"我"不断看到那种会笑会说话的刀的形象等。通过接触和相似律，凡是和"我"有联系的和有相似关系的死者、生者、鬼、精灵、怪物等全部合法地出现在文本之中，成为一种审美化、意义化、文化化、地理化的魔幻世界。这同赵树理《小二黑结婚》中的三仙姑、二诸葛被批判的迷信世界形成呼应和区别。其他如在《檀香刑》中，困顿的赵甲在母亲灵魂的指引下认舅、拜师，因此改变人生的轨迹，并成为历史故事的男一号，展开了崇高美学和暴力空间；在《四十一炮》中，佛、鬼、妖暗中和欲望世界中的人活在一个空间，这种色相空间预示了《生死疲劳》《蛙》等现代佛教历史空间的诞生和成熟；在《生死疲劳》中，世俗世界、动物世界、鬼魂世界通过相似关系、接触关系渗透在一起，而土地革命、反右运动、"文化大革命"、改革开放等时间段通过接触关系、相似关系联系在一起，这种纷繁复杂的

154

多重文学时空的建构成就了一个可以无穷变换的叙述视角和叙述者，与卡夫卡《变形记》中的变形人——甲虫叙述视角和有限范围相比，第一人称的叙述视角和范围被无限地扩大，但又被不屈的生命和灵魂贯穿起来。正因为在莫言的文本中，人、神、鬼、兽、植物可以相通，所以文本中的叙事时间和空间可以审美地合法化地穿插、位移、变化、扩张。如《四十一炮》中老兰的物欲世界、兰大官的欲望—禅的世界、精怪的妖界、罗小通的饥饿—食肉—复仇—疯狂—流浪世界等在文本叙述中进行审美的穿插、变形、链接，形成不可具体演说的斑斓世界。借助相似关系和接触关系，以语言、叙述和联想为媒介，文本引导读者在不同时间段、魔幻空间体内进行跳跃、闪回，维持着奇异的审美张力，《十三步》《酒国》等都是这种魔幻时空的集中体现。另一方面，马尔克斯《百年孤独》中的梅尔加德斯具有预测自己生死的能力，更为诡异的是，梅尔加德斯死了几次，由于孤独而到了死神没有发现的地方——马孔多；普鲁登希奥·阿吉廖尔死后感到孤独，害怕新的死亡，终于找老朋友去了；霍·阿·布恩蒂亚最终和已死的老朋友普鲁登希奥·阿吉廖尔聊天，最终在梦中到了另一个世界；阿玛兰塔临死时看到了死神形象，还有许多人得知她要到死人国，就请她给自己已故的亲人捎信，等等。这些也形成了具有相似逻辑的魔幻时空——人、鬼、神的世界。正如学者所言："中美洲的一些印第安部族坚信'二元世界'——即世界分为两半，一半是活人世界，一半是死人世界，彼此可以来往和通信。"[1] "当然，这些带有迷信色彩的生死观并非作家本人的信仰，而是他们采用的一种表现手法，目的是要表现大陆的民族意识。"[2] 超越生死的魔幻时空是拉丁美洲本土人认识事物的方式，这种叙述方式处于西方他者的凝视之下。相比之下，某些中国人也有相似的思维方式——民族地理文化叙述方式，莫言的此类魔幻现实更多地偏向某种寄托和言说的策略，而马尔克斯倾向于

---

① 陈光孚：《魔幻现实主义》，花城出版社1986年版，第100页。
② 同上书，第101页。

对历史实在的回忆描述。法国人类学家列维－布留尔在《原始思维》里指出，一些民族认为："死的确定在我们这里和他们（指原始人）那里是不相同的。我们认为心脏停止跳动和呼吸完全终止就是死了。但是，大多数原始民族认为，身体的高居者（与我们叫作灵魂的东西有某些共同的特征）最后离开身体的时候就是死，即或这时身体的生命还没有完全终结。在原始人那里常见的匆忙埋葬的原因之一就在这里。"[1] "因而正如死和生一样，是由一种生命形态变成另一种生命形态。"[2] "永远在黑暗中威胁着活人的魂、巫术和妖术的无处不有，死人与活人生活的密切接触，——这一切表象的总和，对原始人来说都是取之不尽的情感之源，原始人的智力活动的最重要特征就在这里。"[3] 所以，魔幻现实主义的思维方式具有史前思维的性质，是不能明确区分真相的生动认识。魔幻现实主义是对本民族记忆深处的探索和思维方式的认定和衡量。当马尔克斯、莫言在使用原始思维说话时，实际上，他们还加入了一些时代的、民族的、个人的述说，所以魔幻现实主义的独特时空是原始思维的现代表达、民族言说、个人话语和意识形态。

近代、当代历史的一个特点可以说是西方科技理性占领全球。它比西方资本渗透得更深。按照这种直线上升的理性的历史观，资本主义社会是目前最先进的社会形态；当然，马克思和恩格斯认为，共产主义社会是更高级的社会。不管怎么说，资本主义社会代表着世界上至目前为止最先进的社会制度，在这种观点下，无疑就把西方放在其他地区，如东方、拉美、非洲的先导者地位。而非西方地区就成了他者的地区，正如萨义德《东方学》所揭示的，阿拉伯世界、中国、拉丁美洲、非洲等天然地成为他者。列维—布留尔的《原始思维》用"原始"一词来命名中国人、印第安人等的思维特点，不难看出其中的西方中心论调。而从中国"师夷长技以制夷"中的"夷"以及"洋鬼子""洋人"等的称呼中不难看出一种

---

① 陈众议：《拉美当代小说流派》，社会科学文献出版社1995年版，第101页。
② ［法］列维－布留尔：《原始思维》，丁由译，商务印书馆1981年版，第330页。
③ 同上书，第404页。

对视的目光。西方把印第安民族称为"土著"也有凝视色彩。根据拉康的镜像原理，一个人要获得对自己形象的认识，取决于"他者"的眼光，民族之间、地区之间、乡村与城市等不同文化空间、文化主体亦然。在这种情况下，互相凝视中被浪漫化、神圣化是一种魔幻现实；而妖魔化、丑化也是一种魔幻现实。魔幻现实是不同文化、思维方式的主体空间在相遇和互渗的一刹那间产生的惊诧和逻辑思维暂时混乱的表达。马尔克斯、莫言用它们表现了许多深刻内涵。正如学者利萨·贾丁所认为的："地图并不是对空间地域相对位置的中性表示，即便看似公允的城市地图，也是选择性的描绘。"①莫言、马尔克斯作品中不同时空的描述也不是中性的，它们之间充满了诧异性对话，进而形成魔幻效果。例如，莫言笔下的两种经济体制的相互凝视：勤劳致富的方四婶认为，养鹦鹉的高直楞发的是鬼财，这是农民意识对城市行为、天理良心对实用金钱观念凝视那一刻的魔幻，是人们面对改革开放以来经济成果的失态，是西方霸权文化和中国民族地理文化形成的凝视。在《丰乳肥臀》中，清朝咸丰年间，司马大牙和上官斗针对西方文明侵入势力采取尿屎粪战，为保护东北高密乡的风水而妄图使德军呕吐而死，结果司马大牙死去，上官斗走了铁鳌子；在《檀香刑》中，面对德国人，高密乡人因为坏风水、割辫子、索灵魂等流言形成民间恐怖和谎言，孙丙穿着戏服、树立神坛，念咒、喝神符水号召人们同德国鬼子的毛瑟钢枪、克虏伯过山大炮对垒，这是戏文化和神话文化影响下的必然形式，也是特定时空人们面对异己力量和求生本能而对不可理解的压迫力量的坚硬对话；在《丰乳肥臀》中，司马库指挥姜技师用现代化的气割来切割打水用的冰洞子；在《天堂蒜薹之歌》中，杨助理员私用乡里的吉普车为三家换亲开道，阻挠金菊和高马的恋爱，唆使方家兄弟痛打高马，这两种不同文化的凝视必然会产生滑稽的感觉等。在文化空间层面，莫言笔下充满了中西、古

① 利萨·贾丁：《图绘空间》，彭茨等编：《空间》，马光亭、章绍增编译，华夏出版社2006年版，第102页。

今和城市与农村地理文化空间的对话与交换。马尔克斯笔下的魔幻空间也有其特点。家长认为，鼠疫打退了西方侵略者；智者霍·阿·布恩蒂亚则认为，你可以不害怕上帝，但不可以不害怕金属；阿玛兰塔·乌苏娜和侄子结婚认为非常自然，加斯东却只能离开等。城市与乡村的凝视、东方和西方的凝视、拉丁美洲和西方的凝视，这种不同时空体的对视形成一种惊诧，一种优势质对劣势质的威逼和衡量，另一种劣势质对优势质的对抗，在失衡的价值评价中显示出一种妖魔化和神圣化的失语。非常有意思的是：马尔克斯、莫言的小说文本中比较充分地表露了对对方的妖魔化、丑化，而与之相连的对自己的浪漫化、神圣化则微弱地表现出来，很有意味。魔幻时空的形成与文本内外双方的阅读前见、凝视心理①具有密切的关系。莫言、马尔克斯的国际性在于他们在审视异族文化空间的同时，也对本民族文化空间进行审慎的批判，同时给予美好的期待；莫言、马尔克斯的民族地理文化性在于批判和审视他者文化空间的同时，也对自身民族文化地理空间充满批判，同时将对本民族文化地理空间的批判充分艺术化、美学化，将之融合成独具民族文化特色的人物形象、故事情节和文化世界。

总之，本章通过文本分析和作者自述等，从诡异的魔幻现实主义人物形象、惊世骇俗的魔幻现实主义故事情节、奇幻的魔幻现实主义时空三个方面，论述民族地理文化的原始思维方式对于莫言、马尔克斯魔幻现实主义小说美学风格的建构和促成。其美学意义、文学意义不仅在于提供了诸多令人难忘的人物形象、动人的故事情节、神奇的时空世界，还在于面对西方理性、技术的全球化倾向，这种原始思维方式以文学形式（人物形象、故事情节、魔幻时空）和西方文学形成肩并肩的接触和对话，从而超越西方技术性他者的凝视，在边缘的民族地理文化对话的意义上，确立魔幻现实主义文学的自信身份和世界文学史意义。在世界文学史意义上，莫言和马

---

① 此处主要是指原始思维方式的看与被看。这个过程也是产生魔幻现实主义时空色彩的意义点。

尔克斯魔幻现实主义小说中的人物形象、故事情节、时空世界除了具有特殊的民族地理文化含义外，还在西方浪漫主义文学之内，这种人物形象、故事情节、时空世界依靠其和浪漫主义文学作品返回宗教神秘秩序等层次的继承和超越，以维护自身的审美趋向和追求，因而建构形成莫言和马尔克斯在现代社会讲述民族地域神话的合法性。

第五章　宗教内蕴与魔幻叙述

　　用佛典内蕴来理解莫言的魔幻现实主义小说是魔幻现实主义文学中国式理解的关键。将佛典的文学资源应用于文学不是莫言的新创。但是，在将佛典中的神话资源进行艺术化、象征化、哲理化的文学性探索方面，莫言的魔幻现实主义则塑造了另一个高峰。中国古代"发神明之不伪"的刘义庆的《幽冥录》、干宝的《搜神记》、宣扬因果报应的"三言两拍"、《金瓶梅》《红楼梦》等，都在同一层面上利用并宣扬了佛教文学观念，中国当代作家莫言、陈忠实、张少功、阿来等也有不同的表现。外国作家也有很多将宗教文学资源应用于作品之中的，例如但丁的《神曲》、莫里哀的《达尔丢夫》、托尔斯泰的《战争与和平》、叶芝的《丽达与天鹅》、马尔克斯的《百年孤独》《霍乱时期的爱情》等。鲁迅先生在《古小说钩沉序》中说："大共琐语支言，史官末学，神鬼精物，数术波流；真人福地，神仙之中驷，幽验冥征，释氏之下乘。小间人书，致远恐泥，而洪笔晚起，此其权舆。"[1] "中国本信巫，秦汉以来，神仙之说盛行，汉末又大畅巫风，而鬼道愈炽；会小乘佛教又入中土，渐见流传。凡此，皆张皇鬼神，称道灵异，故自晋迄隋，特多神鬼志怪之书。其书有出于文人者，有出于教徒者。"[2] 由此看来，在对五四运动反封建思想的清理和文学创作源流的框架下，从佛典文学的视角研究小说是有一定的民族文化基础和历史意义的。而且

---

　　① 鲁迅：《鲁迅全集》（第10卷），人民文学出版社1981年版，第3页。
　　② 鲁迅：《中国小说史略》（上）第五篇"六朝之鬼神志怪书"，《鲁迅全集》（第9卷），人民文学出版社1981年版，第43页。

"无论庄、易、禅（或儒、道、禅），中国哲学的趋向和顶峰不是宗教，而是美学。中国哲学思想的道路不是由认识、道德到宗教，而是由它们到审美。"① 由此，儒、道、禅对中国现当代文学、美学和文学理论的意义是不可或缺的。由于篇幅限制，本章将从佛禅内蕴来观照莫言的魔幻现实主义小说的独特风格，并顺便勾连马尔克斯魔幻现实主义的宗教内涵。近代以来，很多文人都有佛教情怀。龚自珍、谭嗣同、章太炎、梁启超、胡适、许地三、史铁生等均有明显的表现。在《刘步蟾画册》序言《蟾宫折桂》（1996.10）中，莫言曾说："世界三大宗教，我感到与佛比较有缘，因为我迷醉佛教那种天花乱坠般的辉煌。"② 在新版《旱魃》序《我的先驱》（2003.8）中说："我认为没有宗教精神的小说，很难成为经典。"③

一　魔幻世界与宗教文学内蕴

（一）魔幻现实世界：人鬼神共舞

莫言在《红高粱》中借"东北高密乡是地球上最美丽最丑陋、最超脱最世俗、最圣洁最龌龊、最英雄好汉最王八蛋、最能喝酒最能爱的地方。"④ 这句话奠定了他的东北高密乡的文学世界的基调。随后又借《食草家族》中叙述人的身份说："总有一天，我要编导一部真正的戏剧，在这部剧里，梦幻与现实、科学与童话、上帝与魔鬼、爱情与淫荡、高贵与卑贱、美女与大便、过去与现在、金奖牌与避孕套……互相掺和、紧密团结、环环相连，构成一个完整的世界。"⑤ 进一步明确了他的魔幻世界的逻辑：人鬼神共舞。从整体性混合艺术世界到斑斓的想象力，在文学创作上，莫言有更多和

---

① 李泽厚：《庄玄禅宗漫述》，《中国思想史论》（上），安徽文艺出版社1999年版，第219页。
② 莫言：《说吧·莫言：北京秋天下午的我（散文随笔集）》，海天出版社2007年版，第326页。
③ 同上书，第404页。
④ 莫言：《红高粱家族》，解放军文艺出版社1987年版，第2页。
⑤ 莫言：《食草家族》，当代世界出版社2004年版，第93页。

更具体的表现。在《食草家族》中，《生蹼的祖先们》叙述"我"进入红树林，一路上革命、复仇、被枪决，和死亡的人战斗，同失踪的人裸体谈话，和精灵游戏，简直无所不能，进入一个极具想象力的魔幻世界，莫言借此世界来想象、考古祖先的历史；在《复仇》中，红树林中的和尚鸟，防毒蛇的芦苇笛声，丑陋的祁书记和爹，被引诱手淫的大毛、二毛及他们母亲的幽灵，形成一个极具想象力的魔幻世界，透露出了"文化大革命"记忆、个人恩怨、生活寓言等意味；而此前的《狗道》则渲染了一个人、狗混战互吃的超现实世界，并借此对战争和人类的命运进行思考；在《四十一炮》中，罗小通、兰大和尚、五通神、肉孩、妖精的雷雨之夜：人、神、佛、妖俱全，梦一般地连接着社会历史，借此复杂世界的塑造来达到对过度欲望化的现实世界和人物命运的戏拟和反思等。莫言的此种作品有两类：第一，通篇都是超现实世界，如《十三步》《酒国》等；第二，随机塑造超现实世界，如《檀香刑》《四十一炮》《生死疲劳》《球状闪电》等。但是无论哪种情况，这些人、神、鬼共舞的魔幻世界作为文学作品的一部分，相对于五四运动以来文学作品之内的庸俗迷信部分，是以戏拟、想象和文字游戏的手段作为文本反讽人类的丑陋和批判社会的机械化的审美质而存在的；在中西、古今、农村和城市的对话维度之内，它们是以民族地理文化独特表征和心理、审美意识形态存在的；在神性和理性的时代思潮的辩证运动中，它建构了莫言甚至马尔克斯（主要资源为基督教和马孔多本土宗教）魔幻现实主义小说的陌生化和美学张力。

在"因缘生法"的逻辑下，佛典及其文学是把文字的神魔世界当作真实来塑造，并借此宣扬佛典教义和佛陀神迹，实证成佛之路的。"特别是大乘佛教创造出超现实的、玄想的境界，佛传随之增添了更多的幻想内容。佛陀逐渐成了超人。他乃是永恒佛法的化身，活动完全不受时间、地点限制。"① 孙昌武先生的评价印证了佛传文学的超现实主义特点。佛典及佛家文学塑造人鬼神共舞的超

① 孙昌武：《佛教与中国文学》，上海人民出版社2007年版，第8—9页。

现实主义世界的例子很多。例如，《法华经·譬喻品》载：

> 譬如长者，有一大宅，其宅久故，而复顿弊。……屎尿臭处，不净流溢，蜣蜋诸虫，而集其上。虎狼野干，咀嚼践踏，（齿齐）啮死尸，骨肉狼藉。由是群狗，竞来搏撮，饥羸慞惶，处处求食。……处处皆有，魑魅魍魉，夜叉恶鬼，食啖人肉……于后宅舍，忽然火起，四面一时，气炎俱炽，栋梁椽柱，爆声震烈，摧折堕落，墙壁崩倒，诸鬼神等，扬声大叫。……恶瘦毒虫，藏窜空穴，毗舍暗鬼，亦在其中。薄福德故，为火所逼，共相残害，饮血口敢肉。野干之属，并已前死，诸大恶兽，竞来食口敢。臭烟火逢焯，四面从塞，蜈蚣蚰蜒，毒蛇之类，为火所烧，争走出穴，鸠槃荼鬼，随取而食。又诸饿鬼，头上所然，饥渴热恼，周章闷走。其宅如是，甚可怖畏，毒害火灾，众难非一。……①

这段描写所体现的鬼、神、兽、人交错出场的世界及其想象力，很容易让人联想到莫言《四十一炮》中罗小通、兰大和尚、妖精一起论禅的场面，以及《酒国》中丁钩儿、女司机、金刚钻等决斗的场面。再如《西游记》中人所共知的超现实世界等。佛典在夸张中创造出了另一个世界，这是一种夸饰、想象力的精神信仰，而决非只是修辞层面的运用。莫言的夸饰、想象试图创造一个建立在东北高密乡之上的超越时空的世界。他们都借此超现实的魔幻世界演说他的对宇宙、人生、社会、历史的观点。莫言的高密乡魔幻世界由文字的人、神、佛、鬼共舞的世界走向审美化、哲理化、喧哗化的超现实世界，其目的在于审美和反讽，并践行他作为老百姓写作的宣言；佛典中三界共舞由文字的演说走向真实化、考证化的超现实世界，其目的在于树立成佛典范和道路。但是，他们都是为人

---

① 《大正藏》第9卷，第14页上—中，选自孙昌武编《佛教与中国文学》，上海人民出版社2007年版，第43—44页。

类和世界寻找出路和思想的。正如《魔幻现实主义》所说："中美洲的一些印第安部族坚信'二元世界'——即世界分为两半，一半是活人世界，一半是死人世界，彼此可以来往和通信。"① 莫言的东北高密乡、马尔克斯的马孔多同佛典中超现实世界异曲同工。列维-布留尔认为："永远在暗中威胁着活人的魂、巫术和妖术无处不有，死人可以与活人生活的密切接触，——这一切表象的总和，对原始人来说都是取之不尽的情感之源，原始人的智力活动的最重要特征就在这里。"② "因而正如死和生一样，是由一种生命形态变成另一种生命形态。"③ "简而言之，看得见的世界和看不见的世界是统一的，在任何时刻里，看得见的世界的事件都取决于看不见的力量。"④ 毫无疑问，莫言、马尔克斯的魔幻现实主义世界同佛教世界，甚至道教世界，基督教等宗教世界的创生逻辑和修辞手法是相似的，其根本的秘密在于文字的创世纪作用。其区别在于，佛教世界里有一个全能的神，他统治着一切，具有启示性、完满性、理想性的特点；而莫言的东北高密乡，则只是一片烂泥，任何事物都只是暂时的，神佛也具有其领域（如阎王），具有实在性的特点，它和马孔多世界一样，都是带有深刻反思性的公共审美世界。其区别性在于，莫言描绘了鬼魂找替身（《战友重逢》），鬼魂和人战斗（《四十一炮》）、鬼魂转生轮回（《生死疲劳》）等世界，马尔克斯描写的鬼人混杂世界相对单一但也有其特点，例如，梅尔加德斯作为鬼魂可以随其所愿随时拜访他的老朋友，并且能够找到躲避其已移民的老朋友，还会出现眼睛不好的情况，并在老朋友愿意时带他走。这种加勒比鬼魂并不像中国鬼魂那样，可以做游魂，他们要经过阴间的洗脑转生，才能重新投胎成人。加勒比鬼魂则是在特殊情况下以同样的名字、面貌、性格重新以生命的形式借助后代的身份回到这个家庭之内。这种人、鬼、神、兽世界和中国古代的小说世

---

① 陈光孚：《魔幻现实主义》，花城出版社1986年版，第100页。
② ［法］列维-布留尔：《原始思维》，丁由译，商务印书馆1981年版，第404页。
③ 同上书，第330页。
④ 同上书，第418页。

界有所关联，也同西方古希腊的神话世界有所关联。总之，如果说马尔克斯的人、鬼混杂世界在于从拉丁美洲民族地理文化来寻找和确立民族身份和历史，着眼于西方理性世界殖民主义的反题；那么，莫言的人、神、鬼、兽混杂的世界，虽然也着眼于中国民族地理文化来寻找民族身份和历史，显然，莫言更多地借助这种民族地理文化的神奇混合世界的语言和逻辑，反思种的蜕化，并反思和建构民族叙述方式、生存方式和生命形式。

（二）兽道、地狱与魔幻荒原

佛典中有关地狱的描写很多，说法不一，但总体上是恐怖、混乱、没有任何幸福①，并平衡俗世颠倒的因果关联。例如，《西游记》中对十八层地狱的描写：

> 吊筋狱，幽枉狱，火坑狱，寂寂寥寥，烦烦恼恼，尽皆是生前作下千般业，死后通来受罪名。……血池狱，阿鼻狱，秤杆狱，脱皮露骨，折臂断筋，也只为谋财害命，宰畜屠生，堕入千年难解释，沉沦永世不翻身。一个个紧缚牢拴，绳缠索绑，差些赤发鬼，黑脸鬼，长枪短剑；牛头鬼，马面鬼，铁铜铜锤，只打的皱眉苦面血淋淋，叫地叫天无效应。——正是人生却莫把心欺，神鬼昭彰放过谁？善恶到头终有报，只争来早与来迟。

再如《大目乾连冥间救母变文》对阿鼻地狱的描写：

> 其阿鼻地狱，且铁城高峻，莽荡连云，剑戟森林，刀枪重叠。剑树千寻，似芳拔针刺相楷，刀山万仞，横岩乱倒。……疾疾空中乱下，穿其男子之胸。锥钻天上旁飞，剜刺女人之

① 夏广兴：《冥界游行——从佛典记载到隋唐五代小说》，《中华文化论坛》2003年第4期。

背。铁杷踔眼，赤血西流。铜叉刮腰，白膏东引，于是刀山入炉炭，髑髅碎。①

当然，佛家文学中的地狱形象是为了宣扬因果报应、佛法无边的佛教思想的，这是人世间公平正义的又一超越性堤坝。莫言小说《狗道》中日寇洗劫后的高密乡尸体满地，狗食人，人食狗，人的战场最终被厮杀的狗占据，一片旧中国的荒原景象——类似于畜生道。最终还是豆官等几个儿童无私互助，才歼灭了狗群，夺回人的家园。佛教思想里也有人作恶而堕入兽道，而从地狱走出、免入兽道的关键就是为善减业，不同的文本面貌表现出了相似的叙事逻辑。《酒国》中的金刚钻、余一尺等为所欲为，沉浸在欲望之河，而金元宝、孙大牙夫妇等人出卖自己的儿子作为菜肴被人食用等，这些情节从字面上、修辞上都是恐怖的、地狱式的，但也挟带着寓言的现实。《四十一炮》中兰大官欲海泛舟、罗小通疯狂吃肉、奇异的肉食节，为欲望而狂欢、为欲望而死等，文中的人物几乎都沉浸在酒色之中，没有人思考这样活的原因以及是否有更文明的活法。总之，从想象、恐怖、无望、救赎之道、叙事逻辑等方面看，莫言魔幻现实主义小说中的荒原形象与佛典及其文学中的地狱和兽道两者有很多相似点。由此看来，马尔克斯的《百年孤独》《族长的没落》，福克纳的《喧哗与骚动》，卡夫卡的《变形记》，莫言的《狗道》《酒国》《檀香刑》《四十一炮》《生死疲劳》等都可以被称为"地狱文学"。其文学意义、社会意义只能从尼采的反作用、齐美尔的相互影响来理解，在殖民文学和魔幻现实主义文学背景下，它从反方向指明了人类发展、生命完善的陷阱。这种叙述方式和美学追求在但丁的《神曲》和吴承恩的《西游记》、兰陵笑笑生的《金瓶梅》中都有所显现，当然，在佛典文学里也有所显现。相对于神灵存在和恐怖美学的文学世界，莫言和马尔克斯的人鬼神关系是在上帝离我们远去的地方的复归，因而鬼神灵韵和后现代去

---

① 李建东：《西游记的佛教思想》，《河南社会科学》1997 年第 2 期。

魅、地域政治意识形态书写与地理文化表征等交织在一起。不管怎么样，在战争、饥饿或者瘟疫所造成的魔幻荒原里，在关注生命完善和世界建构方面，他们是一致的。

二　魔幻情节与宗教叙事

莫言魔幻现实主义小说那种天马行空、奇异诡秘的想象力从哪里来？这一直是个秘密。除了生长于田野的莫言无拘无束的想象力之外，联系恢弘的佛典，我们可以看到一点迹象。当然，此举只是证明他的创作的民族文化根源，以及他如何利用佛教故事资源形成他的魔幻现实主义文学特色的。当然，马尔克斯故事情节的组织能力也明显地与基督教、加勒比地区宗教有着密切的关系。

（一）变形情节

在现代文学中，提起人物变形的名作就是卡夫卡的《变形记》和契诃夫的《变色龙》。在变形情节方面，从精神志怪变形到社会志怪变形，莫言也有不俗的表现。在《十三步》（1989）中，方富贵在讲台上过劳死，被送入殡仪馆、逃出，被殡仪馆化妆师做手术，换脸成为张赤球活着，履行对方作为父亲、丈夫的角色，同时失去自己的家庭角色，结果是因不堪忍受现实的丑陋、良心的自责而最终自杀。这是一个有趣的变身现象，遗憾的是变为另一个人却没有获得额外的幸福，仍然在悲痛之中死去。而文本故事若隐若现的讲述者是一位在笼中食粉笔头的以猴子为身份的人，这个人虽然会说话，但在精神上、外形上却是人的变形。莫言借助语言塑造的变身形象述说着生存的困难、言说的曲折和生命的逃遁之路。再如，在《幽默与趣味》（1992）中，王三写书、生活，在诸多压力之下变成一个雄性猿猴，在树枝上爬来爬去，受到孩子们的击打，儿子小三只好无奈地保护"猿猴"。妻子和儿子最终用水果、酒将"猿猴"诱捕。精神异化带来身体的变形借此合成了一部心酸的喜剧；而在《酒国》（1993）中袁双鱼沉溺于酿酒而使自己变为猿猴

（精神上、生活上），因沉迷于自己的欲望而变形；小宝等一些孩子被自己的父母和食客变为肉孩——成为一种可口佳肴，因他人的欲望而变形，揭示了"吃人"主题；《马驹横渡沼泽》中的马驹变为女人，成为小男孩的妻子，触犯禁忌后又变为云烟飞逝，十分诡异地联系到家族起源的乱伦主题等。总之，莫言变形情节的性质有：自变和他变，身体的变化和精神的变化；变形内容有变为他人、动物、佳肴等几种；变形形象既有文中的人物，也有叙述者；变身情节都具有象征、寓言的性质，这些奇幻的情节都演说着生存的苦难、人类的悲哀和民族起源等深刻内容。当然，卡夫卡《变形记》（人变为动物）、蒲松龄的《促织》（人变为蟋蟀）、契诃夫的《变色龙》等都有寓意深刻的变形情节，相比之下，莫言则综合了他们的资源并有自己的特色。另外，佛典中也有相关的变形情节。例如，在《贤愚经》中，"时舍利佛便升须达所敷之座。六师众中有一弟子名劳度差，善知幻术，于大众前咒作一树，自然长大，阴覆众会，枝叶郁茂，花果各异。众人咸言：'此变乃是劳度差作。'时舍利佛便以神力作施岚风，吹拔树根倒着于地，碎为微尘。……舍利佛化作为一大六牙白象，其一牙上有七莲花，又一牙上有七玉女……时舍利佛即便化作金刚力士……时舍利佛便化作一金翅鸟王……时舍利佛化作狮子王……时舍利佛自化其身，作毗沙门王……"①再如《西游记》中唐僧被变为老虎，白骨精把蛤蟆、蛇、蝎子等都变为食物，孙悟空之七十二般变化等。由此看来，由于神话思维，佛典中变形内容有：变化为人、动物、植物、龙等，变化种类更多，且连续变化，情节更曲折。当然也有自变、他变之分，但是其叙述却是更加直线化、通俗易懂。总之，变为异物是它们共同的特点。同佛典中神仙变为异物张扬自己的法身和本质自我相比，变为异物之后失去自我则是莫言变形情节的特点和关心的事实，其主体是人，变形叙事的逻辑是反讽和控诉。在佛典及其文学

① 《大正法藏》第4卷，第420页中—下，选自孙昌武《佛教与中国文学》，上海人民出版社2007年版，第219页。

自变的现象中，多在变化为异物之后，变化者找到了自己的法力和存在，至少是在变形中解脱了当下的困难，其主体是神，变形情节的叙事逻辑是炫耀和颂祷。这也许就是神变和人变的区别。更重要的是，在莫言这里，变形为猴子是自《西游记》以来中国看戏文化的奇异核心；而变形为肉孩子是自《狂人日记》以来中国食人文化的内在本质（其含义并不限于灾荒和兵变之时）。马尔克斯小说中的变形总是关联改变对象的性质、生命状态，如来自巫师一样，来自帝国资本、家长及其母亲的力量可以改变世界、生命的性质、方向，孤独、失忆症和废墟是他们最糟糕的产品。变形情节在马尔克斯的作品中大多以反讽的形式存在着。急就章和理性思维使马尔克斯将变形情节意识形态化、反讽化，西方文明也失败地占据这个位置（如折翅天使等）。因而，马尔克斯的作品中没有像莫言那样直接出现大量内涵丰满的变形情节，但是独孤症在病理层次上替代了这种生命的变形。

（二）飞天情节

佛教典籍及文学中飞天的情节很多。"巨鹿有旁阿者，美容仪。同郡石氏有女，曾内睹阿，心悦之。未几，阿见此女来诣阿。阿妻极妒，闻之，使婢缚之，送还石家。中路，遂化为烟气而灭……"[①]一个姑娘追求自己心仪的男人，面对困境化气而飞。在《西游记》中，取经成功后，唐僧师徒四人皆成正果而飞天等。在道教思想之内，也有"拔家飞升"的故事（得道之人唐公房全家飞升避难的故事）。飞升的佛典故事很多，有佛缘的人修成正果的佛、罗汉都是要白日飞升的。飞升是故事情节的高潮、化解尘世无法化解之矛盾的关键点。飞翔的目的从来都是与自由、幸福相连的东西，飞翔的状态、姿势、过程都具有通向理想、自由的性质。因此，佛典中的飞天情节迟早总是个喜剧，总能得到来自更高世界的补偿，只要你是

---

① （宋）李昉等：《太平广记》（四），卷三五八，中华书局 1959 年版，第 2830 页。

善良的、美丽的、修行的人。莫言的飞天情节则是另一种情况。在莫言《翱翔》①中，在换亲中，杨花将嫁给哑巴，燕燕将嫁给洪喜，为了自己的幸福，拜完天地之后，逃婚的燕燕开始像一只鸟儿一样飞起来。逼婚的家人、丈夫、警察连续追捕，她最终被击中、没能永远保持飞翔的姿势。相比之下，莫言的飞翔情节具有悲剧色彩，飞天的情节最终还要回到现实的大陆上。再如，在《丰乳肥臀》中，三姐决定嫁给恩人鸟儿韩，由于战争，鸟儿韩被抓往日本，三姐相思成病变成了鸟仙，在巴尔特、司马库等作降落伞试验时，她幸福地从山崖跳下勇敢地追寻自己的幸福去了，鸟仙的飞翔变成了感伤的诗歌。司马粮为了表明自己的男子汉风格，随沙枣花一前一后从高楼上跳下，沙枣花殒命，司马粮拍打身上的伤痕重新站起来做人，用生命书写爱情和自由也许是女人的命；在《红树林》（1999）中珍珠飞翔过两次：第一次，在酒店里工作时被食客调戏，珍珠奋力从高楼的窗户里跳出，几乎死去。这是她为了自己的自尊和纯洁而飞翔；第二次，被大虎等人强奸之后，在精神恍惚之中，珍珠和弟弟一起被台风刮起来，被传说为飞翔的神话，最终莫言还是借助女神给这个姑娘以生存下来的希望，飞翔是暂时的，世界是现实的，沉重的自由和自尊话题使珍珠飞翔的神话具有死亡、谎言等悲剧、滑稽性质。其他如在《酒国》中被撞死的叔叔像鸟一样飞起来；《马驹横渡沼泽》中的妻子因丈夫触犯禁忌变形而飞逝等。为了自己的幸福、自尊、自由等，这些男男女女在绝望之时都会选择纵身一跃。所不同的是，佛典中的飞天大多是喜剧，飞天情节的主体也是超人、圣人、仙人；莫言的飞天情节只有飞翔的动作、欲望，这些被损害的俗人（多是女人和软弱的男人），结果不是与死亡擦肩而过，就是血肉模糊，或者变为匿名的传说。他的飞翔情节只能是个悲剧，或者是个滑稽剧、荒诞剧。不错，飞天是一个神话！马尔克斯笔下的俏姑娘不是也手抓着床单飞走了吗？像阿拉伯人坐在飞毯

① 莫言：《苍蝇·门牙》，上海文艺出版社2000年版，第263—273页。

上一样安详;《一个长翅膀的老头》① 中神秘的折翅老头终于飞走了,等等。这些奇异的主人公为什么要飞呢? 这种魔幻之谜只有被损害的灵魂和生命才能真切地知道。飞天情节是马尔克斯、莫言对民族神话最深刻、最富有意味的模仿和设计。

(三) 转生和轮回情节

在莫言的《战友重逢》中,赵金回家看望战友时看到有人过河,大家用树枝决定是否阻止那个人过河:如果那个人被淹死,战友就可以转生。文本到最后才显露出这几个人都是战死的士兵的魂魄。文本初步运用了转生情节,借此转生的欲望显露出牺牲的战士想家、想老婆的感情,唤起一段历史和对英雄、军属的关心。在《夜渔》中,当"我"即将被水吞没时,那个陌生的善良女人救了"我"的性命,并相约在南洋再见。当"我"长大之后,果如其言,"我"在南洋的一个商场里见到了另一个"她"。因为转生,她已不记得当时的事情。小说借转生宣扬了一种神秘的聊斋气氛和因缘逻辑。当然,转生的大规模应用是在《生死疲劳》中,直接提到转生的句子有"……西门闹,知道你是冤枉的。世界上许多人该死,但却不死;许多人不该死,偏偏死了。这是本殿也无法改变的现实。现在本殿开恩,放你生还。"② 莫言借转生报应之说,来探讨公平总是受制于一定的历史和个人的事实。阎王殿下知道西门闹没有做坏事,但是仍然让鬼卒油炸他,还骗他说让他转生,结果六世转生也没有改变西门闹的记忆。再如,"六道轮回中,多少人吃了父亲,多少人又奸了自己的母亲,你何必那么认真?"③ 面对西门金龙指挥的扎鼻环的行动和毒打,西门牛开始反思六道轮回的合理性。尽管我们可以说,六道轮回是对俗世不平等事实的补偿和平衡,但是这种更高的正义循环结构受制于俗世生命的现实行为,因

---

① 《世界文学》编辑部编:《当代拉丁美洲短篇小说集》(《世界文学丛刊》第八集),中国社会科学出版社 1982 年版,第 198—205 页。

② 莫言:《生死疲劳》,作家出版社 2006 年版,第 4 页。

③ 同上书,第 182 页。

此，更高的正义结构被因果逻辑拉平了。这是阎王、西门牛不得不考虑的问题。显然，莫言是在利用六道轮回的情节构架，用西门闹的感受不断颠覆六道轮回的转生思想，并注入历史的意义。纵观全篇，土改时西门闹被枪毙，自认为开明、仁义的西门闹极不服气，在阴间不听从阎王的转生安排，历经驴、牛、猪、狗、猴、血友病人六世转生轮回，最终仍然没有忘记自己的不平经历，身体改变但精神不改，不愿意忘掉公平去幸福地生活。同马尔克斯与失忆症战斗相反，莫言这里的问题是偏执的记忆问题，一方面生活在偏执的色相历史之内是不可能放下历史的重压而感受幸福的，另一方面，因为个人的小幸福而忘记历史的公正也仿佛有一定的问题。因此，莫言及其文学人物在佛教的历史观和俗世的历史观之间徘徊。通过轮回，莫言获得了自己对历史理性的思索、动物叙述视角等文学的资源，把社会历史和人类正义放在动物的天平上加以衡量，从叙事视角和伦理方面，冲决俗世世界的人类中心主义。恰如莫言在《中国小说的传统——在鲁迅博物馆的演讲》（2006）中所说："今年初，我出版了长篇小说《生死疲劳》。其思想资源是佛教的六道轮回。这也是我与拉美魔幻现实主义小说的正面交锋。"[1] 莫言此话不虚，从政治主题、人物形象、时空逻辑、叙述视角和历史断定、故事情节、平民视角等方面，《生死疲劳》更加明确和全面地展开了其魔幻现实主义艺术世界。尤其是这种动物变身叙述视角在佛典文学以及《聊斋志异》之内被片段地显现，但是，这样系统集中典型的展现，莫言是又一个高峰。其他如在《丰乳肥臀》中，司马库被枪决时宣称20年后又是一条好汉，借此显示草莽人物的生活信仰和性格复杂性；在《四十一炮》中，女麻风病人哭坟埋怨自己哪辈子杀牛造成自己今世患麻风病，屠户黄彪，从一只老奶牛看到自己老娘转世的眼光，于是他善待老牛，养活老奶牛一辈子，以报效母恩，等等，这些都借托生情节和因果报应展示文中人物朴素的佛

---

[1] 莫言：《说吧莫言：恐惧与希望（演讲创作集）》，海天出版社2007年版，第186页。

教人生观念。总之，莫言的魔幻现实主义小说有的直用转生情节表达了高密乡人朴素的生命观和生命态度；有的借用转生轮回情节的构架，表达其对历史、改革、公平等元话语的质疑和思索。在后一种情况下，轮回和转生情节已经由宗教目的的言说主体变为魔幻现实主义文本中的审美目的的言说客体，其审美意义、哲学意义、文学意义在于转生和轮回情节的去魅、反讽。其转生轮回情节践行了"作为老百姓写作"的宣言，同时获得了民间叙事的动物性内在角度，也使其直接或间接的魔幻主义小说可以再次直面马尔克斯的魔幻主义。尽管莫言扬言民族神话是他摆脱马尔克斯的出路，笔者认为，实际上，民族地理文化的普遍悲悯和生命反思才是莫言追赶和超出马尔克斯的真正向度，从讲什么到怎样讲、怎么样三个角度，莫言都把魔幻现实主义与中国的民族地理文化结合在一起。

　　佛典文学中的转生轮回情节很多。昙无谶《大般涅槃经》卷一五上说："何等名为阇陀伽经？如佛世尊本为菩萨，修诸苦行，所谓比丘当知，我于过去作鹿、作罴、作獐、作兔、作栗散王、转轮圣王、龙、金翅鸟、诸如是等行菩萨道时所可身受者，是名阇陀伽。"① 这里介绍的就是佛陀在久远的往世或为人，或为各种动物修行轮回的故事。其他还有目连母亲因生前吝啬而堕入地狱等一般人轮回的故事，金禅子修行转生的故事，等等。它们表现了佛慈悲为怀、自利利他、自我牺牲、劝人为善的观念，悲壮而感人、以出世的思想来教化现实中人走向彼岸世界，并以此为最高真实。莫言显然改造了转生轮回的情节，既为自己的魔幻现实主义故事情节增加了奇异色彩，又符合受佛教思想影响的国人的接受心理，在技术世界保持了自己魔幻现实主义的亮色。相对于莫言，马尔克斯从以下几个方面改造了加勒比地方宗教和基督教情节为自己的魔幻现实主义叙事服务。第一，本土宗教的循环情节，在加勒比海本地印第安部落的本土宗教之内，灵魂可以隔代同名、同面貌、同性格出现，

_____

　　① 《大正藏》第12卷上，第452页，选自孙昌武《佛教与中国文学》，上海人民出版社2007年版，第12页。

带有循环的性质，马尔克斯在《百年孤独》中借此塑造了布恩蒂亚家族的循环命运，以及马孔多世界的循环命运，它和马孔多世界在帝国资本玩弄下形成的循环、停滞的社会政治、经济、文化等现实形成不同的圆圈，因而在马孔多世界里总是存在这样或者那样的圆圈。第二，爱情情节。热带雨林气候、丰富的物产、浪漫自由的地方宗教气氛，使本地人生活在自由结合的恋爱情节之中，但是随着帝国资本的入侵和城市化进程的日益加深，马孔多世界的爱情已经由原来的精神家园变为金钱的竞技场和时代孤独症的避难所。所以，在马尔克斯笔下诸多人物无穷的爱情面相之下，我们所体验到的不是自由的爱，而是灵魂的痛苦和外在的寄托。这方面集中表现在《霍乱时期的爱情》里。第三，创世情节和行神迹情节。马尔克斯将《圣经》中的创世纪、出埃及和行神迹的情节修改并移植到自己小说中：家长的命令可以改变"狗打架区"的落后状况，家长的话可以改变自然现象和时间，具有创世纪的性质；霍·阿·布恩蒂亚将因躲避鬼魂的打扰而带领妻子和志愿者离开原来的部落开辟马孔多，具有出埃及的性质；家长和家长的母亲，僧人和白驴子可以治疗触摸到自己的人的疾病，因而具有行神迹的性质，而且，白驴子的效果明显好于僧人；白衣老人像天使一样飞翔，最终作为宠物被收养，等等。从《百年孤独》到《家长的没落》《霍乱时期的爱情》等作品，马尔克斯从围绕《圣经》里的基本故事情节出发，从反讽和戏拟等层次暗中征用《圣经》中的故事情节。总之，马尔克斯在建构民族宗教地理文化的故事情节叙事特点的同时，对西方基督的宗教地理文化叙事机制进行了戏拟，对之进行审美意识形态化的处理，因而使马尔克斯的民族宗教文化故事情节充满了张力和陌生感。

其他还有爱情符咒、生死仪式、惩恶、离魂等情节都有某种契合之处（在马尔克斯和莫言的魔幻现实主义小说里都有形态各异的表现）。

从文学社会学意义出发，马尔克斯和莫言文学作品中宗教故事情节的征用，一方面具有魔幻现实主义作品反讽和戏拟等艺术质料和审美意识形态元素的基本作用，另一方面，这种宗教故事情节还具有日常生活美学的意义，他们借助这种民族地理文化本体宗教的生活方式识别和建构了自己的民族身份，同时，其国家独立、民族身份、政治利益、经济地位等方面在受到打击的时候，他们自我选择和沉浸于民族地理文化宗教生活之中，寻求生命的意义和灵魂的平衡依靠。如刘小枫所论："超世宗教通过超越的彼岸和景观，为现实的属于人类的不安提供了安心立身的处所，通过超世身份获得的福乐弥补现世身份的受损。由此引导出的伦理不仅可以一定程度地缓解、平衡社会冲突，也可以降低公共生活秩序中强制性合作的程度。"① 这也说明了，在现代社会生活中，作为社会层面的生活伦理秩序宗教重建的重要意义。

三　魔幻现实与宗教观念

佛典及其文学中有"四大"② "色不异空，空不异色；色即是空，空即是色"③ "因果相续"④ 等思想观念，除了一些思想糟粕外，它实在是民族文化艺术的一个思想宝库。莫言自称和佛教最对眼，因而在莫言的魔幻现实主义小说中分析佛教观念，具有坚实的学术基础。马尔克斯的魔幻现实主义小说与基督教和哥伦比亚本地的宗教关系紧密，他的作品自然带有非常丰富深刻的宗教观念。联系莫言和马尔克斯的魔幻现实主义小说文本，下文仅从生死观、酒色观两个方面分析他们的联系。

（一）魔幻现实主义小说的宗教生死观

关于佛教的生死观往往给人悲观厌世的感觉。其实这是误解。

---

① 刘小枫：《现代性社会理论绪论——现代性与现代中国》，上海三联书店1998年版，第527页。
② 陈耳东、陈笑呐、陈笑英编著：《佛教文化的关键词》，天津古籍出版社2005年版，第16页。
③ 同上书，第61页。
④ 同上书，第21页。

175

"佛经《增一阿含经》记载，释迦牟尼谈到转轮王统治的社会情况时说，那时候世界上土地平整，如镜清明；谷物丰饶，遍地皆生甘美果树；时气合适，四时顺节，人身康乐，少病少恼；富足如意，食不患苦；欲大小便时，地自然开，事已复合；金银珍宝，散在各地，与瓦石同流；人民大小平等皆同一意，相见欢欣，善言相向；言辞一类，而无差别。为实现这种理想社会的各种努力，就是'庄严国土，利乐有情'。"① 这段描述让人想起老子"小国寡民"的生活和陶渊明的桃花源、柏拉图的理想国，不过更加理想化——物质极端富有和精神非常和谐。再联系佛教的"救赎""度化"等关键词，及以"我不入地狱，谁入地狱"闻名的地藏菩萨在《地藏菩萨本愿经》②中发愿要救度地狱一切灵魂等，我们可以看出佛家的生死观：不轻生，只是厌恶充满罪恶的俗世，提倡度己度人等思想。正如在1955年3月8日，毛主席会见西藏宗教领袖时所说的："我们要把眼光放大，要把中国、把世界搞好，佛教教义就有这个思想。佛教的创始人释迦牟尼主张普渡众生，是代表当时在印度受压迫的人讲话。为了免除众生的痛苦，他不当王子，出家创立佛教。因此，信佛的人和我们共产党人的合作，在为众生即人民群众解除压迫的痛苦这一点上是共同的。"③ 同样，历史上很多著名人物都是佛教徒，他们都信奉佛教的生死观，为了人民群众的利益，勇于献出自己的一生甚至生命，如"化作春泥更护花"的龚自珍、章太炎等。"……其后龚自珍受佛学于绍升（《定庵文集》有《知归子赞》，知归子即绍升），晚受菩萨戒。魏源依然，晚受菩萨戒，易名承贯，著《无量寿经会译》等书。……谭嗣同从之游一年，本其所得以著《仁学》，尤尝鞭策其友梁启超。启超不能深造，顾亦好焉，其作著论，往往推挹佛教。康有为本好言宗教，往往以己意进退佛说。章炳麟亦好'法相宗'有著述。故晚清所谓新学家者，

---

① 陈耳东、陈笑呐、陈笑英编著：《佛教文化的关键词》，天津古籍出版社2005年版，第31页。

② 同上书，第68页。

③ 同上书，第31页。

殆无一不与佛学有关系。而凡有真信仰者，率皈依文会。"① 综上所述，从佛典和佛教信仰者现实生活的实践来看，毫无疑问，佛教的生死观还是表现出了出世、积极的一面，至少是死生一体化的，而不是重死轻生。佛教的重生思想从释迦牟尼开始就非常明显，他与尼采把生命从僵硬的理性、伦理、宗教、社会、文化等解救出来的思想是一致的，这两种思想与齐文化的豪迈粗犷一起构成了莫言魔幻现实主义文学思想的生命内核。从《红高粱》到《蛙》，莫言作品都无一例外地体现了重视生命和生命崇拜的思想，这些主人公的生命强力具有两方面审美内涵：一方面表现救度自身和别人的强力生命精神，另一方面通过救度自身和别人表现出强大的生命原力。无疑，莫言的强力生命精神至少有两种资源：尼采的强力生命和佛教的度己度人的强力生命。

莫言魔幻现实主义小说里的相关佛教生死观也表现出了两个方面。首先，为了他人、大众的利益而奉献自己生命的度人思想。最有意思的是历史上谭嗣同就是以佛教生死观来指导自己的。"他在这个时期写成的《仁学》中，尖锐地批判专制制度的'纲常明教'，号召人们'冲决'举凡利禄、俗学、君主、伦常之一切'网罗'，提倡以大无畏的气概为革新事业而斗争。而他提出这套理论，正是以佛家学说为真理极诣，把启蒙时期的资产阶级民主思想用佛教的语言加以表达。这可以说是发挥佛教哲学中的积极的辩证的因素为现实斗争服务，也可以说是近代维新派利用佛学理论来论证自己的主张。他提出舍身以救众生的理想，以为灵魂不死故不畏死，并用自己的牺牲实践了这些观点。"② 正如学者对谭嗣同的评价，谭嗣同的生死观和他的行为包含了积极的佛教思想要素。相对于鲁迅《药》中的"夏瑜"，从就义到人血馒头都带有"佛""以身饲虎"的性质，正是这些革命者的前赴后继，中华民族才一步步地向前走。莫言《檀香刑》中的谭嗣同、钱壮

---

① 梁启超：《清代学术概论》，上海古籍出版社 2005 年版，第 83 页。
② 孙昌武：《佛教与中国文学》，上海人民出版社 2007 年版，第 158 页。

飞两位也是这样做的。谭嗣同说服钱壮飞为了民族大义而刺杀袁世凯，事情败露后，谭嗣同慷慨就义，作为袁世凯的红人钱壮飞也因不屈服强权而被凌迟处死。赵甲的刀和莫言的笔使钱壮飞死得轰轰烈烈，消解极端的血腥和冷酷，恰如佛教观念：死亡不过是死亡，死亡是另一种生的开始，没有什么可忧虑的。从灵魂上讲钱壮飞永远活着，他死的痛苦但绝不后悔。连赵甲这样的杀人状元也为钱壮飞感到骄傲。在受难的那一刻，谭嗣同、钱壮飞就是佛，六君子都是"以身饲虎"的佛。莫言除了塑造知识精英的英雄之外，还塑造了农民英雄。如《檀香刑》中英勇受刑的孙丙，"窝窝囊囊活千年，不如轰轰烈烈活三天"[1] 正是孙丙生死观的写照，面对侮辱和 27 条人命，孙丙"结交义和拳，回来设神坛，扯旗放炮，挑头造反，拉起一千人马，扛起土枪土炮，举起大刀长矛，扒铁路，烧窝棚，杀洋人……"[2] 从民间崛起一种力量，靠天理意气为核心的民间戏文化精神同德国鬼子的海盗文化相对抗。并且，造成孙丙投降的直接原因是钱丁提出的"如果你能牺牲自己，保全乡亲们的性命，你就会流芳千古！"[3] 总之，在孙丙的心目中保全乡亲的生命总是高过一切的，他随时准备献出自己的生命。持有这种生死观的还有《红高粱》中的余占鳌、罗汉爷爷、二奶奶，《高粱殡》中的胶高支队队员，《狗道》中甘愿被狗吃掉以拯救伙伴的王光，《战友重逢》中在自卫反击战中牺牲的战士；《酒国》中的丁钩儿；《红树林》中的马刚及一些老革命战士；《檀香刑》中的乞丐朱八、小山子等；《四十一炮》中的罗小通等，他们面对强权、暴力、欲望等挺身而出，为了老百姓的利益、历史的正义不惜受苦，甚至献出自己的生命。因此，虽然一个偏向现实的福利，一个偏向彼岸的幸福，但是这种精神和佛教普度众生的精神实质是共同和共通的。其次，具有一点悲观主义的生死观。《天堂蒜薹之歌》（1988）中的金菊面对父亲被撞

---

① 莫言:《檀香刑》，作家出版社 2001 年版，第 14 页。
② 同上书，第 12 页。
③ 同上书，第 336 页。

死、母亲被捕、未婚夫高马有案在逃、自己即将生产，不愿让孩子进入这个艰难的生活里，最终上吊自杀。金菊的自杀有心理脆弱、现实困难、无助等原因，此外，死是人生之解脱，根本就不要出生是人生之极乐的佛家思想在特定的时刻确实发挥了作用。其他如《狗皮》中绝食而死的二奶奶恋儿、《欢乐》中高考落榜自杀的永乐等，这些情节从某种程度上揭露了人生的苦难和无奈的选择。

相对来说，马尔克斯魔幻现实主义小说中诸多主人公在其民族宗教和基督教的影响下，一方面，一些人趋于看破生死，看重生命的质量和自由，例如，阿玛兰塔、阿里萨、阿美丽加、雷贝卡、可列斯比、乌苏娜等。阿玛兰塔这个善良的姑娘，在其陷入孤独之前，她有积极的生命态度，她依靠和雷贝卡、雷梅苔丝等人的竞争以获得自己的生命质量，由于其完美主义思想和自视甚高，结果，她也陷入了孤独之中，没有接受外来的西方文化，以自己民族宗教的方式离开了世界。另一方面，一些人受传统部落文化首领精神和基督教耶稣精神的影响，不乏献身精神，如奥雷连诺上校，一生战斗无数，只是为了人民和国家的未来，但是，他在殖民地文化中并没有实现自己的梦想，从此也自我困居在实验室之内。当然，除了这种为了崇高的目的而献身的精神之外，也有为了个人的目的而献身的精神，如阿里萨为了心中爱人费尔米纳等了几十年，尽管在华发时相遇，尽管他已写了 245 本爱情记录，有 622 次逢场作戏，他还是抛开女大学生和繁忙的业务，立即奔向费尔米纳。为爱而献身的人还有意大利商人可列斯比、雷贝卡、家长等人。为爱而献身的类型包括上半身爱情和下半身爱情，为爱而献身的人物类型包括男人和女人，青年人和老年人、已婚的人和未婚的人。笔者认为，相对于莫言的"生命崇拜"倾向，不妨把马尔克斯这种对爱情的广泛描写称为"爱情崇拜"倾向。这种倾向笼罩着加勒比民族地理宗教文化的生命观氛围。当然，在《丰乳肥臀》中，莫言表现出对基督教精神的拥抱和排斥的矛盾创作心态。在这方面，莫言和马尔克斯的表现除了相同之处和差异之处（上文已论述，此处略过）外，扭曲《圣经》文化的西方殖民文化的"欧洲（白人）中心"的生命观念显然被两位作家加以极力讽刺和戏仿，但是，在《圣经》中所表现的怜悯和尊重生命等真正的基督教生命文化精神方面，两位作家都以和本民族文化观念结合的方式给予借鉴和推崇。从"遗忘症"到"种的蜕化"的担忧，从"生命强力突围"到"爱情沉溺症"的深入分析，除了服务于民族地理文化和宗教形态与"西方中心论"对话的意识形态之外，我们还可以体会到浓厚的民族地理文化宗教的生命观念和生存方式。

（二）魔幻现实主义小说"反抗沉溺酒色"的观念

从张扬生命力大旗到反抗沉溺酒色观念，莫言变化了许多，同时，两者之间尽管存在着张力，但是并不矛盾。莫言的文学担忧在于，生命强力如果和沉溺酒色直接贯通将造成对于国家和个人等的极大破坏。在《酒国》中，莫言首先塑造了一种惊人大菜——肉孩，即把小孩子收购来，由厨师制成专门的菜肴，供金刚钻等腐败分子挥霍，同时有神出鬼没的色鬼余一尺，善于做肉孩菜肴的特级厨师岳母，酿酒疯子袁双鱼教授等，借这些形象，作者鞭挞了沉溺酒色的欲望王国，侦探丁钩儿在侦破"食婴案"的过程中也不慎掉入欲望之河而牺牲，暗示着这是一场艰苦卓绝的反酒色战争，而小肉孩们的集体造反，则提供了反抗沉溺酒色的希望。反抗沉溺酒色观念的另一集中点是《四十一炮》，罗通、罗小通因喜爱吃肉，走上了和老兰合作的道路——开办肉联厂、放开吃肉。但最终又因老兰和杨玉珍的关系不明，导致罗通杀死妻子，罗小通也走上反抗阴险、毒辣的老兰的道路，四十一炮显然是针对酒色欲望符号老兰的，但罗小通在流浪之后，发现老兰一伙的欲望更加疯狂，五通神、肉神成为大家崇拜的偶像，肉食节、肉食文化被发展出来。罗小通从老革命夫妇那里获取精神资源，继续进行反抗酒色欲望的斗争。莫言在《用自己的情感同化生活——与〈文艺报〉记者刘颋对谈》（2003）中自评说："起码我觉得是对现在社会人的变态的夸大的欲望的一种批判，罗小通在吃肉上表现出的病态和夸大，以及肉神庙、肉神节，就是人的非正常欲望的表现。和尚的性史，就是对现在泛性的批判。"① 也印证了此种观点。《十三步》《红树林》《丰乳肥臀》《生死疲劳》等借助在酒色面前颓败的方富贵和张赤球、大虎四兄弟、上官金童、司马粮、西门金龙等的异化形象来获得消解酒色的观念。当然，莫言也曾借酒色来张扬文本中人物的生命力和酒神精神。《红高粱》中余占鳌酒壮英雄胆，和戴秀莲、恋儿爱得死去活来，并借此塑造了草莽男女，展现了齐鲁儿女的强力生命；但是从《天堂蒜薹之歌》之后，莫言对这些沉溺酒色的人物是极端厌恶的。例如，除了上述《酒国》《四十一炮》之外，《丰乳肥臀》一方面借酒色塑造了司马库、沙月亮等草莽英雄形象，另一方面借助酒色揭示了改革后一些暴发户的荒淫无耻，如独乳老金、上官金童等；《红树林》也借酒色塑造了恶少和腐烂的官员形象等；《檀香刑》把酒色放在俗世尘缘和政治反讽之间；《生死疲劳》则把色相放在中心位置，在西门猪、西门狗等的世界里展开等。所以，我们可以稳妥地说莫言的文本是重视生命力量的，但是弃绝沉溺酒色的，即在文学社会学意义上，莫言担忧强力生命和沉溺酒色结合的生命悲剧。因而，佛教反抗沉溺酒色观念的文学象征和表现是莫言解决《红高粱》与《酒国》之间矛盾的手段，《四十一炮》是这种社会、思想和艺术张力的一个高峰形式。正如莫言用《檀香刑》来艺术地解决《红高粱》与《天堂蒜薹之歌》之间的矛盾一样，《四十一炮》与《檀香刑》的差别就是莫言解决其艺术世界矛盾的一条线路之内的两种方向；《红树林》则是莫言《红高粱》之梦的又一次绽放。生命强力的张扬与反抗酒色观念结合，反映了莫言魔幻现实主义小说中生命张扬精神的两个方面，也反映了莫言通过佛教禁欲观念对其文中尼采强力生命精神的当代可能的消极方向进行反思、融合和禁止。

李世民因少林寺护驾有功而开了酒戒，之前他是反对佛教徒饮

----

① 莫言：《说吧莫言：作为老百姓写作（访谈对话录）》，海天出版社 2007 年版，第 89 页。

酒的，佛教可以说是以弃绝酒色闻名的。僧人有五戒，甚至 348 戒（比丘尼戒）之多。五戒是梵文"Pancnsila"的意译，指佛教在家和出家弟子众生共同遵守的五个戒条，它是一切戒的基础。五戒包括：第一，不杀生；第二，不偷盗（也叫"不与取"）；第三，不邪淫；第四，不妄语；第五，不饮酒类。《大乘义章》卷十二："言五戒者，所谓不杀、不盗、不邪淫、不妄（语）、不饮酒，是其五戒也。此'五'能防，故名为'戒'。前三防身，次一防口，后之一种防身身口，护前四故。'"① 详参《佛教文化关键词》中的戒律篇。再如《离欲品》中一段："尔时才女众……往到太子前，各进种种术：歌舞或言笑，样眉露白齿……太子心坚固……不能乱其心，处众若闲居……"② 这段佛陀作为太子的生活，体现了佛教离世弃淫的思想。佛教弃绝酒色所体现出来的歧视、厌恶女性的反女性主义立场是应该得到批判的。综合两者，我们可以看出佛教徒弃绝酒色，是为达到出世成佛的目的；相似的佛典文本较多，不再列举。莫言尤其是后期的莫言，在重视人间的情爱和生活幸福的基础上，是反对沉溺酒色的。相对于莫言小说中这种民族地域文化的欲望观念，马尔克斯小说的欲望观念则是另一种面孔，由于热带雨林气候、自由婚姻观念、殖民地文化等因素的影响，色相生活被马尔克斯及其主人公当作躲避孤独生活的安乐窝，当然，在其极端之处，这种爱情沉溺重新成为孤独的某种形式（同时成为对抗西方扭曲《圣经》的基督教禁欲观念的反题）。在关注生命质量和守护生命意义的处所，莫言和马尔克斯是一致的。必须提到的是，在马尔克斯的《百年孤独》里，唯一提到对酒色欲望拒绝的地方，是从基督教修女菲兰达的奇异婚姻生活方式和梅梅的修女生活等故事叙述展开的，在这方面，马尔克斯虽然没有完全收敛自己对基督教文化的批判和反讽，但是，从某种程度上讲，在这里他相对真实地展现

---

① 陈耳东、陈笑呐、陈英呐编著：《佛教文化的关键词：汉传佛教常用词语解析》，天津古籍出版社 2005 年版，第 89 页。

② 《大藏经》第 4 卷，第 7 页上—中，选自孙昌武《佛教与中国文学》，上海人民出版社 2007 年版，第 196 页。

了基督教"拒绝酒色欲望"的观念。

当然，莫言的文本中还有因果报应、人生虚无等其他佛教观念。文本中的佛教观念与本色的佛教观念相比，莫言显然进行了改变，并给予艺术和人性的展现。在产生神奇魔幻色彩的同时，借助此类神奇的人物、情节来表达对人类、历史的哲学思考、现实关怀和艺术尝试。其他还有佛教"八识"的观点与莫言的天马行空的感觉直接化语言也有密切的联系。当然，道教、基督教等宗教文化和文学资源也和莫言的小说文本具有或明或暗的密切关系。

总之，在文本分析和作者自述的基础之上，首先，本章探讨了莫言魔幻现实主义文学世界所显现的宗教文学内涵，佛教文学从人神鬼共舞的魔幻现实世界、兽道和地狱两个方面，为莫言的魔幻现实主义艺术世界提供了思想和内涵资源。印第安本地宗教也为马尔克斯的魔幻现实主义小说提供了艺术质料。基督教的时空特点则是两位作者魔幻艺术世界创作的共同资源。其次，通过变形情节、飞天情节、转生和轮回情节等方面证明，在故事情节和叙述策略方面，莫言的魔幻现实主义文学的奇异叙事风格主要得益于佛教、基督教等文学中的神幻叙事元素，马尔克斯的魔幻现实主义文学的奇异叙事风格则主要得益于印第安本地宗教、基督教等文学中的神幻叙事资源。最后，莫言的魔幻现实主义小说的生死观、反抗酒色观念与佛教、基督教、道教等文学的生死观、禁欲观念等存在着紧密关联。马尔克斯魔幻现实主义小说的生死观、反抗酒色欲望观念相对较弱，只体现在与基督教文化正面接触的某些故事叙述之内，相反，由于印第安本地宗教对生命和爱情等的推崇，马尔克斯的魔幻现实主义小说表现出一种泛神论、滥情论等观念。因而，莫言和马尔克斯魔幻现实主义小说的艺术世界、故事情节叙述、文化观念等方面的艺术成因，一方面和反思全球化语境下世界宗教基督教观念有关，另一方面也和他们各自的民族宗教文化资源（佛教、道教和印第安宗教）及民族地理文化表征关系密切。

第六章　变态心理与魔幻叙述

纵观心理动力学、行为认知、社会文化、生物—心理—社会等变态心理学的模式和流派的观点，有关变态心理学一般有两面的理解：病症，很严重的程度，可能需要进入医院治疗，较多地涉及病人；病态，很普遍的语言、行为现象，大多数人在某种条件下会产生不可避免的行为。本章所讨论的就是后一种。之所以讨论莫言和马尔克斯文本中的变态心理学现象，是因为莫言和马尔克斯小说诡异、神奇的魔幻现实主义文学现象较多地体现了变态心理学①内容。变态心理学作为一门学科已经存在，其研究的资料有些还涉及文学现象。比如弗洛伊德有关俄狄浦斯的精神分析、拉康的变态心理语言分析等。本章将涉及与莫言、马尔克斯魔幻现实主义小说联系紧密的三个层面的研究：作者的变态心理及其文本影响；文本中的变态人物形象；病态的叙述者。由于篇幅问题暂不涉及病态读者——窥视者。在一般情况下，心理正常和异常的判断标准有：第一，以经验为标准，如美国心理学家斯可特（Scott，1968）。第二，社会常模和社会适应的标准，如当代美国的柯尔曼（Coleman，J. C.，1980）。第三，病因和症状存在与否的标准。第四，统计学标准②。并且，不同流派的观念和划分逻辑并不十分统一。所以主要借用某

---

① 由于分析研究莫言魔幻现实主义小说奇异人物、文本、情节等论题的限制，本章将不涉及常态心理学。显然，莫言的小说中仍然具有常态心理学的文学意义的研究价值。

② 详见张伯源、陈中庚编著《变态心理学》，北京科学技术出版社1986年版，第3—6页。

些概念及其症状描述文本现象，分析其中的规律性现象。莫言在
《轻轻地说——〈童庆炳大书〉序言》中说："这本大书的雏形，
是十几年前童老师在鲁迅文学院给我们讲授创作心理学时的讲
义。"① 又在《我想做一个谦虚的人——答〈图书周刊〉陈年问》
（1999）中说："我的小说里没有完人，不论男女，都是有缺点的，
正因为他们有缺点，才显得可爱。"② 这两个史料说明用变态心理
学来研究莫言的小说也是有一定的心理学和美学依据的。同样，由
于文化视差和孤独等原因，马尔克斯魔幻现实主义小说也充满了奇
异的人物形象、故事情节和艺术世界，它与变态心理学也有丰富而
深刻的联系。

一　魔幻叙述与作者创伤经验

莫言的童年正好处于自然灾害和"极左"政策造成的饥饿年
代，莫言多次自述童年生活里充满了孤独和饥饿，莫言的作品里也
充满了与饥饿和孤独相联系的奇异描写。马尔克斯的加勒比殖民地
历史、欧洲流浪生活、孤独体验、印第安文化等经验，也在其作品
里得到了丰富的体现。

（一）魔幻叙述与孤独宿命

莫言在《饥饿和孤独是我创作的财富——在斯坦福大学演讲》
中自述道："当我成为作家之后，我开始回忆我童年时的孤独，就
像面对着满桌子美食回忆饥饿一样。……因为我很小的时候已经辍
学，所以当别人家的孩子在学校里读书时，我就在田野里与牛为
伴。……我想跟牛谈谈，但是牛只顾吃草，根本不理我。……我想
跟白云说话，白云也不理我。……在这种情况下，我首先学会了想

---

① 莫言：《说吧莫言：北京秋天下午的我（散文随笔集）》，海天出版社2007年
版，第370页。
② 莫言：《说吧莫言：作为老百姓写作（访谈对话集）》，海天出版社2007年版，
第5页。

入非非。这是一种半梦半醒的状态。许多美妙的念头纷至沓来。我躺在草地上理解了什么叫爱情，也理解了什么叫善良。……有一次我对着一棵树自言自语，我的母亲听到后大吃一惊，她对我的父亲说：'他爹，咱这孩子是不是有毛病了？'……所以当我开始我的作家生涯时，我自己为自己起了一个笔名：莫言。"① 莫言十岁辍学，在家放牛三年多，过着孤独的生活。他喜欢读书，通过讨好邻居家的小女孩以交换《封神榜》来阅读，暗恋对方，但是对方认为莫言能写出像《封神榜》那样的书才嫁给他。这段经历在莫言的记忆里打下深深的烙印。莫言在《作家一辈子干的一件事——在京都大学的演讲》（1999）中认为："一个作家一辈子可能写出几十本书，可能塑造出几百个人物……这几十本书合成的一本书就是作家的自传，这几百个人物合成的一个人物就是作家的自我。"② 根据心理学的投射和补偿作用，可以看到文本中所体现的莫言饥饿和孤独的意识和无意识痕迹。

1. 孤独的文本人物

"投射作用也是一种常见的基本的心理防御机制。是指个人将自己所不喜欢的或不能接受的，而自己却具有的性格特点、观念、欲望或态度等转移到别人身上，说是别人有这种性格、恶习或恶念。所谓'以小人之心，度君子之腹。'"③ 笔者认为，借此可以解释有趣的文本现象。孤独的人物经常在莫言的文本中出现。短篇小说《枯河》（1985）中小虎子因为玩耍砸伤了小珍子，结果被书记、父亲、母亲等殴打，最后孤独地死于野地，没有人知道其实这不是他的错——是那个被砸伤的小女孩的错误导致小虎子的死亡；《弃婴》中（1986）一个可怜的女婴被抛弃在即将下暴雨的野地，"我"把她抱回，但是无法找到她的位置；《拇指铐》中阿义为多

① 莫言：《说吧莫言：恐惧与希望（演讲创作集）》（上卷），海天出版社2007年版，第46页。
② 同上书，第15页。
③ 张伯源、陈中庚编著：《变态心理学》，北京科学技术出版社1986年版，第63页。

病的母亲抓药，被特务反铐在树上，最终只能咬断手指逃脱；《铁孩》中无人照顾的铁孩，在大人忙着工作的时候，到处流浪，以铁为食；《翱翔》中因不想换亲而逃婚的燕燕化作飞人在坟墓上空无助的飞翔；《屠户的女儿》中一个残疾女孩自述没有父亲的日子；《麻风的儿子》中张大为因被人瞧不起，割麦后吃牛粪充饥；《老枪》（1985）中一个男孩神秘地死在狩猎中；《白狗秋千架》（1985）中暖一个人生活在哑巴的家庭里；《金鲤》中小姑娘金芝为救女作家而掉入湖中化为一条金鲤鱼；《夜渔》中只剩下"我"一个人的生死之旅；《幽默与趣味》中王三孤独地化为一只猴子，等等。长篇小说中也有这样的形象。《红高粱家族》中"我"爷爷余占鳌被抓往日本北海道一个人生活十几年；《酒国》中面对杀婴案，丁钩儿孤身侦探，最后淹死在欲望之河；《十三步》中张赤球出去做生意，一个人逃到野地里；《丰乳肥臀》中上官玉女一个人默默地生活、默默地死去，后半部上官金童生活在孤独之中；《檀香刑》中尘埃落定之后眉娘一个人生存着；《四十一炮》中罗小通一个人孤独地流浪；《生死疲劳》中西门动物每次转生都是孤独地离开，等等。不管是现实的人物形象，还是象征的人物形象，他/她们由于某种原因都处于一种孤独的状态。他/她们缺乏关爱和理解，他/她们不怕寒冷，甚至靠吃铁、牛粪等维持生命力。奇妙的想象力是他/她们的天国。所以，在选材、塑造人物上，莫言把童年这种不愉快的孤独经验有意识或无意识地投射到诸多作品中的人物形象上，甚至直接将自己童年的孤独经验作为文本中人物的生活材料，在折磨和思索幼小、无助的人物中表现了一种病态美的追求和补偿。相对于此，马尔克斯在小说中也塑造了众多的孤独人物形象，如奥雷连诺上校、雷贝卡、阿玛兰塔、梅尔加德斯、阿卡迪奥、阿里萨等，从创作心理学角度看，这与马尔克斯长期的求学经历、旅欧期间的孤独生活有关，这些孤独生活经验和殖民地孤独的文化状况一块促成了孤独人物形象。追忆历史生活是马尔克斯和莫言孤独生活经验进入文学作品的相同方式，童年历史追忆和现实生活追忆是马尔克斯和莫言孤独生活经验进入文学作品方式的区别。

从生活经验到文学经验的变化和方式方面来看，莫言和马尔克斯从民族生活经验和地域文化经验两方面通过魔幻现实主义作品提供了"投射心理"的有意义的文学案例。

2. 狂欢场面和爱情书写

"补偿作用（Compensation），一个人在生理上或心理上有某种缺陷，可能是实际存在的，也可能是想象的，因此用种种方法来补偿这种缺陷，以减轻其心理的不适感，称为补偿作用。"① 在莫言的魔幻现实主义小说中，孤独补偿有两方面表现：首先，狂欢场面的描写。莫言文本中的狂欢场面很多。莫言的酒神精神内涵，在一定程度上体现了狂欢场面对孤独童年的补偿作用。例如，在《红高粱家族》（1987）中，《红高粱》中余占鳌、豆官、王文义等在墨水河伏击日军：用耙阻止日军军车，在伏击日军中，王文义听到枪声就怀疑自己的脑袋掉了，消解了血腥和刻板的英雄形象；《高粱酒》中的酿酒场面：在酿酒时，失恋的余占鳌往酒里撒尿，结果制成了上等高粱酒；《高粱殡》中戴秀莲的出殡日，铁板会、胶高支队、冷支队、日军的连环血战：大家互相算计，结果螳螂捕蝉黄雀在后，形成一种混战和狂欢；《狗道》中人、狗大战：狗像人一样聪明，狗食人、人食狗，充满荒唐意味；《狗皮》中日军血洗村庄：恋儿被轮奸的场面，日军士兵被写得怯懦、仿佛是身体办了坏事而不是精神等。对这些血腥的战争场面，莫言用狂欢化的语言进行有趣的描写，表现出一种顽童心理；用往上帝的金杯里撒尿的精神来书写战斗场面，战争就是大众游戏；而这些人生和社会的观察与思索正好弥补了莫言在创作中那种孤独的童年所积淀的童年无意识。再如《四十一炮》中老兰的妻子去世的祭奠仪式：使用的冥币是两刀黄表纸和一百元奠金，亿元为单位的冥币，由姚七带来的唢呐班及念经的和尚各七人；有冥府银行，传统纸扎老匠人送来两匹与真马等大的纸

---

① 张伯源、陈中庚编著：《变态心理学》，北京科学技术出版社1986年版，第65—66页。

马，来福、阿宝童男童女两个纸人，还有一棵摇钱树；嬉皮士打扮的艺术院校女肄业生送来纸奥迪 A6 小轿车、巨大的纸电视机、纸音响、西装革履的男纸人和穿裙子的女纸人；吹鼓手们吹奏《妹妹你大胆地往前走》《何日君再来》《小放牛》等。在奇异的文化大联欢中满足了莫言在创作中排除孤独的无意识。其他还有《十三步》中方富贵从火葬场里死里逃生，张赤球和方富贵交换面貌、家庭；《丰乳肥臀》中雪集、司马库在胜利之后的戏曲表演，飞行实验，司马库被枪毙等场面；《檀香刑》中十四个行刑场面等。凡是场面描写，莫言都像装扮节日一样，进行游戏化处理，当读者沉浸在狂欢的氛围之中时，莫言也偷偷地在一边张牙舞爪。当然，借此莫言也趁机对革命历史、中西文化融合等内容发言，然而，莫言多次成功地采取这种狂欢的话语方式，而不是采取别的方式，本身就意味着一种补偿作用。相对于莫言这种相反方向的补偿方式，马尔克斯的魔幻现实主义小说中也存在着这种大量的狂欢场面描写，如枪杀"奥雷连诺上校儿子""美王悲剧""香蕉工人消失事件"、马孔多的消失等（《百年孤独》），家长的爱情、屠杀、后宫生活，家长母亲的神迹等（《家长的没落》），阿里萨的爱情、乌尔比诺的死亡、船长的被迫害等（《霍乱时期的爱情》）等。这些狂欢场面描写，除了和西班牙文学的夸饰风格有关外，也与马尔克斯长期的孤独生活和拉丁美洲长期的孤独情况有关，从作者创作心理学来看，它们带有马尔克斯孤独生活经验的补偿色彩——因为这些奇异的生活场面代表着马尔克斯的民族身份依靠和文学身份资源。其次，爱情描写的补偿作用。莫言的童年对邻居女孩的爱怜在挫折中被压抑，莫言也在《神秘的日本与我的文学历程——在日本驹泽大学的即席演讲》（1999）中自述道："前几天，一位记者曾经问我，在我的小说中为什么会有那样美好的爱情描写。……我说我实在想不出我的哪篇小说里有过美好的爱情描写。……我回答记者的提问，说如果你认为我的小说中有美好的爱情描写，我自然很愿意承认，要问我为什么能写出这样美好的爱情，其根本原因就是我没有谈过恋爱。一个在爱情上经验丰富的人，笔下的爱情一般地说都是索然无味的。"① 莫言的这段话和童年的初恋受挫经历是有一定联系的，它在文本中的反映也应该在某种程度上存在着。莫言的作品表现爱情的描写是很多的。在《白狗秋千架》中，暖作为"我"的恋人，在一次荡秋千中，弄坏一只眼睛，最后不得不嫁给一个哑巴。而"我"则进城做了教授，神秘的白狗让我们相遇，不怪"我"的暖戴上假眼和我在玉米地里约会，希望我能让她生个会说话的孩子。在《天堂蒜薹之歌》（1988）中，金菊和高马相恋，被父兄阻挠，眼看将要成为眷属，但是父亲被撞死，母亲、高马又被卷进蒜薹事件中被捕，结果金菊自杀，一段撕心裂肺的爱情只能阴阳两隔。在《翱翔》（1991）中，燕燕不想嫁给换亲丈夫，结果化为飞人在坟墓上空飞翔；在《丰乳肥臀》（1995）中，鸟仙和鸟儿韩相恋，因为战争二者分离，鸟儿韩十八年后归国只看到一抔黄土；在《红树林》（1999）中，林岚和马叔青梅竹马，由于金大川搞恶作剧、林万森势利等造成两人分离，林岚经过白痴丈夫、乱伦、官场沉浮，才伤痕累累地说好和马叔在大墙内外守望。在《檀香刑》（2001）中，嫁给傻子赵小甲的孙眉娘和钱丁产生婚外恋，由于孙丙事件，结果丈夫、公公、父亲、兄弟、情人相继死去，怀着情人孩子的她发疯狂奔。在《四十一炮》（2003）中，罗通和野骡子发生婚外恋，一场疾病，一切结束。在《生死疲劳》（2006）中，西门金龙和黄互助、蓝解放和黄合作、蓝宝凤和常天红等都是初恋相好，但是各种原因分开了他们。总之，虽然莫言小说中爱情描写寄寓着各种意义，但是就爱情的本体叙述来说有一个贯穿的结构：热恋——阻挠（由于时代、战争、金钱等原因）——各自嫁人（嫁的丈夫一般不好，且生活质量很差）或生死分离的悲剧。这完全合乎莫言热恋邻居女孩——女孩嫁给铁匠，成为三个孩子的母亲——永远分离的恋爱

---

① 莫言：《说吧莫言：恐惧与希望（演讲创作集）》，海天出版社 2007 年版，第 24 页。

模式。由此看来，尽管莫言笔下的爱情描写有各种变形和负载，但是，悲剧爱情模式在某种意义上成为莫言初恋受挫、男弱女强、结局悲惨等模式的投射体，而那奇绝的爱情描写在一定程度上也成为莫言不愉快的爱情经历的某种无意识的补偿。这种反复书写的爱情模式在写作中加强了莫言的初恋记忆，同时又在心理上补偿了他的缺憾，而且也是对西方理性中心扭曲的基督教禁欲文化的解构。马尔克斯的独孤无意识则在文本人物形象的民族地域文化心理的认同和批判中得到排解，同时在其爱情沉溺中得到补偿。相对来说，马尔克斯的孤独经验主要来自于个人、民族面对外在侵扰的孤独存在经验，其无数的爱情描写成为孤独的秘密形式和幸福替代物被显现。换句话说，对于马尔克斯来说，爱情描写的沉溺意味着民族地理文化的爱情方式和生活圆圈的政治补偿，另外，在隐秘的精神补偿方面，马尔克斯以民族精英的身份，通过对哥伦比亚民族秘史的追踪和窥探来弥补精神遗忘症缺憾。莫言则是通过中华民族男男女女的强力生命的描述和追忆来弥补"种的蜕化症"的忧虑。总之，将作者的孤独经验和文本中的孤独经验、狂欢场面和爱情抒写间接或直接地关联起来，从某种程度上显现了生活经验到艺术经验的流变。同时，这种孤独的经验并非仅仅只是马尔克斯和莫言的个人层次，它也是一种时代性的、普遍性的经验，尤其是在社会分工日益深入和后殖民地统治之下，这种孤独症及其艺术地克服问题是一种世界性的文学和社会难题。

（二）魔幻叙述与饥饿经验

莫言的童年刚好处于饥饿的年代。在《饥饿和孤独是我创作的财富——在斯坦福大学的演讲》（2000）中，莫言回忆说："1961年的春天，我们村子里的小学校里拉来了一车亮晶晶的煤块，我们孤陋寡闻，不知道这是什么东西。一个聪明孩子拿起一块煤，咯嘣咯嘣地吃起来，看他吃得香甜的样子，味道肯定很好。于是我们一拥而上，每人抢起一块煤，咯嘣咯嘣地吃起来。我感到那煤块越嚼越香，味道的确是好极了。"① 莫言又坦然承认："从此我就知道了，只要当了作家，就可以每天吃三次饺子，而且是肥肉馅的。每天吃三次肥肉饺子，那是多么幸福的生活！天上的神仙也不过如此了。从那时起，我就下定决心，长大后要当一个作家。"② 莫言在《孤独和饥饿是我创作的两大源泉——答法国〈新观察报〉记者问》（2003）中说："因为我曾经很长时间处在饥饿状态，对食物的关注，是饥饿者的自然反应。我曾经说过，饥饿和孤独是我创作的两大源泉，我在小说中写了许多食物，大概与此有关。我在写的时候，并没有意识到这些，也没有考虑象征的意义。"③ 看起来他也意识到自己魔幻文本中有关饥饿的无意识痕迹。另外，在《我的文学历程——在第十七界亚洲文化大奖福冈市民论坛演讲》（2006）中，莫言回忆自己因为吃而失去了尊严的事情："保管员说，谁学得最像，豆饼就赏给谁。我也是那些学狗叫的孩子中的一个。大家都学得像，保管员便把那块豆饼远远地掷了出去，孩子们蜂拥而上抢夺那块豆饼……"④ 在《两个与食物有关的童话——在福冈市饭仓小学演讲》（2006）中，作者干脆讲了两个有关食物的童话。相应地，莫言的魔幻现实主义文本中也表现了许多与食物有关的人物和事件。大致有两种情况：首先，直接写饥饿者偷粮食、吃别人食物的情节。《粮食》中的母亲们天天推石磨而没有粮食吃，王保管借众婆娘偷粮食进行性剥削，母亲为了让孩子们活下去，又不愿接受凌辱，于是像鸬鹚一样趁干活时先把粮食吞下去，回到家再把粮食吐出来，让孩子们吃。在《透明的红萝卜》（1985）中，坚韧的黑孩拾烫手的钢钻，偷河边地里红萝卜充饥。在《牛》中，在阉割牛的过程中，老董作了手脚，在大家的共同努

① 莫言：《说吧莫言：恐惧与希望（演讲创作集）》，海天出版社 2007 年版，第 45 页。

② 同上书，第 47 页。

③ 莫言：《说吧莫言：作为老百姓写作（访谈对话集）》，海天出版社 2007 年版，第 95 页。

④ 莫言：《说吧莫言：恐惧与希望（演讲创作集）》，海天出版社 2007 年版，第 226 页。

力下，"双背"终于死掉，但是死牛的肉最终被乡政府和粮库的人"抢"走，导致中毒事件。在《师傅越来越幽默》（1999）中，师傅丁十田下岗后为了饭碗到山脚下借用旧公共汽车开了一个情侣房间，突然消失了的情人闹了一个虚惊一场的笑话。在《丰乳肥臀》（1995）中，除了上官鲁氏像鸬鹚一样偷粮食外，大姐、二姐、三姐的婚姻几乎全部与食物相联系；霍利娜、乔其莎为了食物甘愿委身于厨师张麻子，最典型的莫过于，在树林子里，张麻子引诱乔其莎边吃馒头边性交，这让人想起福柯的《规训与惩罚》，乃至用手走来喝酒的孔乙己，将食物和供应食物者的力量和丑恶发挥得淋漓尽致，最终乔其莎因为多吃了一点豆饼而胀死等。作品中如此多的内容与饥饿有关的偷食物、偷粮食情节相关联，女性的婚姻与食物直接联系，通过食物对权力进行透视等，从某种程度上投射了莫言小时候那一段不愉快的饥饿经验，在叙述中将这些饥饿者形象、情节强化、魔幻化、象征化（其中也和民族饥饿史相关联），其中对生命无限的怜悯绝对地超越了批判。其次，通过盛宴、美食描写以及美食者形象来达到无意识的补偿作用。在《红高粱》中已经涉及了"高粱酒"和"肉食"等狂欢主题，最突出的是在《酒国》中，极力勾画金刚钻的"肉孩"盛宴，先铺衬酒席的豪华，然后"肉孩"佳肴上桌，连侦探此案的丁钩儿也糊里糊涂、真真假假地吃了自己深恶痛绝的"肉孩"，虽然他拔出了手枪，但是面对盛宴，身体的欲望却战胜了精神。再如，在《红树林》中，大虎、二虎等人进行的美女筵席，莫言不断地勾画女侍者面对佳肴所露出的面部表情和嘴唇动作，盛宴满足了文本人物的食欲，也激起了莫言和读者的食欲。其高潮是莫言在《四十一炮》中真正塑造了一个食肉者——罗小通，在老兰的工厂里，有一个特权，就是可以随时吃最好的肉，甚至同各种肉交流对话，并且还塑造了一个肉食节场面，各种仪式、动物、肉食让人眼花缭乱，而文中的特权人物可以尽情享用，最终罗小通也被变为"肉神"，其塑像在五通庙里被人们供奉，这个调皮的、多言的罗小通带有莫言小时候的形象。可以说，莫言在写作过程中，那种在童年时期被压抑的食欲，在作者的盛宴、肉食者形象的语言狂欢之中被调动出来，深化了作者对面对食物的人物欲望的认识，又在形象的联想和语言的描写之中消解这种欲望，并超越欲望，达到象征、哲学、审美层面。同时，莫言阐明了多难的中国民族底层人民关于"食物"文化、"饥饿"文化的观察视角，及其想象源泉和昌盛原因。从"铁孩""黑孩"到"肉孩""食肉小孩"、从偷粮食到"肉食节"，莫言用自己的小说文本和人物形象阐明了高密乡的"肉食文化"和"肉食哲学"。这种"食物崇拜"和莫言"生命崇拜"是一致的，这与高密乡十年九旱的亚热带季风性气候是密切相关的。由于马尔克斯主要关注中产阶级人物形象，再加上马孔多热带雨林气候和物产丰富的特点，饥饿不会成为马尔克斯小说文本的焦点。但是，由于帝国资本的征服和玩弄，那种饥饿主要通过下层人物的爱情、生活等行为、语言隐秘地呈现出来。如阿美丽加被阿里萨抛弃后殉情自杀，为爱而死的故事背后隐藏着为生活而死的面具（她依靠阿里萨提供学费）。洗衣女工甘愿为了家长的生活贡献出自己。一个立下赫赫战功的军人等待自己的生活费等。这些不正常的生活现象也显示了马尔克斯魔幻现实主义小说文本中的饥饿补偿机制。同时，我们必须关注，在莫言和马尔克斯的魔幻现实主义小说里，象征的饥饿（拉康样式）仍大量存在着，这种象征文本现象在莫言的强力生命和欲望追求者那里，和马尔克斯的爱情沉溺者和权力、财富的追求者那里都明确地被显现出来。

二　魔幻人物形象与变态心理

　　莫言在《"高密东北乡"的"圣经"——日文版〈丰乳肥臀〉后记》中说："我在《丰乳肥臀》中的确写到了性，也写了上官金童对乳房的痴迷，关于这一点，我认为邓晓芒的解读很符合我的原意。就像大多数中国人可以从自己的灵魂深处挖出一个阿Q一样，大多数中国人，是不是也能够从自己的灵魂深处挖出一个上官金童呢？推而广之，日本国的男人们，是不是也会从自己的灵魂深处挖出一个眷恋乳房的上官金童呢？"① 莫言在《追忆与青春——与〈中国教育报〉记者齐林泉对谈》中说："这部《四十一炮》反映的农村现实，还是片断的、表象的，远远达不到'断代史'的意义。我把小说背景放在这个时代，主要是想表现人的基本欲望在这个时代里的病态发展。"② 由此看来，莫言已经意识到自己文本人物的变态心理学内涵，所以，虽然下文有关文本的变态心理学分析，是基于文本分析之上提出的，但是它们和莫言的原意是有一定联系的。同样，马尔克斯在其小说文本和作者自述中也涉及了诸多病态人物，这种病态人物是内在于加勒比民族地理文化和外在于殖民地社会状况的。按照变态心理进行文本人物分析，可能会涉及较多的人物和文本，由于本章主要涉及莫言和马尔克斯魔幻现实主义风格的成因，下面将有选择地涉及魔幻现实主义色彩较浓厚的病态人物及其系统切片。

（一）变态人物序列

莫言的魔幻现实主义文本中有许多奇奇怪怪的人物，给人以神秘诡异的感觉，但是从变态心理学的角度看，很多人物其实都是变态心理人物形象，他们在现实中其实是可以存在的。通过魔幻现实主义魔镜，他们的病态表征可能被更加艺术化地显现出来。

1. 施虐癖人物

施虐癖一般指"在性生活中，以向性对象施加肉体和精神上的痛苦作为达到性快感的惯用与偏好方式的一种性心理行为"③。这里所用的施虐癖含义有向社会、政治等其他方面转移的隐喻倾向。莫言的文本中有很多这样的人物。最典型的是《檀香刑》中的刽子手赵甲，这个从小失去父母的孤儿，流落到京城，由一个见到杀人就害怕的人神秘地成为第一刽子手，一生杀人无数。文本中借赵甲、

---

① 莫言：《说吧莫言：北京秋天下午的我（散文随笔集）》，海天出版社 2007 年版，第 353 页。

② 莫言：《说吧莫言：作为老百姓写作（访谈对话录）》，海天出版社 2007 年版，第 99 页。

③ 王玲主编：《变态心理学》，广东高等教育出版社 2002 年版，第 222 页。

钱丁、赵小甲、孙眉娘之口描述了十四个行刑场面，用二龙戏珠杀监斩候和小虫子、腰斩库丁、凌迟钱壮飞、屠杀谭嗣同、给孙丙钉檀香刑、凌迟女犯等。赵甲每次杀人，都经过精密的准备和设计，以杀人为艺术和替"天"行道的工具，只要脸上涂上鸡血，就感觉自己不再是常人。"我们是皋陶爷爷的徒子徒孙，执行杀人时，我们根本就不是人，我们是神，是国家的法。"① 在专心杀人过程中和被杀者的鬼哭狼嚎之中，他获得快感，一旦被杀者不肯呻吟，便无法达到快感，赵甲也在老师的教导下转移和泯灭了自己的性能力，赵甲已经变成一个以杀人为艺术和快乐的杀人狂。莫言在《中国小说传统——在鲁迅博物馆的演讲》中如此说："我在这本小说里，重点挖掘的是赵甲这个刽子手的奇特心理，当然也是变态心理。他不奇特不变态就活不下去……"② 德国鬼子克罗德也是这样的人物。当袁世凯、赵甲不断地罗列中国的酷刑，一向瞧不起中国人的克罗德竟然为赵甲的酷刑设计喝彩；袁世凯每逢大事就要邀请赵甲为自己做活，如凌迟钱壮飞，并奖励赵甲的手艺和智慧，至于慈禧太后赠佛珠、皇帝赠龙椅等都表示了在赵甲的执刑中获得的快感。"……让人忍受了最大痛苦才死去，这是中国的艺术，是中国政治的精髓……"③莫言借克罗德的这句话揭示了中国历史上政治的施虐淫本质。其大大小小的官吏整起人来自然会带来罪恶的快感。令人深思的是赵小甲，这个有点痴呆、老实的屠户，连别人的讽刺也分不清的农民，在父亲赵甲的带动下，竟然开始张扬自己的刽子手的威风，并喜气洋洋地给自己的岳父上刑（莫言这里揭示了施虐淫如何无意识地传染并社会化的过程）。其他人物还有《红高粱家族》中屠杀老百姓的日寇，给罗汉爷爷剥皮、轮奸恋儿的日本兵以遵守军纪和释放兽性为乐；《天堂蒜薹之歌》中阻挠金菊和高马的乡干部以阻挠别人恋爱为能事；《酒国》中金刚钻等人以吃过肉孩菜作为人才的资

① 莫言：《檀香刑》，作家出版社 2001 年版，第 50 页。
② 莫言：《说吧莫言：恐惧与希望（演讲创作集）》，海天出版社 2007 年版，第185 页。
③ 莫言：《檀香刑》，作家出版社 2001 年版，第 114 页。

格，而岳母则以善做肉孩菜而自豪，当然只是象征性的，但不妨碍施虐心理发挥作用；《复仇》中的邝书记以和村中的女人睡觉为职业，来者不拒，并在快感的满足中给对方办应该办的事；《丰乳肥臀》中的残废孙不言以虐待大姐为乐，作为自己失去的补偿，张麻子以凌辱妇女为乐；《生死疲劳》中洪泰岳书记以惩治不听话的社员为乐等。这些人物利用自己的权力、地位等优势，面对下属、妇女或者罪犯，严厉惩罚，借正义之旗帜偷渡个人阴暗之快感，在对方的痛苦中感到快乐和存在的意义。这些人物的行事逻辑在现实中是活生生地存在着的，按照他们的逻辑而推行的魔幻行为就不足为奇了。依照这种逻辑，莫言塑造出一群作恶者的变态群像，其中混杂着莫言的反讽和悲悯思想，同时，从战争时期到和平年代，从监狱到社会，从权力到市场，这种施虐心理蔓延和社会化逻辑的勾勒，显示了莫言对这种肆虐变态心灵日益社会化、日常化的无限担忧。在殖民化和军事恐怖统治之下的加勒比世界，马尔克斯笔下的家长、将军、殖民者、财阀老板等都是这样的人物。其中最典型的是家长，他采用油炸、鳄鱼吞噬、甘油炸药摧毁、巨量投毒等极端方式消灭对手和有实力的手下，让敌人死得恐怖和痛苦是其最高目的，充分显露了其施虐心理的内在行为本质。从对个体生命被戕害的怜悯和对社会发展的延迟和停滞，都是莫言和马尔克斯对施虐行为心理的批判、反思和担忧。在马尔克斯和莫言的魔幻现实主义小说中，施虐淫人物形象可以分为两类：食肉者、权力贪恋者和一般的欲望追求者（莫言）；权力和财富的掌控者（家长、将军和精英知识分子等）以及被扭曲的一般市民等（马尔克斯）。施虐淫可以被看作是西方殖民文化的代理人的基本特征。

2. 受虐癖人物

正如"师父说他执刑数十年，杀人数千，才悟出一个道理：所有的人，都是两面兽，一面是仁义道德、三纲五常；一面是男盗女娼、嗜血纵欲"[1]。赵甲的话揭示了人的两面性：施虐淫和受

---

① 莫言：《檀香刑》，作家出版社 2001 年版，第 240 页。

虐淫。实际上"受虐淫和施虐淫常常联系在一起，患者常常充当
两种角色。"① 关于受虐淫（Masochism）的表现一般指"通过受
到别人（异性）施予的痛楚和屈辱而发泄其情欲并获得性欲满足
的一种性心理异常"。下文关于受虐癖病态人物形象也是在带有隐
喻文化意义上来使用的。莫言魔幻文本中的此类人物有许多。《天
堂蒜薹之歌》中的高羊，他在学生时期，被调皮的学生诱骗喝自
己的尿而被学校严惩；在"文化大革命"中，母亲被斗致死，因
私下埋葬母亲，被逼喝尿才渡过此关；在卖蒜薹时，无意间卷入
游行运动中，被捕后在监狱里被逼喝尿；到此为止，高羊决定无
论别人做什么事，自己再也不说为什么，因为借此才可以过上自
认为安定的生活，他完成了受虐人的教化和培养。这个形象深刻
地揭示了受虐淫和施虐淫的紧密联系及其神秘的循环。借此来思
考莫言魔幻现实主义文本中很多人物的奇怪行为，就可以得出一
定的存在理由。另一个深刻的人物则是《檀香刑》中的孙丙，孙
丙刚开始面对捕快李武、县官钱丁时不卑不亢；但是自从钱丁作
弊斗须赢了自己，黑暗中被刘朴拔光了胡子之后，便开始默认女
儿和钱丁的婚外恋；如果说面对德国技师淫荡的手，他还敢把棍
子打向对方的肩头，那么，造成孙丙投降的直接原因是钱丁提出
的"如果你能牺牲自己，保全乡亲们的性命，你就会流芳千
古！"② 结果导致马桑镇毁于一旦；在被捕之后，面对朱八、小三
子等人的救援行动，他却为了一时的英名而拒绝逃跑，导致几个
人白白死去。正如孙丙在猫腔《檀香刑·孙丙游街》中说："但
愿得姓名早上封神榜，猫腔戏里把名扬。"③ 莫言在赞扬孙丙的同
时，深刻地意识到英雄情结的受虐本质，英雄虽然自以为英雄，
但是罪恶的暴政者——施虐淫患者却借惩罚英雄来达到恐吓和滥
杀的政治快感。结尾猫腔剧团的全军覆没，正好证明了义猫们什
么都不怕只是演戏的大无畏行为中的受虐淫情结。而孙丙死前的

---

① 王玲主编：《变态心理学》，广东高等教育出版社2002年版，第22页。
② 莫言：《檀香刑》，作家出版社2001年版，第346页。
③ 同上书，第417页。

这句话——"俺为了功德圆满，俺为了千古留名，俺为了忠信仁义，竟毁了数条性命"①，也证明他意识到了英雄情结的受虐人本质。其他如《檀香刑》中的戊戌六君子、乞丐朱八和小三子的英勇就义情结，《狗皮》中的恋儿受辱后绝食而亡的贞节观，《十三步》中的方富贵、张赤球等知识分子的清高等均表现出明显的受虐淫品质。总之，在获得英名和观众、后来者的赞美的同时，受虐淫患者的献祭行为强化并传播了其受虐淫品质，维护了施虐的暴政者所设计的神奇圈套。它将渗透了一切对英雄的赞美言语、追慕行为、阅读关系之中。莫言的英雄人物于是就有了反英雄的素质，受虐和受难分属于平民和英雄。莫言及其笔下的人物并不因此而抛弃道义担当和英雄情结，在受难和担当、英雄和反英雄之间，显现了莫言及其人物形象最深刻的生命关怀。马尔克斯笔下的霍·阿卡迪奥、阿玛兰塔、雷贝卡、阿美丽加等都具有这种受虐甚至自虐的倾向。因此，这些奇异的人物得到了透视。其中雷贝卡最为典型，在失去双亲、两次爱情的被动受挫等方面，她已经由受虐发展到用自虐来抵抗外在纷扰的程度，当然在马孔多镜子城之内，许多患孤独症的人物形象都具有这样的特点。受难和自虐是他者政治权力的第二个内在圈套，诡秘的是它们的欲望和荣誉总是暗地里关联。纵观莫言和马尔克斯的魔幻现实主义小说，从传统历史英雄到殖民地斗士，从政治军事争斗到民间生活交往，从爱情方式到女性主义，这种受虐淫和自虐淫的循环广泛地存在。因而，这种人物形象除了反讽殖民地社会文化的对立循环本质外，还具有反思民族地理历史生活的指向。而孤独症和种的蜕化中所隐含的自虐则是这种施虐文化的高度发展和内化的基本形式。同浪漫主义文学通过内化寻找生命的救赎空间相比，从受虐到自虐，我们看到这种内化所显示的最深刻的暴力。从文艺社会学的角度看，这种内化暴力促成了魔幻现实主义文学在后殖民空间的内在美学空间的创新。

---

① 莫言:《檀香刑》，作家出版社2001年版，第424页。

3. 窥视淫人物

一般地说，"窥淫癖（Voyeurism）是指由于窥视别人的性活动或偷看他人（异性）的裸体获得性兴奋和快感。从某种意义上说，尤其是在男性当中，窥淫癖是较普遍的现象。"① 本段分析涉及更宽泛的文化范围和内容，窥视者几乎遍及所有男女，不过程度不一而已。尤其在后现代社会里，窥视淫成为文学理论的焦点，它已经改变了大众的阅读方式和感觉方式。作为魔幻现实主义文学的代表，马尔克斯和莫言自然不会忽视这种来自萨德、弗洛伊德、拉康等人的视觉文化理论支点。在《长安大道上的骑驴美人》中，一天早上，上班的人发现一男一女，各骑一头驴，女的披着披风、男的拿着长矛，大家跟在后边导致交通堵塞。每个男人都感到那个女人对自己含情脉脉，每个观众都感觉这两个人非常神秘。在观看过程中，大家获得一种快感，把工作、交通等问题完全忘了，特别是侯七一直排在前边，跟了几里地，只不过最终看了驴怎样大便而已。这个反讽的结果解释了窥视癖患者自我满足的主观性、荒谬性。更为深刻的例子便是《檀香刑》中的观刑者，每次行刑场面几乎都有那些观众的描写。如"二龙戏珠"刑，"本官要求你们，必须把执行的过程延长，起码延长一个时辰，就让它比戏还好看……非如此不能显出我们刑部大堂的水平和这'阎王闩'的隆重。"② 王大人要求执行的时间要长，因为有观众要观看。当小虫子的眼珠子蹦出的那一瞬间，很多大臣、官僚、宫女都面色苍白，有的甚至晕倒在地，仿佛受刑的是自己，此处显示了窥视淫患者本身具有受虐淫的表征。而凌迟钱壮飞时士兵的表现也属此类，此类人物借观赏和窥视来获得快感、教育和规训。另一种情况则出现在凌迟妓女时的观众，无人关注妓女冤枉的喊声，观众只是随着刽子手的手起刀落，妓女一声声哀号，观刑者发出一阵阵喝彩声，观刑者像刽子手一样兴奋。正如赵甲

---

① 张伯源、陈中庚编著：《变态心理学》，北京科学技术出版社 1986 年版，第 178 页。

② 莫言：《檀香刑》，作家出版社 2001 年版，第 44 页。

所述:"师父说他执刑数十年,杀人数千,才悟出一个道理:所有的人,都是两面兽,一面是仁义道德、三纲五常;一面是男盗女娼、嗜血纵欲。"① 刽子手赵甲对观刑者的评价揭示了窥视淫患者的施虐淫本质。在描写观刑者的文字中,我们可以体会到莫言对他们是多么的失望,由此看来莫言的一些不断地用动物来比拟人的小说,包含着莫言对人性中兽性的反讽。正如莫言在《关于〈檀香刑〉的几个问题——回答〈南方周末〉记者》中所说:"对酷刑的病态欣赏,其实不仅仅是中国人的专爱,西方那些号称文明的国家里,许多贵妇人和娇小姐都是断头台前的看客。这说明了人性中的一个黑暗的甚至是肮脏的侧面。"② 其他,《幽默与原型》中的王三变为猴子时,那些孩子样的观众;《翱翔》中的燕燕飞翔时,坟墓周围的乡亲;《二姑随后就到》中面对表兄弟屠杀的无动于衷的观看者等都具有观刑者的罪恶和臣服。同时,莫言把讽刺的笔触放到了上述诸篇的读者身上,莫言诸小说的暴力场面是惊骇的,一旦读者在心目中赞美莫言描写的暴力场面,就逃脱不了"窥视淫"患者的原罪。莫言不惜批判读者,来达到批判人性的深度。当然,莫言也揭示了现代视觉美学和读者观看美学之内不可见人的伤疤。同前面施虐和受虐心理分析一起,窥视心理分析显示了莫言对人性恶的展示、反思和批判。除此之外,莫言还提供了窥视淫艺术场域:野地恋爱场面(戴秀莲野地爱情)、民族地域文化(食草家族、食肉家族、采燕家族、珍珠家族等神秘的家族生活;雪集、肉食节、月光晚会、沙洲风情等风俗节日;高粱地、红树林、渔村等野地文化);超现实的艺术境界(《狗道》中的狗世界、《丰乳肥臀》中的战争场面、《天堂蒜薹之歌》中的幽会夜景、《酒国》中的欲望幻相等人造艺术世界);疯狂丑恶人性(余占鳌、大虎、袁世凯、克洛德、老兰、西门金龙等)的内在世界等,这些艺术场域的提供也促成了窥视欲望心理

---

① 莫言:《檀香刑》,作家出版社 2001 年版,第 240 页。
② 莫言:《说吧莫言:作为老百姓写作(访谈对话集)》,海天出版社 2007 年版,第 43 页。

的形成、循环，其中纠缠着启蒙、认同、反讽和他者"眼光"的审视。视觉化语言只是莫言感觉语言的一种表现。同时，如马尔克斯一样，莫言将许多视觉场面提升到魔幻的层面之上进行展现。在马尔克斯小说文本中，窥视淫及其反讽场域主要集中在奇异民族地理风俗、个人孤独病态、爱情沉迷、疯狂屠杀等方面。窥视淫场面主要集中在家长身上，小说文本通过展现家长进入宫中一直到被杀害的各种隐秘场面，及其疯狂谋杀场面，一步步展现家长的荒淫、无道、嗜杀、残酷、无奈等人格面具。实际上，马尔克斯的写作目的就是通过自己的笔把发生在殖民地拉丁美洲那里的种种奇异的骇人听闻的事件向整个世界传播，让人民知道以美国为首的帝国主义在那里究竟做了什么"文明"行为——一块富饶的大陆变为一片废墟说明了一切。总之，窥视淫的广泛存在，显现了莫言和马尔克斯魔幻现实主义小说的视觉化和图像化文化倾向。这是其超越以前文学类型的主要表现。

（二）互文性变态人物系统

在莫言小说中施虐癖患者、受虐癖患者、窥视癖患者形成一个互文性变态系统。三种类型的人物形象形成一个极具危害性的循环结构，在文本世界、现实世界中发挥助纣为虐的破坏作用。它们构成一个臭名昭著的神奇权力循环的再生产结构，莫言对此深恶痛绝。例如，在莫言的文本《酒国》（1993）中有食肉孩者、卖肉孩者、做肉孩者等，他们各方都很高兴地维持着这个系统的运作；金刚钻等一类人，奢侈的消费着国家财富，他们甚至以肉孩为原料开发了"麒麟送子"的菜肴。问题是他们的消费带来农民兄弟的饭碗：金元宝夫妻洗刷小宝、把自己儿子卖了个特级品得 2140 元，甚至羡慕孙大牙利用自己的舅子抬高孩子的级别。在卖掉自己孩子做菜肴时，金元宝等人已经加入食人者的互文系统组织中，而他们相互的攀比和羡慕行为则强化了他们的角色和这个互文系统。"'这孩子是专门为特购处生的是吗？''所以这孩子不是人是吗？''是，他不是人。'元宝回答。'所以你卖的是一种特殊商品不是卖孩子对吗？'对。''你交给我们货，我们付给你钱，你愿卖，我们愿买，公平交易，钱货易手永无纠缠对吗？'对。'"① 刚开始痛苦地加入这个系统，金元宝夫妻只是一对受虐者；但随着金钱利益和周围典范人物的出现，他们变为真正具有受虐淫和施虐淫、窥视淫三种病症的患者，此处可以看到施虐淫患者导致互文变态心理系统的诞生，而这个系统反过来塑造了各式各样的施虐淫患者、受虐淫患者、窥视淫患者，在系统因素的互文关系中形成再生。在这里自然也就出现了制作肉孩的专家——岳母，她因为自己的技术而自豪和闻名于外，并开办肉孩菜肴培训班，并且有大量的学生慕名前来深造。而这个病态的系统生产着、保护着、鼓励着新的变态心理人物。联系鲁迅笔下的"狂人"形象，狂人是作为"食人社会"的窥视—受虐疯狂者形象出现的，狂人是这个世界的清醒者和哲学家，鲁迅给人民带来了一丝希望。莫言在此基础上继续追踪，通过"食肉文化"反思，他发现了社会不可见人的隐秘再生产结构，即马克思意义上的"人际关系"的再生产结构。所不同的是，在《酒国》内，每个人都是清醒的，但是，除了丁钩儿由一个有志战士发展到沉溺欲望之国的灵魂之外，大家不愿挑破和批判这种丑恶现象。从《狂人日记》到《酒国》，我们可以看到疯狂启蒙和悲凉忍受的区别。《红高粱》《檀香刑》《四十一炮》《蛙》等可以看作莫言对酒国问题的艺术解决。其他还有《天堂蒜薹之歌》中的闹事者、镇压者、观众等；《檀香刑》中更加夸张、集中地表现出杀人者、被杀者、观刑者三个集团互相配合，就像演了一场大戏，各有所得；《丰乳肥臀》和《四十一炮》《生死疲劳》等也有不同表现。这是在继承鲁迅《阿Q正传》的基础上对看与被看进行的发展扩充，当然当代作家贾平凹的《浮躁》中告状被拘一段也有微弱的显现等。但是莫言的整个作品系统仿佛是对杀人者：食肉孩者、做肉孩者、镇压者等；被杀者：肉孩、卖肉孩

---

① 莫言：《酒国》，当代世界出版社 2004 年版，第 59 页。

者、闹事者等；观刑者：观众这三个病态集团层次、病态集团系统层次进行批判，审视其中的病态原理和荒谬现实。并且莫言在《写小说就是过大年——与〈中国教育报〉记者齐林泉对谈》中认为："每一个人身上，都具有受刑、施刑、观刑这三种属性。这三种角色是可以互换的。只有在写作这部小说时，我既是受刑人，又是施刑人，也是观刑者。"① 他强调三位一体、人人难免。如赵甲、赵小甲、金元宝夫妻等（前已论述）。在《关于〈檀香刑〉的几个问题——回答〈南方周末〉记者》中，莫言说："几十年前，鲁迅先生就曾经批判过那些观赏死刑的看客，这也是他弃医从文的一个诱因。对酷刑的病态欣赏，其实不仅仅是中国人的专爱，西方那些号称文明的国家里，许多贵妇人和娇小姐都是断头台前最积极的看客。这说明了人性中的一个黑暗的甚至是肮脏的侧面。我想每个人其实都是一个潜在的刽子手，都可能在条件成熟的时候，跳到执刑台上去。"② 莫言强调这是中国人、世界人都可能有的病态。心理学意义上的共性妄想症是指："当两个人共有一个妄想系统时，他们俩就像在演'双簧'一样。在共性妄想症患者中，一个已被诊断为心理变态的人总是寻找一个控制的接受者，而这个接受者也总是把另一者的变态心理同他或她自己的信念系统结合起来。"③ 就像莫言文本中的互文性病态人物系统一样，在变态心理学意义上，这种共性妄想系统存在于许多人的心理中。从此点看来，莫言的批评精神不仅指向文本中的人物，而且指向文本之外的世界。更为深刻的是，伽达默尔曾经雄辩地论证了艺术作品具有游戏的存在方式和交往本质。④ 莫言借助小说来批判此种变态心理系统，小说本身的传播方式就有这种

---

① 莫言：《说吧莫言：作为老百姓写作（访谈对话集）》，海天出版社 2007 年版，第 69 页。
② 同上书，第 43 页。
③ ［美］罗伯特·G. 迈耶、保罗·萨门：《变态心理学》，丁煌、李吉全、武宏志译，辽宁人民出版社 1998 年版，第 269 页。
④ 详参［德］伽达默尔《美的现实性》，张志扬等译，三联书店 1991 年版。

交往生成"类游戏"作用，那么，这种批判性作品就不得不具有问题自身的悲剧性和反讽性。关于这一点，马尔克斯的《族长的没落》对殖民者、家长、人民、将军、士兵等变态人物形象的勾勒也达到了系统化、哲学化的批判深度，其最终结果就是个体和社会完全陷入这种无望的自我循环的神话状态之内。其他如《百年孤独》主要描述了殖民者、政府、革命者和平民之间这类孤独的共性妄想症系统；这种共性妄想系统存在于殖民地文化、经济、爱情等各方面，因而形成一种自我沉溺的循环孤独状态。最典型的要数霍·阿卡迪奥和雷贝卡之间的恋爱了。奥雷连诺的共性幻想系统源于政治，形成于革命，凝结于爱情，终结于"小金鱼"实验室。《霍乱时期的爱情》中殖民者与被殖民者、爱者与被爱者、抛弃者和被抛弃者等也存在着这种共相幻想系统，不过没有莫言这样的明确意识和广阔范围。并且，从马尔克斯和莫言的魔幻现实主义文学文本看来，这种互文性变态系统已经成为以西方理性为基础的殖民地社会的一种基本结构。从某种程度上说，这种结构是殖民地社会的核心结构和自我关系的生产结构。从军事到文化、从经济到政治，这种互文性变态系统已经成为殖民地社会文本本身，文中的各种人物被这种结构驱赶着实现自身的角色。因而，"狼羊人"人格也是这种互文性变态系统自我生产的一个样式。笔者认为，相对于鲁迅的关于国民劣根性的发现，从文艺社会学的角度看，在莫言和马尔克斯的魔幻现实作品之内大量出现这种互文性变态系统现象，绝不仅仅是他们病态的发现和折射，而是他们通过自己丰富的人生经验和创作实践无意识地抵达了殖民地社会的精神核心处境。这是欧洲理性霸权主义的文化核心和文化悲剧。

（三）其他变态人物形象

除了上文分析的莫言和马尔克斯笔下的变态人物形象类型及其系统外，莫言和马尔克斯笔下还有许多行为怪异的魔幻人物，他们的行为都具有某种变态心理表征。

1. 恋物癖人物

"恋物淫（Fetishism）的特点是通过与异性穿戴或佩带的物品相接触而引起性的兴奋和满足。恋物淫多见于男性。"① 朱光潜的定义是"最常见的反常是'玩物癖'（fetichism），患玩物癖的人常把性欲的潜力集中于一件很微细的物件上面，例如鞋子，手套，猫，鉬发等等可以看做变相的性欲的对象，这在表面看来好像只是一种普通的嗜好；但是详细研究起来，往往可以发现其中含有性欲的成分"②。马克思关于"拜物教"的资本主义文化分析也具有相似的含义。下文涉及的恋物淫有隐喻义，更多涉及民族地域文化心理或者普遍人性，更多地指当事人把整个生命的大部分精力或者被压抑的生命力部分集中在某件物品或者事件之上，并且这种现象大多以借喻或者象征的方式发生，外人和当事人在一般情况下很难看清楚自己。在《丰乳肥臀》中，上官金童就是这样一个病态人物形象，他的病态表现有六个阶段：第一个阶段即童年时期，由于母亲的溺爱，金童独占母亲的乳房，导致上官玉女不得不吃羊奶，甚至在极度饥饿的岁月里，上官金童也不想离开乳房吃食物，经过医治之后，少年时期才逐渐能靠吃食物生活下去。第二个阶段即新中国刚成立时，道士门圣武选中上官金童做雪公子，在雪集仪式上，其中一项就是摸乳赐福，被摸者的沉默和满足，使上官金童的恋乳癖得到了极度的满足和强化，手因此而肿胀了几天。第三个阶段，因龙清萍案件而入狱，在获得自由之后，四十多岁的金童恋乳症发作，点缀着红布的老金的独乳和母亲的草药，使这个老男人摆脱了恋乳症。第四个阶段，司马粮归国，帮助金童开办"独角兽"乳罩大世界，上官金童表现出了对乳房、乳罩的狂热和专业，借此金童找回了自信。第五个阶段，在王银枝和王金枝兄妹的暗算下，金童失去了自己的公司，开始对电影院前广告招贴画上的乳房表示兴趣，借此来摆脱人生的痛苦。最终，第六阶段，在母亲去世之后，

① 张伯源、陈中庚编著：《变态心理学》，北京科学技术出版社1986年版，第176页。
② 朱光潜：《变态心理学》，商务印书馆1944年版，第142页。

上官金童不知所终。纵观这几个阶段，活跃在金童内心中的就是一种恋物癖症状。其反证是金童面对龙清萍、独乳老金、王银枝等女人身体的软弱行为，不敢正面承认自己的欲望，借接触女人的乳房、乳罩来释放自己的欲望，获得安宁和满足，并成为乳罩专家和招贴画欣赏家。借上官金童这个变态人物，莫言除了触及民族地理文化和人性的弱点外，还思考了在现代化进程中文化融合视域下中国人民的未来形象。

当然，莫言对这种恋物癖进行了象征化、寓言化处理，使金童的恋物癖具有深厚的文化内涵。如第二阶段，借助雪集仪式，上官金童摸遍进入庙宇内女人的乳房，但是，这个仪式的禁忌是女人被摸乳房时不准吭声，否则将给她自己和村庄带来厄运。这与新中国成立后一段时期里，把抒发欲望之情看作资产阶级的感情，因而在文本中被挤压和放逐形成一种类似的关系。同时，历史上的阉割者给被阉割者制定禁忌，把被阉割者的不规范的声音视为怪物、他者的表现而给予惩罚，例如女性解放的声音。同时，上官金童的恋乳症也是莫言批判民族地理文化和世界文化故步自封倾向的象征符码，作为中西文化合璧的上官金童一生走不出恋乳症的悲剧叙事意象，这也是对文化接触中保守主义所造成的孤独悲剧的实验和寓言。总之，通过类似的内涵链接模式的植入和依附，这个恋乳症患者的描写形成一种历史的和空间的美学张力。其他如俄狄浦斯情结、东西文化融合的悲观和乐观、"极左"政策对人的正常感情的危害、人性的欲望化、个体的文化皈依等都在合适的语言和叙述层面融入了恋物症患者上官金童的勾画之中。借此，莫言笔下的恋物癖者——上官金童就具有了地区性的、世界性的文学意义。其他相似的人物还有《红高粱家族》(1987) 中父亲为了金子将如花似玉的女儿嫁给麻风病人单扁郎，将拜金主义思想放在个体爱情生命之上。在《酒国》(1993) 中，余一尺对女色的贪婪、金刚钻等对美味的敏感；袁双鱼教授对酒的痴迷，借此建构了欲望帝国诸种病态和生命个体的扭曲；在《红树林》(1999) 中，林岚对珍珠的迷恋和收藏，连自杀也选择吞食珍珠的方式，描绘了林岚沉迷权力和美丽时的病态，增强了和她幡然愧悟后人性恢复之间的艺术张力；在《檀香刑》（2001）中，赵甲对刑罚工具的精通和崇拜，赵小甲对动物意象的偏好，袁世凯对杀人的嗜好，刻画了殖民地统治下的残酷吏治和丛林法则；在《四十一炮》（2003）中，罗小通对肉的崇拜和交流，老兰对性欲望的崇拜，莫言借此再次描绘欲望崇拜对健康社会和农村生命个体的戕害等，这些文本意象均具有转移焦虑和欲望的性质（当然也有其他美学内涵），莫言借助这些变态恋物癖好建构了人物性格特征和震惊的美学效果。与此相比，在《霍乱时期的爱情》中，马尔克斯塑造的阿里萨也具有恋物癖倾向，他收藏了 25 本爱情记录，谈了 620 次恋爱，还有无数的逢场作戏，通过这个变态人物，马尔克斯将加勒比民族地理的自然情爱文化和殖民地存在的情爱逃遁融汇在一起；在《家长的没落》中，家长的后宫中收养了大量的动物、麻风病人、女人等，表现了一种恋物倾向，家长的创世纪妄想狂、迫害妄想狂和恋物癖糅合在一起。在这些变态人物的叙述中，马尔克斯象征化地使其含有殖民地文化冲突、老龄化社会的关怀、恋母情结、权力等内涵。显然，马尔克斯更多地从拉美的历史情况入手，这些病态形象成为民族地理文化和民族孤独的混合标志；而莫言则从中国的20 世纪历史入手，并从文化寓言、身体话语走向普遍人性及其病因的挖掘，几乎每一种病态人物形象都挟带着多种人格扭曲和社会问题。恋物症反映了在经济社会不断发展的前提下，人物日益物化和扭曲化的现代文化悲剧。总之，在恋物症的现象之内，无论是生理的还是民族地理文化，或者是在社会生活之内被扭曲的，马尔克斯和莫言都通过神奇的文化生活来传达其深刻的文化象征意义和批判意义。

2. 强迫症人物

强迫观念（心理学）是指"一种想法或想象，它不断侵入一个人的意识。这个人会发现这个想法令他痛苦，而且是不恰当的，他努力地去压制它，但总是不断地出现。……具有强迫观念或强迫行为的人——或者像通常出现的那样两种都有——就被认为患有强迫症（Obsessive-compulsive disorder, OCD）"①。"强迫型人格障碍的定义性特征指过于追求井然有序，完美的控制。强迫型人格也会把很多时间花在能让他们变得有效的过程——组织、遵循规则、列清单和进度表，因为他们从不做什么重要的事。除此之外，他们在与他人的交往中一般是呆板和正式的，而且发现没有什么事情能让他们体会到真正的愉快。"② 中国学者眼中强迫型人格的表现是，"在平时有不安全感和不完善感，过分自我克制，过分自我关注；责任感过强，常常追求完美，同时又过分墨守成规，缺乏随机应变的能力，过分拘谨和小心翼翼，在处世方面，由于谨小慎微，常常顾虑小事，并常常要求别人按自己的方式办事，以至妨碍别人的自由；过分地注重工作，怕犯错误，遇事优柔寡断，难以作出决定。"③ 总之，这些有关强迫症人格的定义强调如下特点：有自认为不对但非做不可的观念和行为，并且这种观念不断地强迫自己重复某种行为。莫言笔下此类人物中最典型的莫过于《丰乳肥臀》中的上官鲁氏，美丽的鲁璇儿被极端痛苦地裹成了小脚，姑姑准备让他嫁给有权势的人，甚至做太后。但是，社会改革开始废除了裹脚陋习，上官鲁氏因而由白天鹅变成了丑小鸭，最后不得不嫁给铁匠的儿子上官寿喜：一个按照原来的文化规则应该有个好归宿的女孩子无言而且无助地变成了铁匠的妻子。鲁璇儿成为上官鲁氏，三年没有生孩子，她就成了鲁家的眼中钉。毒打和冷眼，公婆上官吕氏的教导，使她形成了一个观念："女人，不出嫁不行，出了嫁不生孩子不行，光生女孩子也不行。要想在家庭中取得地位，必须生男孩子。"④ 这个观念就成为上官鲁氏的强迫性观念，并产生强迫性行为：姑夫

---

① 〔美〕劳伦·B. 阿洛伊、约翰·H. 霍斯金德、玛格丽特·J. 玛诺斯：《变态心理学》，汤震宇、邱鹤飞、杨茜译，上海社会科学院出版社 2005 年版，第 220 页。

② 同上书，第 446 页。

③ 张伯源、陈仲庚编：《变态心理学》，北京科学技术出版社 1986 年版，第 172 页。

④ 莫言：《丰乳肥臀》，作家出版社 1996 年版，第 625 页。

于大巴掌成为前两个女儿的父亲；赊小鸭的土匪使她怀上了第三个
孩子；远方的江湖郎中成了四姐的父亲；打狗卖肉的光棍汉高大膘
子糟蹋她三天终于成为五女儿的父亲；齐天庙的俊俏和尚成为六女
儿的父亲；四个作恶的大兵则成了七姐的父亲；失望的母亲走进了
教堂，最终马洛亚牧师成为金童玉女的父亲。在那种恐怖的文化和
家庭环境、生育观念的强迫中，上官鲁氏一次次堕入了女人的一道
道轮回里，金童的降生使她坐稳了父亲他者的位置。这个极端坚韧
的女人感叹道："……我要做贞节烈妇，就得挨打、受骂、被休回
家；我要偷人借种，反倒成了正人君子……"① 这个不认字的女人
模糊地认识到那套家庭规则和社会舆论的荒谬和残忍本质。莫言对
这个被扭曲了人生的女人的尊重和怜悯并不到此为止，好女人的优
良品质被惊世骇俗的生命形式所质疑和解剖，更可怕的是，这种强
迫观念以善良的形式被亲密地传递着：上官鲁氏要求强暴来弟的司
马库杀掉或者娶来弟，而上官来弟最终为了迟到的爱情失手杀死了
无聊的残疾丈夫孙不言②等。蓬勃的生命力、父权制的生育文化和
民族文化所馈赠的优秀品质被如此惊世骇俗地纠缠于一处，莫言在
这个带着社会病的伟大母亲的性格内部燃放了一枚核弹，其爆炸声
和冲击波一直延续到《蛙》，从民族地理文化融合到生育文化方
面，都是如此。读解莫言的小说，不能只靠文字，而要依靠在荒诞
中顽强生存和深刻体验的生命力，要依靠"血""泪""情""爱"
才能真正抵达莫言诙谐发黄的文本内部：生命场的伟岸和文化场的
凄美。

　　仔细分析文本，可以发现鲁璇儿被更深一层超文化的"完美"
观念强迫着去做谁都不愿做和遭唾骂的行为，并且在某种程度上她
又用此观念来强迫别人，这是她表现出强迫症的根本原因。首先，
少女时期，那套父权制文化按照其审美理想来塑造少女形象：小

---

　　① 莫言：《丰乳肥臀》，作家出版社 1996 年版，第 633 页。
　　② 作者无意也没有资格评价作品中悲惨的女性，也没有资格要求她们有超凡脱俗
的表现，我只是描述她们在文本中的表现。如果有个别字句有损女性形象，请求大家谅
解。

脚。以远大的婚姻前程来诱惑和逼迫家长、哥哥、弟弟、姐姐、妹妹整个家庭对自己的亲人、女儿，对自己的身体进行美丽的戕害，没有小脚就是不完美的女人，这个完美的审美观念既是诱惑又是禁忌，奖赏和惩罚的典范从一出生就悬挂在每个人的头颅上空。其次，鲁璇儿刚刚完成"小脚"的完美塑造，就被"放脚"运动抛在规范之外，"大脚"又成为新的完美女人的必备条件，在当时的条件下，"大脚"变成"小脚"是一种残酷的可能，"小脚"变"大脚"则毫无可能，一瞬间小脚女人成为多余者，如果有可能的话，鲁璇儿可能会毫不犹豫地再次变"小脚"为"大脚"。再次，完美的女人还需有孩子、男孩。这就把女人的完美观念建立在"儿子"身上，而这一标准比外表的审美标准更虚伪之处在于：外表审美标准可以通过戕害自己的身体来完成，"有儿子"这一标准则是外在的、偶然的，不是通过身体努力就能达到的，这就把完美的标准建立在偶然之网上，跳过去的就是完美的、幸福的，跳不过去的就是不完美的、罪恶的，显然，每个人都有50%的可能被排除在规范之外。上官鲁氏悲惨地强迫自己达到了这一标准；当然还有许多人没有达到这一目的。透过对这一"完美的观念"——强迫鲁璇儿的观念的分析，我们可以看到：第一，强迫鲁璇儿并造成一幕幕悲剧的强迫观念是以审美的身体标准和幸福的资格为前提的，达到了审美标准的女人，被赋予幸福，被称之为"完美"；反之，违反禁忌的人及其家庭将受到规训。"完美"的身体审美观念和幸福的标准是超文化系统的，也是超个体生命的。第二，"完美"的身体审美标准和幸福资格的制定者，不是女人，也不是一般老百姓，它可能是以进步、改革的名义，主要由男人构成的权力机构制定并推行的，成为男人追求、女人遵循的"完美"观念。第三，这种"完美"的身体审美观念和幸福资格是设定的，不公平的；有的可以通过改变身体来实现；有的则是偶然律起作用，非人力能达到的。所以，从女性主义观点出发：我们应该恢复女性对其身体的审美标准的制定权力，男性主要起辅助作用。在所有审美和幸福的标准制定中，我们应该取消非人力的和非人性的标准，推崇健康的、自然的和人性的标准。"然而，无论对父权诗学的抨击多么激烈，都只能为女性提供负面的文学经验。要塑造女性（无论是作为作者、读者，还是作为文学形象）在文化与文学史上积极、正面的形象，必须寻找女性作为主体的表达；批评理论自身的发展也要求适用于对女性写作的文本作出解释，要求不仅从阅读的角度，也能从写作的角度去审视并总结文学经验。"[①] 由此看来，关于上官鲁氏的强迫症分析，从负面文学形象来说，它提供了一个感性纪念碑，由此，我们对所有针对女人甚至人类的幸福和审美的"完美"观念的设定、进步、标准等应有足够的警惕；从正面女性形象来看，面对苦难和偏见，上官鲁氏的坚韧、自立应是女性解放自我的精神财富（当然其服从等品质应给予纠正）。因而，上官鲁氏的身体发生了由福柯的被规训的身体向尼采的反抗的身体的转变。从反映论角度看，莫言揭开了女性苦难、病态的一角，为女性冤魂击鼓喊冤；从表现论角度看，莫言借上官鲁氏这一形象的塑造，阐明了民族文化象征、母性崇拜、绵延的历史观、东西文明合流的可能等文学内涵。但是，这一女性形象的设定和塑造无意中透露了他原罪性的对女性的想象。关于女性形象塑造的功与过的合一可能是每个作家所面临的困境和局限。莫言笔下的其他强迫症人物形象则有林岚、赵甲、西门闹等。莫言一方面塑造了起源的强迫症人物形象，另一方面把民族文化反思和社会问题排解融合一处。

在马尔克斯笔下，可与之相媲美的人物形象则是阿玛兰塔、菲兰达等女性，男性人物形象则有奥雷连诺上校、阿里萨等。在强迫程度方面，即使阿里萨的 25 本爱情笔记，几百次爱情实践，也没有使阿里萨抵达人生的伊甸园，而只有在华发皱纹的时代，重新遭遇费尔米纳，阿里萨在"爱情之舟"的往返航行中生活在自己的理想里。奥雷连诺上校，作为知识分子精英，大半生都在追求崇高的目标，这种积极的伟大强迫症被殖民地帝国势力玩弄、治疗和引导，最终使奥雷连诺上校转入"金鱼实验"，聊过

---

① 杨莉馨：《西方女性主义文论研究》，江苏文艺出版社 2002 年版，第 301 页。

余生。总之，尽管莫言和马尔克斯笔下的强迫症人物形象多种多样，从爱情、婚姻、革命、职业、欲望、身份等方面展开，但是，从强迫症人物形象的塑造、美学效果和张力的追求、政治社会寓言等方面看，在生命强迫症和文化强迫症、病态强迫症和生活强迫症的融合上，他们都是相通的。他们的区别在于，莫言的强迫症人物悲剧来源在于民族历史文化观念的推动和变迁与个体生命的自我追求之间的合力驱赶，马尔克斯的强迫症悲剧则来源于民族地理文化观念的返回与生命个体对殖民地帝国势力盘剥的反抗所形成的存在重叠。

3. 妄想症人物

妄想症"是精神分裂症中较为多见的一型。发病年龄较各型为晚。起病缓慢，但亦有急性和亚急性起病者。开始时，患者敏感、多疑，怀疑有人在背后议论或不信任自己。这种多疑逐渐发展，而形成关系妄想，总觉得周围发生的一切现象都与自己有关。如认为旁人的咳嗽是侮辱他或是传递信号；吐痰是鄙视他；聊天是议论他；甚至认为报纸上的消息也是影射他的。此后，关系妄想所牵连的范围愈来愈广，而逐渐形成被害妄想。这时患者认为周围的一切变化都是有人为了要迫害他而故意布置的"[①]。根据各种版本的心理学定义，妄想症的类型很多。从关系妄想症来看，莫言和马尔克斯的魔幻现实主义人物形象类型主要有三种。

（1）被害妄想症人物

"迫害妄想（delusions of persecution）：坚信有人在监视，威胁或以其他方式迫害自己，特别是觉得他人采取的是密谋的形式。"[②]最值得分析的人物形象是《檀香刑》中的赵小甲，一个普通、思维有点障碍的小屠户，邻居根本不把他当回事，娇媚的妻子不断地和钱丁会面，别人提醒他，他也不知道是怎么回事，并且还将这档子

---

① 张伯源、陈中庚编著：《变态心理学》，北京科学技术出版社 1986 年版，第 257 页。

② ［美］劳伦·B. 阿洛伊、约翰·H. 霍斯金德、玛格丽特·J. 玛诺斯：《变态心理学》，汤震宇、邱鹤飞、杨茜译，上海社会科学院出版社 2005 年版，第 589 页。

事向刽子手赵甲汇报，刽子手赵甲的阴冷、县官钱丁的狡猾、孙眉娘的哄骗，使他找不着北。在所有人的算计中，憨傻使他成为一个勤于思考和妄想的哲人，他借助虎须、阴毛、抹脸的鸡血来观看世界。这实际上是权力、性、死亡的象征物，三者能使一切人物显出原型。这三者是对故事的象征性再书写的媒介物，他极度恐怖地看到一个动物世界。在家庭婚姻方面，和孙眉娘独处一室时，他借助阴毛发现孙眉娘是大蛇，她妄图吃掉自己，这同孙眉娘告诉情人钱丁没让赵小甲近身相应，惊恐的赵小甲开始躲避妻子孙眉娘。在清朝官场方面，当大清第一刽子手赵甲摆足气派和地方官钱丁在客厅相遇时，一个愤怒对方勾搭自己儿媳，一个装模作样根本瞧不起刽子手，两个深谙官场法术之人，借机互相倾轧。此刻赵小甲发现赵甲是豹子，钱丁是老虎，他们随时作出吃人的样子。在刑场方面，在执行檀香刑的时候，借助鸡血妆，赵小甲再次看到赵甲是豹子、钱丁是老虎、袁世凯是老鳖，其他士兵是大尾巴狼或者秃尾巴狗、野狸子、狗混子，在这些"动物"的共同作用下，孙丙被上了檀香刑。当然，赵小甲最终也变成了食人者一类的人。在算计和恐惧之中，赵小甲真实地感觉到自己处在被周围人迫害的地位，多次欲逃跑。莫言的高明之处在于，在塑造这个被害妄想症患者的同时，运用虎须、阴毛、鸡血等象征物，引出了一个同弥漫着丛林法则的现实世界相连接的魔幻世界——动物世界和人吃人的深刻主题——文明世界"野兽化"的主题。这个魔幻世界又加强了赵小甲的感觉，使他具有哲学家和病态人物的气息。赵小甲是莫言塑造的最富哲学家气息的普通农民形象，他和上官金童一样，抵达了普遍的人性。尽管大多数读者在刚刚阅读小说的时候，可以因赵小甲的种种奇异行为而发笑，但是，他也是莫言让我们深思并且流泪的人——我们每个人身上可能或多或少都有赵小甲的气息——生命个体妄想症和文化妄想症纠缠在一起。其他的被害妄想症人物有：《幽默与趣味》中的王三，为了逃避现实的迫害和纷扰，变成了一只猴子；《十三步》中的张赤球为逃避欲望世界的侵蚀和赤贫，把家交给死而复生、面孔成自己的方富贵，改变自己，走向失败的经商之路，结果成为一个吃粉笔头的笼中叙事者；《生死疲劳》中的西门闹历经"七世转生"仍然摆脱不了怨气，不愿在俗世中好好生活；《食草家族·二姑随后就到》中关于二姑两个儿子残酷的复仇游戏的叙述等。借助被害妄想症的人物形象塑造，莫言呈现给读者的是魔幻人物和魔幻世界，还有普遍人性和生命形态的关怀。在殖民地白色恐怖文化里，马尔克斯的小说文本中也不乏被害妄想症的人物形象。《家长的没落》中敏感的家长借助梦、预兆等一切手段残酷镇压将军和士兵，每次遭受挫折时，家长便会在密室里向母亲祷告："母亲啊！您看他们……"他是一个典型的迫害别人又害怕被别人迫害的被害妄想症人物。马尔克斯借此塑造了一个拉丁美洲甚至全人类的独裁者典型。其他被害妄想症人物，如将军、雷贝卡等。相对于鲁迅笔下的"被害妄想症"患者狂人，莫言和马尔克斯小说中的被害妄想症人物形象有两类：被别人迫害因而以病态的形式存在的人物形象。如王三、张赤球、西门闹、雷贝卡等人，他们以受损害的弱者形象被塑造，借助这些人物形象，莫言揭露了殖民地社会的黑暗和文化制度的欠缺。因被别人迫害而迫害另外的人，他们以被迫害的病态反抗者或者强者形象存在。如赵小甲、家长、将军等人，他们总是迫害别人，并认为自己迫害别人的理由是正当的和必需的——因为在妄想中别人正在迫害自己。这些人物形象在某种程度上成为黑暗的殖民地社会和非人的文化制度的组成部分。在黑格尔的主奴关系意义上，他们共同构成了魔幻世界的奇妙景观。从文学社会学意义上看，被害妄想狂的蔓延对社会正义和文化制度的危害是巨大的，从虚假的结果出发，被害妄想狂得出挑战社会正义和违法犯罪的充分理由，尤其作为隐匿的普通人的类型，相对于被害妄想狂的独裁者——他们很容易被识别，其危害性和发病根源往往是混合的、秘密的，因而更容易以扭曲的形式流行。莫言和马尔克斯借助这种被害妄想狂的文学实验，对社会现象和文化现象进行了深入的文学考量。

（2）钟情妄想症人物

"钟情妄想（amorous delusion）多见于女性。患者认为自己被异性看中、所爱，因而眷恋、追逐对方。……其实对方根本不认识他。"① 钟情妄想症患者的情感生活给人一种奇怪、宿命的感觉。"钟情妄想，是指病人坚信自己为异性所眷恋，并常做出相应的反应向对方表示爱情。即使对方并无此意，甚至遭到对方的斥责或殴打，亦认为情有所钟，毫不质疑，继续追求，纠缠不已。"② 莫言笔下多情的人物大多给人以强烈的震撼力，仔细探究，他们都有钟情妄想症的表现。最有名的当属《白狗秋千架》中的暖，这个"我"曾经伤害过的昔日恋人。在玉米地里，借助白狗——红娘让"我"和她相遇，彼此的面貌、处境已经发生了翻天覆地的变化，但是暖还是邀请了"我"到她家去；分别的时候，她提出了没经"我"同意的要求，小说到此为止，钟情妄想症将昔日的"爱"表现得让人无法承受。莫言不动声色地塑造了一种"千年恋情"，从孟姜女到秦雪莲再到暖，从陆游到鲁迅再到莫言，从于连到高加林再到"我"，尤其是，自现代性以来，城市化运动日渐深入，有多少昔日的恋人有意或者无奈地被流放到农村或者故乡，"此生只能遥望落霞飞满天，华发无奈相逢桃李自成蹊。"莫言借助这段爱情结构言说了文本内外无数令人肝肠寸断的"不爱之爱"，这是莫言描述纯粹爱情的珍稀篇章之一。这是典型的中国式爱情，在这种爱情面前，一切权力、钱财、伦理都是浮云，也不像马尔克斯笔下的阿里萨和费尔米纳两人那样可以放弃所有一切重来，在这种爱情里，爱和责任的天平被奇妙而痛苦地平衡着。在《红高粱家族》中，余占鳌带领抬轿队送貌美如花的戴秀莲到麻风病人单扁郎家，抢劫和暴雨只是促成因素，在颠轿过程中，余占鳌窥视到戴秀莲的脚、戴秀莲窥视到余占鳌的背，他们两个人便认为对方已经产生了爱意，接下来野合、谋杀是处于妄想症中的余占鳌的激情行动，因杀了爱自己母亲的和尚而不得不四处流浪，而今却不怕事情败露直接到单夫人家应聘，并且戴秀莲长期不理余占鳌（不理会余占鳌是

---

① 刘毅编著：《变态心理学》，暨南大学出版社 2006 年版，第 297 页。
② 张伯源、陈中庚编著：《变态心理学》，北京科学技术出版社 1986 年版，第 129页。

真是假很难分辨），这些都从正反两方面证实余占鳌是个钟情妄想症患者。这种钟情妄想症恰恰和革命激情、无法无天的生存意志、酒神精神互相烘托，达到心理病态的审美化、哲理化。如果说"暖"和我的爱情靠其生命不能承受之重而冲决凡俗礼法，那么，余占鳌和戴秀莲的爱情则靠生命激情挑战凡俗礼法。其他如《丰乳肥臀》中的沙枣花钟情司马良，几十年来为他保持着青春，认为司马良爱着自己，当司马良再次出现时，便不顾一切地表白自己的爱情，面对司马良（他实际上狡猾、凶残、贪婪、好色）的明确拒绝，纠缠多日的沙枣花便跳楼自杀，身为表哥的司马良便不得不也跳下楼去。纯情、专一的沙枣花钟情妄想者的形象被残酷地展现出来。女革命者龙清萍对上官金童的痴恋，作为姑娘的她认为上官金童一定会爱上自己，她放下身段和地位死皮赖脸地猛追上官金童，结果不识时务的金童拒绝了龙姑娘，导致她自杀，如果不考虑其弦外之音，这也是一段钟情妄想式爱情。实际上，这段爱情在当时也是不可能的。在《檀香刑》中，孙眉娘对钱丁的追求达到了病态的程度，她借助巫术弄假成真，死去活来，甚至抛弃了父亲孙丙直接站在钱丁这边。直到钱丁不得不为了民族大义及其岳父而杀了赵小甲（眉娘名义上的丈夫），读者才看到眉娘的爱终于换得钱丁的真爱，但是，爱到真处却分离，实际上这也是钟情妄想症的症状，这段黑暗的时光成全和摧毁了眉娘和钱丁的纯粹爱情。在《天花乱坠》中，皮匠为追求财主的女儿歌唱吐血而死等。总之，借助钟情妄想症，莫言成功塑造了一群多情的人物形象：暖、戴秀莲、沙枣花、孙眉娘、皮匠、龙清萍等。从爱情本体论角度，莫言借助魔幻情节深刻形象地探讨了传统中国儿女的爱情特点：激情、专一；婚姻和爱情分离，爱情总是在婚姻之外，"不爱之爱"处被描绘得迷醉动人。同时，借助钟情妄想症的情节展开和人物塑造，莫言形象地展示了酒神精神、生存意志、革命激情、巫术思维等文学意蕴。相比较而言，在马尔克斯笔下，尽管加勒比地区是自由恋爱的地区，然而，由于马尔克斯的文本过于政治化，其爱情描写民族地理文化成分较浓，纯粹爱情描写反而不多。马尔克斯《百年孤独》中的阿玛兰塔对意大利商人的感情波动；士兵追求俏姑娘而自杀；《霍乱时期的爱情》中阿里萨和昔日情人的夕阳之恋等，这些人物形象和情节也具有钟情妄想症特点。其中情圣阿里萨和费尔米纳的夕阳之恋写得极具理想性，但是由于阿里萨一生恋爱经历极其丰富，无论从中国式爱情还是自由恋爱来看，阿里萨自身的情感经历削弱了其纯粹爱情的感染力。其哀婉动人之处反而显得比雷贝卡和霍·阿卡迪奥之间的爱情要弱。其爱的激情不仅挑战了俗世伦理，而且也挑战了爱情本身。尽管如此，这种钟情妄想症对魔幻人物形象仍具有促进作用，它凸显了加勒比民族地域风格的恋情特点。相对于莫言的超出伦理、社会限制的纯粹爱情描写，马尔克斯反而更加重视其民族文化的爱情方式。

（3）影响妄想症人物

"影响妄想，是指病人坚信自己的整个思想及行动都已受到某些人或某些神秘的力量的影响、干扰、操纵和支配，使他不能自主；甚至将一些不属于他的思想和意愿强加于他。有时病人坚信有人用某种特殊的仪器，或奇特的设施，如原子侦察器、电脑、太空等操纵或遥控着他的思想或行为，使他受到损害。"① 显然，莫言的魔幻现实主义小说中某些神奇人物和诡异情节具有影响妄想症的内涵。其主要表现为：人物的动物附体和动物模仿。在《球状闪电》中，一个老头站在破墙头上，身上插满羽毛，做出飞的动作，从墙上摔倒在泥地上，重新站起来，收拾自己的羽毛……这个无名老头就是影响妄想症人物，他认为鸟儿影响了自己，所以不断地做出飞翔的动作。借此，莫言塑造了神秘的魔幻气氛。在《一个长翅膀的老头》② 中，马尔克斯除了借影响妄想症塑造了一个具有魔幻意味的折翅老头，烘托了魔幻气氛外，还借此思考了西方基督教文

---

① 张伯源、陈中庚编著：《变态心理学》，北京科学技术出版社1986年版，第128页。

② ［哥］马尔克斯：《一个长翅膀的老头》，王志光译，《世界文学》编辑部《当代拉丁美洲短篇小说集》（世界文学丛刊第八辑），中国社会科学出版社1982年版，第198—205页。

明的衰落和对殖民地文明的入侵，两种文明的斗争及其必然结果等深刻内涵。在《球状闪电》（1985）中，莫言的此类魔幻形象的塑造水平还不能同马尔克斯相比，但是，这个神秘气氛孕育着新的希望和新的生命形式、艺术形象，老头展翅意味着莫言将在其魔幻世界之内展翅飞翔。在《红高粱家族·奇死》（1986）中，二奶奶恋儿由于见到狐狸，而被狐狸迷住，经法师治疗变好，后触犯了打狐狸的禁忌，结果被日本兵轮奸，恋儿狐狸附体的症状又开始发作。这个时候，莫言已经找到了自己的魔幻感觉。借狐狸附体、打狐狸违反禁忌，通过表面上把恋儿被轮奸的恶果归结为因违反禁忌而造成被狐狸附体，将日寇所犯罪行加以迷信化、魔幻化、艺术化，附体理论的自我消解暴露了日寇的兽行，并且反讽了为日寇兽行推脱责任的各种借口的荒诞。在《丰乳肥臀》中，鸟仙形象被塑造得更为成功。鸟儿韩的善良、能干和救济行为，使鸟仙深深地爱上了鸟儿韩。但是，鸟儿韩被抓走后，在盼望、想念、惊吓之中，鸟仙由一个纯情的姑娘变成一个真正的鸟仙，她吃鸟食、学鸟飞，并且为别人预测祸福。军人孙不言却强奸了鸟仙，鸟仙越发疯癫。在司马库时期，司马库和巴尔特做飞行试验时，鸟仙像鸟一样安详地从山崖上飞下。十几年后，鸟儿韩归来，看到的只是一抔黄土。这个神秘的、被鸟附体的鸟仙形象融入了爱情被干涉的悲剧、侵略战争的罪恶、女性的成长、性暴力、国际的友谊、历史的虚无等内涵，这个魔幻形象显得那么厚重、悲惨、复杂。鸟仙形象的塑造表现了影响妄想症心理的审美化，达到一种病态美的极致和反讽，其中生命以审美面具和世俗面具倔强而无辜地活着。其他还有在《红树林》中，被大虎等人轮奸后，陈珍珠在高烧中仿佛得到了珍珠仙子的救治，借此为被侮辱者提供女神的精神支持（此处往往被读者所忽视，女人正是从她们自己的神那里开始成长，女性主义者克里斯蒂瓦、伊利格瑞等都有相似的倾向；而蔑视女神的那些人往往用自己的知识代替女神的地位）；在《猫事荟萃》中，大响借助神灵附体驱鼠等。正如"一般来说，在社会—文化关系较为落后的地区，如偏远的农村，少数民族地区等。对影响妄想症的看法易形成两个极端：一是认为是鬼魂附体而加以虐待。一是视若神明，予以膜拜。"① 文本塑造了两类影响妄想症人物：以鸟仙、大响为代表的影响妄想症人物受到崇拜；以插羽毛老头为代表的影响妄想症人物受到放逐。两类人物都给文本带来了奇异的面貌、复杂的文化心理内涵和民族地理文化现象。借助影响妄想症人物形象的塑造，莫言魔幻现实主义小说文本表达了对病态者的关怀，和对所谓正常人物和正常社会的反讽和失望。在其病态面具和世俗面具之下，隐含着莫言对本然的和倔强的赤裸生命的关怀，这种生命尽管在其文化方式中存在着，但是它和存在保持着距离，这就是莫言所抵达的生命深度和强度。实际上，马尔克斯文本中的布恩蒂亚、家长及其母亲、将军、雷贝卡等人也可以看作影响妄想人物形象。相对于莫言高密乡世界的影响妄想症媒介——鸟仙、狐狸仙、黄鼠狼仙、珍珠仙、天兵天将等，马尔克斯马孔多世界的影响妄想症媒介是羊皮纸、鬼魂、骨殖等。这主要表现在布恩蒂亚家族方面，如果说吉普赛人梅尔加德斯作为鬼魂在初期的骚扰是作为民族地理文化进入故事的，后来他对布恩蒂亚的影响逐渐加重，开始说些鬼话（马孔多地方语言），那么，最终在梦中进入当地的鬼魂世界，在马孔多地理文化和文化失忆症两个层面上，这种鬼魂具有了影响妄想症内涵，更重要的是，借助羊皮纸，将这种文化失忆症推及布恩蒂亚的诸多子孙，直到奥雷连诺·布恩蒂亚解开羊皮纸的秘密，这种影响妄想症按照两个方向——失忆影响妄想症和追忆影响妄想症——发展着。除此之外，在雷贝卡形象上也集中体现了影响妄想症现象，雷贝卡诡异的装饰，再加上她背着双亲的骨殖袋子到处游走，充满了阴森气氛，她的性格和命运因此而受到影响，在其受虐气氛的作用下，她在经受了两次爱情的失败之后，就像活死人一样住在霍·阿卡迪奥给她建造的婚房里。实际上，在孤独意义上，从民族地理文化层面和帝国资本强权层面，几乎所有的人物形象都卷入了这种

---

① 张伯源、陈中庚编著：《变态心理学》，北京科学技术出版社1986年版，第97页。

影响妄想症——孤独——之内，来自民族地理文化积累的孤独，可以被称为影响妄想症，来自于帝国资本强权文化排挤所造成的孤独，可以被称为影响恐怖妄想症，后一种症状几乎笼罩了马尔克斯的所有长篇小说。这两种症状通过同一种表象存在，不过，后一种孤独症——影响恐怖妄想症在奥雷连诺·布恩蒂亚解开羊皮纸之谜后便在咒语中消失了。影响恐怖妄想症在莫言笔下的司马大牙、孙丙等人身上存在着，随着新中国的成立便逐渐减弱直至消失了。同样，在这种影响恐怖妄想症面具之后，马尔克斯揭示了马孔多充满张力的民族地域灵魂。这在哲人奥雷连诺上校、任性者阿玛兰塔、怪人雷贝卡、强人霍·阿卡迪奥、情圣阿里萨那里都得到了体现。同时，影响妄想症的人物现象表征本身和马孔多世界的民俗生活非常自然地融合在一起——马孔多人接受鬼魂、祖先、离世亲人的影响是一种非常自然的民族地域文化日常事件，因而，在马尔克斯的笔下，这种描写本身具有民族地域文化身份识别的功效。相比之下，在莫言的笔下，这种影响妄想症的人物现象则具有撞邪、违反禁忌等中华民间地理文化叙事身份的标记，这是一种非正常的事件。

　　除了上述各种类型的变态心理人物形象外，莫言和马尔克斯的文本还塑造了其他心理变态的人物形象：如双重人格人物形象有林岚、袁世凯、钱丁、家长、阿里萨、奥雷连诺等，贪食症人物形象有邱书记、金刚钻、罗小通、乔其莎、阿里萨等。对于莫言和马尔克斯来说，这些人物对魔幻现实主义文本的凸显作用仍然存在，由于文本篇幅问题，这里没有加以非常详细的分析。总之，由于变态心理人物形象的采用和塑造，形成了文本中人物形象诡异的行为、思想，具有一定的魔幻效果，使小说文本中的反讽和批判思想病态化、审美化，形成一种病态美。但是仔细考察，其实，他们所表现出来的只不过是平常人很可能出现、常被我们忽视而又需要纠正的现象。莫言和马尔克斯借助这些魔幻人物形象表达了他们对人类生命形态的现实关怀，其中民族地理文化特征、他者凝视和变态心理等内容被聚拢在一起。这种变态人物形象及其系统所带来的奇异行为和诡异人格具有病态美,这种病态美并不像病梅和小脚一样的他者病态美,它具有否定性和生命性的特征,如尼采的强力生命美一样,他将生命的不利情况吸纳进入自身以促进生命的发展,这种病态美通过奇异行为和诡异人格的语言面具、文化面具、世俗面具和审美面具,否定了外在因素(资本、文本、帝国、语言、文化、感觉、身体等他者)所强加给他们的称谓、赞颂、奖赏、愉悦等,在其被馈赠的历史的沉迷、妄想、存在、系统、无意识之内,或沉入,或挣扎,或超越,他们都有跳动着自我的赤裸生命。

三 魔幻叙述者与变态心理

除了成功塑造了一系列变态心理的奇异人物形象之外,由于莫言魔幻现实主义小说采用了病态心理的叙述者方式,这些文本的叙述也表现出奇异的特点。如《生死疲劳》中的叙述人物西门千岁,《檀香刑》中的赵小甲、赵甲、钱丁;《四十一炮》中的罗小通;《丰乳肥臀》中的上官金童;《酒国》和《战友重逢》中的亡灵等。

《生死疲劳》中的叙述人物西门千岁,显然是一个影响妄想症人物。在农民生活环境和轮回思想的作用下,叙述者西门千岁自认为:他历经了西门闹、西门驴、西门牛、西门猪、西门狗、西门猴、大头儿等几世的变化。地主西门闹被枪毙之后,先把自己认同为一头驴子,自述在蓝脸的养育下,西门驴认真劳动,自豪地叙述着冲破牢笼后的浪漫传奇:在小河边和母驴花花约会,大战并杀死两头恶狼,自由恋爱笑傲山林,为公务而断蹄,装上假肢,继续为蓝脸出力,最终被饥饿的社员吃掉。然后自述了西门牛的一生,凭借一双眼睛,西门牛重新来到蓝脸家里,和蓝脸一块儿搞单干,由于出色的劳动表现,在嫉妒之中,他的前世儿子西门金龙想要烧死他,为了使西门金龙免于万恶之罪,西门牛结束了自己的生命;西门猪不仅在杏园猪场为革命工作,而且在沙洲之上称王称霸,结果看破红尘,在救落水儿童时献身;后来认同自己是狗小四,从乡村到城市，作为一方霸主，开拓"月光晚会"等狗文化，结束一生；而西门猴则作为西门欢、庞凤凰手中用于生计的猴子终了一生；最后认同自己是大头孩子西门千岁。西门千岁这个叙述者，采用戏剧性叙事方式，在自述作为动物的历史中，渗透了农民的生活体验和经历，民族地理文化的神奇生命叙述形成一种奇异的魔幻世界。在虚幻的"拟动物"叙述中，农民的精神历程和品格转变、时代的推移、语言的反讽等融合为一部交响曲。例如，"我的前世是人，那人一妻两妾，只有性无有爱，我曾经错以为他非常幸福，现在才知道他十分可怜"。① 作为西门驴，它自我感觉比作为西门闹的自己幸福，妻子秋香、西门白氏等人在土改时的揭发和诬陷证明了这一点：作为动物是幸福的，而作为人是痛苦的。西门猪和小猪小花的对话、结局也形象地显示了这一点。这样，就对文本中的六世轮回的思想形成反讽，表面上像《聊斋志异》中的《席方平》一样揭示人世的不公平，更深一层的是，动物性人格的认同却显示了西门千岁这个影响妄想症患者认同动物的倾向和幸福，并且，借助动物的观察、想象和自述反讽了人性的丑恶。文中的人物在作恶的时候，不想让自己的事被别人知道，但从来没有人提防会思考、会观察的动物。动物的认同本身也保证了驴、牛、猪、狗、猴、血友病儿子等观察、思考、叙述的逻辑合法性。而且，作为一个迫害妄想症患者，西门千岁通过以动物身份的自述显示：不仅人类的许多痛苦和死亡是人与人之间钩心斗角造成的，而且动物的许多痛苦和死亡也是由丑恶的人类行为造成的，比如，黄合作、黄组织的婚姻，西门驴、牛的死亡，沙洲猪国的覆灭等。通过历史性的动物人格的认同和妄想，莫言成功地借助妄想症患者的叙述塑造了一个充满现实反映、历史批判、人性反讽、生命关怀的跨物种的魔幻审美场。正如莫言在《个性化的写作和作品的个性化——在第二届华语文学传媒大奖颁奖仪式上的发言》中所说："一个写作者观察事物的视角，应该是不同于他人的独特视角，从某种意义上来说，牛的视

① 莫言：《生死疲劳》，作家出版社 2006 年版，第 47 页。

角，也许比人的视角更加逼近文学。"① 应该说，成为真正的动物叙事是不可能的。影响妄想和迫害妄想的病态心理所形成的"拟动物叙事者"及其独特的"拟动物观察视角""拟动物语言""拟动物王国""拟动物狂欢""人不如动物"的反讽效果等，是影响妄想症的病态叙事者对文本的魔幻现实主义形态的真正贡献。和卡夫卡的《变形记》相比，卡夫卡的拟动物叙述者在一般情况下可以被看作在反思西方现代性生活框架之下模拟普遍动物叙述者的规划；从更深层的民族文化层次进行分析，在基督教《圣经》文化传统之内，一方面，在造物者上帝面前，一切生命都是平等的，因而由人到虫可以被看作平等的跨界游戏；另一方面，从人被上帝设定为世界的看管者来看，人同虫子相比，人比虫子高一等，是虫子的主人，因而，由人到虫子意味着叙述者的社会学意义主体和叙述学主体位置的倒置和沉落，卡夫卡的《变形记》，从叙述学的意义来看，拟虫子叙述者颠倒和颠覆了自启蒙以来走上主体位置的叙述主体。其拟动物叙述者也可以追溯到阿里斯托芬的《鸟》。从拟动物叙述者的文学资源来看，一方面，从西方拟动物叙事者和拟动物存在者的角度看，从零星拟动物叙事到系列拟动物叙事，是莫言赶上和超出卡夫卡模拟动物叙述者的内容；另一方面，从中国拟动物叙事者和拟动物存在者的角度来看，莫言的拟动物叙述者具有中国的民族地理文化特征。从庄周的蝴蝶开始，拟动物叙事者和拟动物存在已经开始，但是它远没有达到系列的程度。从神话小说的角度看，从《山海经》的拟动物"物性"叙事，到《搜神记》《西游记》《封神演义》等，我们可以看到，拟动物叙述者和拟动物存在等，一直以神、佛、精怪等超越人的更高一级的形态存在。但是在《聊斋志异》里，拟动物叙事虽然还挟带着佛教、道教、民间宗教等拟动物叙述者和存在者的方式，但是较为系统性的、民间文化样式的拟动物叙事者和存在者开始出现，具有浓厚的生活气息。如

---

① 莫言：《说吧莫言：恐惧与希望（演讲创作集）》，海天出版社 2007 年版，第 102 页。

《促织》等，系统性的、民间样式的和富有文化气息地拟动物叙事在《聊斋志异》里被非常明显地暗示出来，明确的系统性的和文化性的拟动物叙事与拟动物存在，在莫言这里则被广泛地展开。

作为对比，《檀香刑》主要选择共时性的变态心理患者的自述来建构其魔幻艺术世界。事实上，无论《檀香刑》还是《生死疲劳》中的变态叙述者都具有共时性和历时性特点，只是侧重点不同，为了分析方便，才根据侧重点分开进行。被害妄想症叙事者赵小甲叙述的主要章节有小甲傻话、小甲放歌等；施虐症患者（杀人狂）赵甲自述的主要章节有赵甲狂言、赵甲道白、践约等；双重人格钱丁自述的主要章节有钱丁恨声、知县绝唱等；钟情妄想症患者孙眉娘自述的主要章节有眉娘浪语、斗须、眉娘诉说等；自恋者孙丙自述的章节主要有斗须、悲歌、神坛、孙丙说戏等。由于作者采用了共时性并置的叙述方法，各个变态心理的叙述者自述的内容形成了一种共时性链接、对话关系的魔幻审美场。这种链接非常复杂，极大地丰富了文本的内涵。所以下面将选择一两点作为例证进行分析。赵甲这个刽子手，平生最得意的事情就是以杀人为职业，将杀人提升为一种艺术，他的疯狂的叙述让人体会到：无论善恶美丑，只要到了他的手下，他就会心安理得地、自豪地、凶残地工作。并且，他试图用第一刽子手的威名驯服县官钱丁，他的叙述夸张、冷酷；钱丁一方面自述为勤政爱民的地方官，多才、美须、善解人意的好丈夫；另一方面自述为处处受挫的小官僚、偷情的花心男人，他的双重人格的自述斯文、虚伪。被害妄想症患者赵小甲自述为无能、无知的小男人，但实际上他对周围的算计、迫害却充满了象征性理解（有关动物世界的理解如前所论）。孙眉娘的痴情自述和钱丁的花心自述，形成对自以为高明的自述者的反讽，神圣的感情自述在相逢中顷刻瓦解，缩短了爱情和荒淫的距离。而孙眉娘、钱丁对赵小甲、知县夫人的瞒天过海只不过是自欺欺人的把戏：赵小甲的白蛇、老虎意象表明他早已洞悉了真相；知县夫人更是对此了如指掌并为其牵线搭桥。在反讽中，痴情的爱情自述变成了闪烁着微弱人性的死水；而赵甲狐假虎威、钱丁装模作样、克罗德穷凶极恶、袁世凯外强中干、众士兵滥竽充数、孙丙宁死不屈等，透过赵小甲的眼睛，这一幅历史画卷只不过是一段弱肉强食的丛林记忆。历史只不过是一片血污，是各种人物、势力、思想斗争的反讽场。多个病态叙述者的设定造成文本的语言风格斑斓多彩，产生了丰富的意义生成链接，造成了魔幻情节和魔幻人物的反讽和对话等。总之，多个病态叙述者的设定已经成为莫言魔幻现实主义小说的意义链和审美链，表现出一种众声喧哗的审美视域。如果说，《生死疲劳》是影响妄想症叙述者的一部变调浪漫传奇，那么《檀香刑》则是一部变态叙述者的多声部和声。

丁钧儿、罗小通、上官金童、笼中叙述者等也是具有审美效果的变态心理叙述者，当然也有普通心理叙述者的存在。在《酒国》中，窥视者侦探丁钧儿的叙述既像一个酗酒者的无意识流动，又像一个亡灵到处游荡，各色人物就像梦魇一般在欲望之河里漂浮着，使小说文本呈现出一种液态表征（如柏格森绵延生命的无意识流动，也如伊利格瑞所表述的液态欲望）；在《四十一炮》中，嗜食症患者——叙述者罗小通作为神经质的小孩子，时而清晰时而沉迷，在喧嚣夸张的叙述之内，在权力和欲望之海中寻找迷失的自我；在《丰乳肥臀》中，恋乳症患者上官金童一方面充满内疚地自述恋乳的罪恶（独占母乳），一方面炫耀自己夸张的恋乳行为（从雪集上狂揽群乳到乳罩专家、乳房贴画欣赏家），恋乳症患者的病态、对一代青年种的退化的担忧和保守复古主义文化意象共同寄居在上官金童身上。笼中叙述者则属于自闭症患者，其闪烁其词的叙述完全脱离了社会，脱离了自我，沉浸在自我的牢笼中。在现代文学里，变态叙述者并不陌生，例如，鲁迅的《狂人日记》用被害妄想狂"狂人"的叙述展开"吃人"的文化史，卡夫卡的《变形记》用影响妄想症患者格里高尔主人公从人到甲虫的叙述敞开人的存在的失落和空虚，福克纳的《喧嚣与骚动》用亡灵叙述和白痴叙事塑造了死水一样阴冷的世界等。甚至在古代文学里也有表现，西方阿里斯托芬的《鸟》用"鸟"叙事建构了空中理想国，艾米莉·勃朗特的《呼啸山庄》用亡灵叙事和复仇者的变态叙述建构跨越生死的山庄世界等。《山海经》中神奇变态动物叙事已经显出痕迹，唐代传奇《南柯太守传》（李公佐）也已经隐含地使用"蚂蚁叙述"来建构奇异的槐安国等。在中国古代变态动物叙事文学史中，明代小说《西游记》（吴承恩）是变态动物叙事学的一个高峰。它非常集中地展现了猴子（孙悟空）、猪精（猪八戒）、龙马（白龙马）、白骨（白骨精）、兔子（女兔子精）、熊（黑熊精）、羊（羊力大仙）、鹿（鹿力大仙）、虎（虎力大仙）、大象、大鹏、狮子、牛（牛魔王）、狐狸、老鼠、蜈蚣、公鸡诸多动物叙述者形象，当然，这些"动物精怪叙述"是以动物精怪形式——动物人形的方式存在的，这种影响妄想症叙述赋予动物叙述的合法性在于万物皆有佛性，万物皆可能成佛的逻辑。其主要分为两类：精怪动物叙事和神佛动物叙事。前者因偏执于某种欲望而沉迷，后者因超脱某种欲望而飞升，后者比前者层次更高。佛法成就了动物精怪叙述，动物精怪叙述成就了佛法。它们都给小说文本增加了奇异风格和哲学内涵。在《西游记》里，变态动物叙事除了转生动物叙事（如猪八戒由天蓬元帅变为人间猪妖）外，还有化生动物叙事（如孙悟空由石头变为石猴子），还有神明点化而生的动物叙事（如白龙被观音点化为白马），因诅咒而变化的动物叙事（如唐僧被点化为老虎），还有神仙妖魔变化的动物叙事（如孙悟空和杨戬斗法变化为诸种动物）等。从变态动物叙事角度看，《西游记》是神话和小说领域里变态动物叙事的集大成者。《封神演义》可以看作在《西游记》路向上的延续，其雷震子、哪吒、申公豹、狐狸精等变态动物叙述有所开拓，把叙述边界由佛教王国移向道教世界，但在变态动物叙事方面并没有超越《西游记》。变态动物叙事的另一个高峰是蒲松龄的《聊斋志异》，其中变态动物叙事有鹦鹉、香獐、鼠、狼、猴、公鸡、乌鸦、蜜蜂、蝴蝶、蛇，变态植物叙事则有牡丹、菊花、石头等，另外还有鬼魂叙事等。例如，小翠作为变态动物叙事人物出现在浙江人王侍御家，刚开始她只是作为王公子的媳妇出现，她和王公子玩耍情同手足，扮作宰相拯救王家，疗救王公子等故事一步步按照一般女人的视角发展，直到打碎花瓶被痛骂和驱赶，小翠点明身世，女人叙事摇身一变成为狐妖叙事，一切神奇谜团皆迎刃而解并证明了狐妖叙事，小翠消失后再次以于姑娘的身份返回，重新成就了美好婚姻，使狐狸叙事继续进行。辞别是为了维护狐仙姑娘的尊严，返回是为了维持与王公子的专一爱情。作为叙事者狐仙与其法力、爱心、活泼开朗的性格、敢于担当的人格等一起建构了美好的女性形象、奇异的故事情节、神幻的艺术世界。相对于《西游记》《封神演义》中的邪恶狐狸形象——神仙的堕落态存在，《聊斋志异》中的这类叙事者是以仙狐的拟人态和超人态存在的，当然，她们仍生活在佛教的因果逻辑和道教的修炼提升逻辑之中，但是世俗的生活幸福已经把那两种逻辑放置在潜文本之内。在其魔幻世界里，虽然存在着神佛道叙事，但是，神佛道叙事较多雷同且声音明显减弱，逐渐进入潜文本层次。相对来说，动物植物精怪叙事作为主文本，且富有俗世生活气息，相对于《西游记》中的神佛动物叙事和精怪动物叙事形态，《聊斋志异》中的动物植物精怪叙事则从善良精怪动植物叙事和邪恶动植物精怪叙事两方面展开；同时，相对于自《西游记》《封神演义》那种统一和净化世界的佛法动物变态叙事、道法动物变态叙事来说，那种崇高的名门正派的高低、正邪之争，在《聊斋志异》里已经成为善恶之争。在富有生活气息的动植物精怪叙事里，那种斗天换地的法力已经让位于充满地域、物种特色的有效法术。最后，在鬼魂变态叙事取得日常生活合法性之后，女性动植物精怪叙事富有特色，同《西游记》《封神演义》的佛道精怪动物叙事的阴森恐怖气氛相比，在善良、美艳、奉献、爱情等方面，《聊斋志异》的女性动植物精怪变态叙事超越了《西游记》《封神演义》。在此动植物变态叙事的发展路向上，莫言的魔幻现实主义动植物变态叙事是新的高峰。这与莫言童年的农村生活、魔幻现实主义文学的神话思维和变态动植物叙事的自觉艺术追求有关。相对来说，莫言的变态动植物叙事有如下特点：相对于前现代的神话世界，莫言所面对的是诸神已经远离我们，因而这种源自中国古典文学的神佛精怪动植物叙事佛法、道法、精怪法术等叙事逻辑必须经受现代理性思维和俗世世界的合理化才具有可能

（莫言的变态植物叙事主要表现在红高粱、红树林、草等上），莫言经常以红高粱、红树林、草展开叙事视角，并把这些植物作为文本形象进行塑造，进而建构成为魔幻现实主义世界的一部分（前文已有涉及）。因而相对于佛法世界、道法世界、精怪世界的神奇诡异，莫言的魔幻现实主义世界的基础只能是俗世世界，因而，西门七世的变态叙事尽管接受了转生情节，但是西门闹转生后的驴、牛、猪、狗、猴、血友病儿在主文本中只能提供动物视角、动物形象和动物世界，他们以人化的拟态存在，那种神佛精怪再也不能超越社会存在，只能以文化姿态、文化资源和思想形式参与文本人物形象和世界的建构，并和人的视角、形象和世界形成间离、对话、反讽的艺术效果。这些不同的人物形象、情节结构和艺术世界在生命的关怀、动植物变态叙事形式、魔幻面具等层面相遇，那种佛法、道法、精怪动植物世界的自我运行、辩证斗争和身份识别已经发展成为原始思维、日常生活世界的形式张力和语言游戏。莫言的叙述者身份是复杂的，毫无疑问，变态心理叙述者造成的魔幻效果更加明显、奇异。因而，我们可以梳理出莫言变态动植物叙事的五个基础：中国古典小说的传统神话佛道动植物叙事和《聊斋志异》的精怪动植物叙事、民族地理文化的原始神话思维、西方变态心理叙事者、生命叙事和民族地理文化叙事。这五个方面构成了集大成者莫言变态动植物叙事的基本要素。从佛道动物堕落态叙事者（《西游记》《封神演义》）到花妖狐怪的超人态和修炼态叙事者（《聊斋志异》）仍活动在因果逻辑和修炼逻辑之内，但是，到了莫言的动植物拟态叙事者这里，它们就活动在有限制的生命形式逻辑之内了。从主文本到潜文本，从崇高教义到审美追求、从信其不虚到艺术虚构、从顺天行道到反讽社会等方面，都是这种动植物变态叙事之间的主要区分。

同时，需要指出的是，作家的心理不一定和文本中人物的心理有直接的对应关系，所以没有深入把两者联系起来进行分析。而且莫言在《"高密东北乡"的"圣经"——日文版〈丰乳肥臀〉后记》中为自己的病态人物的选择进行美学辩护："我在《丰乳肥臀》中的确写了性，也写了上官金童对乳房的痴迷，关于这一点，我认为邓晓芒的解读很符合我的原意。……对乳房的眷恋到了痴迷的地步，这是一种病态，但病态的东西从某种意义上来说，往往是美的极至。日本文学中对病态的描写，我认为是世界最高的水平，从谷润一郎的作品中、川端康成的作品中、三岛由纪夫的作品中，都可以找到这种让人心醉神迷的例证。"① 所以推广开来，对莫言魔幻现实主义小说中病态心理内涵进行综合清理，借此揭示魔幻现实主义小说的一个成因，是很有意义的。相对来说，在马尔克斯那里，《家长的没落》中的叙事者在窥视癖和自恋癖之间徘徊，家长的后宫和密室、妄想狂人格特征和社会混乱状况等在这种病态叙事者的视角和话语之内一步一步被展开；《百年孤独》的叙事者以失忆症、被害狂和自恋狂等身份讲故事，在个体、家庭、社会、民族等层面展开规模宏大的孤独感伤叙事；《霍乱时期的爱情》中的叙事者则以偏执狂和自闭症患者的身份展开民族和自我精神创伤的叙事。这些病态叙事者的叙事视角、话语和殖民地的孤独文化是契合的。这种病态倾诉和鲁迅的呐喊风格形成鲜明的对比。

简而言之，魔幻现实主义小说中的变态心理学内涵，对文本中人物形象、故事情节、叙述者、叙述风格、语言等方面的奇异魔幻色彩具有一定的生成作用。同时，这种现象也注释了莫言和马尔克斯魔幻现实主义小说中的现实意味和人文关怀。

总之，本章主要通过两部分阐明莫言和马尔克斯魔幻现实主义小说中的奇异魔幻叙述的变态心理内涵。首先，在文本分析和作者自述的基础之上，阐明作家莫言童年的孤独、饥饿经验在其魔幻现实主义小说文本中人物形象的投射现象和补偿机制：大量的爱情书写和狂欢场面通过心理补偿机制无意识地填补了作家莫言童年的心理创伤，试图追踪作家社会生活—生理经验转变为文本经验的现象和规律。相对来说，在殖民地文化视域下，马尔克斯孤独的社会经

---

① 莫言：《说吧莫言：北京秋天下午的我（散文随笔集）》，海天出版社2007年版，第353页。

验也在文本中大量的孤独人物形象的塑造中得到了投射，但是，同莫言通过爱情描写和狂欢场面反向补偿机制略有不同，马尔克斯的爱情书写只是人物逃避孤独生存的面具形式，饥饿经验大多集中在下层人物身上，很少集中出现在众多中产阶级主人公身上。相反，马尔克斯通过拯救失忆症来唤醒民族记忆，通过咒语呼唤未来、逃避社会生活、拒绝暴力等方式来疗救孤独症，因而马尔克斯以启蒙作家的身份出现。换言之，马尔克斯的小说文本并没有提供可靠的补偿机制，因而主观性激情写作和客观性政治写作也是莫言和马尔克斯之间的区别。其次，通过分析莫言和马尔克斯小说文本中的变态人物类型、互文性变态心理人物系统和变态心理叙述者等方面的文本现象，阐明莫言和马尔克斯小说文本中不同的变态人物形象对他们魔幻现实主义小说人物形象、情节叙述和魔幻艺术世界的生成作用，同时分析了他们小说中的变态心理叙述者从视角、人物形象、艺术世界等方面对魔幻现实主义艺术世界的建构作用，分析了莫言变态心理叙述者的大致类型和变化及其主要涉及的中外文学资源，并认为莫言大规模和系统的变态心理叙述者的建构具有重要的文学史意义和文学理论意义。

第七章　生命倾诉与魔幻叙述

一　身体生命与刑场叙述

在世界性文学思潮之内，逻各斯、理念、上帝、思我等理念接受日益严重的挑战，自尼采、马克思、福柯、克里斯蒂瓦等以来，此岸美学成为思潮并不断蔓延，身（肉）体美学成为个体生命自我救赎的路向之一并日益成为显学。在中国文学思潮的发展路向上，随着儒学的统一化、玄学化、理学化、科学化等挑战，儒学面临着日益严峻的挑战。尤其是自宋、明以来，随着生产力的日益发展，古代城市和城市生活日益发展，一种新的此岸幸福生活方式便随着新的消费方式和生活方式开始出现，身（肉）体美学日益成为文学活动的重要内蕴之一。

20 世纪 90 年代以来，随着弗洛伊德的"性"话语和福柯的"后身体"话语不断流传、渗透，无论女作家还是男作家，中国作家或多或少都使自己的作品（从某种意义上来说）沾染了"性""后身体"话语，发生了由"写作身体"到"身体写作"的变化，以此显示其先锋性、解放性来招揽读者。陈忠实、莫言、贾平凹、王安忆、铁凝、卫慧、棉棉等，这些作家的创作确实为打破性禁忌、获得身体合法性、揭露男权统治、摆脱政治话语等做出了具有时代意义的贡献。不过，随着创作的深入，读者品位的提高，是一直深入"脱衣秀"，还是有所挖掘创新，这是每个作家所面临的不能回避的问题，于是新一轮突围便开始了。莫言当然也是这个过程中努力创新并成功建构自己艺术世界的一位大家。并且，莫言的作品超越现实的虚构，更容易突破具体事件的束缚，更容易让读者看到作者本身及作者心中和眼中的身体历史，所以更具有研读价值。同以往的作品相比，莫言在《檀香刑》的"后序"中说，这是"我的创作过程中的一次有意识的大踏步的撤退，可惜我撤退得还不够到位"① 的书。笔者认为，这是作者成功的突围，由女体展览向历史的刑场突围，向颤抖着、流着污血的身体突围，追求一种凝重、深厚的美感，给读者以震撼力的是，留着血污的身体，颤抖地说出的遗言，人头落地的真实，历史背面的记忆。纵然这种历史是作者的虚构，但它拥有虚构的权威。在莫言自身小说的身体历史路向之内，劳动的健康身体（珍珠、高马、酿酒的我"爷爷"、罗汉大爷等）、恋爱的完美身体（暖、孙不言、上官鲁氏、戴秀莲等）、革命的身体（余占鳌、罗汉大爷等），动物的身体（驴子、狗、猪、牛、蛙等）、被规训的身体（高马、赵甲、戴秀莲、眉娘等）、自然的身体（我"奶奶"、蛙等）、肉食者的身体、食草者的身体、生育的身体等，众多的身体已经被莫言或明或暗地表现在小说之内。这和莫言的生命叙述路向是一致的。其中从《暖》到《丰乳肥臀》，莫言作品中的生命身体叙述，或者无意识叙述，或者镶嵌在文化反思之内的叙述，都具有较深厚的内涵。但是大规模聚集地叙述身体还是在《檀香刑》里，莫言的身体叙述路向和儒家思想的正统身体观、道家的自然身体并不完全一致。如果说在《红高粱》里他借助革命者无意识地描绘了尼采式的生命身体；在《天堂蒜薹之歌》《红树林》《十三步》中，他借助各个主人公无意识地描绘了马克思的劳动身体和正统的儒家身体；在《丰乳肥臀》里，他描绘了时尚身体、象征身体、文化身体，更接近于福柯的被规训的身体，此处的身体在尼采的生命肉体和齐美尔的时尚身体观里徘徊，这可以看作莫言身体文化描写的有意识的开始；那么在《檀香刑》里，莫言系统地把肉体描述和刑罚关联起来，在中国身体文化里，他围绕并超越了福柯的身体观，其超越性尤其表现在正面人物身体的自我照料上，莫言把没有勇气

---

① 莫言：《后记》，《檀香刑》，当代世界出版社 2004 年版，第 380 页。

的诸多反面人物的身体归属于福柯的身体观之内；其后，在《四十一炮》里，他主要关注了欲望身体对社会的忤逆和对自身灵魂的摧毁；在《生死疲劳》里，外在的身体及其规训和变形已经不起决定作用，身体被作为臭皮囊（佛教身体）来处理；在《蛙》里，通过社会身体机制和人对生命尊重的反思来反观中国社会关于婴儿的身体观。总之，莫言身体叙述的基调是中国儒家正统身体观、马克思的劳动身体观、尼采式的生命身体观、佛教臭皮囊的身体观等。尽管奥斯维辛集中营之后便没有了诗，任性的莫言不仅写"诗"，而且执意要写刑场的身体之"诗"，并且写得惊天地泣鬼神。这些肉体观念的冲突在《檀香刑》里表现得最为独特。在马尔克斯方面，由于马尔克斯的世界性文学和民族地域文学的追求方向，马尔克斯笔下的身体有民族地域文化的身体、福柯样式的被规训的身体、民族爱情的身体、马克思样式的劳动身体、尼采式的革命身体、象征身体等内容。从《百年孤独》到《霍乱时期的爱情》《家长的没落》等来看，其关于刑场的身体叙述除了福柯、尼采意义之外，还挟带着民族地域文化的身体意义。所以，本节将在比较的视域下分析《檀香刑》中莫言的刑场身体叙述的独特风格内涵。

（一）刑场的生命叙事

写"刑场"不是一个新鲜的话题。从姜子牙画地为牢到包拯"御铡三刀"，一直到中国的四大名著《三国演义》《水浒传》《西游记》《红楼梦》以及《金瓶梅》《封神演义》等，或者正统刑法或者私刑，在中国古代正统文学里几乎都有以处罚身体而正法的故事。在中国现代文学里，鲁迅先生也写刑场，在《示众》里，鲁迅先生"没有一般小说都会有的情节（故事），人物刻画和景物描写，也没有主观抒情与议论，只有一个场面，'看犯人'"①。鲁迅先生强调看客的麻木，并利用这一象征来批判国民的劣根性，此类

①　钱理群、温儒敏、吴福辉编：《中国现代文学三十年》，北京大学出版社 2003 年版，第 40 页。

文章还有《药》《藤野先生》等，同胞的肉体生命被处罚、被观看深深地刺痛了鲁迅先生，鲁迅先生的作品深刻而尖锐，通过身体的戕害来思考民族的命运，获得超越历史智慧和生命哲学的沉思，这正是鲁迅之所以成为伟大的鲁迅的原因之一。与此相比较，马尔克斯在其魔幻现实主义小说文本中也对肉身进行了多方面（战场、情场、刑场、商场、官场等）的描述，其刑场肉体的描述比较复杂，一方面，马尔克斯直接描写了刑场上痛苦的被规训的肉体，例如，在《百年孤独》中，香蕉工人罢工受到镇压，大批工人被杀，尸体被火车运送走并被倒进海里，活着的证人遭到追杀，劳动的身体在呼唤正义时，被帝国主义势力和殖民地政府合谋以正义为旗帜悄无声息地"规训"了。在《家长的没落》中，家长利用梦等方式直接宣判部下死刑，执行死刑的方式则各异，有喂鳄鱼、毒杀、烹煮、用炸药炸毁等。马尔克斯对这种刑场很少进行直接具体的描写，大多用叙述的手法交代事件，最多对其死亡场景进行简单的白描。这部分描写直接揭露了帝国势力和殖民地政府的残酷，以及他们对生命的漠视，为了利益他们可以毫不犹豫地杀死其认为应该杀死的人，身体成为由莫须有罪行带来的惩罚的直接承担者。另一方面，马尔克斯对刑场上的肉体进行了大量的间接描绘，并采用魔幻主义表现方式，关于这部分描写马尔克斯处理得很有特色。在《百年孤独》中，马尔克斯将革命的战场作为刑场描述，如奥雷连诺上校被毒杀，可以毒死一头大象剂量的奎宁被奥雷连诺上校服用，将要死亡的奥雷连诺上校嘴里吐出白沫被人抬了回来，结果在乌苏娜的照料下，奥雷连诺上校竟然活过来并重新参加革命。魔幻主义描写方式消解了死亡的残酷并浪漫地塑造了一个充满活力的革命英雄的身体。其次将日常生活作为刑场描述，如雷贝卡的丈夫霍·阿卡迪奥目击工人被大屠杀，并拯救了被追杀的奥雷连诺上校，一年后，在他进入自己的新房之后，一声枪响，霍·阿卡迪奥的鲜血在地上流着，直接找其母亲乌苏娜去了，霍·阿卡迪奥谜一般地被谋杀，夸张的间接描写形象地揭示了殖民地的恐怖统治。奥雷连诺上校的19个儿子在殖民政府的"关照"下一个个莫名其妙地死去。

家长的妻儿在逛超市时，被训练有素的狗撕碎了。和家长斗鸡胜利的市民几天后也莫名地死了，等等。日常生活已经没有了地域文化特征和幸福感，完全被这种白色恐怖取代了。再次将官场当作刑场来描写，在《家长的没落》中，家长手下的将军、士兵，随时都可能被将军以各种奇异的方式杀掉，而家长同时以行神迹的方式活在公民心中。一个要塞的士兵在接受家长的食物之后都被消灭了。这些刑场描写塑造了一种军事政权的恐怖气氛。最后将野地作为刑场来描写，在《霍乱时期的爱情》中，在爱情之舟上阿里萨发现野外的河流里漂浮着人和动物的尸体，无名尸体的脑壳上清晰地显现出枪眼。总之，从比较的意义上看，马尔克斯笔下的刑场，不论间接的刑场，还是直接的刑场，在帝国主义霸权和殖民地军事政权的统治下，不论何时何地，各种生活场域都可能变成刑场，肉体生命随时都可能被各种奇异的方式剥夺，执行死刑的方式随心所欲、变化多端。另外，在民族文化场域之内，马尔克斯还塑造了反抗着的民族地域文化的身体。这种身体可以从阿玛兰塔、雷贝卡、阿里萨、阿美丽加等人的民族文化身体观方面被显现出来，这些身体依靠民族文化根基生活着和存在着，尽管它们可能带有乱伦、孤独、病态的味道，但是，它们却挟带着民族的记忆和徽章，它们孕育着自由的民族文化身体和独立的民族未来。这种传说的身体叙述方式与拉丁美洲殖民地帝国势力和殖民地政府的秘密恐怖杀害有关，几乎所有的当事者都被秘密杀害，在第一现场的人无人活着出来，因而这种身体戕害的事实只能作为传说的方式被传送。与把肉体处罚作为殖民地霸权文化和军事政权恐怖文化的批判和揭露（马尔克斯）和通过肉体遭受处罚审视作为看客的国民性（鲁迅）相比，莫言则有不同的风采。莫言调动一切艺术手段让读者产生生命现场感，让你倾听骇人的惨叫，抚摸颤抖的肉体，闻嗅血腥，聆听逝去的鬼哭，观望残酷的历史。通过遭受伤害的肉体的近代历史的感觉化描写，莫言审视了受刑者、行刑者、观者，以及刑场的台前幕后大大小小的官僚、义士等角色的劣根性（施虐、受虐、窥视癖好），肉体的本质，以及刑罚的权力本质。在刑场的肉体叙事层面，在文化批判和人性揭露意义上，莫言和马尔克斯的刑场肉体叙述具有相通性，莫言侧重于人性和文化的批判，马尔克斯侧重于殖民地军事政权和帝国暴力的揭露。从刑罚的客观性和系统性来看，莫言更胜一筹。但是，他们都表现了刑场肉体叙事的各自民族地域文化特征。

《檀香刑》共安排了 14 个刑场场面，感觉化地描绘了末代封建刑罚的杂烩。这些场面贯穿整个小说，且采用不同的叙事策略（广义的叙事意义，许多术语缺乏统一的看法，这里采用限定的叙事意义），或展示讲述①，或叙述人和视角不断变换，以形成一种现场感、历史感。下面为了分析的方便，笔者的分析话语将打破这些场面在文章中的排列顺序。显然，作者为了造成阅读效果，精心拉长了意义距离，造成表面混乱的艺术排列。

1. 在《眉娘浪语》（一）中，文本中人物眉娘作为复位血缘叙述人，获得叙事权威，用潜意识噩梦来回忆过去、过去的未来，同时获得进行时，又是对故事发展的一种预测。"俺爹"被杀头，狗咬头，头的辫子扫中狗的眼睛，潜意识叙事既寄托对父亲这位民间英雄的赞美，又预示了叙述主体的担忧和故事的发展趋向。从叙事学的角度看，"父亲被杀头"的潜意识叙事的小故事，一方面，吸取了中国传统说书体叙事学的"楔子"理论，开篇先交代一个小故事，从时间上，首先讲一段和故事主体相似或一致的故事，用来等待可能晚到的听众，以期更多的听众到位从而能够获得更多的收入，同时使早到的观众能够听到故事，不至于冷场或者怠慢了客户，体现了莫言的民间叙事立场及其中国叙事资源。另一方面，莫言也吸纳了西方现代叙事学资源，在西方叙事学意义上，好的作品能够在开端，甚至第一段之内，通过各种手段和形式，对整个故事的发展结局有所暗示，从而使"讲什么"的故事美学向"怎样讲"的故事美学转向。这种叙事美学不再把故事的内容作为叙事美学成功的关键，他提倡让读者提前遭遇到故事主体及其结果的暗示或者预兆，然后再通过其天花乱坠的叙述，借助作者的讲述和情节的变

---

① 李建军：《小说修辞学》，中国人民大学出版社 2003 年版，第 184—185 页。

化来吸引读者，给读者以美感，把小说的美感过程化，在这一过程中，作者的叙述不断超越和挑战读者的阅读期待，从"怎样讲""怎么样"层面上给予读者美感，即在读者参与的层面来创造故事叙述的美感（如罗兰·巴特的《S/Z》），从而从作者美学向文本美学、读者美学方面转移，从而显示出作者的艺术才能。从《眉娘浪语》（一）中，我们可以看到，中西两种叙事美学被莫言吸纳运用，一方面，中国传统说书体叙事美学尽力强调故事叙述的缓冲和预热（实际上在《檀香刑》中语言的节奏感、文白交错就具有说书体语言特征），在其强调通俗性和传播性层面，容纳故事重复讲述的美学合法性；另一方面，这种传统说书体的叙事重复美学实际上在其曲折变化层面预示了西方现代叙事美学的"怎样讲""怎么样"层面。相对于此，马尔克斯在《家长的没落》之内则通过将民族地域奇葩刑罚的斑斓叙述和史诗叙述相结合，抵达了民族地域叙述美学和西方现代叙事美学的结合。同时，在夸饰叙述方面，来自中国古代大赋的奢侈铺排（莫言）和来自西班牙文学的绚烂叙述（马尔克斯）在装饰性叙述处遭遇并形成对话。

2. 在《眉娘浪语》（七）中，小甲杀猪，刀子、抖动、血、苍蝇，轻描淡写的杀猪场面同后面杀人场面相类比，消解恐怖、消解崇高，用形象的画面讲述：无论个人在精神上走多远，身体还是具有不可改变的动物性。不要忘了，在《丰乳肥臀》中，莫言怎样把毛驴生产同母亲生产（我和玉女）放在一起，来透视农村那种可怕的重男轻女的生殖偏见。人的精神某方面从动物中走出，但某个时刻人的某方面又会回到动物水平，或者根本没有什么发展。个人同动物一样，没有了命也就没有了一切，这是个体的生命史。人可以杀一头猪，但不会凌迟一头猪，即使像小甲这样的人。但他却会在父亲的指导下，为袁世凯、克罗德这样的历史人物而给自己的岳父上檀香刑，对人身和对猪体的态度让人怀疑历史的合理性、文明性。这一叙事策略让读者发现人比动物更残酷的动物性——智慧的动物性。杀动物（猪）肉体的食物功用和经济意义，与杀人的肉体政治意义形成对比，用拉康和齐泽克的话语来表达就是，你可以二次杀死人（肉体的死亡、象征的死亡），但你不可以两次杀死动物（猪）。杀猪是一个自然事件；人的肉体的被剥夺则是一种文化事件。在马尔克斯《百年孤独》《霍乱时期的爱情》《家长的没落》等中，那种极端夸饰的刑场描写的意义被反讽地展示出来，毒杀、炸毁、喂鳄鱼、疯狗撕咬、抛尸海洋、匿名死亡等场面，因而都具有丰厚的含义：一方面，殖民地暴力政府残酷地戕害人的动物身体生命，另一方面，在象征意义上戕害人的社会象征生命。这两种含义通过诉诸现场的视觉抵达其恐怖政治学，通过文本语言以脱域性的方式诉诸读者则又消解和反讽了那种殖民地恐怖政治学，抵达了崇高的审美艺术世界（柏克意义）。

3. 在《赵甲狂言》（一）中，用说书人的口气，赵甲作为叙述人，讲述"二龙戏珠"的推荐过程。"二龙戏珠"可用于武术招式以示矫健英武，也可用作菜肴、宫灯的名字以增其高雅，用作刑罚名，则可透视文明的残酷性。莫言运用概述的方式显现了生命在刽子手面前的无意义感，一袋烟，那个监斩候就脑浆迸裂了。但是王大人不满意："本官要求你们，必须把执行的过程延长，起码至少延长一个时辰，就让它比戏还好看……非如此不能显出我们刑部大堂的水平和这'阎王闩'的隆重。"① 概述意味着那个监斩候莫名其妙地被杀，又不值一提。当然，这也是为后面的大戏作铺垫。另一个监斩候被折磨了一个时辰也死去了，这些暗示并不重要，折磨人才重要。肉体死亡并不重要，肉体死亡的方式、戏剧、象征、仪式更重要。殖民地刑罚政治学就建立在"如何死"之上。刑罚就具有这样的野蛮内涵。拜皋陶、抹鸡血，这些仪式让人产生神秘感，但神秘的背后是刽子手害怕被受害者的鬼魂报复的懦弱。杀人行刑完全仪式化了，看客就位、展览"阎王闩"、行刑开始，小虫子完全是一头人化的猪，脸色蜡黄，尿裤……此时采取第三人称近距离叙事，叙述人成为故事的参与者之一，具有现场感。那一双眼睛被凸出来，整个刑场仿佛是高明乐师演奏的乐曲。演奏者疯狂，导演

---

① 李建军：《小说修辞学》，中国人民大学出版社 2003 年版，第 44 页。

者咸丰皇帝、那拉氏更疯狂地展示其铁腕，欣赏权力的力量；受刑者以身体死亡而结束，而那些头脑清醒的观赏者也有人倒地，包括王公大臣。"你们看到了吗？他就是你们的榜样！"作者采取这种现场展览身体的死亡游戏，揭示封建帝王刑罚的本质——刑罚是封建帝王规劝王公大臣、子民的工具。赵甲的讲述有畅言辉煌家史，提高自己地位，降服儿媳的作用。当然作者也乘机介绍了刽子手赵甲的来历！这些肉体刑罚的内核扎根于儒家的身体观，身体破碎和肉体痛苦，这种来自于儒家思想的刑罚把伤害建构在对儒家思想的完整身体观和礼仪快乐观的毁坏之上。因此，肉体刑罚的根基是有向度的。其建构在自身文化的身体观和礼仪秩序的破坏之上，因而维护了某种文化秩序。莫言通过艺术、仪式、游戏三方面，用近距离感官性语言直接描述刑场上扭曲的身体、血腥的鲜血以及艺术化的杀人手段来阐明死亡刑罚的本质。相对来说，奥雷连诺上校的19个儿子被杀，家长的政敌被除掉等刑罚场面，也具有莫言魔幻现实主义小说之内刑罚的特征和本质。区别在于，莫言更多地使用聚焦视角和感觉性语言的细节场面描述来烘托殖民地刑罚政治学的本质；马尔克斯则较多使用概述的方式，极为简洁地展现拉丁美洲殖民地戕害生命的状况：无常、残酷、匿名。

4. 在《钱丁恨声》（二）中，钱丁成为叙述人，这个听者采取第三人称无奈的口气进行转述，赵甲因而成为那畜生，那畜生讲述故事显示自己行刑水平高，为国为大清执法，借以压倒钱丁，说服袁世凯、克罗德两人。在转述的讲述中，库丁用谷道偷银子的弥天大案被发现和侦破，咸丰大怒，其余的库丁被刽子手用烧红的铁棍捅进谷道活活烫死，而那个库丁则被腰斩。那畜生获得讲述的权威，库丁疯狂躲藏，观众喝彩。姥姥举斧，众人欢呼，库丁被腰斩，畜生随手做了另一半活，库丁像蜻蜓一样残酷地表演，肠子、血、苍蝇，很有震撼力。监斩的官员骑着马跑了，刽子手发呆，群众噤若寒蝉。赵甲的讲述达到了自己的目的。第二层听众是钱夫人，钱丁为了证明赵甲是畜生，钱丁同赵甲、袁世凯、克罗德是不一样的野兽。钱丁夫人被说服了。第三层听众，当然是读者，因为这一切都是作者的安排，读者在恐怖和恶心中可以发现钱大人的厌恶立场恰恰反讽了自己，反证了那畜生这次执行腰斩的残酷正义。在这种多重讲述中，刑罚事件从来就不是本身，它超越了肉体惩罚自身，带给观众、多层听众以现场感、恐惧感，在肉体和精神恐惧的蔓延中，刑罚事件抵达了自身。如果说《赵甲狂言》（一）强调的是形成观看系统的游戏，那么《钱丁恨声》（二）是听者的游戏。这三个刑场的肉体叙述合在一块因而触及了莫言所谓的"刑场的艺术"问题。如果说，《眉娘浪语》（七）通过人的死刑和猪的被杀的比较，阐明了人的死刑的肉体层面和象征层面区分问题，展现人的刑场是肉体死亡和象征死亡。那么，莫言的刑场艺术问题主要阐明了刑场审美意识形态系统的生产问题。我们仔细分析将看得更加深刻。在《赵甲狂言》（一）中，赵甲从杀人专家的角度出发，阐明其所供职的部门——不同于一般庸俗的杀手，他们已经将刑罚提到艺术的高度。第一，所推荐的刑罚都有一个艺名——高雅化的名字，如"二龙戏珠"等，而且他们有自己的秘籍《秋官秘集》等。第二，死刑的执行已不是吃快餐的水平，执行的时间被延长，至少延长一个时辰，延长观者的欣赏体验盛宴的时间。第三，残酷性，让死刑犯非常态地死亡，让其身体充分体验痛苦的感觉，从而使施刑者、观刑者能够兴奋或者恐惧起来。第四，行刑者要化装执行，塑造庄严崇高的气氛，维护刑罚的严肃性和神秘感。第五，程序性，包括从推荐申请开始、拜师、化装、展览、执行甚至报数等层次。第六，死刑刑罚不仅是"表演—观看"的艺术，面对行刑者的精心准备，被执行者的残酷死亡，所有监斩官、刽子手、观众因从这种惊悚的场面获得"艺术感受"而兴奋起来，在这种死亡痛苦的惊骇中获得"美"的传递。换句话说，死刑执行在刑部看来，是一种崇高的艺术。在这种恐怖的传播中，刑罚的精神——规训肉体、正大光明就被以不同层次生产出来，不过，这种刑罚精神的生产仅仅限于现场观众。另外，死刑刑罚也是"讲述—倾听"的艺术。"讲述—倾听"的刑罚艺术主要表现在两个方面。首先，杀人专家赵甲，他向赵小甲讲述他的成名家史，以壮小甲的勇气让其承接他的衣钵；他向钱丁讲述他的大清第一杀手的历史，借以压倒调戏儿媳给儿子戴绿帽子的地方官钱丁；他向克罗德、袁世凯讲述其杀人艺术，借以说服这些大佬，因而承接大活"檀香刑"，以壮帝国主义的淫威。为了不愧"第一刽子手"的名号，赵甲到了恬不知耻的地步。当然，借此，赵甲也讲述了刽子手行业的秘史，同时讲述了他屠杀杨深秀等正义之士和冤屈之人的痛苦。赵甲俨然把杀人看作一种崇高的、朝廷层次的职业，职业化已经使赵甲成为一个两面人：严酷的职业刽子手和善良的父亲。刽子手的艺术借赵甲的夸夸其谈而被提升和发展。赵甲向读者讲述这一层次被隐藏起来，却最有内涵。赵甲借此把刽子手的惊人艺术向不同读者撒播开来，完成了刽子手艺术传播的自我目的。其次，钱丁向钱夫人的讲述，钱丁半分卖弄半分无奈地向钱夫人讲述那畜生的故事，显然，见多识广的钱丁也被赵甲的讲述惊骇了。赵甲通过钱丁的讲述抵达了自己的目的。钱丁也向读者讲解了那畜生的刽子手艺术。福柯样式的身体政治学通过"现场观刑""故事内转述听刑""故事外讲述听刑"三个层次完成其自我实现的魔幻逻辑。莫言在此借助故事的多层次建构透视了殖民地刑罚的政治学诡计。从比较的意义上来说，关于莫言和马尔克斯的相关主题，除了上述张扬和隐匿、细节描写和间接概述的差异外，殖民地刑罚那种来自西方理性中心的统一秩序已经被分裂成两个层次（宗主国和殖民地）而被显露出来。另外，从叙述参差来看，莫言的叙述分为三个层次展开："现场观刑""故事内转述听刑""故事外讲述听刑"；马尔克斯的叙述除了具有民族地域特征（喂鳄鱼、疯狗厮杀、奎宁毒杀、杀尽奥雷连诺上校19个儿子等）之外，马尔克斯的刑罚叙述主要集中在"故事内转述听刑""故事外讲述听刑"两个层次，这种叙述特点主要有两种原因：殖民地政府色厉内荏和老奸巨猾，凡是目击刑场情况的人都被现场杀害或者事后谋杀，作为"我是惟一逃出来的人"的叙述者已经不在人世；马尔克斯深受西班牙文学叙述语言的影响，他极端简练地讲述风格，除了彰显他的文学资源之外，还表达这种杀害在拉丁美洲的习以为常。因而，马尔克斯将民族地理叙述方式和反西方叙述方式（强调内在反省净化灵魂的传统）结合起来，并从文学叙述抵达政治叙述的境界，实现了魔幻现实主义小说的社会理想和现实关怀。

5. 在《赵甲狂言》中，刽子手舅舅被砍头，看客们把犯人当成了玩物，令人深思的是刽子手竟也会成为自己人的刀下鬼。刑场是什么？是吃人的盛宴，是一部分人压倒另一部分人把他们拿来吃的案板（联系到慈禧太后让皇帝把龙椅交给杀人状元赵甲，作者反思的范围就扩大了许多，刽子手、皇帝、民间英雄、县令钱丁、偷盗的库丁、奸夫淫妇、受冤枉的人……每个人都可能被人放在案板上吃，并且总有看客在，可悲可叹）。并且，令人惊讶的是这个遍体鳞伤的刽子手竟然叫喊"老天爷，我冤枉啊！"这无人相信无人关心的问天之语背后还站着多少人的冤魂在呐喊呢？这是身体的抗议！刽子手的断头话语温柔而阴森："大哥，那是咱家外甥，多多照应！"家族文化之善与犯罪之恶交织抵达无言之处，充满了魔幻色彩。赵甲这个虚构的观看者（又是叙事者）把这些当成辉煌家史来讲述，然而，读者透过骄傲的自述看到了刽子手的平常来历，刽子手的身体也是凡肉俗胎，刽子手杀刽子手，俗人杀俗人，报应或者漩涡，刽子手的身体在言说着自身。刽子手通过对犯人的肉体惩罚来规劝观众的肉体和精神，相对于莫言笔下情场中的余占鳌、戴秀莲、林岚等人朝气焕发的爱之身体，战场上的余占鳌、司马库等人刚毅的强力身体，商场上的老兰、罗通、司马良等人的欲望身体，生存场上霍利娜、乔其莎、珍珠等人被侮辱的身体、生育场上蝌蚪等被无言戕害的幼儿身体，同样在生命和其外在社会形式极端分裂的意义上，莫言用"杀人者被杀"的刽子手的身体来思考生命的意义和刑罚的工具性。尽管作者向历史深处突围，但是其身体哲思和言说，丝毫没有停下追踪的脚步，以阴冷的身体政治的文化话语远离了"性"话语。刽子手的职业性和敬业性质在赵甲舅舅的被杀之内被显现。同样，在《家长的没落》里，马尔克斯借助家长汇聚了"刽子手被杀"的身体思考。相对于民族文化身体（阿玛兰塔、雷贝卡、折翅老头等）、劳动的身体（香蕉工人等）、崇拜的身体（乌苏娜、俏姑娘、美王、家长的母亲、霍·阿卡迪奥等）、被规训的身体（菲兰达、家长的政敌等）、爱之身体（费尔米纳、阿里萨、乌尔比诺、阿美丽加）、反思的身体（布恩蒂亚）等，在《百年孤独》《霍乱时期的爱情》里，在革命场域中，马尔克斯已经直接或者间接地通过革命者怀揣理想反抗、杀死殖民地暴政者——成为暴政者——杀人的圆圈现象反思拉丁美洲的出路，因而同莫言的"执行死刑者——被执行者——观者""讲述刑场者——被讲述者——听者""施虐者——受虐者——窥视者（倾听者）"等社会循环相比，马尔克斯在其作品中则形成了"革命者反抗非人的殖民暴政——革命成功后革命者成为殖民地暴政者""殖民统治者杀死政敌巩固权力——殖民统治者被杀失去权力""讲述刑场者——倾听者"等政治圆圈——政治孤独症。因而，在殖民地刑场政治里，莫言主要从刑罚政治学现象考量其运行的结构和机制，并进而引入其刑罚身体政治学思考。马尔克斯则主要从这种匿名刑场考察政治孤独症的结构和机制，并进而探讨孤独的身体政治学。帝国主义势力和殖民政府赤裸裸的在场和极度张扬的场面描写是莫言的文学社会学特征；帝国主义势力和殖民政府的缺场和隐秘恐怖、孤独循环是马尔克斯的文学社会学特征。当然，上层社会和中下层社会的视域差异是马尔克斯和莫言关注焦点的区别。

6. 在《悲歌》中，作者采用第三人称全景式叙事，让读者和孙丙一起观看那幕不该出现的惨剧：小石头被戳穿身体扔进河里，小桃红被剥光衣服扔进河里，云儿和宝儿也被德国鬼子用刺刀挑起来扔进河里……马桑镇27条人命被杀，目睹亲人被杀，而自己却只能作壁上观，孙丙只能像野兽般号叫。残酷的远景视点观看形成叙述主体的无奈张力。许多苦主和乡邻只是恳求哭号请愿，而县官只能眼泪汪汪地到莱州知府那去寻求支援。"死几个顽劣刁民，算不了什么大事。""如果说洋人能就此消气，不再寻衅也未尝不是好事。"封建刑罚是强权统治弱民的工具，对于强权者的屠杀来说，刑罚只能是一张纸。莫言将这种场面由刑事罪犯引向权力斗争、官场倾轧和殖民战争暴力。在莫言的刑罚场面本身内在的叙述逻辑里,《悲歌》与钱丁《恨声》（二）、《赵甲狂言》形成互文,这种针对身体的封建刑罚的非人性质和政治斗争的工具性质便昭然若揭了。与此对照,马尔克斯笔下香蕉园罢工工人在追寻正义时,被帝国统治者和殖民地政府联合绞杀的悲剧,直接将生活场域变作没有宣判的任意刑场。将军将斗鸡比赛的失败变成杀人的理由。阿里萨和费尔米纳的爱情之旅也遭受到这种生活刑场的干扰。莫言和马尔克斯都揭示了将生活场域变作刑场的殖民地政府及其刑场的荒谬本质。这与和平时期大清政府的刑场及其对待生命的态度有本质的区别。因而,刑场具有国家性,如果国家没有独立主权,刑场乃至其他生活场面将直接变成无情的绞肉机。相对于将刑场艺术化、审美化的写作方向,将刑场生活化也是莫言和马尔克斯对刑场的身体透视的一个路向,因而刑场的身体政治学便由纯粹的刑场扩展到日常生活范围之内。在殖民地社会状况下,联系《红高粱》《丰乳肥臀》《檀香刑》等作品,透过刑场和屠杀场面,莫言关注中华民族国家独立主权建构的激情被显现出来。透过民族爱情、生活方式、中产阶级社会政治斗争、刑场概述等内容,马尔克斯所显现的民族地域文化精神和建构民族国家独立主权的激情与莫言具有异曲同工的效果。

7. 在《杰作》中,作者采用第三人称复位叙事,赵甲凌迟钱壮飞,爱兵如子的袁世凯宣读对钱壮飞的斥责,而钱壮飞则斥责袁世凯投敌叛友,死有余辜。这种场面让人深思袁世凯"挥泪斩马谡"的虚伪。观刑,没有人观看便失去了执行的意义。愿为朝廷尽忠,愿为大人效命,也许就是这种观刑的目的和结果。在凌迟展示层面,谢天地鬼神、报刀数显示法律的公正,震撼观众的心灵,满足施虐看戏心理需要。作者采用介入性议论揭示凌迟的内涵和外延,增强了虚构的叙事权威。同时,作者故技重施用姥姥开店卖猪肉的情景作对比,刑场上的肉体可以变成肥猪,人们不愿吃刽子手杀的真猪肉,却想观看刽了手杀真人身体,真革命者的肉体。作者消解了钱壮飞这一革命者的崇高,从肉体来透视人们眼中的革命者——犯人,形成所指和能指的严重分离。革命的身体、激进的身体就这样被凌迟，被展览，割左右乳、割阳具、割左右睾丸，当然一方面就是这种行规，另一方面，这样操作能激起观众观看、读者阅读的法勒斯联想，同时打击钱壮飞的自尊心，让他配合演戏。这样的写作策略不免又有黑色幽默的暧昧。但是，随后的割舌头就有明显的意味了，让罪犯及一切观众甚至听众失去自己的话语权！管好自己的嘴，不要说大不敬的话，尤其是大逆不道的话！割眼睛，让罪犯失去辨别是非的能力……割去全身的器官，总之，精神层面的刑罚拿人的全身器官做文章，折磨你的身体，让革命的身体驯服。封建的身体政治文化在凌迟中表现得淋漓尽致。身体是罪恶的承担者。但是，革命者的身体死了，精神却撒播了出去。实际上，莫言在《红高粱》里就剥了拟革命者罗汉爷爷的皮，考验革命者的意志，揭露日军的残暴。在《丰乳肥臀》中作者又用墩刑来惩治革命群众，一向在文字上用酷刑来折磨革命志士的莫言使受刑的革命者身体血肉模糊，在求生不能中死去，瓦解了革命浪漫主义的崇高，显现了革命的不易、艰辛和代价。与正史保持距离，但人物更加可信，更加符合封建刑罚和人情，用暴虐吸引了读者，表现了一种偏离正史，又不徘徊于"性"的话语，侧重于受刑革命者身体的暴虐的新的历史态度。徒弟的晕倒，士兵的跌倒，袁世凯的不自然，这说明封建权力已经通过凌迟起到了震撼人心的作用，唯有赵甲乏透了。赵甲就是刑罚，赵甲就是刀，袁世凯的刀，刺杀叛变的袁世凯的历史在此用钱壮飞的身体画了一个分号，令人心酸的分号，极具历史内涵又偏离色相的身体诱惑。借助肉体处罚仪式，封建法律在此树立了自己的权威，莫言也成功地塑造了袁世凯和克罗德式的人物。在殖民地社会封建政权内部的军队中，莫言展开凌迟刑场的残酷性和实用主义，和马尔克斯的家长惩罚政敌的刑场样式形成直接的对比。如果说，袁世凯和克罗德借用刀的数目和凌迟器官的文化含义来增强残酷的程度与其政治学效果，那么家长则用执行死刑的奇异方式（喂鳄鱼、毒杀、炸药炸毁、油烹等）和不期而至的死亡来增加恐怖程度，并用自己复活和无数神迹作为辅助手段来巩固其政治学效果。相比较来说，马尔克斯则较多地用间接描写塑造被刑场戕害的身体，而莫言则直接描绘刑场上的声音、颜色和动作，获得了惊人的叙述效果，这种带来死亡感觉的崇高美感（霍布斯、柏克）在其极端真实的场域甚至损害了美感自身。这种死亡美感除了带来美的效果外，也通过死亡威胁传递着封建政权的意识形态杰作。在叙述进程中，作者又借赵甲之口转述了两个故事。第一个，运用心理描写转述师傅的故事，道光年间，凌迟谋夺亲夫的女人，凉粉般颤巍巍的身体，丝毫引不起杀人者和观看者的兴奋，因为那是泡沫鼻涕状的身体，用恶心、鬼哭狼嚎的叫声解构了欲望身体的诱惑，将欲望身体完全放置在刑罚的规训和宰制之下，这是一种父权道德法律建构的女性身体景观。第二个，凌迟"人见人爱"的妓女，作者用刽子手的怜悯之心以及观众的疯狂来剖析看客的"兽人合一"心理，让人深思，又一次用血肉、金耳环、珍珠让肉体的展览逃避了"性话语"的陷阱，再次验证了作者在创作上突围的行动与决心。在这种恐怖的肉体展览和剖析中，借助刑场故事的并置，把谋杀、谋夫和刺杀袁世凯、孙丙打击德国鬼子贯穿起来，因而妓院、家庭、复辟封建政权与帝国主义关联形成一种同构结构，父权和夫权、封建皇权、帝国霸权集结于一体，借助刑罚的交错形式阐明其诸多内容，刑罚从根本上说就是统治和征服的工具。这是一种挟带着原始生命暴力面具的诸多权力内涵共同建构的身体权力场。在这种刑罚意识形态之内精神将其所有意识形态发明都倾泻到身体生命之上。身体已不再是纯粹的生理学身体，它是一切社会力量的角斗和展览的场所。应该说，马尔克斯在其小说中，通过帝国主义、家长、将军、富翁、镇长等人物事件，也成功地建构了这种贯穿国际及社会的暴力之网。如一辈子参加过无数次革命的奥雷连诺上校的身体，成为以炸药、毒药等为形式被帝国主义势力、殖民地反动政府势力、革命势力等力量的角斗场所，在革命获得成功之前，他不得不带领革命志士以暴力反抗殖民地政府的统治，并且他也意识到，在革命胜利后，他将不得不成为残酷镇压人民的那种独裁者。在他退出革命之后，他的兄弟、儿子等人的身体继续成为殖民地政府暴力碾压的场所。因而，所有的人几乎都被这种暴力驱赶进"反抗独裁者的镇压——成为独裁者镇压别人"的暴力连环之内，一直到退出革命或者死亡为止，家长就是这样的范例。在殖民地反动政府、帝国主义势力和地缘政治势力的作用下，这种暴力连环成为哥伦比亚地区所有人的宿命——命运的圆圈。这是布恩蒂亚、奥雷连诺上校、乌尔比诺、马尔克斯等社会精英最不愿看到的社会命运圆圈。

在旧中国和落后的拉丁美洲，身体之网因而也是权力之网、刑罚之网。在此莫言和马尔克斯再次超越了福柯的身体权力话语论述的范围，相对于福柯那种权力建构身体的观念，在这里被戕害着的身体和戕害人的身体建构着权力之网、刑罚之网。因此，在这些不同杀人仪式共同存在的形式里，莫言无意识地用文本触及了刑罚仪式化的本质问题。如果说在《赵甲狂言》（一）中，莫言借赵甲讲述的刽子手迷失已经触及刽子手杀人的仪式化问题：拜皋陶、抹鸡血、展览、行刑罚、报数等。笔者认为，这只是刽子手杀人的外在仪式。刑罚本身的形式问题则在从《赵家狂言》（一）开始，历经《钱丁恨声》（二）……到《杰作》之内被完成，无论在咸丰皇帝那里，还是到袁世凯那里，刑罚执行的对象历经监斩候、偷银子的库丁、刽子手舅舅、革命者钱壮飞、谋杀女犯人、含冤妓女等，刑罚都无一例外地完成自身，不管对待罪犯、刽子手自身、革命者，或者冤屈之人，刑罚表现出一种坚硬和盲目的仪式性。在这种仪式中，只要有人拜皋陶抹鸡血执行刑罚，只要有人头落地或者肉体受到其他处置，只要有人兴奋或者恐怖地观看，刑罚就能完成自身的合法性和权威，成为帝国霸权和封建政府维持自身的工具。到此为止，刑罚既显示了其外在的仪式性，也完成了其内在的仪式性。这种刑罚仪式的崇高性和盲目性几乎同时存在。因而，莫言写出赵甲被那拉氏赠送皇上的龙椅，袁世凯不时地请求赵甲做活等情节是合理的。莫言及其笔下的那拉氏、袁世凯懂得刑罚杀人的形式性本质。如马尔克斯笔下的奥雷连诺上校、家长、乌尔比诺等人，只要他们被卷入这种殖民地社会的权力场所，那拉氏、克罗德、袁世凯、钱丁和上校、家长等一样，就会被卷入这种身体的杀戮、戕害、捕获的游戏里。

8. 在《践约》（四）中，文本仍然采用第三人称全景式超视点叙事，刑场上六君子形态各异：谭嗣同悲壮，林旭哆嗦，杨深秀衰朽，康广仁神经质地抽泣，杨锐告别故人，刘光第肃穆，有的哭泣，有的叹息，作品展示了虚构的英雄真实。斩！斩！斩！"犯官叩谢天恩"极具内涵、让人深思，感恩是不是他们灭亡的原因？除了"刘的头沉重极了，是他砍掉的所有头颅中最沉重的一颗"，有一点向英雄致敬外，双目圆睁，牙齿错动，鳗鱼一样的留辫，眼泪，让人看到一个平凡的肉体死亡，一群历史人物的死亡。"清正廉洁活该死，高风亮节杀千刀""人间正道是沧桑！"可以说此处莫言已经摆脱血腥的展览，让读者随着叙述人的叙述，随着赵甲的手起刀落，仿佛看到了历史的轨迹，暂时进入了历史的隧道。在鲁迅先生的《孔乙己》那里，站在历史的末尾，知识分子会成为时代的落伍者，因而没有出路。在莫言这里，知识分子革命者们站在历史的前沿，他们的出路也是岌岌可危。如同鲁迅笔下的夏瑜，关于六君子的传说话语里面渗透了群众的神话情绪和英雄情结，这种话语是多么美丽而又自欺欺人。在这历史哭泣的地方，刽子手的眼泪是最温柔最残酷的。为了表达对刘光第先生的爱，刽子手只能把刀磨得更锋利，让他死得痛快一些。那最残忍、最无理、最温情的一刀把那一串耻辱的历史转化成了一个叹号，等待后人的评阅。莫言借助刽子手的言说，用改革者的受刑场面引出改革者的命运，从商鞅到魏徵，从王安石到谭嗣同，改革者的行动促进了社会的进步，但也触动了既得利益者，因而，他们或处境岌岌可危，或入狱，或接受刑罚。在这肉体刑罚之内，莫言超越了"性"身体话语，也超越了其感觉身体话语，通过改革者的身体场所，反思社会改革的本质。《杰作》和《践约》（四）的刑场肉体形成一个对话结构：前者描述了武士—革命者的陨落，惊天地泣鬼神（即使割去男根之后钱壮飞的精神受到了重创）；后者描述了文臣—改革者失去生命，正义和历史为之哭泣。实际上，在刑罚的仪式化之内，通过这种刑罚面前"罪人"平等的形式化，犯罪分子、革命者、改革者、冤屈者、政府人员和刽子手、武士和知识分子、男人和女人等的命运几乎没有差别。刑罚必须靠死刑来维持它和权力结构的尊严，必须有人死，只要有人死，这种尊严和秩序就能得到暂时维护。另外，在和《孔乙己》对立的境况下，莫言探讨了知识分子的社会价值和命运。

在莫言笔下，关于知识分子的社会价值和出路探讨大致分为两个路向：其一，在革命战争和改革开放的背景下，探讨一般知识分子的社会价值和文学形象。如草莽余占鳌的兄弟"调戏"良家妇女，在知识分子干部的坚持下，余占鳌不得不下令枪毙自己的兄弟，以正军纪。其他知识分子形象，或者以多情者面目出现（如《白狗秋千架》中的"我"、《生死疲劳》中为情出逃的知识分子干部形象等），或者以沉溺于城市底层生活的知识分子形象出现（如《酒国》《红树林》《蛙》等中的教师、医生形象），这部分知识分子形象基本上继承了红色经典中知识分子形象和19世纪文学资源中的小资产阶级形象，他们一般性格软弱、善良，缺乏改变社会和人生的勇气和能力。其原因在于莫言"作为老百姓写作"的创作态度和民间写作的视域。知识分子问题是20世纪的重要问题，很多作家、学者都表达了对这个问题的思考。在马尔克斯那里，他基本上走的是萨特存在主义知识分子路线——介入知识分子和福柯的专业知识分子形象，马尔克斯本人及其笔下的布恩蒂亚、奥雷连诺、乌尔比诺、阿里萨等人都属于这类知识分子形象，在政治、经济、文化、工业、医疗等领域，这些知识分子都在为哥伦比亚的未来而努力，尽管他们可能因为殖民地帝国势力和殖民地政府的暴力干预而陷入各种圆圈之内，但是这些知识/社会精英都通过在各自的领域对生活的介入而试图改变社会以实现自己的价值（如以卢卡契样式发挥知识分子的作用）。在比较的意义上，尽管莫言的写作态度和视域影响了其笔下的知识分子形象的数量和范围，但是，由于莫言本身的"为社会和人生"的创作态度，如陈忠实的《白鹿原》和老舍的《四世同堂》中"先生"形象一样，他或早或迟必定要塑造出他心中的理想知识分子类型。这一知识分子类型就是《檀香刑》中"戊戌六君子"。一般学者认为，中国知识分子的春天是春秋战国时期，那时候百家争鸣、学说众多。自董仲舒以后，中国知识分子逐渐被归入儒家正统，这是中国儒家知识分子的天堂，也是中国知识分子的死胡同（一切学术逐渐被儒家统一并逐渐被辖域化），中国知识分子成为中国社会的栋梁和脊骨。到宋以后，中国知识分子成为专权、倾轧、内斗的阶层，对知识分子本身和社会的危害逐渐被显现出来。到了晚清，这种危害逐渐爆发，中国社会在世界层面竞争中，逐渐因为儒家知识的一统地位，其他学科知识衰落而在科学技术革命中被抛弃了。李鸿章、曾国藩、张之洞等知识分子意识到这种问题，他们尽力进行社会改革，但是从根子上讲传统的儒家思想的浸润，使整个社会和学界知识分子已经无力对科技革命做出积极而迅速的应对，整个中国便一步步走上了没落的过程。洪秀全等人是这样，康有为、梁启超等人也是这样。相比较来说，马尔克斯思考了两种知识分子类型，即政治知识分子和社会专业知识分子的圆圈状态。鲁迅则思考了三类知识分子形象：旧式没落知识分子（如孔乙己等），小知识分子（如子君、涓生等），革命知识分子形象（如夏瑜、"狂人"等）。在立德、立功、立言（叔孙豹）的意义上，莫言继承中国古代知识分子、五四知识分子和西方介入知识分子传统，在刑场景观下，对"戊戌六君子"的知识分子社会价值和命运进行了探索和考量。按照知识分子"三不朽"来考量，"戊戌六君子"并不能和孔子、王阳明、曾国藩之流并驾齐驱。但是，他们"知其不可为而为之"，在封建王朝和封建知识分子的黄昏之时，企图通过知识分子的位置和精神推动老大帝国追逐世界精神和未来，由于缺乏社会基础和专业知识，不仅在国内不被允许，而且也可能迅速追逐世界风潮。由此看来，他们的社会价值仅在于"警世钟"和"呐喊"了。在和马尔克斯比较的路向上看，马尔克斯笔下的精英知识分子都处于社会的上层，除了一些人因为政治失败而全家覆灭之外，大多数都是进可以推动社会改革，退可以沉溺于事业享受爱情，尽管身处殖民地社会，但是他们都属于现代知识分子。莫言笔下的这些末代封建知识分子，一部分早已流入了社会，极个别的知识分子进入政治场域，极力实现他们的梦想，但是当他们摆脱了工具化命运后，刑场是他们最终的归宿，身体是这个时代和这些知识分子的纪念碑，他们的身体献祭微弱地预示着未来。在中国历史的发展进程里，在中国的现代化进程中，他们可以被称为"献祭知识分子"或者"纪念碑式知识分子"。因而，从这些知识分子的社会价值和作用来看，莫言笔下的旧式知识分子和马尔克斯的新式社会精英知识分子形成了共同论域——为民族国家的未来奋斗或献祭。

9. 在《赵甲狂言》中，在心理描写层面，赵甲用第一人称叙事的权威讲述了袁世凯面不改色手不颤的杀人训练。"执法杀人，为国尽忠。愚侄志在疆场，今日化妆执刑，吾为将来锻炼胆气也！"让人看到"窃国者"的本质，在故事里面，文本则揭示了赵甲自夸见多识广，又讨好袁世凯的官场智慧！在故事外面，文本则让读者看到历史人物的源头，英雄是锻炼出来的，反讽了那些自命神圣的历史人物。

在《赵甲狂言》（五）中，皇太后赠送佛珠很有意味。慈禧这个杀人不用刀的家伙确实心如蛇蝎，但却好佛，并将佛珠赠送刽子手赵甲，亵渎了佛珠（李建军在《小说修辞学研究》中声称太后让皇帝把龙椅赏给赵甲，不符合逻辑。笔者认为，李建军是按照现实主义理解文本，但实际上，莫言的文本最适宜象征主义理解，因为作者走的是虚构创作的道路，因而太后让皇帝把龙椅赏给赵甲的情节符合故事的发展逻辑：慈禧通过这个情节让皇帝明白皇权的本质），其实，这不符合历史逻辑，但是却符合封建权力的逻辑，这个情节暗示着权力属于刽子手，权力属于暴政者，权力是靠刽子手建立的！没有了刀就没有权力，这是慈禧在给皇帝上课，权力是靠血腥尸体垒起来的。如果说，马尔克斯笔下的家长、将军等人，其残酷行为是由于殖民帝国势力的威逼、国内反对派势力的谋害、自身欲望的膨胀和害怕被屠杀的恐惧等因素造成的极端行为，那么，在莫言这里，皇太后慈禧、将军袁世凯等人的残暴行为，则是封建权力中心的人物维护王权的自我行为，和攀登权力高峰的人物意志和手段的训练。纵观历史上的慈禧、袁世凯，莫言通过这些风云人物对于他人生命肉体的态度，揭示了封建权力高峰的诸种人物的一个重要特征：残酷。就《檀香刑》文本本身的叙事逻辑而言，莫言用《赵甲狂言》和《赵甲狂言》（五）探讨了不同层次的刽子手是如何练成的。在《赵甲狂言》中，袁世凯从小志向远大，胆略过人，但是他在走向自己的理想之时走错了路，他通过化妆杀人让自己练胆，当然，这是赵甲讲述的袁世凯外传，其中带上了刽子手赵甲的想象。我们仍然可以说，这是莫言设置的第一种杀人者的成长之路，袁世凯通过自我历练杀人走上了人生之路。事实上，历史上的袁世凯确实非常重视实力，相对来说，孙中山却非常重视道路和旗帜，这是袁世凯能够接替孙中山的原因，同时这种过分重视杀戮和势力而不知变通的特点正是其政权很快在日本帝国主义者玩弄下倒台的原因。这类刽子手还包括咸丰皇帝、那拉氏等，他们如何历练自身在《檀香刑》中则作为潜文本存在。在《赵甲狂言》（五）中，前面《赵甲狂言》的内容有：赵甲没落，受母亲指点，找到舅舅，走上刽子手道路，甚至经历了刽子手舅舅被砍头，不断历练成长为成熟刽子手等，莫言把之作为潜文本，直接把赵甲放到朝廷之上，被慈禧太后赠送佛珠、龙椅，尽管赵甲作为刽子手不可能中状元，毫无疑问，赵甲现在就是刽子手中的状元，是皇权的保护者。刽子手赵甲经过鬼魂指点、理论指导、实践锻炼和朝廷承认终于成为恐怖的第一刽子手。这是莫言塑造的第二类刽子手。相对于前面执刑者对犯罪者、革命者、改革者、冤屈者等人的执刑，第二类刽子手在刑罚面前重新认识了生命的肉体本质，在肉体面前重新认识了刑罚本质、执行者的地位。这一部分则阐明执行者——不同层次的刽子手是如何练成的，因而在逐渐展开刑罚系统过程中莫言思考了刑罚执行的构成结构是如何再生产的。在阿尔都塞的国家机器再生产理论基础之上，这两类刽子手的刑罚结构及其自我再生产的机制被艺术地显现出来。在莫言和马尔克斯意义上，刽子手、被执刑者、观刑者，和刑场故事讲述者、刑场故事倾听者，施虐者、受虐者、窥视者/倾听者等结构元素，在刑场现场、文本故事层面和社会结构层面等维度一并建构了殖民地社会国家机器再产生的现象和机制。在这种再生产过程中，在莫言和马尔克斯笔下，第一类刽子手自认为是政治社会关系的中心，自认为自身就是这种社会制度的生产者和掌控者，这种残酷和智慧是殖民地国家机器的再生产基础。其实，无论从刑场社会运行结构和社会心理运行结构来看，还是从刑场文本"执行—观看结构""讲述—倾听结构"和社会阶层结构来看，在这种刑场结构的运行和再生产之内，第一类刽子手只是其运行结构的一个部分。因而在《赵甲狂言》和《赵甲狂言》（五）中，这两类刽子手的自我生产表面上以身体的遗传方式进行，实际上，他们以社会象征身体的建构方式进行自我再生产。通过刑罚的执刑活动，在精密准备、艺术表演、强制性传播（强制性观看和倾听）等过程中，这两类刽子手通过寄居的方式生产了自身。当然，在马尔克斯的小说中，刽子手的自我生产也存在着两种类型：处于政治军事中心的刽子手和匿名的刽子手。相对于莫言笔下的中国殖民地社会那种较为稳定的遗传生产和刑罚活动生产，马尔克斯笔下的刽子手系统的自我生产更加具有暴力性特点。第一类刽子手通过革命暴动获得自己的系统位置，为了维护这个位置他们由革命者蜕化为屠杀者，通过"革命""战争""谋杀"，他们被不断地产生和更新。如奥雷连诺和家长等。第二类刽子手没有自己的独立地位，他们杀害了别人，很快又被别人杀害。总之，马尔克斯笔下的刽子手通过"杀害——被杀"在"丛林法则"的圆圈中循环。在比较的意义上，如果说，通过不同类型的刽子手的遗传生产和刑罚活动生产，莫言阐明了中国半殖民地社会的刑罚系统自我再产生的机制和秘密，那么，通过不同类型的刽子手的循环过程，马尔克斯则显现了哥伦比亚地区统摄刽子手自我生产的"丛林法则"。

10. 在《小甲放歌》（二）中，讲述者听到的有关杀猪的口技故事，叙述人暗示人们喜欢听杀气腾腾的故事。赵甲的讲述具有喜欢暴力的潜意识，讲故事给儿子听，是为了解闷、增强儿子的胆量；儿子的讲述，则是炫耀父亲的不一般。杀猪的段落再次出现，作者暗示生活就是看人杀"猪"、听人杀"猪"的历史，揭示了懦弱和狂欢的民族文化背后是杀气腾腾的暴虐，智障者小甲的讲述掩盖了这一点。从行刑者的角度谈论，杀手对肉体生命的态度是狠毒的训练手段，也是炫耀的资本，批判的一个基点。相对于从民间受刑者、官方受刑者、观众、听众、施刑—受刑者、革命者、封建权力中心人物等方面，莫言分析权力从不同侧面对生命肉体的迫害，莫言这一方面的贡献在于，以刽子手之家来分析虐待生命肉体的权力、习惯、文化、生活等内容如何在生活家庭层面以遗传形式（父子或者母子）和文化形式（观刑、听刑和阅读执刑故事）蔓延。在刑罚执行结构的再生产过程中，《赵甲放歌》（二）提供了刽子手之家是如何延续的，赵小甲这个头脑有缺憾的农民——屠户，在京城第一刽子手——父亲的言传身教下，是如何建立家庭和个人自信的。尽管他看到父亲杀人就腿肚子转筋，几欲先走，但还是做了父亲行刑的杀人助手。这个准刽子手形象塑造得最为深刻。这个人物形象说明了刽子手杀人系统如何把一个胆小的农民变成一个行刑者，如何完成自身系统的再生产。正是这样的人以职业、威名或者生存为名，把诸多人物带向杀人的刑场，正是这样的人为刽子手这一职业不断提供生力军的。从咸丰皇帝、那拉氏、袁世凯、赵甲到赵小甲，行刑杀人系统完成了刽子手的自我再生产。另外，赵小甲、钱丁、钱夫人和刑场观众等同样成为行刑杀人刑罚运行系统的外围人员，这些外围人员通过"表演—观看系统""讲述—倾听系统"等路径，最终完成行刑杀人系统的效果再生产，完成对刑罚权威的维护，从而小说中刑场外围人物，甚至莫言的写作也都加入了这个可怕系统的再生产性反思中。在殖民地社会里，关于这种殖民地刑罚系统的再生产和圆圈的阻挠，马尔克斯有三种思路：第一，如奥雷连诺上校一样，英雄般地参加革命并在大彻大悟之后自动退出战争以维护社会和平，阻止了这种独裁者系统的再生产；第二，如家长一样在巩固权力和相互杀害的过程中失败，暂时中断了这种刑法系统的再生产；第三，寄希望于社会革命，马尔克斯在小说的结尾多次召唤社会大变革，突破这种惊人的圆圈。莫言对这种殖民地刑罚系统的再生产系统的阻断也有三种思路：第一，如余占鳌等人民群众一样，展开打击殖民地侵略势力的斗争；第二，通过殖民地地方政府内部人员的觉醒，如钱丁，剪断这种殖民地刑罚系统的再生产；第三，通过伪军武装、国民党武装、共产党部队等之间的正义和智慧的较量，以被拣选的共产党支队作为历史和民族的未来方向。同时，我们看到，在马尔克斯笔下，无论是布恩蒂亚家族从革命到没落的历史，还是家长家族由独裁到灭亡的家史，抑或各种低级刽子手的无常命运，他们基本上都生活在"丛林法则"之下，这种刽子手的地位却不能在家庭的不同代际形成遗传，一切都只是圆圈和循环。在莫言笔下，除了第一类刽子手可能形成遗传外，第二类刽子手几乎已经被职业化。在这种专业化、职业化的刽子手看来，一切身体都只是行刑的材料。在这种工具理性（马克斯·韦伯）之内，刽子手的职业精神挟带着荒诞的死寂，一方面，在刑罚系统的社会结构之内，它以仪式的方式维持了殖民地社会秩序的运行；另一方面，在个体生命价值层面，他完全忽视了人的身体价值和意义的尊重和建构。到此为止，我们可以发现，在社会日益分工的基础之上，一些专业化的职业和职业人挟带着"刽子手"精神，从单个行业来看，这些职业人只是专业地做好了自己的事情；从整个社会系统来看，这些职业人通过整个系统完成了对生命个体的价值和意义的扭曲和摧毁。因此，作为职业的工具理性的限制被显现出来，在工业化和专业化社会中，职业的价值理性成为应当关注的重要问题。这也是马尔克斯对哥伦比亚社会精英的批判中所暗示的问题。

11. 在《小甲放歌》（八）中，智障者小甲获得了叙述人的身份，同时又是故事的参与者，消解了恐怖，获得了仿佛让人可以原谅的真诚。从"大喜"开始，"只怕到了较劲的时候你自己做不了自己身体的主！"赵甲的富有经验的话把读者的心始终限制在残酷的阴影之下，孙丙由诙谐开始到抖动、出汗、流血，英雄在杀猪床板上鬼哭狼嚎。英雄只是精神上的，身体上的英雄是不存在的。这是孙丙的体会，是赵甲的经验，是莫言的认识，也是叙述人小甲的眼中景。精神总是高张着革命的大旗，而身体总是为精神的不合时宜埋单。

　　眉娘在哭泣，观众在出汗，小甲在傻傻地高兴，赵甲在为想象中的大戏而挥汗如雨，钱丁在为檀香刑左右为难，袁世凯、克罗德这两个导演则很严肃地发着绿光……这是一场观众、演员、导演齐全的大戏，这是历史的感叹。孙丙被上了檀香刑，假孙丙（小山子）被砍了头，刑罚的执行多少有点恐怖并让人失望，只是惩罚了人的身体，这不只是历史的转折点。借助檀香刑大戏的近距离智障视角观察，借助这种英雄肉体和精神的分裂，莫言审视了自笛卡尔以来的精神意识优先理论，以及自狄尔泰以来的精神与肉体和谐理论，在刑场之上，精神和肉体的关联哲学显现了其本质，凡俗的身体和英雄精神意识相互商讨。莫言在此完成了其关于受刑者的系统展开，相对于犯罪者、革命者、改革者、冤屈者等受刑者类型，孙丙作为反抗者被执行刑罚；相对于革命英雄和改革者英雄、武士和文官等类型，孙丙作为农民英雄被识别，莫言由此完成了英雄人物形象系列的塑造；从《檀香刑》体例上看，莫言将农民孙丙放在和革命者钱壮飞、改革者刘光第等六君子同一个等级上；在"刑罚面前一律平等"的意义上，农民英雄孙丙又被和犯罪者、冤屈者、革命者、改革失败者等放在一个水平线上，再次彰显了刑罚的政治工具性和形式性。在《檀香刑》执行死刑刑罚的三个层次（艺术、仪式、戏剧）上，在克罗德和袁世凯的导演下，在赵甲和孙丙、钱丁的主演下，在《小甲放歌》（八）和《知县绝唱》（一）中，莫言完成了死刑刑罚的大戏讲述。所谓行刑杀人的戏剧必然具有几个特征：第一，不同类型的刽子手俨然到场，如袁世凯、克罗德、赵甲、赵小甲、钱丁等。受刑者及苦主到场，如孙丙、小山子、眉娘等。观众到场。刑罚执行系统再生产形成。第二，在小说文本中，恐怖美学的现场表演系统和讲述系统，即再生产系统完整形成。第三，恐怖美学的内涵得到极大的扩展。除了肉体死亡恐怖和规训教义的传播外，除了凡俗肉体和崇高精神之间的强烈张力：诙谐——抖动——出汗——流血——苍蝇——垂危——自求死亡——终于被杀外，还有表情表征，有人哭泣，有人出汗，有人傻笑，有人眼睛发着绿光，有人紧张，有人担心等；还有中心文化精神的冲突集中表现到刑场这一舞台上，来自中国文化的天兵天将（岳飞、杨再兴等）再次与帝国主义和封建政权的杀人刑罚直接交锋，文化的冲突以肉体的受刑和死亡逐渐达到高潮。第四，大戏不仅有肉体死亡的情节高潮，而且还有情节的发展和曲折性，当孙丙的凡俗身体在刑罚面前吃不消的时候，赵甲急中生智，按照克罗德的意思请医生、扎帐篷、熬参汤，不仅制造死亡而且控制死亡的时间，在英雄死亡时间的延长中，死亡大戏欲扬先抑，孙丙的肉体生命再次得到了维护，观刑效果得到了恐怖地延续。第五，不仅故事情节曲折，而且戏中有戏。在猫腔剧团开创者被上檀香刑时，猫腔剧团全团出动进行告别演出，最终全团覆没，肉体生命的维持逐渐显得丑陋，尤其是当英雄的肉体生命的维持换来了更大的牺牲，更大的痛苦，更广泛地宣传帝国主义死刑刑罚的恐怖效果时，这种肉体生命的维护和艺术演出被帝国霸权和封建军阀所利用，台上极端痛苦，台下勾心斗角。整个戏剧情节发生了反转，孙丙等一方由调侃死亡、拒绝死亡，发展到要求死亡；而赵甲、克罗德、袁世凯等一方由制造死亡、散发死亡，发展到延长生命、拒绝死亡。在孙丙的肉体上不断发生着死亡情节的变化。第六，死亡恐怖美学的瓦解。依靠"表演—观看""讲述—倾听"系统传播的死亡恐怖美学不断地被消解。起初，它受到孙丙的调侃和诙谐的消解；然后，它受到猫腔剧团冒死表演的艺术精神的消解；最后，它受到孙丙主动求死，赵甲维护生命，钱丁反戈一击等行为的消解，行刑的刽子手先后死亡，受刑者也因被迅速杀死而消解了痛苦，观众作鸟兽散。从悲剧的死亡到死亡的戏剧，刑罚死亡恐怖系统崩溃，其恐怖美学也被转变。第七，在《檀香刑》刑罚叙事学中，《小甲放歌》（八）和《知县绝唱》（一）与《眉娘浪语》（一）形成对照，小故事和大故事结构基本一样，但是从故事情节、人物系统、美学追求、讲述方式等方面都发生了惊人的变化，完成了小说由"讲什么"向"如何讲""怎么样"的转向。相比较而言，在马尔克斯笔下，在《家长的没落》中，刑场的悲剧也发生了戏剧化转向。从家长杀人到家长被杀，从家长制造死亡、拒绝死亡到死亡不期而至，从家长死而复活到家长被秘密杀害，我们看到，家长杀人和被杀只不过是殖民地刑罚悲剧循环的一个环节，因而，这种死亡悲剧也被戏剧化了。马尔克斯在家长这种悲剧化的循环之内隐藏着悲剧戏剧化的消解，也隐藏着刑罚循环的圆圈。同莫言把悲剧的戏剧化放在文本末尾（《檀香刑》）不同，马尔克斯的死亡悲剧的戏剧化几乎在每个章节的开头和结尾都被重新展示一遍。

12. 在《知县绝唱》（一）中，袁世凯冷冰冰的，克罗德大声欢笑，情态各异，毫无疑问，克罗德才是这出戏的董事兼导演。随着檀香刑进程的深入，作者的思考是不间断的。"俺俺俺搬来天兵天将……"多么悲怆的歌声，历史上那些大英雄大救星，岳飞、杨再兴等，这些曾经救人于水火的英灵神话，面对帝国主义的钢枪摇摇欲坠。历史英雄只是一面旗帜，撑起大旗的还是凡夫俗子。

孙丙想坚强挺住，战胜自己的身体，拒绝逃走、诙谐、骂人、唱猫腔剧、喝参汤，但结果只能是更痛苦。朱八、小山子等死亡，猫腔剧团全军覆没成为克罗德用来摄人心魄的尸体，眉娘哭得死去活来，英雄的坚强已失去意义，英雄活着也只能是给别人造成痛苦，孙丙要求：让我死了吧，减少了英雄豪气，却增添了英雄活力和可信度，形成了失败中的微弱胜利。精神文化对肉体生命的提升在刑场这里得到了考量，在英雄的生与痛苦的死之话语搏斗之中，每一次行动都以更多的死亡、更多的痛苦为代价，痛苦的死作为一个过程仪式仿佛取得了胜利。尼采、狄尔泰的思想完全向福柯屈服了，这种代表着帝国权威的同构法在摧毁生命的仪式上，将所有提升生命的力量和文化资源都击败了。观看者、受刑者、执刑者，唯独导演——克罗德在背后微笑着。肉体生命的死亡变得不再重要。

"我"作为县令，一个有智慧的叙述者，历史的参与者，希望孙丙活，又希望孙丙死，但这一切仿佛只能是顺"历史"潮流而动，我做不了自己的主。我不知道自己起的是坏作用还是好作用？我是一个盲目的历史漂泊者！喂参汤，请苏中和、成布衣治病，请陈小手、章麻子架纱帐，延长孙丙的生命，但是，实际上延长了英雄的痛苦，客观上做了袁世凯、克罗德的走狗。钱丁徘徊在英雄和高官之间，最终其夫人为国为正义而自裁，这促使钱丁选择走向民间正义的道路，虽然这决定来得有些晚，有些无力。唯有痛快的死亡才能终结这种痛苦的死亡，使这种充满陷阱的死亡失去肉体死亡的依凭。由拯救生命转向选择死亡，这终结了帝国主义的痛苦仪式，颠覆了帝国主义同构法的内在路线，在死亡到来之前获得胜利。因此，如果说家长、将军、帝国主义者等人，是在肉体的死亡之上建构起权威秩序和规则，那么莫言先生笔下的人物，孙丙、钱丁、钱夫人等，在这一刻通过选择肉体的死亡来抵抗帝国主义者同构法的死亡规划和痛苦，因此，它抵抗了这种仪式，也抵抗了通过肉体生命钳制精神生命的计划。莫言的生命强力意志——选择死亡或主动执行死亡或者疯狂——被以精神生命的形式抵达。同时，帝国霸权和封建军阀的死亡艺术和崇高仪式被转变成为人民的喜剧艺术和生命仪式。事实上，在强力生命对殖民地暴力政治的突破路向之内，除了孙丙、钱丁、钱夫人等选择死亡或者主动执行死亡以中断殖民帝国死亡规划之外，在司马大牙、余占鳌、罗汉大爷等故事情节里也表现了生命强力的作用。从比较层面来看，马尔克斯在奥雷连诺上校身上也寄托了强力生命选择对殖民地殖民政府的反动势力规划的中断。从这方面看，马尔克斯和莫言都具有存在主义选择论（萨特）的倾向，在选择的路向上，肉体的死亡在象征层次上被重建。除此之外，马尔克斯中断殖民地反动势力的规划还寄托在家长等上层势力相互残杀的圆圈的终结之上。在"丛林法则"之内家长被偷偷地暗杀了，这标志着殖民地帝国势力之循环链条被重新规划的可能。相对于马尔克斯对于中产阶级势力既充满希望又充满失望的态度，莫言对于中产阶级知识分子——钱丁等人——则是既充满失望又充满着希望。

（二）刑场的生命秘语

1. 象征交换与生命禁忌：和平或者战斗

"二龙戏珠"规劝小虫子，附带又要了两个监斩候的命；菜市场舅舅被砍；用烧红的铁棍烫死库丁，腰斩大库丁等，讲述这几个刑场故事存在这样的内在目的：威慑王公大臣；解说赵甲辉煌的历史，抬高他的地位；威慑眉娘、小甲、钱丁，说服袁世凯、克罗德两位大人；用血淋淋的尸体震撼读者。作者选材的目的也十分有意思。作者选取的几个材料都是有关官方人士犯罪的惩罚，并且这些罪犯都与钱财的贪污有关（舅舅情况不详），最后都受到了严厉的惩罚，这样的选材颇不同于明清公案小说（多男女、酒色、谋杀、妖法、谋反……），"一切历史都是现代史"。同"大踏步地撤退"的口号相比，作者的选材显然有新的现实追求，体现了作者对当下社会那些贪官污吏的震慑、对社会清平法制严明的一种理想追寻和"作为老百姓写作"的民间立场。同时，刑罚的内在路向在其自身机制之内获得了摧毁肉体生命的仪式效果。刑罚只能预期摧毁相信它的犯罪者的生命，并获得借助肉体规训精神的社会效应。凌迟谋杀亲夫的女子，凌迟美丽的妓女这两个选材表现了作者关联于公案小说的质料标准，印证了作者大撤退的历史感和肉体感，作者由"性化身体"在同构法的路向上转向"被惩罚的肉体"，借此对以"性"权利和"性"自由压倒一切的身体话语的突破。舅舅和谋财妓女最后的话是：冤……枉！……莫言借此倾听刑场背后冤魂的声音，并建构了一种追求公平正义的民间立场。显然，在作者的眼中，即使刑罚是治理社会的工具，它也可能会被某些目的所利用，应谨慎行使。同时，从关于民间女子的死刑和关于封建官僚内部死刑的互文本中可以看出，那种借肉体规训肉体的直接效果被微弱的声音所质疑。莫言为什么对刑场的考量如此深刻呢？这是一个有意义的谜！

　　另外，莫言在民间和官僚层面的死刑场面描写渗透着多种系统思想，除了上文已经论述的"表演—观看"系统、"讲述—倾听"系统之外，在其讲述的死刑案例的深处，还隐藏着一种"罪—死"的象征交换系统，这种系统是维护社会秩序和权力秩序的基础。仔细分析我们就可以看出这种结构的分布和运行机制，小虫子偷东西——被执行"二龙戏珠"刑罚，舅舅犯法——被砍头，库丁偷银子——被腰斩，女人谋杀亲夫——被凌迟，女人谋财害命——被凌迟，等等。在这种死刑刑罚运行系统之内，我们可以明确地看到：在犯罪—受处罚的结构中，存在着某种客观的平衡结构，即"罪—罚"这种结构，当然，这里主要表现为"罪—死"的平衡结构。实际上，如果不考虑更崇高的目的，从咸丰皇帝到袁世凯的诸种案例都有这种平衡结构，当然，这种平衡结构可能会被帝国霸权和封建军阀所利用，如果去除这些歪曲和利用，我们会看到，在这种平衡结构之内，一方面，死亡被看作犯罪的等价物，犯罪者的罪行给社会带来了罪和危害，社会回馈给犯罪者处罚、死亡。在这种平衡结构之内，社会秩序、家庭秩序、职业秩序等才得以维护，因而这种平衡结构就是杀人刑罚的本质。它具有形式化的性质，在不同案例之内的个体身上被显现出来。另一方面，我们可以看到，在犯罪者犯罪行为发展的链条上，其最终结果是死亡处罚，因而死亡是犯罪行为的堤坝，是社会秩序和伦理行为的堤坝，肉体是社会犯罪行为的主体，那些严重违反社会秩序、金融秩序、家庭秩序、职业秩序等的人，在其肉体自然死亡之前，通过死刑处罚的提前到来以禁止这种行为的蔓延。因为人的肉体生命早晚总是要死的，所以死亡并不重要，重要的是只有死亡提前到来，才能阻止这种对社会各种秩序的违反，以维护社会秩序的正常运转。因而自然死亡是生命的终结，刑罚死亡是生命的禁忌，是社会秩序的堤坝。在这种标准下，罪与罚交换系统的平衡就是一种社会正义，如小虫子、库丁等死刑刑罚就具有这种特征，因而死刑刑罚对于社会邪恶势力就具有堤坝的作用。但是在特殊情况下，如被冤屈的妓女，这里罪与罚系统的失衡就表现为社会的非正义。而在钱壮飞、刘光第、孙丙等案例之内，罪与死系统的倒置和扭曲就表现为社会的殖民化和黑暗化，死刑刑罚的社会堤坝处于决堤状态，就不能起到维护社会秩序的作用，相反将导致社会混乱甚至动乱的发生。这种案例在《百年孤独》中也不断地发生，如霍·阿卡迪奥被秘密处死，奥雷连诺上校的多个儿子被殖民地军政府利用多种机会杀掉，香蕉园罢工工人被秘密镇压等，在这些案例中就存在罪与死的象征交换系统的失衡和颠倒问题（国际和国内两个层次），因而社会处于失衡和混乱状态，并丧失了维护自身正义的能力，永远陷入孤独状态。这在《家长的没落》中表现得更加极端残酷，罪与死的象征交换系统被"随意强加的罪"与"残酷的死亡"之恐怖交换系统所代替，因而在家长的意志下，出现了极端惊世骇俗的死亡方式，这种"罪与罚"的系统也就无法有效维护家长的统治，当生命强力在这种状况下被消灭、被征服，直至被激活时，这种"随意强加之罪"与"残酷的死亡"必将变成一种"罪与仇恨"的社会交换系统，因此，家长最后莫名其妙地在宫中死亡也就不足为奇了。当然，钱壮飞、刘光第、孙丙的死刑刑罚也具有这样的特征。应当说，莫言和马尔克斯关于"罪与罚的平衡系统"的论述分为三个层次：在地域社会内部层次，这种"罪与罚的平衡系统"是维持社会运行的根本系统，它的失衡意味着社会价值和意义系统的失衡，这种平衡系统在莫言笔下的社会里（在主流社会和民间社会两个层次）被深刻地探讨，如刽子手赵甲和母亲上官鲁氏的论述；在殖民地封建统治阶级内部，这种颠倒的"罪与罚的平衡系统"只不过是殖民地政府及其邪恶势力攻伐的工具，如咸丰皇帝和那拉氏、袁世凯、家长等；在殖民地帝国主义势力里，这是殖民地帝国主义势力制衡殖民地政府和各种社会势力的工具，如克罗德、日军等，在这方面，莫言采用直接描写和间接描写相结合的方法，马尔克斯则主要采取间接描写的方法。总之，这三个层面的"罪与罚的平衡系统"主要围绕象征生命以实现自己的平衡，尤其是后两类行为，对于社会层面"罪与罚的平衡系统"和身体的社会价值与意义具有巨大的危害性，相对于前一种行为的社会正义的平衡状态，后两种行为的基础在于社会暴力的平衡系统。

　　2. 肉体死亡和象征死亡：死亡或者再生

　　一方面，莫言在人的死亡和动物死亡的比较中，表现了一种生命被异化的主题。在小说开头，眉娘梦到父亲被杀，显现了人民对刑罚的恐惧是深入骨髓的。小甲杀猪，姥姥开店卖猪肉，赵甲讲的杀猪故事和杀人故事是一种类比，把杀猪和杀人放在一块儿进行类比，鲜明地表现了刑场上人不如猪的主题，是明显的异化主题，这是作者一贯的招式。例如，《红高粱家族》中的"人不如狗"的故事，《红树林》中的"人不如燕"的故事，《丰乳肥臀》中的"人不如驴子"的故事，《生死疲劳》中的"人转生为动物"的轮回故事，这些虚构历史的冷笑话，印证了作者"撤退得还不够"的话语，把动物当作和人一样，甚至比人更高的艺术形象是莫言一贯的做法。在马克思主义意义上，动物的被杀是一种自然经济事实；人的被杀则是一种社会化事件，它表达着人与人之间的关系，它关联着整个文明秩序的重构，动物肉体的祭祀意义被人的肉体祭祀意义所代替。

另一方面，莫言表现了刑罚的象征死亡含义。实际上，在莫言的小说里我们经常遇到死亡的多种含义问题，例如，在《丰乳肥臀》中，母亲鲁璇儿用"一刀之罪"与"千刀万剐之罪"评价自己的儿女，前者指的就是肉体死亡，后者指的是"象征死亡"。在《四十一炮》中，莫言区分了老兰的死亡和罗通的死亡，老兰尽管活着，但是他在欲望场域所犯的罪极其严重，罗小通用四十一炮来攻击老兰及其同党，追求的就是老兰的象征死亡，罗通失去生命则是肉体的死亡。在《生死疲劳》中，借助佛教思想，莫言表达了肉体死亡和灵魂死亡的方式和象征意义。西门闹土改时被枪毙已经是肉体死亡了，这是毋庸置疑和不可改变的。但是其历经七世转生仍然不能接受自己被处死的现实，后来的六世转生所表达的就是灵魂不死的文本现象学，正是灵魂不死不断转生，一方面呼唤象征交换系统的历史正义，另一方面在后现代社会提供了这种灵魂不死的叙述结构的社会象征结构的同构话语的合法性。《蛙》中的"蝌蚪话语"也具有相同的含义。其他如在《红高粱》中罗汉大爷的死则具有肉体生命死亡而精神生命永存的本质；在《红树林》中，林岚、马叔、老革命者和金大川、李高潮等人生命形式也形成了对比和区分，等等。在《檀香刑》中动物的死亡和人的死亡的并置和追寻，在莫言魔幻现实主义小说两种生命形式的追踪和发展历程中处于高潮地位。

前文已经简略交代，齐泽克在拉康精神分析理论的基础上明确

264

论述了两种死亡方式：第一次死亡，身体的死亡；第二次死亡，象征的死亡。莫言的动物死亡和人的死亡有三个高潮。第一，狗（驴）的死亡和人的死亡。在《红高粱家族》中，在高密乡的抗日战争和民族战争交织的处所，在余占鳌墨水河阻击战之后，当余占鳌为戴秀莲隆重出殡时，遭遇各方面的袭击，高密乡由人的世界变成了狗的世界，人食人、狗食人、人食狗、狗食狗一片混乱。莫言在这里对人的死亡和动物的死亡进行深入的思考，那种崇高的肉体死亡和精神永恒的区别、人的死亡和动物的死亡的区别在这里被混合了，人的肉体死亡和动物的肉体死亡被放在一个水平线上。肉体死亡以人或者狗的死亡存在，以支持更加强壮的生命能够幸存下来。莫言关于死亡的思考被忽视了。因而可以看出，人的精神死亡和象征死亡是社会性事物，在正常与和谐的社会秩序里，这种象征死亡才具有价值，如罗汉大爷的死亡、戴秀莲的死亡等，他们的死亡价值在于民族国家大义和文化的坚持和维护层面，也在于对和平生活、生命存在和人的崇高价值的守候和创造层面。罗汉大爷的死亡高于叛国驴子的死亡，罗汉大爷被凌迟时割掉生殖器就有了象征死亡意味等，这些就是文本现象学的证明。当战争陷入极端混乱中时，当战争把人的世界变为狗的世界时，人的象征死亡和生命价值也就消失了。因而人的象征死亡的价值在于把狗的世界变成人的世界，这也是余占鳌在日本山林里放过日本女人，老铁板会会员痛斥儿子被杀等情节的微言大义。显然，在《家长的没落》《霍乱时期的爱情》中，马尔克斯也魔幻地表现了人的生命和动物的生命被拉平的社会象征系统，如家长在宫中养了许多动物，动物们可以自由地在宫中游走，但是家长为了一只斗鸡却杀死了在斗鸡赛中获胜的选手，河流里漂浮着人和动物的尸体，上面带着明显的枪眼等。在殖民地社会里，人的身体死亡和动物身体死亡在同一水平线上，表明了一种对佛家死亡观或者基督教死亡观的神秘返回。第二，杀人和杀猪。相对于《丰乳肥臀》中"生人"和"生驴子"的并置所阐明的，在农民象征价值系统之内"母驴子"的地位高于多次生女孩子的"女人"的地位的荒谬价值系统，在《檀香刑》中，赵小甲和姥姥杀猪与杀人的并置也揭示了象征生命和死亡的奇异价值系统。正如齐泽克所论述，你不可以第二次杀死一个动物，尽管猪作为食物被纳入社会经济系统的运行之内，杀猪不过是为食其肉，乃至穿其皮，但是，其生命价值并没有被纳入生命象征系统，姥姥杀猪不可能采取割其双乳、割其生殖器等侮辱性的屠杀形式（当然，这也是当代生态主义者所关心的问题）。杀人就不一样了，大清刑部及第一刽子手之所以因杀人艺术而著称，是因为其所选择的杀人方式的残酷性，屠杀部位（脑袋、腰部、生殖器、双乳等）的侮辱性，杀人仪式（将其器官直接喂狗，报数并延长时间等）的疯狂性，杀人戏剧的观赏性（要求相关观众观看等），它在罪—死的象征交换系统之内增添了许多花样，同一刀毙命有了巨大区别，因此，赵甲将刀磨得非常锋利，一刀杀死刘光第就是善举了，第一刽子手明白象征死亡的含义。因此，刘光第、钱壮飞、孙丙的死亡便有象征死亡的肮脏和崇高内涵。对于袁世凯、克罗德、赵甲等人，所谓的杀人艺术、仪式、戏剧等的本质就是：在取得这种先驱的肉体生命的同时，剥夺他们的象征生命，并在其间维护帝国霸权和殖民地军阀政权的权威。死亡的社会化和象征化便在《檀香刑》中极端肮脏和丑陋地被污染了。其依靠诸种系统所维护的惊悚效果及其流传显现了帝国霸权和殖民地政府最丑陋的肮脏美学。但是，这些帝国主义者和封建政客没有想到，当"死与罪"系统变为"随意强加之罪"与"残酷屈辱的死"的系统的时候，新的"死与仇恨"系统便诞生了，他们的肮脏戏剧被倒置了，如列宁所论述的两种文学一样，这里也存在着两种死亡，屈辱丑陋的象征死亡成为维护民族大义、社会和谐正义、人的普世价值的"象征再生"，提前到达的死和象征死亡的人民戏剧也同时开演了。社会革命思潮将会在这种颠倒丑陋的系统之内蓬勃发展。并且，莫言魔幻现实主义小说《檀香刑》所揭示的这种规律仍然存在，在当前民族文化冲突、恐怖势力蔓延的社会现实中，这种"罪与死"系统的发展、效果、变化也仍在发挥作用。这是鲁迅先生、齐泽克先生所没有解决的问题，这也是莫言先生《檀香刑》的文学社会学意义。第三，选择死亡的方式。在《生死疲劳》中，关于刑罚的死亡探讨和前面相比有独特的特点。一方面，从《红高粱》到《四十一炮》，莫言的生命强力精神被发挥到极致，不管是在革命场所或者封建政权的刑场，还是在"文化大革命"场所或者改革开放的商品经济欲望场所，面对各种刑罚、规训和存在的烦扰，莫言的主人公总是以自己强悍的肉体生命和崇高的精神生命来冲决一切非人的刑罚，不管形势有多艰难，还是生命主体付出多大的代价，人民、市民或者草莽的生命总能抵达人生的盛景（尽管可能是暂时的）。《红高粱家族》《天堂蒜薹之歌》《红树林》《檀香刑》《四十一炮》等都是这种情况。另一方面，《狗道》《酒国》等作品又涌动着另一种生命路向，其中生命或者遭遇极端的社会环境，或者陷落于悲观主义之中，生命呈现出一种无偿、无奈的表象。换句话说，莫言曾经依靠的生命象征系统发生了变化，那种"罪与罚"的系统和"象征再生"的乐观主义被提升到平民日常生活的佛教系统之内。首先，在这种平民日常生活的佛教系统之内，人的死刑刑罚和动物的死被作为佛教之内的众生层次被重新认识。那种《狗道》的生命价值的拉平，封建文化体系之内生命价值的扭曲，殖民地文化中生命价值的颠倒被以民族地理文化的形式重新衡量。换句话说，脱离了那种民族独立、国家正义的话语场景，在日常生活的平民佛教之内重新衡量生命的死亡方式。其次，从民族地理特色的佛教众生平等的魔幻艺术世界角度，获得和马尔克斯的加勒比地理宗教世界相对话的角度来考量生死问题。在马尔克斯的马孔多世界里，死亡并不被看作生命的终结，鬼魂只是生命的另一种形式，鬼魂可以穿越生与死的世界，如阿玛兰塔乐意为大家做死亡信使，梅尔加德斯不断返回寻找老朋友等。即莫言从"肉体的死亡——象征的再生"到"肉体的死亡——灵魂的转生"世界来重新思考死亡的形式。最后，人的死亡和动物的死亡出现了等价物和转换物。正是在民族地理的佛教文化论域里，对人的死亡形式和动物死亡形式的再思考，既超越了自己，也获得了同马尔克斯相比美的美学高度，并获得了更丰富的表现形式。显然，莫言的七世转生生命形式明显比马尔克斯的人—鬼魂生命形式丰富得多。在土地改革时期，西门闹因罪被枪杀，在大的社会象征交换系统之内被枪杀，在个人的象征系统和佛教因果逻辑系统之内，西门闹怨气冲天地不愿意听从阎王的话语就此转生，阎王没有办法，只好通过欺骗使西门闹转生为西门驴，西门驴斗志昂扬，在劳作中折蹄，最终也未能幸免被饥民分食的命运。如果说，在土地改革时期西门闹被枪杀是因为地主身份而脱离了社会象征系统，因而被合法地杀死；西门驴则是因为驴子的身份再次因为较低的生命价值和象征形式无罪而被分食，西门驴再次挑战阎王的因果逻辑和众生平等观点。在阎王的劝说和欺骗下，西门牛诞生，其前生儿子西门金龙因为与蓝解放在农业上搞竞争，不甘心失败，准备用乱棒打死西门牛，西门牛这次非常清楚，作为动物不仅不能在社会象征系统里获得合法地位，而且可能再次无罪而死，更糟糕的是让儿子承担弑父之罪，于是西门牛在乱棒下自己选择死亡。死亡的西门牛再次在阎王的劝说下转生为西门猪，此生西门猪开始适应俗世法则，在再次可能无罪而被杀死的危急关头，猪十六逃出猪圈，来到沙洲称王称霸，过着幸福的生活，西门猪享尽猪世界的繁华，西门猪咬掉宏泰岳的睾丸，也给沙洲野猪带来灾难，最终在拯救落水儿童时英勇就义。如果说，西门闹无辜献出生命维护抽象的社会象征系统而带来极大的怨气，那么，西门驴无辜被分食因拯救饥民而死亡带来了献身价值，并没按照佛教的因果逻辑托生成人，但是，从它的死亡里已经可以看到一点实在的价值和意义了。西门牛自杀的价值在于舍身护子——获得了个体人生价值，西门猪英勇就义的普遍价值则是其主动选择。再次转生后，西门狗活得多姿多彩，从农村到城市，西门狗依靠自己的机智和能力成为一方霸主，甚至还召开了"月光晚会"。最终狗小四在单干户蓝脸去世后也老死了。然后以西门猴的生命形式又回到了西门子孙那里，在庞凤凰和西门欢的手里作为猴子赚钱，最终，西门欢被旧时仇家捅死，蓝开放追求庞凤凰，发现两人是近亲结婚，蓝开放一枪杀了西门猴后自杀。庞凤凰生下蓝千岁后难产而死。蓝千岁成为超越生死的故事讲述者。当然《生死疲劳》描写了诸多人物的无常死亡，极少有人物是老死的，如蓝解放、狗小四等。但是最特别的仍是西门闹历经七世的生命形式，从这种跨越人和动物的生命形式来看，无常的生死是生命的组成部分，如西门闹、西门驴、西门欢、西门猴、庞凤凰等，自然的死亡是俗世死亡形式中的珍稀事物，能够像西门牛、西门猪等那样主动选择有价值的死亡方式则是人生的极品。关于生的价值和意义，西门闹也有自己的思考，像西门驴、西门猪一样轰轰烈烈地爱，像狗小四一样照顾自己的主人一辈子，像西门猴一样陪伴自己的子孙生活就是人生的幸福，至于人生的生命形式在开悟的西门闹看来已经没有什么意义了。有论者认为，《生死疲劳》表现的是灰暗的人生哲学，对此笔者并不苟同。《生死疲劳》中至少运行着三种生命象征系统：佛教的生死轮回转生生命象征系统，尽管有时候可能会失效；俗世生活的宏大象征系统，个体生命被卷入进去，多形成被动的献身生命形式；农民日常生活的个体生命象征系统。西门闹开悟的生命价值则建构在第一种和第三种之间：主动选择有价值的死和有意义的个体生命形态。当然，关于生与死的思考延续并预示了《蛙》的创作。从比较的意义上说，在马尔克斯那里，也存在着三种生命象征系统。首先，基督教样式的生命象征系统（人与人、人与动物之间是平等的系统），其潜文本一方面作为生命平等象征系统建构了理想的社会秩序，在其之内，每个人的身体生命和精神生命都应该被尊重；另一方面，作为生命等级系统（欧洲中心和拉丁美洲边缘、人类中心和动/植物边缘、白人中心/哥伦比亚人种边缘），它是西方殖民者殖民拉丁美洲的内在核心，也是殖民地人民的生命被戕害的内在原因。拉丁美洲的本地人民被作为低等人种受到奴役和屠杀——成为马尔克斯魔幻现实主义小说批判和选择的目标。其次，殖民地反动势力所崇拜和实践的等级生命系统。在这种生命系统之内，在盟友和政敌的思维之内，这些反动势力除了直接屠杀政敌的肉体生命和精神生命之外，整个社会或者地区也被分裂成两个对立集团或者阶层。至今，在被分裂和极化的社会或者地区之内，这种殖民地等级生命系统仍徘徊着自己的鬼影。最后，拉丁美洲的民族地域生命系统。在其之内也可以分为两个层次。在传统的民族地域生命系统里，马尔克斯通过考古学建构了生命的民族地域形式，这是马尔克斯面对西方殖民地生命系统说话的根基。它强调混沌和循环的生命象征系统，人和自然相互作用相互融合——几乎融为一体。自由、自尊、丰满是这种生命形式的基本特征。在哥伦比亚的当代生命象征系统里，在融合意义上，它推崇一种等级特征的生命象征系统。其中，社会精英处于整个生命系统的上层。在马尔克斯看来，这些社会精英依靠自己的才华和能力仅仅维护自身及其家庭/家族的美好生活，并没有抵达其生命的最高境界。马尔克斯呼吁他们选择更有价值的社会人生道路，从而担负起整个社会走出循环命运的责任，社会精英阶层可以借此获得社会生命的象征重生。总之，从个体生命到社会生命、从肉体生命到精神生命，这些维度都是莫言和马尔克斯考量其民族地域生命形式的基础。

3. 献祭和未来：革命者的肉体

文本的大故事起点应该是戊戌六君子被杀的事件。六君子缘何被杀作者没有交代，这成为文本中的潜文本，这个召唤结构很容易让读者想起公车上书，百日维新，那一幕幕进步与反进步，刀光剑影……最终的结果，轰轰烈烈的社会变革以六君子的就义而告终（而后的康有为、梁启超等的安然回国也证明了这一点）。这么大的历史事件，以刽子手手起刀落和革命志士的身首异处画了一个顿号。天津赵甲凌迟钱壮飞也是如此，康梁变法的失败显然与袁世凯有关。否则，中国的历史可能重写了。钱壮飞刺杀袁世凯是革命激进者的必然结果。刺杀失败，钱壮飞在刑场上被凌迟，历史又一次把革命者的身体放在屠刀下当作自己的顿号。由于反抗帝国主义的蹂躏，不甘妻儿被杀，孙丙揭竿而起，他在县令钱丁、克罗德、袁世凯等的阴谋下又一次败北，他不愿逃走，又导致朱八、小山子的救援失败，用正义的鸡蛋去撞击历史的顽石，整个猫腔剧团全团覆没，孙丙被自己的女婿及亲家上了檀香刑，历史又一次在刑场上哭泣。作者这样选材安排故事，显然别有用心，历史的发展就是正义和非正义、正方和反方斗争的历史，是革命者被镇压、身体受难和被屠杀的历史。刑场显然是历史的一个看台，各种社会力量相互斗争、相互纠结，最终他们都要把自己的战利品（这个战利品多是失败者的身体）放在刑场上献祭。由此看来，莫言，这个虚拟的权威找到了一个观察、反思历史的窗口，而这个窗口正是刑场，一切历史的发展结果都要拿到刑场上做暂时的了结。刑场不愧是历史的前台，而刑罚则成了谁都可以利用的双刃剑，成为执刀者堂堂正正的理由，刑罚也是肉体与精神相互喊话的历史。

献祭主题在古老的巫术时代已经出现，通过献祭土地上所产食物、人、动物等来获得神的愉悦，从而使神眷恋人、恩宠人，帮助世人渡过难关。在中国古代乃至现在，祭拜祖先和敬拜鬼神都有这样的含义。正如马克斯·韦伯所论的强制神现象，人通过奉献所拥有之物——动物、植物、食物或者灵魂等，来和神进行某种交换，在这种象征交换系统里，奉献越多获得就越多，在一些惊世骇俗的鬼神祭拜仪式里都存在着马克斯·韦伯所说的强制神现象。当然，马克斯·韦伯是在普遍研究宗教社会现象的基础之上获得的规律，他的理论是深刻的、普遍的，其缺点是关注具体的民族地理文化不够。在基督教《圣经》的旧约和新约里，就存在这种不同的看法，《圣经》认为神并不是人所能想象的偶像，万能的神并不依靠人的祭拜物才能生存，献祭并不是神的目的。献祭只是创造了一个人能够来到神面前的机会，人可以借着献祭的机会来亲近神，向神表达、倾诉、回转，如同儿女回家到父母跟前来一样，献祭是神渴望让儿女到父母身边来。而且，神为了拯救世人，把他的儿子耶稣献祭出来。在中国佛教思想里，也存在着通过献祭接近佛、神、鬼、妖、仙等的人类学现象，这是佛、神、鬼、妖、仙等替人消灾解难以提升人的机会。其中也存在着某种交换系统等。不管在什么样的宗教思想里，或多或少都存在着这种献祭现象，以及亲近神或者和神进行神秘交换的规律。莫言在《檀香刑》创作谈里反复谈到他大踏步地向后退，并把中国民族地理宗教佛教的思想作为和马尔克斯魔幻现实主义小说进行较量的重要思想资源。因此，从献祭思想方面分析《檀香刑》中革命者受难的刑场生命形式具有一定的学理基础。在《檀香刑》里，莫言描述了三个献祭者革命先驱：刘光第、钱壮飞、孙丙。在这种传统献祭的故事结构里，莫言借助身体诗学隐晦地讲述了其新的献祭思想。这也是他的刑罚故事能够讲述成功，并超越前面所述刑事、民事死刑案例的原因。在后现代文化背景下，在中国改革开放之后，莫言的小说不可能把诸多神话无限制地直接搬到小说里，但是他可以借用部分有生命力的思想资源来建构其民族地理文化魔幻现实主义小说的叙述方式。第一，莫言借用了佛教思想的灵魂高于肉体臭皮囊的观念，因而，莫言能够借助时代背景赋予刘光第、钱壮飞、孙丙等人死亡的合法性价值和意义。将其肉体死亡和生命死亡区分开，从而把肉体死亡作为小说的主文本存在，这只是魔幻现实主义小说的面具，精神生命的价值虽然作为次文本存在，但是在功能上，后者高于前者并决定前者，从而为刑场艺术、仪式、大戏在帝国强权话语和殖民军阀话语中的转折提供了理论基础。第二，在精神死亡的意义上，虽然没有了灵魂、神仙等更高生命形态的存在，但是，在生命形式的双体同构上，将他们的肉体死亡的残酷和无意义提升到社会象征系统中来，因而把他们的死纳入民族独立、祖国富强与和谐社会、生命尊贵等普适价值中。这种价值在《生死疲劳》中再次以地道的民族性出现。第三，把肉体生命的死亡作为媒介、阶梯和献祭物，通过历史的刑场献祭和小说文本中的语言文本献祭，使小说中的人物和现实中的读者接触到民族独立、国家富强、个人生命和谐形式的未来，从而唤醒观众和读者，敦促他们努力迎接美好的未来。第四，在马克斯·韦伯强制神的意义上，小说里的人物在"表演—观看"系统、"讲述—倾听"系统里发生民族文化价值观的逆转，同时，读者在接受美学的意向上，借助这种语言献祭物，使当代美好的"中国梦"和对生命价值的尊重提前到来。第五，在马克斯·韦伯的宗教社会性意义上，这种"献祭——接触和驱动未来"的象征结构被推广到和平时期的刑场生命形式上来，以及被推广到日常生活中来。实际上，在日常生活中召唤未来也是马尔克斯的写作路向。第六，莫言的刑场肉体献祭文化包括文臣改革者知识分子刘光第等六君子，刺杀叛徒袁世凯的钱壮飞，农民艺术家兼草莽英雄孙丙。这种独特的献祭结构也包含着莫言关于民族未来和种的蜕化的深思。他和马尔克斯的社会精英结构（部落族长、民族英雄、家长、社会精英等）存在着差异。总之，从马尔克斯和莫言比较的意义层面来看，其刑场叙述结构包含着两种含义：一方面是对西方理性中心的生命系统和叙述结构的反讽；另一方面是通过对民族地域神话结构的强制和召唤来规划未来。

4. 无辜生命的刑场：帝国主义的屠镇（村）文化

一方面，克罗德执导的马桑镇大屠杀，这个小段落同其他谋杀亲夫的夫人，被凌迟的妓女，被腰斩的库丁、钱壮飞、孙丙、六君子的刑场处罚作比较，意义就令人义愤填膺而且深思了！这里不免有"窃钩者诛，窃国者为诸侯"的含义，也创造了一种民族历史感。真正杀人者克罗德却坐在审判席上处罚那些受自己侮辱而有所不服的人，帝国的本质和乱世的法律变得丑陋不堪。另一方面，中华民族在 20 世纪是遭受凌辱屠杀的民族，我们的痛苦历史许多都只有口头的记录，甚至像"南京大屠杀"也只有零星的回忆，因此许多日本极右势力拒不承认那段历史，更不用说中国其他小地方所经历的暂时无人作证的屠杀了，马桑镇大屠杀中的冤魂喊出了自己的声音，当然，这也是莫言先生的苦心所在。"南京大屠杀"事件处于胶着状态，莫言先生的屠镇（村）故事却显现了另一种向日寇索赔的大量文化资源。事实上，和《檀香刑》一样，《红高粱》《丰乳肥臀》《霍乱时期的爱情》等中都有这种屠村的故事，如果说，民间人士的刑场、动物的刑场、革命志士的刑场等颠覆了来自帝国主义同构法的刑罚的真实本质，那么屠镇（村）故事则真正显现了帝国主义同构法的虚伪本质。相对于"南京大屠杀"屠城文化研究的深入，"屠村文化研究"什么时候才能够进入广大研究者的法眼呢？《红高粱》《丰乳肥臀》《檀香刑》《霍乱时期的爱情》等提供了新的文学社会学和文学人类学研究对象。这是欧洲魔力现实主义小说、美国魔幻现实主义小说、日本魔幻现实主义小说没有的内容。

5. 肉体死亡之药——苏格拉底的药

在《柏拉图对话集》中，苏格拉底因污染雅典青年的精神而被判处死刑，尽管柏拉图可以逃到外邦去，但是，一方面，苏格拉底为了尊重城邦的法律，自愿接受法律处罚，饮毒酒自杀；另一方面，苏格拉底把失去肉体生命看作接近真理的机会，因为那个时候，理念论非常流行，大家的智慧都是来自对生命理式的回忆，而死亡恰恰就是靠近生命理式的媒介和机会。苏格拉底是这样认为的，也是这样做的，在饮下毒酒之后，他让亲朋好友记录下他的话，以便能够把他的理式说给大家。因而，夺取生命的毒酒便成为借助肉体的死亡来疗救人生无知的药和媒介。大致可以说，苏格拉底的药就是肉体的死亡，毒酒则是肉体被判死刑后的媒介。在靠近理念世界的理式意义上，肉体的死亡和毒酒都是作为媒介的药。在苏格拉底这里，肉体死亡和毒酒的意义发生了渗透和共享。在《圣经》里同样发生了这种事情，当上帝耶和华对世俗世界感到失望，用大洪水对世界加以清理之后，在和人类签署第二次合约时，也使用了身体之药，这药就是圣子耶稣的肉体，通过圣子耶稣的肉体无罪而被钉死在十字架上，来拯救世人的灵魂。如果说，苏格拉底的肉体死亡不但具有拯救生命个体的失忆症作用，进而接近理念世界，同时自愿的肉体死亡还有维护和拯救法律象征系统的作用，即罪—死亡的象征交换系统的作用，因为，作为雅典城邦的公民，苏格拉底认为有遵守法律的崇高义务，所以，他不愿使用自己的智慧来躲避法律的惩罚。一方面，耶稣的肉体死亡也有拯救世人灵魂失忆症、崇拜偶像、亵渎神灵、奸淫等邪恶原罪的作用，这种原罪是人天生就有的，而且依靠人的力量是无法自我治疗的。另一方面，耶稣肉体的无罪而死也具有拯救天父耶和华的法律权威的作用。从苏格拉底到耶稣都以肉体之药来拯救个体生命的原罪，同时也维护了这种法律规则的契约精神，维护了社会秩序。因此，这种经典的肉体死亡都具有拯救个体灵魂——精神生命的原罪的作用，也具有维护法律规则的权威和社会秩序的作用。其他如女巫、布鲁诺的肉体死亡都具有这种作用。而且通过死亡，苏格拉底维护了自己雅典公民的身份，耶稣通过死亡维护了耶和华和耶稣的象征秩序和象征生命。

在中国的佛教思想里，在因果逻辑和消业逻辑的宗教论域里，也是这样的，"舍身饲虎"也罢，"自我禁欲"也罢，或者"少林寺的方丈舍身救寺"也罢，"我不入地狱谁入地狱"也罢，甚至地藏菩萨发愿在地狱传法度母等，都在抛弃臭皮囊方面做足了文章。主体的肉体死亡因此便有了"弘法"、拯救他人生命、建构和谐的生命秩序和美好未来的作用，因而也具有"生命之药"的作用。在文学作品层面，在《西游记》中，唐僧舍身取经，孙悟空舍身护法，白龙变为白马等都具有这样的含义。在《三国演义》里，诸葛孔明呕心沥血辅佐刘皇叔匡复汉室。在《水浒传》里，鲁达舍身救度世人。在《红楼梦》里，贾宝玉断绝尘缘剃度出家，拯救薛宝钗（他不爱薛宝钗，维持婚姻害人害己）和贾府（他无法胜任光复贾府的重任），等等。肉体之死，无论是在佛教之内修行成佛的故事，还是在俗世之内修行救度他人苦厄的故事，肉体之死都具有拯救自己的灵魂、拯救世人以及俗世秩序的意义。

从这个路向上看，莫言的《檀香刑》走出了一条不同于鲁迅的《药》的反讽的文学路向。或者可以说，莫言的《檀香刑》和鲁迅的《药》在肉体之药的路向上是一致的，只不过改变了鲁迅那种"怒发冲冠"的风格，融合了中西方肉体之药的内在思想资源，在民族地理文化佛教思想资源之内以文学的形式重构了这种肉体之药。钱壮飞以自己的肉体之药揭露袁世凯的卖国贼面目，唤醒世人为了美好的未来而奋斗，同时也维护了刑罚精神和社会秩序；刘光第等六君子以自己的身体之药唤醒人民睁开眼睛看世界，推动社会改革富国强民，甘愿接受砍头之刑；孙丙以自己肉体之药抵抗帝国霸权和殖民征服的酷刑，最终也唤醒了钱丁、孙眉娘，号召更多的人为民族独立、生命尊严与和谐社会而奋斗，等等。而他们以肉体之死反抗暴力、霸权的同时获得了他们在新社会象征秩序系统中的新生。即他们的肉体之死并不破坏真正的刑罚所维护的社会秩序，相反，他们通过其肉体之死，维护了真正法律的精神和社会秩序。

因而，莫言小说中人物的强力生命精神以新的形式——苏格拉底药的精神拯救了个体生命秩序，也拯救了世界秩序。因而，把尼采的生命哲学和法西斯关联起来，并认为莫言笔下的强力人物具有反社会精神的解读并没有切中莫言小说中生命哲学的要义。相对于马尔克斯，通过历史英雄（布恩蒂亚、奥雷连诺上校等）、独裁者、民众的身体毁灭，以先知和圣子的方式唤醒哥伦比亚中产阶级——社会精英摆脱拉丁美洲的孤独圆圈，承担社会责任，以融合的身体之药来促发殖民地社会向前发展的动力，莫言一方面借助民族地理文化的佛教身体之药，另一方面世界性地融合中西方文化资源的救世之药，艺术地考量中国封建社会和殖民地社会的身体政治学建构问题。在刑场上，肉体死亡的生命思考，使莫言获得了和马尔克斯对话的文学史资格。

当然，《檀香刑》也有健康的灵肉一致的爱情，点滴"淫声浪语"，已不是作品的主题了。莫言的作品内涵很多，在这里，其文艺社会学贡献除了将刑场现场化、历史化、哲学化、生命化外，还将刑场文化日常生活化、感觉化、仪式化、戏剧化。相对来说，马尔克斯也书写了许多暴力场面，如对香蕉园工人的压制，屠杀海牛，家长对下属的杀戮等，应该说，惊人程度绝不逊色于莫言。但是，透过专篇小说来考察暴力和刑场，即使马尔克斯有《家长的没落》，他对刑场文化、生命倾诉关注的范围和深度，同《檀香刑》相比也相对狭窄。而且，从比较意义上看，在民族地理文化资源的利用方面，莫言的《檀香刑》已经获得了和马尔克斯对话的权力。

总之，莫言先生运用多种叙事手段虚构出真实的历史画面，通过刑场这个虚构的看台，展现了中国那段屈辱史的一角，通过有"罪"之肉体的展览偏离了"后身体的法勒斯"诱惑，通过厚重的历史思考和凝重的美感来吸引读者，沉向历史却又关心现实，成功地完成了新时期里远离政治，转向纯美，转向"脱衣秀"之后的又一次创作突围。莫言的魔幻现实主义小说的历史亲近感又一次宣告了纯美艺术的偏执，其厚重的历史感和文化内蕴彰显了"身体叙述"的文学社会学意义。莫言，作为当代中国最优秀最有潜力的高产作家之一，他关于肉体的生命美学探索，立足于民族地理文化资源，并融合了世界文化资源，达到了世界性文学的高度。

二 性别生命与民间叙述

毫无疑问，女性主义文学在诸多前辈作家、理论家的努力下取得了累累硕果。但是，在综观《第二性》《性政治》《女宦官》及《浮出历史地表》等许多专著的过程中，笔者除为诸多前辈的理论深度及力度深深折服之外，总感觉她们（他们）是否把男作家看作铁板一块？当然，他们的成就都具有划时代的意义，达到了那个时代的顶峰。笔者一直带着这种疑问读书听课、阅读思考。笔者试图用中间立场分析，但有的理论家认为，中间立场本身就是对女性主义立场的不公平，甚至对之加以反对。这种提问让笔者谨慎地思考相关女性主义立场问题。后来，笔者又读了《多维视野中的女性主义文学批评》《"那拉"言说——中国现代女作家心路纪程》等著作，受到了更多的启发。在生活中，男人离不开女人，女人也离不开男人。在文学批评中，如果女性主义文学研究离开了男作家的作品，笔者认为，至少是不健全的，如果把男作家的作品都判定为男权主义话语，同样也不利于女性主义文学的发展。"任何学科如果只有一种性别的研究者支撑都不健全。种种与女性有关的问题，并不能也不尽由女性回答。在女性文学研究事业中，男性既不是居高临下的指路人，也不是旁观者、局外人，而应当是平等的参与者。"① 正是从这个意义上说，笔者寻找到一对关键词——女性主义立场与反女性主义立场。笔者决定选择一个男作家的文本来研究女性主义文学。另外，莫言的创作是虚构的王国，尤其是"东北高密乡"里的农村生活虚构得相当成功。这样的文本更易于读出一些当代中国农村社会女性的生存状态。而 20 世纪 80 年代的文本则更可以避开外来"性"话语的影响，同时，又保存了最后一部分老大

---

① 乔以钢：《论女性文学的学科建设》，《南开大学学报》2003 年第 2 期。

帝国的小脚女人及她们的后代，她们的生存思维方式还在起作用，还没有让位于商品拜物教话语，那么这块"化石"更具有开采意义，更能看出莫言这位男作家的女性主义立场和反女性主义立场。同时，在世界女性主义文学（理论）研究场域之内，广大非洲黑人女性主义的黑色研究，印第安女性主义块茎研究等，都对世界女性主义的白色皮肤提出了一定的质疑，这也为女性主义研究的民族地域文化领域的开拓提供了理论基础。由于前文已经对莫言的长篇小说分析了很多，相关的女性主义思想也有所带入。这部分将主要以莫言先生的《苍蝇·门牙》①《初恋·神嫖》② 及《老枪·宝刀》③等短篇小说为切入点，并主要在莫言长篇小说的艺术演变框架之内，借助和马尔克斯相关的魔幻现实主义小说比较的关节点，借助各种文学理论来探讨莫言小说的女性生命存在和叙述方式，以此研究莫言高密乡民族地域文化视野下的女性主义文学想象。

（一）丰满与缺失：女性身体的象征艺术

女性形象的划分当然可以按时代或者其他元素划分，但文学形象总是"杂取种种"的跨年代合成物，人物形象的时代划分只能是大致梳理，所以，这里主要按女性人物的外貌、地位、品德、行为、作者对人物的态度等进行分类。

1. 审美与亵渎：局部身体的叙述

女性作为人物形象出现在文学作品中，其地位一直处于可疑的状态。齐美尔在《社会学——关于社会化形式的研究》中就女性的社会地位曾经提出精辟的见解：在社会化过程中，由于社会分工的出现，每个人出现了分裂，男人作为个体他的生命被分化到不同的领域，因而在家庭里，男人属于不同的社会团体和职业领域；而女性则不是这样，女性的全部生命存在几乎被放在家庭领域里，女性属于卧室、厨房、客厅。当然，齐美尔的论述属于前资本主义时

① 莫言：《苍蝇·门牙》，上海文艺出版社2000年版。
② 莫言：《初恋·神嫖》，上海文艺出版社2000年版。
③ 莫言：《老枪·宝刀》，上海文艺出版社2000年版。

期，当时的社会大工业还没有得到急剧的发展，还没有发展到所有的或者大部分女性被驱赶到社会团体和职业领域之内的程度，因而齐美尔的论断和农业社会与前工业社会是相符的。莫言的小说恰恰大多描述中国农村底层社会妇女形象，因而齐美尔的社会理论提供了合适的解释视角。而且，齐美尔并不是一个单纯的社会学家，他天才地把社会学扩展到美学和文学领域，并提出建构"社会美学"这一惊人设想。在齐美尔的这种社会美学领域之内，我们发现了莫言魔幻现实主义小说的独特艺术地平线。女性作为审美对象出现于莫言的魔幻现实主义小说中，表现出某种社会审美的趋向。从《红高粱》开始，戴秀莲就主要是在婚姻场域出现的，戴秀莲和余占鳌初次见面时，余占鳌看到戴秀莲的小脚美丽无比，戴秀莲发现余占鳌的虎背熊腰雄壮无比，因而两人的爱情从身体器官开始，单扁郎也是因为软弱的身体而丢掉婚姻、性命和家业的。在单家酒厂，余占鳌通过强壮和奇异的尿液征服了戴秀莲并带来高粱酒的繁荣。余占鳌的惊人生命力也是从野合征服戴秀莲的身体开始的。戴秀莲通过自己的儿子、厨艺、血液走上了人生的美学高峰。二奶奶恋儿则是通过自己的身体征服余占鳌，并最终由于自己的身体而死于鬼子手中。在这种社会美学里，男人通过钢枪和铁血建构了强力生命和爱国主义精神，女人通过身体（小脚、美脸、子宫等）走进小说，并最终建构了强力生命精神，形成对帝国暴力的批判。作为审美的器官，女性依靠她们的小脚、美脸、子宫、生殖器等实现其人生的社会价值和审美高峰境界。在《天堂蒜薹之歌》中，金菊也是依靠其果实累累的子宫而走向悲剧圣坛的。在《酒国》中，无名姑娘的"人体宴"也是主人公丁钩儿侦查欲望之国的发现，并借此揭露了荒淫无耻的腐败阶层。"肉孩"也依靠母亲的子宫揭示了惊天欲望产业的无道。在《丰乳肥臀》中，鲁璇儿因为大脚而走上婚姻的不归路，依靠极端丰满的子宫和乳房奠基了高密乡的历史繁衍，其他如龙清萍、上官来弟、乔其莎、霍利娜等都是依靠自己的部分身体进入故事情节，并陷入其人生悲剧的。尤其是，沙枣花尽管为司马良保存了多年的处女之身，一旦得不到司马良的爱情承认——由爱人变为姐弟，她毫不犹疑地跳楼自杀，用自己的全部身体抗议老天的嘲弄。在《檀香刑》中，孙眉娘用自己健康的大脚和钱丁建构了私人爱情，并用子宫战胜了钱丁夫人。相对来说，孙丙则用自己全部身体建构了草莽英雄传奇。赵甲和赵小甲也是做身体活的。其他如珍珠、林岚、暖等人则是因为身体被污染或者被损害，因而走上爱情和人生的悲剧。综观这些女性人物形象，大多依靠自己的身体进入小说情节，依靠丰满的乳房和子宫、美丽的脚和脸等因素建构自己人生的情感戏剧和生命高峰，又因为身体的这些因素的被污染和被损害而堕入人生的低谷。而且身体的这些部分器官也是建构小说文本张力、悖论、反讽等审美形式和艺术效果的关键因素。

在莫言的短篇小说中也存在着大量相似的情况。在《飞鸟》中，奶奶讲述"多年的老 x 飞上了天"的故事，作者借此表达了对荒唐时代的反讽，女性的身体成为荤段子的调侃和消费对象。在《大风》中，生产队的女人们轧草，用奶子的动作来描绘女人们轧草的力度，主观上写爷爷割的草好轧，这些女人是割草高手，但客观上暴露了女性的乳房，把此作为吸引读者的兴奋点。在《罪过》中，漂亮但神情忧郁的耍剑女孩的形象节点则是肚皮。在《茂腔与戏迷》中，孙驴头捏儿媳的脚添柴，儿媳用面贴公爹额头，这里的部分身体再次成为民间叙述的看点。民间叙述和商业写作、性别歧视促使女性段子的样式在小说中呈现出来。性别歧视表现在叙述身体的部分的选择和快感的获得层面。相比较来说，马尔克斯风俗样式女性形象也具有相似的特点，比如，修女菲兰达的奇特嫁妆（金尿盆）和新婚衣服（露出身体部位）、雷梅苔丝怀孕时被毒杀、雷贝卡的叫床等，也都选取了女性的身体部位作为叙述者视角的观察点，当然，阿里萨和费尔米纳的"万里长征"式的爱情超越了这种身体视角。我们仔细加以辨析，就可以发现，在莫言的短篇小说里，在这种民间社会中，一方面，这种民间黄色段子给疲累的民间男女带来诙谐放松的作用，并没有来自腐败阶层那种荒淫的实质；另一方面，这种段子式的文学形式把女性身体作为审美和消费对象，客观上培养和显现了轻视女性和歧视女性的无意识。

　　同时，这是民间女性身体部位讲述的最经典类型，子宫叙述表达了一种民间生殖崇拜的意味。在《秋水》中，大家闺秀被"我爷爷"拐走成为"我奶奶"，在洪水中，"在爷爷的要求下""我奶奶"为"我爷爷"生孩子，"我奶奶"是个坚强的女人，私奔的女人，但又是个生育的女人形象。在《飞艇》中，方家七大妈不断地生孩子，据说是为了讨饭的方便，叙述者忽略了她真正的痛苦。在《地道》中，历尽苦难的方山老婆终于在地道中为家庭生了个大胖小子，家庭立刻处于传统的幸福之中。在《弃婴》中，我和妻子被逼不得不决定再生个男孩子，但最终只能收养那个女弃婴。这些民间女性形象是中华民族延续的力量，她们都是莫言《丰乳肥臀》中上官鲁氏形象的余波。生殖崇拜关系着家庭、部落和民族的未来。马尔克斯在《百年孤独》中关于乌苏娜的描述也具有生殖崇拜的含义。确切地说，在马尔克斯和莫言的魔幻现实主义小说里，关于女性身体部位的描写，无论从莫言的民族地理文化（道教文化、儒教文化、佛教文化、民间文化等）出发，还是从马尔克斯的马孔多部落情感文化出发，它们都和资产阶级父权制的色情文化相去深远，其内在地隐含着生殖崇拜，这种生殖崇拜和母性崇拜内在地和克里斯蒂瓦、伊利格瑞所张扬的女性文化在本质上是一致的，其内在地隐含着身体欲望客体的辩证法。

　　总之，在莫言和马尔克斯魔幻现实主义小说女性形象的身体部位叙述里，作为丰满和美丽的身体器官，小脚、大脚、面孔、子宫等被叙述者的选择性视角带入审美艺术世界，这种局部器官的审美，一方面，把各种女性身体形象提升成为审美对象，而且这些女性形象在艺术世界之内因为这些身体部位的优秀或者不足而被分配在不同等级的婚姻市场之内，同时，借此建构了不同的身体叙事的故事情节和人物命运，体现了马孔多和高密乡的民族地理文化对女性形象的想象和建构，也表达了民族地理文化对女性的生殖崇拜表征。但是，在民族地理文化中，从生育之美到生育工具的发展，也预示了莫言魔幻现实主义小说中生殖崇拜的含混意义。另一方面，从社会学美学看来，同男人的革命事业、职业理想等相比，这种想象性表征实际上也是社会分工对广大女性形象的文化配置系统在文学层面的反射。文学作品的局部审美和家庭场域的全身心投入形成了一种巨大的审美和生存悖论。社会生活的不全面导致女性在审美艺术世界里的不全面，这是莫言和马尔克斯魔幻现实主义小说所思考的问题。

2. 愚蠢或软弱：被钝化的女性

关于女性在社会生活中被钝化的现象，一些学者给予精辟的分析。尽管尼采在他所分析的原因中强调母亲对自己的影响至深，但是在强人世界里，还是没有给女性留下足够的关注和空间，女人是否能够成为强人——这个问题到了克里斯蒂瓦、伊利格瑞那里才被实现。在齐美尔论域里，社会分工破坏了人的有机存在，在人的交错存在里，女性被忽视了，因而，女性成为家庭的全职人员，在社会层面的政治团体和专业领域，女性很少作为主体存在。在克里斯蒂瓦的论域里，由于父系社会代替母系社会的过程和现代化社会的建构暗中相合，在社会文化象征系统之内，女性被按照父系社会的方向被社会化了，因而女性在社会文化系统之内被钝化了。不管什么理由，在这些理论家的分析中，女性在社会生活和文化系统中的地位都无一例外地被钝化了。因而，以民间社会和民间女性为关注点的莫言小说就涌现了一些被钝化的女性形象。例如，鲁璇儿、恋儿、孙眉娘、林岚等都是这样的女性人物形象。但是，由于莫言小说的现实主义特征，除此之外，它还表现了女性在小说中被钝化的其他原因。一方面，当代史的艺术建构、民间社会立场、政治化阶级社会的现实等因素，促使莫言短篇小说中的一些女性形象生活在阶级对立的社会里，受这种"红色经典"文学遗产的影响，莫言的魔幻现实主义小说也表现出女性被钝化的独特特征：因为所处的阶层和家庭背景，在社会化民间叙述里部分女性形象被钝化了。在《罪过》中，富家女招鳖精为婿，在真相大白后她羞愧地自缢身亡，以"人—妖"恋的方式将富家女放在艺术祭坛上。在《天花乱坠》中，善良而有心计的财主夫人无心地破坏了女儿的一段因缘。在《灵药》中，马魁山（恶霸）的老婆让18岁的姑娘陪着张科长，张科长仍把马魁山枪毙了，她显然也是受奴役的对象，愚蠢的她还是被当作坏人枪毙了；伪村长栾凤山的老婆也是同类人，等等。另一方面，莫言在民间社会和普遍人性场域之内，也塑造了一种软弱或者愚蠢的女性形象。在《人与兽》中，日本妇女形象软弱无助，如同"我"奶奶黑补丁的显现意味着经济地位的无助和社会地位的低下。在《拇指铐》中，没有父亲，母亲一病不起让其儿子为她当银钗抓药，其儿子被特务打死，孝心换得家庭的分解；带小孩的女人，为丈夫送饭，误了丈夫的事而受到殴打。在《枯河》中，小珍子是可爱的、无知的，她的错误造成她被砸死，小虎子也被她的爹爹及小虎子的家人殴打致死。在《苍蝇·门牙》中，没有小孩的主任的女人想生个孩子争争气，与主任大闹。在《三匹马》中，柱子娘因为刘起爱、马如命而闹别扭，最终导致丈夫的多年心血毁于一旦（作者志在告诫夫妻不能感情用事，做事多一些理性，多一些忍让）。在《枣木凳子摩托车》中，面临顽固的爸爸死做无人要的枣木凳子和无心肝的舅舅用儿子的赔偿金买摩托，"我"妈妈无可奈何只能气得瘫软无力。在《辫子》中，郭月英死缠烂打赢得了胡洪波的心，随后又装疯卖傻，假戏真做地失去了胡洪波，她因神经质、不明智而处于尴尬的境地。莫言在这个层面叙述了各种年龄、职业的女人面临生存问题时所表现出来的智力或者能力的不足。在马尔克斯笔下，这种民间层面的女性形象尽管较少但是并不缺乏深度。在《百年孤独》中，下层社会的女子在经济社会里不得不通过付费情感活动来维持其基本生存条件；在《家长的没落》中，洗衣女工通过身体活获得生存的权力；在《霍乱时期的爱情》中，阿美丽加不得不依傍阿里萨获得大学的学费，河岸边的女人不得不追赶着过往的船只赚取家庭的费用，等等。在马孔多世界里，这些女人除了极少数接受了高等教育，具有自我生存的能力外，大多数女人不得不依靠生育的身体维持家庭运转，依靠消费的身体赚取家庭生活的费用。在动乱社会和饥饿年代里，她们的生存就像水中浮萍，随时可能出现问题。她们的目的仅仅是活下去，她们无法和无力对社会或者文化提出批判和反抗。她们因善良而挣扎在这种社会制度里。从女性主义角度看，这些农村女性形象带出了女性如何接受教育，提升自我的问题。

　　3. 遗弃或贬低：文学世界的女弃儿

　　从齐美尔的社会分工理论和克里斯蒂瓦的父亲象征理论方面，我们都可以看出女性被贬低的普遍社会文化基础。实际上，在莫言的民间社会里，也充斥着这种女性被贬低的情况。在这个层面上，女性被贬低是女性被歧视的最常见的社会文化形式；女性被歧视的最糟糕的社会文化形式是遗弃；女性被歧视的最粗鄙的社会文化形式是隔离。这些文化形式以合理和合法的方式存在于社会现实和文学文本中。女性被遗弃的类型较多，第一，女孩子被家庭或者社会遗弃，在《弃婴》中，女孩合理而无情地被遗弃，这个故事向前可以追溯到《铁孩》中的铁孩、《透明的红萝卜》中的小男孩、《酒国》中的"肉孩"，《丰乳肥臀》中鲁璇儿和上官玉女，向后可以追溯到《四十一炮》中的罗小通，《生死疲劳》中的西门金龙、西门欢和庞凤凰等，甚至《蛙》中的"蝌蚪"等。莫言小说描写了如此多样且形态各异的弃儿形象是值得关注的话题，这和鲁迅笔下朝气蓬勃的小孩子形象、马尔克斯充满希望的孩子形象等形成对比。第二，女人被抛弃。在莫言的民间文学世界里，女人被抛弃也是一个或明或暗的话题，一般说来，女人被抛弃无怪乎七种情况：或年长色衰，或移情别恋，或第三者插足，或社会地位发生变化，原有的社会情感天平失衡，或疾病，或死亡，或偶然的社会事件给家庭和感情造成毁灭性的打击等。在《白狗秋千架》中，暖因为眼睛残疾，被村长玩弄，被"我"抛弃了。偶然的眼睛受伤和"我"走向城市共同促成了这场情感的毁灭，在这种被动的抛弃中，暖以无边的宽容成就了变心的"我"。在《红高粱家族》中，曾经被爱恋的戴秀莲被余占鳌抛弃了，余占鳌转向更加年轻漂亮的恋儿，但是尼采式的强力生命减弱了这种情感悲剧，这里激情相恋是真实的，移情别恋也是真实的。在《丰乳肥臀》中，沙枣花被司马良抛弃，除了这种感情的抛弃外，为了家庭能够继续幸存下去，面对战乱和自然灾害，还出现了四姐自我抛弃，自卖自身沉沦娼门以换得家庭生存下去的钱财，七姐乔其莎抗战时期被卖给白俄夫人做养女以自讨活路。在《红树林》中，林岚和马叔相爱，由于金大川，马叔抛弃了林岚，几十年之后，马叔和林岚上演了大墙内外的感情。在《檀香刑》中，钱丁因为妻子不会生养而抛弃了她，和孙眉娘建立了私情。在《四十一炮》中，罗通和野骡子私奔，抛弃了妻子杨玉珍，因而造成杨玉珍和老兰的绯闻。在《生死疲劳》中，被西门金龙戏弄的黄合作无奈嫁给蓝解放，最终她被蓝解放抛弃，黄合作至死也不离婚导致蓝解放和庞春苗无法结合，等等。尽管在莫言小说中存在着"女性崇拜"情结，但是其作品仍然描绘了诸多被抛弃的女人，这些抛弃女人的男人大多因为超强的情欲而移情别恋，因而富有生命的爱欲仍是莫言小说爱情和婚姻的基础。抛弃女人或者女孩子大多是因为生活极端困难而采取的无奈之举，这成为维持家庭运行的最外围的堤坝。在短篇小说中也存在这种现象，如在《辫子》中，中年的郭月英最终因年老色衰而情场失败，被丈夫剪去辫子等。那些无爱的婚姻，有时也不一定会造成婚姻的破裂，但是，婚外地下情感形式造成了情感的被弃。家庭婚姻和婚外情感形成一种补充，例如，孙眉娘和钱丁、钱夫人之间，余占鳌和恋儿、戴秀莲之间，等等。在马尔克斯笔下，由于加勒比本土民族情欲自由的文化原因，这种情感抛弃也零星存在着，如阿美丽加被阿里萨抛弃，阿里萨转向费尔米纳的怀抱；雷贝卡被抛弃等，而且这些零星存在的三角爱恋都带有某种政治寓言的性质。由此可以说，尽管马孔多已经成为城市，这些男男女女还生活在这种情欲自由的有机文化之中，家庭成员的自我抛弃的例子只有雷贝卡，因为爱情两次被布恩蒂亚家族破坏，所以雷贝卡自我放弃和布恩蒂亚家族的交往，自我封闭终生。第三，残疾女性：社会的弃儿。首先是小脚鲁璇儿，在大脚美女成群的时代，这种封建残疾彻底摧毁了她的"婚姻美梦"。独乳老金，尽管性格豪爽，有才又有钱，这种身体状况使其情感生活蒙上了阴影。龙清萍，断臂革命英雄，盛名在外，也无法帮助自己确立美好婚姻。在莫言的长篇小说中，残疾女性被社会所抛弃，除了无边无际和或明或暗的嘲笑外，最直接的打击便是在婚姻市场上的直接贬值，至于依靠个人的努力实现其职业理想已经是人生的奢侈，只有独乳老金实现了她的职业理想——回收垃圾的老板。

在莫言的短篇小说中，其民间地理文化艺术世界也存在着这种令人感叹的人物形象。在《秋水》中，瞎眼女孩虽然漂亮，但是因瞎眼让人恐怖并受到歧视，而最终落个孤家寡人的结局。在《姑妈的宝刀》中，哑巴三兰，遭受同龄人的鄙视，最终被迫嫁给麻风病人张大力。在《屠户的女儿》中，香妞，一个没有脚也不知道爸爸是谁的小女孩，只有妈妈爱她，大家都欺负她。在《初恋》中，六指只能遭遇到大家的蔑视和诬陷。在《白狗秋千架》中，暖，这个昔日村中的美女，因为在爱情游戏中被刺瞎了一只眼睛，因而被社会、家庭和"我"抛弃，只能嫁给哑巴，又生了三个哑巴儿子，进入了人生的地狱，只有"心中的爱"才是她能够继续活下去的灯塔。在《断手》中，残臂留嫚也是被村落抛弃的人，只有苏社在断手后遭受打击和教育的时候，他才把心交给了这位自立者，她依靠自己的努力获得了生活、爱情等。对这些残疾女人生存状况的关注，显示了莫言的底层关怀、平民视角以及对生命无常的认识。在这种残疾女人被社会文化象征系统所分配的婚姻中，一方面，这些残疾女人终于获得了她们的婚姻归宿，另一方面，在这种婚姻中，尤其是那些聪慧、漂亮、自立的女性残疾人，仍然显现了她们骚动和不屈的灵魂。女性容易处于被遗弃的地位，在莫言和马尔克斯的文本之内，大多与人物的品质、性格、身体条件等有关，也与这种婚姻制度和生活方式有关。

我们仔细分析可以发现，在莫言小说的艺术世界和民间文化中，女孩子、恋爱和婚姻中的女人、残疾女人等，这些被抛弃的女性人物形象，极少被家庭和社会完全抛弃，她们都处在这种象征文化系统的边缘，这种以父亲为基础的社会文化和家庭系统已经把所有的女性按照她们的品质、性格、身体条件、颜值等给予称量，并在社会系统之内，从家庭、爱情、职业等方面赋予一定的等级和地位，即使她们美丽、聪明、勤奋、善良等，这些优秀素质基本上也不能改变她们的社会象征地位。社会并不是完全抛弃她们，就像福柯笔下的疯人一样，被装上疯人船送到孤岛上，而是这种父亲社会象征系统在语言、文化、婚姻制度等层面已经形成了一种不可见的区域，将她们安置在这个区域里，让她们在这种区域里自生自灭，以此建构所谓更加健康的社会婚姻、爱情、语言等文化象征空间，尽管她们还包含在这个社会大系统里，然而她们已经被排除在健康、理想、圆满的系统外。因此，在莫言关于红颜薄命、生命无常的文化面具之后，我们可以看到这种早已被客观化的民间文化象征系统对各色女性人物所规划和配置的命运港湾，它不时以善良、关怀的方式抵达追寻它的每一个主体。

4. 理想和缺失：无法安置的女人

在弗洛伊德的父亲象征系统里，成为女人的一个基点就是成为夫人，成为夫人的标准在于：成为妻子而找到他者男根，生个男孩（孩子），拥有自己的男根。弗洛伊德的文化象征理论经常被拿到家庭的层面加以物质地理解。在拉康的社会无意识系统里，成为女人仍是一个理想的话题，成为女人最终的结果仍是拥有其男根（象征意义），在这种理想的父亲无意识中，女人一步步走向父亲他者，通过爱情、婚姻甚至事业等路向，直到拥有其男根。弗洛伊德的女人是可以达到的，拉康的女人和男人一样是永远无法实现的，但是女性空无男根因此占据了这种理想自我实现的位置。这种"成为自身"（亚里士多德）本身是生命个体的事情，但是在弗洛伊德和拉康这里却成为父亲的理想女人的模型，因而，无数的女人便奔波在这条路上，那些在这种父亲天路历程之外的女人因而就背负了污名，在弗洛伊德和拉康这里，这些污名以"缺失"和"空无"为名义天生就存在着，在这种意义上，莫言和马尔克斯笔下的女性形象系列里也充斥着这种类型。关于正常女人的想象，首先是鲁璇儿，美丽的鲁璇儿因为小脚由"理想"成为缺失，嫁给上官寿喜，历经苦难，最终生了上官金童和上官玉女，才成为真正的女人——主子，而不管这个儿子是不是上官家的。鲁璇儿因而真正地"成为女人"。其他人，上官来弟等则是奔跑在这条路上的人。孙眉娘尽管有着一双大脚，但是因为美丽而且能够生养，在实质上取代了钱夫人而成为钱丁的夫人，尽管这个过程在钱丁自杀时还没有完成。而杨玉珍虽然在情感上已被罗通抛弃，但是因为其拥有罗通的儿子罗小通，因此，她可以带着孩子名正言顺地靠自己的努力生活，并最终把罗小通从野骡子那里夺回来，等等。这些女性形象都是在传统父亲文化中成为真正女人的典型。在《生死疲劳》中，西门夫人尽管生了孩子，然而由于西门闹被枪毙，西门夫人便成为寡妇而重新改嫁，因而被转生的西门闹赋与了污名。这从反面说明，在父权家庭中，男人对于女人是如何重要了，当然，在男人之上还存在着大的社会变革的系统。总之，在父亲的天路历程中，"成为女人"的典型和被污名的女人同时存在。

莫言所张扬的那种强力欲望的实现和"成为女人"的典型形成强烈的冲突，这也是莫言小说中带有污点的女人形象的含混之处。因而，在其短篇小说中，"成为女人"的典型转变为善良的母亲——正常的妻子形象。在《良医》中，王大成老婆勤劳并常和丈夫调笑，过着相对和谐的生活。在《枣木凳子摩托车》中，母亲拥有丈夫、孩子，尽管不满意丈夫没有上进心，但是，她还可以过上幸福的生活；其他如《弃婴》中的老母亲形象、《罪过》中的母亲形象等，这些都是任劳任怨的为了家庭的女人形象。这类人物形象揭示了中华民族民间家庭中脊梁式的人物，如果不拘泥于对立的女性主义，这实际上是莫言为女性写作的内在表现。当然，要剥离那种"圣母"形象的偏见。其实在莫言、马尔克斯的作品中，除了祖母式的女性外，很少出现这种正常的妻子形象。

从文化系统来看，理想的女性形象与父亲象征社会制度有关，其大致发展经过三个阶段：第一，在父亲氏族部落里，父亲拥有对属下——众多妻子的绝对性权力，并以此维护自己的权威地位，这种制度一直向后延续到奴隶社会，甚至封建社会，这种制度是依靠天生的血缘—政治权威维持的。这在当今的原始形态的社会里仍然可以看到踪影。第二，在封建社会里，这种制度发生了变形，除了在贵族那里仍然按照血缘—政治权威来维持这种制度外，在一般市民阶层则依靠后天—经济权威来维持这种制度，后一种制度逐渐成为新的趋势，天生的血缘政治依附逐渐发展成为经济依附制度，女性附属物逐渐被以经济的形式来维护，这种源自宗教修士文化中的一对一的爱情制度也逐渐发展起来，在这种以经济形式维护的父亲性制度和社会法律、文化制度结合起来，那种性自尊便发展到第二阶段，成为一种普遍的性自尊文化社会意识，一种外加的理想品质逐渐发展成为女性个人不得不主动追求的女性自尊的形式。有时也可能由于死亡、夭折等原因而导致极端的形式，如烈女、节妇等形式，因而，这种被挟带着的作为生产和家庭的女人优良品质，也在这种性财产和性权力的社会化、制度化、文化化等的过程中被父亲化了。第三，在这种女性的性依附逐渐以经济依附形式存在的社会里，一方面，它在全社会以普遍客观的形式被固定和被普遍化，另一方面，由于经济形式的性依附也被其可替代性转化为灵活的变通形式。这种可变通的性依附在原始社会、奴隶社会、封建社会等社会生活中以隐含的形式边缘化地存在着，如今则以社会、法律、文化等形式存在着，因而在城市市民生活中逐渐松动。但是在一些地区仍然存在着。第四，当女性主义运动逐渐发展起来之后，这种政治形式、经济形式的性依附等因而也就逐渐失去其合法性。这种性依附因而也就转化为两情相悦和平等的情感中心形式。总之，偶然的外族中心、政治中心、经济中心、契约中心、情感中心是这种性依附的基本形式，它们并非总以历史的方式存在着，有时也可能以彼此交错或者共时的方式存在。在莫言的民间艺术世界里，这种性依附基本上是以经济形式为中心而存在的，但并不妨碍情感中心形式作为理想状态存在。在这种彼此交错的视域中，莫言塑造了四种理想的女人形象。在这种民间文化地理空间里，除了任劳任怨的母性形象之外，还有性自尊的女性形象、多情的女人形象、善良的女性形象等，这些形象都可以归为父亲文化系统之内的理想典型。关于性自尊的女性形象，莫言对此的态度也是摇摆于坚持和摧毁之间，如在《红高粱家族》中，在戴秀莲和余占鳌之间，在其政治寓言和强力生命里，这种不伦情感形式代表着对地主腐朽阶级的摧毁；在其纯粹爱情之内，以情感为中心形式塑造了气贯长虹的爱情；在现实爱情形式之内，余占鳌移情恋儿，戴秀莲移情铁板会会长，这种移情别恋一方面给当事人带来痛苦，另一方面莫言以情感为中心拆解了"一对一"的爱情形式。在这种含混爱情形式的相互作用中，可以看到莫言对民间爱情的思考和情感理想。其实，除了金菊和高马的"一对一"爱情形式因被偶然事件破坏而没有后话外，钱丁和孙眉娘、钱夫人，杨玉珍和罗通、老兰，蓝解放和庞春苗、黄合作等的爱情形式都存在着这种试验和思考，正是这种含混的形式表达，使这种含混情感形式既破除了政治性依附，也破除了契约性依附和经济性依附，从而带来了情感中心爱情形式，这也正是莫言作品中爱情故事富有艺术魅力的主要原因之一。

在莫言短篇小说的民间艺术世界里，莫言的爱情描写更加传统和保守，因而小说文本就具有了独特的风貌。关于性自尊女人形象的情况大致如下：在《鱼市》中，老板娘徐凤珠虽与诸多人纠缠，但她只爱老耿，在乱世中保持贞洁实在不易，但她最后看到的却是老耿和小耿的人头，其情感理想被现实所粉碎。在《儿子的敌人》中，小桃为孙小林戴孝，没过门的媳妇的行动让人感动，这是一种契约情感依附形式。这些女人都活在民族文化的象征系统之中，在这种"契约一生"的爱情情感形式中，我们看到它比来自原始部落民族（如马孔多）的自由欲望情感多了一点稳定和雅致，同时比那种由血缘权力和政治权力所决定的情感形式少了一些血腥和强制性，又比经济情感形式多了一点人的自尊，因此这种"契约一生"的民间爱情情感在其民族地理文化系统中有着较高的价值。当然，这种形式向后退一步就会出现残酷性，向前走一步就会出现经济形式的可替代爱情的某种慌乱（如兰大和尚等）。其他还有：在《粮食》中，梅生娘为了孩子能吃到粮食，又不想再受到王保管的凌辱，学鸬鹚吞粮吐粮以养活一家人之事让人惊叹（虽然她已受王保管的凌辱，但以后的做法说明她是一个坚贞的人）。李大嫂、孙大娘应该也属于这类人，她们都生活在契约象征依附的情感形式之内。在《麻风的儿子》中，方宝的丑老婆（患麻风病但已治好）

设计惩治舍香花就败柳的袁春光，她是个丑女人，甚至是一个残疾女人，她维护的不仅是贞洁还有自己的性尊严。在《草鞋窨子》中，小轱辘子冒充薛不善钻进薛不善盲女人的被窝，被那女人用剪刀刺中额头，薛不善的女人是个感情专一的女人（纵然薛不善不怎么样）。在《售棉大路》中，军嫂为了丈夫当兵，一个人操持家务。在《遥远的亲人》中，八婶一直想着八叔，想看一下八叔的照片，虽然八叔已再婚，八婶也曾为食而再嫁，但仍不忘八叔，她不图钱只图八叔这个人，等等。总之，在这种对等的坚守和等候中，那种纯真的契约感情因考验而提升其崇高的价值。这种"一对一"的契约情感方式就像莫言的民间音乐一样，随着经济中心的情感依附方式日益扩展和污染，它逐渐成为一种民间传说。当然，从社会生产方式和个体生存方式来看，这种民间社会还没有为女性从家庭走出而进入社会职业领域做好准备，因而这也意味着女性存在的曲折道路，从女性主义道路来看，这种温柔和纯真的情感存在着某种温柔的陷阱。

另外，莫言在其民间文学世界之内，还塑造了多情的女人形象，她们的情感形式趋向于情感中心，在她们面前，经济依附和政治依附都被作为外物而被无视，她们纯真自然地扑向自己的爱情，她们以农业的民间生存方式抵达西方现代性以来的自由情感形式，这种情感方式在余占鳌和戴秀莲那里被阶段性地显现为理想的情感方式。在《天花乱坠》中，财主的女儿因才（皮匠的戏唱得太好了）而爱，又因貌（皮匠长了一脸麻子）而变爱人为热心的观众，最终导致皮匠因相思病而死（虽多变但曾经拥有真心，所以是多情的女人），这种才貌双全的爱情方式仍脱胎于中国古代"郎才女貌"的情感形式，这种自由追逐挟带着新的情感形式信息；在《民间音乐》中，老板娘花茉莉是个自立（不想让前丈夫一直宠着自己而离婚）、多情的女人（她可怜、喜欢、爱慕民间盲人艺术家），为了爱不避闲言，甚至放弃酒家，可谓灵肉一致的爱恋（显然，莫言把盲人艺术家写成了马桑镇人灵魂的救赎者，经济大潮中灵魂的救赎者，花茉莉的追寻意味着救赎的成功），这种情爱理想的魅力在于从以经济为中心的情感形式向以情感为中心的形式移动，它以后退的方式向前移动。在《茂腔与戏迷》中，富农女儿王美一心爱上了武生张金龙（尽管张金龙是个寻花问柳之徒），她的被抓、被游街和被别的女人咒骂，以及别的女人生育外貌类似戏子的孩子，证明了她的爱情与多情，如果不是时代的纷扰，这也是情感中心样式的爱情。在《白狗秋千架》中，"暖"这个命苦的农村女人，陷入了蔡队长的圈套，但她还爱着"我"，纵然她瞎眼、嫁与哑巴、生了三个哑巴孩子，她还保持着对爱的奢侈要求，但留下的却是"不爱之爱"。这篇文章让中国现当代的许多反爱情小说黯然失色。在《石磨》中，珠子和我青梅竹马，喜结良缘，这是莫言小说中与经济形势和时代思想最相安的爱情，没有珠子的泼辣和多情，高密乡将少了一段金玉良缘。在《短手》中，留嫚是个自立多情的女子，她以自己的独立、温柔体贴赢得苏社的心等。总体来说，莫言依靠多情的女性人物形象塑造了一种"灵肉一致"的以情感为中心的爱情形式，相对于感情备受折磨的女性而言，莫言笔下的人物或多或少都有机会获得一段灵肉一致的爱情，当然，许多都是瞬间即逝的。莫言通常会为这种灵肉一致的爱情营造一种诗意氛围，让这种以情感为中心的爱情和诗意氛围、美好人物形象融为一体并达到极致，从那种凡俗世界、邪恶背景和卑微人生中脱颖而出，像太阳一样照亮整个存在世界。这种自由情感形式和父权制色情情感形式存在着明显的差别；它和马尔克斯笔下那种民族地域文化中的自由而泛滥的爱情形式也存在着区别：莫言表现的是民族地理文化的强力生命和自由爱情形式，马尔克斯表现的则是民族地理文化的自由情感形式和因反抗殖民地社会暴力循环而寄居的情感牢笼。不管怎么样，从魔幻现实主义和浪漫主义文学关联的文学特征来看，如浪漫主义文学的爱情一样，除了民族爱情形式之外，莫言的情感中心的爱情提供了超越凡俗社会的一种社会生存和文学艺术境界。

莫言能够塑造这种美好的爱情理想的原因还有：作为创作主体的莫言自身因为现实生活的爱情缺失而将其富有生命的理想期望投

射到小说文本中；莫言的情感形式介于权力依附、经济依附等情感形式和情感依附的情感形式之中，并不时地抵达后者；莫言的情感形式叙述采用无常叙述方式，他并不轻易给文本中的诸多人物让渡白头到老的爱情结局，堕入传统小说的大团圆结局，相反，这种爱情生活的高峰形式经常被时代纷扰（饥荒、疾病、动乱、小人等因素）所中断，在各种纷扰的社会洪流中，借用凡庸和无常的社会底色，凸显这种爱情形式；悲剧的叙述方式，如戴秀兰嫁给单扁郎，后来戴秀莲在墨水河阻击战中牺牲；孙眉娘和钱丁在收获爱情的时候，父亲和丈夫先后死去等，这种悲剧的叙述方式让爱情以喜悦的方式绽放开来。这也是莫言的理想爱情多发生在妇人形象之上的原因，这和汪曾祺、沈从文等人笔下的纯美爱情是不同的。当然，在爱情的中心是一个动人心魄的妇人形象。从社会生命美学来看，在这种爱情的追逐中，男女主人公的生命力因此被表现出来。其爱情美学带有蒲松龄从妖界和鬼域中凸显出来的爱情内蕴。

同时，在其民间文化世界里，莫言还塑造了一些善良女人形象。这些善良的母亲，不仅带给了孩子辈一个可以生活和栖息的可爱家园，而且还给民间世界带来了善良的底色，是她们养护和守候了民间世界。在莫言的魔幻现实主义小说中，伟大的母亲形象是从《丰乳肥臀》的上官鲁氏开始的，上官鲁氏作为一个被时代美学贬低了的母亲形象，她生养了一个大家庭，并依靠自己的宽容、勤劳和智慧维持着大家庭的存在，最终在新的生活中却落伍了。莫言把她作为一个个体家庭的母亲加以塑造，同时她也被塑造为民族文化母亲的象征，正是这种丰乳肥臀的母亲生养和守候了中华民族的生命和精神。尼采声明父亲死了，母亲给予他更多，大家对之都奉若神明，但是，莫言描绘了一个艺术化的象征母亲却受到如此多的非难，实非真学术态度也，莫言的如椽大笔不是那种伪道士所能懂的。实际上，马尔克斯笔下的乌苏娜就是这样一位神奇的长寿母亲，在布恩蒂亚被现实生活隔离之后，她带领着整个家庭红红火火地活着，她去世后，整个家庭也日渐衰落，她也是马孔多民族文化母亲的象征。在《儿子的敌人》中，母亲是一个军烈属，她失去三个儿子的痛苦令人心碎，她照顾儿子的敌人——小伙子的尸体的博爱令人类震撼，这种善良行为是喧嚣世界的人性堤坝。在《拇指扣》中，给像妖又像仙的我喝水的带小孩女人也体现了这种善良的母性。在《铁孩》中，照顾我们——小孩生活的三个老太婆，语言无情内心却充满温暖；寻找我的母亲也是个极善良的女人（因作者是以孩子的眼光来分析冷漠的，故有一个冷淡隔膜的外表）。在《祖母的门牙》中，妈妈为了保护"我"这个出生已有牙的婴儿而打掉了祖母的门牙。在《地震》中，蒋大志的母亲总是站在儿子和丈夫的背后支持他们，也是标准的善良的母亲形象。尽管莫言笔下的女性形象大多有瑕疵，但是，善良几乎是所有这些女人的底色。一方面，这些母亲形象，不管有什么缺点，不管贫穷或者富裕，不管才华横溢或者平庸，在家庭里，她们都是孩子的保护神，用她们的身体和荣誉，为孩子撑起成长的空间。另一方面，她们也是民间社会和中华民族的文化象征母亲，在战争、饥饿、瘟疫、动乱等社会危机之时，她们总站在伤痕累累、奄奄一息的生命背后疗救和养护他们。而这种形象在许多别的小说家那里都是被强大的父亲替代的。因此，在民族地理文化处所里，莫言提供了"母亲是历史的守候者"的艺术主题，这同法国文论家克里斯蒂瓦的象征母亲有相通之处，既是《红楼梦》中贾宝玉女性观点的发展，也是老子女性哲学观点的余波。这种从家庭和社会文化角度所客观化的母亲性，是中华民族和家庭文化的财富，当然，如果把所有的历史重担都放置在母亲性之上，就会显示出父权制度的狡黠。除了这种历史深度之外，莫言的善良母亲形象之所以感人，还因为莫言的艺术手段，莫言把母亲性奠基于社会困境的历史中，奠基于女性自然身体的丰满和自然生命的充盈圆满上，依靠这种母亲充盈的生命力冲决历史的困境，因而塑造出超越历史的母亲性。因而，从审美女性到超越的母亲性，莫言完成了从女性审美——女性关怀——女性崇拜的身体写作路程。

由于在其民间社会之内，莫言一般多通过底层的社会化眼光和民间美学来塑造其女儿国，因而在社会美学意义上，这种社会分层和社会建构的规律也明显地体现在其小说文本中，无论是弗洛伊德的家庭父亲秩序，还是拉康的社会象征秩序，女性都以"黑暗的大陆"和"旁在"的方式存在。在福柯的社会建构理论中，女性更是以"女人岛"的方式存在着。因而，女人被规划、被放逐、被命名的命运不可避免。这种社会学现象在莫言民间社会里也大量存在。女人被审美和被命名大致存在两种方式，除了上面分析的被崇高、被典雅、被理想等文本现象学之外，还存在着被污名、被放逐的女性文本现象。这种被污名的女性形象在莫言文本里大致有三类。

首先是无聊的女人。在齐美尔意义上，由于女性所有的存在被限制在家庭及其周围之内，不像男人那样被社会团体和职业领域交错占有，拥有丰富的可以变换的人生，作为一个有机的生命形式，她的生命力和家庭范围并不匹配，但是，家庭之外又没有她们的空间，这种社会规划便带来一种可能：诸多女性的剩余生命力（在养老育幼之外）便以畸形的方式存在。在中国小说史上，最典型的当属《金瓶梅》《曹七巧》等，当代的电视剧《甄嬛传》也是上品。在莫言的长篇小说中，《红高粱家族》中后期的戴秀莲和恋儿、《檀香刑》中的孙眉娘、《四十一炮》中的野骡子和杨玉珍、《生死疲劳》中的黄合作等都属于这样的形象。在其短篇小说中也有表现，在《白杨林里的战斗》中，葵花脸无聊和多语到了让人烦的程度。在《枣木凳子摩托车》中，搬弄是非的邻居嫂嫂怂恿父亲不让舅舅进门导致车祸等。典型的社会规划限制了女性生命力的活动场域，她们的存在方式也就有了某种症候。其实，上述多情的和丰产的女人也是这种社会规划的产物，因为只有这些有限的方式才能实现其生命价值。无聊只是这些女性实现其生命价值的一种变形的形式罢了。莫言试图塑造的整个民间世界的宏大艺术理想，为我们从社会美学的角度理解女性提供了基础。相对于此，马尔克斯笔下的诸多女性形象沉溺于爱情之内便具有了多重内涵：情感自由的民族文化氛围，逃离社会政治现实的孤独症候和无聊人生的爱情泛滥，等等。

其次是小气的女性形象。在《五个饽饽》中，母亲、奶奶为了五个饽饽而到"财神"那里讨饽饽，因为饥饿而小气。在《遥远的亲人》中，大奶奶娶儿媳妇擀杂面，因面条被倒而哭杂面（什么原因使她变态），而大姑二姑则成了算计钱财的小气鬼等。莫言描写小气女人的视角多集中在民间视角和作家悲悯的意义之上，社会生存方式造成了这种女性形象，社会规划的生活域决定了女性的劳动成果被排除在社会价值系统之外，她们被排除在社会象征价值之外，她们的劳动被无偿地馈赠与家庭，这种对于家庭生活和社会存在来说非常重要的基本价值被作为崇高的无价值的活动形式而显现，尽管她们能够生产和养育人类，但是，她们无法从社会获得这种报酬，只能以依附者和消耗者存在，只能用获取恩宠和垂青的方式获得自己仅有的生活用品，精打细算家庭生活和自己的未来，稍有闪失就可能给自己或者家庭带来实实在在的危机，至于自己的未来就被其家庭的未来取代了，因而，吝啬或者小气，就可以算作她们自我保证和养护家庭的优良品质了。吝啬或者小气，对个人或者家庭的生活和发展所带来的损害问题，也只能由她们承担了。然而，这种社会伦理结构在小说里被以倒置的方式成为民间大众取笑的段子或者故事，由此而来的诙谐、嘲笑等审美动力和效果，便成了匿名女人的表征无意识，在这种社会无意识的蔓延中，便出现了家族式和系列式的小气或者吝啬的女性形象，小气和吝啬的女性人物形象，可以看作是无辜女性被社会象征结构规划后从社会伦理层面和社会审美层面对社会的反抗。

最后是复仇或狠毒的女人形象。如果说，从夏娃开始女性便天然地挟带了原罪，那么，在古希腊神话中，最早的复仇女神是墨格拉，当天神乌尔诺斯被其子萨图恩刺杀时，其精血飞溅到女神盖娅身上，因而诞生了复仇女神墨格拉，她性格暴躁，身材高大，眼睛血红，常用浸润着仇恨的匕首，将仇人杀死。女神美杜莎与海神波塞冬私自约会，被雅典娜诅咒，美杜莎变为蛇发女妖，任何直望美杜莎双眼的人都会变成石像，因而成为面目丑陋的怪物。凡人美杜莎的复仇女神形象也为大家所熟悉，雅典娜神庙的普通女祭司因为被海神波塞冬强暴，被雅典娜诅咒，凡是看到她脸的男人都会石化，最终孤独的美杜莎逃到了冥界的尽头。美杜莎的世俗复仇版本成为女人复仇男人的典型。我们可以看出，无论是墨格拉，还是美杜莎，她们都从社会伦理、人性规划和审美等层面，对社会和男人世界进行了反抗和复仇。如果墨格拉的复仇形象还挟带着父亲乌尔诺斯的父子仇恨的话，那么美杜莎的复仇形象则挟带着雅典娜和海神波塞冬、女神和男神、女人世界和男人世界之间的仇恨——对男性色情想象和行为的仇恨，尽管，它是以女—女仇恨的方式表现出来的。这种女性文化对父亲文化复仇的最终形式就是杀父，或者杀夫。例如，古希腊神话中著名人物阿伽门农——因为用女儿祭祀神灵凯旋后被妻子杀害，美狄亚因丈夫伊阿宋移情别恋而杀子惩夫等，这些故事从不同方向延续了这种女性复仇的内容。当然，在中国文学作品中也有女性向父亲系统复仇的故事，如孟姜女因丈夫服劳役而哭倒长城（尽管有维护家庭的成分，但是她向父亲象征系统复仇是真实的）；秦香莲将忘恩负义的丈夫陈世美送上断头台；潘金莲抛弃第二任丈夫嫁给西门庆，在西门庆死后和女婿同居等；这些女性形象也从社会伦理层面和审美层面向父亲社会挑战，其残忍和冷酷绝不亚于墨格拉、美杜莎、美狄亚等。她们或者忍无可忍，或者天性驱动，残忍对待他人，甚至杀死丈夫、孩子，颠覆了父亲社会象征系统对女人的伦理规划（相夫教子、勤劳善良等）和审美期待（美丽多情、典雅优美等），当然也挑战了父亲社会象征系统之内的人性假设，她们无奈或者无怨无悔地承担了源自父亲社会内核固有的罪恶。在莫言的长篇小说中，也存在这种人物形象，她们挟带着生命强力精神和对父亲社会系统的仇恨现身于文本之中，如戴秀莲，以一匹毛驴的代价被父亲嫁给痨病壳子单扁郎，最终嫁给了杀死自己丈夫的余占鳌，委身黑烟和罗汉爷爷，饮酒做爱；鲁璇儿为了反抗父亲社会所设定的夫人形象，她让自己多个孩子有不同的父亲；上官来弟，为了嫁给鸟儿韩，杀死孙不言；林岚在丈夫死后当晚，和公公同居；孙眉娘被迫嫁给赵小甲，不让赵小甲沾自己的身，利用逛街的机会和钱丁相会，因而怀孕，并且在"赛胡须"

大赛中,无视父亲的存在,站在钱丁这边;西门白氏反诬丈夫西门闹的罪恶等,这些女性形象以一种父亲社会象征系统和审美系统所不允许的生活方式存在,模拟杀人放火的男性英雄的生活方式,这些男性英雄所依靠的生活方式有杀人、放火、喝酒、吃肉、骂娘、追求多个性伙伴等,为小说文本中男性人物的英雄气概、阳刚之气、生命强力等添砖加瓦。但是,一旦女性人物形象也以这种生活方式活在小说中,和谐的叙述伦理、优美的美学风格、血海深仇的故事情节等方面便遭遇了危机和挑战,其直接结果便是挑战社会伦理和美学秩序。而在马尔克斯的魔幻现实主义小说中,阿玛兰塔、雷贝卡、阿美丽加、家长母亲、费尔米纳等都属于这种女性形象,不过,她们的自由的生活方式、狂野的情爱方式、神奇的生活情节对于和谐的叙述风格、优美的美学风格、父权制欲望秩序等层面挑战的动力,除了源自奇特的民族地理文化生活习惯之外,还来自于女性主义主体性在全球范围的崛起。

在莫言的短篇小说中,也存在着这样的人物。在《秋水》中,紫衣女人会接生,会打手枪,心灵手巧,她为报杀父之仇而杀死叔叔,她以男孩存在的方式进行复仇。在《拇指铐》中,那个漂亮无情的女人,是特务的代表。在《飞鸟》中,高红英疯狂蹂躏尚秀珊。在《粮食》中,奶奶怀疑母亲想饿死她而骂人,在"老来少"的情绪中报复母亲。在《祖母的门牙》中,祖母想把刚出生就有牙的"我"溺死在尿罐里,被母亲打掉了门牙。在《老枪》中,大锁奶奶因丈夫三涛没命地赌博,怒而将之枪杀,她因爱恨交加而狠心杀人。妈妈因"我"动枪而将"我"的中指剁去一节,也是因爱而变得狠毒的(害怕宿命的枪害了儿子)女性形象。在《弃婴》中,玩弄、杀死并吃掉年轻男人以保持青春的城市女人,在象征描写之内,作者借此批判经济社会里人性的残酷。在《祖母的门牙》中,被打了的祖母,要求父亲殴打刚过门三天的母亲,其思想基础是多年的媳妇才能熬成婆(折磨别人的人往往是被折磨改变性格的人)。不同于马尔克斯,莫言的长篇小说中除了戴秀莲、做肉孩菜肴的岳母等,很少像其短篇小说这样集中塑造了如此多狠毒的女人形象，即使受苦受难的上官鲁氏也没有走上曹七巧的道路。这些女人狠毒的原因更多的是被伤害和无知。她们的狠毒基本上不是表现在狠毒行为本身上，而是表现在对被强加的狠毒行为的反应上，她们是被动地挑战父亲的象征故事和美学系统的。在和马尔克斯比较的意义上，如同马尔克斯笔下诸多女性人物形象沉溺于情爱生活方式一样，莫言笔下这些被动反应的女性人物形象的变形行为，一方面沉溺和维持了父权制规划的孤独存在方式，另一方面，这种变形的人物形象和美学风格又是对父权制象征系统的打破。

5. 交换或放纵：民间女性的性存在方式

尽管女性的性存在方式，对于中国文化之内众多读者来说，仍是一个需要掩饰的话题，但是由于莫言的魔幻现实主义文学方向、强力生命精神追求和民间文学世界塑造的任务等原因，这种话题仍是其小说研究中不可回避的问题。所谓交换的性存在方式，在原始社会生命之内已经存在，那个时候的情感交换是以自由的方式进行的，纯粹自由的性交换的存在方式带有偶然性。家庭抚育的责任由集体担当，在生产力发展水平相当低的情况下，个体的性存在方式并没有担当起随后的责任，这种平等是纯粹偶然的情感形式，这在马孔多世界里还有相当程度的存在，例如，孩子们被苔斯娜哄睡之后，奥雷连诺就与皮列·苔斯娜相见，这是一种不需要付费的情感方式。到了原始氏族部落生活时期，血缘政治依附关系产生了，这个时候的性交换就有了依附的形式。一直到奴隶社会时期，这种依附具有了新的特点，脱离了血缘关联，并且依靠政治依附逻辑，通过少量金钱或者继承的方式，性的终身存在方式被这种身份依附挟带着一次性交换了。而在封建社会里，挟带着这种权力政治依附关系的许多女性也被身份依附挟带着一次性交换了，但是封建秩序也允许民间社会出现以契约依附的方式构建性的存在方式，这种婚契和奴隶社会卖身契不一样，带有一定的自由，同时随着资本主义的萌芽，逐渐出现了以经济依附关系为中心的性存在方式，其通常方式就是买卖婚姻和妻妾制度，其典型方式就是妓女制度，通过嫁妆和彩礼等方式，建构了以契约为基础的婚姻性交换制度，从经济学意义上看，这并不是平等的（在伦理学和经济学意义上）性交换制度，父亲象征制度并没有让男人付给父亲家庭等值的财物或者货币——等同于女孩从小到大的经济花费或者经济方面的未来潜力预期，这只是象征的交换，其中有的因结婚而发财，有的因结婚而背上共同的债务，即女人通过负担起未来家庭共同的债务而将自己由父亲家庭转卖给另一个男人，其中包括性存在方式，情爱在大多数情况下是其高级附属物和自欺欺人的弥天大谎。这种契约婚姻以其客观方式维持了更为稳定的性交换方式，因而，在封建社会秩序里，"从两小无猜到白头到老"是其最理想的方式，除此之外，还靠前世修缘才形成今生的美好婚姻的传说支撑着，甚至还有三世姻缘，乃至永世婚姻等故事被传送着。在这种文化契约依附形式之外，还存在经济依附的性交换方式的极端例子，妓女职业，她们被排除在理想契约婚姻和前世姻缘今生夫妻的文化之外，并和前世情感债务甚至业力、恶缘等连在一起，这种经济交换方式的性存在是客观的，也是偶然的，其交换等价物不是白头到老的生死契约，而是一种生活资料和孤苦的余生。例如，杜十娘尽管有钱却仍被无义的书生抛弃了，无家可归的她愤而跳水而死；四姐在新中国成立后带着仅有的珠宝和性病还乡了，被殴打被歧视，在最终离开世界的那一刻，才被当年用自己的卖身钱拯救了的家庭接受，上官金童接受了四姐的礼物（以前上官金童总以肮脏为理由拒绝接受），并鼓起勇气拥抱丑陋的身体和善良的灵魂，上官鲁氏在感叹中却为四姐感到高兴：这个苦人儿终于可以了却一生孽债，变得一身轻松了。而这种契约情感方式的前身就是政治—经济依附方式，其通常状况就是恩爱契约，因为恩情而爱恋，恩和爱之间存在某种情感象征交换系统。社会分层化和等级化的结果，造成这种契约情感方式的等级化形式，即"门当户对"，它在政治依附情感形式、经济依附情感方式之内继续存在着。而这种以经济依附形式为中心的性存在方式日益扩张和客观化，并延伸到家庭里，如巴尔扎克的《人间喜剧》充分地表现了经济情感形式对贵族权力情感形式的挑战和摧毁。这种经济情感形式发展的极端，就是契约婚姻的性存在方式稳定性的裂解，经济实力是情感形式发生变化的基础和动力。其最典型的方式在于，"白头到老的婚姻形式"被"闪婚""婚外恋""快餐婚姻""单身社会"等形式所取代，最典型的形式就是美国大都市的婚姻形式。一方面，这种以经济形式为中心的婚姻在其客观等价物的基础之上出现了婚姻和家庭的裂解，另一方面，随着社会分工的深入，女性大量进入职场，也出现了平等婚姻形式，促进了女性，尤其是职业女性的性存在方式从一些束缚中被解放出来，大都市的单身女性大量增加，但其趋势是，没有婚姻并不等于没有性存在方式，因而，社会便出现了多种多样的性存在方式。

在莫言魔幻现实主义小说中，这些民间女性的性存在方式是丰富多样的，其主要可以分为两类：象征性的描述和存在性的描述。有关象征性的性存在描写可以从《红高粱家族》的戴秀莲开始分析，戴秀莲的性存在方式基本上只是一个象征性载体，通过其不仅张扬了戴秀莲和余占鳌两人的强力生命精神，而且还预言了农民阶级必将取代地主阶级的历史趋势，同时在性存在的本体意义上，预示了20世纪80年代新的性存在方式的开启——自然和狂放的性爱，这种瞬间存在抵达了自然性存在的卢梭本质。其后，余占鳌移情恋儿的身体性爱趋向不能取代这种一见钟情的性存在本质，其突出意义在于完全颠覆了那种政治依附、经济依附、权力依附等文化象征交换系统，以自由性爱的释放达到了性存在自身。《天堂蒜薹之歌》完全回到隐秘的性存在方式上，《酒国》则描写了大量欲望化的性存在方式。在《丰乳肥臀》中，莫言对女性的性存在方式进行了大量的描写，例如，上官鲁氏和诸多男人的性行为，完全是生育工具的性存在方式，是上官鲁氏在这种民族地理文化父亲权力依附的象征交换系统中寻找自己位置的工具，尤其是，上官鲁氏和马洛亚牧师的性存在方式同时是中西民族文化融合的象征种子，莫言的感觉化性描写一直被有些学者诟病，其实，这种感觉化的语言只是莫言性存在方式象征描写的表层面具，更丰厚的文化、意义内涵才是莫言的立脚点。最为典型的这类描写，当属乔其莎和厨师张麻子的性存在方式，这种方式是赤裸裸的经济依附（生存的最低极限），完全没有契约限制，在这种极端饥饿的环境下，张麻子依靠直接的食物交换——经济象征交换方式——竟然捕获诸多美女的肉体，这一幕正如《粮食》《丰乳肥臀》等中那些奋力抗拒和无力抗拒的母亲一样，是存在，还是精神，如果说，权力交换、契约交换、经济交换等合法方式存在着对自由交换系统的个体性存在的扭曲和异化，那么其附属物是稳定的身份、合法的身份、家庭、持续生活资料等补偿物，这种直接生活食物和肉体的交换，则以原始的方式凸显了女性性存在方式的基本交换本质——获得暂时的生活资料，再也没有任何身份、家庭、金钱等补偿物，其暴力在于这些直接食物卖了个天价，在莫言黑色的幽默中，读者仿佛听到了崇高灵魂的哭泣，在这种自愿的和完美的性暴力面前，没有人承担罪过，甚至那人是救世主也一样。女性的性存在方式被如此原始地凸显，生命需要存在，但是完全没有崇高的价值来支撑，随后乔其莎被豆子撑死显现了莫言对这种性存在方式的抗拒态度。这种女性的性存在方式凸显得如此残酷，没有一点暖意。作为比较，暖的性存在方式却凸显了其存在性，命运和时代玩弄了暖，但是，她从不气馁，从象征交换的谷底鼓起勇气，打破象征交换系统，暖用一生幸福的失去换得了性存在的一个瞬间高峰。如果说，乔其莎的性存在悲剧在于经济象征交换系统和情感交换系统没有提供一点人性的担保，那么，暖的悲剧在于这种象征交换系统规划的贬低悲剧，其喜剧在于打破这种系统，在情感交换系统里获得人性的守候。戴秀莲的悲剧是她在这种象征交换系统里无情和疲劳地向前攀登。林岚的悲剧是由于外力而在这种情感交换系统里被抛弃，而后在权力交换系统里被交换和被扭曲，最终从这种情感系统里获得迟到的补偿。孙眉娘的存在和上官鲁氏相似，只不过，在其被象征交换系统抛弃的过程中，这种情感交换系统的补偿提前到来，但是，很快又被社会变故所打破。杨玉珍的性存在方式的特点在于，在被这种象征交换系统抛弃时，她借助其使罗小通、玉儿等活下来，通过自我维持这种象征地位来对抗这种系统的贬低，最终因为死亡的过早来临而终结了这个劫数，罗小通的四十一炮也是为了维护杨玉珍自我维持的象征地位，杨玉珍和上官鲁氏都生活在这种权力依附形式之中。实际上，在《生死疲劳》中，四门白氏等也生活在这种权力—经济依附形式之中，但是，在社会变革打破了这种依附之后，他们又再次建构了权力依附形式。其中蓝解放和庞春苗的私奔就是对这种性存在方式的逃离，显然，黄合作作为维护者阻止了他们的逃离，莫言的叙述规划仍然是只有个别人在个别时刻可以瞬间达成这种情感交换形式，在俗世的平民生活和市民生活中，情况大多都是这样。《生死疲劳》的亮点在于，莫言把这种情感自由平等交换的性存在形式赋予西门驴、西门猪、西门狗等，但是仍然被权力、经济等依附方式污染了。

　　在莫言短篇小说中，莫言大致分三个层次讨论这个问题。首先，通过对权力经济象征交换方式的打破来叙述文本女性人物形象抵达情感交换形式的性存在方式。在《神嫖》中，季范先生的六个小老婆偷的偷，逃的逃，季范对那些在眼前晃的"小私孩"只是莞尔一笑，这些偷情者侥幸遇到了看破红尘的季范先生，权力经济象征交换形式维护了情感交换形式的存在。在《草鞋窨子》中，半大脚女人和干儿上床并到相好处买虾酱，半大脚女人也利用了这种权力经济象征形式。在《苍蝇·门牙》中，警卫班长肖万艺和民妇"航空母舰"混出孩子，权力和情感交换形式交错在一起。在《姑妈的宝刀》中，大兰让我摸屁股，二兰谈论铁匠的胸毛，她们打破了这种权力象征交换形式。在《一匹倒挂在杏树上的狼》中，许宝娘和章球相好却把周围的人蒙在鼓里也是这样的例子。在《初恋》中，女接线员显然是一个众人追逐的对象，张若兰是我的初恋，这两个人以恋爱的方式维持了情感形式。在《爱情故事》中，李高发老婆趁丈夫被派到南山干活，以狗不吃食为由和郭三老汉鬼混。在《茂腔与戏迷》中，村里一些女人的愤怒与生育（孩子像男戏子），最终以事实说明她们在契约婚姻形式之外追逐情感形式的存在。在《沈园》中，女主人公在呓语中掩盖了一场见缝插针的偷情，圆明园中诸多偷情者使他们的契约象征情感显得黯然平淡，沈园显然是情感形式的据点等。如果说，莫言长篇小说中的女性形象都是以超越善恶的方式获得自己的情感交换形式存在的，那么，马尔克斯笔下的女性形象多在民族地理文化的自由交换系统中维持其情感形式的存在（当然，在殖民化和工业化进程日益深入的情况下，这种形式受到权力和金钱的污染）。相对来说，在莫言相关短篇小说里，他没有以女英雄、女超人层面，而是从更加豁达的性生存角度关注这些红杏出墙的女人，她们一方面将日常生活放置于权力—经济依附形式中，另一方面，她们又向往情感形式的存在，但是，她们缺少戴秀莲、暖、林岚、杨玉珍等人的觉醒、勇气和强人精神，她们不想以鱼死网破的形式破坏现存的家庭，墙里生活墙外开花是她们的情感存在方式。其次，因被逼无奈而将其情感形式放置在经济交换象征系统之内的女性人物形象。在《丰乳肥臀》中，四姐就是这样的人物，当社会发生变革之后，她回到家乡，几乎无人接纳她（虽然身心俱病，甚至连家人也不想和她接触）。在《神嫖》中，妓女一年到头劳累不停，放浪形骸，被家庭出卖，没有家，也没有亲人，只关心脂粉钱，只有暂时的青春供她们耗费，她们被异化的肉体和灵魂也掩盖不了她们对契约婚姻形式和情感自由交换形式的羡慕（季范和莫言比我更了解她们）。前无情感形式的希望后无契约婚姻的支撑，她们被固定在纯粹经济交换系统之内，她们以欲望形式填补自己情感自由交换内容的空虚。最后，通过恩爱象征交换系统揭示女性情感存在方式的本质。由于社会分工和职业化使这种民间社会的女人被社会象征系统钝化了，她们无法有效地面对生活中的困难，善意的帮助可能是这种契约情感方式的开始。相对于以血缘、经济、权力等为起点的情感存在方式，以恩爱为起点的契约情感方式更加人性化。它使那种无缘由的情感存在方式变得有意义。在莫言的长篇小说中这种例子较多，余占鳌拯救戴秀莲，最终两个人缔结契约婚姻情感形式。钱丁免除赵小甲家的徭役因而获得孙眉娘更多的爱。最有趣的例子则是杨玉珍被丈夫罗通抛弃后生活极端艰苦，在老兰的帮助下逐渐自立，于是传出了杨玉珍和老兰的绯闻。在民间社会的无意识层面，大家认为，这种无理由的恩将是爱的前奏，这种流言实际上也证明了这种恩爱情感方式的存在。在

《麻风的儿子》中,麻风病女被小伙子带回高密,无意中被白花蛇水治好,她因而做了小伙子的小老婆,这麻风女的归属也属于恩爱情感存在形式。在《断手》中,小媞显然被苏社的军功章吸引了,想代表社会来安慰苏社,但又被苏社断手的困境吓退了,她有自己选择的权利,虎头蛇尾的她心里一定充满着矛盾,恩爱系统的长距离阻碍了恩向爱的转化。与其长篇小说中的女性形象一样,莫言的爱情通常和恩爱、现实关怀和物质利益关联在一起,其情感形式的起点是恩宠、经济依附等形式,相对权力形式来说,它更容易被莫言的民间社会所接受。当然,这些女性还有其他的情感存在方式。在马尔克斯的小说中,那种原始部落的自由交换的情感存在方式,在马孔多日益现代化和城镇化过程中,也渗透了权力交换、经济交换等其他形式,如出现了妓院,家长被众多的人爱恋等,当然,也出现了恩爱情感形式,如阿里萨为阿美丽加提供学费和生活费,获得了阿美丽加的情爱。不过,在这种古老的马孔多世界里,还是以血缘情感形式和经济情感形式占主要地位。

6. 浪漫神话与现实期待:女性的想象

由于莫言的蒲松龄花妖狐怪的文学资源和魔幻现实主义文学风格的艺术追求,在女性形象的塑造方面,除了那种让人震惊的现实主义真实之外,必然表现出某些奇异的风格特征。在莫言长篇小说里,也零星地出现了一些花妖狐怪式的女性形象,在《红高粱家族》中,恋儿被狐仙附身因而看到自己的未来,从民间文化意义上看,狐仙通过附身寻找自己的人间寄主,从而为自己消业并借助人的身体进行修炼,以便早日脱离狐狸身体;从心理学意义上看,这是恋儿利用自身社会经验和知识进行无意识推理的结果,为了掩盖她不愿看到的这种结果,她采用了一种心理替代的保护装置。在《丰乳肥臀》中,因为爱情失意,鸟仙陷入精神恍惚之中,被仙家占据了灵魂,为人预测祸福。鸟仙运用这种非常存在替代冷酷的现实,因而当孙不言强奸了鸟仙之后,她就越发疯癫。从拉康的意义上讲,鸟仙的这种生存状态是一种外在异化内在幸福的状态,她对飞机的追慕和模仿蕴涵了这种精神意识规律。在《红树林》中,陈珍珠被万奶奶劝解后，仿佛得到了珍珠仙子的救治，最后被狂风卷到空中，陈珍珠以幽默的方式差点被珍珠仙子附身。在《檀香刑》中，母亲托梦给赵甲，指点他找到舅舅以完成人生的转折，母亲以灵魂的方式进入现实人梦中。这些呼之欲出的女仙（鬼）形象在《生死疲劳》中以西门闹"七世转生"的形象出现，如果暂时悬置七世转生情节，可以看到叙述者蓝千岁借助讲述而对内心痛苦的加强和掩饰，在以诸鬼魂和诸动物自居的形象中，寻找其痛苦和快感等。通过以上分析可以看到，莫言长篇小说中的女仙形象具有独特的表征。就女仙形象本身而言，她们都是在经过情感或者生活的重大打击之后，依靠自身的心理保护机制将自己象征性地封闭在某种过去的幸福生活状态或者逃离现实困境的想象状态中，她们一直寓居在这种相对理想的生活状态之中，因而逃避或者无视现实的文化象征交换系统，内心生活的精神形式彻底抛弃俗世身体和社会背景。从文学艺术表现层面来看，莫言借助这种奇幻的精神形式——理想化环境建构了奇幻的民族地理文化故事情节和话语讲述风格，支撑其梦魅奇幻的描述方式，在这种描述中建构了一种倒置的叙述结构——内在和外在的倒置，因而外在困境和现实文化象征交换系统，被内在的形式或者不在场的状态显现出来，从外在的距离感、内在—外在的倒置镜像和张力等方面塑造了这种奇幻的仙女形象和魔幻世界，这种生命和肉体的倒置和扭曲因而被美学化了。马尔克斯笔下的女仙形象和带翅膀的老头的殖民文化形象形成对比，俏姑娘雷梅苔丝在经受了各种被污染的殖民地父权文化的骚扰之后，她手抓着床单飞走了。这种飞仙形象也是对现实困境的美丽逃逸。其实，这种状态在张艺谋执导的电影《归来》中，也被终年到车站等待丈夫陆焉识的母亲形象表现了出来，从黑发到白发，从直立到轮椅，这种永不归来的梦境终于被音乐唤醒了。

在莫言的短篇小说里，尽管具体女仙形象有所差异，但是其美学风格和创作心理机制大致相同。在《马驹横穿沼泽》中，马驹在横穿沼泽的困难中变成了美女，在有子女后马驹女人又变成了飞逝的烟，马驹是食草族的祖先，同时也成了罪恶的根源，她和夏娃是一个类属，奇异的马驹是女性文化禁忌的休止符。在《翱翔》中，燕燕是一个反抗换亲的女性形象，狗血、乡政府、弓箭、鸟枪、警察、娘、杨花、哥哥等都威逼利诱想让她屈服，她飞呀飞，找不到落脚的地方，最终在墓地被打落下来，她是一个无助的、反抗的、无奈的、理想的女性形象，仙女因而是无奈的善良灵魂逃逸现实困境的精神姿势。在《金鲤》中，金芝姑娘为了蒙冤挨打的女作家，只身渡湖，不幸遇难，变成金鲤的神话结尾也无法抹去读者的悲伤，她的梦像金色鲤鱼一样永远在湖水里徜徉。在《夜渔》中，美丽女人神秘机灵、能干，帮我捕捉螃蟹，在新加坡的再次相逢让人断肠，她是洛神一类的水仙（寄托了作者理想中的女性形象）。这些仙女形象，同莫言长篇小说中超级女性形象不同，在民间传说的基础上，莫言借助这些公共魔化的女性形象传达了隐秘的现实关怀。这些仙女形象，如莫言在长篇小说中所塑造的仙女形象一样，从民族地理文化意义上讲，是诸位女性对自己人生苦难的精神逃逸形式；从艺术形象上看，是诸位女仙美丽精神形式和现实困境的分离、陌生化和艺术化，由此产生美学价值；从读者接受心理来看，文本通过仙女形象的想象性形式形成对读者接受心境的情感补偿和间隔，使魔幻叙述形式挟带着民族地理文化生活的厚重感；从社会象征交换系统来看，这是民族地理文化对其世界的象征交换系统的破碎和不平衡进行再平衡的最后一道想象堤坝。

相对于这种内蕴的民族地理奇异想象性女仙形象，莫言还脚踏民间世界，从现实的民间生活出发，反映和塑造了一些有技能或有地位的女性形象，这些女性形象依靠自己的智慧、勤劳和社会资源自力更生地活着，并勇敢地追逐自己的梦。这些自立自尊的女性劳动者屹立于社会象征系统之中，她们是莫言笔下的新人，她们和那种依靠生命强力精神站起来的女性形象具有异曲同工之妙。实际上，莫言在其长篇小说中已经塑造了这样的女性形象。如依靠酿造高粱酒支撑家业的戴秀莲，依靠收破烂为生的独乳老金，依靠采珍珠为生的陈珍珠，依靠勤劳维护家庭的杨玉珍等，其他还有采燕家族、食草家族的一些女性形象。总体来说，莫言在其长篇小说中虽然描写了一些城市职业女性形象，如教师、公务员、医生、殡仪馆工人、厨师等，但是这些职业女性形象，或沉浮于情场、官场、商场，或者在生活里疲于奔命等，能够自力更生的女性形象较少。但是，在民间社会里，莫言塑造了几个能够独立自主的女性形象（如上所述）。在其短篇小说中，莫言也塑造了一些有技能、能自我谋生的女性形象，这些女性形象寄托了莫言文学世界中的女性突围之路。在《秋水》中，紫衣女人会接生懂手枪，她像花木兰一样为父报仇。在《鱼市》中，能言善辩的鱼香酒馆老板娘徐凤珠是个做菜能手，但是，可依靠的男人离她而去，幸福也就变味了。在《儿子的敌人》中，女卫生员，懂医术，照顾伤员负责耐心，她是战争中的女观音。在《凌乱战争印象》中，小唐是个医生，她为人接生，在打仗中受了伤，形象感人。在《猫事荟萃》中，四清工作队女队员陈姑娘住在我家，像神仙一样被招待着，她好像不懂农村农民的生活。在《罪过》中，女孩依靠耍剑术玩杂技谋生。在《金鲤》中，女作家依靠写作谋生。在《售棉大路》中，杜秋妹和军嫂会种棉卖棉，是新时期的女性形象。在《姑妈的宝刀》中，姑妈的小缅刀令骄傲的铁匠知难而退，她是一个深藏不露的人。在《屠户的女儿》中，"我妈"会杀猪卖肉，但丈夫是个问号，女儿残疾，"我妈"坚强地活着，等等。莫言从民间社会立场出发塑造了一大批具有一技之长的女人，她们大多能够自给自足，自立地生存下去。她们的职业有枪手、厨师、卫生员、医生、插队、作家、棉农、刀客、肉店老板等，这些女性形象一般生活在农村和乡镇，她们都是平常的农民或者小商户，依靠自己的职业特长生活。她们是莫言小说中民间社会里富有希望的一代新人。她们的凡俗生活构成了莫言小说民间艺术世界的风景。这些女人和马尔克斯的马孔多镇的女性形象具有相似的特点。

另外，还有莫言自我表述的女性人物形象。这些女性形象除了在其文本世界里作为艺术形象存在之外，还代表了莫言的艺术世界和艺术风格的自我表达。其典型首先是戴秀莲，戴秀莲表征着莫言的山东地域文化中超越现实世界和身体限制的强力生命精神的文学支点，也表征着 20 世纪中国人民的生命精神形式。其次是《马驹横渡沼泽》中的马驹—美女，她亦人亦神，亦人亦马，为爱而来—失爱而去，她表征着莫言奇幻的魔幻现实主义世界和生命形式，从此，莫言奠定了他在中国文学史和世界文学史上的独特风格和文学地位。最后是《长安大道上的骑驴美人》中的匿名美女，她在城市中横冲直撞造成交通堵塞，玩尽风度，最后留下了驴粪蛋。这是莫言在都市社会里的文学自况。他的文学价值不是一般的评论能够固定的，所谓被固定下来的东西大多如驴粪蛋一样的东西。其真正的文学价值在于无法固定的美和对社会秩序的扰动。莫言几乎很少刻画完美的女人。这些特例可以看作莫言自身的艺术象征。如同翠翠是沈从文湘西世界的艺术象征一样，俏姑娘雷梅苔丝是马尔克斯小说魔幻现实风格的艺术象征，戴秀莲、骑驴美人、马驹女人等女性形象是莫言艺术世界和美学风格的艺术支点和自况表征。

（二）肥沃与妖娆：女性形象的文学社会学思考

"人们若想成为高明的修辞术家，丝毫用不着管什么真理、正义和善行……人们所关心的只是怎样把话说得动听。"① "选择写什么人，是作者描画自己形象的第一笔。如何去写它，如何去评价它，试图通过对人物形象的塑造揭示什么样的主题，宣扬什么样的价值观念，则会最终清晰、完整地完成对作者的形象的显现。"② "一个艺术家，和创造了物的上帝一样，永远停留在他的艺术作品之内之后或之外，人们看不见他，他已使自己升华失去了自己的存在，毫不在意，在一旁剪着自己的指甲。"③ 综观这些论述，作者在选择塑造人物形象时，一定有预先的目的，并且这些目的反映了作者自己的价值观、艺术趋向、社会观念……相对于马尔克斯笔下

---

① 柏拉图：《文艺对话集》，王太庆译，人民文学出版社 1998 年版，第 164—165 页。

② 李建军：《小说修辞学》，中国人民大学出版社 2003 年版，第 30 页。

③ ［爱尔兰］詹姆斯·乔伊斯：《青年艺术家的画像》，转引自李建军《小说修辞学》，中国人民大学出版社 2003 年版，第 246 页。

女性人物形象的民族地理文化认同和反殖民化运动的精神追求，莫言作品中的女性人物形象的设定和塑造究竟意味着什么呢？笔者将试图在下面的论述中窥视其原因。

1. 法勒斯化女性形象被塑造的文学社会学原因

莫言的精短系列小说显然描写了一些法勒斯化的女人（也包括男人），这些女性形象被塑造，除了创作主体生活经验的主观投射，魔幻现实主义文学风格的自觉追求，民间地理文化象征系统的制约等原因外，还有莫言所面临的古代、现当代文学史背景的原因，这大致有四种情况。

（1）作者深受民间文学资源的影响

从莫言的创作自述和文本现象学两方面，我们都可以看到《聊斋志异》、民间故事、猫腔戏等元素的影响，正如在《聊斋志异》里，蒲松龄塑造了众多神奇的花妖狐怪样式的女性形象，但是，不论她们多么美丽，或者法术多么高强，最终她们都生活在权力依附，或者经济依附的情感形式之内，换句话说，在花妖狐怪世界里也存在着情感象征交换系统，它和弱肉强食的丛林法则一起驱赶着众多女性形象的命运，如前文所论小翠，虽为仙狐，法术高深，心地善良，斗恶人，救治王元丰，但是仍然生活在这种权力依附形式之中，乃至最终以钟家女儿的面貌安慰王元丰，都是为了谋求这种父权象征交换系统的幸福，他们从这种父权象征交换系统中谋求的两情相悦的自由交换幸福，都会受到这种社会象征交换系统的怀疑、误解、检阅和批判，这种自由情感交换系统的幸福恰恰以超越性和非世俗性展现其情感伦理价值和文学价值。另一方面，这种情感形式还呈现了恩—爱民间情感交换文化系统，其审美价值在于把现实社会的男—女的恩爱模式倒置成女—男恩爱情感模式，因而小翠再造了王元丰，并在遭遇婚变之后以钟家女儿的面貌再造了她和王元丰的自由情感形式，尽管她仍然采取那种民间文化所挟带的权力依附情感形式，在这种置换、改造和倒置中抵达两情相悦的自由交换情感形式。最后，这种情感形式在佛教因果逻辑之内呈现了恩—爱情感形式，狐仙面对闪电，躲到小时候王太常的身下因而获救，有了这种前因，狐仙就让自己的小女儿小翠嫁给王太常的傻儿子王元丰，小翠为母报恩，形成契约婚姻情感形式；小翠智斗恶人，救治王元丰，以爱报恩，当小翠犯错被驱赶之后，毅然离开王家，维护了自己的尊严，但是，最后以钟家女儿的面貌返回安慰王元丰，在因果逻辑上，既补偿和维护了契约情感形式，又维护了自由情感交换形式。最终，业尽果灭而悄然离去。这种佛教意义上的因果恩爱模式，既以世俗恩爱模式完成了民族地理文化的情感戏剧，又以自由情感交换模式的返回支撑了爱情理想，也以业尽果灭形成了情感形式的缺憾美。关于这种文学资源的借鉴和利用的文本现象在莫言的小说文本中较多，例如，《马驹横渡沼泽》中的马驹—美女形象、《夜渔》中的美丽女人形象（前文已论，此处暂略），都有相似的特征：善良，美丽，神秘，她们挟带着幸福悄然而来又悄然逝去，都带有某种因果宿缘和缺憾美感。除此之外，在世俗世界里莫言也塑造了聊斋爱情故事的世俗版本，如恋儿和余占鳌、金菊和高马、龙清萍和上官金童、孙眉娘和钱丁、野骡子和罗通等，他们之间的感情纠葛和故事讲述都属于这种聊斋爱情的悲剧世俗版本，并且都具有这种因果宿缘和缺憾美感，甚至莫言有所扩展因而抵达了"不爱之爱"的悲剧美感。在情感方式上，这些故事也都是在权力—经济依附方式和自由情感交换方式之间徘徊。至于民间故事文学资源方面，莫言曾经自述自己小时候经常到镇上听说书，作为交换，他要把这种民间爱情故事讲给母亲听，乃至改变了姐姐的命运轨迹，莫言的母亲甚至担心夸夸其谈的莫言如何靠乱说话获得社会生存资格。在文本现象层面，除了上面已经论述的爱情讲述模式的继承外，最明显的当属莫言文本的口语化和段子化，莫言的短篇小说经常把女人作为段子调侃的对象（例子极多，上面已涉及）；除了液态化写作方式的《酒国》之外，莫言的长篇小说文本的语言特色也具有这种特征，最典型的当属《檀香刑》的戏剧化语言，句子短小，并强化押韵的特色，文本人物的出场独白或者对白甚至可以直接拿来填词歌唱。更为典型的是，直接把猫腔调式、曲词，甚至猫腔戏剧人物、服饰等放到自己的小说里，并作为宏大戏剧场面和刑场形成美学对照等（关于莫言小说的戏剧化可以用一部专著来研究，这不是本书的主要研究问题）。孙眉娘、钱丁、赵甲、赵小甲、袁世凯、克罗德等的台词、服饰、动作等明显带有民间戏剧化的特点。

作者非常喜爱红色经典小说，并把红色经典小说描写女性的方式引入小说中来。如《苦菜花》《铁道游击队》等，这些作品中都有或多或少的荤段子描写，这些往往是吸引民间读者的民间叙述手段。这些荤段子多以性的器官或者隐喻为调侃对象，甚至有的以女性为调侃对象，但是，这些荤段子一般发生在劳动间隙或者战斗间隙大家休息的时候，通过男男、男女、女女等方式相互调侃，或者通过能说会道的高手彼此调侃，给大家带来劳动后的放松和笑声，恢复大家的精神和体力。这种荤段子的性话语同流氓的性话语相比有其特征。流氓的性话语常伴随着调戏和侮辱行为，使人的精神和身体受到损害甚至暴力伤害；荤段子经常发生在一起劳动、相互熟识和关系相对亲密的村民、同事或者工友中间，特别是劳动疲累或者关系僵化的时候，有缓解疲劳和紧张关系的作用，它是社会劳动和社会关系的润滑剂。它多以话语形式发生，而没有任何实质的内容，这种形式化的过程和相关的实质性活动分离开来，在这种无利害、无目的、无概念（康德意义）的形式中获得审美放松效用，同时在和现实的间隔中获得审美距离（里普斯的心理距离说，齐美尔的距离形式说，朱光潜的审美距离说等），言说者和参与者都不会受到伤害。同时远可以追溯到话本小说，"三言两拍"小说等，近则可以追溯到赵树理的小说（《李二黑结婚》《李有才板话》等），这也可以在莫言的小说中找出许多例子和变体。例如，在《红高粱家族》的颠轿一节，戴秀莲出嫁时，轿夫抬着戴秀莲走远路疲累时对戴秀莲的作弄，结果成就了戴秀莲和余占鳌的婚事。当然轿夫所演唱的荤段子已经被莫言改编，其劳动间隙的调侃功能和对单扁郎家的阶级仇恨混合在一块。在《檀香刑》中，路人对赵小甲的调侃，说赵小甲和钱丁在一个马勺子里吃饭，用荤段子的方式善意提醒赵小甲——夫人红杏出墙，但是这种性隐喻对于赵小甲来说，太过高妙，并不能引起赵小甲的理解和反应。在《苍蝇·门牙》中，那位女人的"航空母舰"的名号，在《神嫖》中，季范先生脚踩妓女的故事等，这些描写都带有性隐喻的意味。莫言这些描写有两类：纯粹的民间性隐喻——荤段子，以一种豁达的态度描述和看待相关问题；性隐喻挟带着政治、文化冲突的象征（如前文所论述的"颠轿"）。从女性主义角度，一方面，我们可以看到莫言对这些民间荤段子的直接利用和间接变体，缺失存在对女性身体的父权消费，另一方面，我们也不能忽视其民间世界的润滑剂作用，其变体确实对文中人物起到了暂时放松和宣泄作用。这种创作心理机制在康德审美意义和弗洛伊德无意识层面确实发挥着作用。

（2）性话语的适度反弹

20世纪80年代以后，随着改革开放，"性"话语开始萌动，人们对"左"倾文学的反思，也促使作者以此营造性话语来回避、解构文学中的政治话语，这类欲望化、性化女性形象的塑造挟带着政治密码和稀释仪式。从文学史上看，一方面，从五四新文学运动开始，由于民族革命和民族解放的需要，大多数作家都投身到救亡图存的文学运动中，例如，鲁迅、郭沫若等作家，另一方面，一些沉溺于情爱描写的作家，如"新鸳鸯蝴蝶派"作家、张恨水、张竞生等，虽然也关注了现实困境，但他们也确实与现实的距离过远，没有对民族救亡大业做出应有的贡献和担当，他们在当时受到批判确实是应该的。这种余波一直延续到新中国成立以后的新时期文学，在各种革命文学运动中，这种性话语逐渐被演变为资本主义生活方式，并受到当时社会的批判。当中国在政治、经济、军事、教育等方面的革命达到一定阶段后，健康的性话语被提到议事日程上来，莫言的一些作品就是在这种文化背景之下展开的。这种五四新文学运动时期没有完成的"性话语"革命被继续着，在莫言的长篇小说中，这方面应该以《红高粱家族》为起点和代表，余占鳌和戴秀莲的"田野爱情"与生命强力精神、民族革命交错在一起，塑造了戴秀莲情爱话语及其形象，给当时的中国和世界带来了震撼。至于上官鲁氏、林岚、孙眉娘、野骡子、庞春苗等女性形象，都可以看作这种话语的余绪和变体。在莫言的短篇小说中，许宝娘、张若兰、李高发老婆等都可以看作这种人物形象，尽管她们是莫言从民间社会出发塑造的女性人物形象，民间社会存在着丰富多彩的女性人物，但是，这种形态的写作方式的合法性本身就意味着性话语的复苏和建构。这和当时一些作家的爱情描写有异曲同工的作用，如《致橡树》《绿化树》《男人的一半是女人》等，民间社会的荤段子和知识分子圈子里的爱情话语可以看作是当时性话语复苏的、驾驶同一辆马车的两匹黑马。

（3）商业化写作的挑战和召唤

随着改革开放的日渐深入和文学自身性质的强调，文学创作逐渐被引入市场经济，并遭遇通俗文学的撞击，作者不得不关心民间和城镇读者的反映，用黄段子来吸引读者以增加销量和赢得民间读者市场的认可度。事实上，关于这个问题当时还展开了大量的讨论和批评，许多作家挣扎于高雅文学和大众文学、严肃文学和商业文学之间，读者市场和稿费制度最终让许多作家在漫长的痛苦之中不得不做出了自己的选择和调和。莫言、贾平凹、陈忠实、王蒙、池莉、方方等作家都不得不如此。艺术形式、政治话语和荤段子便以糅合的方式显现出来。在女性形象被法勒斯化层面，在《红高粱家族》里，戴秀莲以狂野的爱情成就了超人生命精神和民族革命女性形象，其相关荤段子直接服务于艺术形式和政治话语，《红高粱家族》仍属于严肃文学。在《丰乳肥臀》里，首先，莫言用小说的艳名"丰乳肥臀"挟带了小说丰富的民族文化内涵；其次，相对于《红高粱家族》中借助性话语—荤段子所支撑的民族文化的对立话语，莫言用极端的生育行为塑造了上官鲁氏这一女性形象，尤其是上官鲁氏和马洛亚的情感描写又纠缠了中西两种文化的融合问题，借助身体情感话语塑造了法勒斯化的女性形象和民族地理文化融合的能指表征。另外，莫言利用乔其莎、霍利娜和张麻子的身体情感话语描写，质疑了性存在的权力象征交换本质等。性话语本身作为消费文化表征与中西文化融合、存在意义质询等问题纠结在一起。在《红树林》中，性话语描写再次出现在林岚这一形象之上，性话语本身和权力系统的探寻悲剧性地纠结在一起。在《檀香刑》里，莫言通过孙眉娘这一女性形象的塑造，借助孙眉娘和钱丁的感情纠葛，把性话语本身与殖民地文化暴力批判、刑场文化本质、人性质询等问题缠绕在一起。在《生死疲劳》里，性话语描写延伸到转生情节，通过西门驴、西门牛、西门猪、西门狗等动物性话语，借助佛教文化的因果逻辑、"心物论""色空论"等探寻西门闹作为人的存在本质——偏执相、色相等问题。总之，性话语与女性形象塑造、文化对立和融合、民族革命话语、政治权力的本质、人的存在色相等问题结合在一起。我们可以看到，在其小说里，一方面，莫言从未放弃身体话语、性话语的艺术形式和审美感觉，从不同方面和经济—消费社会的读者审美趣味进行融合；另一方面，莫言也从未放弃对这些身体话语、性话语进行艺术提升和审美超越，并坚定地和民族革命、文化对立与融合、政治权力本质的探寻、人的存在意义的守候等问题融合在一块。即从艺术形式和艺术内容、审美超越和风格追求等方面，女性形象的身体话语、性话语等层面已经被艺术化、审美化、形式化、存在化，在莫言利用女性形象的性话语、身体话语、荤段子等招揽读者的过程中，那种性话语、身体话语、荤段子的表皮化的简单层次已经远远被莫言的魔幻现实主义小说所超越。在莫言的短篇小说中，女性形象的性话语、身体话语、荤段子等则主要源自民间大众娱乐文化资源，它对女性被欲望化的拒斥和生命存在的守候则主要从暗处显现出来。相对来说，马尔克斯魔幻现实主义小说的女性性话语、身体话语等方面，主要从属于加勒比的民族地理的自由欲望文化，并不时附带着殖民地地理文化的政治话语。

　　除了面对上述消费社会所造成的读者快餐化、身体化、性化等读者审美趣味问题外，一方面，作为文学消费系统诸环节中的一环，莫言的文学创作一直处于从适应到提升和改造的路向之内；另一方面，关于消费社会、欲望社会等所造成的社会问题本身，莫言也进行了深刻的文学考量，这表现在莫言的另一种文学创作路向之内，从《酒国》开始，历经《十三步》《四十一炮》，一直到《生死疲劳》。首先，在虚构的酒国市里，充满着酒肉食物文化，在驴街上，"咱酒国有千杯不醉、慷慨悲歌的英雄豪杰，也有偷老婆私房钱换酒喝的酒鬼，还有偷鸡摸狗、打架斗殴、坑蒙拐骗的流氓无赖。想当年吃花和尚拳打遭青面兽刀杀的青草蛇张三波皮牛二都在咱酒国留下了后代，恶种连绵，再有两千年也不会断绝"①。除此之外，还有全驴宴文化［驴肋、驴筋、驴喉、驴尾、驴肠、驴蹄、驴肝、龙凤呈祥（驴生殖器）等］，燕窝文化（白燕、血燕、草燕窝等），与之相配套的是酿酒大学、酿酒博物馆等。在这种消费欲望和欲望文化日益助长下，女性身体的硕果也被纳入消费品中，如"麒麟送子"，小孩子被分等级卖钱，丁钩儿仿佛听到了儿童在蒸笼、油锅、砧板、肠胃、下水道、江河、化粪池、鱼腹等处所的啼哭，莫言象征性地言说着消费社会对孩子的戕害，莫言的这种象征担忧在某些方面所言不虚。其次，女性身体被作为食物的容器被消费，如"女体盛宴"。最后，一方面，女性作为这种欲望社会惊天消费的推动者存在，如金元宝夫妇。另一方面，如文中人物李一斗所言："社会变成这样，每个人都有责任……"② 女性又作为被欲望消费的批判者存在。通过个体商品经济的极度发展的设想，这种欲望社会不仅建构了奇特的消费文化（如食人文化），而且改变了人们的精神面貌、价值观和社会生存方式（如余一尺由劳模变成了暴富的知识分子，女司机主动委身余一尺、金刚钻），文中诸多人物都被欲望化，女司机、女招待、警察、教授、女记者等。通过小说文本，莫言不仅关注了民间社会女性（诸多卖孩子的妇女、碰瓷的老女人、妞儿和父亲熟练地制造注水肉等），而且关注了女性知识分子的存在（《酒国日报》的记者袁美丽和袁双鱼教授的妻子，她们的爱情观和婚姻已经被欲望化和消费化等）。在《十三步》中，莫言则从职业女性（女教师、殡仪馆女性工作人员等）的角度考察，在消费社会日益发展的情况下，这些小知识分子日益萎缩的

① 莫言：《酒国》，当代世界出版社 2004 年版，第 109 页。
② 同上书，第 212 页。

生存状态。通过殡仪馆的女整容师李玉婵和女教师屠小英等形象的塑造，莫言显现了这些女性知识分子由精神向物质，由崇高向肉体的发展倾向，甚至女老板也成为张赤球的人生经济学导师。如果说《酒国》是莫言反映极度膨胀的消费文化对整个社会深刻危害的情人，《十三步》则是莫言在知识分子层次反映消费社会对人的生存和价值观的颠覆的红袖丫鬟。在《四十一炮》中，莫言重回农村，在罗通和野骡子、杨玉珍和老兰等的感情纠葛中，深刻广泛地反映了源自《酒国》的肉食文化的极度泛滥，以及文中的男—女农民如何在肉食崇拜和欲望崇拜中失去自己的勤劳和善良的品质而成为欲望的动物。肉食经济在农村和城市的极度发展中并没有带来齐美尔所论述的那种磨平现象——如《酒国》《十三步》中社会上所有的人被亢奋化和欲望化，甚至萎缩化，相反却带来了社会的极度分化，社会不再以生产力的发展水平和社会的职业来划分了，它被分为食肉的人和不食肉的人，而且社会由于《酒国》肉食文化的泛滥，发展到肉食崇拜和欲望崇拜的程度，肉食文化也被提升到国际层次。当然，相对于《酒国》中诸多人物日益被污染和欲望化，《十三步》中的诸多人物则被萎缩化，在《四十一炮》极端欲望化的社会里，莫言从揭露、批判抵达禁止，以野骡子和杨玉珍的死亡、娇娇的中毒等丑陋现象判处消费欲望社会的终结，以兰大放弃巨额家产出家，沈瑶瑶削发为尼，罗小通炮轰老兰等来禁止欲望社会继续向前发展。这种对极度消费的欲望社会的禁止态度一直持续到《生死疲劳》里，西门闹对被枪毙的不满固然是小说所揭示的社会情结，但是，莫言通过西门闹七世充满欲望的生活，最终以蓝千岁这一形象对这种色相生活的彻悟，则是莫言借助佛教文学资源对欲望社会的再次否定。因此，我们可以看到，莫言的小说，一方面，从《红高粱》开始一直到《生死疲劳》，甚至《蛙》，不断地张扬那种可以超越生死、超越善恶、超越时光变迁的生命强力精神，同时，塑造了诸多具有生命强力的女性形象；另一方面，如上所论，莫言又不断地对这种随着消费社会、个体经济不断发展所造成的极度欲望化社会充满警惕，既塑造了被欲望社会污染和吞咽的女性形象，又在后期塑造了反抗和弃绝这种日益变态的欲望社会的女性觉醒者。这两方面彼此相互联系，又相互区别和相互作用。因此，那种把莫言小说中生命强力精神的高涨和欲望泛滥混为一谈的认识是错误的。相对于莫言长篇小说中消费社会和欲望话语在女性形象、文学风格和审美内涵，以及诸多女性价值观、生命存在、饮食文化等方面的污染、病态和反思，莫言的短篇小说则主要笼罩在相对落后、贫瘠、缺乏的范围内，如果暂时悬置农村女人和女性知识分子的区别，她们主要以一种《十三步》的样式沉浸和挣扎于各自的生活之中。同时，与马尔克斯相比，在魔幻现实主义小说中，莫言及其小说中人物既拥抱个体经济充分发展所带来的消费社会和个体欲望的极端膨胀，又感受到这种消费欲望对个体精神素质、生存方式的污染、改变和戕害。这与东北高密乡弥漫着的中国儒家文化、佛教文化和民间文化底子相关。与此不同，马尔克斯在其小说中所担忧的是加勒比地区的民间地理文化的消失命运和失忆症社会病，其小说中诸多女性沉浸在身体话语、性话语和爱情话语之中，这与本土民间文化和自然环境密切相关，这种话语一方面是诸多女性形象奇诡生命力的文化表征，另一方面是面对殖民地帝国强势话语的逃难地。

（4）反抗地主、资本家等邪恶社会力量的文学资源的继承

一方面，揭露或者丑化、性化地主、恶霸、鬼子等社会域的女人形象，一直是五四文学、左翼文学、延安文学、解放区文学、"文革文学"等方面的传统。五四运动时期文学中的弑父者——女性人物形象，如《莎菲女士的日记》《虹》《雾》《雨》《电》等，这些作品曾经描绘了一些青春、美丽、充满激情的女孩子，这些女性形象或者冲出家门，走向上海，或者自由恋爱，反抗旧婚姻等，其身体话语、性话语等具有反封建的力量，她们是五四文学运动时期的反封建斗士。另一方面，这个时期也塑造了一些封建、落后的诸多女性人物形象。但是，随着中华民族的伟大复兴和革命进程的日益深入，昔日的女性形象所挟带的性话语、身体话语等的革命色彩也逐渐褪色并走向反动。通过丑化、性化来显示她们所代表的阶

级腐朽而没有生命力、狠毒而没有人性，这逐渐成为一种文学传统，如《子夜》《雷雨》《骆驼祥子》《太阳照在桑干河上》《白毛女》等，连遮蔽性话语的红色经典歌剧《智取威虎山》中也有敌军参谋的性化场面。到了20世纪80年代之后，人文主义思潮的引入，性话语、身体话语借助人文主义大船再次驶入中国，出现身体话语往往被看作作品有生活和有人文的表征。这些文学资源不可避免地会或多或少地影响莫言的创作。从《红高粱家族》到《生死疲劳》都带有这种气息，在《红高粱家族》中，单扁郎被余占鳌谋杀，戴秀莲却向县长告发，其中就有这种对财主女人愤恨的内蕴。在《丰乳肥臀》中，沙月亮、司马库的女人的性格特征和故事情节安排都挟带着这种时代特征。在《檀香刑》中，孙眉娘和钱丁交往的另一面——风流和偷情被反殖民话语掩盖了。在《四十一炮》中，兰大所爱的女人沈瑶瑶虽然后来愧悟，但她仍是被法勒斯化的女人。最典型的当属《生死疲劳》，其中西门闹的两个女人不但违心揭发了丈夫，因而导致丈夫的死刑，而且还嫁给了丈夫愤恨的人；甚至蓝解放的妻子也是认死理的女人，导致蓝解放和庞春苗的一段爱情因此被扼杀，等等。在莫言短篇小说中，也大致存在这样的文本现象，如在《神嫖》中，季范先生的小老婆偷的偷，逃的逃。在《天花乱坠》中，财主的女儿多情且多变，导致痴情的皮匠害相思病而死，财主的夫人则善良而有心计，破坏了女儿姻缘。在《罪过》中，富家女招鳖精为女婿，真相大白后自缢身亡的故事等。从这种丑化女性形象的文学资源上看，一方面，莫言继承了革命文学中地主阶级、资产阶级等女性形象的描写方式和艺术风格；另一方面，这也与当时的社会现实有关，与当时的民族解放革命运动的社会思潮密切相关。当时的地主阶级、资产阶级作为社会的腐朽阶级和落后阶级，他们的阶级属性决定着他们的生活方式、价值观、爱情观等方面的反动性，莫言对这个阶级的女性人物形象的处理，也显示了莫言为社会主义创作，"作为老百姓写作"的文学方向和文学根基。因而，莫言的民间社会从根本上说，是人民的民间社会，这也影响甚至决定了莫言的民间叙述方式和民间艺术风格。

从女性主义文学立场看，莫言在民间立场和传统文化层面走得更远，其作品的欲望化女性形象可以从西方女性主义立场上加以解读，但是，其内涵远远不止于此。如其笔下的贞节女人的家庭、社会责任的担当；母亲形象对于家庭—社会的延续作用，远远超越男女对立的那种女性主义解读。

相对来说，马尔克斯也有丑化和性化社会腐朽阶级或者对立民族女性形象的文学表征，如在《百年孤独》中，马尔克斯对修女菲兰达的描写就挟带着加勒比民族地理文化立场和基督教女性文化的对立立场，在菲兰达和奥雷连诺第二结婚的时候，借助奥雷连诺第二的眼光展开观察和叙述，金尿盆、贞洁裤等奇异的结婚饰品给以自由欲望交往为习惯的奥雷连诺第二带来了异常震惊的效果，这种借助民族地理文化的对立而对菲兰达进行魔幻式的幽默描写带有明显的法勒斯化意味。同时，对菲兰达的人性也进行了白描，菲兰达依靠自己的意志，决定将女儿梅梅送往修道院，最终导致美女梅梅老死修道院，在马孔多自由情爱的水平线上，这是一个奇异的非人性的表现。雷贝卡和丈夫霍·阿卡迪奥超强的性爱，导致整条街上的人晚上都无法休息的叫床声等，和雷贝卡奇异的装束一样，都带着对雷贝卡的法勒斯凝视。在《家长的没落》中，对家长女人的语言、行为进行了细致的反讽刻画，如像动物一样、叫床等。当然，一方面，民族地理文化的对立造成了这种对异域文化女人的性化和丑化；另一方面，从社会分层的角度，马尔克斯也对腐朽社会阶层的女人进行丑化和性化，不过，这种丑化和性化是以魔幻现实的风格塑造的，因而给人以眼花缭乱的感觉。显然，莫言和马尔克斯文本现象层面的相似具有不同的文学史和文学社会学原因。

2. 正面女性形象被塑造的文学社会学原因

莫言笔下的正面女性人物形象，有善良女人、有技能女人的形象，还有多情女性人物形象。其文学生成原因是复杂的、多样的。

（1）继承民间传统文化思想，以此作为其塑造人物形象的基点。首先是儒家文学思想的影响，莫言不仅和蒲松龄是老乡，和儒家思想的开山祖先孔子也是老乡。孔子的"仁""礼""和"等思想深深扎根于山东大地，也孕育了齐鲁大地上的人们。孔子儒家思想是还没有被董仲舒、朱熹等人弱化、简化的原儒思想，尽管它以伦理美学的面孔出现，它对如何处理人与人之间的关系，如何作为一个人生活进行了世俗生活美学的规划，这是孔子儒家思想最富有生命力的部分。莫言笔下的人物尽管大多持有强力生命精神，但是，他们热爱生活拥抱生活，与人和睦相处的"和"的精神等文化底蕴是源自这种原始儒家思想的，这是一种以生活、生命等方式世代相传的儒家精神，而不是被写在书本上的僵化思想。莫言小说中的所有人物形象，甚至汉奸、鬼子等，在他们独处时，都显现出善良的灵魂，这和一些作家笔下的人的绝对的恶是不同的，如《现实一种》《喧哗与骚动》等。莫言说他喜欢这种善恶交织的世界，其实，莫言文学世界的儒家文化思想的底子说明了这一切。因而，莫言在其魔幻现实主义小说中塑造了诸多善良的女性人物形象。从暖开始，到戴秀莲、金菊、林岚、珍珠、孙眉娘、钱夫人、杨玉珍、黄合作、母亲、匿名美女等都是这样的善良女性形象。其次是《聊斋志异》善良女性形象的影响，众所周知，《聊斋志异》女性形象的最大贡献在于改变了自《西游记》以来的女妖形象，这些花妖狐怪，除了极个别例子外，大部分女性形象都以美丽、善良、有能力、有个性著称。如小翠、婴宁等形象，她们来到人世不是为了报恩，就是为了施恩，即使略施手段，也是为了惩治恶人，她们改变了以往文化习惯中女妖、女怪、女鬼等形象的吃人、害人特征。因而，在莫言的魔幻现实主义小说中，除了上官来弟为爱而杀了孙不言外，其他的女性形象，除了战争和象征性地"做肉孩"之外，无缘无故杀人的女性形象确实少见。这一点和马尔克斯不同（阿玛拉塔残酷地害死了雷麦斯）。因而，莫言笔下的女性形象尽管大多有缺憾，但她们都是善良的女人。最后是《红楼梦》善良女性人物形象的影响，在《红楼梦》里，除了王熙凤外，大多女性形象也都是"水做的"，她们拥有美丽的身材和善良的灵魂，除了儒家对女性规划的社会理想之外，这也是一种贯穿着形式和内容的审美理想。莫言笔下的女性人物形象带有《红楼梦》女性人物形象的艺术特征、美学风格和人生命运。清清而来，洁洁而去；貌美如花，命薄如纸，如戴秀莲、恋儿、金菊、陈珍珠、林岚、孙眉娘、杨玉珍、庞纯美等。

（2）以农业社会为主的生活方式塑造了众多正面女性形象。莫言所描绘的近现代中国，尽管出现了大栏市、酒国市、双城市等著名城市，但是，其主流主要是农村人或者农村人的生活，在其短篇小说里则更是如此。那时中国主要还是农业社会，农业人口占整个社会人口的绝大部分，非机械劳动占绝大多数，即使进入城市生活的人大多也带有农村人的生活气息。这种农业生活方式，尤其是重体力农业生产方式，并没有给予农民、女性更多的发展机会。再加上教育资源的稀缺，只有少数人能够上大学走出农村奔向城市，另外一少部分人可以上高中接受高中教育。大多数的农村女孩子只能羡慕别人上学，只好走上母亲的路，在职业和家庭中她们处于不利的地位。但是聪明的她们，通过自己的努力掌握一技之长：开饭店、种植棉花，做接生员、医生等，处于职业底层。而且由于接受教育不深和不高等因素，作品中女人的职业也仅限于护士、接生婆、饭店老板娘、四清工作队工作人员、杂技演员、作家、种棉农民、屠户等，杀手、刀客等古老的职业也逐渐退出。相对于莫言短篇小说中这种女性职业情况，其长篇小说则是另一种情况，在《红高粱家族》里，除了女老板戴秀莲的职业形象之外，还有恋儿的女仙形象；在《天堂蒜薹之歌》里则塑造了女蒜农形象；在《十三步》《酒国》等中，还塑造了女记者、女教师、女医生、女司机、燕窝采摘女工等形象；在《丰乳肥臀》《红树林》等中，除了塑造两位女市长形象之外，还塑造了女珍珠养殖员、女接生员、女老板、女监狱长、女模特、女公务员等。在《檀香刑》中，则塑造了县官夫人、女犯人、妓女等形象；在《四十一炮》中则塑造了女养殖员、尼姑等女性形象；在《生死疲劳》中塑造了众多女公社社员、女杂技演员等形象。从女性职业形象来看，在《丰乳肥臀》《红树林》里，莫言女性职业形象的塑造已经达到了高峰，城市女性职业形象和农村女性职业形象兼备，然后出现了向农村返回和向历史倒退的趋向。从女性职业形象上看，和其短篇小说侧重于农村女性职业形象的塑造相似，在长篇小说中，尽管莫言已经塑造了多种多样的女性职业形象，但是，相对来说，其主要成就还是农村职业女性形象，城市女性职业形象相对干枯和单薄，且种类较少，多为边缘职业女性，这也体现了莫言的民间创作倾向。由此看来，城市职业女性、高级女知识分子也是莫言其后作品所要突破的基本内容。在莫言的短篇小说中，女性就业在路上，还没有走得更远，莫言的想象力在女性职业上明显受制于现实，女人的工作最高只能做到作家。这同长篇小说中的革命者、市长差距甚大。这与莫言小说的城镇生活、民间立场关系非常紧密。从比较的角度而言，马尔克斯既塑造了一系列马孔多部落从事传统职业的女性形象，如乌苏娜，也塑造了一系列知识分子职业女性形象，如费尔米纳等，这些部落女性形象所从事的职业有种植、编织等工作，城市女性形象有女模特、女仆、妓女等职业，由于时代和民族地理环境的关系，尽管这些女性的职业种类较多，但是从知识、能力等方面看，这些农村女性还没有准备好进行现代转型。

（3）母亲崇拜决定了正面母亲形象的塑造。仔细阅读和观察莫言小说中的母亲形象，其魔幻现实主义小说中出现了众多的母亲形象，表达了其深刻和长远的母亲崇拜情结。由于人类经历过母系氏族社会，母亲崇拜是一个原始母题。在古希腊神话中，母亲形象可以大致分为两类：一方面，母亲形象是以一种慈爱的特征出现的。地母盖娅是世界和神的丰饶母亲，赫拉对自己儿子的爱护，珀涅罗珀拒绝求婚者尽力守候和奥德修斯的爱情，赫卡贝面对儿子将要战死的宿命仍极力按照儿子的要求进行战斗，塞提斯极力顺从和维护阿喀琉斯的意志和生命，等等，她们作为儿子和家庭的大地存在着。另一方面，随着母系社会被父系社会所代替，由于父权和母权之间的斗争，也出现了一系列反面的复仇母亲形象，如美狄亚为了报复伊阿宋移情别恋而杀死了她和伊阿宋的儿子，普洛克涅为了报复忒瑞俄斯残暴玩弄妹妹菲罗墨拉而杀死她和忒瑞俄斯的儿子等。从精神分析的角度，我们也看到存在着两种母亲形象，一方面，在弗洛伊德的家庭父亲秩序里善良美丽的母亲形象被鼓励，拉康的社会无意识理论则强调缺失母亲的形象才是真正的能指符号——驱赶着自身向理想靠拢；另一方面，克里斯蒂瓦强调这种反抗父亲阉割的施虐欲望母亲，伊利格瑞强调阉割父权制一切象征的液态女性形象。深受西方文化影响的马尔克斯在其小说里大体上也塑造了两种母亲形象。一方面，马尔克斯塑造了善良的母亲形象，最典型的当属乌苏娜，在《百年孤独》里，历经几个社会形态，依靠她的勤劳、智慧带领布恩蒂亚家族一步步向前走。她不仅生育而且养护了诸多子孙，在奥雷连诺上校革命事业受挫，遭受暗杀等困难时刻，乌苏娜以她的善良和精神指引着奥雷连诺上校逐渐从身体和精神两方面恢复过来；她以伟大的母爱感受到霍·阿卡迪奥的被杀，乌苏娜已经由一个母系氏族部落首领和一个贵族家庭的妇女形象被提升为马孔多民族地理文化的母亲象征。还有家长的母亲阿尔华拉多，在家长的回忆中，她是一个善良的母亲。另一方面，马尔克斯也塑造了反面的母亲形象，奥雷连诺第二的妻子菲兰达，出于自己的考虑，亲手将女儿梅梅送往修道院，葬送了女儿的青春。同时，在民族地理文化里，母亲将儿女安睡之后，就在儿女的身边和找自己的男人上了床（在加勒比自由欲望交换象征系统之内这不算什么，但从中国民族地理文化的角度看，她被塑造成了反面母亲形象）。还有洗衣女仆对家长的恭维和顺从等。当然，总体来说，马尔克斯在其文化背景下塑造了较多的正面母亲形象和较少的反面母亲形象。在莫言方面，在其长篇小说中，由于其母亲崇拜的情结相当浓厚，他塑造了大量的正面母亲形象。首先是恋儿，她为了保护女儿献出自己的身体，但是，最终这种母爱没能阻止鬼子作恶的脚步。相反，在内外交困之下，金菊为了腹中的孩子免受世俗的伤害，她选择了自杀。最典型的当属上官鲁氏，这是可以和马尔克斯笔下的乌苏娜相媲美的女性形象。上官鲁氏因为小脚，被迫下嫁上官斗，一生生育七个女儿，一个儿子，因为女儿多种多样的婚姻，形成了贯穿共产党、国民党、汉奸等社会团体的家庭关系，上官鲁氏依靠自己的勤劳、善良、仁慈养育和守候着这个大家庭。相对于乌苏娜对外来文化外在接受和内在拒斥这一层面，上官鲁氏则通过自己的生育结果象征了中西民族地理文化融合的可能，上官鲁氏由一个家庭母亲形象被提升为民族地理文化发展的文化母亲象征。赵甲的母亲在赵甲落魄之时托梦，指导儿子找到舅舅，改变其生活轨迹，使其成为京城第一刽子手。在父亲孙丙和丈夫赵小甲、公爹赵甲被杀，情人钱丁自杀的情况下，孙眉娘能够从刑场疯狂地走下来而不是选择自杀，其主要原因在于对腹中孩子生命的牵挂。在丈夫罗通和野骡子私奔的情况下，杨玉珍一个人努力养护孩子罗小通和娇娇，并盖起自己的大房子，最终却因和曾经帮助自己的老兰的绯闻，被罗通杀死等。这些母亲形象都以自己的善良和仁慈，在喧嚣的俗世之中，为自己的家庭，至少为自己的孩子撑起一把温暖和丰饶的成长之伞，且不计回报。在莫言的文本叙述之内，这些母亲是家庭、社会能够持存和繁衍下去的生命和秩序的大地和堤坝。这种大爱是奠基于中华民族的身体文化基础和伟大的人性之上的，这是莫言对全天下所有母亲的赞礼。同时，莫言并没有把母亲限制在儒家的贤妻良母无限奉献的父权陷阱之内，作为文本补偿，我们可以清楚地看到，莫言笔下的母亲都有自己的喜怒哀乐，有自己的爱情追求和自由（如在余占鳌移情别恋时，戴秀莲也曾委身于铁板会会长黑烟等）。因而，莫言塑造了大量已婚的母亲形象，她们显然比其笔下的少女形象更加耀眼夺目，她们的强力生命和人性的自我发展很自然地圆融在一起，她们行事的基础是根植于文化内部的内在正义之心，而不是俗世伦理限制（孙眉娘眷恋钱丁，但是并没有抛弃赵小甲，并不想因此害了赵小甲的性命）。除了对爱情和自由的追求之外，在人性的完善方面，有的甚至拥有自己的职业发展方向和独立选择。当然，莫言的路向也有其特点和限制，在感情的限制和创伤面前，有的选择移情别恋，有的选择出家，有的选择守候家庭。总之，关于莫言笔下的母亲形象，一方面，莫言的小说文本表现出浓厚的母亲崇拜情结，另一方面，其小说文本又借助生命强力塑造出人、女人的形象，表现出这些女性形象复杂的人性与人生自我完善的选择和追求。从母亲形象到女人形象，再到人的形象，莫言的母亲形象的魔幻叙述介于崇拜性的礼赞、全面地展现和生命的探索与守候之间。莫言的母亲形象表明她们不只是母亲，她们仍拥有少女的情感；她们不只是女人，她们仍拥有人生的完善过程。从文学形象的发展来看，莫言笔下的母亲形象具有溢出和完善的特点，正如古希腊神话中的女神形象一样，人性和神性形成一种互补和完善结构，也如蒲松龄笔下的花妖狐怪女性形象一样，妖性和人性形成圆融的结构，这种溢出和完善的圆融人格结构是莫言对人物形象的继承和贡献。相对来说，莫言短篇小说也塑造了两类母亲形象，如在《枣木凳子摩托车》中，母亲面对偏执的丈夫和没有长进的兄弟的无奈和包容心理。在《儿子的敌人》中，善良的母亲超越仇恨善待儿子的敌人。在《祖母》中，妈妈为了保护"我"而得罪祖母。在《地震》中，母亲总是站在儿子蒋大志和丈夫的背后支持他们。在《弃婴》中，想再要个孩子的妻子最终收养了那个女弃婴。在《白狗秋千架》中，暖照顾着哑巴丈夫和三个儿子。在《鱼市》中，老板娘徐凤珠只爱老耿和小耿。在《粮食》中，梅生娘为了孩子能吃到粮食，学鸬鹚吞吐粮食养活一家。在民间世界里，这些母亲靠着自然的善良本质，尽职尽责地照顾儿子、丈夫，甚至家庭之外的人。她们的善良品质养护和影响着这个善良的民间世界。同时，作为这个世界和母亲人格的补充，莫言也塑造了追逐自己幸福的母亲形象，如在《一匹倒挂在杏树上的狼》中，许宝娘偷偷地和章球相好。在《神嫖》中，季范先生的六个小老婆追逐她们的幸福，甚至生了私生子。这些做母亲的女人仍然具有爱的权利，甚至有时突破了家庭的界限，但是，在民间文化中这种突破以某种大家都接受的无害方式隐秘地存在着，因而母亲自我幸福的追逐以这种既突破又维护的方式和这种民间文化融为一体，并没有像在长篇小说《四十一炮》里那样以打打杀杀的方式显现，这也许是更为复杂真实的民间艺术世界，这种容纳性恰恰表征了莫言民间世界的两面性特征。尽管这种世界的情感方式还没有像在马尔克斯的马孔多世界里那样自由地存在，然而，这种容纳性与中和性也许就是莫言小说所表现的中华民族民间文化的隐秘底蕴，因而中华民族的文化历史长久不衰。

（4）审美理想决定了莫言小说中必然会出现大量的正面女性形象。那些启蒙作家，把自己看作民族灵魂、人类灵魂的塑造者，他们站在高于人民、高于作品中人物的人性支点上来解剖男人和女人，不可避免地，男人有力但无奈，女人善良更悲惨，整个艺术世界也处于尚需提高和发展的进程之内。如鲁迅笔下的祥林嫂、子君，老舍笔下的虎妞，曹禺笔下的繁漪，丁玲笔下的黑妮，赵树理笔下的三仙姑等。甚至一些当代作家小说文本中也出现了这样的人物。启蒙理想不可避免地影响了他们文学世界的各色人物，也影响了其笔下的母亲形象。当然，这些作家的这种启蒙审美理想是奠基于时代背景的，在那个时代，他们做了他们应该做的事情。相对于此，莫言的审美理想在于揭示一种既崇高又粗鄙，既高雅又凡俗，既美丽又丑陋的艺术世界，他无意拔高这个艺术世界。在其审美理想之内，他认为这个艺术世界只是人物的生存环境和审美背景，莫言关注的是生活在这个世界里的男男女女的肉体生命和强力精神与这个世界的张力。因而，莫言笔下的大多数人物不是归属和臣服于这个世界，他们的生命和肉体存在大多超越了这个社会世界和艺术世界的伦理规范和现实限制，这些现实限制和生存困难只是莫言笔下诸多人物超越现实和抵达生命存在盛景的中介和阶梯。这一方面，我们可以将之同余华的《活着》进行比较。在《活着》中，富贵诸多人物只是适应了这个世界，在这个世界中漂浮着，活着便是超人。在《现实一种》《许三观卖血记》等之内，这些人物的生命强力也在于以惊人行为适应这个艺术世界的生存法则和存在理境，复仇也罢，卖血也罢，他们同现实世界的象征文化系统之间缺少了一种积极的对抗。如尼采所言，面对历史我们有三种态度：第一，适应或者顺应历史的发展。第二，和历史对抗，以对抗的方式存在。第三，在历史中创造历史。从这种角度看，莫言笔下的人物也存在适应历史的方面，莫言笔下的人物非常明显地用自己的肉体生命和生命强力对抗历史，并创造历史。如戴秀莲、上官来弟、林岚、孙眉娘等，当然也包括余占鳌、罗汉大爷、罗小通、蓝脸，甚至袁世凯、赵甲、西门闹等，这些人物形象都通过其充盈的肉体存在和张扬的生命力，从家庭、社会等层面，同当时的殖民地霸权文化和社会文化象征系统进行角力，即使碰得头破血流也不回头，她们都为了人生的盛景、人格自尊或者新的世界的诞生而抗争。即使从生命个体角度看，她们为了个人的幸福努力拼搏，即使付出生命的代价也在所不惜。上官鲁氏为了粮食可以像鸬鹚一样生活。上官来弟为了和鸟儿韩活在一起，甚至一怒之下误杀了孙不言。四姐为家庭可以自愿沦落风尘。林岚为了权力可以抛弃一切，为了迟到的爱情也可以抛弃一切。孙眉娘为了自己的爱情，即使得罪了父亲、丈夫、公爹也不后悔。这些女性人物为了生命个体、家庭、社会等层面的崇高目标，随时可以献出自己的身体和生命，生命的终结并不可怕，也不是终点。在生命尽头她们都有着崇高的梦，她们或长或短都通过自己的努力为人生带来了崇高的盛景，这些可见的幸福（自由爱情、家人幸福、祖国富强、个人尊严等）和不可见的幸福（未来、英雄情结、奉献情结、价值观等）是她们的充盈生命和强力精神的具象体现和目的表征。在莫言的短篇小说中也是这样，如在《民间音乐》中，老板娘花茉莉为了灵肉一致的爱情不避闲言，甚至可以放弃事业。在《白狗秋千架》中，暖为了心爱的男人可以放弃一生的幸福（前面论述较多，此处只举两例）。总之，余华小说中人的生命强力被生活扭曲而进入偏执状态，莫言作品中的母亲形象则总是朝着崇高的目标前进。莫言笔下的母亲（也包括一些男性人物）以困难或者死亡为精神食粮，如尼采的超人，踩着历史的血污和人性的丑陋大踏步地向前走。相对来说，马尔克斯笔下的母亲人物形象或者陷入偏执行为或者沉入孤独之中，她们都是挟带着失忆症和孤独症等社会疾病的人物形象。

莫言小说中的法勒斯女人形象、正面母亲形象的塑造还有民间立场、市井生活、"作为老百姓写作"等原因。当然，莫言小说中的贞女形象、多情女性形象等也可以从文学社会学方面进行思考。

总之，在20世纪80年代国内女性主义文学已经有所发展但还严重不足的情况下，由于作者塑造的女性人物背负着政治反思、文化反思、伤痕控诉等主题任务，有些女性人物形象明显被变形丑化（尤其是在被典型化理解后则更糟，当然，作者有神话、魔幻、象征、反讽等多面内涵追求），表现了明显的非女性主义立场。同时，作者过多地站在传统价值立场上塑造所谓的正面人物形象，这种创作基础造成某种缺陷，使有些女性人物刚好落入男权话语的圈套（显然作者不是故意的，这是在其所反映的现实主义意义上说话的）。市场化的文学活动运作，视觉化的文学发展趋向，西方由人体发展出来的美学思想的影响（作者承认他受西方的影响很大），力比多的话语渗透，作者的笔不时地描写女性身体的跑光部位及男女性言语（虽然作者主观意图大部分寓居于话语的内面）。一句话，莫言的作品表现了一些女性主义立场和反女性主义立场（或者说揭示了女性的非女性主义处境），同时，莫言倾向性地显现了其魔幻现实主义的"现实"关怀和审美理想。

总之，莫言的精短系列小说（《苍蝇·门牙》《初恋·神嫖》及《老枪·宝刀》）和长篇小说，既体现了莫言对女性的误伤，也体现了作者对女性身体和生命存在状况的关心。女性主义立场和反女性主义立场都体现在莫言小说的女性形象塑造、文学审美理想、民间叙述、文学社会学思考等方面。

从莫言和马尔克斯等作家文学作品女性形象的文本分析结果出发，我们可以演绎出大量男作家和女作家的作品中都潜存着女性主义立场和反女性主义立场，一方面，毫无疑问，他们都对女性主义的文学研究和发展做出了积极的贡献；另一方面，他们也是作为非女性主义思想的文学传播媒介存在着的。问题是现存的一些女性文学研究专著把男作家的作品排除在外，极个别在录的都被当作反面教材，缺少实事求是和全面融合的辩证分析，如果这个问题引起专家们的重视，女性文学史可能因要加入大量男作家男学者的作品而需要重写了。

男作家被误读的一个重要原因是作家的创作方法和读者或研究者的阅读方法的错位。如以现实主义去理解浪漫主义，以历史本质去代替具体历史，以典型化去理解象征，以侧面代替整体，用制造说来代替反映、再现说等（当然，这些需要更详尽的论述，显然不是本书的论述重点）。

在本节所分析作品之内莫言的女性人物形象的塑造，大多被奠基在生命尊重、民间立场、老百姓写作、市井风格、文化反思等基础之上，因此，其中大量的性话语就有多层内蕴。

在莫言的长篇小说中，其女性形象充满了浓厚的西方文化色彩，自《檀香刑》起莫言开始向后撤退，与此相应，莫言相关短篇小说也开始以现实的面孔展现其民间立场，这与马尔克斯更加偏重中产阶级、社会精英的倾向有所区别。

相对于沈从文、戴望舒、朱自清、汪曾祺、马尔克斯等人以描写未婚女性、少女形象、完美女性形象见长，莫言的短篇小说（也包括长篇小说）以描写农村、小城镇的已婚女性人物形象见长。尤其是他描写的多情女性形象、有一技之长的女性形象、善良女性形象、仙女女性形象、法勒斯女性形象、愚蠢软弱的女性形象等，富有特征、内涵丰富、令人扼腕叹息，具有一定的文学史意义和文学社会学意义。

三　情爱书写和隐秘密码

莫言小说中的魔幻现实主义、解构、女性崇拜等都是大家常谈常新的话题。莫言曾说他没有真正地谈过恋爱，但是，爱情片段在他的小说里如此多的出现，甚至贯穿他的所有重要的小说作品，在政治、商品、欲望话语的冲击下，在爱情大旗摇摇欲坠的语境中，解读莫言小说中的情爱想象和设计，将是一件很有意义的事情。

虽然对莫言小说一直是众说纷纭，但是莫言小说能够做到雅俗共赏却是不争的事实。这种文学阅读现象，除了与莫言出身农民、坚持"作为老百姓写作"的方式有关之外，莫言小说的民间结构应该是另一种文学原因。成长于"文化大革命"前的莫言公开承认红色经典《苦菜花》等对他的影响很大，而优秀的红色经典大多有

"民间隐形结构"① 的特征；莫言出生并成长于山东，距离蒲松龄
的家乡很近，至今还流传着花妖狐怪的传说；莫言把他感兴趣的项
羽的作风个性作为他小说的精髓；福克纳、马尔克斯（魔幻现实主
义）等对莫言的影响，直接造成了莫言对民族记忆、民间文学的忠
实和学习，莫言说"自己还撤退得不够"②。这一切都给笔者分析
莫言小说中情爱书写特征的民间结构奠定了基础。关于莫言的情爱
书写已有"女性崇拜"③ 说和"情爱叙事"④ 的简短论述，除此以
外，笔者发现莫言小说中的三角情爱书写结构很有意味。

　　一女两男、一男两女、多男多女等都是传统民间文学（如《水浒
传》中林冲、林冲娘子、高衙内，《红楼梦》中的林黛玉、薛宝钗、
贾宝玉等，红色经典《青春之歌》中的林道静、余永泽、卢嘉川、江
华等）常用的情爱书写结构。而莫言小说对之有不同的继承和变形。

（一）莫言小说中三角恋爱结构与表征

1. 缺席的三角

　　构成三角的一极由于时间、叙事等原因没有正面出现、错时
出现或者以灵魂的方式出现，但是仍然会对叙事书写发出其能量。
首先，莫言建构了基本的缺席三角情爱叙事结构。在莫言的短篇
小说《飞翔》中，燕燕、丑陋未婚夫、缺席的理想"郎君"等构
成其基本的情爱书写结构。燕燕化身为鸟逃避换亲，宁死也不落
下来，她为了心中的"郎"而浪漫飞翔。在民间社会中，这种理
想角色的结构"空位"一方面推动着故事情节向前发展，另一方
面推动着故事中的人物朝向远方的幸福逃离。其中，被父亲法勒
斯占位也罢，被民族地理情感文化占位也罢，或者被新女性主义

---

　　① 陈思和：《中国现当代文学史》，复旦大学出版社 1999 年版，第 13 页。
　　② 莫言：《檀香刑》，作家出版社 2001 年版，第 518 页。
　　③ 侯运华：《谈莫言小说的女性崇拜和叙事特征》，《新乡师范高等专科学报》
2001 年第 3 期。
　　④ 陈峰蓉：《谈莫言小说的情爱书写方式》，《黔东南民族师范高等专科学校学报》
2003 年第 4 期。

的母亲或者女儿占位也罢，她是女主人公在其自我人格尊严和幸福思想过程中的一个远在"处所"。这种"空无处所"在安娜（《安娜·卡列尼娜》）、包法利夫人（《包法利夫人》）、俏姑娘（《百年孤独》）等人物中都无声而欣悦地存在着。因而，燕燕和俏姑娘尽管所处的文化背景、故事前提、文学规划不同，她们都飞向自己理想中的"空无处所"。

另外，在《天堂蒜薹之歌》中，金菊和高马为了逃避换亲，被父亲毒打，第三角"丑夫"的缺席显示了自由婚姻的必要。相对于理想角色的缺席和空场的作用，其中可以发现更为复杂的缺席角色与文中人物构成的情爱三角结构。首先，作为缺席的"禁忌空无处所"被规划，换亲是特定社会时期物质匮乏和异性资源匮乏的产物，本身兼具合理性和野蛮性。"丑陋角色"和强制性使这种野蛮性被充分扩展开来，因而逃离"禁忌空无处所"便是逃离悲剧命运，这种禁忌空无的规划反而使那种超验的戏剧在现世之内被显现出来。其次，第二种情爱三角结构被建构，理想空无结构因而借助此岸的个体"高马"显现出来，相对于燕燕和俏姑娘通过逃离走向幸福的远方情感处所，金菊则在现实中通过拥抱更好的结构角色而逃离"禁忌空无处所"且逼近"理想空无处所"，情感幸福结构因而被逼近。最后，当因为经济、偶然等各种社会原因，占据"理想空无结构"的现实角色再次被暂时剥夺的时候，从拥有"理想空无结构"的角色到失去此世现实角色的落差，以及现实生活的残酷和痛苦，在抵达 S 曲线的中间，远远超过拉康意义上生产自己的男根的幸福，因而现实幸福和象征系统抛弃了即将抵达 A 的金菊，在现实和想象域漂浮的金菊以禁绝自身的欲望禁绝了小生命抵达 A 的可能，这种禁绝的方式是以禁绝自身和孩子的方式禁绝象征系统的，在反征服的方式里以质疑和反抗的悲剧方式抵达主体戏剧的处所，因而在理想的喜剧处所的旁路出现了悲喜交加的戏剧。这些情节都是由逃离"禁忌空无处所"和逼近"理想空无处所"的摇摆而决定的命运悲剧。这种从"禁忌空无处所"到"理想空无处所"的情感主体存在和叙事游戏，在马尔克斯的雷贝卡、克列斯比和霍·

阿卡迪奥，阿美丽加、阿里萨和费尔米纳那里也得到了展现。在和阿玛兰塔、可列斯比的三角结构中，由于外乡人、异族文化、农村人等元素，雷贝卡在三角恋爱中以逃离"禁忌空无处所"的方式离开；在她和霍·阿卡迪奥的婚姻缔结之内，她以拥抱现实客体的方式抵达"理想空无处所"，当可列斯比被逼自杀、霍·阿卡迪奥因为维护奥雷连诺上校而被杀之时，其逃离"禁忌空无处所"和拥抱"理想空无处所"的规划双双失败，即在逼近理想处所之时她被象征系统彻底（父权象征系统、民族地理文化系统、西方理性文化系统等）抛弃，她以自我隔绝的孤独方式远离了布恩蒂亚家族和整个社会。在这种情爱结构元素的运动中，她选择像青苔一样生活。

其次，莫言还把缺席的情爱三角结构文化化。在这种缺席三角的情爱结构的叙事中，这些情爱角色挟带着自身的文化符号和特征，情爱叙述（结构）和文化叙述（结构）在一种复数的叙述结构中相互影响相互作用，形成一种喧哗的文学域。在《复仇》中，强奸犯邢书记、大毛二毛的爹爹这两个成年男人之间"性权力"之战让人惊悚，暴虐、自私的男人让没有出场的已为尸骨的母亲在坟墓里翻身。在维护其情爱结构角色的追求中，一个依靠系统权力，一个依靠象征名分，两个老男人相互折磨，一个男人依靠暗度陈仓而获得了基因遗传的权力，另一个男人依靠虐待孩子，甚至通过洗脑制造弑父的悲剧。为了抵达欲望三角结构的理想位置，此世的欲望客体被折磨而死，填充"男根空无位置"的弱智孩子也被无情地玩弄。在欲望主体疯狂实现情感结构理想的过程中，由追逐到玩弄，追逐情感三角结构的理想位置的悲剧便转化为玩弄、扭曲情感三角结构的情感客体的悲剧。其中，"死亡""弱智"是建构情感客体空无位置的关键。在这种故事结构元素的互动中，父权主体的情感结构的自私本质被显现无遗。当然，从情感结构到文化社团结构、权力结构的提升和占位，社会阶层的文化关系也被卷入其中。无独有偶，在马尔克斯笔下，阿玛兰塔和雷贝卡相互竞争追逐可列斯比，在他们的情感三角结构之内，当雷贝卡主动退出之后，阿玛兰塔并没有接受可列斯比，而是通过玩弄和折磨导致克列斯比死亡。在阿玛兰塔情感形式的自我实现之内，从此岸的欲望客体到彼岸的理想空无处所的转变，显现了阿玛兰塔对欲望客体的追求，以及在获得情感对象之后来自情感三角结构空无处所的欲望意象对欲望情感对象的厌倦和抛弃。在这种情感欲望结构元素的运行中，从追逐到折磨，情感结构元素和民族地理文化符码（西方和拉丁美洲）、社会团体符码（社会精英和外乡人、异族商人）形成相互作用的叙述结构丛。阿玛兰塔的情感方式和逻辑，一方面显现了情感结构的现世三角和超验结构三角的空无处所的推动作用，另一方面，也显现了民族地理文化符码融合方式和逻辑，以及社会阶层的文化关联。在马尔克斯这里，和莫言一样，情感叙述结构挟带着文化符码结构、社会团体符码结构，因而情感结构元素叙事也是文化符码和社会结构元素叙事，文化符码和社会结构元素与逻辑决定其缺席三角结构的情爱写作。在此文化符码和社会关联意义上，殖民地社会的阿玛拉塔的单身情感方式和俏姑娘的情感方式被文化化了。

　　中西文化融合和接触关联也被莫言融入缺席三角情爱叙述结构之内，其中不同民族地域文化以符码的方式融入情感结构元素中，情感元素的叙述结构也是文化融合的符码结构。在《丰乳肥臀》中，在中西文化接触和融合的背景下，在上官念弟和巴尔特之间浪漫的中美跨国恋情中间，又虚拟了上官金童的嫉妒，正如作为中西文化融合符码的怪胎和宁馨儿上官金童，从孕育到出生、从童年到成年终生挟带着恋乳病征和困境，上官念弟和巴尔特从天而降的跨国恋情，终于在山洞中随着匿名战争的炮声响起而陨落。爱情陨落和文化拒斥的结果，在情感发展斜线的终点终于实现了缺席的第三者上官金童的文化融合角色的艰难符码。龙清萍和上官金童之间的好事之所以没有结果，一方面是因为金童心中还有一个理想的姑娘在情感结构之内等着他；另一方面是因为作为中西文化融合的难产儿遭遇到龙清萍，在当时的环境里，即使生命个体接受了这种情感方式，他们的感情结构也很难被社会象征系统接受。在这种文化结构元素和缺席情感三角相结合的叙述之内，一方面文化结构元素和缺席情感三角元素形成同构的叙述结构，另一方面，占据情感结构的缺席三角位置元素表面上是情感结构角色，实际上这种情感结构的内在叙述根基是文化结构元素的社会逻辑。再如，五姐、蒋立人、鲁立人这样的政治三角恋情让五姐的命运曲折多变，其情感结构被挟带着当时社会团体关联符码的社会逻辑的结构角色（蒋立人、鲁立人）推动着，情感结构元素的叙述也是政治社会关联符码的叙事。在这些缺席情感叙事结构中，在第三角元素被弱化为丰厚的文化社会符码时，缺席的情感结构叙述元素、符码和其他元素已经成为文化结构叙述元素、符码和其他元素。在罗兰·巴特意义上，爱情游戏符码已经变成文化游戏符码。这种叙事同构结构，在马尔克斯笔下的阿玛兰塔、可列斯比和缺席的民族文化第三者组构的情感—文化融合结构叙述中也得到了具体的表演。

2. 标准的三角情感结构

在《售棉大道》中，姑娘、车把手、拖拉机手的感情潮起潮落，诚实勤劳的车把手获得姑娘的芳心。这个三角情感结构在民间传统文化的劳动身体领域之内展开其"郎才女貌"的内涵，拖拉机手占据了民间文化中陪衬结构角色，他只是情感主体抵达情感理想客体的媒介和阶梯。整个情感结构仍然挟带着红色经典的民间叙事方式（如《白毛女》）。更为复杂的标准三角恋情结构在《白狗秋千架》之内写作自身，热恋中的漂亮姑姑暖和"我"在荡秋千中弄瞎了她的一只眼，她只好嫁给残暴的哑巴，形成痛并救赎着的三角情感结构。从《氓》中女主人公的决绝到秦香莲的控诉，从杜十娘的自沉到林黛玉的含恨而终，相对来说，暖采用容忍和奢望的方式维持这种三角情感结构，暖以宗教般的情感救度自身和她在手世界的每一个男人，暖用自身的存在照亮了一个存在领域。暖的三角情感结构的文学形象资源，一方面来自中国古代由儒家伦理秩序的自我实现到佛教献祭救度的在家族神圣秩序的自我实现，在这方面，暖预示了上官鲁氏文学形象的诞生；另一方面，她还集中概括了自晚明以来随着市民经济发展和城市化运动的深入，社会精英在由农村到城市移民运动中所遗留的婚姻秩序重构难题。传统宗教文

335

化自我实现结构和经济变迁的社会结构都以文化的面具嵌入暖的情爱三角结构之内。相对莫言这种以退行方式表明其先锋性的文化情感结构，在马尔克斯层面，阿玛兰塔—可列斯比—雷贝卡之间的情感三角结构，一方面表明了从部落社会到城镇社会、殖民社会的社会发展符码，另一方面表现了随着社会发展而导致的情感结构的符码变化，以及退行符码的民族地理文化内涵。阿里萨、费尔米纳和阿美丽加，第六世奥雷连诺和姑姑、姑姑的外国丈夫等形成的情感三角结构叙述都包含这种民族地理文化符码和社会时代发展的内涵。莫言融入时代变迁和经济发展文化结构的情感三角结构叙述在作品中大量存在。如在《天堂蒜薹之歌》中，金菊、高马和将要换亲的丈夫等形成令人惊诧的民间情感三角结构。在《丰乳肥臀》中，上官大姐、沙月亮和孙不言之间形成黄雀在后式的政治文化三角情感结构。其他如上官大姐、孙不言和鸟儿韩之间也形成了生死不渝的社会文化三角恋爱。在《红树林》中，林岚、金大川、马叔之间形成了正邪三角恋爱结构，林岚、秦书记、秦书记儿子秦小强之间形成了畸形三角恋结构。在《檀香刑》中，孙眉娘、赵小甲、县官钱丁形成了婚外三角情感结构。在《四十一炮》中，野骡子、老兰、罗通形成了私奔三角结构，杨玉珍、老兰、罗通形成绯闻三角结构，并因此促成了生离死别的故事叙述。在《生死疲劳》中，庞春苗、蓝解放、黄合作形成至死不分离的报复性三角婚姻结构。相对来说，莫言笔下的情爱三角结构类型和内蕴更加复杂多变。在这些故事叙述之内，复杂程度不同的情感—社会—文化三角同构都是构成小说框架、决定人物命运轨迹的基本结构因素，也是作者挖掘情爱、审美、哲学思考的途径。

3. 三角及其以上的混合结构

在《红高粱》中，首先戴秀莲、余占鳌和麻风单扁郎形成生死浪漫情爱三角结构，贯穿《红高粱》《高粱酒》小说中。接着，在《高粱酒》中追忆戴秀莲、余占鳌、铁板会会长黑烟形成推动抗日联合的毁誉参半的生死救亡三角情感结构；在《奇死》《狗皮》中，余占鳌、二奶奶恋儿、戴秀莲形成激起回忆抗日仇恨故事动力的山野情感三角结构，可以说，这些三角恋爱叙事贯穿长篇小说《红高粱家族》全篇，成为激起民族热情、重写民族起源神话、展现民族地理文化等层面故事叙述的潜在动力和元素。在《丰乳肥臀》中，上官大姐、孙不言、沙月亮形成的三角，展开了沙月亮时期的故事叙述；上官大姐、崔凤仙、司马库、上官二姐形成的三角，展开了司马库时期的故事叙述；鸟儿韩、上官三姐、哑巴形成先后相错的三角关系，形成了蒋立人时期的故事叙述；被抓到日本国，18年后归来的鸟儿韩，与上官大姐、抗美援朝英雄孙不言以三角情感方式形成抗美援朝时期的故事叙述；20世纪80年代后，老金、丈夫、金童与年轻男面首，老金、汪银枝与金童，沙枣花、女秘书和司马库诸种三角情感叙述形成了新经济时期的故事叙述；三角不断变换、环环相扣形成贯穿故事的叙述框架。在故事结构层面，情感结构就是社会发展结构、民族文化结构。在《玫瑰玫瑰香气扑鼻》中，玫瑰、黄胡子——支队长，玫瑰、支队长、高司令与黄胡子/夜来香支队长、高司令形成多角关系，提供了故事的多种发展可能性（由此看来，文本中故事可能因作者另有所图而没有充分展开）。在《红树林》中，林岚、金大川、马叔——岚、秦书记、秦小强——林岚、金大川、马叔、男妓/陈珍珠、大同、大虎——林岚、马叔等形成先后相继和彼此交错的三角故事，从农村到城市，从民间到主流再到民间，最终成全了林岚迟到的爱情。在《檀香刑》中，孙眉娘、赵小甲、钱丁——孙眉娘、夫人、卖饭嫂子——孙眉娘、钱丁等形成彼此交错的古典三角恋爱故事，这种情感三角叙述和刑场叙述一起构成了小说的复调风格。在《四十一炮》中，野骡子、罗通、老兰（私奔真三角）——杨玉珍、老兰、罗通（绯闻假三角）/沈瑶瑶、女明星、兰大（欲望三角）形成了消费社会的欲望三角爱情的萌芽、发展和反思。在《生死疲劳》中，西门白氏、秋香、迎春——秋香、蓝脸/西门白氏、洪泰岳/秋香、黄瞳、陈大福——合作、互助、西门金龙、常天红、蓝解放/——庞凤凰、互助、金龙/合作、庞春苗、互助、蓝解放/蓝宝风、常天红及其妻子/母猪、西门猪、刁小三——庞纯美、蓝开放、西门欢（每个例子中的"/"表示故事时间的大致共时的空间化，"——"表示叙事时间的先后）。这些文本通过多角的混合、变化来完成故事的结构。这种三角或者多角结构，或前后相继，或相互并置，一方面，推动故事在前因后果之内的发展；另一方面，展开了时代文化的特征，展现了人物的内在情感脉络。

（二）三角及其变形的情爱结构的文学作用

1. 三角或多角情爱叙事的多面向发展

在故事中永不稳定的三角或多角情爱结构关系为故事的发展提供多种可能性，推动故事情节向可能的方向发展（当然政治的、时代的原因也起着作用）。例如，在长篇小说《红高粱》中，戴秀莲、余占鳌、单扁郎偷情谋夫的三角关系。在短篇《红高粱》《高粱酒》中，对受红色经典熏陶的读者的期望做出稍微变形以形成地方革命史叙述，叙事动力基本结束，然后又追溯出戴秀莲、余占鳌、黑烟的婚外恋三角。《高粱殡》，则接续了抗战故事内幕的惊人叙述，再次由戴秀莲、恋儿、余占鳌之间的妻妾三角引出《狗皮》的仇恨叙述。可以说，三角结构潜在地把几个抗战小短篇连缀成了长篇，它是长篇小说《红高粱》叙事的续命丹药。再如，在《红树林》中，由于金大川的捣乱、马叔的完美主义，林岚和马叔的恋情破裂，导致马叔另娶，林岚嫁给秦小强并与秦书记形成畸形三角，抗洪中马叔为救林岚导致妻子淹死，小强、秦书记的死亡为女强人林岚、金大川、马叔三角的二次形成提供力量，最终腐败分子落马，马叔和林岚成为大墙内外的苦恋者。在《丰乳肥臀》中，如鸟儿韩归来，与上官大姐、孙不言形成三角，偷情事发，大姐打死孙不言，大姐自首被枪毙，鸟儿韩为情偷跑跳火车摔死，这个三角的形成或破裂为故事发展形成多种可能性：若偷情不被发现，或者孙不言死亡，或者让司机负责任，或者疯癫的大姐免于处罚，或者鸟儿韩刑满释放归来等可能向度，每一种向度一旦作为故事的因素展开都将改变文本面貌。在《十三步》中，方富贵死而复活，妻子屠小英同邻居张赤球、刘玉禅形成新的三角（故事文本已展开），屠小英与男车间主任、市委书记等形成不同的三角叙述结构，每个三角结构都将是一种叙述的原点。莫言的爱情结构中三角元素对小说故事叙述发展方向、民族文化结构的表征和变异、社会文化思潮的演变等方面具有推动、表演和挟带作用；在马尔克斯方面，其爱情结构中的三角元素尽管也表明了爱情故事本身的发展，但是它们都明显地被民族文化的接触和自持符码所引导和规制。从结构叙事学和形式美学层面看，这是两者爱情结构三角元素在文本叙述中可能方向和动力机制等方面的主要区别。

2. 情爱结构对爱情本身追寻的表征

在莫言整个生命强力创作谱系之内，相对于历史场所或者家族内部强者生命力展开的文本表征，作为生命强力的一部分，爱情本身就诠释着这些人物超越家庭伦理和社会凡俗困境的生命本原力量。爱情是此岸世界的凡俗生命展开的一朵鲜花。在马尔克斯笔下，生命爱情一方面表现了主人公生命力的自我实现，另一方面，主要表现了民族部落文化和热带丰裕环境所孕育的自由情感的生命存在形式和民族文化身份认同。在《翱翔》中，燕燕面对丑陋的换亲，缺席的心中王子成为自己逃离丑恶、反抗庸俗堕落的飞翔动力，这个缺席的"第一者"撑起一片破碎的蓝天，成为欲死欲生的支柱，探讨了真爱是生存的理由，真爱是生命个体内宇宙的不灭风景。在《白狗秋千架》中，一次偶然的伤害导致"我"和"姑姑"的恋爱变化，"我"、恋儿、哑巴因而形成爱情婚姻三角洲，终于发生并不浪漫的野合，这个鬼魅般的情感三角为曾经拥有的心中永不熄灭的爱提供了惊心动魄的意义。在野合处真爱得到美丽的探询，如写到孩子出生，或者爱的完美（高潮和低潮处于同一时空）和伦理秩序将受到损害，或者新的爱情三角结构将对故事叙述、人物自我实现形成新的存在和美学歧路。另外，大姐、鸟儿韩、孙不言的三角集散显示出爱情是比生命更亮的物质；与马叔、林岚有关的三角结构则探讨了爱的坚韧：它不会随时光、过错而流失；孙眉娘、钱丁、赵小甲的三角关系则展现了爱的生死力量；野骡子、罗通、老兰的三角结构则显示出美丽而脆弱的爱情与财富、世俗无关；庞纯苗、合作、蓝解放的三角关系则探询了爱情之轻、不可抗拒、倾国倾城等。由此看来，莫言一直采用三角情爱结构形式探讨爱情本身的存在本质：爱情是存在的，爱情需要情欲的完美结合；但是，爱情往往被无辜的或邪恶的东西隔离，它是脆弱的，应该积极地去把握；爱情是此岸世界生命原力显现的一朵鲜花——生命形式，爱情具有超越凡俗世界、社会限制、家庭伦理的本原力量；永恒之爱固然惊天动地，瞬间之爱也摄人心魄，无论永恒或者瞬间，真心爱过就是生命不朽的财富。这些探讨表现了莫言对爱情的反复透视、思索和解构之后的浪漫想象，并为婚姻之中爱情的残酷缺席而大声呐喊。相对来说，马尔克斯笔下的爱情本体也具有永恒和瞬间之美，但是，马孔多的自由情感文化使马尔克斯笔下的爱情本体显现为民族文化生活本身，相关爱情结构叙述从根本上服从于民族身份的表演，其突出力量主要表现在对殖民地凡俗社会和帝国主义文化侵略的打破上，在莫言这里，由于中华民族长期的封建社会建制、殖民地文化规制、民间社会生活的凡俗特征、主人公性格特征的不完美、传统宗教文化的禁欲特色（儒教、佛教等）、亚热带季风性气候所造成的灾害自然环境等元素，因而，在莫言小说的情感结构互动故事叙述之内，无论从爱情本体还是从生命原力方面，在爱情彼岸理念和此世凡俗生活层面都具有明显的凸起和越出作用，从而在文本内外提供了情感和审美存在世界。在爱情本体论和生命原力两方面，莫言和马尔克斯的文本表征充分而深刻地显现了魔幻现实主义小说和浪漫主义文学的深层关联和根本区别。

3. 情爱结构的复义话语

自巴赫金和罗兰·巴特之后，一切话语都是复数的。马尔克斯小说话语的凝聚性是众所周知的；莫言小说的文本话语汪洋恣肆长歌当哭，其文学话语的复义性也是不容忽视的事实。在莫言方面，把爱情话语和其他不可直说的话语结合起来，是对中国"美人香草"传统的延展。用爱情话语挟带民族历史文化和社会思潮变迁话语是莫言本身的审美规划。在马尔克斯方面，由于西班牙语文学夸饰斑斓风格的影响和作者追求情感结构叙述的民族地域文化归宿两方面的影响，爱情结构话语和民族地理文化的隐喻空间被充分展开。情感结构复义话语因而是莫言和马尔克斯魔幻现实主义小说的独特风景线。如果说就爱说爱是一种文学叙述方向，那么借情爱话语来传达和挟带不可说的话语也应该是一种叙事维度。在《红高粱》中，戴秀莲、余占鳌、单扁郎之间的三角互动，借助偷情谋夫的模式，重写民间革命的神话。余占鳌的胜利一方面表达了生命强力自我实现的符码，另一方面暗示着革命力量源自民间，新的阶级代替旧的阶级是社会家庭结构发展的内在结果，完成了对红色经典叙事的重构。在欲望情感结构变化的纵聚合之内，以文学场域和复义话语的方式，家庭发展结构、社会阶层互动结构、文化接触结构等结构元素的互动变化被形象地挟带出来。在《红蝗》中，借助四老奶奶、四老爷、红衣媳妇、九老爷、铜锅匠等情感多角关系，莫言对庄严家族历史秘密进行了情感侦探。在《复仇》中，大毛娘、祁书记、大毛爹等的情感关系则表演了农民在权力话语层面的仇恨释放和人性地图。在《丰乳肥臀》中，上官鲁氏、上官寿喜、马洛亚神父构成的三角结构，通过"借种生子"的三角来预示传统男权文化的衰弱（以上官寿喜为符码），西方基督文化的传入（以马利亚神父为符码），通过"母亲"（上官鲁氏为符码）三角情感结构来象征融合中西文化，探索民族文化拯救之路，作为结果，上官金童的衰弱、恋乳，最终没落，隐喻着作者对中华民族文化中西融合后果的前瞻性思索。概括地说，上官鲁氏、上官寿喜和其他种种男人构成三角情感结构序列变化具有丰厚的含义，作者借助这个情感三角结构序列的演变完成了对 20 世纪中华民族革命历程和社会发展、文化接触和变迁、民间宗教发展、家庭建制演变等方面的象征性寓言。作为对应的比较人物形象，乌苏娜则通过部落首领和母亲形象完成了上官鲁氏通过情感结构变化所完成的文学传载任务；阿里萨、费尔米纳和匿名女友等构成的情感结构变化序列具备展现马孔多世界社会文化结构的潜质，但是它并没有被展开；相反，阿玛兰塔、可列斯比和雷贝卡，家长、洗衣女工、夫人和外国女人等构成的情感结构具备揭示社会文化结构变化的可能，但是缺乏相关的可行位置角色。实际上，在马尔克斯这里，民族地理文化身份追寻和维护任务限制了上述人物形象及相关情感结构关联深度展现社会结构变迁的能力和限度，尽管如此，马尔克斯笔下的这些情感结构关联仍然维持和表演了其复义话语特征。从情感结构的复义话语来看，莫言通过上官寿喜、上官鲁氏和匿名男人等构成的与情感结构序列关联的复义话语，从规模、深度和宽度等指标看，都达到和超越了马尔克斯的相关规划水平。其他如上官五姐、蒋立人、鲁立人之间的三角生灭可能描绘了历史权力场对其沉溺者人性的揉搓；大姐、孙不言、鸟儿韩和林岚、金大川、马叔的三角变化都借助性话语完成了民间话语在情感世界、文本世界对权力的控诉、颠覆。野骡子、老兰、罗通和杨玉珍、罗通、老兰的三角情感结构则表演了传统农耕文明话语面对商品经济话语先胜后败的改革轨迹，珍珠、大同、大虎等人的三角情感结构则显现了城市话语和农村话语相遇没有胜者的恐怖思考。庞春苗、蓝解放、合作、互助等构成的多角关系则寄托着新时期莫言对生命、爱情的时间度量和态度思考。

总之，在魔幻现实主义小说里，莫言和马尔克斯借助传统的三角或多角情爱结构，来组织故事、书写文本、建构话语、探寻爱情，并成功地实践了对民族历史的重写、爱情本体的探询、社会话语场的象征和寓言。同金庸用江湖来讲述现代社会竞争文化特征的优秀武侠小说相似，莫言和马尔克斯对民间的三角或多角情爱结构的书写也达到了很高的境界——对社会文化运动和生命人性地图的象征和隐喻。莫言和马尔克斯的这种书写策略为当前风行的"下半身写作""身体写作"等的理解和开拓提供了方向，也为作家利用传统的民间资源提供了论据。正如马尔克斯叙述的香蕉皮一样，莫言和马尔克斯的爱情书写与复义话语，都达到了较高的层次，超越了其本身，那些完全按照其本身理解的读者将可能忽视其情感书写内涵和魔幻现实主义文学风格，其拣到的仅仅是长安大街上美女所骑之驴子的粪便，那样既难为了自己，又误解了莫言和马尔克斯。

第八章 文学资源与魔幻叙述

　　魔幻现实主义，作为一种文学思潮，其明确起源在欧洲，其潜在起源遍及魔幻现实主义文学思潮旅行过的每一个地方。魔幻现实主义，作为一种文学类型，一方面具有世界文学（歌德）的特征，另一方面也具有地域文学的特征。这是由魔幻现实主义诞生的社会背景决定的，它与审美现代性和社会现代性进程紧密相关。民族文化历史、殖民地统治、反殖民化运动等社会文化运动成为魔幻现实主义文学的主要内容。魔幻现实主义文学作为一种新的文学类型与萨义德的后殖民主义文学有明显的区别和关联，后殖民主义文学通常把异域文学看作魑魅魍魉，借此来建构地域的民族文学。魔幻现实主义文学则一方面批判西方殖民主义文学的霸权主义，另一方面吸纳西方、拉丁美洲、中国等地区的一切宝贵文学资源，形成具有民族地域文化特色的世界性文学，通过文学形式和文学风格的自我实现获得民族文学的世界性身份，探索人类地域世界存在、文化融合、文学发展的未来。因而，不同地域的魔幻现实主义文学具有不同文学资源的文学接触、融合和发展的基础和意义。在地域民族自我解放运动和民族地域文学历史的发展中，莫言和马尔克斯的魔幻现实主义文学分别属于各自民族地域文学（化）的创新形式，它们的文学资源和意义存在着不少异同之处。他们的文学世界之间，以及和以西方理性为特征的殖民文学之间，一方面存在着文学（化）意识形态战斗的意义（在金惠敏意义上），另一方面也存在着文学（化）的自由竞争意义（在王宁意义上）。

一 马尔克斯的文学资源与魔幻叙述

加西亚·马尔克斯的魔幻现实主义文学，是流浪的作者（作者被驱逐出国家几十年，直到1984年荣获诺贝尔奖，哥伦比亚总统才拨通马尔克斯的电话，这是哥伦比亚国内同马尔克斯联系的第一个人）对故土的追忆和呵护。在西方话语和殖民地现实下，作者对哥伦比亚、加勒比海岸，甚至拉丁美洲殖民地实行的反思，并借此展现母亲——大地的历史和遭遇，刻画其神话思维的魔幻风格，追问拉丁美洲存在的根据，追忆马孔多世界、拉美的民族印痕。"安赫尔·拉玛说'这是青年加西亚·马尔克斯走向兼容并包的第一步。它的优点在于真正的信息是字里行间支离破碎的东西，而迷惑读者的都是所谓的故事……"[1] 这段话可以旁证马尔克斯魔幻现实主义文学的兼容性、民族性、世界性和夸饰性特点，我们阅读马尔克斯的作品除了要关注魔幻故事外，更要关注魔幻叙述之内的生命形式、民族精神、地域文化融合等内容。所以，魔幻现实主义文学是民族历史文化和文学形式的古老外衣，是马尔克斯和马孔多人民自我历史追寻、自我反思、自我规划未来，突破民族百年孤独存在的精神形式。

（一）民族文学传统的继承

马尔克斯的魔幻现实主义文学是继承拉丁美洲文学传统，以孤独和恐怖的社会实在面对西方读者的魔幻式展示，是对本国"石天派"文学的超越，是对西班牙文学狂欢等巴洛克风格的活用，是继"神奇现实"之后的又一次拉美文学高峰——"魔幻现实"。从取材方面看，作者关于哥伦比亚的在手世界经验一直是马尔克斯魔幻现实主义小说的创作原型。如作者用《上校无人来信》记述了一个参加过战斗的退休老上校，在苦苦等待改善自己生活命运的信件，

---

① 陈众议：《加西亚·马尔克斯传》，新世界出版社2003年版，第80页。

即使等白了头发、满腹牢骚仍然孤立无援。其中，作者以参加过战争的外祖父为故事人物的原型。《一件事先张扬的杀人案》也有其生活原型，"其次便是那件'事先张扬的杀人案.'此案发生在一九五一年一月二十二日的早晨，加西亚·马尔克斯和梅德塞斯的共同朋友卡斯塔诺·亨蒂乐·齐门托（即后来的圣地亚哥·纳赛尔）被人用杀猪的屠刀活活地捅死了"①。作者以这个事件为原型，创作此篇小说，展现凶手扬言杀人，等待别人来规劝，但是没人出来干涉，最终无辜的圣地亚哥·纳赛尔被杀，由此揭示人们之间关系的冷漠、隔绝。《百年孤独》是对马尔克斯哥伦比亚海边家乡小镇的历史文化考古，海边小镇是马孔多的故事原型。《家长的没落》则是对拉丁美洲殖民政治现实的魔镜般摹写等。魔幻现实主义文学写作本身也是对西班牙文学巴洛克风格的继承。例如《伊萨贝尔在马孔多观雨时的独白》②通过铺天盖地的怪雨建立了封闭的马孔多的魔幻处女像（当然《伊萨贝尔在马孔多观雨时的独白》也有"石天派"诗歌花鸟虫鱼的痕迹）；《家长的没落》对权力欲望的渲染也有相似关联等。另外，记者生涯又教会了作者叙述简洁的艺术，"我干新闻工作，学到了如何把故事写得真实可信"③。读过《百年孤独》《家长的没落》《霍乱时期的爱情》等书的读者都会感觉到很难用更简洁的笔记来概括文本中的故事（因为语言本身已经很简练）。马尔克斯将西班牙文学的巴洛克风格和简洁概述的风格完美地融合起来，创造了魔幻现实主义叙述风格。同时，马尔克斯继承了阿斯·图里亚斯、卡彭铁尔等魔幻作家的谈神论怪传统，同时又超越他的前辈，他用这种写作思维方式来观照民族命运、文化历史（如《百年孤独》等）、人性形式（如《家长的没落》《霍乱时期的爱情》等），作者从《伊萨贝尔在马孔多观雨时的独白》开

---

① 陈众议：《加西亚·马尔克斯传》，新世界出版社 2003 年版，第 98 页。

② ［哥］马尔克斯：《当代拉丁美洲短篇小说集》，刘晓陆译，《世界文学丛刊第八辑》，中国社会科学出版社 1982 年版。

③ ［哥］马尔克斯：《创作》，《〈番石榴飘香〉第四章》，李德明译，柳鸣九编：《未来主义·超现实主义·魔幻现实主义》，中国社会科学出版社 1987 年版，第 482 页。

始，从热带雨林气候的地理环境文化和魔幻思维角度找到了句子，并融合殖民地经验和西方后现代思想来书写其魔幻世界——马孔多。魔幻、现实、文学、地理一起使作者的文学成就达到了世界水平。

（二）批判西方理性传统的霸权殖民主义文化

除了继承尼采、康德、马克斯·韦伯、海德格尔等学者重视人的生命、情感、价值、精神，反思技术理性等世界潮流外，马尔克斯的魔幻现实主义文学是对第二次世界大战后西方理性文化思想窘境处所的民族文化反映。反思殖民地性质和西方文明的关联，它是对西方殖民文明（包括美国经济文明）打错符号的文学性反思。如在《一个长翅膀的老头》① 中，怪雨之后，天使状的折翅老头，降落在无儿无女的佩拉约家里，老头被当作怪物饲养在笼子里被观赏，为佩拉约家挣得许多钱财，最后折翅老头飞走。作者用那种魔幻的方式隐喻没落的西方基督文明（折翅天使）在美洲的遭遇，美洲没有很好地利用（观赏挣生活费）他，最终天使不知飞向何处，马孔多仍然没有摆脱封闭的局面，形成了封闭拒斥和寓言式的基本魔幻叙述框架。在《百年孤独》中，在政治方面，马尔克斯直接批判西方殖民霸权势力对马孔多的控制；在经济方面，他直接针对美国香蕉公司对马孔多香蕉园的遥控剥削行为进行批判；在宗教方面，他用文中各种人物的情感/生活形式对基督教教义和生活方式进行反思。在文（学）化形式方面，《百年孤独》《家长的没落》《霍乱时期的爱情》等作品对西方文明正典《圣经》及其叙述方式进行嘲讽和戏拟。作者的诺贝尔获奖言说就是一份政治性宣言——拉丁美洲言说对西方殖民文明罪恶的宣判。这些都是质疑西方理性文明内在暴力的例证。他对西方模式的殖民文明的控诉大于有效的反思（当然这也是由严峻的非殖民化形势所决定的），把对拉丁美

---

① ［哥］马尔克斯，《当代拉丁美洲短篇小说集》，王志光译，《世界文学丛刊》（第八辑），中国社会科学出版社 1982 年版。

洲（包括马孔多镇）民族和家族地理历史记忆的唤醒，当作质疑、驱逐西方殖民文明的精神武器。马尔克斯的魔幻文本是想唤起西方读者的内疚感，可却被西方读者当作"东方化"的在场文本。

（三）文（化）学遗产和民族现实艺术的融合

马尔克斯笔下的魔幻现实主义，以隐喻的形式，引起西方读者对文学领域的西方中心论进行反思，及拉丁美洲民族文化上自我识别的惊醒，他笔下的魔幻世界和孤独生命在全世界范围内掀起了民族和地方言说样式的艺术热潮。马尔克斯魔幻现实主义的成功恰恰揭示了不同民族地域文学、文化融合的可能（尽管在文本中作者对以西方为中心的殖民文明充满了批评）。《伊萨贝尔在马孔多观雨时的独白》[1]通过铺天盖地的怪雨吸纳和建构了西班牙骑士文学的夸张情绪、哥伦比亚"石天派"诗人的自然景物趋向与马孔多热带雨林地理文化结合所形成的魔幻处女形象。随后马尔克斯的马孔多文学越来越多地蕴涵了西班牙文学因素。例如马尔克斯的小说中对话极少，显然接受了西班牙文学叙述风格的反面影响。马尔克斯认为："这是因为西班牙语的对话显得虚假造作。"[2]所以以西班牙语写作的马尔克斯的所有小说文本中对话极少。《家长的没落》则把对话变为大量的没有标点的独白（当然还有其他文学原因）。

马孔多的地理文化和民族文学因素也是建构马尔克斯魔幻现实主义文学的重要元素。马尔克斯说过："加勒比是一个不同的世界，它的第一部魔幻文学作品就是《哥伦比亚日记》，这是描述奇异植物和神奇世界的书。"[3]他的文本中地理文化因素相当浓厚。如地理气候因素非常丰富。《百年孤独》中伤感的雨季，改天换地的大

---

[1]　［哥］马尔克斯：《当代拉丁美洲短篇小说集》，《世界文学丛刊》（第八辑），中国社会科学出版社1982年版。

[2]　［哥］马尔克斯：《〈番石榴飘香〉第四章》，李德明译，柳鸣九编：《未来主义·超现实主义·魔幻现实主义》，中国社会科学出版社1987年版，第483页。

[3]　［哥］马尔克斯：《阅读与影响》，王宁主编：《诺贝尔文学奖获奖作家谈创作》，北京大学出版社1987年版，第492页。

暴雨（《家长的没落》中同样存在），疯狂繁殖的家畜和白蚁、青苔等构成马孔多孤独世界的生命形式和自然背景；《霍乱时期的爱情》中充满霍乱、死亡的村庄，日益枯竭的内陆河和原始森林、泣血的魅力十足的河马等，和西方进化论社会世界相比，这些神奇的地理气候和动植物现象的描述本身就是一副充满魔幻色彩的呐喊风景。

民族地理文化因素也充满着奇幻特色。如果说民族地理气候等因素主要以自然景物和部落生活等内容直接进入文学作品，成为以西方理性为中心的读者的魔幻现实主义内容，那么，由于民族地理气候因素随着时间的延长，作为一种生活—历史文化因素渗入当地人——马孔多人的文化和文学层面，作为一种文学现象的存在物和文化现象的在手物，这种更为内在的民族地理文化符码在文本和文学中就会显得更为隐秘，只有在文（化）学更为聚集的状态或者同外在文（化）学接触的状态中才能被显现出来。在部落生活方面，乌苏娜和霍·阿·布恩蒂亚把孩子出生地、亲人埋葬地作为确定马孔多居住地的理由；霍·阿·布恩蒂亚带领马孔多缓慢地自在地发展、拒斥权力（到任镇长阿·特里斯曼的强制和军警）入侵。霍·阿卡迪奥用照相机对上帝进行考证，不相信牧师的飞升试验，进行有关金子的化学试验，但是，这个拿来主义者却被当作疯子拴了起来。这种部落文化明显外在于西方理性文化圈子，它提供了不同于西方理性文化的民族地域文化的异质性。

在民族地理爱情方面，同以理性为中心的欧洲浪漫主义文学的"骑士爱情""小资产阶级感伤爱情"完全不同，那些爱情明显受到荣誉、肉欲、社会伦理和法律秩序，甚至工具理性的支撑，在马孔多自由情感世界里，爱情也充满着嫉妒、羡慕、张扬等情状，这些爱情几乎是超越资本主义社会伦理法律秩序、工具理性的，有点无法无天的气味，但是，它们也有自身的情感正义和平衡点。当然，由于殖民地帝国主义暴力的侵害，它们都带有孤独的特征。因此，马尔克斯笔下的爱情描写天然地挟带着批判帝国主义殖民暴力的内蕴。相对于西方文学作品中那种"中规中矩"的爱情描写，相对于高密乡那种热火朝天的民间世界的生命爱情，马孔多的爱情一边是无法无天，一边是一往情深，情感自由和生活方式的民族认同是他们的基本形式。在《百年孤独》中，乌苏娜和霍·阿·布恩蒂亚可谓一往情深，为了爱可以不同房，可以不要孩子，甚至决斗杀人。阿玛兰塔和雷贝卡恋上意大利商人皮埃特罗·克列斯比，嫉妒和隔膜使克列斯比和雷贝卡的恋爱成为泡影，冷漠使阿玛兰塔把克列斯比逼上自杀的道路，她自己最后也陷入困境成为老处女（失去了马尔克斯上校的爱情），湮没于孤独的处境，不仅阿玛兰塔和雷贝卡之间是隔膜的，她们对外界人员也是隔膜的——即使面对真正有价值的东西；阿玛兰塔·乌苏娜和法兰德斯人加斯东的婚姻之所以面临危机，就是因为加斯东没有适应马孔多的环境，奥雷连诺·布恩蒂亚和阿玛兰塔·乌苏娜也拒斥了加斯东的生活方式，他们的分手是必然的。雷贝卡同霍·阿卡迪奥的感情以性爱为主，并以单纯的形式隐喻了民族身份的识别。相对于于连、包法利夫人等人那种实用主义爱情方式，马孔多的爱情方式具有坚守、倔强等情感特点。奥雷连诺第二和美王菲兰达感情一般，但她也要求奥雷连诺第二一定要死在自己的床上，甚至他的情妇佩特娜·柯特也想在情人死亡之后来给他送鞋以表达其感情，即使遭菲兰达羞辱，她仍然在情夫死后悄悄承担了菲兰达的生计，直到她死亡。奥雷连诺上校非常热恋自己的妻子雷梅苔丝·摩斯柯特，亲手抚养她长大后再和她结婚，当小雷梅苔丝中毒死亡后，奥雷连诺上校就没有再次娶妻。阿卡迪奥娶了圣索菲娅·德拉佩德，在其当了镇长后婚姻也相对稳定；在他被枪毙后，其妻子又为他生了双胞胎男孩并抚育他的三个儿子。梅梅则因为自己的恋人——司机被母亲想方设法当作偷鸡贼整治并残废，而从此再也没有说话，老死在修道院里。霍·阿·布恩蒂亚和乌苏娜、霍·阿卡迪奥和雷贝卡、奥雷连诺·布恩蒂亚和阿玛兰塔·乌苏娜三对夫妻为了爱不怕近亲结婚，不怕生出带尾巴的孩子。即使情圣阿里萨不断滥情，也仍然善待每一个与之交往的女人。乌尔比诺医生在世时，他和费尔米纳的感情虽有裂缝，但没有破裂。莱昂十二也将其情人铭记在心。因为老阿里萨离开他的情人时把情人变做孙女，并和费尔米纳度蜜月，14岁的阿美丽加·维库尼亚无怨无悔地自杀。即使阿玛兰塔拒斥了意大利商人、马尔克斯上校，但她内心中实际上最爱他们，但是她没有找到表达的方式。用乌苏娜的话说，她是最纯情的人。这些爱情故事所表达的爱情范式是大胆的、较纯情的、敢作敢为的。由于各种原因，文中各色人物的爱情方式都是民族地域性的，尽管这种爱情方式隐秘地维持了民族身份，但是它也拒斥了和外界人员的有价值的沟通。因而，当马孔多的爱情生活方式和文化精神与异域爱情的相关方面接触时，它们便由单纯的民族地域爱情文化叙述升华为挟带着民族身份和自尊的复数爱情话语，并显现出其世界性文学的面貌。

在社会革命方面，在迷信"丛林法则"的哥伦比亚，革命并没有起到推动社会进步的作用。奥雷连诺上校一生发动起义32次，遭遇14次暗杀，最终，战前战后社会并没有发生什么变化，奥雷连诺上校不得不发出"我是由于骄傲才参加战斗的"①。革命本身也没有突破循环这一圈子，革命者和独裁者的相互斗争相互转换形成了社会循环圆圈。相对来说，在莫言的文本中，由于共产党的出现，社会革命则在社会主义的康庄大道上前进。在经济方面，香蕉园工人罢工，几千人消失，竟然像什么也没发生一样，罢工之前工人生活困难，罢工之后社会更加荒凉。资本主义因此显现出其暴力剥夺的本质。其他如女青年的改良人种行为、皮列·苔丝娜的巫术和纸牌算卦术、霍·阿·布恩蒂亚和梅尔加德斯的灵魂不断闪现在其想拜访的人的面前、俏姑娘雷梅苔丝拽着床单飞升、阿玛兰塔临死时给死人捎信等部落文化现象聚集、联结形成一个孤独的地域文化世界。在时间观念方面，同西方理性文化和现代性文学的进化论时间观不同，部落社会循环时间观恰恰和后现代主义的虚无绝望一拍即合：家族几代人命名的重复、后代人个性与前代人的重复等都表现了一种循环的宿命，叙事时间使过去、现在、将来的圆圈类

---

① ［哥］马尔克斯：《百年孤独》，高长荣译，北京十月文艺出版社1984年版，第129页。

比、并置等，从各方面显出一种封闭、孤独。孤独的原因是封闭，并造成更高程度的封闭，不断循环。甚至《百年孤独》《霍乱时期的爱情》中的爱情、革命战争、本地西方模式的现代化建设，以及《家长的没落》中的政治、军事等方面，都是一种拉丁美洲样式的圆形循环和西方后现代的"鬼打墙"式的绝望。

当然，作者聚焦之物是后殖民主义的现实，作者更关心现实民族、国家、经济、个人爱情等的症结。在《家长的没落》中，马尔克斯把魔幻的神话思维推广到对政治的审视，在魔幻现实层面上则达到更高的隐喻水平，通过对圣言思维（《圣经》叙事策略）的戏仿以及对戏仿圣言的社会现象的展示，达成一种反讽表演。如家长说洪水停止，洪水便停了；家长改变了广播中故事的结尾；家长一句话就改变了狗打架区的供电和供水设施状况；家长的母亲路过各地，不孕的驴子生马驹，聋哑人说话，等等。马尔克斯没有留恋奇异风俗，而是针对同权力有关的社会实在、用神话逻辑进行透视，在反讽中艺术地显现权力机关——政府、军队、宗教等层面的虚伪夸张和拟神话本质，思考社会奇形怪状的上下内外症结。马尔克斯在创作谈中谈论《家长的没落》说，"我的好朋友奥马尔·托列霍将军在他遇难前四十八小时曾对我说：'你的最优秀的作品是《家长的没落》，我们这些人正是你所描写的那样的人物。'这一席话令我惊奇，也令我高兴，那可不是评论家们的推论呀。"[①] 马尔克斯对其作品的现实主义趋向充满着期待和高度评价。在《霍乱时期的爱情》中，悬置阿里萨和众多女人的感情故事中无休无止的调情，25本爱情日记，60多本爱情诗集，与妓女的滥情等方面的情感自由社会现象，我们就会发现一种惊心动魄的现实。由于阿里萨和费尔米纳之间的爱情与阿莫乌尔的自杀，《霍乱时期的爱情》往往被解读为婚外恋和安乐死（中译本《霍乱时期的爱情》一度被认为是另类经典文学）的先锋文学类型，这种个人解读有其道理。

① ［哥］马尔克斯：《〈番石榴飘香〉第四章》，李德明译，柳鸣九编：《未来主义·超现实主义·魔幻现实主义》，中国社会科学出版社1987年版，第500页。

但是，在文本资料的幽暗处、隐晦处则更多地显现了社会的困惑、孤独的境界。事实上，阿莫乌尔，这个逃亡分子，除了伤病外，他实际上成功地瞒过大家过着比较悠闲的生活，并拥有自己的情妇，重视生命质量的宣言很难完全说明他自杀的原因，阿莫乌尔身上的谜语以不在场的方式阐明马尔克斯的现实主义文学方向。爱情风俗的外衣也隐藏着马尔克斯的现实主义情怀。具体来说，作者在《霍乱时期的爱情》文本中，开篇写了一个生活富有、有情妇陪伴的阿莫乌尔自杀的故事，显现了隐藏在背后的深意，阿莫乌尔情人的偷偷摸摸无法正式表达她对阿莫乌尔的爱——只是一个人在家里表示伤感，通过认真分析我们可以看到其爱情文本的现实关怀。如果说，他的情人不是真正的马孔多人，对爱情不够真挚，那么这与马尔克斯所反映的爱情观相左，这是不可能的。如果他的情人是马孔多人，但是由于社会原因而不能公开出场，这种行为与爱情观的分裂含糊之处，可能是阿莫乌尔忌讳社会的原因——它是毁灭性的，可能毁灭接触它的所有人，隐匿是对情人的一种保护，恰恰显示出其逃亡的社会原因也应该是自杀的原因（事实上作者处处用瘟疫、饥饿、动乱暗示社会现状）。作者含糊其辞没有明确说出的原因就是令人不安的社会现实。乌尔比诺医生学成回国，开始接替父亲治理瘟疫问题，但是，乌尔比诺无法实现其医学救国的梦想。他的学生已经成长起来甚至在其老死之后，他的妻子和昔日恋人一起游览时发现顺流而下的仍是牲畜和人的尸体，有的头上有明显枪眼，个别地区因有瘟疫而被隔开。纵观全书我们发现瘟疫没有停止，战争仍在悄悄进行，泛滥的情欲掩盖了小说的意义。甚至在《百年孤独》中，没有外在干扰的马孔多世界里也存在着隐喻的情感叙述，霍·阿·布恩蒂亚因为邻人嘲笑其爱情就决斗并杀死那人。当外在权力、资本入侵之后，马孔多便有了妓女街，妓女的工作仅仅是为了面包（《霍乱时期的爱情》中竟然妓女成行）；阿里萨和费尔米纳在爱情旅行中也看到不断漂来的牲畜和人的尸体以及"瘟疫"隔离区等，这些荒芜的现象如莫言的《狗道》一样显现了作者的现实主义和悲悯情怀。总之，爱情、魔幻的外衣下面隐藏着作者对拉丁美洲的历史、政治、经济、民族等方面的发现和反思，这是犹抱琵琶半遮面的现实。这种现实主义类似于海明威的"冰山"（马尔克斯曾写《我见到了海明威》，赞赏海明威的冰山风格），但是，他笔下的现实是故意淡化的背景，是解构中心的边缘。难怪马尔克斯总抱怨他被批评家和读者误解。马尔克斯的香蕉皮旁边呈现着孤独的、恐怖的拉丁美洲现实。

总之，从文学史传统来看，面对以理性为中心的读者，马尔克斯的魔幻现实主义文学是继承拉美文学传统而对孤独和恐怖的社会实在的魔幻式展示，是对哥伦比亚"石天派"和西班牙巴洛克文学等传统文学样式的继承、活用和超越，是继"神奇现实主义"之后的又一个拉丁美洲文学的高峰——"魔幻现实主义"。从文学思想传统来看，马尔克斯的魔幻现实主义文学，是对第二次世界大战之后西方哲学死亡处所的民族文化的反思，其反思殖民地性质，反思西方理性文明，是对西方殖民地文明（包括美国经济文明）打错符号的文学性反思（作者的诺贝尔获奖言说就是一份政治性宣言）。从接受美学来看，马尔克斯的魔幻现实主义文学是想唤起西方读者的理性反思，却被西方读者作为东方化的在场文本。它是对民族独立言说的艺术发现方式。他笔下的魔幻现实惊醒了拉丁美洲人民，他笔下的魔幻世界在全世界范围内掀起了民族的、地域的身份追寻和言说的艺术热潮。从文学艺术角度来说，莫言、马尔克斯的魔幻现实主义的成功恰恰揭示了不同文学、文化融合的可能（尽管在文本中它们对以西方为中心的殖民文明现代性充满了批评和质疑）。

二 莫言的文学资源与魔幻叙述

新时期，在古今中外文学传统融汇的横流之下，在借鉴马尔克斯魔幻现实主义文学成功经验的前提下，莫言融汇他所接触的古今中外文学资源，建构其独具特色的"魔幻现实主义"文学，并取得了极大成功。由于民族文化背景、社会现实、文学史前提等方面的区别，莫言魔幻现实主义文学资源的探索将有不同于马尔克斯的意义。

（一）民族地域文学资源

　　基于中国改革开放的现实环境，在五四文学人文精神的感召下，在革命现实主义和革命浪漫主义双结合文学、延安文学、社会主义现实主义、"文化大革命""样板戏"等文学资源的文学背景里，在国际后现代文化景观、拉美爆炸文学思潮的进入、中国古典文学资源的复兴等文学新形势下，莫言站在时代背景之下，基于"作为老百姓写作"的态度，以为人民写作为方向，以民族文学历史资源为基础，融汇性地建构其具有世界性意义的魔幻现实主义文学。莫言唤醒沉淀的神话思维，借此生成具有民族性的陌生化艺术样式；关注传统宗教（佛教和道教等）生活文化，吸纳其文学表现形式，把传统文学形式和民间文学形式相结合，完成大叙事向小叙事形态的转移，形成对红色经典和"革命样板戏"的起源神话叙事的借鉴和分离；以现实主义文学为支点，吸纳民间文学形式的优点，以具有中国特色的魔幻现实主义文学为样式，艺术地折射历史、现实的叙事策略，以文学的形式重写东北高密乡的近代历史（毫无疑问，东北高密乡是个开放的地方，那里将聚集中国甚至世界其他地方的很多东西，但是这一切想象的底色必定是中国的）；由所谓的"写实的历史神话叙事"向"想象的民间历史叙事"过渡，为文学走向自身、走向文本的语言游戏提供实践维度。这是在五四文学传统的基础之上对五四反叛传统文学资源的倾向进行反思的文学路向，也是在20世纪80年代"人的文学"复兴的文学路线之上和中华民族地理文学资源融合的文学创新形式。在"作为老百姓写作"方面，莫言的创作路向和鲁迅、延安文学、社会主义文学等的创作方向是一致的。比如，对近代中国历史大势的反思，陈忠实在《白鹿原》中借助朱先生的议论阐明时代历史趋势，莫言在《丰乳肥臀》中则通过上官鲁氏的议论阐明近代历史发展大势，相对于陈忠实的民间知识分子立场，莫言则表现出了民间的老百姓立场。

（二）融汇反思现代理性的思想资源

一方面，自五四运动以来，马克思主义进入中国，唯物主义思潮逐渐进入文学领域，成为主流文学的思想决定性资源（尤其是延安文学、"十七年文学""文革文学"等），其重视物质生活决定作用的倾向和现实主义文学精神，被莫言融入高密乡民间社会生活世界建构、身体美学追求和近代社会历史重构等魔幻现实主义元素之内。另一方面，自五四运动以来，受西方理性思潮的影响，在文学社会领域流行的反对儒教、道教、佛教等层面的激进思想，将神话思维挤压到非常边缘的地步，例如赵树理的《小二黑结婚》对三仙姑巫术、二诸葛的算卦进行漫画式的刻画、积极鞭挞；《艳阳天》中的焦振茂由"黄历"迷变成"政策"迷，马小辫杀人灭口的原因就是祖坟被砍树、推碑和挖渠；"文化大革命"时期对反动道门会的打击和各种神庙的拆毁都是证明。当然，这些流传下来的佛道神文化具有某些不正确的地方，但是，恩格斯认为，迷信和科学对人类社会进步具有同样重要的作用。从马克思主义的观点看，佛道神文化作为一种封建迷信是值得鉴别和批判的，但是作为一种（原始）神话思维，尤其是同人类文化、文学几乎不可分割的伴生思维，它的恢复对文学的发展发挥着不可替代的作用。从实用主义文学观出发，柏拉图很早就把文学（因其虚幻性）放在被驱逐的处所。在康德意义上，美作为协调真与善的桥梁，真、善、美三者要互相协调。在五四运动前后，这种善的文学思想的倾向借助经世派文学显现出来，在后来文学发展的诸阶段被不断地显现，在"文化大革命"时期作为一个高峰被显现出来。其中，显然善（社会主义道德建构）压倒了真（科学）、美（艺术审美文学等），某些科学家被打成反动学术权威，讲求艺术审美/人性的作品、作家、思潮受到规范。例如萧也牧的《我们夫妇之间》《霓虹灯下的哨兵》等，俞平伯的红学研究、胡风反革命集团等，它们都经受了来自善层面的批判。从科学主义来看，现代文学社会思潮则是真（科学）压倒了善（社会道德下滑）、美（严肃艺术面临市场的挤压等），并因而被放在了边缘地位，即美被放在了有待被挖掘的低温地带。美几乎被看作真与善的敌人。美作为真与善的媒介和融合意义几乎被忽视。在西方现代美学路向之内，尼采，这个激进分子，虽然宣布了上帝之死，但是，他也意识到上帝死亡之时也是人死亡之时，没有上帝，人应该且只能自己面对人生的命运。所以他认为："我们的宗教、道德和哲学是人的颓废形式。相反的运动是艺术。"①"艺术，除了艺术别无他物！它是使生命成为可能的伟大手段，是求生的伟大诱因，是生命的伟大兴奋剂。"② 尼采强调旧的宗教、伦理、道德已经成为德意志生命和个体生命力的束缚和鸦片。因此，尼采提倡用超人精神代替庸人精神，用艺术生命代替宗教生命，并且，他还将艺术审美生命扩展到日常生活审美化角度，以审美作为人生的救赎形式——美作为善与真的桥梁，作为超人生命形式和生活世界的桥梁。同时，马克斯·韦伯提出了工具理性（Instrument rationality）、价值理性（Value rationality）、情感理性、传统理性等概念，并用价值理性、情感理性、传统理性批判后现代社会重视技术理性的偏向，提出艺术宗教同值论。随着柏拉图、笛卡尔依赖的科学理性思想的不断发展，宗教思想一方面被美学化、文学化为人生的救赎力量，另一方面，宗教本身也作为中世纪落后的上层建筑被放逐和逐渐抛弃。在这种去魅路途之中，如弗洛伊德将宗教欲望化、父亲化，拉康将宗教信仰语言化、结构化等。考虑到中国由"文化大革命"走出，进而转向改革开放（经济目标显然考虑得更多），一方面，阶级斗争的挤压迫使文学工具化形成了惯性，另一方面，更加重视效率、财富、速度等的改革开放后的社会文化思潮，它们都体现了一种工具理性追求，忽视了价值理性（民族宗教、审美、伦理、自由等）、情感理性（取决于情感、感觉等的东西）、传统理性（取决于传统风俗、习惯等根深蒂固的东西）。显然，工具理性成为霸主，压抑了其他理性，尤其是艺术思维、神

① ［德］尼采：《强力意志》，《尼采美学文选》，三联书店1988年版，第348页。
② 同上书，第385页。

话思维等，在此后现代社会理论背景和现实背景下，魔幻现实主义思维就具有非常重要的意义。神话思维、魔幻思维的高扬是避免作者、文学乃至整个社会被技术、经济异化（马克思语）、殖民化的一道堤坝。同时，魔幻现实主义文学是当代社会真与善的桥梁和媒介。从劳（Ron）到布勒东、从卡彭铁尔到马尔克斯等，他们已经先行一步，尤其在反对以西方理性文化为中心的殖民化运动文学方面，马尔克斯从文学作品和社会实践上已经做了有益的探索，这无疑对莫言产生了深刻的影响。莫言借此对中国的现代化（五四以来的西方现代化模式）和民族神话进行了双重的前瞻性文学反思，魔幻现实主义是用神话思维对后现代情绪的一种话语表达。总之，从文学思想史角度，魔幻现实主义神话思维一方面是对西方自现代性以来所流行的柏拉图、笛卡尔理性思维（包括技术思维、殖民地思维等）的反拨和倒置，另一方面，它也是传统理性、价值理性、情感理性等的复兴，是民间地理文化对全球化的西方文学思潮的一种回应。因而在这些文学资源基础之上，魔幻现实主义文学是世界性的反西方理性中心主义、反殖民地文化运动的民族地理文学形式。同西方社会内部崛起的后现代主义文学相比，尽管它们存在着诸多叠加之处，然而，魔幻现实主义是一种新的融合性的民族地域文学样式。

（三）文学艺术资源的反思和融汇

在"文化大革命"之后，伤痕文学（《班主任》《伤痕》等）、反思文学、知青文学（赞美的和批判的）等没有完成对魔幻思维的复原。莫言、贾平凹、陈忠实、徐小斌等一些作家逐渐尝试将魔幻思维植入作品，具有深远意义。尤其是莫言，当然，他的魔幻思维的尝试是探索的、复杂的、多维度的。事实上，从《白狗秋千架》开始，姑姑暖，昔日的情人通过白狗把"我"带到玉米地里，面对自己亏欠很多的独眼恋人，"我"只有听从她的安排，达到精神和肉体的统一，神秘的白狗挟带着《聊斋志异》故事的气息，在神话思维的逻辑内运作，它是伤感、凄美的爱情获得永恒的关键。《球状闪电》又用神话思维拆解了灵肉合一的爱情的合法性。在《红高粱家族》中，奶奶和"我"听到驴子的叫声，给罗汉大爷剥皮的孙五事后患病，在表现民族自尊上展开神话思维的表现力。在叙事视角方面，"我"对"我奶奶""我父亲""我爷爷"的叙事线索的并置，超视角进行外在和内心的透视展现，本身就是神话思维的能力和权力的借用，莫言借此深入内心和社会抒写东北高密乡的抗日战争史。我们通常习惯于用第三人称全知视角来概括这种叙述策略，其实，无论第三人称，或者第二人称，其全知视角是真正的神话思维在叙事层面的应用，叙述人暂时拥有这种神灵才有的视觉、听觉、味觉等感觉和表达的无限制的能力和权力，很自然地解决了视角与聚焦的不足。内外远近无所不知无所不通，这种虚拟的全知全能是对神话思维的不自觉地模仿和应用。事实上，在古代神魔小说里，只有《封神榜》《西游记》等作品真正在文中人物形象上达到这种无限制叙述能力的高度，其他神魔小说人物形象只是部分地实现了这种能力。毫无疑问，从神魔小说人物形象到叙述视角人物形象的发展，在文学作品中是这种全知视角叙述的建构和发展自身的一个路向。事实上，从叙事学意义上看，从魔幻人物形象到魔幻叙述人物形象是魔幻现实主义小说在现代社会叙述合法性的关键。《天堂蒜薹之歌》聚焦人物的情感、内心的平衡等，重点关注金菊、高马、四婶等人。金菊野外约会，被父亲吊打，同胎儿对话，自杀，亡灵托梦给高马等，莫言运用神话思维将金菊的真情、无辜、醒悟、遗恨以"我即是金菊"的方式叙述出来，以魔幻话语以及神话话语策略进行叙述，提高反思和考量的合法性，避免了《春蚕》等作品的反抗叙述尴尬，系统地对一个人使用魔幻叙述策略，比《红高粱》更进一步，但还是受制于现实的凝滞。《十三步》的魔幻话语集中于方富贵身上，它仍然表现为一种叙述策略。方富贵的复活、重操旧业、无奈自杀等，其意义在于魔幻话语的神秘叙事逐渐走向虚构和反讽。《酒国》则把魔幻话语开掘到象征层面，它完全脱离了东北高密的束缚，表现了较高的虚构性。难怪莫言说《酒国》是他的情人。《食草家族》的魔幻话语则在家族历史和观念实在之间徘徊，从蝗灾、沼泽地幻游、家族起源等转向家族和家乡的历史实在想象。《二姑随后就到》随着《酒国》虚构化方向向前发展，成为故事中人物利用语言虚构的故事，达到话语狂欢的地步。《丰乳肥臀》将地方史和家族史凝聚在一块（大叙事和小叙事结合，与民族史成为互文），上官鲁氏代表着民族文化和个体的顽强生命力，上官姐妹表演着历史的命运。鸟仙在司马库试飞的地点跳崖、八姐姐自杀、乔其莎回归、龙清萍尸体爆炸等，这些魔幻思维对大叙述进行补充，同时，作者开始对这种神话思维进行反思甚至解构。神话思维张扬最高峰之时，也是被解构之时，例如金菊、鸟仙、方富贵、龙清萍等人自杀时，神话般的想象同残酷现实工具理性的约束、规范、隔膜、严酷等形成巨大的张力和瓦解作用，形成审美强度和深度。

《红树林》是解决《红高粱》和《天堂蒜薹之歌》的革命叙述传统和现实主义之间叙述话语悖论的关键。大叙事话语和小叙事话语的冲撞加速了压迫—反抗叙述模式的资源衰竭（高马和余占鳌，甚至二三十年代以来的革命英雄等）。作者在寻找出发点。红树林是虚幻之乡，充满着人造的奇趣和魔幻，红树林接续《复仇》《酒国》的语言狂欢场面建设神话思维空间，作者进一步完成了对权力的认识（作者在《丰乳肥臀》中完成了对近代革命史的审视），同时在革命和现实之间从神话思维的角度重构虚构之乡（红树林，是作者完成对革命史、政权、种的衰退的认识之后所形成的双关语关键词）。《檀香刑》在更深的历史层面把握历史实在。在殖民地军事对话的语境下，莫言用神话话语对古代英雄文化（岳飞、杨再兴等）、戏剧文化、义和团的神坛文化、革命文化（被处决的戊戌六君子、农民英雄孙丙）等进行审视。民族神话无疑给底层人民提供了精神动力和精神镣铐、神秘和愚昧、生机勃勃和名誉束缚。同时借助赵小甲的眼睛（依靠虎须、妻子的阴毛、神秘的鸡血）象征性地用权力、性、欲望等符码来衡量周围的社会，莫言终于发现了一个弱肉强食的丛林现实。它达到了鲁迅《狂人日记》中的"吃人"社会和《阿Q》中的"狼羊人"人性深度，同时，艺术层面则别有洞天！莫言用神话话语把握了近代中国历史的某种真实。《四十一炮》则继续着《复仇》《战友重逢》《二姑随后就到》《酒国》等中的虚构话语开辟生死贯通的空间，通过身份不明的亡灵叙述，神话思维借此构成了一个框架，通过故事线索的并置召唤不同的亡灵表演其故事，用神话话语来思考改革开放给大栏村带来的变化，肉食节、兰大官的吉尼斯性力记录、罗小通炮轰老兰家等，这些极度夸张、恣肆的语言形式形成语言狂欢和语言战争。这是作者二十年来挤压甚久的红高粱精神、强力生命、民间叙述、老百姓写作等元素的重生和书写出口。另外，除了与中国文学的现实处境有关外，还与世界文学的后现代文化背景有关，文学在权力、经济等因素的挤压下逐渐成为一种语言艺术或者说语言游戏。继神话思维对近代历史、革命史、权力、暴力、欲望等的审视之后，《生死疲劳》开始在观念实在中审视历史的公平问题。在"土地改革"之中被枪毙的开明地主西门闹历经驴、牛、马、猪、狗、猴、患血友病的西门欢，但是，他的不满情绪仍然不能释怀。在高密近代历史背景和魔幻现实主义叙述之下，莫言唤醒读者的记忆，思考历史的公平性！当然，莫言在对家族、民族历史的考古中发现一摊一摊的血污上点缀着几颗恶之花，并没有发现纯粹的博大精深，同时，他和文本中的人物对于中华民族的西方模式或中西文化融合的现代化模式感到一种杞人忧天的悲凉。《蛙》则继续用传统神话思维重构生命形式，并从民间生命视角重审民族文化历史的过去、现在和未来。

其他如性意识、性话语、权力话语、暴力、政权等方面融合着莫言多方面的思考和探索，由此看来，莫言的魔幻现实主义是融合了多方面的艺术形式、生活内容和思想资源的综合艺术世界。莫言在《四十一炮》中说他撤退得不够，这种撤退只能是融合了多方面艺术内容的撤退策略，单纯地撤退对于中国式魔幻思维的复原是一条出路，但是对于文学艺术则是另一种景况了。

总之，莫言的魔幻现实主义文学展现了对红色经典历史叙述的继承和分离的民间地域性重写，承续了魔幻思维唤醒的对世界性思潮和技术理性的反拨的叙事路向，以及对历史、权力、暴力等的魔幻审视等。多方面魔幻思维逻辑的修辞化实践，既不断地对东北高密乡进行建构，又表述其思索。他的魔幻思维使其作品之间、作品与现实社会、东北高密乡和马孔多镜子城以及福克纳的阿法帕塔拉等形成互文和修正关系。

结　语

　　依靠文本细读和文献梳理的方法，在文本现象学和作者自述的基础上，用理论视角（尼采）透视的方法，从解构寓言、文化对话、原始思维、佛教内蕴、变态心理、生命倾诉、文学资源七个侧面，本书对马尔克斯和莫言的魔幻现实主义小说进行了相对完整的系统比较，在美学现代性和社会现代性路向之下，从世界性魔幻现实主义文学和民族地域性魔幻现实主义文学等层面，认真分析了马尔克斯和莫言的魔幻现实主义文学诸方面的相同性和差异性。在分析的过程中以莫言相关内容为线索，对相关的马尔克斯魔幻现实主义文学关节点给予详细的关注，概括地论述了马尔克斯、莫言两位作家的许多共同之处和不同之处。

　　在研究方法层面，马尔克斯和莫言在各自的文学场域中，都进行了独具特色的文本探索。福柯认为，"存在着两种比较形式，并且只存在两种：尺度的比较和秩序的比较。"① 本书显然倾向于秩序的比较，提供了两位不止步于魔幻现实的文学地理关系图。平行比较的方法有利于梳理出两位作家在相同主题层面魔幻现实主义表现艺术方面的差异，因而在文本分析中，同中之异和异中之同（黑格尔意义上的比较方法）也不时地被应用；影响比较的方法则有利于梳理出两位作家的魔幻现实主义文学世界性特征和民族地理文化特征，因而，随着相关文学现象比较关节点的出现，穿插性比较论述不断出现。同时，在"与"的比较层次上，我们也只能分析马尔

---

　　① ［法］福柯：《词与物》，莫伟民译，上海三联书店2001年版，第70页。

克斯魔幻现实主义文学对莫言相关作品的比较性建构。

在研究内容方面，本书主要解决了如下几个问题。

1. 以"魔幻现实主义"（magical realism）概念从欧洲进入拉丁美洲，被引入中国为线索，在魔幻现实主义文学的世界性和地域性论域之下，在魔幻现实主义文学流派的意义内，简略地梳理了莫言和马尔克斯的文学关联，初步显现莫言和马尔克斯魔幻现实主义文学比较研究的学理基础，展现了莫言魔幻现实主义文学的中华性和世界性特征。

2. 以强力生命和民族生命形式为动力，以解构理论为视角，在民族文化经典叙事方面，比较分析了莫言和马尔克斯魔幻现实主义文学对于西方理性文化经典《圣经》的继承和批判的不同态度，显现了镜鉴和污染、崇拜和亵渎等暧昧态度；在作家自身叙述系统之内，比较分析了莫言和马尔克斯对于自身叙述话语系统和唯美主义文学倾向超越的异同，显现了他们的寓言风格和总体性世界；在历史观层面，比较分析了莫言和马尔克斯对于线性历史观的解构姿势，显现了各自作品的民族文化历史观倾向，显现了莫言和马尔克斯在西方文学叙事传统、自身叙事话语、相互文化叙事观念之间等层面的文学解构思想。

3. 在世界文化思潮之下，论述了莫言和马尔克斯魔幻现实主义文学对于不同民族地理文化接触、拒斥和融合的文学想象。从民族地理文化和生命个体意义层面，分析了中华民族地理文化——高密乡民族地理文化、拉丁美洲——马孔多民族地理文化和西方殖民霸权文化的对话表征和融合想象；在城市和乡村的文学地理想象维度，显现了莫言和马尔克斯魔幻现实主义小说之内两种文化地理空间的对话辩证法。在全球化和城镇化日益发展的今天，这种地理文化之间的接触、拒斥和融合仍具有重要的文学社会学意义。

4. 以原始思维为角度，探讨了莫言和马尔克斯魔幻现实主义文学在后现代社会的叙述合法性，并从人物形象、故事情节、时空等方面，分析了原始思维对魔幻现实主义文学风格的生成和建构作用。

5. 从宗教作为生活世界和生命形式层面,从魔幻空间、魔幻情节和宗教观念等层面,分析了宗教内蕴对莫言和马尔克斯魔幻现实主义文学风格和审美世界的影响和生成作用。

6. 生命形式的社会化和变态心理存在着密切的关联。以变态心理经验为支点,在莫言和马尔克斯相关作品比较的意义层面,分析作家童年创伤经验与魔幻现实主义文学意象的关联;同时,以变态心理内涵为视角,比较分析了莫言和马尔克斯魔幻现实主义文本中变态人物形象、序列和文化系统的独特风貌;最后,以变态心理内涵为视角,解读莫言和马尔克斯魔幻现实主义的变态文学叙述风格的内在机制。

7. 以民间生命和强力生命形式为基础,从刑场生命场域、民间女性生命叙述、情爱结构叙述三个层面,以身体美学和此岸美学为基础,显现了莫言和马尔克斯魔幻现实主义文学作品的艺术表征和文学社会学内涵。

8. 通过不同层面的文学史、文学思想流变和美学风格选择等层面,显现了莫言和马尔克斯各自魔幻现实主义文学的文学资源,阐明了莫言和马尔克斯魔幻现实主义文学的民族性和世界性素质。

显然,由于比较研究的逻辑要求,关于两位相关文本的研读不得不忍痛过滤掉一些很好的内容。马尔克斯、莫言的文学关系是复杂的,还需要不断的深入研究。

陈寅恪认为:"李唐一族之所以崛兴,盖取塞外野蛮精悍之血,注入中原文化颓废之躯,旧染既除,新机重启,扩大恢张,遂能别创空前之世局。"(《李唐氏族之推测后记》),从陈寅恪先生的社会文化异质引入论到莫言的尼采和山东生命强力文化融汇论,我们可以看到,正如盛唐文学气象和塞外野蛮精悍之血引入相关,莫言的魔幻现实主义文学的生命强力显然与尼采生命强力形式的引入和山东强力生命文化的恢复相关。这正是陈寅恪、鲁迅等人极力追求的目标。这是莫言强力生命形式对于当代中国社会和人民存在与发展,以及当代文学艺术发展的文艺社会学贡献,也是莫言魔幻现实主义文学艺术世界生成其奇异风格的内在原因;马尔克斯也借助民族部落生命形式来生成其奇幻的艺术世界，同时建构民族文化崛起的力量。

魔幻现实主义发展到今天，它的文学魅力依旧。马尔克斯、莫言先后获得诺贝尔文学奖，《哈利·波特》的走红等文学现象，在国内外文坛上证明了一个道理：魔幻现实主义文学遗产的文学生命不会轻易随着时间消失，关键是我们如何去唤醒它们，出色地利用它们！这也正是我写作本书想要说明的东西。①

另外，虽然刘象愚的《关于比较文学学科基本理论的再思考》中的"比较文学不一定要跨国界、跨学科、跨文化"②这个观点给我了一点安慰，但是，由于外文水平和外文资料有限，笔者所看到的关于马尔克斯作品多是中文译本，其距离原著的内涵一定有不少距离，这一点是应该指明的，因而，比较研究的范围应该限定于中国作家与哥伦比亚著名魔幻现实主义作家中文（译）作品之间，这仍然是作家比较研究、文学思潮比较研究在短时间内无法跨越的领域。

而且，对莫言和马尔克斯的魔幻现实主义小说的广泛而深刻的内涵以及思想史、文学史意义仍需要给予更深刻的研究。莫言的东北高密乡、马尔克斯的马孔多镇，甚至福克纳的阿法帕塔拉县以及鲁迅先生的鲁镇、沈从文的湘西世界、蒲松龄的花妖狐怪世界等，都是探讨魔幻现实主义文学成因及其内涵的必经之路。由于资料、能力、时间和本书篇幅所限，魔幻现实主义相关研究问题还有许多向度没有被展开，笔者将在以后的相关著作中加以认真探讨。

莫言和马尔克斯的魔幻现实主义小说存有深刻的内涵。在中国乃至世界的语境下，在文学思想、文学艺术思维角度内，他的魔幻

---

① 20世纪80年代以来，尤其是90年代，中国文坛出现了"以新为美"的倾向，各种新潮风起云涌，非常喧嚣，20年过去了，文坛的荒芜证明文学的价值还是在于为人学和文学的极限处开拓了什么，而不只是游戏。

② 刘象愚：《关于比较文学学科基本理论的再思考》，汪介之、唐建清主编：《跨文化语境中的比较文学：国际比较文学学术研讨会论文选》，译林出版社2004年版，第451页。

现实主义小说都有很深远的实践意义和理论意义。近半个世纪以来，魔幻现实主义文学潮流、科幻小说、魔幻电影、科幻电影等不断出彩，不断取得良好的艺术效应、经济效应和社会效应。这种文学现象昭示：每一种文学路向都是一种文学资源，如魔幻现实主义，它有时可能沉睡，但决不会轻易死掉，它等待着有缘的时代、世界、作者、读者来共同开发、拓展！

参考文献

［德］古斯塔夫·弗莱塔克：《论戏剧情节》，张玉书译，上海译文
　　出版社1981年版。

［德］黑格尔：《美学》（第2卷），朱光潜译，商务印书馆1979
　　年版。

［德］莱辛：《拉奥孔》，朱光潜译，人民文学出版社1979年版。

［法］福柯：《疯癫与文明》，刘北成、杨远婴译，三联书店1999
　　年版。

［法］福柯：《规训与惩罚》，刘北成、杨远婴译，三联书店1999
　　年版。

［法］福柯：《性经验史》，余碧平译，上海人民出版社2000年版。

［法］拉康：《拉康选集》，褚孝泉译，上海三联书店2001年版

［法］列维—布留尔：《原始思维》，丁由译，商务印书馆1981
　　年版。

［法］罗兰·巴特：《S/Z》，屠友祥译，上海人民出版社2000
　　年版。

［哥］加西亚·马尔克斯：《百年孤独》，高长荣译，北京十月文艺
　　出版社1984年版。

［哥］加西亚·马尔克斯：《霍乱时期的爱情》，卢炳瑞主编：《世
　　界另类文学经典》，北京银冠电子出版有限公司2001年版。

［哥］加西亚·马尔克斯：《家长的没落》，伊信译，山东文艺出版
　　社1985年版。

［哥］加西亚·马尔克斯、门多萨：《番石榴飘香》，林一安译，三

联书店 1987 年版。

［哥］加西亚·马尔克斯：《迷宫中的将军》，申宝楼等译，南海出
版公司 1990 年版。

［哥］加西亚·马尔克斯：《诺贝尔奖的幽灵》，朱景东译，中央编
译出版社 2001 年版。

柳鸣九主编：《未来主义　超现实主义　魔幻现实主义》，中国社
会科学出版社 1987 年版。

［古罗马］圣·奥古斯丁：《忏悔录》，周士良译，商务印书馆 1963
年版。

［古希腊］柏拉图：《柏拉图对话集》，王太庆译，商务印书馆 2004
年版。

［古希腊］亚里士多德：《诗学》，陈中梅译，商务印书馆 1996
年版。

［古希腊］亚里士多德：《诗学》，中国戏剧出版社 1985 年版。

［美］爱德华·W. 萨义德：《文化与帝国主义》，李琨译，三联书
店 2003 年版。

［美］哈罗德·布鲁姆：《影响的焦虑》，徐文博译，三联书店 1989
年版。

［美］勒内·韦勒克、奥斯汀·沃伦：《文学理论》，刘象愚、邢培
明、陈圣生、李哲明译，江苏教育出版社 2005 年版。

［美］罗兰·斯特龙伯格：《西方现代思想史》，刘北成、赵国新
译，中央编译出版社 2005 年版。

［美］乔纳森·卡勒：《论解构》，陆扬译，中国社会科学出版社
1988 年版。

［美］约瑟夫·弗兰克等：《现代小说中的空间形式》，秦林芳编
译，北京大学出版社 1991 年版。

［美］詹姆逊：《政治无意识：作为社会象征行为的叙事》，王逢
振、陈永国译，中国社会科学出版社 1999 年版。

［苏联］巴赫金：《对话、文本与人文》，白春仁、晓河译，河北教
育出版社 1998 年版。

［苏联］巴赫金：《小说理论》，白春仁、晓河译，河北教育出版社 1998 年版。

［日］浜田正秀：《文艺学概论》，陈秋峰、杨国华译，中国戏剧出版社 1985 年版。

［印度］爱德华·W. 萨义德：《东方学》，王守根译，三联书店 1999 年版。

［英］C. W. 沃特森：《多元文化主义》，叶兴艺译，吉林人民出版社 2005 年版。

［英］K. 里德伯斯编：《时间》，章邵增译，华夏出版社 2006 年版。

《世界文学》编辑部编：《当代拉丁美洲短篇小说集》，《世界文学丛刊》（第八辑），中国社会科学出版社 1982 年版。

陈光孚：《魔幻现实主义》，花城出版社 1986 年版。

陈思和：《中国新文学总体观》，上海文艺出版社 1987 年版。

陈晓明：《表意的焦虑》，中央编译出版社 2002 年版。

陈众议：《加西亚·马尔克斯传》，新世界出版社 2003 年版。

陈众议：《拉美当代小说流派》，社会科学文献出版社 1995 年版。

程青梅、于红珍：《莫言研究硕博论文选编》，山东大学出版社 2013 年版。

邓晓芒：《灵魂之旅——九十年代文学的生存境界》，湖北人民出版社 1998 年版。

［法］福柯：《词与物》，莫伟民译，上海三联书店上海分店 2001 年版。

洪子城、孟繁华主编：《当代文学关键词》，广西师范大学出版社 2002 年版。

黄子平：《"灰阑"中的叙述》，上海文艺出版社 2001 年版。

解志熙：《美的偏至》，上海文艺出版社 1997 年版。

金惠敏总主编，陈晓明主编：《后现代主义》，河南大学出版社 2004 年版。

孔范军、施战军主编，路晓冰编选：《莫言研究资料》，山东文艺出版社 2006 年版。

刘小枫：《现代性社会理论绪论——现代性与现代中国》，上海三联书店 1998 年版。

莫言：《白狗秋千架》，上海文艺出版社 2005 年版。

莫言：《白棉花》，当代世界出版社 2004 年版。

莫言：《苍蝇·门牙》，上海文艺出版社 2000 年版。

莫言：《超越故乡》（1992 年 5 月作），《小说的气味》，当代世界出版社 2004 年版。

莫言：《初恋·神嫖》，上海文艺出版社 2000 年版。

莫言：《丰乳肥臀》，作家出版社 1996 年版。

莫言：《高粱酒》，《红高粱家族》，解放军文艺出版社 1987 年版。

莫言：《红树林》，海天出版社 1999 年版。

莫言：《酒国》，当代世界出版社 2004 年版。

莫言：《老枪·宝刀》，上海文艺出版社 2000 年版。

莫言：《生死疲劳》，作家出版社 2006 年版。

莫言：《十三步》，当代世界出版社 2004 年版。

莫言：《食草家族》，当代世界出版社 2004 年版。

莫言：《四十一炮》，春风文艺出版社 2003 年版。

莫言：《檀香刑》，作家出版社 2001 年版。

莫言：《天堂蒜薹之歌》，作家出版社 1988 年版。

莫言：《透明的红萝卜》，当代世界出版社 2004 年版。

莫言：《蛙》，上海文艺出版社 2012 年版。

莫言：《小说的气味》，当代世界出版社 2004 年版。

莫言：《与大师约会》，上海文艺出版社 2005 年版。

陶东风：《社会转型与当代知识分子》，上海三联书店 1999 年版。

汪介之、唐建清主编：《跨文化语境中的比较文学：国际比较文学学术研讨会论文选》，译林出版社 2004 年版。

王宁、顾明栋编：《诺贝尔文学奖获奖作家谈创作》，北京大学出版社 1987 年版。

王岳川：《中国镜像——90 年代文化研究》，中央编译出版社 2001 年版。

［美］韦恩·布斯：《小说修辞学》，付礼军译，广西人民出版社
　　1987 年版。

吴亮编：《魔幻现实主义小说》，时代文艺出版社 1988 年版。

杨匡汉：《缪斯的空间》，花城出版社 1986 年版。

杨杨编：《莫言研究资料》，天津人民出版社 2005 年版。

伊继佐主编：《当代文化论稿》，上海社会科学院出版社 2006 年版。

张国培编：《加西亚·马尔克斯研究资料》，南开大学出版社 1984
　　年版。

赵德明主编：《我们看拉美文学》，云南人民出版社 2000 年版。

赵毅衡编：《"新批评"文集》，百花文艺出版社 2001 年版。

朱立元：《二十世纪西方文论选》，高等教育出版社 2002 年版。

Gilbert D. Chaltin. *Rhetoric and Culture in Lacan*. New York：Cam-
　　bridge University Press，1996.

Hegel. *Phenomenology of Spirit*. trasl. A. V. Milter，Oxford：Oxford U-
　　niversity Press，1952.

［美］M. 托马斯英奇：《比较研究：莫言与福克纳》，金衡山编译，
　　《外国文学动态》1993 年第 5 期。

周英雄：《红高粱家族演义》，《当代作家评论》1989 年第 4 期。

周英雄：《酒国的虚实——试看莫言叙述的策略》，《当代作家评
　　论》1993 年第 2 期。

陈吉德：《穿越高粱地——莫言研究综述》，《山东师范大学学报》
　　（社会科学版）1997 年第 2 期。

陈思和：《历史与现实的二元对话——兼谈莫言新作〈玫瑰玫瑰香
　　气扑鼻〉》，《钟山》1988 年第 1 期。

陈炎：《生命意志的弘扬　酒神精神的赞美——以尼采的悲剧观释
　　莫言的〈红高粱家族〉》，《南京社联学报》1989 年第 1 期。

程德培：《被记忆缠绕的世界——莫言创作中的童年视角》，《上海
　　文学》1986 年第 4 期。

丁帆：《亵渎的神话：〈红蝗〉的意义》，《文学评论》1989 年第
　　1 期。

董阳：《孤独中人性的回归——〈百年孤独〉中雷梅苔丝的象征意义以及和〈婴宁〉的比较》，《华南农业大学学报》（社会科学版）2004 年第 4 期。

樊星：《文学的魂——张承志、莫言比较论》，《当代文坛》1987 年第 3 期。

郜元宝、葛红兵：《语言、声音、方块字与小说——从莫言、贾平凹、阎连科、李锐等说开去》，《大家》2002 年第 4 期。

关江秀：《〈百年孤独〉与〈浮城〉的比较分析》，《湛江师范学院学报》（哲学社会科学版）1997 年第 3 期。

郭熙志：《王安忆、莫言的疲惫》，《文学自由谈》1990 年第 4 期。

何向阳：《一个叫"我"的孩子》，《莽原》2002 年第 3 期。

贺绍俊、潘凯雄：《毫无节制的〈红蝗〉》，《文学自由谈》1988 年第 1 期。

洪治纲：《刑场背后的历史——论〈檀香刑〉》，《南方文坛》2001 年第 6 期。

胡河清：《论阿城、莫言对人格美的追求与东方文化传统》，《当代文艺思潮》1987 年第 5 期。

胡小林、刘伟：《福克纳、莫言比较论》，《当代作家评论》1990 年第 8 期。

黄佳能、陈振华：《真实与虚幻的迷宫——〈酒国〉与〈城堡〉之比较》，《当代文坛》2000 年第 5 期。

黄幼珍：《生命力的还原与扩张——试论沈从文小说与莫言小说之异同》，《厦门广播电视大学学报》2005 年第 1 期。

季红真：《现代人的民族民间神话——莫言散论之二》，《当代作家评论》1988 年第 1 期。

季红真：《忧郁的土地，不屈的精魂——莫言散论之一》，《文学评论》1987 年第 6 期。

金汗：《评今年小说新潮中的莫言——兼论当今"新潮小说"的某种趋优走向》，《浙江师范大学学报》（哲学社会科学版）1987 年第 1 期。

孔露：《孤独的百年和悲哀的千年——〈百年孤独〉和〈故乡相处流传〉的比较》，《重庆职业技术学报》2004 年第 3 期。

乐钢：《以肉为本 休书"莫言"》，《今天》2000 年第 4 期。

雷达：《历史的灵魂与灵魂的历史——论红高粱系列小说的艺术独创性》，《昆仑》1987 年第 1 期。

雷达：《游魂的复活——评〈红高粱〉》，《文艺学习》1986 年第 1 期。

李德明：《天然的歧途——莫言作品侧识》，《文学评论》1989 年第 2 期。

李劼：《动人的透明 迷人的诱惑》，《文学评论家》1986 年第 4 期。

李洁非：《莫言小说里的"恶心"》，《当代作家评论》1988 年第 5 期。

李敬泽：《莫言与中国精神》，《小说评论》2003 年第 1 期。

李陀、莫言、乐钢、孔庆东、林克欢、田沁鑫、童道明、王东亮、吴晓东、杜丽、王向明、季红真、洪米贞、王树增等：《关于"垓下"的想象突围》，《读书》2001 年第 6 期。

李陀：《现代小说的意象——序莫言小说集〈透明的红萝卜〉》，《文学自由谈》1986 年第 1 期。

李晓辉、李艳梅：《游走于两个世界间的作家——马尔克斯与莫言创作的类同比较》，《内蒙古民族大学学报》2003 年第 2 期。

李迎丰：《爱与死：战争背景下的生命意识及其他——〈百年孤独〉与〈红高粱家族〉的文化心态比较》，《教学研究》（社会科学版）1989 年第 1 期。

李迎丰：《福克纳与莫言——故乡神话的构建与阐释》，《解放军外国语学院学报》2002 年第 1 期。

李颖、谭慧明：《〈百年孤独〉与〈白鹿原〉比较初探》，《辽宁工学院学报》2004 年第 6 期。

李咏吟：《莫言与贾平凹的原始故乡》，《小说评论》1995 年第 3 期。

林坚：《色彩的魅力——莫言与后期印象派画派》，《盐城师专学报》1988 年第 2 期。

刘绍铭：《入了世界文学的版图——莫言著作、葛洪文译文印象及其他》，《作家》1993 年第 8 期。

马娅：《人世兴灭的隐喻——〈百年孤独〉与〈红楼梦〉的简单比较》，《中州学报》2002 年第 3 期。

麦永雄：《诺贝尔文学奖视域中的大江健三郎与莫言》，《桂林市教育学院学报》1999 年第 2 期。

钱林森、刘小荣：《"异端"间的潜对话——西方印象主义与莫言、张承志的小说》，《南京大学学报》（哲学·人文·社会科学）1992 年第 1 期。

唐韧：《百年屈辱，百年荒唐——〈丰乳肥臀〉的文学史价值质疑》，《文艺争鸣》1996 年第 3 期。

腾威：《从政治书写到形式先锋的移译——拉美"魔幻现实主义"与中国当代文学》，《文艺争鸣·史论》2006 年第 4 期。

田祥赋：《〈百年孤独〉与〈所罗门之歌〉的魔幻现实主义艺术手法比较》，《沈阳师范学院学报》1997 年第 4 期。

王爱松：《杂语写作：莫言小说创作的新趋势》，《当代评论》2003 年第 1 期。

王炳根：《审视：农民英雄主义》，《文艺争鸣》1987 年第 4 期。

王德威：《千言万语 何若莫言》，《读书》1999 年第 3 期。

王干：《反文化的失败——莫言近期小说批判》，《读书》1988 年第 10 期。

王国华、石挺：《莫言与马尔克斯》，《艺谭》1987 年第 3 期。

王宏图：《莫言：沸腾的感觉世界的爆炸——复旦大学"新时期文学"讨论实录》，《当代文艺探索》1987 年第 6 期。

王金城：《理性处方：莫言小说的文化心理诊脉》，《北方论丛》2002 年第 1 期。

王蒙、郜元宝：《谈谈我们时代的文学》，《当代作家评论》2003 年第 5 期。

温伟：《故乡世界的守望——论莫言与福克纳的家园小说》，《高等函授学报》（哲学社会科学版）2006 年第 5 期。

吴非：《莫言小说与"印象派之后"的色彩美学》，《小说评论》1994 年第 5 期。

吴炫：《高粱地里的美学——重读莫言的〈红高粱〉系列》，《文科月刊》1988 年第 11 期。

吴义勤：《有一种叙述叫"莫言叙述"——评长篇小说〈四十一炮〉》，《文艺报》2003 年第 7 期。

吴玉珍：《试比较莫言与卡夫卡寓言小说的异同》，《兰州铁路学院学报》（社会科学版）2002 年第 2 期。

夏至厚：《红色的变异——从〈透明的红萝卜〉、〈红高粱〉到〈红蝗〉》，《上海文论》1988 年第 1 期。

谢有顺：《当死亡比活着更困难——〈檀香刑〉》，《当代作家评论》2001 年第 5 期。

俞敏华：《李博士：你认识大象与甲虫吗?》，《文学自由谈》2002 年第 3 期。

张军：《莫言：反讽艺术家——读〈丰乳肥臀〉》，《文艺争鸣》1996 年第 3 期。

张磊：《百年苦旅："吃人"意象的精神对应——鲁迅〈狂人日记〉和莫言〈酒国〉之比较》，《鲁迅研究月刊》2002 年第 5 期。

张清华：《叙述的极限》，《当代作家评论》2003 年第 2 期。

张卫中：《论福克纳与马尔克斯对莫言的影响》，《徐州师范学院学报》（哲学社会科学版）1991 年第 1 期。

张学军：《莫言小说与西方现代主义文学》，《齐鲁学刊》1992 年第 4 期。

赵杏：《魔幻现实主义中国化的当代尝试——谈〈百年孤独〉与〈受活〉》，《重庆社会科学》2007 年第 1 期。

钟志清：《英美评论家评〈红高粱家族〉》，《外国文学动态》1993 年第 6 期。

周景雷：《红色冲动与历史还原——对莫言小说的一次局部考察》，

《当代文坛》2003 年第 1 期。

周琳琳:《大江健三郎与莫言文学之比较研究——全球地域化语境下的心灵对话》,《四川外语学院学报》2006 年第 4 期。

周琳玉:《从〈百年孤独〉看魔幻现实主义及其对莫言的影响》,《兰州交通大学学报》2006 年第 2 期。

朱向前:《莫言:"极地"上的颠覆与徘徊》,《解放军文艺》1993 年第 3 期。

朱向前:《深情于他那方小小的邮票——莫言小说漫评》,《人民日报》1986 年 12 月 8 日。

Arne Naess. "Identification, Oneness, Wholeness, and Self-realization." in John Benson. *Environmental Ethics*:*An Introduction with Readings*. Routledge, 2000, pp. 244-251.

Samuel P. Huntington. "The Clash of Civilization?" *Foreign Affairs* 72. 3 (1993): 22 – 25.

后记　文学宿缘

想起人生来有时确实有点宿命的味道。当年做学生时，在老师的启发和诱导下，我和钱锺书老先生联系，购买其亲笔签名的《写在人生边上》等书，没想到后来钱锺书先生竟然亲笔签名并邮寄了过来，在吃惊之余，我由一个热爱体育运动的人变成了酷爱文学的人。由于周遭同伴都很震惊，这本书就被一个同学以借阅的名义拿走了。我很遗憾，但是，书香和友谊都是重要的东西。文学的种子已经植入我的心中。

冥冥之中，过了若干年，在认真阅读了一些文学名著之后，竟然想参加考研，最后也竟然成功了。

在论文的写作过程中，尤其要感谢导师侯运华先生、刘炎女士等的技术、资料和心理上的帮助和支持；感谢河南大学的刘思谦导师、金慧敏导师、刘增杰导师、关爱和导师、耿占春导师、孙先科导师、白春超导师、刘进才导师、肖开愚导师、屠友祥导师、张清民导师、沈红芳导师、刘恪导师、武红军导师、刘涛导师等人对我的启蒙、教诲、影响，将我这个草根带入学术领域！同时要感谢我的家人，当父母"锄禾日当午"时，当妻子在孤独的黑屋子里操劳时，当女儿孤独地走向学校时……我却一个人与一只苍蝇、一只花豆娘，还有九棵盆花、一台电脑为伍，扬扬自得地打字！通过写作论文我明白一个道理：文学，是人生的嬉笑怒骂！是人生的怀乡病！是某个建筑物的五色石！是愚弄和媚俗读者的混合物！……通过三年的学习，我最大的收获就是重新认识了文学、自己、社会、人生，它将指导我将来的学习和生活！

感谢天地，它给了我这次读书的机会！当年研读莫言、马尔克斯、卡彭铁尔，还有穿裙子的"马尔克斯"等时，我记录了十几本笔记，并组织了几十万字的草稿。

遥想当年，大约 20 世纪 90 年代初期，我对文学相当感兴趣，也不时地写些东西，并以魔幻现实主义写过一篇短篇小说，参加所谓的文学竞赛，可惜不被认可，当时的小圈子里许多人都知道《红高粱》，但是对魔幻现实主义却缺乏深刻的认识。尽管后来也写过一些诗歌、散文什么的，或者写一些讲话稿等公文内容，但是，因为这次失败，我的魔幻现实主义小说创作从此便梦断今生了。

2005 年，在河南大学攻读硕士学位时，凭借多年的阅读经验和农民视角，我认真研读了莫言的著作，深为作品中人物生命强力所激动，这生命强力也许只有尼采、孙悟空、如来等才有，同歌德、川端康成、海明威等人相比，具有鲜明特点。以非常崇拜的态度研究了莫言的小说，我认为，莫言已经超越马尔克斯，逼近诺贝尔文学奖。我只是出于作品的品质和数量鲁莽地得出结论，并提出建构"莫言学"的主张。

此后一直保持着对莫言的兴趣和关注。在陕西师范大学读书期间，在屈雅君导师的指导下继续生命美学研究，由于种种原因，差点把此草稿整理出版。没有想到，2012 年我获得陕西师范大学文艺学博士，在陕西理工大学参加工作之后，莫言幸运地获得了诺贝尔文学奖。我兴奋至极！但是，却忘记把当年研究莫言的心得整理发表。时至今日，我又到河南大学攻读文艺学博士后，感谢耿占春先生和我对选题做了富有启发意义和指导性质的交流，这些意见都切合我的难题和困惑。相关研究竟然又和莫言、马尔克斯魔幻现实主义文学生命内蕴相关，我于是整理过去的笔记，用其中的一部分规划成这本小书。现在看来，当时对问题的认识有的幼稚，有的至今仍然富有内涵，经过整理之后，这本书就以魔幻现实主义思潮分析的特征呈现于眼前了。由于作者水平、资料和时间有限，文中一定存在一些不足，为了能够在学术道路上走得更远，恳请诸位前辈和广大读者给予批评指正！

王保中

王汉西文公寓

2016 年 7 月 28 号